Die letzte Seherin

LEA KORINGER

MONDFEUER

WREADERS

WREADERS TASCHENBUCH
Band 202

Dieser Titel ist auch als E-Book erschienen

Vollständige Taschenbuchausgabe

Verlagsleitung: Lena Weinert
Druck:
Umschlaggestaltung: Miriam Schwardt
Illustration: Lea Koringer
Lektorat: Sarah Maier, Nyura Sheva
Satz: Annina Anderhalden

www.wreaders.de

ISBN: 978-3-98595-540-4

Für Svenja

Astralis
Anthea
Nur'Ghamen
Himmelsthür
Zamkhar
Eisenherzberge
Batari
Lithania
Bentuath
Balanjar
Silberfluss
Sedina
Bellandris
Faelhem
Estéllian
Askisches Meer
Medea
Endin
Goldenes Meer
Schlangenpforte
Anderswald
Elwick
Königshain
Merielle
Muir
Vennhaven
Dämmertal
Seeland
Allander
Silberstein
Berness
Drachenzahnberge
Lisvarna
Hiva
Arain
Galmáron
Zaláty
Budáry
Pelentej
Tendre

1

Merielle, Estéllian

Ein Sturm, der die Welt verändern sollte.

So hörte es sich jedenfalls an, als der Wind an den großen Fenstern des *Grauen Segels* rüttelte. Dicke Regentropfen prasselten auf das gläserne Kuppeldach, vermischt mit einem Schwall salziger Gischt aus dem aufgewühlten Meer.

Das Gewitter, das über Estéllian hinwegrollte, hüllte Merielle in eine sternenlose Dunkelheit.

Der *Erste Sommermond* des Jahres, den das Waldelfenvolk heute Nacht feierte, versteckte sich hinter einer finsteren Wolkendecke.

Doch im schönsten Restaurant an Estéllians Steilküste herrschte keine Weltuntergangsstimmung.

Flackernde Kerzen tauchten den Gastraum in ein goldenes Licht, die vielen Blumen und Schlingpflanzen verbreiteten trotz des Unwetters ein Sommergefühl.

Das Klappern von Gläsern und Besteck füllte die Luft. Auch die heiteren Gespräche und die sanfte Streichmusik ließen nicht vermuten, dass dieser *Erste Sommermond* anders war.

Doch ich fühlte es. Etwas *war* anders.

Und es hatte nichts mit dem Sturm zu tun, der vom Askischen Meer über Estéllian zog. Es waren die Zusammensetzung der Gäste, ihre schiere Anzahl, die mich wachsam bleiben ließen. Die Blicke, die mir schon den ganzen Abend folgten, wenn ich mit voll beladenen Tabletts zwischen den Tischen entlanglief.

Natürlich war ich *Blicke* gewohnt. Wie jeder, der das Brandmal der *Unwürdigen* auf der Stirn trug, an sie gewöhnt war. Es gab viele Leute, die jemanden wie mich abstoßend fanden. Elfe und Mensch zugleich.

Mit spitzen Ohren, die zu kurz waren.

Mit unscheinbaren, braunen Haaren und den dunkelblauen Augen der königlichen Gwendalyon-Linie.

Doch da war noch etwas. Ich wurde beobachtet und geprüft. Von jemandem, der an einem Gegner Maß nahm.

Es war nicht schwer zu erraten, *wer* an mir Maß nahm.

Mehrere hochrangige Soldaten aus Estéllians Heer, sowohl Männer als auch Frauen, waren am frühen Abend unangekündigt im *Grauen Segel* aufgetaucht.

Begleitet von ihren eigenen Festgesellschaften hatten sie um einen Tisch gebeten, einer nach dem anderen. Zwar waren sie in teure Festgewänder gehüllt, aber so schwer bewaffnet wie am Morgen einer Schlacht.

Ich tat nichts Verbotenes.

Irin Celestian Gwendalyon, der König der Waldelfen, hatte mich vor sieben Jahren, kurz nachdem meine Mutter verschwunden war, zur *Unwürdigen* erklärt.

Unwürdige waren in Estéllian Steppenelfen und Kriminelle, die weder Lohn annehmen noch Waffen tragen oder an Feierlichkeiten teilnehmen durften. Doch hier, im *Grauen Segel*, war ich kein Gast, sondern eine unbezahlte Arbeitskraft.

Zumindest offiziell.

Celyn, die Inhaberin des Restaurants, bezahlte mich nicht mit Geld, sondern ließ mich in einem kleinen Zimmer über der Küche wohnen. *Offiziell* trug ich auch keine Waffen. Doch Rosendorn, ein kurzes, hübsch gearbeitetes Messer, dessen Heft einer Rosenknospe glich, steckte zu jeder Zeit unter meinem Brustband.

Für alle anderen unsichtbar, so wie ich mich selbst am liebsten unsichtbar machte. Solange ich die Rolle der Dienerin spielte, war ich sicher. Das hoffte ich jedenfalls.

»Wie weist man jemanden ab, der mit einem Schwert, zwei Messern, Pfeil und Bogen zum Abendessen kommt?«, hatte Celyn mir zugeraunt, als ich ihr geholfen hatte, zusätzliche Stühle in den Gastraum zu schaffen. »Man tut es nicht, so einfach ist das.«

Dabei war das Restaurant auch ohne die Überraschungsgäste schon seit Monaten ausgebucht gewesen.

Das *Graue Segel* war ein beliebter Ort für all diejenigen, die die dreitägige Reise in den Königshain nicht auf sich nehmen wollten, um an den offiziellen

Feierlichkeiten zum *Ersten Sommermond* teilzunehmen.

»Tisch zehn!«, brüllte Rey, ein dunkelhaariger, schlaksiger Elf, der nicht nur der Koch, sondern auch Celyns Liebhaber war.

Nervös strich ich die geklöppelte Schürze glatt, die ich über einem grauen Rollkragenkleid trug – der Arbeitskleidung im *Grauen Segel.* Absolut unpraktisch, aber passend zu den breiten Stoffbahnen unter der Glasdecke des Restaurants.

Meine Wangen glühten. Schweiß klebte unter der Spitzenhaube auf meiner Stirn. Aber ich wusste, dass ich zu langsam war, abgelenkt von den Soldaten im Gastraum.

Mein Kopf dröhnte vom Lärm, den vielen Gerüchen. Ich hasste den Geruch von gebratenem Fisch mehr als alles andere.

Elsa, eine der anderen Kellnerinnen, schenkte mir ein spöttisches Lächeln, als sie mit drei Suppentellern im Arm an mir vorbeieilte.

»Harter Abend für eine Prinzessin?«

Sie verschwand durch die Küchentür.

Ich hatte keine Zeit, mich über ihre Worte zu ärgern, denn Celyn schnalzte bereits mit der Zunge.

»Schneller! Lass die Leute nicht warten.«

Sie drückte mir ein Tablett mit Gläsern und einer Weinkaraffe in die Hand und schob mich hinaus in den Gastraum. Als ich die Bestellung mit einem gezwungenen Lächeln ablieferte, erstickte ich fast an den Weinaromen, Essensgerüchen und an den schweren Parfüms der Gäste.

Luft, ich brauchte frische Luft. Ich wollte nach draußen, in den Wald, runter zum Meer. Irgendwohin, wo es nicht nach gebratenem Fisch und Parfüm roch.

Ein lautes Scheppern erklang und die Eingangstür flog auf. Als hätten die Götter mein Flehen erhört, streifte ein kühler Luftzug mein Gesicht.

Mehrere Soldaten stürmten mit gespannten Bogen hinein. Ihre Pfeile waren auf mich gerichtet.

Auch an den Tischen erhoben sich die Soldaten und zogen ihre Schwerter.

Mein Herz raste.

Gespräche und Musik verstummten.

»Lyvi Namenlos! Du bist verhaftet!«

Ich ließ das Tablett fallen. Wein spritzte, Glas zersprang.

Eine Soldatin machte einen Schritt auf mich zu. Sie hatte am Nachbartisch gesessen, kaum zwei Armlängen trennten uns.

Verdammt, verdammt, verdammt.

Ich wich zurück.

Jemand griff mein Handgelenk, zog mich nach hinten.

»Die Hintertür im Lagerraum«, flüsterte Celyn mir ins Ohr.

Ich nickte. Und dann rannte ich.

Schreie und raue Befehle folgten mir, als ich durch die Küche floh, an einem verdatterten Rey vorbei.

Geschirr zerbrach, kupferne Kessel landeten mit lautem Poltern auf dem Boden.

Im Lagerraum sprang ich über Kisten und Säcke in Richtung des Hinterausgangs. Bloß weiter, bloß weg von hier! Ich hatte es gewusst. Ich hatte gewusst, dass etwas verkehrt war.

Atme, Lyvi, atme, befahl ich mir, als ich mit zitternden Fingern den Schlüssel umdrehte. Ich riss an der Klinke, doch ein schwerer Sack blockierte die Tür.

Die Schreie und das Poltern hinter mir wurden lauter.

Mit zusammengebissenen Zähnen warf ich mich gegen den Sack und schob ihn zur Seite. Ich schlüpfte durch den schmalen Spalt nach draußen.

Kalter Wind und Regen peitschten mir entgegen.

Außer Atem sah ich mich in der schmalen, dunklen Gasse um.

Zu spät bemerkte ich den großen Mann, der hinter mir aus dem Schatten trat.

Kühler Stahl drückte gegen meinen Hals. »Da bist du ja, Cousine.«

Ich wusste sofort, dass es Trys Rovyns Klinge war, die in meine Haut schnitt. Estéllians höchster General, ein Vetter meiner Mutter, und ich hatten ein *besonderes* Verhältnis. Er war es, der mir vor Jahren auf Irins Befehl das Brandmal der *Unwürdigen* verpasst hatte. Kein Wunder, dass er sich das hier nicht entgehen lassen wollte.

»An die Wand«, zischte Rovyn. Er versetzte mir einen Stoß nach vorn. Ich krachte mit dem Gesicht gegen die Mauer des Nebengebäudes. Celyns blütenweiße Spitzenhaube rutschte von meiner Stirn, Stein kratzte an meiner Wange. Ich roch feuchtes Moos und Blut.

Der General schnalzte mit der Zunge.

»Blutet die Prinzessin?«, wisperte er in mein Ohr. »Verzeiht mir, Eure Hoheit.«

»Ich bin keine Prinzessin.«

Ich versuchte, mich aus seinem Griff zu befreien. Doch er war zu stark für mich.

Ein leises Lachen.

»Versuch es erst gar nicht«, flüsterte Rovyn. »Du bist schwach, Menschenbrut. Und dein geliebter Onkel Gelyth ist weit weg.«

Die Klinge drückte sich tiefer in meine Haut. Eine falsche Bewegung und ich würde bluten wie ein frisch geköpfter Seelachs.

»Irin hat ein Auge auf dich geworfen, liebe Cousine. Schon lange. Er will den Menschenbastard, den deine Mutter ihm untergeschoben hat, unbedingt loswerden. Sieht so aus, als wäre ihm die Geduld ausgegangen.«

Ich grunzte. Aus dem Restaurant ertönten immer noch Schreie, begleitet vom Klappern von Töpfen und brechendem Porzellan.

Vermutlich Rovyns Hunde, die gerade Reys Küche auseinandernahmen. Eisiger Regen durchnässte meine Haare und mein dünnes Kleid.

»Dafür müsste er aber nicht das *Graue Segel* zerlegen lassen«, zischte ich gegen die feuchte Wand. »Ihr hättet mich einfach mitnehmen können.«

Ich fühlte sein Achselzucken.

»Der König hat mit Celyn und Rey noch eine andere Angelegenheit zu klären.«

Er beugte sich vor und ich spürte seinen warmen Atem an meinem Ohr.

»Er hält sie für Rebellen. Genau wie dich«, hauchte er. »Über Wochen haben wir das *Graue Segel* beobachtet. Dachtet ihr etwa, niemand bekommt davon etwas mit? Irin hat seine Augen und Ohren überall. Er weiß, über welche Dinge ihr sprecht, wenn ihr euch im Keller dieses elendigen Restaurants trefft. Geschichten von Helden, die ihre ungeliebten Monarchen stürzten. Visionen von einem geeinten Anthea.« Er gluckste. »Mein Informant Keir hat mir berichtet, dass es sogar Briefwechsel mit Anführern und Rebellengruppen in anderen Königreichen gegeben hat. Ich werde ihn und seine Familie für diesen Dienst großzügig belohnen.«

Mein Herz raste.

»Unsinn«, krächzte ich.

Doch Rovyn sprach die Wahrheit. In Gedanken ging ich unsere letzten

Treffen durch, rief mir jedes einzelne Gesicht der Anwesenden in Erinnerung. Dann erinnerte ich mich an den jungen Fischer mit dem langen, haselnussbraunen Haar und der Dreizack-Tätowierung auf seinem Unterarm. Keir hatte vertrauenswürdig gewirkt. Hatte genau wie wir gegen Irin und seine Politik gewettert, hatte sogar geholfen, einen verschlüsselten Brief an die Elfenstämme Alvias im fernen Erygia zu schreiben. Einen Brief mit einer Einladung, ein Bündnis einzugehen – mit dem Ziel, Irin zu stürzen.

Keirs Verrat schmeckte bitter. Auch wenn wir insgeheim vermutlich alle gewusst hatten, dass es nur eine Frage der Zeit war, bis so etwas passierte.

Rovyn gab ein gleichgültiges Geräusch von sich. »Wie auch immer. Irins Foltermeister werden sich mit Celyn, Rey und dem Rest ihrer Mannschaft beschäftigen. Mit dir hat er etwas ganz Besonderes vor.«

Das Blut in meinen Adern gefror. Seine Klinge drückte immer noch gegen meinen Hals, doch seine andere Hand rutschte tiefer. Und tiefer.

»Schade eigentlich. Ich könnte mir spannendere Dinge für uns beide vorstellen«, säuselte er mir ins Ohr.

Übelkeit stieg in mir auf. Doch ich zwang mich, mich zu entspannen, trotz des mächtigen Körpers, der mich gegen die modrige Wand presste. Ich neigte den Kopf zur Seite.

»Gefällt dir das? Überrascht mich nicht, Menschenbastard.«

Menschenbastard. Menschenbrut.

Das waren die dahingespuckten Worte, die mich seit meiner Geburt verfolgten. Ich war das Übel, das meine Mutter, die letzte wahre Königin der Waldelfen, von einem ihrer Ausflüge mitgebracht hatte. Ein Schandfleck in der makellosen Königslinie Estéllians.

Rovyns Hand wanderte noch tiefer. Ich drückte mich an ihn.

Warte, nur noch ein kleines bisschen länger.

Mein Moment kam, als der General sein Schwert sinken ließ, nur ein kleines Stück.

Es war genug.

Mit einem Schrei stieß ich mich von der Wand ab und riss meinen Ellenbogen nach oben. Ein Knacken, als Knochen auf Knochen traf. Rovyns Schwert landete mit einem hellen Klirren auf dem Pflaster.

Ich drehte mich um. Rovyns dunkelblaue Augen, die meinen so ähnlich waren, funkelten vor Wut. Er rieb sich den Kiefer.

»Miststück!«

Blut glänzte auf seiner Unterlippe.

Regentropfen liefen meine Stirn hinab, als ich zurückwich und unter meinem Kleid nach Rosendorn tastete.

Doch Rovyn machte einen Satz, geschmeidig wie eine Wildkatze. Meine Fingerkuppen berührten gerade das warme Heft des Messers, als mein Kopf erneut gegen die Wand donnerte. Die Welt verschwamm vor meinen Augen.

Der General umklammerte meine Handgelenke und drückte sein Knie in meinen Bauch.

»Ich wollte es nett für dich machen, aber das hier scheint dir besser zu gefallen.«

Durch den Schleier vor meinen Augen sah ich sein breites Grinsen, als seine Soldaten herbeieilten, Seile in den Händen.

»Fesselt sie!«, fauchte Rovyn. »Irin wartet schon.«

2

Ich hasste den Königshain.

Ich hasste den Mondsteinpalast mit seinen weißen Mauern, den plätschernden Springbrunnen und den verschnörkelten Reliefs. Den Ewigen Garten, seine sauber gestutzten Hecken und Rosenbüsche.

Als ich diesen Ort vor fünf Jahren verlassen hatte, hatte ich mir geschworen, nie wieder zurückzukehren.

Doch als Rovyn mich aus dem Gefangenenwagen zerrte, kam mir mein eigener Schwur lächerlich vor.

In jener dunklen Gasse in Merielle war ich so wehrlos gewesen, dass der General mich nicht einmal, sondern zweimal überwältigt hatte. Als wäre all das Training mit Gelyth umsonst gewesen, all die Übungseinheiten, die wir auf unseren Ausflügen im Wald immer wieder abgespult hatten.

Die Arme hinter meinem Rücken gefesselt, stolperte ich hinter Rovyn über den Vorplatz des Palastes. Meine Knie waren steif nach drei Tagen ohne Bewegung.

Das Blau des Himmels war makellos, die Sonne so grell, dass ich blinzeln musste.

Hufe klapperten, als hinter uns ein weiterer Gefangenenwagen heranrollte. Andere Elfen, wahrscheinlich Angestellte im Palast, blieben stehen und glotzten.

Ich hörte ihre geflüsterten Gespräche.

»Das ist sie!«

»Diese Augen –«

»Sie sieht aus wie Néami!«

»Bringt sie und ihre Freunde aus dem *Grauen Segel* in den Thronsaal«, befahl Rovyn seinen Soldaten. Schadenfreude tanzte in seinen Augen. »Irin wartet schon.«

Mir wurde flau im Magen, als Celyn, Rey und die anderen vom zweiten

Wagen sprangen. Ihre Gesichter waren blass und ausgezehrt.

Das Atmen fiel mir plötzlich schwer. Der Rosenduft in der Luft erstickte mich.

»Lasst sie gehen!«

Der General wirbelte herum und verpasste mir eine Ohrfeige. Meine Wange glühte. Rovyn und ich starrten uns einen Moment lang an.

»Ich will nichts mehr hören, bis Irin dich auffordert zu reden. Verstanden?«

Ich öffnete den Mund, doch der General hob erneut die Hand.

»Verstanden?«

Da waren Klingen an Celyns und Reys Kehlen. Ich presste die Lippen zusammen. Und nickte.

Wir hatten alle gewusst, was wir riskierten. Dass es an Unmöglichkeit grenzte, dass Irin nichts von unseren Treffen erfahren würde. Und doch ... es war so schnell geschehen. Wir hatten ihm etwas entgegensetzen wollen, auch wenn es nur in diesen Zeiten verbotene Kunst und heimliche Briefe gewesen waren.

Irin und Rovyn hielten das Militär Estéllians an der kurzen Leine, indem sie jeden noch so kleinen Ungehorsam hart bestraften.

Häufig bezog Rovyns Kader auch die Angehörigen des jeweiligen Soldaten in die Bestrafung ein. Niemand, der etwas zu verlieren hatte, traute sich noch, dem König oder seinem General offen zu widersprechen.

Und fast jeder Elf hatte etwas zu verlieren, das wusste Irin.

Rovyn und seine Soldaten zerrten mich und die anderen die breiten Treppen zum Palast hoch. Durch die riesige Eingangshalle, vorbei an den steinernen Gesichtern meiner Vorfahren, Elvyrie und Myriandor Gwendalyon.

Das letzte Königspaar der Goldenen Ära Estéllians, als die Lebensspannen dieses Volkes noch Jahrhunderte umfassten und der Wald immergrün gewesen war.

Doch an der ersten Gabelung des weißgefliesten Flures trennten sie uns, schleiften Celyn, Rey und die anderen durch einen Rundbogen, hinter dem eine schmale Treppe in den Untergrund des Palastes führte. Alles in mir gefror. Ich wusste, was dort unten lag. Die Kerker.

»Nein«, wimmerte ich.

Und erntete die nächste Ohrfeige. Rovyn schüttelte den Kopf und schnalzte mit der Zunge.

»Ich dachte, wir hätten uns verstanden?«

Celyn und Rey drehten sich ein letztes Mal zu mir um, Angst und Verzweiflung in ihren Augen, bevor das Dunkel der Treppe sie verschluckte.

Eine Träne lief meine brennende Wange hinab. Doch der General packte mich am Arm und zog mich weiter, durch einen breiten Säulengang, an dessen Ende sich eine große Flügeltür befand.

Lautlos schwang sie auf.

Der Saal war leer.

Die Mittagssonne fiel durch die bunten Glasfenster und warf Muster auf den weißen Steinboden.

Trotzdem brannte ein Feuer in dem großen Kamin neben dem Thron.

Schweiß rann meinen Nacken hinab. Ich wusste, warum Irin an diesem sonnigen Sommertag ein Feuer hatte entzünden lassen. Eine Erinnerung an den Tag, an dem Rovyn mir in diesem Saal das Mal der *Unwürdigen* in meine Stirn gebrannt hatte.

Ich blieb stehen, bohrte die Fersen in den Boden. Doch Rovyn zerrte mich vorwärts, bis wir den leeren Thron erreichten.

Zur Zeit meiner Großeltern hatte es zwei gegeben, aber Irin hatte einen der marmornen Sessel entfernen lassen.

Ich schluckte.

»Es war genau hier«, sagte eine kalte, männliche Stimme hinter mir. Ein Schauder jagte meinen Rücken herunter. »Erinnerst du dich?«

Ich sah auf meine Füße.

Wie damals, als Irin meinen Vater hingerichtet und mich in den Thronsaal gerufen hatte. Er hatte hier gestanden, den abgetrennten Kopf meines Vaters in der einen Hand, ein blutiges Schwert in der anderen.

Gelyth. Wäre er doch nur hier. Doch Irin hatte den *Ersten Sommermond* absichtlich ausgewählt, um mich gefangen zu nehmen.

Mein Onkel hatte als Baumhüter an den Feierlichkeiten im Königshain teilnehmen müssen. Den Großteil seiner Zeit verbrachte er auf verborgenen Pfaden im Wald, um die Gesundheit der Bäume zu überwachen, aber auch in den kleinen Siedlungen, die sich im ganzen Königreich versteckt im Unterholz befanden.

Jetzt war Gelyth wahrscheinlich längst wieder in Merielle angekommen, wo er nur ein paar Straßen entfernt vom *Grauen Segel* wohnte, gemeinsam mit seiner Gefährtin Maja.

Irin schnalzte mit der Zunge.

»So viel Blut.«

Aus dem Augenwinkel sah ich, wie er auf mich zustolzierte.

Seine weißen Gewänder waren wie immer faltenfrei, sein silbriges Haar ordentlich gekämmt. Auf seinem Haupt thronte Estéllians Krone, ein einfacher Reif aus verflochtenem Gold und Silber. Noch etwas, das Irin gestohlen hatte.

Er blieb an der Stelle stehen, wo ein blassbrauner Fleck den Marmor verdunkelte. Dort hatte der Körper meines Vaters in einer riesigen Blutlache gelegen.

Willem aus Seeland war sein Name gewesen. Mehr wusste ich nicht über den Menschen, mit dem meine Mutter sich im Sommer vor dreiundzwanzig Jahren eingelassen hatte.

»Er ließ sich nicht entfernen. Egal, wie lange die Mägde geschrubbt haben. Ich habe ihnen gesagt, sie sollen ihn lassen, wo er ist. Als Erinnerung für alle, die vergessen, wo ihr Platz in diesem Königreich ist.«

Mein Magen war ein einziger, heißer Klumpen.

Irin stieg die Stufen des Podestes empor und ließ sich auf dem Thron nieder. Nein. Es war gut, dass Gelyth dieser Anblick erspart blieb.

»Knie nieder, Menschenbrut.«

Ich presste die Zähne zusammen. Und schüttelte den Kopf. Ich würde nicht knien, nicht vor diesem Mann. Nicht vor diesem Thron.

Irin lachte trocken.

»Nein?«

Ich sah auf.

»Nein.« Meine Stimme klang rau.

Der König seufzte und gab dem General an meiner Seite ein Zeichen.

»Hilf ihr, sich zu erinnern, wo sie hingehört.«

Rovyn gluckste.

»Mit Vergnügen.«

Ein Hieb in meine Kniekehlen. Ich stöhnte und sank zu Boden, vor den Überresten des Königreiches meiner Vorfahren.

»Das ist besser.« Irin schlug die Beine übereinander und wechselte einen Blick mit dem General.

Irins Gesicht war unlesbar, als er den schmalen Goldring an seiner linken Hand berührte. Der einzige Überrest seiner Ehe mit meiner Mutter.

Gelyth hatte mir einmal erzählt, dass Irin als junger Mann anders – *netter* –

gewesen war, doch ich konnte das schwer glauben.

»Néami würde sich schämen, wenn sie wüsste, was Ihr aus ihrem Königreich gemacht habt«, fauchte ich.

»Aber sie ist nicht mehr hier, oder?«, zischte er. »In ihrem einzigen klaren Moment hat sie sich entschieden, ein weiteres Mal fortzugehen. Sich lieber von Wegelagerern umbringen zu lassen und im Straßengraben zu verrotten, als ihrem Volk die Königin zu sein, die es verdient.« Da war ein feines Zittern in seiner Stimme, ein schmerzvoller Ausdruck huschte durch seine Augen. »Der Tod war ihr lieber als ein Leben mit dir, Lyvi.«

Ich schnaubte, auch wenn mein Herz schmerzte, als hätte Irin einen glühenden Dolch hineingerammt.

Doch Néamis Verschwinden war eine Wunde, die der Elfenkönig und ich teilten.

Es war kein Geheimnis, dass Irin an dem Morgen, als meine Mutter sich zum ersten Mal davongestohlen hatte, vor Wut sein ganzes Studierzimmer zertrümmert hatte. Und es noch einmal getan hatte, als sie nach dem Sommer nach Estéllian zurückgekehrt war.

Schwanger mit mir, dem Kind eines anderen Mannes.

Doch nicht nur das. Néami war nach jenem Sommer nur noch eine leere Hülle ihrer selbst gewesen, als hätte jemand ihre Seele gestohlen. Und dann, in ihrem einzigen klaren Moment seit meiner Geburt, hatte sie sich nochmals entschieden, den Elfenwald zu verlassen. *Mich* zu verlassen.

Ich gehe freiwillig. Sucht nicht nach mir.

Diese Worte, gekritzelt auf ein viel zu großes Stück Pergament, hatten sich für immer in meine Seele eingebrannt. Genau wie Gelyths Gesichtsausdruck, als Soldaten mir mitteilten, dass er ihre Leiche gefunden hatte, in der Wildnis vor Allander. Mit aufgeschlitzter Kehle und geleerten Taschen.

Doch ich wollte Irin meinen Schmerz nicht sehen lassen. Ich reckte das Kinn. »Und Ihr seid das? Der König, den Estéllian verdient?«

Er machte eine abfällige Geste, als wollte er ein lästiges Insekt vertreiben.

»Ich diskutiere nicht mit *Unwürdigen*. Erst recht nicht mit dir.«

Mit einer fließenden Bewegung erhob er sich und schob eine Hand in eine Tasche zwischen den Falten seines Gewandes.

Ich zuckte zusammen, doch der König schüttelte den Kopf, die Lippen zu einem süffisanten Lächeln verzogen. »Keine Angst. Ich brauche dich lebendig.

Zumindest, wenn ich mit meiner Vermutung richtig liege.«

Ich schluckte. Mein Mund war plötzlich trocken wie Sand. Irin zog eine kleine Kristallphiole aus seiner Tasche hervor. Ihr Inhalt glitzerte wie flüssiges Sternenlicht.

»Sag, Lyvi, wie alt bist du?«

Ich presste die Lippen zusammen und starrte auf den Boden, doch Rovyn zwang meinen Kopf nach oben, indem er an grob an meinen Haaren riss.

»Antworte!«, sagte er, sein Tonfall scharf wie eine Klinge.

Ich schüttelte den Kopf, doch der General zog nur fester an meinem Haar. Tränen brannten in meinen Augen.

»Zweiundzwanzig«, brachte ich zwischen zusammengepressten Zähnen hervor.

Irin nickte. Der zufriedene Ausdruck in seinen Augen ließ das Blut in meinen Adern gefrieren.

»Ah, ein schönes Alter. Wenn ich mich richtig erinnere, war deine Mutter so alt wie du jetzt, als sich ihre Gabe zum ersten Mal zeigte.«

Er trat einen Schritt auf mich zu und legte den Kopf schief. Musterte mich wie ein interessantes Kunstobjekt.

Ich wollte zurückweichen, doch Rovyn hielt mich fest. Irins Augen wurden schmal.

»Du weißt, wovon ich spreche, nicht wahr? Von Träumen, die sich realer anfühlen, als sie sollten? Von Visionen aus Vergangenheit, Gegenwart und Zukunft?«

Ich wandte den Blick ab und starrte nach draußen. Irgendwohin, nur nicht in Irins eisblaue Augen.

Natürlich wusste ich, von welcher *Gabe* er sprach.

Oft genug hatte ich meine Mutter im Nebenzimmer schreien gehört, wenn sie von einer ihrer Visionen wachgeworden war.

Néamis Zofen hatten manchmal Stunden gebraucht, um sie zu beruhigen, während eine von ihnen, zumeist Gwynn, an meinem eigenen Bett gesessen und mir Geschichten vorgelesen hatte. Vermutlich mit der Absicht, mich von dem Chaos im Nachbarzimmer abzulenken.

Ohne Erfolg natürlich.

Gelyth hatte mir einmal erklärt, dass Néami in ihren Visionen die Gefühle derjenigen spüren konnte, die sie sah. Und es manchmal über Tage nicht schaffte, diese abzuschütteln.

»Ich bin keine Seherin«, presste ich hervor. »Meine Träume sind nicht wie Néamis.«

Mein Herzschlag war ein wildes Hämmern in meiner Brust.

Irin schnalzte mit der Zunge und zwang mich ihn anzusehen. »Das werden wir prüfen. Du wirst es mir nachsehen, dass ich kein einziges Wort glaube, das aus deinem Mund kommt.« Er gab Rovyn einen Wink, den ich nicht verstand. »Sei so gut, Trystan.«

Rovyn gluckste leise und zwang meinen Kopf in den Nacken, sein Griff unbarmherzig.

Irin hielt die kleine Phiole in mein Sichtfeld.

»Bist du *Sternaug* schon einmal begegnet, Lyvi?«

Ich schob das Kinn vor und schüttelte stumm den Kopf. Irin lächelte kühl.

»Diese Tinktur ist ein wahres Wunder. Die richtige Rezeptur kann jede Person mit der Gabe dazu bringen, die Antwort auf jede erdenkliche Frage zu sehen. Äußerst schwierig herzustellen. Den wenigsten gelingt es, die richtige Mischung und Dosierung zu finden. Sie muss stark genug sein, um das Bewusstsein des Sehers zu öffnen, darf diesen jedoch nicht umbringen.« Er lachte leise. »Wenn du die Gabe hast, könntest du mir wichtige Dinge verraten, Menschenbrut. Die Pläne unserer Feinde. Die Aktivitäten der Rebellen in meinem Königreich.«

Mir wurde übel. Ich schloss die Augen.

Ich habe sie nicht, versicherte ich mir stumm. *Ich habe die Gabe nicht.*

»Stell dir doch vor, wie viel einfacher es für mich wäre, Verräter wie Celyn und Rey aufzuspüren. Wenn du dich als nützlich erweist, werde ich sogar darüber hinwegsehen, dass du selbst als Rebellin mitgemischt hast. Was meinst du?«

Ich gab ein wütendes Stöhnen von mir, doch im nächsten Augenblick spürte ich Hände an meinem Kiefer, die meinen Mund aufzwangen. Ich schrie, zappelte in Rovyns Griff und versuchte meine Lippen aufeinander zu pressen.

Vergeblich.

Eine bittersüße Flüssigkeit berührte meine Zunge. Irin drückte genau die richtigen Stellen, sodass ich nicht anders konnte als zu schlucken. Langsam lief die Tinktur meine Kehle hinab. Meine Zunge prickelte, dann wurde mein Gesicht taub. *Sternaug* rauschte durch meinen Körper wie ein reißender Strom.

»So ist gut«, hörte ich Irin sagen.

Der Thronsaal verschwamm in einem Strudel aus silbrigem Licht. Doch *Sternaug* war noch nicht fertig. Es stieß eine Tür in meinem Geist auf, die bisher fest verschlossen gewesen war. Ich wehrte mich dagegen, doch eine Flut von fremden Gesichtern, Landschaften und Galaxien strömte in mich hinein.

Ich sah sie alle. Gleichzeitig.

Ein Druck baute sich in meinem Kopf, meinem Herzen auf. Mein Körper fühlte sich zu klein an, meine Haut zu eng für all das, was plötzlich in mir war.

»Ich will das nicht«, keuchte ich. »Es ist zu viel!«

Irin lachte leise.

»Das habe ich mir gedacht. Lass uns anfangen.«

Laute Stimmen weckten mich. Ich zwang meine Augenlider nach oben.

Meine Sicht war verschwommen und ich musste ein paar Mal blinzeln, bis ich klar sehen konnte. Ich war immer noch im Thronsaal, doch lag nun auf den kalten Steinfliesen. Ein Schmerz pochte in meinem Kopf, meine Zunge klebte am Gaumen. Ich versuchte, mich aufzusetzen, doch meine Hand- und Fußgelenke waren gefesselt.

Ein säuerlicher Geruch kroch in meine Nase, vermischte sich mit dem brennenden Holzes. Mir wurde übel, als ich den Fleck vor mir entdeckte, der mein eigenes Erbrochenes sein musste.

»Eure Majestät, das ist nicht wahr, wir –«

Irins höhnisches Lachen ließ meine Nackenhaare zu Berge stehen. Hinter den Fenstern war es dunkel, die einzigen Lichtquellen im Saal der Kamin und mehrere Fackeln an den Wänden.

Der König saß auf seinem Thron, die Arme vor der Brust verschränkt. Rovyn und eine Handvoll Soldaten standen vor ihm, in ihrer Mitte drei gefesselte Gestalten.

Zwei Männer, der schmutzigen Kleidung nach niedere Bedienstete, und eine Frau, die die weiße Uniform der Palastheiler trug.

»Ich will es nicht hören, Linnea.«

Linnea.

Ich kannte niemanden mit diesem Namen, trotzdem klang er vertraut.

»Mein König, wir dienen Euch mit allem, was wir haben«, sagte einer der Männer mit rauer Stimme.

Schweiß glänzte auf seiner Stirn, graue und schwarze Flecken übersäten sein Gesicht.

Irin seufzte schwer, als strengte ihn dieses Gespräch an. »Es ist zwecklos, Falun. Ich weiß, was nachts in der Schmiede passiert.« Irin machte eine fahrige Geste in meine Richtung. »Meine Seherin hat mir verraten, dass du und Yvo heimlich Klingen fertigt. Schwerter und Messer, die nicht in den Waffenkammern meiner Armee landen, sondern in geheimen Lagern.«

Mein Herzschlag setzte aus.

Meine Seherin.

Was war passiert? Ich hatte *Sternaug* geschluckt und dann –

Es hatte sich angefühlt, als könnte ich die ganze Welt, den ganzen Kosmos und jede Seele in ihnen auf einmal sehen. Ihre Vergangenheit und Zukunft.

Irin hatte richtig gelegen. Ich hatte Néamis Gabe geerbt.

Ich war eine Seherin.

Die Erkenntnis traf mich wie eine Gerölllawine. Ich wollte würgen, doch mein Magen war leer. Meine Kehle brannte von der Galle, die in mir aufstieg.

Falun, dessen Name mir ebenfalls vage bekannt vorkam, auch wenn ich den Schmied noch nie gesehen hatte, ließ die Schultern hängen und starrte zu Boden.

Irin gab ein summendes Geräusch von sich.

»Natürlich sind sie nicht länger geheim. Lyvi hat mir nicht nur eure Namen genannt, sondern auch eure Treffpunkte und die Standorte eurer Lager detailliert beschrieben. Sie hat die Gabe ihrer Mutter geerbt. Aber im Gegensatz zu Néamis Gabe, die seit ihren *Ausflügen* zu nichts mehr zu gebrauchen war, gleicht die ihrer Tochter einer sprudelnden Quelle.«

Irin tippte seine Fingerspitzen gegeneinander.

»Und diese Quelle ist sehr ergiebig.«

Linneas Augen weiteten sich, ihr Blick flog von Irin zu mir. Selbst im Halbdunkel des Saales konnte ich sehen, wie sie erblasste. Der andere Mann, dessen kurzes blondes Haar an einer Schläfe mit Blut verkrustet war, rückte ein Stück näher an sie heran, als wollte er sie trösten. Doch Linneas ganzer Körper bebte, ein leises Schluchzen drang aus ihrer Kehle. Der beißende Geruch von Angst breitete sich im Thronsaal aus, überdeckte selbst den meines Erbrochenen.

Meine Kehle wurde eng. Was hatte ich Irin noch alles verraten, nachdem *Sternaug* meinen Geist geöffnet hatte? Ich versuchte, mich zu erinnern, doch da war nur Dunkelheit.

Rovyn gluckste. »Die Menschenbrut ist doch zu etwas gut, wer hätte das gedacht.« Er drehte sich um und zwinkerte mir zu. »Ich freue mich schon auf die Zusammenarbeit, Cousine.«

Ich erschauderte. Deswegen hatten die Seher und Seherinnen Antheas ihre Gabe gehütet wie ein Geheimnis, in der Angst, gefangen und missbraucht zu werden.

Irin erhob sich von seinem Thron und warf seinem höchsten General einen genervten Blick zu. »Genug, Trystan. Lass den Rest der Dienerschaft aus den Betten holen. Sie sollen sehen, was mit denjenigen passiert, die sich mir widersetzen.«

Rovyn grinste und verneigte sich vor ihm. »Nichts lieber als das, Majestät.«

Der General stolzierte aus dem Thronsaal und pfiff dabei eine fröhliche Melodie.

Mein Herz raste, als Irin auf mich zukam. Er rümpfte die Nase, doch ging vor mir in die Hocke, in sicherer Entfernung zu meinem Erbrochenen.

»Die Dosierung war zu hoch. Schon nach ein paar Minuten hast du nur noch unverständliches Gebrabbel von dir gegeben. Und dann hast du dich erbrochen.«

Konnte ich mich deswegen an nichts erinnern? Weil Irin seine verdammte Tinktur nicht im Griff hatte?

Er lächelte nur, ein amüsiertes Funkeln in den Augen, das an Wahnsinn grenzte. Ein Hauch seines Geruches stieg in meine Nase, als er sich zu mir vorbeugte, holzig und süß zugleich.

Irin lachte leise. »Wir üben noch, *meine Liebe.* Du wirst sehen, beim nächsten Mal klappt es schon besser.«

Meine Liebe.

Das Kosewort ließ mich wieder Galle schmecken. Genau wie die Aussicht, mich ein weiteres Mal von *Sternaug* einnehmen zu lassen.

Einer der gefesselten Bediensteten spuckte auf den Boden. Ein Fluch folgte, doch ich verstand nicht, ob er Irin oder mir galt. Was würde der König mit ihnen machen?

»Ich würde lieber sterben«, brachte ich hervor, meine Stimme rau.

Mit den Fingerspitzen strich Irin mir eine verklebte Haarsträhne aus der Stirn und streifte flüchtig mein Brandmal. Alles in mir schreckte vor seiner Berührung zurück, doch ich konnte mich nicht bewegen.

»So dramatisch«, murmelte er. »Genau wie deine Mutter.«

Mit einem Seufzen deutete der König erst auf mich, dann auf meinen Mageninhalt. »Macht das sauber. Und setzt sie in einen Stuhl. Sie soll sich ganz genau anschauen, was gleich passiert.«

Die Soldaten setzten sich augenblicklich in Bewegung. Alles in mir spannte sich an.

Was gleich passiert.

»Ruft mich, wenn sie hier sind«, sagte Irin. »Ich habe zu tun.«

Ohne mich oder die gefesselten Bediensteten eines weiteren Blickes zu würdigen, verschwand er durch eine Seitentür.

Ich nahm nur benommen wahr, wie ein Stuhl zu mir gebracht wurde. Wie jemand erst den Boden vor mir, dann mein Gesicht säuberte und mir aufhalf. Die Fesseln an meinen Hand- und Fußgelenken schnitten schmerzhaft in meine Haut, doch ich hatte keine Kraft mehr, mich zu widersetzen. Ich hing in meinem Stuhl, während sich der Thronsaal allmählich füllte, mit mehr Soldaten und Irins Dienerschaft.

»Tretet ein, tretet ein!«, rief Rovyn. »Der König wird gleich hier sein.«

Ich zwang meinen Kopf nach oben. In den von Schlaf verquollenen Gesichtern der Männer und Frauen fand ich die gleichen Fragen, die gleiche Angst, die auch mich heimsuchten. Einige rissen die Augen auf, als sie Linnea und die beiden Männer in der Mitte des Saals kauern sahen, andere erbleichten und wandten sich ab.

Wie viele von ihnen wussten, dass die Heilerin und die beiden Schmiede in Rebellenaktivitäten verwickelt waren? Wie viele von ihnen waren selbst Rebellen?

Auch mich sahen sie an. Doch anstelle der üblichen Neugier, wenn jemand meine Ähnlichkeit zu Néami und Gelyth entdeckte, anstelle des Abscheus angesichts des Mals auf meiner Stirn, starrte mir Panik entgegen. Mein Herz wurde schwer. Also hatte sich schon herumgesprochen, was passiert war.

Was ich war. Und was ich in Irins Händen anrichten konnte.

»Vater!«

Ich zuckte zusammen. Ein Mädchen, vielleicht ein paar Jahre jünger als ich, rannte auf Falun zu, ihre Wangen gerötet und nass mit Tränen. Doch Rovyns Soldaten versperrten ihr den Weg. Sie warf sich gegen sie, doch weitere kamen dazu, formten einen Kreis um Linea und die beiden Männer.

»Esme, nicht!«, rief der Schmied mit belegter Stimme.

Esme weinte leise und sank zu Füßen der Soldaten auf die Knie.

Ein schweres Gewicht senkte sich auf mich herab, das Atmen fiel mir schwer. Die Spannung im Saal war mit den Händen zu greifen.

Die geflüsterten Gespräche erstarben augenblicklich, als Irin durch die Flügeltür schritt. Es war so leise im Saal, dass ich das leise *Klick* hörte, mit dem sie wieder ins Schloss fiel.

»Ich mache es kurz«, sagte er. »Wir sind zu dieser frühen Stunde hier, weil ich eine Strafe zu verhängen habe.«

Der König, der nun einen hellblauen Umhang über seinen weißen Gewändern trug, erklomm die Stufen des Podestes, auf dem sein Thron stand.

Wut flammte heiß in mir auf, als ich das Kleidungsstück erkannte. Es war jener Umhang, gewebt aus silbrig glänzender Seide, den jeder König und jede Königin Estéllians am Tag ihrer Krönung getragen hatten.

Es war ein Zeichen. Ein Zeichen dafür, wem nun die Macht in diesem Königreich gehörte.

Dass die Ära der Gwendalyon-Linie endgültig vorbei war.

Irin blieb vor dem Thron stehen, breitbeinig, die Hände vor dem Körper gefaltet. Seine Gesichtszüge waren hart, als er die Stimme erhob. »Ich habe Pläne für dieses Königreich. Pläne, die die Elfen von Estéllian aus dem dunklen Zeitalter führen werden. Und ich dulde niemanden an diesem Hof, innerhalb der Mauern unseres Waldes, der diesen Plänen in die Quere kommt.«

Langsam streckte er einen Arm aus und wies in meine Richtung. Mir wurde heiß und kalt zugleich, als sich Dutzende Blicke auf mich richteten.

»Dass die Sehergabe gerade in diesen Zeiten nach Estéllian zurückgekehrt ist, ist ein Zeichen, dass die Götter hinter mir stehen. Lyvi wird mir dabei helfen, auch noch die letzten Nester des Ungehorsams in diesem Königreich zu finden.«

Irin sah sich im Saal um, seine Augen kalt wie Eissplitter. Schließlich blieb sein Blick an der Heilerin und den beiden Schmieden hängen.

»Linnea, Falun und Yvo, hiermit verurteile ich euch zum Tod.«

Er winkte drei Soldaten heran, die mit grimmigen Gesichtern ihre Schwerter zogen. Laute der Verzweiflung, der Wut brandeten auf. Esme schluchzte laut, irgendwo übergab sich jemand.

Panik rauschte heiß durch meine Adern. Ich musste etwas tun. Das durfte nicht passieren.

»Die Vollstreckung dieses Urteils erfolgt ohne Verzögerung. Schon bei Sonnenaufgang sollen eure Überreste in der Schlucht der Verräter begraben werden.«

Ein dicker Kloß bildete sich in meiner Kehle.

Verräter und Unwürdige wurden nach Irins neuen Gesetzen nicht wie jeder andere Tote verbrannt, sondern tief in der Erde vergraben. In der Dunkelheit, unter den Bäumen, so weit entfernt von den Sternen wie möglich.

Rovyn persönlich zwang Linnea, Falun und Yvo in die Knie. Mit leeren Gesichtern starrten sie auf die weißen Steinfliesen des Thronsaals, nur Schritte entfernt von dem Fleck, den das Blut meines Vaters hinterlassen hatte.

»Nein!«, schrie ich, als Stahl im Licht der Fackeln aufblitzte.

Ich riss an meinen Fesseln, weil ich nicht nichts tun konnte. Vergeblich, natürlich.

Blut spritzte. Drei Köpfe fielen zu Boden. Nur Sekunden später füllte der unverwechselbare metallische Geruch meine Nase. Wieder würgte ich, doch mein Magen war leer.

»Lasst euch das eine Lehre sein«, sagte Irin. »Celyn, Rey und die gesamte Besetzung des *Grauen Segels* sind die Nächsten.«

Feuchte Wärme breitete in meinem Schoss aus. Ich hatte mich eingenässt, doch die Leere in meinem Herzen verschluckte jedes Schamgefühl.

»Nein«, wiederholte ich, meine Stimme kaum mehr als ein leises Raspeln. »Bitte nicht.«

Irin sah zu seinem General.

Rovyn begutachtete die Leichen am Boden. Und sah so zufrieden mit sich aus, dass ich mir nichts sehnlicher wünschte, als sein Grinsen mit Rosendorn aus seinem Gesicht zu schneiden.

»Behalte sie noch ein wenig hier, Trystan« sagte der König mit ruhiger Stimme. »Sie alle. Ich will, dass sich dieses Bild für immer in ihre Erinnerung einbrennt. Niemand hintergeht mich ungestraft.«

3

»Beeil dich, Gwynn.«

Die weibliche Stimme schnitt durch die Stille wie eine Klinge. Ich zwang meinen Kopf nach oben.

Der Thronsaal war in ein unheimliches Zwielicht weniger Fackeln getaucht. Es war gerade so hell, dass ich die neuen Blutflecken auf dem weißen Steinboden sehen konnte. Der Anblick schnürte mir die Luft ab.

Rovyn hatte irgendwann sowohl die Leichen als auch das Gesinde aus dem Saal schaffen lassen, doch ich wusste nicht, wie lange das her war. Stunden? Minuten?

Trotzdem standen noch an jeder Tür Soldaten. Flucht war unmöglich.

Alles tat mir weh. Die Fesseln hatten meine Haut aufgeschürft, meine Arme und Beine waren steif von der unnatürlichen Haltung, in der ich auf dem Stuhl kauerte. Ich stank bestialisch, nach Erbrochenem und Urin. Es kümmerte mich nicht. Der körperliche Schmerz, der Gestank waren nichts gegen das qualvolle Ziehen in meiner Seele.

Leise Schritte näherten sich. Mein Herzschlag hämmerte wild in meiner Brust. Erleichterung flutete mich, als ich Gwynn erkannte, die ehemalige Kammerdienerin meiner Mutter. Das Gefühl hielt nur kurz an.

»Bitte geh«, krächzte ich. »In meiner Nähe bist du nicht sicher.«

Es war Jahre her, dass ich die Elfe zum letzten Mal gesehen hatte. Ihr einst hellbraunes Haar war vollständig grau geworden, Sorgenfalten hatten sich tief in ihr Gesicht gegraben. Aus ihren Augen war das hoffnungsvolle Leuchten verschwunden, das ich stets in ihnen gefunden hatte, egal wie schwierig es unter Irin gewesen war.

»Der König hat befohlen, dass ich dich wasche«, raunte sie. »Er möchte heute noch mit dir … *weitermachen*. Was auch immer das bedeutet.«

Ich erstarrte. Ich wusste genau, was das hieß. Irin wollte mir ein weiteres Mal *Sternaug* verabreichen. Mein Blick fiel auf die Schüssel mit Wasser, die

Gwynn in ihren Armen hielt. Auf ihren gebeugten Rücken, die Altersflecken auf ihren Händen. Es schien, als wäre die Zofe in den Jahren seit Néamis Tod doppelt so schnell gealtert.

Ich presste die Lippen zusammen. Tränen brannten in meinen Augen.

»Es tut mir so leid«, wisperte ich. »Ich wünschte –«

Gwynn stellte die Schüssel zu meinen Füßen ab und legte ihre Hand an meine Wange. Ein Schluchzen drang aus meiner Kehle. Eine einzige Träne rann meine Nase hinab.

»Schh, es ist nicht deine Schuld, Lyvi«, sagte sie. »Nichts davon.«

»Du sollst sie waschen, nicht trösten«, fauchte eine Soldatin. »Du hast fünf Minuten.«

Gwynn zuckte zusammen. Eilig zog sie einen Waschlappen und ein Stück Seife aus ihrer Rocktasche. Der Duft von Orange und Rosmarin mischte sich unter den Gestank meiner Körperflüssigkeiten. Ihr Gesicht fiel in die Schatten des Halbdunkels, als sie sich bückte, um Lappen und Seife ins Wasser zu tauchen. Sie stand so dicht vor mir, dass sie mich größtenteils vor den Blicken der Soldaten verbarg.

Gwynn strich mit dem feuchten Stoff über meine Stirn, kühles, frisch duftendes Wasser benetzte meine Haut. Der Geruch von Angst umgab sie, doch darunter versteckte sich noch etwas anderes.

Entschlossenheit.

»Gelyth«, hauchte sie in mein Ohr, während sie weiter über meine Wangen, mein Kinn fuhr. »Vertraust du mir?«

Ein winziger Hoffnungsfunken entzündete sich in meinem Herzen. Unsere Blicke trafen sich und ich nickte knapp. Ich vertraute Gwynn und meinem Onkel mit meinem Leben. Doch was konnten sie schon ausrichten? Irin und seine Bluthunde würden mich keine Sekunde aus den Augen lassen.

»Hört auf zu reden!«, rief einer von ihnen.

Gwynn schloss für einen Moment die Augen, dann drehte sie sich um, eine Hand wieder in ihrer Tasche. Die Soldaten kamen ein paar Schritte näher, die Hände am Heft ihrer Schwerter.

»Götter, sie ist immer noch Néamis Tochter!«, zischte sie. »Habt ihr alles vergessen, was dieses Königreich einmal ausgemacht hat?«

Sie schüttelte den Kopf und beugte sich wieder zu mir herab, den Lappen nun an meinem Hals. Ohne in ihren Bewegungen innezuhalten, formte

Gwynn lautlose Worte mit ihren Lippen.

Schlucke es.

Aus dem Augenwinkel sah ich zu den Soldaten, die uns mit aufmerksamen Blicken beobachteten.

Es gab keine Möglichkeit, dass das hier nicht blutig enden würde. Was auch immer Gelyth und Gwynn vorhatten, es würde einen Preis haben.

Verzweiflung lähmte mich.

Doch Gwynn legte eine Hand an meinen Mund und schob etwas Klebriges zwischen meine Lippen. Sie lächelte, Tränen glänzten in ihren Augen.

»Genug!«

Ein Soldat marschierte auf die Zofe zu und riss sie an der Schulter zurück.

Tu es, sagte sie stumm. *Für Néami.*

Ein letztes Mal verschränkten sich unsere Blicke, dann schluckte ich. Sofort legte sich ein bitterer Geschmack über meine Zunge, kroch in meinen Rachen. Mein Herz raste, doch dann wurde alles langsam.

Verschwommen nahm ich wahr, wie einer der Soldaten Gwynn aus dem Saal schleifte. Sie wehrte sich nicht, flüsterte lediglich leise vor sich hin wie im Gebet.

Langsamer und langsamer wurde die Welt. Die Fackeln an den Wänden verschwammen zu Schlieren aus goldenem Licht im Halbdunkel. Eine Tür knallte zu, mit einem Donnern, das meinen ganzen Körper vibrieren ließ. Meine Lider wurden schwer, mein Atem ging stoßweise.

Finsternis.

Etwas rieselte auf mein Gesicht.

Ich keuchte und fuhr mit klopfendem Herzen hoch. Der Geruch feuchter Erde umgab mich, vermischt mit einer ekelhaft süßen Note.

»Heilige Scheiße!«, fluchte jemand.

Ich blinzelte nach oben. Das Tageslicht stach in meinen Augen, ein heftiger Schmerz hämmerte in meinem Kopf.

Dann realisierte ich, dass ich mich in einer Grube befand. Und dass mir von oben zwei Elfen entgegenstarrten, ein Mann und eine Frau, Schaufeln in den Händen. Schweiß glänzte auf ihrer Stirn. Sie atmeten angestrengt.

Mein Herz klopfte mir bis zum Hals, Panik rauschte heiß durch meine Adern.

Was war passiert?

Mir wurde übel, als ich die Leichen neben und unter mir entdeckte. Linneas, Faluns und Yvos Köpfe. Ihre leeren Augen, die in den blauen Himmel an diesem Sommermorgen starrten. Und plötzlich war mir klar, woher der süßliche Geruch kam. Mein Magen zog sich zusammen, Speichel füllte meinen Mund.

»Verdammt, sie lebt, Glenda!«, zischte der männliche Elf. Eine Brise zupfte an seinen blonden Locken, gab den Blick auf glatte, rosige Wangen frei.

Jede Farbe war aus seinem Gesicht gewichen. Also hatten sie mich für tot gehalten? Ich tastete nach Rosendorn, doch natürlich war es nicht da.

»Dann müssen wir sie eben töten«, sagte Glenda leise, deren leicht krumme Nase einmal gebrochen gewesen sein musste. Sie verzog grimmig das Gesicht. »Wer hätte gedacht, dass auch Totengräber einen Bogen brauchen. Du bleibst hier und passt auf, dass sie nicht entwischt. Ich hole Hilfe.«

Ich stemmte mich auf die Beine. Vorsichtig, um nicht auf Linneas Körper herumzutrampeln. Mein Mund war trocken wie Sand. Mit wackeligen Knien stand ich in der Grube, zwischen den Leichen und starrte nach oben. Hohe Felswände ragten oberhalb des Lochs in den wolkenlosen Himmel.

Die Schlucht der Verräter.

Irin musste mich tatsächlich für tot gehalten haben, wenn ich hier unten war. Hieß das, dass Gelyth in der Nähe war?

»Beeil dich«, murmelte der junge Elf und fuhr sich durchs Haar. »Verdammt, verdammt, verdammt!«

Weiter kam er nicht. Zwei Mal zischte es.

Er sank mit einem Stöhnen auf die Knie, zwei Pfeile in seinem Rücken. Glenda wirbelte herum, doch einen Atemzug später traf auch sie ein Pfeil in der Brust. Dann ein zweiter. Die Elfe röchelte, taumelte und stürzte in die Grube.

Ich presste mich gegen die feuchten Wände des Erdlochs, doch trotzdem streifte mich ihr Körper.

Ich sah zu Glenda herab, ihre Kleidung blutüberströmt, und beobachtete, wie das Licht aus ihren Augen verschwand. Es herrschte Stille in der Schlucht. Totenstille. Nur der einsame Schrei eines Greifvogels durchbrach die geisterhafte Ruhe. Ein Zittern erfasste meinen gesamten Körper.

So viel Blut war in den letzten Stunden vergossen worden.

Und für was? Für Irins krankhafte Fantasien, Estéllian zu einem besseren

Ort zu machen.

»Lyvi!«

Meine Knie gaben nach, als Gelyths Gesicht über dem Grubenrand erschien. Ich krallte mich am Erdreich fest.

Sein Bogen ragte über seine Schulter. Dunkle Haarsträhnen fielen wild in seine Stirn. Schatten hingen unter seinen Augen, die meinen so ähnlich waren.

»Warum dachte Irin, dass ich tot bin?« Meine Worte klangen abgehackt.

Gelyth ging in die Hocke und streckte mir einen Arm entgegen. Ich bemerkte den bitteren Ausdruck in seinen Augen, den harten Zug um seinen Mund, als er die Leichen sah. Hatte er sie gekannt?

Ich ergriff seine Hand und kletterte mit seiner Hilfe aus dem Erdloch.

Die königliche Garde, deren Anführer Gelyth gewesen war, war seit Néamis Tod aufgelöst. Doch einige der Soldaten in Estéllians Heer waren zuvor Gardisten gewesen – und damit auch Gelyths Schüler.

Deswegen war mein Onkel nicht allein gekommen. In ein paar Schritten Entfernung standen drei Elfen, die ich allesamt als Mitglieder seiner ehemaligen Garde erkannte. Sie nickten mir nur zu, Pfeile im Anschlag, und ließen ihre wachsamen Blicke durch die Schlucht wandern.

»*Engelstod*«, sagte Gelyth, als ich mich neben ihm auf die Füße kämpfte. Seine Stimme klang rau. »Die Wurzeln verlangsamen den Stoffwechsel für ein paar Stunden. So sehr, dass kaum noch ein Herzschlag oder ein Atem zu spüren ist, für jeden, der nachprüft. Ich wusste, dass Irin dich hier begraben lassen würde.«

Meine Unterlippe zitterte. Gelyth seufzte und drückte mich an sich. Für ein paar Momente kuschelte ich mich an ihn, während er mit langsamen Bewegungen durch mein Haar strich.

»Komm«, sagte er schließlich und schob mich sanft von sich. »Die anderen werden die Grube füllen. Das sollte uns ein paar Stunden, vielleicht sogar einen Tag Vorsprung verschaffen. Doch wir müssen uns beeilen. Wenn Irin mitgeteilt bekommt, dass diese beiden hier«, er nickte in Richtung des blondgelockten Elfen, »nicht wiederkommen, wird er Nachforschungen anstellen lassen.«

Ich nickte, unfähig klar zu denken. Doch dann fiel es mir ein. »Celyn? Rey?«, krächzte ich. »Gwynn?«

Gelyths Mund wurde schmal. »Wir tun, was wir können, Lyvi.«

Ich starrte auf den Boden, auf meine erdverschmierten Schuhe. Auf meine ruinierte Kleidung, die immer noch stank.

»Ich möchte helfen«, brachte ich hervor, bevor ein Schluchzen meinen Körper schüttelte.

Gelyth hob mein Kinn mit zwei Fingern.

»Ich habe von deiner Gabe gehört. Du hilfst, indem du dieses Königreich verlässt. Nicht für immer, aber solange Irin an der Macht ist.« Er strich mit seinem schwieligen Daumen über meine Haut. »Und ich werde alles dafür tun, dass das nicht mehr lange ist. Das verspreche ich dir.«

Fünf Tage lang schlichen Gelyth und ich durch das Unterholz des Elfenwaldes. Immer abseits der Wege, manchmal bewegten wir uns sogar auf gezimmerten Pfaden hoch in der Luft zwischen den Baumwipfeln. Gelyth kannte jede Abkürzung, jeden versteckten Lagerplatz, an dem wir wenigstens für ein paar Stunden schlafen konnten.

Ich wusste, dass er mich zur Mauer brachte, die den Elfenwald einschloss. Jene Mauer, die Irin nach meiner Geburt hatte errichten lassen, aus Wut darüber, dass meine Mutter sich fortgestohlen hatte. Wir sprachen nicht viel, auch wenn Gelyth versuchte, mich mit Anekdoten von Majas tollpatschigen Lehrlingen in ihrer Buchdruckerei abzulenken.

Ich hörte seine Worte, doch ich folgte ihm wie in Trance. Meine Gedanken wanderten immer wieder zu Linnea, zu Falun und allen anderen, die wegen meiner Gabe hatten sterben müssen. Ihre leblosen Gesichter erschienen, sobald ich die Augen schloss. Und jedes Mal wollte ich schreien, weinen und um mich schlagen. Doch nichts davon würde sie wieder ins Leben zurückholen.

Wir erreichten Irins Mauer am dritten regnerischen Abend in Folge. Ich sah mich um. Die Dunkelheit kroch bereits durch die Zweige der Bäume, die uns umgaben, die Luft roch nach Regen, feuchtem Laub und Harz.

Wir waren nicht an einem der wenigen bewachten Tore, eindeutig Gelyths Plan. Dafür waren hier ein paar Steine aus der Mauer gebröckelt, so dass ihre Kante an einer einzigen Stelle zerklüftet war. Gelyth zog ein Seil aus seiner Tasche, an dem ein großer Metallhaken befestigt war, ein fester Bestandteil seiner Ausrüstung als Baumhüter. Mit geübten Bewegungen schwang er es so, dass der Haken in der kleinen Mulde einrastete, wo die Mauersteine herausgefallen waren. Mein Onkel überreichte mir mit ungerührter Miene sein Schwert Elrys, seinen Bogen und einen Köcher mit Pfeilen. Dann zog er weitere Messer und Dolche sowie einen Lederbeutel, in dem Münzen klimperten, unter seinem Umhang hervor.

Ein getriebener Ausdruck huschte über sein Gesicht. »Ich habe Nadia nach Faelhem bringen lassen, in den Stall des *Staubigen Stiefels*. Sobald du sie gefunden hast, reite nach Seeland und suche dir ein Schiff, das dich über das Goldene Meer nach Alvia bringt.«

Nadia war die graue Schimmelstute, die Gelyth mir heimlich zu meinem zwanzigsten Geburtstag geschenkt hatte.

Ein Hoffnungsschimmer, doch nicht die Art, die ich wollte. Ich öffnete den Mund, um zu protestieren, Gelyth hob eine Hand, um mich zu bremsen.

»Du bist hier nicht mehr sicher. Sobald Irin merkt, was passiert ist, wird er dich jagen und nicht aufhören, bis er dich gefunden hat. Insbesondere, weil er nun weiß, dass du eine Seherin bist.«

Und Estéllian ist nicht sicher, solange du hier bist.

Er sprach die Worte nicht aus, doch das musste er auch nicht.

Ich schluckte. Schon wieder rannen Tränen meine Wangen hinab, wie so oft in den letzten Tagen. Ich strich mit dem Daumen über den weißen Diamanten, der in Elrys' Heft eingearbeitet war. Trotz des grau verhangenen Himmels schimmerte er hell wie Mondlicht. Kein Wunder, dass der Name des Schwertes in der alten Sprache der Elfen *Mondfeuer* bedeutete.

»Warum kommst du nicht mit? Ich kann in Seeland auf Maja und dich warten –«

Gelyth schüttelte den Kopf.

»Wenn ich auch gehe, ist unser Königreich endgültig verloren.«

Meine Unterlippe zitterte.

»Wird Irin dich nicht verdächtigen? Er wird sofort darauf kommen, dass du mir geholfen hast.«

Gelyth kniff in meine Wange.

»Mach dir keine Gedanken. Maja und ich werden eine Weile untertauchen.«

Seine Worte sollten mich beschwichtigen, doch das Gewicht auf meinem Herzen blieb. Ich wusste, dass Gelyth sich und seine Gefährtin in Gefahr gebracht hatte, indem er mir geholfen hatte.

Er rückte näher und senkte die Stimme. »Wir werden uns nahe der südlichen Grenze verstecken, bei einem Waldwächter namens Cian. Schreib mir, sobald du kannst.«

Ich wusste, dass Gelyth als Baumhüter mit Waldwächtern zu tun hatte, die Estéllians Pflanzen und Tiere segneten und wegen ihres Wissens in Botanik häufig als Heiler arbeiteten.

Den Namen Cian erkannte ich zwar nicht wieder, doch das bedeutete nichts. Gelyth traf auf seinen Reisen so viele Elfen, dass ich mir unmöglich jeden Namen seiner Freunde und Bekannten merken konnte.

Ich nickte langsam. Atmen fiel mir schwer. »In Ordnung«, krächzte ich.

Mein Onkel schenkte mir ein gequältes Lächeln und drückte mir einen Kuss auf die Stirn. »Pass auf dich auf, Nichte. Ich weiß, dass du dazu in der Lage bist.«

Eine letzte Umarmung, dann gab er mir das Zeichen, zu klettern.

Ich griff das Seil und arbeitete mich langsam an der Mauer hoch, dankbar für jede einzelne Übungsstunde mit meinem Onkel. Doch seine Worte waren ein hohles Echo in meinen Gedanken.

Unser Königreich.

Estéllian war Gelyths Königreich, nicht meines. Es war meine Vergangenheit, nicht meine Zukunft.

Oben hob ich die Hand zu einem stummen Abschiedsgruß, meine Kehle eng mit Traurigkeit.

Gelyth lächelte mir zu, eine einsame Gestalt zwischen den Bäumen. Dann ließ ich mich vorsichtig auf der anderen Seite hinab, meine Wangen nass mit Regen und Tränen.

Meine Füße trafen den durchnässten Boden mit einem leisen *Plitsch*.

Mit einem tiefen Atemzug drehte ich mich um, vor mir das hügelige Grasland des seeländischen Territoriums, das mit rosafarbener Heide und knorrigen Nadelbäumen übersät war.

Ein Donner grollte in der Ferne. Nicht weit von mir stob ein Schwarm Krähen in die Luft, ihre Schreie heiser in der Abenddämmerung.

Ich schluckte, mein Herzschlag ein nervöses Flattern in meiner Brust.

Die Welt war weit und gigantisch und gefährlich.

Und nun würde ich ihr allein begegnen müssen.

4

Faelhem, Seeland

Im Schankraum des *Staubigen Stiefels* stank es nach Pisse, Schweiß und Bier.

Ich hatte mir einen Tisch in einer dunklen Ecke ausgesucht. Die Kapuze tief in mein Gesicht gezogen, die Wand im Rücken, hatte ich mich so hingesetzt, dass ich die Eingangstür im Blick hatte. Ich wusste, dass es riskant war, mich in die Zivilisation zu wagen, selbst in ein kleines Dorf wie Faelhem.

Doch ich hatte keine Wahl. Einerseits hatte ich Nadia finden müssen, die glücklicherweise tatsächlich im Stall des Wirtshauses auf mich gewartet hatte. Außerdem hatte ich meine Vorräte aufstocken müssen, denn die Reise zur Küste dauerte auch zu Pferd mehrere Wochen, und draußen tobte ein heftiger Sturm. Gewitter und Hagel fielen über Seelands Heide her wie wütende Götter, deswegen hatte ich mich mit knirschenden Zähnen in den Schankraum geschlichen.

Mein Bogen und Köcher lehnten neben mir an der Wand. Elrys versteckte ich unter meinem Umhang, denn der silbrig glänzende Kristall, der in seinen Knauf eingearbeitet war, würde an einem Ort wie diesem hier zu viel Aufmerksamkeit auf sich ziehen. Meine Messer dagegen trug ich griffbereit an meinem Gürtel. Da ich Straßen und Wege gemieden hatte, war ich in den letzten zwei Wochen weder Irins Soldaten noch sonst irgendjemanden begegnet.

Fürs Erste mochte ich meine Verfolger abgeschüttelt haben, doch ich war noch lange nicht sicher.

Estéllian war noch lange nicht sicher vor mir. Und Irin würde nicht ruhen, bis er mich gefunden hatte.

Meine Kleidung klebte immer noch feucht vom Regen der letzten Wochen an meinem Körper. Vor mir auf dem Tisch dampfte eine Schüssel mit Wurzeleintopf, an der ich meine klammen Finger wärmte. Wachsam ließ ich meinen Blick durch den Gastraum wandern. Er war voll mit Reisenden, die wie ich vor dem Wetter nach drinnen geflüchtet waren. Die meisten waren

Menschen, aber ich entdeckte auch eine Gruppe Dämonen, die ein paar Tische weiter in ein lautstarkes Kartenspiel vertieft waren.

»Bei Guldemars Barte!«

Ich zuckte zusammen. Unwillkürlich tastete ich nach meinem Messer, doch ich sah niemanden.

»Wieso baut eigentlich niemand in Anthea seine Möbel zwergenfreundlich?«, schimpfte eine weibliche Stimme.

Ich reckte den Kopf. Erleichterung machte sich in mir breit, doch das Gefühl hielt nicht lange an. Eine rothaarige Zwergin versuchte gerade, auf den Stuhl gegenüber von mir zu klettern.

»Hier ist doch frei?«, fauchte sie. »Ich habe diesen Laden selten so voll erlebt.«

Ich unterdrückte ein Stöhnen. Das hatte mir gerade noch gefehlt. Ich wollte mit niemandem reden, sondern unentdeckt nach draußen verschwinden, sobald ich aufgegessen hatte. Bei Sonnenaufgang würde ich mich auf den Weg in den Seufzenden Wald machen und mich am Jadesee vorbei zur Küste vorarbeiten.

Doch die Zwergin nahm mit einem Ächzen Anlauf und schaffte es dieses Mal, sich auf den Stuhl zu schwingen. Sie seufzte und machte sich an ihrem Gürtel zu schaffen.

Plumps. Plumps. Plumps.

Ein Kurzschwert, mehrere Messer und eine kleine Axt landeten auf der zerkratzten Tischplatte.

Ihr Geruch traf mich. Sie roch wie glühende Kohlen, vermischt mit einem Hauch von Nelken.

Die Zwergin streckte mir einen kurzen Arm entgegen. Sie musterte mich neugierig. Zu neugierig für meinen Geschmack. »Ich bin Dora. Dora Höhlengießer aus Bentuath.«

Widerwillig ergriff ich sie. Sobald ich konnte, würde ich mich unauffällig davonstehlen.

»Ich bin ... Elysa.«

Ein falscher Name, kein Zuhause. Das war jetzt mein Leben.

Doras Händedruck war trotz ihrer Größe kräftig, ihre Handfläche mit Hornhaut bedeckt. Sie ließ ihren Blick über meine Kapuze wandern, die meine Ohren vollständig verbarg. »Schön, dich kennenzulernen. Und woher kommst du, Elysa?«

»Seeland«, sagte ich, ein wenig zu schnell.

Die Augen der Zwergin wurden schmal. Draußen heulte der Wind auf, Regen prasselte laut gegen die Fensterscheiben.

»Aha. Woher aus Seeland?«

Ich schluckte. Plötzlich war mir warm unter meiner Kapuze, doch ich zwang mich zu einem Lächeln.

»Vennhaven.«

Ich betete, dass das Kreuzverhör damit beendet sein würde. Als hätten die Götter mich erhört, nickte die Zwergin nur und pfiff einen der Kellner heran, der ein Tablett mit dampfenden Suppenschüsseln zwischen den Gästen hindurchbalancierte.

Er beförderte eine der Schüsseln so schwungvoll auf unseren Tisch, dass die Hälfte der Suppe daneben landete.

»Hast du es schon gehört?«, fragte Dora schließlich mit vollem Mund. »Dass es Krieg geben wird? Weil Manor und Irin sich in den Haaren haben?«

Ich verschluckte mich an meinem Eintopf. »Wie bitte?«

Dora zuckte mit den Schultern, begleitet von einem lauten Schlürfen. »Hab ich in Allander aufgeschnappt.« Sie musterte eine Gruppe Dämonen auf der anderen Seite des Kamins. »Was die noch hier machen, weiß ich nicht.«

Krieg.

Allein das Wort schien absurd. Es hatte viele Kriege zwischen Elfen und Dämonen gegeben, bis die beiden Königreiche vor mehr als einem Jahrhundert entschieden hatten, einander zu ignorieren und sich aus der Ferne zu hassen.

»Warum?«, fragte ich heiser.

Dora gluckste.

»Was weiß ich?« Sie ließ ihren Löffel sinken und deutete damit auf die Dämonen in der anderen Ecke des Schankraumes. »Vielleicht solltest du dich besser an die Jungs dahinten wenden.«

Die Dämonen johlten gerade etwas in Istava, der Sprache Galmárons, und ließen ihre Bierkrüge gegeneinander krachen. Sie sahen nicht aus wie Leute, die erwarteten, morgen in den Krieg zu ziehen.

Stumm löffelte ich meinen Eintopf. Doch *falls* es Krieg geben würde … was bedeutete das für Gelyth?

Er hatte gesagt, dass Maja und er untertauchen würden. Aber Gelyth war niemand, der den Kämpfen fernbleiben würde, nicht solange sich seine ehemaligen Schüler unter den Soldaten befanden.

Noch ein lautes Schlürfen.

»Was verschlägt dich hier hin, Elysa aus Vennhaven?« Dora hob eine Braue. Suppe lief an ihrem Kinn hinab, als sie die Schüssel an ihre Lippen setzte.

Ich griff nach meinen Waffen und schob meinen Stuhl zurück.

»Ich muss gehen«, murmelte ich.

Die Zwergin schnaubte und knallte ihre Schüssel auf den Tisch. »War schön, dich kennengelernt zu haben.«

Ich erhob mich, ohne die Dämonen am Nebentisch aus den Augen zu lassen. Dora hatte recht. Wenn jemand mehr über diesen Krieg wusste, dann waren es diese jungen Männer. »Tut mir leid.«

»Wie auch immer«, fauchte sie. »Auf Nimmerwiedersehen.«

Ich spürte ihren wütenden Blick auf meinem Rücken, doch ich bahnte mir bereits einen Weg durch die Menge.

Mein Herz klopfte wild in meiner Brust. Ich wusste, dass ich schleunigst verschwinden sollte. Dass es leichtsinnig war, mich länger hier aufzuhalten, geschweige denn mit noch jemandem zu sprechen. Doch ich *musste* wissen, was es mit den Gerüchten über einen neuen Krieg auf sich hatte.

Unauffällig zwängte ich mich zwischen anderen Gästen hindurch, bis ich zwischen den Dämonen stand. Ich runzelte die Stirn. Sie hatten sich um einen Dämon in ihrer Mitte versammelt.

Spielkarten lagen vor ihm auf dem Tisch. Gerade ließ er eine davon in seinem Ärmel verschwinden. Er zwinkerte, ein Schlenzen seiner Hand … und er holte sie aus seinem anderen Ärmel wieder heraus. Der ganze Tisch heulte auf, zwei hübsche Menschenfrauen an seiner Seite kicherten.

Mein Herz raste immer noch, doch ich hatte keine Wahl.

»Hallo.« Ich schob meine Kapuze aus der Stirn, gerade so weit, dass mein Gesicht zu sehen war, und trat an den Tisch. Ein Dutzend Augenpaare richtete sich auf mich.

Warum die Dämonen sich *Dämonen* nannten, war mir schon immer ein Rätsel gewesen. Mit ihren spitzen Ohren war es offensichtlich, dass sie dieselben Wurzeln wie Wald- und Steppenelfen hatten. Nur ihre Haut war ein wenig dunkler, ihre Ohren ein wenig größer.

Der Dämon mit den Karten, offenbar der Anführer der Gruppe, grinste. Seine weißen Zähne blitzten. Sein kurzes, rabenschwarzes Haar war so dunkel, dass es das schummerige Licht im Gastraum zu verschlucken schien. Seine Kleidung war ebenfalls schwarz, einfach, aber aus hochwertigem Stoff gefertigt.

Die anderen Dämonen waren genau wie er gekleidet, doch etwas an ihm war ... *besonders*. Vielleicht waren es die vielen Ringe in seinen spitzen Ohren, vielleicht die goldenen Sprenkel in seinen Augen. Oder die zwei mächtigen Schwerter auf seinem Rücken?

Ich wusste es nicht. Aber es war da.

»Mit wem haben wir die Ehre?« Sein Blick streifte meine Kapuze und meinen Bogen, der über meine Schulter ragte. Ich zwang mich zu einem Lächeln und schüttelte den Kopf.

»Nicht wichtig. Ich will Euch etwas fragen.«

Sein Grinsen wurde breiter. »Tut Euch keinen Zwang an, Waldelfe.«

Verdammt. Ich erkannte meinen Fehler. Natürlich wusste jemand, der schwer bewaffnet wie er durch Anthea zog, wie ein in Estéllian gefertigter Bogen aussah. Mit einem leisen Fluch drehte ich mich um, versuchte, mich an seinen Männern vorbeizuquetschen. Doch wie eine Wand aus Granit versperrten sie mir den Weg, die Arme vor der Brust verschränkt.

»Bleibt«, sagte ihr Anführer. »Ich habe nicht vor, mich in die Angelegenheiten der Kurzohren einzumischen. Darauf gebe ich mein Wort.«

Seine Stimme war weich wie Samt, vermutlich eine Masche, die ihm regelmäßig Gehör bei Frauen verschaffte. Er sprach mit leichtem Akzent, doch mit der Leichtigkeit eines Mannes, der den Unterricht gut bezahlter Lehrer genossen hatte.

Menschen, Zwerge und Elfen hatten sich über die Jahrhunderte die gemeinsame Sprache Antheas angeeignet. Galmáron dagegen, durch den Silberfluss getrennt vom Rest des Kontinents, hatte seine eigene Sprache gepflegt wie eine besondere Pflanze.

Langsam wandte ich mich um und setzte ein Lächeln auf. Ich saß in der Falle. »Wo ich herkomme, gibt man nicht viel auf das Wort eines Dämons.« Ich warf seinen Kameraden einen wütenden Seitenblick zu. »Aber bitte, beweist mir das Gegenteil.«

Er hob eine Augenbraue. »Alles für die Diplomatie.«

Seine Freunde gluckten. Jemand raunte etwas in Istava, das mit Sicherheit nicht schmeichelhaft war. Doch ich beugte mich über den Tisch und kam ihm so nahe, dass ich ihn riechen konnte. Sein Geruch erzählte von langen, trockenen Sommern und heißem Wüstensand.

»Was wisst Ihr über den Krieg zwischen Estéllian und Galmáron?«

Einer der Dämonen fauchte leise.

»Komm ihm lieber nicht zu nahe, *filani*. Dieser Gaukler ist auch ein Jäger.«

Ich schnaubte. *Filani* bedeutete *Mädchen*, eines der wenigen Istava-Worte, das ich kannte. Doch ich beachtete ihn nicht, sondern fixierte seinen Anführer.

»Nichts weiß ich«, sagte er und schob die Karten zu einem Stapel zusammen. »Weil es keinen Krieg geben wird. König Manor ist ein Freund leerer Drohungen.«

Ich sah mich unbehaglich um. Kein Wort glaubte ich ihm.

»Nennt Euren Preis.«

Der Kartenmeister zuckte mit den Schultern und mischte die Karten mit geübten Bewegungen. »Ich schlage einen Handel vor. Informationen für einen Kartentrick. Einverstanden?«

Herausfordernd funkelte er mich an. Ein kopfloses Gefühl rauschte durch meinen Körper und ein warmes Kribbeln breitete sich in meinem Bauch aus. Ich wusste, dass ich vorsichtig sein sollte. Doch, verdammt, er hatte etwas an sich, das mich dazu brachte, mitspielen zu wollen.

Also nickte ich. »In Ordnung. *Ein* Kartentrick.«

Mit einem Grinsen rutschte er ein Stück zur Seite und beförderte dabei eine seiner Verehrerinnen von der Bank.

Ihr Blick war tödlich, als ich mich an ihr vorbei quetschte.

»Wer seid Ihr?«, fragte ich.

Der Dämon platzierte drei Karten vor mir auf dem Tisch. Zwei Asse, in ihrer Mitte die Pikdame.

»Du kannst mich Nepomouk nennen. Fürs Erste.«

Seine Leute brachen in schallendes Gelächter aus. Es brach ab, als ich einen Schluck aus seinem Bierkrug nahm.

»Elysa. Fürs Erste.«

Nepomouk schmunzelte und drehte die Karten um. »Bist du bereit?«

Mit den Höflichkeiten war es nun offenbar vorbei. Ich grunzte. »Ja.«

Seine Wärme und sein Geruch hüllten mich ein, als er näher rückte. Leder, Pferd und Stahl.

»Folge der Pikdame. Wir nennen sie *pikkiralky*. Sie passt zu dir.«

Ich verdrehte die Augen.

»Fangt an.«

Er lachte und bewegte die Karten. Ich fixierte die Pikdame, doch seine Hände waren flink.

Dann hörte er auf.

»Wo ist sie?«

Ich zeigte auf die mittlere Karte. Mit einem unschuldigen Lächeln drehte Nepomouk sie um.

Herzass.

»Leider falsch, *edeji*.« Der ganze Tisch grölte.

Er musterte mein Gesicht. »*Edeji*. Ein *Schatz* bist du wirklich. Deine Augen funkeln wie Juwelen. Was meinst du, Flory?«

Er nahm mein Kinn zwischen Daumen und Zeigefinger und drehte meinen Kopf.

Mein Blick fiel auf einen Dämon, der auf der anderen Seite des Tisches saß. Sein Haar war kurz, an den Seiten ganz abrasiert. Er hatte die Arme vor der Brust verschränkt.

»Nicht mein Fall.«

Nepomouk gluckste. »Habe ich mir gedacht.«

Ich schlug seine Hand weg. »Macht weiter«, fauchte ich. »Wir haben eine Vereinbarung.«

Aus dem Augenwinkel sah ich, dass sich weitere Leute um den Tisch versammelt hatten. Keine Dämonen.

Fabelhaft. Wir hatten noch mehr Publikum.

Doch Nepomouk schien in ihrer Aufmerksamkeit zu baden wie in einem warmen Fluss. Er deutete eine Verbeugung an, wieder ein breites Grinsen auf den Lippen.

»Dein Wunsch ist mir Befehl, *edeji*.«

Wir spielten sein Spiel mehrere Minuten lang und immer, *immer* lag ich falsch.

Mit jeder neuen Runde kam Nepomouk mir näher, legte manchmal den

Arm um meine Schulter. Ich ließ es geschehen und folgte den Bewegungen seiner Hände, die eindeutig die eines Soldaten waren.

Er zog mich näher zu sich. »Wo ist sie, Elysa?«, schnurrte er. »Wo ist *pikkiralky*?«

Sein Atem war warm auf meiner Haut.

Seine Freunde lachten, als ich auf eine Karte deutete, die eigentlich ein Ass sein musste.

»Die hier.«

Er stutzte. Mein Herz machte einen Satz.

Treffer.

»Steht auf«, wisperte ich. »Und dreht die Karte um.«

Gemeinsam erhoben wir uns. Eines meiner Messer lag in meiner Hand, an sein Bein gepresst. In äußerst sensibler Höhe.

Seine Freunde verstummten.

Nepomouk räusperte sich. »Bist du dir sicher?«

Ich nickte. »Bitte.«

Der Kartenmeister presste die Lippen zusammen und gehorchte. Die Pikdame grüßte uns. Ein Raunen ging durch unser Publikum.

Ich legte den Kopf schief und schob mein Messer zurück in seine Scheide. »Ich mag *pikkiralky.*«

Der Dämon mit dem Namen Flory schnaubte. *»Kin valládat tartosni orszan,* Nepomouk.« Seine dunklen Augen wurden schmal, als er mich ansah. »Auf jedem Schatz hockt eine Bestie, die ihn bewacht.«

Ich ignorierte ihn und drehte mich zu seinem Anführer um. »Was hat König Manor vor?«

Nepomouks Grinsen kehrte zurück. Jeder am Tisch schien aufzuatmen.

»Weiß ich nicht, *pikkiralky*. Hab ich dir doch gesagt.« Er ließ sich zurück auf die Bank fallen und zwinkerte mir zu. »Reingefallen.«

Am nächsten Morgen schwang ich mich nach einer kurzen Nacht unter einem Felsvorsprung auf Nadias Rücken. Von Krämpfen geschüttelt, denn mein Körper hatte entschieden, dass jetzt der richtige Zeitpunkt für meine monatliche Blutung war.

Nach dem Debakel mit Nepomouk und seinen Männern war ich auf der Stelle in die Nacht verschwunden und hatte ein paar Meilen zwischen

Faelhem und mich gebracht, trotz des Sturms. Kein bisschen schlauer, was den drohenden Krieg betraf, weshalb meine Laune ihren Tiefpunkt erreicht hatte.

Ich musste Gelyth selbst fragen, doch dafür brauchte ich einen Boten. Und woher sollte ich in der Wildnis Antheas jemanden auftreiben, der einen Brief nach Estéllian bringen würde? Einen Boten, der bereit war, sich tief in den Wald zu schlagen, um einen Waldwächter namens Cian zu finden?

Ich ballte die Hände zu Fäusten.

Falls ich jemanden fand, der sich dazu bereit erklärte, würde er einen Betrag fordern, den ich nicht bezahlen konnte.

Es dauerte nicht lange, bis der Regen erneut in dicken Tropfen vom Himmel prasselte. Nach wenigen Meilen war ich bis auf die Knochen durchnässt – schon wieder. Und mir war schwindelig vor Hunger.

Missmutig steuerte ich die Überreste eines heruntergekommenen Unterstandes an. Dichte Ranken bedeckten die alten Holzplanken, hohes Gras wucherte im Innenraum. Nur die Überreste eines Lagerfeuers zeugten davon, dass ab und an noch jemand hier Rast machte.

Ich nahm auf einer der morschen Bänke Platz und machte mich über meine Vorräte her. Immerhin kam die Sonne durch und tauchte den stillen Wald in ein sanftes Licht. Ich ließ meinen Wasserschlauch sinken.

Es war tatsächlich *still*. Zu still.

Ich stieß einen leisen Fluch aus.

Hunger und schlechte Laune sind keine guten Reisebegleiter. Das hatte Gelyth mir stets eingeschärft, wenn er auf eine in meinen Augen überflüssige Pause bestanden hatte.

Und recht hatte er, musste ich mir eingestehen.

Der Wald war totenstill. Ein Stück weiter war der Weg zwischen zwei Felsmassiven eingekeilt, die dicht mit Gestrüpp bewachsen waren. Der Pfad dahinter war schlecht einsehbar.

Ein perfekter Ort für einen Hinterhalt.

Langsam ging ich auf die schmale Schlucht zu, Nadias Zügel in der einen und Elrys in der anderen Hand. Ich lauschte in den Wald hinein, doch … nichts. Nichts außer dem Rascheln der Blätter im Wind, dem Knarren der Äste.

Ich atmete durch die Nase ein.

Angst hing in der Luft, vermischt mit einer frischen Duftnote, die ich nicht zuordnen konnte.

Ich ließ meinen Blick über die zertrampelte, matschige Erde des Pfades wandern.

Ein Hut lag im Dreck zu meinen Füßen. Ich benutzte die Spitze meines Schwertes dazu, ihn anzuheben. Abgetragenes Leder, jedoch gut gefertigt. Ich hielt den Hut näher an meine Nase. *Meer.* Der frische Geruch war der des Meeres.

Vorsichtig durchschritt ich die Schlucht.

Nichts passierte.

Ich ließ Elrys wieder in die Scheide an meinem Gürtel gleiten. Erleichterung durchflutete mich.

Die Wildnis schien ebenfalls aufzuatmen. Insekten brummten und der schüchterne Ruf einer Drossel tönte aus dem Unterholz. Doch zu meiner Rechten war der Farn plattgetrampelt, die Blätter der Sträucher abgeknickt oder abgerissen.

»Götter«, fluchte ich und krallte meine Finger in das Leder des Hutes in meiner Hand. Ich wollte die Küste so schnell wie möglich erreichen. Doch konnte ich denjenigen, den es hier erwischt hatte, einfach seinem Schicksal überlassen?

Ich kannte meine Antwort, bevor ich den Gedanken zu Ende gedacht hatte.

Gelyth würde nicht zögern, das Richtige zu tun. Also würde ich es auch nicht.

5

Ich brauchte nicht lang, um sie zu finden.

Die drei Männer hockten auf einer Lichtung, zwischen ihnen brannte ein Lagerfeuer. Sie alle waren in abgetragene Kleidung gehüllt, ihre Gesichter hager und unrasiert.

Beinahe hätte ich gelacht, als ich erkannte, wer da hinter ihnen an zwei schlanke Birken gefesselt war.

Dora Höhlengießer, neben ihr ein Mensch. Ein junger Mann, blond und blauäugig, vermutlich aus Seeland, dem Territorium der Menschen. Sie waren geknebelt, ihre Gesichter blass, doch zumindest waren sie beide wach. Was machten die beiden hier, mitten im Nirgendwo? Zwischen Faelhem und der seeländischen Küste war nichts als Wildnis, zumindest den Landkarten zufolge.

Einer ihrer Entführer befestigte gerade einen frisch gehäuteten Hasen an einem Stock. Die anderen beiden, zwei glatzköpfige Zwillinge, beugten sich über einen Haufen aus Münzen und Schmuck, wahrscheinlich ihr Diebesgut.

»He, Malik, wird das langsam mal was mit dem Mittagessen?«

Der Mann mit dem Hasen ließ den Stock sinken.

»Halt die Klappe, ich bin nicht euer Koch!«

Ich ließ den Blick über die Lichtung schweifen.

Drei gegen einen.

Große Männer, aber sie waren zu dünn, um in guter Verfassung zu sein. Kein Bogen, nur einfache Schwerter und Messer, die schon bessere Tage gesehen hatten.

Es hätte schlimmer kommen können. Ich zog meinen Bogen von meinem Rücken.

Drei schnelle Schüsse.

Der erste Pfeil sauste zwischen den Köpfen der Zwillinge hindurch und bohrte sich in eine Birke am anderen Ende der Lichtung. Der zweite spießte den Hasen auf, der letzte fegte den Schlapphut von Maliks Kopf.

»Verdammt!«

Er sprang auf die Füße und zog sein Schwert.

Auch die anderen beiden Männer versuchten, ihre Klingen zu fassen zu kriegen. Panik lag in ihren Augen, als sie das Unterholz nach einem Angreifer absuchten.

Ich legte einen weiteren Pfeil an die Sehne meines Bogens und trat aus dem Dickicht heraus.

»Ich habe einen Vorschlag für euch. Die beiden dürfen gehen. Dafür lasse ich euch am Leben.«

Doch die Männer hoben ihre Schwerter. Malik grinste, während die Zwillinge mich von oben bis unten musterten.

»Du bekommst die beiden und wir gehen leer aus?«

»Wenn dir dein Leben so wenig wert ist«, säuselte ich und legte den Kopf schief.

Götter, wenn Gelyth mich so reden hören könnte, er würde Tränen lachen.

Malik deutete auf den Seeländer, seine dunklen Augen waren wachsam. »Das nicht. Aber auf den Burschen da sind zehntausend Goldstücke ausgesetzt, von Fenne von Schipgaard höchstpersönlich.«

»Ein Kopfgeld?«

Der Räuber schüttelte den Kopf. Sein Lächeln war boshaft.

»Ein Finderlohn.«

Ohne den Bogen sinken zu lassen, runzelte ich die Stirn. Ich würde keine Zeit damit verbringen, mich in Seelands Justiz einzumischen.

»Warum? Ist er ein Verbrecher?«

Malik lachte auf. Die Zwillinge glucksten amüsiert.

»Nein. Er ist Fenne von Schipgaards Sohn, Noah von Schipgaard. Die Küstenrätin hat ihren Sohn schon *sehr* lange nicht gesehen. Hat sich wohl überlegt, dass er lange genug auf seiner Laute herumgeklimpert hat. Dass es an der Zeit ist, andere Methoden anzuwenden, um den kleinen Chorknaben hier nach Hause zu holen.«

Ich traute meinen Ohren nicht.

Fenne von Schipgaards Sohn. Seelands Küstenrätin, die sich seit Jahren mit Irin ein heißes Rennen um Platz eins der Liste der unsympathischsten Personen Antheas lieferte. Wenn die Geschichten über sie stimmten.

»Was wird sie mit ihm machen?«

Malik zuckte mit den Schultern. Das Gras unter seinen Füßen raschelte leise, als er einen Schritt auf mich zu machte.

Ich hob die Augenbrauen und korrigierte meine Position, sodass mein nächster Pfeil ihn geradewegs ins Herz treffen würde.

»Vorsicht«, knurrte ich, doch Malik hob die Hände. Und kam noch einen Schritt näher.

»Vielleicht ein paar Jahre Arrest, weil er sich ihrem Befehl, nach Hause zu kommen, so lange widersetzt hat. Aber wie gesagt, nicht meine Sache. Sobald ich meinen Anteil des Finderlohns in der Tasche habe, bin ich wieder über alle Berge.«

Sein Lächeln wurde breiter und eine Zahnlücke kam zum Vorschein.

»Vielleicht entscheiden wir uns aber auch dazu, ihn an Galmáron oder Astralis zu verkaufen. Ein Bursche seiner Herkunft kann für jedes Königreich ein mächtiges Verhandlungsinstrument sein.«

Ich musterte den jungen Mann, dessen hellblaue Augen vor Wut blitzten. Fenne von Schipgaard würde ihren eigenen Sohn ins Gefängnis stecken. Noch jemand, dessen Mutter nicht bei gesundem Verstand war. Ich würde Noah vor diesem Schicksal bewahren. Blieb nur noch Dora.

»Und was wollt ihr mit der Zwergin anfangen?«

Es war wieder so still, als hielte der ganze Wald den Atem an. Nur das Knistern und Knacken des Lagerfeuers füllte die Stille.

»Auf die ist kein Finderlohn ausgesetzt«, schaltete sich einer der Glatzköpfe ein. »Noch nicht. Wir müssen erst noch ihre Verwandten in Bentuath wissen lassen, dass wir sie haben. Zwerge bringen immer gutes Erpressungsgeld ein.«

Dora gab eine Reihe erstickter Laute von sich, bei denen es sich nur um Morddrohungen handeln konnte.

Ich stutzte. *Warum erzählen sie mir das alles?*

In diesem Moment erkannte ich meinen Fehler. Malik und seine Begleiter hatten versucht, Zeit zu gewinnen. Mit Erfolg.

Das Blut in meinen Adern gefror. Der tote Hase. Kaum jemand brachte es fertig, einen Hasen mit Messer oder bloßen Händen zu fangen.

Zu viert. Sie mussten zu viert sein.

Ohne mich umzudrehen, wusste ich, dass diese vierte Person einen Bogen besaß. Und dass in diesem Augenblick bereits ein Pfeil auf meinen Rücken zielte.

Mein Herz raste. Ich hatte gehofft, heute nicht töten zu müssen.

Auf einem seiner inoffiziellen Kundschafterdienste im Süden der Batari-Steppe hatten Gelyth und ich es einmal mit neun Wegelagerern aufnehmen müssen, einem berüchtigten Banditenclan. *Calicos Brüder* hatten sie sich genannt, nach dem Nachnamen ihres Anführers. Jahrelang hatten sie die Straßen Antheas unsicher gemacht, von Seelands Küste bis zu den Himmelsbergen im Norden des Kontinents. Hatten gestohlen und getötet, sogar ganze Dörfer geplündert.

Bis sie den Fehler gemacht hatten, Gelyth und mich mit einfachen Reisenden zu verwechseln. Keiner von Calicos Brüdern hatte die Schlucht lebendig wieder verlassen. Mein Onkel und ich hatten nur ein paar Schrammen davongetragen, auch wenn ich mich nach dem Gemetzel stundenlang übergeben hatte.

Ich hasste es, zu töten. Hasste es mit jeder Zelle meines Körpers. Doch es gab Situationen, die derartige Opfer erforderten.

Das hier war eine davon.

Ich duckte mich und machte einen großen Satz zur Seite. Die Kapuze rutschte von meinem Kopf, doch das kümmerte mich nicht. Keiner der Männer würde diese Lichtung lebendig wieder verlassen.

Etwas zischte direkt über meinem Kopf. Der Pfeil, der auf mich gerichtet gewesen war, flog quer über die Lichtung. Als ich landete, schoss ich meinen nächsten Pfeil ab. Mit einem ekelhaften Geräusch bohrte er sich in die Kehle des Bogenschützen. Blut sprudelte, als er auf die Knie sank.

Die Männer hinter mir fluchten.

Zu nah, sie waren schon viel zu nah. Ich rannte mit großen Schritten auf die gegenüberliegende Seite der Lichtung und feuerte den nächsten Pfeil auf einen der Glatzköpfe ab.

»Scheiße!«

Treffer. Ich zog Elrys, in der anderen Hand bereits ein Messer und drehte mich um. Jetzt würde der dreckige Teil dieses Kampfes beginnen.

Mit grimmigen Gesichtern schlichen die beiden Männer auf mich zu, ebenfalls mit Schwertern bewaffnet, deren Klingen allerdings mit Rostflecken übersät waren.

Lass sie zu dir kommen, hörte ich Gelyth sagen.

Die beiden Männer umzingelten mich. Ihr Atem war ein lautes Keuchen, doch ihre Augen funkelten wild mit Rachedurst.

Zehn, elf, zwölf Atemzüge vergingen.

Noch bevor sie einen Schritt auf mich zumachten, wusste ich, dass der Angriff kam. Ich rührte mich nicht, als sie auf mich zustürzten.

Noch nicht, flüsterte Gelyth in meinem Kopf.

In meinen Gedanken wurde es still. Ich hatte *einen* Versuch.

Erst als die erste Klinge meine eigene traf, bewegte ich mich. In einem einzigen Manöver stieß ich Malik Elrys' Klinge in den Bauch. Dem anderen Zwilling schlitzte ich in derselben Bewegung mit meinem Messer die Kehle auf.

Blut spritzte mir ins Gesicht, befleckte meine Hände, Haare und Kleidung. Ein Anflug von Übelkeit überkam mich, als der glatzköpfige Räuber mit leeren Augen in die Knie sank.

Malik hielt sich noch auf den Beinen. Eine Hand an seine blutende Seite gepresst, taumelte er auf mich zu.

Ich warf einen Blick auf seine Wunde. Er würde diesen Tag nicht überleben.

Wieder ließ ich ihn zu mir kommen, trat einen Schritt zurück, um ihn zu locken. Noch einen.

Noch einen.

Ich griff Elrys' Heft fester, als Malik mit einem Schrei über mich herfiel, sein Gesicht bleich vom Blutverlust.

Der Tritt, den ich ihm verpasste, brachte ihn zu Fall.

Mit einem hässlichen Gurgeln landete er rücklings im Gras, das längst feucht von Blut und Regen war.

Ich ekelte mich vor mir selbst. Vor dem, was ich getan hatte.

»Tu es, Elfenweib«, murmelte er und schloss die Augen.

Ich presste die Lippen zusammen. Mit beiden Händen hob ich Elrys, setzte seine Spitze auf die Stelle über seinem Herzen.

Knochen knackten, ich wollte würgen, doch ich hielt Elrys' Heft fest umschlossen, so lange, bis das Zucken seines Körpers nachließ. Und ich zwang mich dazu, ihn anzusehen.

Ich hatte das hier getan, also würde ich nicht wegsehen.

Erst als sein Atem nicht mehr zu hören war, erlaubte ich es mir, mich umzudrehen.

Ich zog Elrys aus dem Körper des toten Mannes und ließ es mit einem dumpfen Geräusch neben mir ins Gras fallen.

Keuchend sank ich auf die Knie.

Ich würgte, bis ich das Gefühl hatte, dass meine Eingeweide sich nach außen stülpten. Saure Galle brannte in meinem Mund und in meiner Kehle, als ich mich wieder auf die Beine kämpfte.

Der Wald war still. Totenstill.

Ein ersticktes Räuspern hinter mir. Richtig, ich war nicht allein.

Da waren Dora Höhlengießer und Noah von Schipgaard. Sie waren der Grund, warum ich mich überhaupt auf dieser götterverdammten Lichtung befand.

Ich verzog das Gesicht, als ich mir mit einem Ärmel den Mund abwischte und auf zittrigen Beinen über das Gras stakste. Wann immer ich über eine der Leichen stieg, vermied ich es, in ihre leeren Augen zu sehen. Ich war es gewesen, die das Licht in ihnen für immer ausgelöscht hatte. Töten wurde nicht besser, je öfter man es tat, kein bisschen. Ich wollte weg von hier. Weg von dem Blut, weg von meiner Schuld.

Ich zog mein Messer und machte mich daran, die Fesseln der Zwergin und des jungen Mannes zu lösen.

»Bei Guldemars Gemächt, was für ein erbärmlicher Tag!« Dora spuckte den dreckigen Stofffetzen aus ihrem Mund und warf mir einen zornigen Blick zu. »So sieht man sich wieder, *Elysa*.«

Ich ignorierte sie und stieß mein Messer wieder in seine Scheide.

»Warum hast du sie umgebracht?«

Noah von Schipgaard stand vor mir, sein Gesicht verzerrt vor Wut. Das Hellblau seiner Augen erinnerte mich an einen bleichen Frühlingsmorgen am Meer. So anders als das dunkle Blau meiner eigenen Augen, die die Farbe des Abendhimmels hatten, kurz bevor die Sterne aufgingen.

Dann erreichte mich die Bedeutung seiner Worte. Ich blinzelte. »Wie bitte?«

»Warum du sie umgebracht hast! Ich hatte alles im Griff.«

Ich trat einen Schritt zurück. Zwar hatte ich keinen Dank erwartet, aber mit Schuldzuweisungen hatte ich auch nicht gerechnet.

»So hat es aber nicht ausgesehen«, zischte ich. »Ich hatte nicht vor, irgendjemanden auf dieser Lichtung zu töten, bevor der Bogenschütze aufgetaucht ist.«

Warum rechtfertigte ich mich überhaupt?

Jemand, den ich gerade eben davor bewahrt hatte, an seine verrückte Mutter ausgeliefert zu werden, hatte nicht das Recht, so mit mir zu sprechen.

»Ich wäre mit nach Seeland gekommen. Ich hätte so getan, als ob ich freiwillig mit ihnen gehen würde, bis sie mir vertraut hätten. Und dann, in einem günstigen Moment, hätte ich mich wieder abgeseilt.«

Ich schüttelte den Kopf. »Das waren keine Anfänger. Sie hätten dich keinen Moment aus den Augen gelassen.«

Noah schnaubte verächtlich und begann, seine Sachen einzusammeln. Er war barfuß, seine Hose ausgefranst und löcherig. »Mit dieser Einstellung –«

»Krieg dich ein, Menschlein«, unterbrach ihn Dora. Sie trank einen Schluck aus ihrem Wasserschlauch und ein lautes Rülpsen folgte. »Das Spitzohr hat uns den Arsch gerettet. Wie auch immer sie heißt.«

Der Barde zuckte mit den Achseln. »Es hätte einen anderen Weg gegeben, dieses Problem zu lösen.«

Ich verdrehte die Augen. Ich hatte genug gehört.

Stumm wandte ich mich ab und ging dorthin zurück, wo ich Elrys fallen gelassen hatte. Ich bückte mich und wischte die Klinge erst an einem sauberen Grasbüschel, dann an Maliks Hemd ab. Die gründliche Reinigung musste ich auf später verschieben, wenn ich mich mindestens ein paar Meilen von diesem Ort entfernt hatte. Aus dem Augenwinkel beobachtete ich die Zwergin, die das Diebesgut der Räuber in ihre Tasche stopfte.

»Das gehört dir nicht«, fauchte Noah.

Dora zuckte mit den Achseln und lächelte grimmig.

»Wenn du es haben willst, komm und hol es dir doch.«

Der Blick des Barden war finster. Er ballte die Hände zu Fäusten. »Ich –«

Weiter kam er nicht. Dora gab einen lauten Pfiff von sich. »Wim!«, rief sie.

Einen Augenblick später raschelte es im Gebüsch und ein Steinbock brach aus dem Unterholz hervor. Er preschte im Galopp auf sie zu.

Dora tätschelte seinen kräftigen Hals und fütterte ihn mit einem Zuckerstück aus ihrer Hosentasche.

Der Barde erstarrte. »Ed«, raunte er. »Mein Hengst. Er ist durchgegangen, als wir überfallen wurden.« Er fuhr herum und raufte sich das Haar. »Scheiße, scheiße, scheiße.« Mit großen Schritten marschierte er durchs Gras, den Blick auf den Boden gerichtet, Verzweiflung in den Augen. »Hast du zufällig eine Laute gesehen?«

Ich biss auf meine Unterlippe und schüttelte den Kopf.

Noah seufzte. »Scheiße.«

Ich sah mich um und musterte den Wald, dessen Leben langsam zurückkehrte. Die Vögel hatten ihren Gesang wieder aufgenommen, die Blätter raschelten im Wind. Keine Spur von größeren Raubtieren, doch irgendetwas war da draußen. Ich spürte es.

»Wir sollten gehen. Vielleicht gibt es mehr von ihnen.«

Doch Noah und die Zwergin hörten mir nicht zu.

»Meine Laute«, murmelte der Barde, die Augen immer noch auf den Boden gerichtet, während Dora mit ihrem Steinbock redete.

»Wirklich, wir sollten gehen. Ich kann dich ein Stück auf meiner Stute mitnehmen, Noah.«

Wenn ich ihn jetzt allein in der Wildnis ließ, hatte ich die Räuber umsonst umgebracht.

Keine Reaktion. Ich zuckte mit den Achseln und schlug mich wieder in den Wald.

Dann eben nicht.

Ich fand Nadia, wo ich sie zurückgelassen hatte. Die Stute knabberte an einem moosbewachsenen Stamm, ihre zuckenden Ohren waren das einzige Zeichen, dass sie mich bemerkt hatte.

»Warte! Tut mir leid!«

Der Barde hatte seinen Hut wiedergefunden. Er grinste.

»Nimmst du mich mit?«

Ich schwang mich in den Sattel, ohne ihn eines Blickes zu würdigen. Noah von Schipgaard konnte mir gestohlen bleiben.

»Eine gute Tat für einen armen Barden, dessen Pferd davongelaufen ist? Bitte? Das war nicht so gemeint.«

Ich trieb Nadia an, doch er lief uns hinterher. Mir war jetzt doch danach, ihn stehen zu lassen. Ich glaubte ihm kein Wort, so leidenschaftlich, wie er mich gerade noch verurteilt hatte.

Allerdings war da auch noch mein Pflichtgefühl.

»Steig auf«, murmelte ich.

Zweige knisterten, dann erklang ein lautes Jauchzen.

»Danke für die Rettung, Spitzohr!«, rief Dora, als sie auf ihrem Steinbock an uns vorbei galoppierte. »Pass mir gut auf den Barden auf!«

6

Am Abend fanden wir einen geeigneten Lagerplatz an einer Felswand in der Nähe des Pfades, geschützt von mehreren großen Bäumen. Natürlich hatte auch Dora ihn schon gefunden.

»Dürfen wir dir Gesellschaft leisten?«, fragte Noah die Zwergin und saß ab.

Sie hatte sich gegen einen Baumstamm gefläzt und las in einem Buch. Ihre Augen glühten in einem sanften Rot, eine Art Nachtsicht vielleicht.

Ich verzog das Gesicht. Eine Nacht neben Dora Höhlengießer zu verbringen, war das Letzte, was ich wollte. Doch Nadia brauchte eine Pause und ich hatte keine Lust, in der Dunkelheit nach einem anderen Lagerplatz zu suchen. Es war zwar ein Risiko, mir mit diesen Fremden einen Lagerplatz zu teilen, doch ich sehnte mich nach einer Nacht mit mehr als drei Stunden Schlaf. Wenn ich nicht allein war, konnten wir die Nachtwache untereinander aufteilen.

Außerdem wollte ich den Barden loswerden, mit dem ich seit der Lichtung kein Wort mehr gesprochen hatte. Das Schweigen beruhte auf Gegenseitigkeit.

»Tu dir keinen Zwang an, Menschlein«, sagte Dora, ohne aufzusehen. »Du bist mir jederzeit willkommen.«

Ich rollte mit den Augen und glitt aus dem Sattel.

»Kann ich dir helfen?«, fragte Noah. »Mit dem Pferd?«

Ich schüttelte den Kopf. »Nein, ich mach das schon.«

Er zuckte mit den Achseln und rückte seinen Hut gerade. Mir fielen die Ringe auf, die er an beiden Händen trug, silbern, golden und bronzen. Sie waren unterschiedlich geschmiedet, als stammten sie aus verschiedenen Ecken Antheas.

»Sag Bescheid, wenn ich etwas tun kann.« Er schwang seinen abgewetzten Seesack über die Schulter, schlenderte auf Dora zu und plumpste neben ihr zu Boden.

Die Zwergin hob eine rote Augenbraue. »Anstrengender Ritt?«

Noah warf mir einen Blick zu und schüttelte den Kopf. »Nein. Aber ein wenig … schweigsam.«

Dora nickte.

»So sind sie, die Spitzohren.« Sie senkte die Stimme. »Sie reden nicht gern mit Fremden.«

Der Barde zuckte mit den Schultern. »In Batari hat man mich mit offenen Armen willkommen geheißen.«

Ich drehte mich um, um Nadia den Sattel abzunehmen. Ich hatte genug gehört.

Dora schnaubte.

»*Du* hast ein hübsches Gesicht und kannst die Laute spielen. Du bist überall willkommen. Außerdem sind die Bataris ein wenig geselliger. Sehr temperamentvoll. Es kann vorkommen, dass sie einem aus Versehen mit ihren Krummschwertern den Kopf abhacken. Aufgewecktes Volk, die Steppen-Spitzohren, im Gegensatz zu den Langweilern aus Estéllian. Seit Jahrzehnten verschanzen sie sich hinter ihrer Mauer und wollen mit dem Rest Antheas nichts zu tun haben. Es ist ein Wunder, dass sich *die da* –«

Ich *spürte* Doras dicklichen Finger auf meinen Rücken zeigen.

»… überhaupt aus ihrem Wald herausgetraut hat.«

Meine Wangen brannten.

Die da hatte der Zwergin und dem Barden den Arsch gerettet.

Die da hatte vier Männer umgebracht, um sie zu befreien.

Wasser, erinnerte ich mich. Nadia brauchte Wasser.

Ich nahm ihre Zügel und stapfte davon.

Dora und der Barde beachteten mich nicht, als ich zu ihnen zurückkehrte.

»*Hilmars Hammer* ist der Wahnsinn!«, sagte Noah mit leuchtenden Augen zu der Zwergin. »Das Bier! Der Braten! Die Musik! Ich träume immer noch davon.«

»Dann wirst du den *Lachenden Bergmann* lieben. Das beste Bier in ganz Bentuath.« Dora kicherte. »Und das stärkste.«

Ich räusperte mich. Es war Zeit, die Nachtwache zu organisieren. »Wer macht die erste Schicht?«

Die Zwergin zuckte mit den Achseln, ein gefährliches Funkeln in den Augen. »Wie alle Zwerge kann ich im Dunkeln sehen, deshalb wollte ich euch anbieten, die mittlere Schicht zu übernehmen. Bevor du dich dazu entschieden hast, die Befehlshaberin zu spielen.«

Stille.

Dora und ich starrten uns an.

Noah sprang auf. »Ich nehme die erste«, sagte er, bevor wir uns an die Kehlen gehen konnten. »In ein paar Stunden wecke ich dich, Dora.«

Ein weiterer finsterer Blick. Die Zwergin verschränkte die Arme und hob eine Braue.

»Gut«, sagte sie.

»Gut«, sagte ich.

Ich zog zwei Waffen aus meinem Gürtel, ein Messer und einen Dolch. Mit dumpfen Geräuschen landeten sie vor Noah auf dem Waldboden.

»Die kannst du behalten, solange wir gemeinsam reisen.«

Also bis morgen früh.

Sobald Dora mich für die Nachtwache ablöste, würde ich mich davonschleichen und die Zwergin und den Barden ihrem eigenen Schicksal überlassen.

Noah sah mich an, als hätte ich ihm befohlen, unter Wasser zu atmen, doch es kümmerte mich nicht. Ich war müde, so müde wie schon lange nicht mehr. Und doch, als ich die Augen schloss, waren sie wieder da.

Falun. Yvo. Linnea.

All die anderen Gesichter, die Augen, in die das Leben nie zurückkehren würde. Wegen mir.

Es ist nicht deine Schuld, sagte ich mir. Wieder und wieder und wieder.

Irgendwann schnarchte Dora, doch es dauerte noch lange, bis ich endlich einschlief.

Jemand rüttelte an meiner Schulter.

»Du bist dran, Spitzohr.«

Abrupt setzte ich mich auf, meine Hand bereits am Heft meines Messers. Doch ich blickte in Doras sanft glühende Augen. Es musste kurz vor der Dämmerung sein. Blasses Licht schien zwischen den Zweigen der Bäume hindurch, die Luft war feucht mit Morgentau.

»War was?«, murmelte ich.

Die Zwergin schüttelte den Kopf und trottete zu ihrem eigenen Platz zurück, ihr Buch unter den Arm geklemmt.

»Nein. Aber ich weiß jetzt endlich, woher der Wald seinen lächerlichen Namen hat.«

Ich lehnte mich gegen die Felswand und rieb mir den Schlaf aus den Augen. Dann hörte ich es.

Ein leises Seufzen, kaum mehr als ein Wispern in den Zweigen, glitt durch die Bäume, begleitet von einem kühlen Luftzug. Von einem Augenblick auf den anderen waren meine Instinkte hellwach. Mein Blick schnellte zu Nadia und Wim, meine Hand wieder am Heft meines Messers. Doch die beiden Reittiere standen dicht beieinander und dösten unbeeindruckt.

Ich atmete auf.

Dora blätterte in den Seiten des Buches in ihrem Schoss. Im Zwielicht machte ich eine Zeichnung aus, die verdächtig nach einem halbnackten Zwerg aussah.

»Ich war schon öfter hier, aber das macht er zum ersten Mal«, raunte sie. »Schipgaard weiß auch nichts darüber, dabei kennt er diese Gegend wie kein anderer.«

Mein Blick wanderte zu Noah. Er schlief zwischen der Zwergin und mir. Das graue Licht der Dämmerung fiel durch die Zweige auf die sonnengebräunte Haut seines Gesichts, auf dem sich bereits blonde Bartstoppeln zeigten. Den verschlissenen Hut hatte er zum Schlafen abgelegt. Sein Mund war leicht geöffnet, seine Gesichtszüge entspannt.

Er war offensichtlich kein Krieger. Trotzdem sah er wie jemand aus, der sich um seinen Körper kümmerte, vielleicht jedoch aus anderen Gründen als Gelyth und ich. Nein, Noah war kein Mann der Waffen, auch wenn eine Frau wie Fenne von Schipgaard ihrem Sohn sicher Unterrichtsstunden in Waffenkunde bezahlt hatte.

Dora lachte leise.

»Hübsches, Bürschchen, sag ich doch.«

Hitze schoss in meine Wangen.

Ich riss mich von dem Anblick seiner Lippen los. Die Waffen, die ich ihm vor wenigen Stunden vor die Füße geworfen hatte, lagen immer noch an derselben Stelle. Als hätte er sie nicht einmal angerührt.

»Was macht ihr überhaupt hier?«, zischte ich. »Reist ihr gemeinsam? Und wohin?«

Die Zwergin hob die Augenbrauen. »Das sind ganz schön viele Fragen für eine Waldelfe, die ihren Namen nicht preisgibt.«

Ich schnaubte. Doras Art Gespräche zu führen, kratzte an meinen Nerven. »Das würdest du nicht sagen, wenn du wüsstest, wer hinter mir her ist.«

Die Worte waren draußen, bevor ich darüber nachdenken konnte. Ich unterdrückte einen Fluch.

Dora verzog den Mund zu einem breiten Grinsen und klappte ihr Buch zu. »Bitte, kläre mich auf.«

Ich knabberte an meiner Unterlippe. Es interessierte mich brennend, was die Zwergin und der Barde in diesem Wald zu suchen hatten, aber dafür musste ich Dora etwas anbieten.

»Ich … komme aus Merielle. Mein Weg führt an die Küste in Seeland.«

Die Augen der Zwergin wurden schmal. »So, so, *Fräulein Geheimnisvoll.* Und es verfolgt dich also jemand. Das hättest du uns ruhig eher sagen können.«

Ich öffnete den Mund, doch Dora winkte ab.

»Macht nichts, wird sind bereits im Schutzkreis.«

Ich runzelte die Stirn. »Schutzkreis?«

Sie nickte. »Wir sind noch eineinhalb Tagesreisen von Sedina entfernt.« Mit einer vagen Geste deutete sie auf die Bäume, die uns umgaben. »Überall in dieser Gegend sind magische Markierungen, die jeden, der nicht mit guten Absichten hierherkommt, in die Irre führen.«

Magische Markierungen. Allmählich bekam ich Kopfschmerzen.

Soweit ich wusste existierte in Anthea keine Magie mehr, zumindest keine, die frei war. Vor dreihundert Jahren hatten die mächtigsten Hexen und Druiden Antheas die gesamte Magie des Kontinents mit einem Bannspruch in einen einzigen Rubin gesperrt. Und ihn nicht ohne Ironie den *Stein der Einheit* getauft.

Vor zweihundert Jahren starben eben jene Hexen und Druiden in einer gewaltigen Explosion auf der Insel Marra. Der Stein der Einheit ging verloren und mit ihm die Magie eines ganzen Kontinents.

Ich rieb mir die Schläfen.

»Ist Sedina ein –«

»Dorf, ja. Eine Zuflucht, für alle, die eine brauchen. Entweder weil sie kein Zuhause mehr haben oder weil das Zuhause, das sie haben, nicht mehr gut für sie ist. Aus welchen Gründen auch immer. Frag mich nicht, wie die Wesen, die dort leben, es fertiggebracht haben, diesen magischen Schutzwall zu errichten. Aber es funktioniert.«

Etwas in mir wurde aufmerksam, als ich Doras Worte auf mich wirken ließ. Mein Herzschlag war ein nervöses Flattern.

Eine Zuflucht, für alle, die eine brauchen.

Gehörte ich dazu?

Ich schluckte. Vermutlich sollte ich diesen Hoffnungsfunken sofort ersticken. Linneas, Faluns und Yvos leere Augen drängten sich in meine Erinnerung, die Blutlachen auf dem weißen Boden des Thronsaals.

Nein, ich durfte niemanden der Gefahr aussetzen, die ich darstellte.

»Meine Schwester lebt seit ein paar Jahren in Sedina«, sagte Dora mit einem Gähnen. »Im Sommer arbeite ich häufig für sie, Auslieferungen zum Beispiel. Außerdem findet dort in ein paar Tagen ein Musikfest statt, das sich weder unser Menschlein hier noch ich entgehen lassen wollen. Du solltest auch kommen, ist ein großer Spaß.«

Ein Musikfest.

Ich wusste nicht, ob ich lachen oder weinen sollte. Noch nie hatte ich ein Musikfest besuchen dürfen, ohne mich irgendwo in einer dunklen Ecke verstecken zu müssen. Vielleicht konnte ich eine Nacht in diesem Dorf bleiben, nur um meine Vorräte aufzustocken, immerhin dauerte die Reise bis zur Küste mehrere Wochen. Vielleicht konnte ich in Sedina endlich ein richtiges Bad nehmen. Und nach einem Boten suchen, der Gelyth eine Nachricht von mir überbringen würde.

Ja, eine Nacht würde nicht schaden.

»Lyvi«, flüsterte ich. »Das ist mein Name.«

Dora grunzte.

»Und, war das so schwer?« Sie streckte sich auf ihrem Lager aus. »Wehe, ihr weckt mich, bevor die Sonne richtig aufgegangen ist.«

Kaum zwei Atemzüge später schnarchte sie bereits.

Mein Magen knurrte und übertönte das nächste Seufzen, das wie eine seichte Welle durch den Wald rollte. Richtig, der Wurzeleintopf in Faelhem war die letzte Mahlzeit gewesen, die ich bei mir behalten hatte. Ich wühlte in meinem Beutel und zog mein Proviantpäckchen hervor.

Während ich an einem Stück Brot knabberte, beobachtete ich den Himmel dabei, wie er sich allmählich zu einem hellen Orange verfärbte. Das eigentümliche Seufzen verstummte nach und nach, dafür begannen die Vögel zu singen. Allerdings war Doras Schnarchen so laut, dass ich sicher war, dass irgendwo in der Nähe Mäuse aus ihren Höhlen flohen.

Die laue Brise, die über meine Wangen strich und die zarten Wolkenschleier am Morgenhimmel verhießen einen warmen Sommertag.

Gegen meinen Willen wanderte mein Blick immer wieder zu Noah. Der Barde hatte sich mittlerweile lang auf dem weichen Erdboden ausgestreckt und einen Arm über den Kopf geschoben. Braungebrannte Haut blitzte an seinem Bauch auf, wo sein Hemd nach oben gerutscht war.

Die Ringe an seinen Fingern funkelten im Licht des neuen Tages, genau wie die beiden Ketten um seinen Hals, eine golden, die andere silbern.

Ich sog seinen Geruch ein. Er erinnerte mich an Merielle, an feuchten Sand und eine salzige Brise. An ein anderes Leben.

Als hätte mein Blick ihn wachgekitzelt, sog er scharf die Luft ein und drehte sich zu mir um. Er schob eine Hand vor die Augen, um sie vor dem Sonnenlicht abzuschirmen.

»Morgen«, sagte er und stützte sich auf einen Ellenbogen, die Augen noch geschwollen.

Ich räusperte mich. Meine Wangen glühten. »Morgen.«

Gaffen. Es gab kein anderes Wort für das, was ich getan hatte.

»Haben wir Zeit für ein Frühstück?« Seine Stimme war immer noch rau von Schlaf und Müdigkeit.

»Ja«, sagte ich knapp und erhob mich. »Aber nicht trödeln. Ich will morgen Mittag in Sedina sein.«

Noah fuhr sich durchs Haar. Eine feine Falte bildete sich zwischen seinen Augenbrauen. »Du kommst mit?«

Begeisterung sah anders aus, doch es kümmerte mich nicht. Genau wie es mich nicht kümmerte, ob Noah von Schipgaard mein Freund war oder nicht. Ich zuckte mit den Achseln. »Das hier ist ein freies Land, oder?«

Er schnaubte und setzte sich auf. »Klar. Ich war mir nur nicht sicher, ob das ein Konzept ist, das in dein Weltbild passt.«

Ich verdrehte die Augen und stapfte in Richtung des Baches davon, um mich zu waschen.

Nein, Noah von Schipgaard und ich würden keine Freunde werden.

Als meine beiden Reisegefährten endlich ihre Sachen gepackt hatten, bückte sich Noah und hielt mir die Waffen hin, die immer noch unberührt auf dem Waldboden gelegen hatten.

»Hier. Das sind deine.«

Ich schüttelte den Kopf. »Behalte sie, bis wir in Sedina angekommen sind.«

»Danke, aber ich trage keine Waffen.«

Ich runzelte die Stirn. Ich hatte recht gehabt und doch falsch gelegen. Die Räuber hatten ihn nicht entwaffnet. Er hatte erst gar keine Waffen besessen.

Er zuckte mit den Achseln.

»So bewege ich mich nicht durch diese Welt. Kämpfend, mit einem Schwert in meiner Hand.«

»Oh, Junge«, murmelte Dora, die gerade ihrem Steinbock das Reitgeschirr anlegte.

Wieder schüttelte ich den Kopf.

»Du reitest *unbewaffnet* durch Anthea?«

Er nickte.

Heilige Götter, er meint es ernst. Ich unterdrückte den Drang, ihn zu schütteln.

»Ich denke, dass man Gewalt erst heraufbeschwört, wenn man den Leuten mit Klingen und Pfeilen begegnet. Meine Mutter wollte, dass ich lerne, mit Schwert, Dolch und Bogen umzugehen. Weil es eben das ist, was ein junger Seeländer zu lernen hat. Besonders ein Junge.« Noah grinste. »Sie war nicht erfolgreich. Nach ein paar Stunden hat mein Lehrer aufgegeben, weil ich lieber im Dreck unseres Innenhofes saß, als ein Schwert in die Hand zu nehmen. Das ist das erste Mal seit Jahren, dass ich eine Waffe angerührt habe.«

Seine Worte hörten sich hohl in meinem Kopf an. Etwas in mir riss an seiner Leine. Was immer es war, es würde nicht gut ausgehen, wenn ich es auf Noah losließ.

»Das heißt, du lässt dich lieber retten, als dich selbst um deine Sicherheit zu kümmern?«

Doch er lächelte. »Ob du es glaubst oder nicht, aber das gestern war das erste Mal in sieben Jahren, dass mir so etwas passiert ist. Bis auf zwei brenzlige Situationen in Batari, aber da bin ich auch ohne Waffen herausgekommen. Ich vermute allerdings, dass ich in einer Kleinstadt namens Turuq nicht mehr willkommen bin. Die Sache ist damals ein wenig aus dem Ruder gelaufen.«

Sein Grinsen war unerträglich. War das alles hier nur Spaß für ihn?

»Solange du mit mir reitest, behältst du sie«, sagte ich trocken. »Ich reise nicht mit jemandem, der nicht zumindest *willig* ist, sich selbst zu verteidigen.«

Noah schnaubte. »Ich hätte mich schon selbst aus den Händen dieser Männer befreit, wenn ich die Möglichkeit gehabt hätte. Wenn du mir nicht zuvorgekommen wärst und sie … *abgeschlachtet* hättest. Spätestens in Vennhaven hätte ich es geschafft.«

Seine Worte trafen mich. Hart. Es war nicht mein Plan gewesen, sie zu töten. Aber wegen meines eigenen, dummen Fehlers war mir nichts anderes übriggeblieben. Die Erinnerung an all das Blut und die erloschenen Augen jagte einen kalten Schauder über meinen Rücken. Auch wenn ich mich gestern gewaschen hatte, fühlte ich mich immer noch dreckig und beschmutzt.

Dora erklomm ihren Steinbock und spuckte auf den Boden. »Ich bin froh, dass Lyvi sie kaltgemacht hat. Wäre schade um das Gold meiner Familie gewesen.«

Noahs Augenbrauen schossen in die Höhe. »Lyvi? Ich dachte, du heißt Elysa.«

Ich lächelte säuerlich. »Überraschung.« Ich riss ihm den Dolch und das Messer aus den Händen. »Wenn wir überfallen werden, tue ich dir den Gefallen und lass sie dich mitnehmen.«

Es gab nur eine einzige Straße, der wir bis zur Abenddämmerung folgten. Als wir uns einen Lagerplatz für die letzte Nacht unserer gemeinsamen Reise suchten, waren wir alle drei nassgeschwitzt von der Hitze des Sommertages.

Der Wald hatte sich verändert. Je näher wir dem Jadesee kamen, desto häufiger musste ich meinen Kopf in den Nacken legen, um bis zu den Wipfeln der Bäume hinaufzusehen. Einige ihrer rotbraunen Stämme waren so breit, dass man mehr als eine Person gebraucht hätte, um sie mit den Armen zu umfassen. Am Fuße eines solchen Baumriesen schlugen Dora, Noah und ich unser Lager auf.

Wasser war weit und breit nicht zu sehen, sehr zu meinem Missfallen. Schon wieder klebte meine Kleidung unangenehm an meiner Haut.

Noah und ich hatten seit heute Morgen kein Wort miteinander gewechselt, auch wenn der Barde den ganzen Tag hinter mir auf Nadias Rücken gesessen hatte.

Es war mir nur recht gewesen. Ich konnte es immer noch nicht glauben. Wie, *wie* konnte jemand unbewaffnet sieben Jahre lang durch Anthea und Astralis reiten? Ohne mit aufgeschlitzter Kehle im Straßengraben zu landen? Immerhin hatte Dora sich nicht eingemischt, sondern sich den ganzen Tag laut mit ihrem Steinbock unterhalten, als wäre das Reittier ohnehin der beste Gesprächspartner von uns allen.

Nach einem kargen Abendessen einigten wir uns mit knappen Worten auf den gleichen Ablauf wie gestern für die Nachtwache. Die Dunkelheit war bereits in den Wald um uns gekrochen, doch immer noch war es unerträglich heiß.

»Hier.« Eines meiner Messer landete mit einem dumpfen Geräusch vor dem Barden auf dem Waldboden, der hier mit einem Teppich aus trockenen Kiefernnadeln bedeckt war. Als das zweite folgte, hob er den Kopf.

Ich zuckte mit den Achseln. »Falls du deine Meinung änderst.«

»Wo ist er, Liebes?«

Irin Celestian Gwendalyon sitzt an einem Bett und hält die Hand der Elfenkönigin. Ihre Augen sind geschlossen, Schweiß glänzt auf ihrer Stirn.

Da ist noch eine andere Frau, blond, in das Weiß der Waldwächterinnen gekleidet. Der König der Elfen rückt näher an Néamis Ohr.

»Sag mir, wo es ist, meine Königin«, säuselt er. »Sag mir, was du sehen kannst.«

Es ist dunkel in dem Zimmer, doch unter den zugezogenen Vorhängen schimmert Licht hindurch. Als hätten sie den Tag ausgesperrt, Néami absichtlich in die Nacht gestürzt.

Die Königin runzelt die Stirn, ihre Augen sind immer noch geschlossen. Sie schüttelt den Kopf.

»Ich sehe nichts«, sagt sie heiser. »Ich –«

Irin streicht ihr eine Haarsträhne aus dem Gesicht. Er gibt der Waldwächterin ein Zeichen.

»Gib ihr mehr.«

Néami windet sich, doch sie haben ihre Arme und Beine an das Bett gefesselt. Irin hält ihr Kinn fest, als die blonde Elfe eine kristallene Phiole an ihre Lippen legt.

Die Königin keucht, als hätte sie Schmerzen. Sie muss schlucken.

Irin und die Waldwächterin warten, dann beugt er sich vor.

»Was siehst du, mein Schatz? Wo ist er?«

Ein Zittern erfasst Néamis ganzen Körper. Doch wieder schüttelt sie den Kopf. Ihre nächsten Worte sind kaum mehr als ein Krächzen in der Dunkelheit.

»Ich sehe nichts.«

Ich schnappte nach Luft, als ich erwachte, mein Herzschlag ein wildes Klopfen in meiner Brust.

Der Schmerz, der Schweiß … waren sie meine eigenen?

Nein, nicht meine. Die meiner Mutter.

Panik pulsierte in jeder Zelle meines Körpers, als ich mich umsah. Doch die Morgendämmerung tauchte den Wald in ihr vertrautes graues Licht, der mächtige Stamm des Riesenbaumes zu meiner Linken war eine solide, uralte Gegenwart.

Erleichtert sog ich den Geruch von Harz und Kiefern ein.

Sogar das geisterhafte Seufzen des Waldes, das auf- und abebbte wie die Gezeiten des Meeres, wirkte beruhigend auf mich. Mehr noch, es rief und lockte mich, leise und zart.

Lyvi, schien der Wind zu säuseln. *Lyvi. Komm zu mir!*

Ich schüttelte den Kopf, um mich von dem Bann des Traumes zu befreien. Allmählich, viel zu langsam, kehrte die Realität zu mir zurück. Richtig, ich war auf dem Weg nach Sedina.

Gemeinsam mit Noah und Dora.

»Was ist denn mit dir los, Spitzohr?«

Ausnahmsweise war ich dankbar, diesen lächerlichen Spitznamen zu hören. Er erinnerte mich daran, wer ich war.

Ein *Spitzohr* aus dem Königreich der Waldelfen, die Tochter einer Elfe und eines Menschen.

Eine Seherin. Und niemand durfte davon erfahren.

»Geht's dir gut?«

Dora saß gegen den Stamm des Riesenbaumes gelehnt, ihr Buch aufgeklappt in ihrem Schoß. Ihre Augen leuchteten rötlich im Zwielicht des frühen Morgens.

Noah schlief neben ihr, auf dem Rücken wie gestern, einen Arm über den Kopf ausgestreckt. Nadia und Wim dösten unweit des Baumes, der Steinbock auf dem Boden zu Nadias Füßen.

Die Zwergin hob die Augenbrauen. »Du hast gewinselt wie ein Hund, auf den man die Feuerameisen losgelassen hat.«

Ich öffnete den Mund, doch es kam nichts heraus. Ich war sprachlos.

Dora schnalzte mit der Zunge. »Dann behalt's eben für dich.«

Sie schlug das Buch in ihrem Schoß zu und gähnte. Laut genug, dass Noah im

Schlaf die Stirn runzelte und sich auf seine Seite drehte, weg von ihr.

»Aber jetzt, wo du wach bist, kannst du ja gleich deine Schicht beginnen.«

Ich nickte stumm und rieb meine Stirn. Ein dumpfer Schmerz pochte in meinem Kopf, mir war übel. Als Dora nur wenige Augenblicke später schnarchte, formte sich eine Erkenntnis in meinem Kopf.

Das war meine erste Vision gewesen. Zumindest die erste, die nicht von *Sternaug* heraufbeschworen worden war.

Ich ballte die Hände zu Fäusten. Was Irin mit meiner Mutter gemacht hatte, war abscheulich. Er musste ihr ebenfalls *Sternaug* verabreicht haben, weil er etwas hatte wissen wollen. Er hatte nach etwas gesucht.

Aber was?

Die Erinnerung an ihren Schmerz trieb mir die Tränen in die Augen. Irin hatte ihr wehgetan, und doch hatte sie ihm nicht das gegeben, was er wollte. Hatte sie wirklich nichts gesehen oder hatte sie sich *Sternaug* widersetzt?

Doras Schnarchen und die Geräusche des Waldes klangen gedämpft durch den Schleier meiner eigenen Gedanken. Allmählich kämpften sich die ersten Sonnenstrahlen durch die Wipfel der Kiefern. Ein friedlicher Morgen, doch meine Kehle, meine Brust wurden eng. Ich musterte meine schlafenden Reisegefährten.

Ich wollte allein sein. *Jetzt sofort.*

Es konnte nicht mehr weit sein bis Sedina. Selbst zu Fuß würde Noah es bis zum Einbruch der Nacht dorthin schaffen.

Stumm erhob ich mich und packte meine Sachen. Als auch Nadia bereit war, warf ich einen letzten Blick auf den Barden – und ließ die Messer, die ich ihm gestern Abend vor die Füße geworfen hatte, dort liegen. Dann verschwand ich lautlos in der Morgendämmerung.

7

Sedina

Heilige Götter.

Sedina war anders als alles, was ich bisher in meinem Leben gesehen hatte. Anders als alles, was ich mir je hätte vorstellen können.

Wäre Sedina ein Vogel gewesen, hätten seine Federn in allen Farben des Regenbogens gestrahlt und sein Schnabel golden geglitzert. Und vermutlich hätte er nicht nur Vogellaute von sich gegeben, sondern mehrere Sprachen Antheas fließend beherrscht und seinen eigenen schrägen Gesang mit einem fremdartigen Instrument begleitet.

Merielle war ein Treffpunkt der kultivierten Intellektuellen, Sedina ein großmäuliger, flippiger Paradiesvogel.

Ich hatte das Dorf bereits gehört, bevor die ersten Häuserreihen in Sicht gekommen waren.

Lärm, es gab kein anderes Wort dafür, war vom Wind in meine Richtung getragen worden. Aber ein fröhlicher. Hämmern, Sägen, Lachen, Musik, das Klappern von Gläsern und Geschirr.

Niemand hielt mich auf, als ich die unbefestigte Dorfgrenze passierte, auch nicht die einzige Wachpatrouille. Ihre Mitglieder, zwei barfüßige Dämonen und ein weibliches Wesen, das angesichts ihrer Größe vermutlich halb Mensch, halb Zwergin war, winkten mir lächelnd und ein wenig gelangweilt zu.

Dora schien die Wahrheit gesagt zu haben. Der magische Schutzkreis erklärte, dass es hier keine Mauern zur Abwehr von Raubtieren und Kriminellen gab wie in Faelhem.

Mit Nadia im Schlepptau ging ich langsam durch die teils noch ungepflasterten Straßen, von denen einige parallel zu schmalen Wassergräben verliefen.

Und musste mich zwingen, nicht zu glotzen.

In Sedina lebte alles, was die Götter sich hätten ausdenken können.

Elfen, sowohl aus Estéllian als auch aus Batari, Menschen, Dämonen,

Zwerge und jede erdenkliche Kreuzung aus ihnen. Dazu kamen Nixen und Wassermänner, für die offenbar die Kanäle seitlich der Straßen ausgehoben worden waren.

Ich erspähte Kobolde und sogar kleine geflügelte Feenwesen.

Auch einige Kinder, rund- und spitzohrig, rannten durch die Straßen. Sie spielten gemeinsam barfuß im Staub und sprangen mit Saltos und Pirouetten von den schmalen Brücken in die Wassergräben – wo sie von den Wasserwesen mit einem genervten Prusten wieder an Land gesetzt wurden.

Sedina musste ein Dorf sein, das schneller wuchs, als Behausungen für Neuankömmlinge fertiggestellt werden konnten. Zahllose Baustellen säumten die Straßen, viele der Häuser waren kaum mehr als nackte Gerüste aus Holzbalken. Wesen aller Arten hatten sich in ihnen zu Bautrupps zusammengefunden und sägten und hämmerten in einem unüberschaubaren Chaos. Gelächter begleitete das Getümmel, jedoch auch das ein oder andere scharfe Kommando.

Keines der fertigen Häuser glich dem anderen.

Der Dorfkern, den ich nach wenigen Minuten erreichte, musste hingegen schon seit einiger Zeit bestehen. Hier gab es neben den Holzhäusern auch Gebäude aus Stein, die kleine Geschäfte, Teehäuser, Kneipen und Gaststätten beherbergten.

Ich ging an Schneidereien vorbei, vor denen Kleiderstangen mit Gewändern, Hosen und Tuniken standen, deren Schnitt und Färbung Estéllians Elfen belächelt hätten.

Dutzende Gerüche von Gewürzen, manche fremd, manche vertraut, kitzelten meine Nase. Dazu kamen die Düfte des Essens, der Parfüms und Eigengerüche der Wesen Sedinas, eine ungezähmte Mischung.

Vor vielen der bunt gestrichenen Fassaden waren geräumige Terrassen gebaut worden. Trotz der frühen Uhrzeit waren viele Tische besetzt, meist mit Gruppen, die irgendeine Form von Arbeitskluft trugen. Andere waren in jene bunten Gewänder oder in die traditionelle Kleidung ihrer eigenen Völker gehüllt oder trugen fast gar nichts am Leib.

Die Mittagssonne brannte mittlerweile gnadenlos in mein Gesicht. Doch es war nicht nur die Hitze des Sommertages, die den Schweiß meinen Rücken hinablaufen ließ.

Sedina war ein Feuerwerk aus Farben, Gerüchen und Geräuschen, das mich faszinierte und zugleich vollkommen überforderte. So sehr, dass ich irgendwann einfach mitten auf der staubigen Straße stehen blieb. Mit einem ratlosen Blick sah ich mich um.

Es war lächerlich, absolut lächerlich. Ich hatte mich wochenlang ohne Probleme durch die Wildnis Antheas bewegt, die meisten Nächte davon allein im Freien verbracht. Und *jetzt* war ich eingeschüchtert von diesem verrückten Haufen?

»Wir beißen nicht, weißt du«, sagte eine weibliche Stimme hinter mir. Eine *amüsierte* Stimme. »Die meisten von uns jedenfalls nicht.«

Ich drehte mich um. Und senkte den Blick, um der Zwergin in die Augen zu sehen.

»Die Nixen und Wassermänner haben Fangzähne, aber solange du ihre Flossen in Ruhe lässt, werden sie sie bei sich behalten.«

Ich zwang mich zu einem Lächeln und schloss meine Finger fester um Nadias Zügel.

Sie legte den Kopf schief. »Bei Guldemars Barte, was ist denn mit dir los?«

Das rotblonde Haar der Zwergin thronte in einem unordentlichen Knoten auf ihrem Kopf, ihre bronzefarbenen Augen blickten freundlich. Sie trug keine Arbeitskluft, sondern ein pinkes, lockeres Kleid, das mit goldenen Pailletten bestickt war. Ihre Füße, die im Vergleich zu ihrem restlichen Körper ein wenig zu groß waren, steckten in einfachen Lederschlappen, doch an ihren Ohren funkelten Sterne aus grauen Edelsteinen.

Sie streckte mir eine Hand entgegen. In der anderen baumelte eine Papiertüte, die den Geruch von Schokoladenkuchen verströmte.

»Ich bin Rita. Kann ich dir helfen?«

Ich ließ die Schultern hängen und ergriff ihre Hand. »Lyvi. Ich suche eine Unterkunft.« Ich zuckte zusammen, als ich realisierte, dass ich ihr einfach so meinen Namen verraten hatte. Doch Rita schmunzelte nur.

»Jeder, der es in den Schutzkreis geschafft hat, ist hier willkommen. Komm mit.«

Die Zwergin führte mich durch das Labyrinth der lauten Straßen und zeigte mir eine Futter- und Wasserstelle, wo ich Nadia lassen konnte. Als sie mein Zögern bemerkte, lächelte sie. »Sie ist sicher hier«, sagte Rita und tätschelte die Flanke der Stute. »Die Leute hier haben andere Dinge zu tun, als Pferde zu stehlen.«

»Hier sind wir.«

Der Jadesee raubte mir den Atem. Sein tiefes Grün erstreckte sich bis zum Horizont, bis es vom strahlenden Blau des Himmels verschluckt wurde. Über dem weißen Sand flirrte die heiße Sommerluft, Seevögel schwebten über unseren Köpfen in einer warmen Brise.

Aber da war eine Insel, grau und zerklüftet.

»Marra«, sagte Rita, als sie meinem Blick folgte. »Der Friedenspalast hat dort gestanden, das Hauptquartier des Magierates. Bis vor zweihundert Jahren alles in die Luft geflogen ist.«

Ich legte eine Hand an die Stirn, um die Sonne abzuschirmen.

Rita brauchte nicht mehr zu sagen. Ich kannte die Geschichte, so wie jedes Kind in Anthea sie kannte. Ich erschauderte, als ich die versengten Trümmer betrachtete. Noch nie war ich dem Ort einer solchen Tragödie so nahe gewesen. Wenn die Vernichtung des Rates denn eine Tragödie gewesen war.

Doch die Wesen, die mitten am Strand eine Bühne zusammenzimmerten, störten sich nicht daran. Gerüste für Pavillons standen bereits, genau wie eine riesige Holzstatue.

Ich runzelte die Stirn.

Ein Vogel, mit bunten Stofffetzen behangen, die starren Flügel gespreizt. Mindestens ein Dutzend Leute hatte sich um ihn versammelt, sie hielten Federkiele und Tinte in den Händen.

»Was passiert hier?«

Rita lächelte.

»Der *Bunte Rabe*. Ein Fest, das jedes Jahr in Sedina stattfindet«, erklärte sie. »Du kommst gerade richtig. Morgen geht es los. Drei Tage lang gibt es Musik, die Leute tanzen bis zum Morgen ... und am Ende wird der Rabe verbrannt. Als Symbol der Vergangenheit, die wir hinter uns lassen.«

Ich legte den Kopf schief. Einige Wesen banden ihre eigenen Stofffetzen um seine hölzernen Federn und Beine.

»Was machen sie da?«

Rita lachte leise. »Auf die Stofffetzen haben sie geschrieben, was sie hinter sich lassen wollen. Was aus ihrer Vergangenheit verbrennen soll.«

Meine Brust wurde eng. Wenn es nur so einfach wäre.

Doch Rita deutete auf ein Haus, das einzige am Strand. »Das da ist das

Rabennest, unser Gästehaus. Alle Neuankömmlinge können dort übernachten.«

Die Zwergin und ich stapften an der halb fertigen Bühne vorbei. Immer wieder grüßte sie jemanden, doch zum Glück blieben wir nirgendwo für ein längeres Gespräch stehen.

Schließlich erklommen wir die beiden Stufen, die auf die große Veranda des Rabennestes führten.

Die Holzplanken knarrten unter unseren Schritten, dann hielt Rita mir die Tür auf.

»Nach dir. Du hast Glück. Alyssa und Jilly haben gerade zwei Zimmer frei.«

»Welches möchtest du?«

Wir standen im Flur der großen Wohnung, die sich in der obersten Etage des Rabennestes befand. Hinter uns lag die offene Küche, ein riesiger Raum mit einem Herd, einer ausladenden Arbeitsfläche und einem Esstisch, an dem mindestens zehn Leute Platz nehmen konnten. Die Möbel waren nicht die neusten, passten nicht zusammen, doch jemand schien diese Wohnung zu lieben. An den Wänden hingen skizzierte Kohlezeichnungen von Bergen und Drachen, ein Strauß Wildblumen stand in einer kristallenen Vase auf dem Esstisch.

Die Türen zu den anderen Zimmern waren verschlossen.

»Einfache Entscheidung, wenn du mich fragst.« Rita lehnte im Türrahmen des größeren Zimmers, die kurzen Arme in die Hüften gestemmt. »Das da taugt ja kaum als Abstellkammer.«

Ich folgte ihrem Blick. Sie hatte recht.

Das Zimmer auf der anderen Seite des Flurs war klein. So klein, dass kein Bett und Schrank gleichzeitig hineingepasst hatten, weshalb jemand eine Hochebene gebaut und eine Matratze hinaufgewuchtet hatte. Dort sollte man offenbar schlafen, nachdem man die wackelige Strickleiter nach oben geklettert war.

Dafür konnte man von dem kleineren Zimmer aus auf den See und den Strand schauen, während das größere Zimmer – ein heller Raum mit drei Fenstern – nach hinten gebaut war, wo ein Pinienwald lag. Ein breites Bett stand in der Mitte des Zimmers, eine alte Truhe an seinem Fußende und eine vollbehangene Kleiderstange in der Ecke.

»Die gehörten Eva. Eine Halbelfe aus Erygia. Sie ist gestern abgereist und wird vorerst auch nicht wiederkommen. Wichtige Erledigungen zuhause. Du kannst sie haben, wenn du möchtest.«

Hitze schoss in meine Wangen.

»Oh … ich bleibe nur für eine Nacht.«

Die Zwergin zuckte mit den Achseln, ein Anflug von Enttäuschung in ihren Augen »Wie du möchtest.«

»Wen hast du denn mitgebracht, Rita?«

Ich drehte mich um. Eine Batari-Elfe, etwa in meinem Alter, steckte den Kopf durch die Tür. Jedenfalls hielt ich sie für eine Batari-Elfe, mit ihren langen schwarzen Haaren, den schmalen, sanft geneigten Augen und Tätowierungen.

Rita seufzte. »Ich dachte, ich hätte eine neue Mitbewohnerin für euch. Aber leider will sie morgen schon wieder abreisen«, sagte sie. »Alyssa, das ist Lyvi.«

Die Batari-Elfe lächelte. Die Offenheit in ihren Augen lockerte das Engegefühl in meiner Brust ein wenig. Da schlossen sich zwei Arme von hinten um sie.

»Jilly! Wir sind nicht allein!«

Alyssa gluckste und wankte zu uns ins Zimmer, das auf einmal voll war. Im Schlepptau hatte sie eine blonde Elfe mit zwei kurzen, geflochtenen Zöpfen.

Ich erstarrte.

Jillys Augen wurden groß, sie ließ ihre Gefährtin los. Ihr Gesicht kam mir bekannt vor.

»Du bist Gelyths Nichte«, sagte die Waldelfe.

Mein Herz raste.

Verdammt.

Warum musste ich ausgerechnet jetzt einer ehemaligen Schülerin von Gelyth begegnen?

Rita und die Batari-Elfe wechselten einen Blick.

»Ihr kennt euch?«, fragte die Zwergin.

Jilly und ich nickten gleichzeitig. Sie hob eine Braue. »Wir haben königlichen Besuch, meine Damen.«

Einen Moment lang waren nur das ferne Rauschen des Sees und die Schreie der Wasservögel zu hören. Die Zwergin musterte mich von oben bis unten.

»Was?«

Neugier blitzte in Alyssas dunklen Augen auf,

Jillys Mund verzog sich zu einem Grinsen. Sie war groß gewachsen und muskulös, perfekte Voraussetzungen für eine Gardistin. Trotzdem war sie hier, nicht im Königshain. Eine Deserteurin. Dunkel erinnerte ich mich, dass Gelyth mir von ihrem Verschwinden berichtet hatte.

»Das ist Lyvi Gwendalyon, die Tochter der letzten wahren Königin von Estéllian.«.

Ich schüttelte den Kopf.

Lyvi Gwendalyon. Der Name hörte sich in meinen Ohren so merkwürdig an. Ich war keine Gwendalyon mehr. War es nie gewesen.

»Das ist nicht mehr mein Name«, sagte ich leise. »Irin hat Gelyth und mir verboten, uns jemals wieder Gwendalyon zu nennen.«

Jilly schnaubte. »Er ist nicht hier, oder? Aber sieht dem alten Bastard ähnlich. Estéllian zu verlassen, war die beste Entscheidung meines Lebens.«

Sie legte einen Arm um Alyssa. Die Steppenelfe ergriff ihre Hand. Jetzt erst sah ich sie. Die große Narbe auf Alyssas Stirn, genau an der Stelle, an der sich auch mein eigenes Brandmal befand. Die Steppenelfe musste es sich herausgeschnitten haben.

»Wir sind geflohen. Vor sieben Jahren. Im Elfenwald hätten wir niemals zusammen sein können. Hier sind wir frei«, sagte Jilly.

Ich nickte. Liebesbeziehungen zwischen den beiden Elfenvölkern waren in Estéllian bei Strafe verboten. Es grenzte an ein Wunder, dass die beiden noch lebten, denn Irin ließ sowohl Deserteure als auch Steppenelfen, die aus Estéllian flohen, verfolgen und hinrichten.

War Sedina doch ein sicherer Ort, selbst vor dem Elfenkönig und seinen Bluthunden?

Alyssa lehnte den Kopf gegen Jillys Hand auf ihrer Schulter. »Warum bist du hier?«

Ich schluckte. Es tat immer noch weh, daran zu denken. Wie gern würde ich jemandem davon erzählen, was passiert war. Doch ich konnte ihnen nicht die Wahrheit sagen. »Irin will mich tot sehen.«

Drei Paar Augen sahen mich an, mit Mitgefühl und Neugier.

Jilly zuckte mit den Achseln. »Dann sind wir schon zu dritt.« Sie drückte einen Kuss auf Alyssas Scheitel. »Aber hier kann er uns nicht finden. Der

Schutzkreis lässt es nicht zu.«

Ich öffnete den Mund, weil ich endlich wissen wollte, wie Sedina zu einem magischen Schutzkreis kam.

Doch Rita kam mir zuvor. »*Du* bist hier jedenfalls herzlich willkommen. Auch für eine Nacht.« Sie verpasste mir einen leichten Stups in die Seite. »Tu mir den Gefallen und nimm das größere Zimmer.«

Dann verschwand sie durch die Tür in den Flur.

Ich fragte mich, warum *sie* hier war. Warum sie das Leben am See, im flachen Land gegen die Berge und die geliebten Hallen ihres Volkes getauscht hatte. Doch Jillys Stimme riss mich aus meinen Gedanken.

»Hast du vom Krieg gehört?«

Ich wirbelte herum. Mein Herzschlag war ein lautes Hämmern in meinen Ohren.

»Weißt du etwas darüber?«

Jillys Miene war ernst. Sie nickte. »Ich habe noch Freunde in der Garde. Sie haben uns Nachricht geschickt, dass Irin alle Streitkräfte, die er an der Mauer entbehren kann, ins Dämmertal schicken wird. Manor hat in den letzten Wochen Dörfer und Bauernhöfe überfallen lassen. Offenbar geht es ihm um das Ackerland.«

Ein dicker Kloß hatte sich in meiner Kehle gebildet. Das Dämmertal gehörte zum Territorium Seelands, hatte aber in den letzten Jahrhunderten als Pufferzone zwischen Estéllian und Galmáron gedient.

»Ein Krieg wegen eines einzigen Landstrichs?«, krächzte ich.

Die Waldelfe zuckte mit den Schultern. Sie schlang den Arm um Alyssa, in deren Augen Wut glänzte.

»Galmáron droht eine Hungersnot, weil wegen der Trockenheit zu viele Ernten ausfallen«, sagte Jilly. »Und Irin will nicht, dass die Dämonen es sich so nahe an seiner Grenze gemütlich machen.«

Meine Knie wurden weich. Also stimmten die Gerüchte.

Ich sah aus dem Fenster, wo die Pinien sanft im Wind schaukelten. Der würzige Geruch des Baumharzes schwebte in der Luft, vermischt mit dem Überbleibsel eines blumigen Parfüms, vermutlich Evas.

»Du kannst hierbleiben, wenn du möchtest«, sagte Alyssa leise. »Wir haben keine Angst vor Irin, nicht hier. Außerdem scheint er jetzt ohnehin mit anderen Dingen beschäftigt zu sein.«

Ich atmete schwer aus. Alyssa wusste nichts von meiner Gabe. Wie weit würde Irin gehen, um mich wiederzufinden, Krieg hin oder her?

Doch ich nickte langsam. Ich konnte Anthea nicht verlassen, wenn Gelyth in den Krieg zog. Und das würde er, daran zweifelte ich nicht. Wie sollte ich in Alvia, *irgendwo*, ein neues Kapitel beginnen, wenn ich nicht wusste, ob er noch lebte?

»Fürs Erste.« Meine Kehle war eng, doch da war noch etwas, das ich fragen musste. »Gibt es einen Boten, der für mich eine Nachricht zu Gelyth bringen könnte? Ich will ihn wissen lassen, dass es mir gut geht. Natürlich sage ich ihm nicht, wo ich bin, nur –«

Ich brach ab, als die beiden einen Blick wechselten.

Alyssa kicherte. »Wir haben da jemanden, im Moment ist er allerdings mit einem anderen Auftrag unterwegs. Sobald er zurück ist, stellen wir euch einander vor.«

Die Anspannung, die seit Wochen meinen ganzen Körper im Griff hatte, löste sich ein wenig.

»Danke«, raunte ich.

Jilly nickte und trat ans Fenster. »Alles für Gelyths Nichte.« Sie breitete die Arme aus. »Ich rate dir übrigens auch, dieses Zimmer zu nehmen. Der Ausblick auf der anderen Seite ist zwar besser, aber spätestens, wenn der *Bunte Rabe* losgeht, bekommst du gar keinen Schlaf mehr.«

Ich lächelte. »Ich nehme es.«

Alyssa lächelte breit und klatschte in die Hände. Jilly zwinkerte mir zu. »Wenn du möchtest, kannst du morgen früh zu meinem Programm am Strand kommen. Leibesübungen aus der Garde. Da du mit Gelyth aufgewachsen bist, dürfte nichts davon ein Problem für dich sein.«

Ich nickte, auch wenn mich allmählich die Erschöpfung der letzten Wochen einholte.

»Ich denke darüber nach.«

Jilly grinste. »Richte dich ein, dann essen wir gemeinsam zu Abend. Und besprechen bei der Gelegenheit gleich, welchen Putzdienst du übernimmst.«

Alyssa verdrehte die Augen.

»Hör nicht auf sie, komm erst mal an«, sagte sie. »Willkommen im Rabennest.«

Als ich am nächsten Morgen in die Wohnung zurückkehrte, war ich vollkommen durchgeschwitzt.

Jilly hatte Rita, mich und die anderen zehn Leute, die bei Sonnenaufgang am Strand erschienen waren, eine Stunde lang gequält.

Meine Beine und Arme zitterten, mein Hintern tat jetzt schon weh, doch ich fühlte mich so wohl in meinem Körper wie seit Wochen nicht. Und Jilly hatte recht gehabt, die meisten der Übungen kannte ich bereits, von den zahllosen Trainingseinheiten mit Gelyth im Wald.

Ich hatte im See bereits den Schweiß von meiner Haut gewaschen. Jetzt sehnte ich mich nach einem großen Frühstück und einer Tasse von Alyssas Tee, dessen würziger Duft mir bereits auf der Treppe entgegenkam.

»Jemand ist wütend auf dich«, sagte die Steppenelfe, als ich die Küche betrat.

Alyssa hatte nicht an Jillys Programm teilgenommen, weil sie ihrer Gefährtin nach eine *»unerträgliche Langschläferin«* war.

Ich runzelte die Stirn. »Wer?«

Alyssa saß über einem dampfenden Becher am Esstisch. Mit einem länglichen, dunklen Stein kratzte sie auf einem Pergamentbogen herum, auf dem sich bereits ein feines Muster aus schwarzen Schnörkeln und Spiralen befand.

»Ich konnte es ihm nicht ausreden.« Sie gähnte und wies mit einem Daumen in Richtung meiner Zimmertür. »Und es ist definitiv zu früh für einen Streit.«

Ich erstarrte, als das leise Klimpern einer Laute in die Küche schwebte. Und marschierte auf die offene Tür zu. Ein Haufen Kleidung – Evas Kleidung – lag auf der Schwelle des kleineren Zimmers, neben Elrys und meinen anderen Waffen. Zwei Klingen steckten im Türrahmen und wippten sachte im Wind, der durch die offenen Fenster hereinblies.

»Herzlichen Dank auch.«

Ich wirbelte herum.

Noah saß auf meinem Bett, eine Laute im Schoß.

»Es war das reinste Vergnügen, zu Fuß nach Sedina zu laufen.«

Ich verschränkte die Arme vor der Brust. »Ich schulde dir nichts.«

Er zuckte mit den Achseln und zupfte weiter an den Saiten. »Wenn ich ehrlich bin, habe ich nichts anderes erwartet, *Prinzessin*. So sind sie alle, die

Mächtigen.«

Das Blut gefror in meinen Adern. Das war meine Warnung. Ich durfte nicht zu lange in Sedina bleiben, so schnell wie sich hier solche Dinge herumsprachen. Wenn Irin davon erfuhr, dass ich hier war, würde er mir außerhalb des Schutzkreises auflauern, selbst wenn er ihn nicht betreten konnte.

Noah lächelte grimmig. Der Staub der Straße bedeckte noch seine Wangen, seine Kleidung. Sein Gesicht war braun gebrannt, doch heute hingen Schatten unter seinen Augen.

»Die Leute hier lieben es, zu tratschen. Insbesondere eine bestimmte, rotblonde Zwergendame. Die Doras Schwester ist, übrigens.«

Rita war auch eine Höhlengießer, natürlich. Die Haarfarbe, die Sommersprossen, alles passte zusammen. Doch die Höhlengießer-Schwestern interessierten mich in diesem Moment nicht.

»Ich bin keine Prinzessin. War ich nie und werde es nie sein.«

Was geht ihn das überhaupt an?

»Dann stört es dich sicher nicht, das kleinere Zimmer zu nehmen.«

Elrys' Knauf blinkte zu meinen Füßen. Es juckte mich in den Fingern, doch ich atmete ein. Ganz langsam.

»Ich war zuerst hier.«

Sein Lächeln war kalt.

»Und wir beide wissen, warum.«

Ich ballte die Hände zu Fäusten. Meine Wangen brannten.

Sein Grinsen war unerträglich. *Er* war unerträglich.

»Was? Wirst du mich jetzt umbringen? So wie die vier Männer auf der Lichtung?«

»Seid ihr bald fertig?«, rief Alyssa aus der Küche. »Ihr ruiniert meine gute Laune.«

Ich schnaubte. Und bückte mich, um Evas Kleider in das kleinere Zimmer zu schaffen. Ich warf Noah einen finsteren Blick zu.

»Wir sind noch nicht fertig.«

Dann knallte ich die Tür zu, doch Noah lachte. »Ich freu mich drauf!«

8

Heute Abend würde ich Spaß haben.

Heute Abend würde ich weder an Irin, noch an den Krieg oder meine Gabe denken.

Das hatte ich heute Nachmittag entschieden, nachdem ich von einem Streifzug durch das Dorf zurückgekehrt war. Auch wenn ich nicht ewig in Sedina bleiben würde, ich konnte die Zeit nutzen, um ein wenig Geld zu verdienen. Schon nach dem *Bunten Raben* würde ich meine erste Schicht im *Tante Murielle* antreten, einem kleinen Teehaus im Ortskern.

Tante Murielle war eine liebenswürdige, etwas kauzige Menschenfrau, die ihr Haar blau färbte und Alyssa zufolge manchmal ihr Frettchen Regina mit zur Arbeit brachte, zur Freude der Gäste. Bis Regina dazu überging, im Kuchen der Leute zu wühlen und Tassen umzuwerfen.

Ich war zufrieden. Zum ersten Mal in meinem Leben würde ich für meine Arbeit bezahlt werden. Und das Wichtigste – es gab keinen Fisch auf der Speisekarte des *Tante Murielle*, sondern Torten, Kuchen und belegte Brote. Nach dem kurzen Gespräch mit Murielle, in dem sie mir direkt zugesagt hatte, war ich noch eine Runde im Jadesee geschwommen, um mich abzukühlen.

Berauscht von meinem Erfolg und dem Bad im See stand ich in der stickigen Abstellkammer, die nun mein neues Zimmer war. Ich beäugte Evas Kleider, die in Ermangelung eines Kleiderschrankes gefaltet vor mir auf dem Boden lagen. Dunkelrosa, Orange, Violett, Moosgrün … alle Farben waren vertreten. Außer Weiß, Schwarz und Grau, die sonst meine erste Wahl waren.

Also atmete ich tief durch und griff nach einem senfgelben, wadenlangen Seidenkleid, das an den Trägern mit kleinen blauen Glassteinen verziert war. Außerdem war es vorn *und* hinten tiefausgeschnitten, weshalb ich kein Brustbrand darunter tragen konnte. Noch nie hatte ich ein Kleid wie dieses getragen, das in Estéllian als geschmacklos gelten würde. Wegen der Farben, nicht weil es freizügig war.

Aber ich war jetzt in Sedina, also würde ich mich anpassen. Und die meisten Wesen in diesem Dorf liebten Farben.

Ich streifte das Kleid über, der Stoff kühl, aber weich an meiner Haut. Der Geruch von Jasmin kitzelte meine Nase. Ein Parfüm, denn der Duft war zu stark, um Evas Eigengeruch zu sein. Mein Blick fiel auf meinen Waffengürtel. Ich zögerte, doch dann griff ich danach und entfernte alle Messerscheiden, bis nur noch zwei übrig waren. Ich probierte ein wenig herum, doch das Kleid war locker genug geschnitten, um den Gürtel zu verbergen, wenn ich ihn tief genug trug.

Als ich einen Kamm nahm und versuchte, meine vom Schwimmen verknoteten Haarsträhnen zu entwirren, klopfte es an der Tür.

»Hey, Spitzohr!«, flötete eine weibliche Stimme. »Bist du fertig? Es geht gleich los.«

Ein trockenes Lachen, das sich nach Jillys anhörte, erklang. »Rita, in dieser Wohnung leben vier Spitzohren. Du musst schon etwas präziser sein.«

Die Zwergin schnalzte mit der Zunge. »Es ist *ihre* Tür und nicht Brandys. Das ist Hinweis genug, meinst du nicht?«

Ich lächelte. Brandy war der Name meiner dritten neuen Mitbewohnerin, die ich in den letzten Tagen jedoch noch kein einziges Mal zu Gesicht bekommen hatte. Jilly und Alyssa hatten mir lediglich erzählt, dass Brandy eine Wasserfrau war – und damit ebenfalls spitze Ohren hatte.

Ich rammte den Kamm tiefer in mein Haar und rüttelte daran. So fest, dass mir die Tränen kamen.

»Ich komme nach«, sagte ich.

Und verfluchte Noah ein weiteres Mal dafür, dass er mir das größere Zimmer gestohlen hatte. Denn im Gegensatz zu dieser Abstellkammer gab es dort einen Spiegel.

»Wie du möchtest«, erwiderte die Zwergin durch die geschlossene Tür. »Dein erster *Feentraum* wartet auf dem Esstisch auf dich.«

»Danke!«, rief ich, auch wenn ich keine Ahnung hatte, was ein *Feentraum* sein sollte.

Jillys Kommentar ging in Ritas Gesang unter, als sich ihre Stimmen von meiner Tür entfernten.

Wieder zog ich an meinen noch feuchten Strähnen, doch jetzt steckte auch noch der Kamm darin fest.

Mit einem frustrierten Geräusch riss ich die Tür auf und stapfte geradewegs über den Flur in Noahs Zimmer. Es war leer, denn der Barde war schon den ganzen Nachmittag unten am Strand gewesen und hatte beim Aufbau geholfen.

Vor dem großen Spiegel, der in einer Ecke an der Wand lehnte, bearbeitete ich mein Haar und seufzte schließlich, als meine langen braunen Strähnen locker auf meine Schultern fielen. Ich drehte mich einmal um mich selbst und legte den Kopf schief.

Und was jetzt?

In Estéllian hatte ich immer nur einen einfachen Pferdeschwanz getragen, aber warum sollte ich nicht einmal etwas anderes versuchen? Ich teilte mein Haar in drei Partien und begann, sie zu einem Zopf zu flechten.

»Wer ist der glückliche Prinz, für den du dich hübsch machst?«

Ich wirbelte herum und schob meine rechte Hand in einer ungeschickten Bewegung unter meinen Rock zu meinen Messern.

Doch es war Noah, der im Türrahmen lehnte, die Arme vor der Brust verschränkt. Sein Blick wanderte zu meiner Hand, mit der ich eines der Messerhefte umklammerte. Meine Wangen wurden heiß und ich ließ sie langsam sinken. Er hob eine Augenbraue. »Oder sollte ich eher fragen – wer ist der ahnungslose Kerl, der morgen früh mit einem Körperteil weniger erwacht?«

Ich funkelte ihn finster an.

Wie schon auf unserer Reise nach Sedina hatten Noah und ich uns in den letzten Tagen angeschwiegen, wenn wir es nicht vermeiden konnten, im selben Raum zu sein. Und waren uns sonst vollkommen aus dem Weg gegangen.

»Es ist nicht jeder so leichtsinnig wie du«, fauchte ich. »Da draußen sind professionelle Kopfgeldjäger unterwegs, die sich allesamt nach dem Finderlohn verzehren, den deine Mutter für dich ausgeschrieben hat. Und du stellst dich auf eine *Bühne.*«

Noah lächelte, doch in seinen Augen blitzte Verachtung. »Was interessiert dich das überhaupt?«

»Tut es nicht«, zischte ich und strich mein Kleid glatt. »Was machst du hier? Musst du nicht auftreten?«

Noah stieß sich vom Türrahmen ab. Sein Hemd war offen, die Haut darunter braun gebrannt. Mein erster Eindruck hatte mich nicht betrogen.

Angesichts der flachen Muskeln, die unter seinem Hosenbund verschwanden, war er definitiv jemand, der viel Zeit in seinen Körper investierte.

»Erstens – das könnte ich dich auch fragen. Zweitens – ich *muss* nicht auftreten. Ich *will.*«

Ich verdrehte die Augen und betrachtete mich ein letztes Mal im Spiegel. Dank der langen Reise war ich dünner, als ich mich in Erinnerung hatte, aber mir gefiel die gesunde Farbe, die mein Gesicht angenommen hatte.

Meine Augen trafen Noahs. Für einen kurzen Augenblick ertappte ich ihn dabei, wie er seinen Blick über meinen Körper wandern ließ. Dann blinzelte er und griff eilig nach seinem Hut, der auf dem Bett lag.

»Es gibt übrigens keinen Prinzen«, sagte ich. »Ich mache das für mich selbst.«

Als er das Zimmer durchquerte, sahen wir uns erneut im Spiegel an. Er schmunzelte, dann drehte er sich um und ging durch die Tür.

»Ich kann dir nicht sagen warum, aber das erleichtert mich ungemein, Spitzohr.«

Heute war der dritte und letzte Abend des *Bunten Raben.* An den ersten beiden Tagen hatte ich zwar der Musik gelauscht und beim Aufräumen geholfen, doch mir war noch nicht nach Feiern zumute gewesen.

Auch heute stand ich noch am Rand der Tanzfläche, doch ein aufgeregtes Kribbeln breitete sich in meinem Körper aus. Überall am Strand flackerten bunte Lichter, der Wind schickte hin und wieder eine laue Brise über die Köpfe der Feiernden hinweg. Auf der Bühne spielte gerade eine Musikgruppe namens *Die brüllenden Berge*, sechs bärtige Zwerge aus Bentuath mit Lauten, Hörnern und übergroßen Trommeln.

Laut, wild, ein wenig schräg, aber die Leute liebten es.

Mir gefiel es auch. Wie frei sie waren. Sie sangen und tanzten, wie es ihnen gefiel.

Dass ich mich heute danach fühlte zu tanzen, mochte auch an dem Getränk in meiner Hand liegen. Ein Gemisch aus bunten Fruchtsäften und Branntwein, das mit einem pinken Papierschirmchen und Sommerbeeren garniert war – Ritas selbst gemischter *Feentraum.*

Es konnte *auch* daran liegen, dass es nicht mein erstes, auch nicht mein zweites, sondern mein drittes Glas war. Und jedes einzelne davon hatte mir die Zwergin in die Hand gedrückt.

»Noah ist gleich dran.«

Fast hätte ich mein Getränk fallen gelassen, aber Alyssa lachte leise.

»Zeit, das Kriegsbeil zu begraben, meinst du nicht? Er *ist* gut, das musst du zugeben.«

Noah war in Sedina bereits bekannt, weil er schon mehrere Male beim *Bunten Raben* gespielt hatte. Und jedes Mal hatte er im Rabennest gewohnt, entweder in Jillys und Alyssas Wohnung oder in einem der anderen Gästezimmer.

Ich schnaubte. Und nahm einen großen Schluck aus meinem Glas.

»Er ist in Ordnung. Als *Musiker*.«

Auch wenn ich es hasste, das zuzugeben, Rita hatte recht.

Ich hatte Noah spielen sehen, die letzten beiden Abende. Und auch wenn ich es mir nicht hatte eingestehen wollen ... Er *war* ein guter Musiker. Seine Melodien, seine Stimme hatten etwas in mir berührt, von dem ich nicht gewusst hatte, dass es da war. Das änderte jedoch nichts daran, dass er mir Evas Zimmer gestohlen hatte. Und mir mit seinem übrigen Gehabe höllisch auf die Nerven ging.

Jemand neben mir kicherte.

»Sie *will* es nicht zugeben, Alyssa.« Ritas bronzefarbene Augen funkelten im Licht der Lampions. Die Zwergin hatte sich in ein langes, himmelblaues Gewand gehüllt, an ihren Ohren glitzerten kleine, orangefarbene Blüten.

Mittlerweile hatte ich herausgefunden, dass die Zwergin ihr Geld damit verdiente, Schmuck herzustellen. In ihrer Werkstatt im Ortskern arbeiteten drei Angestellte. Außerdem war sie mit dem Bürgermeister Sedinas zusammen, einem Kobold namens Edgar.

Sie spitzte ihre rotbemalten Lippen. »Vielleicht mag sie ihn insgeheim und das Gezanke der beiden ist nur eine Art Vorspiel.«

Rita, immer auf der Suche nach dem nächsten Tratsch. Ihre Schwester war mit den Brüllenden Bergen befreundet und hatte deswegen Erlaubnis, sich hinter der Bühne aufzuhalten, was mir nur recht war.

Ich schüttelte den Kopf. Trank einen weiteren Schluck. Und schüttelte wieder den Kopf. »Nein.«

Alyssa und Rita wechselten einen *Blick*.

Die Zwergin legte eine Hand auf meinen Unterarm und klimperte mit den

Wimpern. »Natürlich nicht.«

Alyssa gluckste und hakte sich bei mir unter. »Bereit zu tanzen? Die Vergangenheit brennen zu lassen?«

Ich nickte. Und leerte mein Glas in einem Zug.

Ob es stimmte oder nicht, was Rita mir über den hölzernen Raben erzählt hatte, ich konnte ein neues Kapitel gebrauchen. So gut gebrauchen.

Alyssa zog mich hinter sich her, mitten die Zuschauermenge hinein. Weiter und weiter, bis uns nur noch wenige Meter von der Bühne trennten.

Nach wenigen Sekunden fand Jilly uns und begrüßte Rita und mich mit einem Handschlag, Alyssa mit einem Kuss.

Die Brüllenden Berge beendeten gerade ihre zweite Zugabe in einem feurigen Crescendo, das das Publikum mit einem tosenden Applaus beantwortete. Nach unzähligen Verbeugungen räumten die Zwerge schließlich die Bühne.

Das Flüstern der Menge wurde lauter, dann ertönten leise Schritte.

Noah betrat die Bühne. Barfuß, natürlich. In Merielle würde kein Künstler, der etwas auf sich hielt, jemals ohne Schuhe vor Publikum treten.

Applaus brandete auf, begleitet von begeisterten Rufen, als er mit einem Lächeln die Hand zum Gruß hob. Die Laute, die er unter seinen anderen Arm geklemmt hatte, war Alyssas Leihgabe, ein Batari-Instrument.

Sein schulterlanges Haar trug er offen. Keine Spur von seinem Schlapphut.

Er ließ sich auf dem Stuhl nieder, den gerade zwei Kobolde auf die Bühne getragen hatten. Jemand kreischte und einige Frauen – ebenso ein paar Männer – jeden Alters sahen mit Begehren in Richtung Bühne. Meine Nasenflügel bebten, als ich den vertrauten Geruch wahrnahm, der in der Luft lag.

Ich zog eine Grimasse. Aber ich war nicht besser. Auch ich hatte Noah angegafft, an jenem ersten Morgen im Seufzenden Wald.

Der Barde spielte den ersten weichen Akkord auf seiner Laute. »Hallo Sedina.«

Wieder Applaus, Kreischen, begeisterte Pfiffe. Er lächelte ins Publikum.

»Ich habe euch eine kleine Geschichte zu erzählen.«

»Erzähl sie uns!«, rief jemand.

Noah grinste. »Ich hätte sie euch schon erzählt, aber sie ist so gut, dass ich sie für heute Abend aufheben wollte. Die Wahrheit ist, dass ich fast nicht aufgetreten wäre.«

Ich hob die Augenbrauen, als ein paar traurige *Aaaahs!* und *Oooohs!* aus dem Publikum kamen.

Noah schmunzelte, während er eine zarte Melodie zupfte. Er hatte die Leute im Griff und er wusste es.

»Auf dem Weg nach Sedina wurde ich überfallen.«

Die Menge schien die Luft anzuhalten.

»Meine Mutter hat einen Finderlohn auf mich ausgesetzt.«

Ich schüttelte den Kopf. Genauso gut hätte er einen Sack mit Goldstücken auf die Bühne stellen können.

»Seine Höhe behalte ich lieber für mich.« Er zwinkerte ins Publikum. »Aus Sicherheitsgründen.«

Albernes Kichern und Gelächter. Doch sein Gesicht wurde ernst, die Akkorde auf seiner Laute dunkler. Er ließ seinen Blick über die Zuschauermenge schweifen.

»Manche Leute mögen es für einen Fehler halten, dass ich heute Abend für euch spiele.«

Als hätte er nach mir gesucht, blieb sein Blick an mir hängen.

»Es wäre ein Fehler gewesen, nicht beim *Bunten Raben* aufzutreten, nicht mit euch zu feiern. Wenn wir so anfangen, haben die Mächtigen gewonnen. Ich spiele heute Abend für euch auf dieser Bühne, weil mich keine Macht der Welt dazu bringen wird, mich zu verstecken. Es ist nicht nur mein Recht, es ist meine *Pflicht*, meine Musik mit euch zu teilen. Komme, was wolle.«

Applaus, lauter als zuvor.

»Richtig so!«

»Danke, Noah!«

Ich schluckte. Gegen meinen Willen hatten sich meine Augen mit Tränen gefüllt.

Noah sah mich immer noch an. Ich dachte an Estéllian, dessen Künstler und Künstlerinnen einen hohen Preis bezahlten, wenn sie gegen Irins Gesetze verstießen.

»Deswegen widme ich meine Musik heute Abend all denjenigen, die sich trauen, frei zu sein. Die der Welt zeigen, wer sie sind, ohne sich dafür zu entschuldigen. Die keinen Stahl brauchen, um sich zu behaupten.«

Trotz des dicken Kloßes in meinem Hals grunzte ich.

Da sind wir wieder.

»Auf den Frieden. Auf die Freiheit.«

Als die ersten Takte der Musik über mich hinwegschwemmten, dachte ich an Gelyth, der vielleicht in den Krieg ziehen musste. Hier in Sedina fühlten sich die Leute sicher. Die Welt da draußen schien in weite Ferne gerückt, wurde auch für mich mit jedem Tag unbedeutender. Krieg gehörte nicht zu dem kleinen Kosmos, den sich die Leute Sedinas hier aufgebaut hatten.

Sie hatten es sich verdient, bei allem, was viele von ihnen bereits hatten ertragen müssen. Dennoch, es gab Orte in Anthea, die nicht den Luxus haben würden, den Krieg auf Abstand zu halten. An denen bald Blut vergossen werden würde.

Noah spielte langsame und schnellere Stücke, begleitete die Melodien mit seinem angenehmen Gesang. Die Menge weinte und tanzte. Er legte zwischen den Liedern Pausen ein, um mit seinem Publikum zu sprechen, Witze zu reißen und die Mächtigen der Welt zu verfluchen.

Immer wieder fand sein Blick mich.

Jedes Mal jagte es mir einen Schauer über den Rücken. Jedes Mal sah ich eilig auf meine nackten Zehen, die sich in den Sand bohrten.

Irgendwann, als die letzte Note eines schnelleren Stückes verklungen war, legte Noah den Kopf schief. Schweiß glänzte auf seiner Haut, sein blondes Haar klebte an seiner Stirn.

Er wartete, bis das Publikum still wurde.

»Das nächste Stück ist das letzte –«

Wieder traurige *Aaaahs!* und *Oooohs!*

Noah lachte leise. »Keine Sorge, das letzte, das ich allein spielen werde. Bevor ich die *Dunklen Schwestern* und die *Brüllenden Berge* noch einmal auf die Bühne bitte.«

Applaus, begeisterte Pfiffe.

Er spielte die ersten Töne auf seiner Laute. Die Leute klatschten mit, doch Noah schüttelte mit einem abwesenden Lächeln den Kopf.

»Es ist ein langsames Stück.«

Das Klatschen ebbte ab.

»Das hier ist für alle, die noch einen Weg nach Hause suchen.«

Meine Augen füllten sich so schnell mit Tränen, dass ich noch nicht einmal Zeit hatte, die Götter zu verfluchen. Dieses Mal sah Noah mich nicht an, sah niemanden an. Mit rauer Stimme sang er.

»Ich weiß nicht, wo du bist,
so weit weg bin ich von dir.
Ist meines Herzens dunkler Zwist
und doch bist du immer bei mir.

Weiter und viel weiter,
Berge hab ich erklommen,
gesungen ewig und heiter
und doch bin ich nicht angekommen.

Weißer Sand, blaues Meer,
Walgesang und Windes Lied,
für immer fehlen sie mir sehr
und sind alles, was mein Herz nur sieht.«

Ich klammerte mich an das Glas in meinen Händen. Die Leute um mich herum umarmten sich, weinten in die Schultern ihres Nachbarn.

Es war zu viel.

Ich floh aus der Menge in die Nacht, weg von Noahs Musik.

»Geht's dir besser?« Alyssa ließ sich neben mir im Sand nieder.

Das Wasser des Sees, das selbst im Licht der Sterne grünlich schimmerte, plätscherte in kleinen Wellen auf den Strand. Die Musik, Noahs Laute gepaart mit den Trommeln der *Brüllenden Berge* und dem wilden Gesang der *Dunklen Schwestern*, pulsierte immer noch in der Nacht.

Ich nickte, die Arme um meine Beine geschlungen.

Die Steppenelfe legte eine Hand auf meine Schulter und drückte sie sanft.

»Fast jeder hier in Sedina hat mit irgendetwas zu kämpfen. Entweder ist es etwas in der Welt da draußen oder in ihnen selbst. Meistens beides. Du bist nicht allein.«

Ich zwang mich zu einem Lächeln.

Dabei war mir immer noch nach Heulen zumute. In den letzten Tagen hatte ich mich getraut, zu träumen. Wie schön wäre es, wenn ich mich einfach hier in Sedina niederlassen könnte. Doch ich hatte nur ein begrenztes Zeitfenster, bis Irin erfuhr, wo ich war. Und wenn das geschah, musste ich für immer hier bleiben, in dem behüteten Kokon, der Sedinas magischer Schutzwall war. »Glaubst du, du wirst für immer hier bleiben?«, wisperte ich.

Alyssa kräuselte die Nase und strich über die Tätowierungen, dicht geschriebene Schriftzüge in der alten Sprache Bataris, die sich in Spiralen und geschwungenen Linien um ihren Unterarm und Ellenbogen schlangen.

»Ich weiß es nicht.«

Die Musik schwoll an, als die Musiker die Bühne verließen und gemeinsam mit dem Publikum in Richtung des Holzraben wanderten.

Alyssa seufzte. »Ich mag Sedina, sehr. Aber ein Teil von mir sehnt sich nach der Steppe. Nach den Bergen. Auch wenn ich nicht genau weiß, warum. Ich kenne meine Heimat nur aus Büchern.«

Ich legte den Kopf auf meinen Knien ab und sah sie an. »Warum?«

Alyssa lächelte schief. »Meine Eltern haben mich kurz nach meiner Geburt verstoßen, weil ihnen nicht gepasst hat, was die Schamanin für mich vorhergesagt hat. Deswegen haben sie mich an Estéllian verkauft.«

Sie sah die Frage in meinen Augen, bevor ich sie stellen konnte.

»In Batari ist es Brauch, ein paar Tage nach der Geburt eines Kindes einen Schamanen kommen zu lassen. Sie nehmen für die Eltern Kontakt zu den Geistern der Anderswelt auf und befragen sie nach dem Lebensweg des Neugeborenen. Alle Botschaften aus der Geisterwelt werden von den Schamanen notiert. Und später, wenn das Kind erwachsen geworden ist, werden sie in seine Haut tätowiert. Ein schreckliches Ritual. Hunderte Kinder werden jedes Jahr in Batari verstoßen, weil die Eltern nicht mit dem einverstanden sind, was prophezeit wird. Ich habe mich trotzdem tätowieren lassen, auch wenn es nicht die Botschaften sind, die die Schamanin für mich empfangen hatte.« Sie rieb sich die Arme. »Es ist nur ein allgemeiner Schutzsegen, aber es fühlt sich an wie ein Stück Heimat.«

Ich schluckte.

»Das tut mir leid«, raunte ich.

Alyssa schüttelte den Kopf. »Das ist schon lange her. Für Jilly und mich ist Sedina ein guter Ort zum Leben. Aber man weiß nie, was die Zukunft bringt, deswegen zerbreche ich mir nicht den Kopf darüber. Das Leben wird mir schon zeigen, wann es Zeit ist, weiterzuziehen. Vielleicht nie, vielleicht schon bald. Der Krieg im Dämmertal könnte eine gute Gelegenheit sein, von hier zu verschwinden, denn solange ist Irin abgelenkt.«

Ich nickte. Die Stille zwischen uns war friedlich.

»Eigentlich wollte ich heute Abend tanzen«, murmelte ich irgendwann.

In Alyssas dunklen Augen funkelte eine Herausforderung. »Ach ja?«

Ich öffnete den Mund, doch die Steppenelfe erhob sich. Sie klopfte den Sand von ihrem kurzen Kleid und streckte mir eine Hand entgegen. »Komm. Lass uns tanzen.«

Und das taten wir.

Die Lichter, die Musik hüllten mich vollkommen ein, verführten mich und ließen mich meine Vergangenheit, meine Zukunft vergessen.

Die Zeit verflog, entglitt mir immer mehr, bis ein goldener Lichtstreifen am Horizont den neuen Tag ankündigte.

Dann begann es. Hohe Flammen tanzten, als der *Bunte Rabe* Feuer fing. Die Musik bäumte sich zu einem letzten gewaltigen Crescendo auf, als der monströse Holzvogel lichterloh brannte.

Wilde Schreie und Siegesrufe erklangen, als die Tanzenden ihren Triumph mit erhobenen Armen in die Morgendämmerung hinausriefen.

Überall waren freundliche Gesichter, doch sie waren verschwommen. Manchmal riss mich jemand in eine stürmische Umarmung oder wirbelte mich in einer wilden Drehung herum.

Ein Gesicht, ein paar hellblaue Augen, sah ich besonders häufig, doch nie verweilte es lange. Ein Zwinkern, ein Lächeln, dann verschwand es wieder in der Menge, begleitet von Melodien einer Batari-Laute. Ein kleiner Teil von mir wollte, dass es blieb.

Doch ich tanzte. Und der Rabe brannte und brannte.

Ekstase, Feuer und Musik. Bis nur noch Asche übrig war.

9

Meine Zunge klebte an meinem Gaumen, als ich die Augen öffnete. Mein Kopf fühlte sich an, als hätte mir jemand mit einer Bratpfanne einen Schlag gegen die Stirn verpasst.

Wo war ich?

Ich schielte in Richtung Decke, die zu weit weg war. In der Abstellkammer, welche mein Zimmer war, brauchte ich nur den Arm auszustrecken, um sie zu berühren. Der Raum, in dem ich geschlafen hatte, war groß und lichtdurchflutet.

Grelles Tageslicht schmerzte in meinen Augen.

Der Gestank verbrannten Holzes klebte in meinen Haaren.

Ich stöhnte leise und setzte mich auf. Und stöhnte wieder, lauter dieses Mal.

Ich war in Noahs Zimmer. Genauer genommen, in dem Zimmer, das er mir gestohlen hatte.

Aber nicht nur das. Ich lag auch in seinem Bett. Immerhin war ich allein.

Langsam hob ich die Bettdecke an. Und, den Göttern sei Dank, ich trug noch das Kleid von gestern Nacht. Ich verzog das Gesicht, als ich auf dem Boden neben dem Bett meinen Waffengürtel entdeckte. Besser ich fragte mich nicht, wie er dorthin gekommen war. Ob ich es selbst gewesen war, die unter meinen Rock gegriffen und die Schnalle gelöst hatte.

Eine Glaskaraffe gefüllt mit Wasser stand auf dem Nachttisch, ein Becher daneben. Ich grunzte. Beide waren voll. Für Vernunft und einen großen Schluck Wasser hatte es heute Morgen wohl nicht mehr gereicht.

Ein Klopfen an der Tür.

»Lyvi?«

Ich erstarrte. Noah.

Hastig zog ich die Bettdecke hoch, bis unter mein Kinn. Ich räusperte mich. »J-ja?«

Noah schob sich durch die Tür, den Mund zu einem unerträglichen Grinsen verzogen. »Wie geht's dir?«

Seine Stimme war rau wie meine. Ein dumpfer Schmerz hämmerte hinter meiner Stirn. Stimmen und das Klappern von Geschirr schwebten ins Zimmer. Es gab offenbar Leute in dieser Wohnung, die sich schon wieder lebendig fühlten.

»Gut«, log ich. »Warum?« Noah lehnte sich gegen die Wand neben der Tür und verschränkte die Arme hinter dem Kopf. Sein Grinsen wurde breiter.

»Ich hab dich in deinem Zimmer gefunden. Auf dem Fußboden, vor der Strickleiter. Du warst nicht in der Lage, den Aufstieg zu meistern. Deswegen hielt ich es für besser, wenn wir Betten tauschen.«

Die Erinnerungen kamen zurück. Hitze schoss in meine Wangen.

Noah zuckte mit einer Schulter. Auch er sah nicht gerade frisch aus.

»Natürlich nur für eine Nacht. Mach dir ja keine Hoffnungen.« Er nickte in Richtung der offenen Tür. »Frühstück? Die anderen sind schon wach.«

Frühstück.

Allein der Gedanke an Essen ließ mich würgen.

Doch ein flüchtiger Blick nach draußen, wo die Sonne schon hoch stand, sagte mir, dass es nicht mehr lange bis zu meiner ersten Schicht im Teehaus war. Warum hatte ich es für eine gute Idee gehalten, gerade heute meine neue Stelle anzutreten?

Vielleicht ein Stück trockenes Brot. Und eine Tasse von Alyssas Schwarztee aus Batari.

»Ich komme gleich«, murmelte ich.

Noah räusperte sich. »Ich hab gehört, du bleibst?«

Ich schloss die Augen und fiel zurück in die Kissen.

»Nicht lange, keine Sorge. In ein paar Wochen bist du mich los.«

Noah gluckste. »*Aedir* sein Dank. Es gibt ihn also doch.«

Der Name des seeländischen Meeresgottes.

Ohne die Augen zu öffnen, streckte ich Noah die Zunge heraus. Als die Tür hinter ihm zu fiel, schälte ich mich aus den Laken. Mein Kopf pochte, meine Knie zitterten.

Götter, mir war schwindelig. Ich schlich in mein eigenes Zimmer und zog mit langsamen Bewegungen eines von Evas Kleidern über, ein moosgrünes Exemplar mit weiten Ärmeln, das mir bis über die Knie reichte. Dann ging ich ins Badezimmer und spritzte mir etwas kühles Wasser ins Gesicht.

Sechs erheiterte Gesichter begrüßten mich, als ich es endlich in die Küche schaffte.

Rita sah mit ihrem zerzausten Haar und der kalkweißen Haut unter den Sommersprossen genauso so miserabel aus, wie ich mich fühlte. Doch selbst sie brachte ein spöttisches Lächeln zustande.

Jilly hob eine Augenbraue. Die Waldelfe war nicht nur vollständig angezogen. Sie sah so frisch aus, als hätte sie heute Morgen bereits einen Dauerlauf am Strand absolviert.

»Ausgeschlafen?«

Ich nickte. Und wechselte einen Blick mit Alyssa, die mit geschwollen Augen über ihrem dampfendem Teebecher saß.

Zum Glück blies ein frischer Wind durch die offenen Fenster in die Wohnküche. Er roch nach Regen, auch wenn der Himmel noch klar war. Immer noch musterten mich sechs Paar Augen. Ich trat von einem nackten Fuß auf den anderen.

Noah sprang auf und zog den Stuhl neben sich für mich zurück. »Setz dich.«

»Danke«, murmelte ich.

Auf einmal so freundlich?

Der Tisch war mit allem gedeckt, was irgendwie als Frühstück durchgehen konnte. Brot, Kuchen, Obst, Eier, geräucherter Lachs – den einzigen Fisch, den ich nach Jahren als Kellnerin im *Grauen Segel* noch essen konnte, ohne dass mir übel wurde. Aber nicht heute Morgen.

Ich wandte den Blick vom Essen ab, bevor mein Magen wieder flau werden konnte. Stattdessen musterte ich die beiden neuen Gesichter am Tisch.

Der kleine Mann mit dem schwarzen Ziegenbart, der neben Rita saß und ihre Schulter tätschelte, musste Edgar sein.

Großartig. Der Bürgermeister Sedinas saß natürlich genau dann mit am Frühstückstisch, wenn ich mich fühlte, als hätte mich ein Achtspänner überfahren.

Ich hatte noch nie einen Kobold gesehen, aber er passte zu den Beschreibungen. So groß wie ein Zwerg, aber mit spitzen statt runden Ohren. Auch war seine Statur ein wenig ... *filigraner* als die eines Zwerges.

Zu meinem Schrecken bemerkte Edgar meinen Blick und streckte mir über den Tisch die Hand entgegen. »Edgar. Freut mich, dich kennenzulernen.«

Ich nahm seine Hand und zuckte zusammen, als er sie schüttelte.

Rita verdrehte die Augen. »Ich hab dir schon mal gesagt, du musst nicht so fest zudrücken. Die Leute wissen, dass du wichtig bist.«

»Lyvi«, sagte ich heiser und rieb meine schmerzenden Finger.

Der Kobold schmunzelte. »Das hat sich bereits herumgesprochen. Ich warte seit Tagen darauf, dass du dich im Gemeindehaus anmeldest. Jeder, der hier neu ist, muss einmal vorbeikommen, am Tag nach der Ankunft.«

Ich erstarrte. Meine Wangen brannten. *Wirklich großartig.*

»Davon wusste ich nichts –«

Doch Rita schnalzte mit der Zunge und schlug ihm auf die Hand.

»Edgar! Mach ihr doch keine Angst.«

Der Kobold zwinkerte mir zu. »Nur ein Spaß. Komm vorbei, wann immer du möchtest.«

Rita schüttelte mit einem Stöhnen den Kopf und vergrub das Gesicht in den Händen.

»Manchmal kann ich nicht glauben, dass du der Grund bist, warum ich mein Volk verlassen habe und an diesem verdammten See unter freiem Himmel lebe.«

Edgar Gesicht blieb ernst, doch seine Mundwinkel zuckten.

Die Zwergin hatte mir bereits erzählt, dass Edgar und sie sich auf einer ihrer Handelsreisen nach Seeland kennengelernt hatten. Er hatte in Vennhaven im Haushalt einer Heilerin gelebt und gearbeitet, wie es sich für einen angesehenen Kobold gehörte.

Die beiden kleinwüchsigen Völker waren tief verfeindet. Kobolde beschimpften die Zwerge als gierig und eigennützig, während Zwerge auf Kobolde hinabschauten, weil sie sie für unterwürfig hielten.

Noch zwei Liebende, deren Beziehung eigentlich nicht hätte sein dürfen. Trotzdem waren sie hier, zusammen.

Noah, der sich gerade ein Schokoladenküchlein in den Mund schob, schnaubte.

»Gib es wenigstens zu, Rita. Du bist auch in Sedina, weil du hier mehr Geld verdienen kannst«, sagte er mit vollem Mund.

Die Zwergin warf ihm einen finsteren Blick zu, doch sie zupfte an ihren tropfenförmigen Ohrringen, die perfekt zu den dunkelgrünen Diamanten an ihrem Ring passten.

»Vielleicht.« Sie zuckte mit den Schultern. »Nicht jeder lebt am liebsten von Luft und Liebe wie du, *Barde.* Aber sag mir nicht, dass du noch nie eine großzügige Gage eingestrichen hast.«

Noah nickte. Er kaute immer noch. »Hab ich. Hat sich allerdings nicht lange in meinem Geldbeutel gehalten.«

Rita grunzte. »Wundert mich nicht. Irgendwie musst du deine ganzen Reisen und die Klunker, die du von ihnen mitbringst, ja bezahlen.«

Noah grinste breit. Und schob sich das nächste Küchlein in den Mund. »Du willst nur, dass ich *deine* Klunker kaufe –«

Ein Fauchen brachte ihn zum Schweigen.

»Leute, ich halte das nicht aus!«

Mein Herz machte einen Satz, als ich mich endlich traute, an das andere Tischende zu sehen. Dort saß ein weibliches Wesen, bei dessen Anblick meine Nackenhaare zu Berge standen.

Das musste dann wohl Brandy sein.

Die Wasserfrau war so groß wie Elfen und Menschen. Ihre Ohren glichen meinen, weder so lang und spitz wie die der Elfen noch ganz rund. Doch da endeten die Gemeinsamkeiten auch schon. Ihre Haut war blass wie der Mond und von feinen Schuppen bedeckt. Ihr langes schwarzes Haar war noch nass und schimmerte an einigen Stellen in der Farbe von Seetang. Doch noch gruseliger waren ihre scharfen Zähne, die denen eines Raubfisches ähnelten.

»Ach, Brandy. Immer noch ausgetrocknet?«

Noah hob die Hand, um ihre nackte Schulter zu berühren, doch ein weiteres Fauchen stoppte ihn. Vor Brandy standen eine riesige Karaffe und ein Glas, beide leer. Ihre schwarzen Augen glänzten gefährlich.

»Halt den Mund, Barde, oder ich reiß dir die Kehle auf.«

Jilly seufzte und schob der Wasserfrau ihr eigenes Wasserglas hin.

»Trink.«

Brandy schloss ihre blassen, knöchrigen Finger um das Glas. Ich erschauderte. Lange Finger, die sich bestimmt exzellent dazu eigneten, Genicke zu brechen.

Die Wasserfrau leerte es in einem Zug. Sie rülpste laut und wischte sich mit dem Handrücken über den Mund.

»Besser.«

Alyssa goss einen weiteren Becher Tee ein und reichte ihn mir. »Das ist übrigens deine vierte Mitbewohnerin«, sagte sie und deutete auf Brandy.

Das Blut in meinen Adern gefror, doch ich zwang mich zu einem Lächeln. Deswegen also stand in ihrem Zimmer eine Badewanne und kein Bett.

»Schön, dich kennenzulernen«, sagte ich leise.

Rita kicherte. »Keine Sorge, sie wird dich nicht im Schlaf erwürgen. Mit diesen Händen erlegt sie nur Fische. Meistens.«

Meistens. Meine Finger juckten, wollten nach Elrys' Heft tasten, das nicht da war. Stattdessen klammerte ich mich an den warmen Becher in meinen Händen. Doch ich konnte mich nicht davon abhalten, an der Wasserfrau Maß zu nehmen. Sie trug nur ein schwarzes Brustband mit im Nacken verknoteten Trägern und eine kurze Stoffhose, die kaum etwas von ihrer geschuppten Haut verdeckten. Ihre langen Arme und Beine waren schlank und muskulös zugleich. Zwischen ihren Fingern blitzen kleine Schwimmhäute auf.

Nein, ich wollte nicht mit Brandy aneinandergeraten. Sie würde vermutlich noch nicht einmal Stahl brauchen, um mir den Hals umzudrehen. Und danach meine Luftröhre mit ihren scharfen Zähnen auszureißen.

Doch eine Frage blieb noch. Ich beäugte ihre Beine.

Brandy wackelte mit den Augenbrauen. »Na los, frag«, zischte sie.

Ich schüttelte den Kopf. »Nein, schon gut –«

Eilig nahm ich einen Schluck von meinem Tee, doch die Wasserfrau bleckte die Zähne.

»Frag, was du wissen willst.«

Wieder waren sechs Augenpaare auf mich gerichtet. Ich schluckte.

»Du hast Beine. Das heißt, du kannst nur halb Wasserfrau sein. Doch wenn eines deiner Elternteile Elfe oder Mensch war, dann –«

Rita und Noah prusteten. Mein Gesicht glühte.

Brandy hob die Augenbrauen. »Ja?«

»Wie konnten sie –« Ich wand mich vor Unbehagen. Ich hätte den Mund halten sollen.

»Dich erschaffen?«

Alyssa stimmte in Ritas und Noahs Gelächter ein.

Brandy grinste und wickelte sich eine ihrer tropfnassen Strähnen um den Finger. »Mein Vater war ein Wassermann, meine Mutter ein Mensch, deswegen habe ich Beine und keine Flosse. Ich kann mich nicht verwandeln, aber ich kann unter Wasser atmen. Wasserwesen sind Säugetiere, auch wenn sie nicht so aussehen. Als es noch Magie gab, konnten sie so oft zwischen ihrer Flosse und Beinen wechseln, wie sie wollten. Doch seit dem großen Bannspruch können die meisten nur zwei Wochen im Jahr an Land gehen, einmal im Frühling und einmal im Herbst. Im Frühling paaren sie sich, im Herbst gebären die Frauen den Nachwuchs. «

Noahs Augen hatten bei Brandys Worten zu leuchten begonnen. »Hier in Sedina nennen sie es *Nymphenwoche*. Das ganze Dorf steht Kopf, wenn das passiert, besonders im Frühling. Eine Woche lang feiern alle zusammen und jeder, der nicht zum Wasservolk gehört, verkleidet sich als irgendein Wesen, das im Wasser lebt.«

Rita gluckste. Die Farbe war in das Gesicht der Zwergin zurückgekehrt. »Lass mich raten, du planst jetzt schon dein Kostüm für nächstes Jahr?«

Noah drapierte einen Arm auf seiner Stuhllehne und warf Rita eine Kusshand zu. »Da kannst du deine gesamten Klunker drauf verwetten, Höhlengießer. Kommt jemand mit schwimmen?«

10

Arain, Galmáron

Wajiyad Zen Zilágosh, Prinz und Thronfolger Galmárons, hämmerte gegen die Zimmertür seines Vaters. Sie war unbewacht, als hätte Manor die *solyóni*, die königlichen Soldaten, weggeschickt.

»Vater!«

Keine Antwort.

Waji knurrte. Natürlich nicht.

Erst vor einer halben Stunde war er mit den Soldaten seines Trupps in den Königspalast auf dem Kiraly zurückgekehrt, dem höchstem der neun Hügel Arains. Kaum hatte sein Vater mitbekommen, dass er wieder da war, hatte er nach ihm schicken lassen.

Ihn jetzt warten zu lassen, war Manors Zeichen, dass er unzufrieden war. Mal wieder.

Dabei sehnte sich Waji danach, ein Bad zu nehmen und sich mit seinen Männern in Galmárons Nachtleben zu stürzen. Oder das, was davon noch übrig war. Sie hatten zwar die gesamten letzten sechs Wochen miteinander verbracht, doch Flory, Reza, Kosztar und die anderen waren wie Brüder für ihn. Sie kämpften und tranken Bier gemeinsam, stritten sich, rangen und lachten miteinander. Waji würde für jeden inzelnen von ihnen sterben.

Er polterte erneut gegen die Tür. Das alte, eisenbeschlagene Holz ächzte. »Vater!«

Gedämpfte Stimmen, dann Schritte. Ein Schlüssel drehte sich, das Schloss klickte leise.

Waji grunzte. »Hast du dich wieder eingeschlossen, damit dein Königreich dir nicht auf die Nerven gehen kann?«

König Manor Zen Zilágosh verzog keine Miene, doch seine Nasenflügel bebten.

»Wieder im Pferdemist gewälzt, Wajiyad?«

Waji marschierte an ihm vorbei. Er suchte nach demjenigen, mit dem sein

Vater gesprochen hatte, aber niemand war hier.

Da war der riesige Schreibtisch aus dunklem Holz, die ordentlich sortierten Bücherregale, der goldgerahmte Spiegel über der Anrichte. Zwei leere Stühle.

»Wenn du mir länger Zeit gelassen hättest, hätte ich ein Bad genommen.« Er trat an eines der großen Fenster. Unter ihm flackerten und blinkten die Lichter seiner Heimatstadt, über ihm die Sterne. Er drehte sich zu seinem Vater um. Schon wieder schloss Manor die Tür ab.

»Aber es wundert mich nicht, dass du den Geruch der Straße vergessen hast. Mit wem hast du gesprochen?«

Manor ließ sich auf seinem gepolsterten Lehnstuhl nieder, die Konturen seines Gesichts zeichneten sich scharf im Schein der Öllampe und Kerzen ab. Auf dem Schreibtisch lag ein ganzer Stapel Bücher, eines davon aufgeschlagen.

Natürlich. *Bücher*.

Sein Vater verbrachte seit dem Tod seiner Frau, Ynesse Zen Zilágosh, Wajis Mutter, viel Zeit zwischen Buchdeckeln. *Zu viel Zeit.* Nur Idioten verließen sich darauf, was andere Idioten vor ihnen auf ein bisschen Pergament gekritzelt hatten. Gelehrte, Heiler, Geistliche, denen sein Vater mehr Glauben schenkte, als dem, was draußen in der Welt geschah. Wer wusste schon, wer diese Leute gewesen waren?

Noch dazu mussten es verdammt alte Bücher sein, denn ihre Seiten waren fleckig und wellig, die Kanten der Einbände abgewetzt. Daneben lag eine Landkarte, deren Pergament bereits bröselte.

Manors Augen wurden schmal. »Kann ein König nicht die Rede für seine nächste Audienz üben?«

Waji zuckte mit den Schultern. »Du kannst tun, was dir gefällt, Vater.«

Manor schlug die Beine übereinander und trommelte mit den Fingern auf der Armlehne. Ein Kelch mit Rotwein verströmte einen süßlichen Geruch. Er musste ihn für viel Geld importiert haben, denn in Galmáron wuchsen schon lange keine Trauben mehr. Ihr Königreich trocknete aus. So schnell, dass Waji übel wurde. Sein Volk hungerte. Das Land war vom Bürgerkrieg gespalten. Und hier saß sein Vater und trank Rotwein.

»Wenn du nur das getan hättest, was ich dir aufgetragen habe, wärst du nach einem Monat, nicht nach zwei Monaten wieder hier gewesen. Denk nicht, dass ich nicht weiß, mit welchen Dingen du dir die Zeit vertreibst. Wir haben über deinen fragwürden Lebenswandel gesprochen.«

Waji sog scharf die Luft ein.

Fragwürdiger Lebenswandel. Er konnte es nicht mehr hören.

»Was hast du dieses Mal gemacht?« Manor legte den Kopf schief. »Hast du getrunken? Dich mit Menschenfrauen vergnügt? Oder Kartentricks vorgeführt wie ein gewöhnlicher Gaukler, *Nepomouk*? So nennst du dich doch gern, nicht wahr?«

Waji biss die Zähne zusammen. Er konnte nur ahnen, wie sein Vater davon erfahren hatte. Manor hatte ihm wahrscheinlich eines seiner Wiesel hinterhergeschickt, um ihn zu bespitzeln. Vielleicht war er sogar beobachtet worden, als er mit der Halbelfe gespielt hatte. Oder vielmehr sie mit ihm. Der Abend in Faelhem war auf dieser Reise der einzige gewesen, an dem sie sich in die Zivilisation gewagt und nicht in der Wildnis übernachtet hatten.

»Das geht dich nichts an«, sagte er leise. »Ich habe die Informationen, die du wolltest.«

Sein Vater verschränkte die Arme vor der Brust. Die silbernen Stickereien auf seinem schwarzen Hemd schimmerten im Kerzenschein.

»Ich höre.«

Nicht zum ersten Mal stellte Waji sich vor, wie es sich anfühlen würde, dieses ganze dämliche Studierzimmer auseinanderzunehmen. Er würde heute noch Dampf ablassen müssen, egal wie.

»Wir sind bis auf wenige Schritte rangekommen. Irin hält die ganze Mauer bewacht. Doch im Norden haben uns die Bataris erzählt, dass es in den letzten Wochen ungewöhnlich ruhig war. Normalerweise lässt Irin seine Bluthunde ab und zu einen Stamm überfallen, um zu zeigen, wer in Balanjar und Canjun das Sagen hat. Jetzt nicht mehr. Die Steinbrüche hinter der nördlichen Mauer sind auch leer. Sieht so aus, als sammle der Elfenkönig seine Kräfte.«

Manor nickte. »Genau, wie ich gedacht habe. Die ersten Bauernhöfe und Dörfer im Dämmertal haben wir bereits erfolgreich eingenommen, aber wir stocken auf. Irin und seine Kurzohren sollen der gesammelten Stärke Galmárons begegnen.«

Waji lehnte sich an die Wand zwischen zwei Fenstern. Die Gleichgültigkeit seines Vaters, wenn es um die Existenzen unschuldiger Menschen ging, schmeckte bitter. Doch ihr eigenes Volk litt. Schon im Winter würden viele Dämonen nichts mehr zu essen haben. Sie *brauchten* diese Ernten. Alles hatten sie versucht, als der Regen immer öfter ausgeblieben war. Erst hatten sie

Wasser aus dem Silberfluss abgezweigt, nur um festzustellen, dass es verseucht war, vermutlich von den Minenarbeiten der Zwerge in den Eisenherzbergen. Dann hatten sie versucht, Wasser aus dem Erdreich zu pumpen, doch selbst die tiefsten Erdschichten Galmárons waren bereits ausgetrocknet gewesen. Schließlich waren sie dazu übergegangen, Lebensmittel zu importieren, doch mit der zunehmenden Armut im Land würde auch das nicht lange anhalten.

Der Fluch der Druiden und Hexen von Marra, erzählten die Leute. Waji wusste immer noch nicht, ob er diese Geschichten glauben sollte.

»Ich kann meine Männer übermorgen bereit haben«, sagte er. »Wenn wir schnell reiten, sind wir in einer Woche in Silberstein.«

Doch sein Vater schüttelte den Kopf.

»Nein.«

»Nein?« Waji hob eine Braue. Es war plötzlich so still zwischen ihnen, dass er hörte, wie ein Tropfen Wachs auf den Tisch fiel.

Manor setzte seinen Weinkelch an die Lippen und trank.

»General Hunyadi wird deine Männer nehmen und mit ihnen ins Dämmertal ziehen. Dort geht es nur um ein paar Äcker. Ich habe einen wichtigeren Auftrag für dich.«

Das Blut rauschte in Wajis Ohren. »Was?«

Er stieß sich von der Wand ab und pirschte auf den Schreibtisch zu. Seine Zwillingsschwerter Leto und Temis waren ein beruhigendes Gewicht auf seinem Rücken. Auf einmal war er froh, dass er keine Zeit gehabt hatte, sie abzulegen.

»Du hast mich gehört«, sagte Manor.

Waji knurrte. Er stützte sich mit beiden Händen auf dem Schreibtisch ab. Die meisten seiner Gegner wären an diesem Punkt bereits zurückgewichen, doch nicht sein Vater.

Manor wusste genau, dass Stahl nicht die richtige Waffe war, nicht in diesem Kampf.

»Ein paar Äcker? Im Süden verhungern ganze Dörfer, die Fischer in den Küstenstädten kommen jeden Tag mit leeren Netzen nach Hause. Wir *brauchen* fruchtbares Land, Vater.«

Manor schnalzte mit der Zunge. Die Linien seines Gesichts wirkten noch schärfer als sonst.

»Ich habe einen besseren Plan. Einen Plan, der *all* unsere Probleme auf einmal lösen wird.«

Waji schnaubte und ließ sich in einen der leeren Stühle fallen.

»Und woher hast du diesen Plan?« Er machte eine abfällige Geste in Richtung des Buchs auf Manors Schreibtisch. »Hat einer deiner toten Gelehrten ihn dir zugeflüstert?«

»Vorsicht, Wajiyad«, sagte sein Vater gefährlich leise. »Ich bin noch jung genug, um einen zweiten Erben zu zeugen. Vielleicht hole ich auch deinen Cousin Bela aus Astralis zurück. Er hat sich in den letzten Jahren als Botschafter bewiesen. Sein politisches Geschick ist bemerkenswert.«

Waji krallte die Finger in seine Oberschenkel. Sein Vater wusste genau, wo er empfindlich war. »Du kannst mir nicht nehmen, was von Geburt an meins ist.«

Manor lachte freudlos. Er berührte die schlichte Krone Galmárons, die auf einem schwarzen Samtkissen neben ihm lag. Ein Ring aus silbernen Adlerfedern, ein Symbol für die Boten Istaris in der Welt der Sterblichen, in sie gebettet ein runder Obsidian.

»Sei dir nicht zu sicher. Ich habe mir lang genug angesehen, wie du mit dem Erbe von Zen Zilágosh umgehst und es gefällt mir nicht. Doch ich gebe dir noch eine Chance, dich zu beweisen. Eine einzige.«

Feuer brodelte in Wajis Adern. »Mutter würde weinen, wenn –«

Manors Gesicht wurde hart. Die alte Standuhr in der Ecke schlug elf. »Ynesse ist nicht hier«, sagte sein Vater, als der letzte Glockenschlag verklungen war. »Und wird es nie wieder sein. Wirst du dir anhören, was deine Aufgabe ist oder soll ich dich hier und jetzt enterben?«

Waji atmete scharf ein. Schmerz wallte in ihm auf. Schmerz, den er seit dem Tod seiner Mutter weit von sich schob.

Ynesse Zen Zilágosh war vor sieben Jahren am Fieber gestorben, am heißesten Tag des Sommers. Sie war immer der Puffer zwischen ihm und seinem Vater gewesen, hatte für Frieden in der königlichen Familie gesorgt. Seitdem sie nicht mehr da war, waren die Dinge … *kompliziert.*

Waji knirschte mit den Zähnen. Er würde nicht zulassen, dass sein Vater ihm die einzige Sache nahm, die ihm noch etwas bedeutete. Galmáron. Sein Königreich, sein Volk.

Sein Vater hob die Augenbrauen.

»Was ist dein Plan?«, fragte Waji widerwillig.

Er musste sich jetzt kooperativ zeigen, um später Spielraum zu haben. Auch wenn er es hasste, den Kopf einzuziehen.

Manor lachte trocken.

»Schön zu hören, dass dir wenigstens ein kleines bisschen Vernunft geblieben ist. Jemand hat mir Informationen zugespielt. Über Ganiel Arkany, den Dämon, der vor zweihundert Jahren –«

Waji verdrehte die Augen.

Jemand. Aha.

»Ich weiß, wer Ganiel Arkany ist.«

»Bei deiner Abneigung gegen Bücher bin ich mir nie sicher, welche Details aus Antheas Geschichte in deinem Kopf hängen geblieben sind. Man könnte meinen, das Bier, das du regelmäßig in dich reinkippst, hätte alles Wichtige herausgespült.«

»Ich weiß genug«, knurrte Waji. Er rutschte auf seinem Stuhl herum, wippte mit den Füßen, ohne dass er etwas dagegen tun konnte. »Was ist dein Plan?«

Manor seufzte. »Der Stein der Einheit befindet sich offenbar immer noch dort, wo Ganiel ihn vor zweihundert Jahren hingebracht hat. Im Anderswald. Du wirst Richtung Norden reiten, um ihn zu holen. In einer Woche brecht ihr auf.«

Waji brauchte einen Moment, um die Worte seines Vaters zu verstehen. Zu verstehen, was sie bedeuteten. Für Galmáron. Für Anthea.

»Der Stein der Einheit? Das Juwel, in dem die ganze Magie unseres Kontinents steckt? Wie kannst du davon wissen?«

Manor schüttelte den Kopf. »Konzentriere dich auf die Dinge, die du verstehst, Sohn. Ich weiß, wovon ich rede. Mit seiner Magie können wir nicht nur Irin Celestian im Dämmertal schlagen, sondern auch unser Königreich von seinen Plagen befreien. Für immer.«

Waji runzelte die Stirn. »Und du glaubst, dass dieser *Jemand* die Wahrheit gesagt hat? Das ist nicht das erste Mal, dass jemand behauptet zu wissen, wo der Stein der Einheit ist. Du hast viele Feinde, Vater. Das könnte schon wieder ein Streich eines Spinners aus Gola sein.«

Kein Monat verging, ohne dass dieser trotzige Haufen Manor zeigte, was sie von ihm hielten. Zuletzt hatten die Lichter auf dem Künstlerhügel Arains rot gebrannt, in der Form einer Wüstenrose. Die Blume wuchs nur in den Drachenzahnbergen, der Bürgerkriegslinie, die das Königreich zweiteilte. Dass

Manor mit aller Härte gegen die Rebellenführer im Westen vorging, kam in Gola nicht gut an.

Waji selbst hatte schon zwei der Feldzüge anführen müssen. Er hatte es gehasst. Wann immer es möglich gewesen war, hatte er die Rebellenkrieger verschont, hatte ihnen eingebläut, sich versteckt zu halten. Doch nicht immer hatte diese Strategie funktioniert. Manchmal, wenn die anderen Generäle ihn beobachtet hatten, hatte er töten müssen. Seine eigenen Landsleute. Und es war nicht vorbei, noch lange nicht.

Doch Manors Lächeln war siegessicher und geisterhaft zugleich. »Ich habe meine Quellen. Ich habe nicht nur eindeutige Hinweise bekommen, dass der Stein im Anderswald ist, sondern auch wo genau er sich dort befindet. Zweifle an mir und du zweifelst an Istari, Wajiyad.«

Waji hob die Hände. »Würde mir im Traum nicht einfallen. Aber eine Frage habe ich noch.«

Manors Augen fixierten ihn, finster wie die Nacht. Manchmal war Waji froh, dass er die goldenen Sprenkel seiner Mutter geerbt hatte.

»Wie wirst du die Magie aus dem Stein befreien? Die Hexen und Druiden Marras werden Vorkehrungen getroffen haben.«

Das Lächeln seines Vaters wurde eiskalt. »Noch einmal, ich habe meine Quellen.«

Waji sah zum Fenster. Wolken schoben sich über den Abendhimmel und verdeckten die Sterne. Ihm gefiel das alles nicht. Kein bisschen. Doch er würde zumindest so tun müssen, als gehorchte er. Und dann würde er einen Weg finden, seinem Vater vorzugaukeln, er hätte alles getan, um den Stein der Einheit zu finden. Keine zehn Pferde würden ihn dazu bringen, einen Fuß in diesen Wald zu setzen.

Der König räusperte sich. »Du bist entlassen, Wajiyad. Irgendjemand in dieser Familie muss schließlich arbeiten.«

Waji nickte und erhob sich. Er konnte es kaum erwarten, dieses Zimmer zu verlassen. »Soll ich einen Trupp für die Unternehmung zusammenstellen?« Es sollte beiläufig klingen.

Manor sah geradewegs durch seine Täuschung. Er schüttelte den Kopf. »Lass das meine Sorge sein, Sohn. Geh spielen.«

Geh spielen.

Der ganze Flur drehte sich vor Wajis Augen, als er nach Mitternacht gegen Nurias Tür im Heilertrakt des Palastes hämmerte.

Geh spielen, hatte sein Vater gesagt. Als wäre er ein kleiner Junge.

Die Tür war immer noch geschlossen.

Waji grunzte und klopfte wieder. Zum zweiten Mal an diesem Tag stand er vor einer verdammten Tür und wurde nicht reingelassen.

Gerade erst war er in den Palast zurückgekehrt, mit einigen seiner Männer im Schlepptau, die sich mit gelallten Abschiedsgrüßen in ihre eigenen Räumlichkeiten zurückgezogen hatten. Sie hatten auf seine Kosten im *Banyan* gegessen und getrunken, dem einzigen Ort Arains, an dem es sich noch feiern ließ. Der einzige Ort, wo das Bier noch nach Bier schmeckte. Und da Flory, einer seiner besten Freunde, mit dem Koch des Lokals zusammen war, bekamen sie immer reichlich davon.

Das änderte jedoch nichts daran, dass er immer noch wütend war. Sein Vater hatte ihn betrogen.

Galmáron war sein Leben. Er würde alles tun, um sein Volk zu beschützen, doch was Manor ihm befohlen hatte, war Wahnsinn. Sich auf ein paar bröselnde Bücher und einen verschollenen, magischen Stein zu verlassen, den man erst noch aus einem finsteren Zauberwald holen musste.

Waji schnaubte. Sein Vater musste ihn *wirklich* lieben.

Er stöhnte und hielt sich an der Türklinke fest, als der Boden unter seinen Füßen schwankte. Heute Nacht würde er sich damit nicht mehr beschäftigen, auch wenn er darauf brannte, Nuria davon zu berichten.

Nuria war seine älteste Freundin, sie hatten einander schon als Kinder kennengelernt. Sie war erst sieben gewesen, vier Jahre jünger als er, als ihr Vater sie aus Budáry nach Arain geschickt hatte, um im Kiraly eine Heilerausbildung zu absolvieren. Da Nuria schneller gelernt hatte als andere Kinder ihres Alters, hatte sie bald in den Unterrichtsstunden neben ihm gesessen. Ihre unermüdlichen Versuche, ihn für Geschichte, Botanik und Mathematik zu begeistern, die gemeinsamen Streiche an ihren Lehrern hatten sie eng zusammengeschweißt. Er war zum Thronfolger herangewachsen, aus Nuria war eine exzellente Heilerin geworden.

Morgen. Morgen würde er ihr alles erzählen.

Jedenfalls hatte er keine Lust, heute allein in seinem Bett zu schlafen. Seine aktuelle Geliebte Amyra aufzusuchen war jedoch keine Option in seinem

Zustand. Nicht, dass er *so* bei Nuria übernachten wollte. Ihm war einfach danach, heute Nacht noch ein freundliches Frauengesicht zu sehen.

Waji schnalzte mit der Zunge und schlug erneut mit der Faust gegen ihre Tür. »Nuria!«

Er stolperte über die zweite Silbe ihres Namens. Ihm war nie aufgefallen, wie lang ein Name sein konnte.

»Nuria, mach auf!« Er presste das Ohr gegen das glatte Holz und horchte.

Schritte. Dann ein gezischtes »Idiot!«.

Die Tür wurde aufgerissen.

»Woah!« Waji fiel zu spät auf, dass er den Türknauf noch in der Hand hielt und er *fiel* mit der Tür ins Zimmer. Als er sich unsicher zu ihr umdrehte, starrte ihn leider kein freundliches Frauengesicht an. Die junge Frau, zu der die ein bis drei Gesichter gehörten, je nachdem wie Waji seinen Kopf hielt, war offensichtlich stinksauer.

Die Welt kippte.

Waji fluchte und griff nach dem nächsten Ding, an dem er sich festhalten konnte – Nurias Arm, der in einem schwarzen Morgenmantel aus Seide steckte.

Nuria schüttelte den Kopf.

»Scheiße, Waji.« Ihre Stimme war scharf, doch sie zog ihren Arm nicht weg. »Warum? Warum hast du das Bedürfnis, dich so zuzurichten und dann mitten in der Nacht an meine Tür zu hämmern?«

Waji zog sich an Nurias Schulter hoch und stützte sich darauf ab. Er grinste. »Weil ich dich so gern habe«, säuselte er, als er auf sie herunterschaute. Er hatte es schon immer praktisch gefunden, dass er sie um mehr als einen Kopf überragte.

Nuria verdrehte die Augen und versuchte, ihn auf dem Stuhl vor ihrem Frisiertisch abzusetzen, doch er steuerte geradewegs auf ihr Bett zu. Mit einem Hechtsprung landete er auf den noch warmen Laken, die ihren Geruch verströmten, Rotwein und Vanille. Mit einem leisen Seufzen vergrub er das Gesicht darin.

Waji drehte den Kopf, als sich die Matratze unter Nurias Gewicht absenkte – in angemessenem Abstand, wie er zu seiner Belustigung feststellte.

»Meinst du nicht, dein Betthäschen hat was dagegen, wenn du heute Nacht bei mir übernachtest?«

Waji lachte in die Laken hinein, bevor er sich auf die Seite rollte und den Kopf auf einem Arm abstützte. Wieder schwankte die ganze Welt, doch er zauberte ein süßes Lächeln auf seine Lippen.

»Du möchtest, dass ich heute Nacht hierbleibe?«

Nuria hob eine Augenbraue und verschränkte die Arme vor der Brust. Der Morgenmantel gab dabei genug Haut frei, dass Waji sich fragte, warum er schon seit ein paar Jahren nicht mehr bei ihr übernachtet hatte.

Dann fiel es ihm wieder ein.

Margyt, Nurias Ausbilderin, hatte es irgendwann als unschicklich befunden, den Prinzen Galmárons bei ihrem Schützling übernachten zu lassen. Aufgrund des Altersunterschiedes zwischen ihnen und seines *fragwürdigen Lebenswandels*, wie sie es damals spitzzüngig beschrieben hatte. Wie auch sein Vater, als steckten die beiden unter einer Decke.

Fragwürdiger Lebenswandel, bla, bla, bla.

Götter, Margyt war eine dieser Personen, die sich nur alle paar Jahre mal ein bisschen Spaß erlaubten. Und dann die nächsten Jahre damit verbrachten, sich dafür zu schämen.

Er bemerkte selbst, dass er einen Augenblick zu lang in Nurias Richtung gestarrt hatte. Sie fauchte leise, rückte ihren Morgenmantel jedoch nicht zurecht.

»War in deinem Bier irgendetwas drin, dass du mich jetzt anglotzt?«

Waji gluckste. »Ich muss dafür kein Bier trinken, weißt du. Ich wurde als Lüstling geboren.«

Nuria schnaubte. »Ich weiß, *Wajiyad*. Ganz Arain weiß das.«

Der Klang seines ganzen Namens auf ihren Lippen ließ ihn zusammenzucken. Wenn sein Vater ihn so nannte, brachte es ihn lediglich dazu, irgendetwas zertrümmern zu wollen. Doch so wie sie seinen Namen ausgesprochen hatte … es erinnerte ihn an seine Mutter, auf eine gute Art.

»Ich würde jetzt gern weiterschlafen. Ich muss morgen früh arbeiten. Bleib hier, wenn du unbedingt möchtest. Aber du nimmst diese Seite des Bettes.«

Sie deutete hinter ihn auf das Ende der riesigen Matratze.

»Du bleibst unter deiner Decke, kein Grapschen. Und wehe, du kotzt mir auf den Teppich.«

Mit einem Kichern, das sich selbst in seinem betrunkenen Kopf lächerlich anhörte, rollte er sich auf den Rücken. Und war im nächsten Augenblick eingeschlafen.

Plitsch!

Waji erwachte, als ihn ein Schwall kaltes Wasser ins Gesicht traf. Er brummte und rieb sich die Augen. Seine Lider fühlten sich so schwer an, dass er sie kaum aufbekam. Sein Kopf dröhnte.

Nein, er war noch nicht bereit, aufzustehen.

Bei Istari, der gestrige Abend hatte ihn vollständig zerstört. Erst das Gespräch mit seinem Vater, dann das Bier. Dann der selbstgemachte Branntwein von Mutter Banyan.

»Los geht's, Waji.« Nurias schneidende Stimme erinnerte ihn daran, wo er war.

Blinzelnd sah er sich in ihrem Zimmer um, das mit teuren Möbelstücken aus dunklem Holz ausgestattet war. Sie mussten ein Vermögen gekostet haben, vermutlich importiert aus Astralis oder einem anderen weit entfernten Land. Wahrscheinlich hatte ihr Vater sie bezahlt. Genau wie ihre Heilerinnenausbildung am Hof, denn angeblich hatte er keine Zeit, seine Tochter selbst auszubilden. Immerhin war er einer der besten, gefragtesten und reichsten Heiler des Königreichs.

Nuria hatte einen guten Geschmack, auch wenn sie wie Manor viele Bücher besaß, die ordentlich und nach Themen sortiert in den Regalen standen. Trotzdem war sie ihm nie weltfremd vorgekommen.

Nuria kannte sich aus in dem, was sie tat und dafür respektierte er sie. Sie war keine Heilern, die die Hände ihrer Patienten hielt und ihnen zuflüsterte, dass alles gut werden würde. Nein, Nuria war die Art Heilerin, die auch komplizierte Knochenbrüche richten und heraushängende Organe wieder einnähen konnte, ohne mit der Wimper zu zucken.

Er begutachtete das riesige Bett, in dem er sich befand. Er lag immer noch auf dem Rücken, an genau der Stelle, an der er gestern Nacht eingeschlafen war.

Plitsch!

Ein weiterer Schwall Wasser traf sein Gesicht.

»*Wajiyad.*« Nurias Stimme war gefährlich leise.

Mit einem Stöhnen hievte Waji sich auf einen Ellenbogen.

Sie trug immer noch diesen lächerlich kurzen Morgenmantel, dessen schwarze Seide ihre zarten Kurven in einer Weise umspielte, die Waji fast vergessen ließ, dass er es mit seiner ältesten Freundin zu tun hatte.

Doch der große Becher in ihrer Hand, erinnerte ihn daran, wer hier gerade vor ihm stand. Ihn so zu wecken, würde sich nur Nuria trauen.

»Geh jetzt. Ich will nicht, dass die Mägde dich hier finden.«

Trotz des Pochens in seinem Kopf, grinste Waji und wischte das Wasser aus seinem Gesicht. »Hast du Angst davor, deinen guten Ruf zu verlieren?«

Nuria stemmte die Hände in die Hüften. Himmel, wie konnte jemand, der so winzig war, so furchterregend aussehen?

»Glaub es oder lass es, aber – ja, das habe ich. Ich habe mich nicht die letzten Jahre durch die Lektionen gequält, um jetzt einen Tadel für *fragwürdigen Lebenswandel* zu bekommen.«

Wajis Grinsen verflog augenblicklich.

Götter, wenn er diese Worte noch ein einziges Mal zu hören bekam, würde er irgendetwas zertrümmern müssen. Irgendetwas. Das Studierzimmer seines Vaters schien ihm eine gute Wahl.

»Wage es nicht, mich so anzusehen. Ich glaube nicht, dass du gestern Nacht den Weg in deine eigenen Gemächer gefunden hättest. Deshalb war ich nett genug, dich hier übernachten zu lassen. Du schuldest mir was.«

Waji seufzte und richtete sich vollends auf.

Heilige Scheiße. Er fühlte sich, als ob er vom Kyrali gestürzt wäre und jemand seine Überreste auf dem Pflaster des Marktplatzes zusammengekratzt hätte. Er sah in Nurias Augen, die schimmerten wie graue Salzwasserperlen.

»Ich möchte dir etwas erzählen«, sagte er heiser.

Ein Anflug von Besorgnis huschte über ihr Gesicht, doch sie schüttelte den Kopf.

»Nicht jetzt. Jetzt verlässt du meine Gemächer. Du kannst mir davon heute Nachmittag erzählen, wenn du dich gewaschen hast und nicht mehr wie ein Bierfass riechst.«

Enttäuschung wallte in ihm auf, doch Waji schob das Gefühl beiseite. Er gluckste und stützte sich mit den Ellenbogen auf seinen Knien ab.

»Es gibt etwas, das ich dich schon immer fragen wollte.«

Durch die nassen Strähnen seiner Haare sah er zu Nuria auf.

»Was?«, fauchte sie.

»Weinen wirklich *alle* deine Patienten, wenn du mit ihnen fertig bist?«

Plitsch!

Sein Gesicht war wieder nass.

11

Sedina

Die Sonne stand bereits tief über den Jadesee, als ich die Tische im Teehaus abwischte und den Boden fegte. Regina war heute Nachmittag zwischen den Gästen und ihren Kuchentellern herumgesprungen, weshalb überall Krümel herumlagen.

Weil Murielle bereits zu ihrer abendlichen Tanzstunde gegangen war, war es meine Aufgabe, sauberzumachen und die Tür abzuschließen. Die einfachen Tätigkeiten störten mich nicht, im Gegenteil. Die Arbeit beruhigte meine Gedanken, die immer wieder zu Irin, Gelyth und dem Krieg wanderten.

Zwei Wochen waren seit dem *Bunten Raben* vergangen.

Zwei Wochen ohne merkwürdige Träume. Zwei Wochen, um mich an das Leben in Sedina zu gewöhnen. Und immer wieder ertappte ich mich dabei, wie ich mir vorstellte, hierzubleiben. Nicht nur für ein paar Wochen oder Monate, bis der Krieg im Dämmertal vorbei war, sondern solange ich wollte.

Eine falsche Hoffnung, doch ich mochte das Dorf. Ich mochte seine quirligen Wesen, ihre Lebensfreude, ihre Offenheit. In Sedina konnte niemand *zu merkwürdig* oder *zu anders* sein, egal, wie er oder sie aussah. Egal, wer sie waren. Bei meinem Besuch bei Edgar im Gemeindehaus hatte ich mit meiner Unterschrift versichern müssen, dass ich mich nach den zwei Leitsätzen Sedinas richten würde, solange ich hier lebte.

Keine Gewalt.

Respekt für jedes Wesen.

Das war alles. Ich hatte meine Unterschrift gern unter das Dokument gesetzt. Nur *Lyvi*, in krakeligen Buchstaben wie denen eines Kindes, weil ich seit Wochen keine Feder mehr in die Hand genommen hatte. Es war genug gewesen, genau wie alle und alles hier *genug* waren. Sedina war so anders als Estéllian, wo jeder mit einem Messer unter dem Kissen schlief und Leute wie Alyssa und ich ein Brandmal auf der Stirn tragen mussten, weil wir anders waren.

Doch es gab auch viel Schmerz in diesem kleinen Dorf am Ufer des Jadesees, die andere Seite derselben Medaille. Einige der Wesen hier mussten Geschichten zu erzählen haben, die alles, was ich erlebt hatte, in den Schatten stellten. Manche trugen die Spuren ihrer Vergangenheit auf ihrem Körper, hässliche Folternarben und schlecht geheilte Knochenbrüche, die einen Unterarm oder Finger in einem unnatürlichen Winkel abstehen ließen.

Andere hatten ihren Schmerz tief in sich vergraben und zeigten ihn nur, wenn Wein oder ein mit Alkohol versetzter Saft, dekoriert mit bunten Papierschirmchen, ihn hervorbrachten. Auch hier gab es Schlägereien zwischen Betrunkenen, versteckte Messer, die im hitzigen Wortgefecht gezogen wurden. Meistens trauten sich die unbewaffneten Ordnungskräfte nicht, dazwischen zu gehen. Deswegen trug auch ich zu jeder Zeit ein Messer bei mir, an Rosendorns üblichen Platz unter meinem Brustband.

Schon mehrfach hatte ich angesetzt, um Jilly und die anderen nach dem magischen Schutzwall auszufragen, der Sedina umgab, doch jedes Mal schien etwas anderes dazwischen zu kommen. Als sorgte die Magie dafür, dass dieses Wissen nicht weitergegeben wurde.

Sein Geruch traf mich in dem Moment, als ich seine Schritte hörte.

Der frische Duft des Meeres und … *Schweiß.*

Ich drehte mich um und zog die Nase kraus. Noah stand in der Tür, mit einem Arm gegen den Rahmen gestützt, in der anderen Hand hielt er einen Wasserschlauch. Über seiner Schulter ging ein fleckiger Stofffetzen, der ihm wohl als Handtuch diente. Sein verschwitztes Haar klebte an seiner Stirn, sein Gesicht glänzte vor Schweiß. Genau wie sein nackter Oberkörper.

Meine Wangen wurden warm und ich widmete mich wieder dem Tisch, den ich gerade abwischte. In den letzten zwei Wochen waren wir zwar nicht beste Freunde geworden, doch immerhin verließen wir jetzt nicht mehr jedes Mal den Raum, wenn der andere ihn betrat.

Was nicht hieß, dass ich ihn nicht immer noch meistens unerträglich fand.

»Götter, Noah, Leute essen hier«, fauchte ich.

Er zog die Augenbrauen hoch.

»Nicht jetzt, oder?«

Ich warf ihm einen finsteren Blick zu.

»Was willst du?«

Noah trank einen Schluck und atmete angestrengt aus.

»Glaub mir, ich kann mir auch Besseres vorstellen, als nach einem ganzen

Tag auf der Baustelle Jillys Laufburschen zu spielen.«

Seit dem *Bunten Raben* machte der Barde sich auf den zahllosen Baustellen im Dorf nützlich. In Sedina gab es immer Häuser zu errichten und neue Straßen zu bauen.

Ich hielt inne. »Für was?«

Er wischte sich mit dem Handrücken über den Mund.

»Sie hat mir aufgetragen, dir ihren Boten vorzustellen. Angeblich hat sie noch etwas im Gästehaus zu reparieren. Dabei weiß ich ganz genau, dass heute Alyssas und ihr Jahrestag ist. Hat Rita mir gesteckt.«

Mein Herz machte einen Hüpfer. Endlich konnte ich Gelyth schreiben. Ich blickte über meine Schulter zu Noah, der es sich gerade auf einem Stuhl bequem machte.

»Trag mir nicht den ganzen Sand wieder rein«, fauchte ich. »Ich habe schon gefegt.«

Er verdrehte die Augen.

»Beeil dich, ich habe heute noch etwas vor.«

Er wandte den Blick ab, als wollte er etwas verstecken. Ich unterdrückte den Drang, ihn zu fragen, was genau das war.

Und ließ mir besonders viel Zeit beim Abwischen der letzten Tische.

Noah führte mich quer durch das Dorf zu dem Pferdestall, in dem auch Nadia seit unserer Ankunft wohnte. Im Teehaus hatte ich noch meine kurze Nachricht für Gelyth auf ein Stück Pergament gekritzelt und es nach Noahs Anweisungen fest zu einer kleinen Rolle zusammengebunden.

»Du hättest mir auch einfach sagen können, dass ich ihn hier finde.«

Ich streichelte der Stute die Nüstern und warf Noah einen argwöhnischen Blick zu. Er stand neben mir, den Kopf in den Nacken gelegt. Ich sah ebenfalls nach oben, doch da waren nur die Holzbalken, die den Stall vom Dachstuhl trennten.

»Einen Moment.«

Er legte den Kopf in den Nacken und pfiff eine kurze Melodie.

Dann warteten wir. Nadia knabberte an meinen Fingern, in der Hoffnung, dass ich sie durch einen Apfel ersetzte.

Ich hob eine Augenbraue. »Bist du dir sicher –«

Ich zuckte zusammen, als ein paar Sekunden später etwas aus einem Spalt zwischen zwei Balken sauste. Ein schrilles Fiepen, Flügel flatterten. Ich riss die Augen auf, als ich erkannte, wer mein Bote werden sollte.

»Ein Imago«, hauchte ich. »Ich habe noch nie einen gesehen.«

Eine Falterart, die die Waldelfen Jahrhunderte als Bote genutzt hatten. Wie die anderen Feenwesen, die es in Estéllian nicht mehr gab, kannte ich Imagi nur als alten Büchern. Dort hatte ich gelesen, dass die Falter nicht nur große Distanzen zurücklegen konnten, sondern auch über einen übernatürlichen Orientierungssinn verfügten, der es ihnen ermöglichte, jeden Ort und jedes Wesen zu finden.

Der Elfenwald war einst voll von magischen Kreaturen wie den Imagi gewesen. Moosweiblein, Baumgeister, Gnome und viele andere hatten unter seinem Blätterdach gelebt. Doch sie alle waren in den letzten Jahrhunderten abgewandert oder ausgestorben.

Noah grinste und streckte die Hand aus. »Phypsi. Er wohnt hier, wenn er nicht gerade in der Welt unterwegs ist.«

Mit einem pfeifenden Geräusch landete der Falter darauf.

Er sah aus wie ein riesiger Schmetterling, mit braungrünen Flügeln, einer spitzen Nase, dünnen Armen und Beinen. Phypsi blinzelte mit seinen großen, dunklen Augen, die wie die einer Eule und eines Nachtfalters zugleich aussahen.

»Er wird deine Nachricht in den Elfenwald bringen. Da er nicht sprechen kann, kann ihn auch niemand für Informationen foltern.«

Phypsi stieß sich von seiner Hand in die Luft und vollführte eine Pirouette. Ein warmes Gefühl breitete sich in mir aus.

Noah streckte stumm seine Hand aus. Ich reichte ihm meine Nachricht und beobachtete ihn, wie er die kleine Pergamentrolle auf dem Bauch des Falters befestigte.

»Er hat schon häufig für mich Botschaften an Freunde überbracht«, sagte er schließlich mit einem Schmunzeln. »Er hat sie alle gefunden, egal wie gut sie sich versteckt hatten. Sag ihm, für wen deine Nachricht ist.«

Ich nickte, mein Herzschlag ein aufgeregtes Flattern in meiner Brust.

Phypsi, der vor mir in der Luft schwebte, blinzelte, ein erwartungsvoller Ausdruck in den großen Augen.

»Gelyth Lunyr Gwendalyon«, raunte ich. »Er ist –«

Der Imago unterbrach mich mit einem wütenden Fiepsen, schwirrte einmal um meinen Kopf und verschwand dann durch die offene Stalltür in die Abenddämmerung.

Noah lachte. »Wenn du ihm sagst, wo derjenige ist, für den die Nachricht ist, denkt er, du zweifelst an seinen Fähigkeiten.«

Ich öffnete den Mund. Und schloss ihn wieder. Noah klopfte mir auf die Schulter. Die Berührung sandte ein warmes Schaudern durch meinen Körper. »Wie wäre es mit Abendessen?«

Ich zog eine Grimasse und schüttelte seine Hand ab. »Ich dachte, du hast was noch vor?«

Die letzten Sonnenstrahlen des Tages ließen seine Augen leuchten. Sein Magen knurrte und er kratzte sich im Nacken.

»Das kann warten.« Er griff meine Hand und zog mich hinter sich her aus dem Stall. »Aber nicht das Abendessen. Ich bin am Verhungern.«

Eine halbe Stunde später saßen wir nebeneinander am Strand, zwischen uns eine Papiertüte mit gebratenen Kartoffeln und frittiertem Gemüse. Schweigend aßen wir.

Der Horizont glühte in sanften Orange- und Violetttönen, Seevögel schwebten in einer lauen Brise über dem See.

Schließlich leckte ich Fett und Salz von meinen Fingern und musterte die feingliedrigen Metallketten um Noahs Nacken. Der Stofffetzen über seiner Schulter hatte sich als ein kurzärmeliges Hemd entpuppt, das er nun trug, offen natürlich. Noah hob eine Braue und folgte meinem Blick.

»Woher sind die?«, fragte ich schnell, damit er nicht auf falsche Gedanken kam.

»Oh, die hier?«

Er zog die goldene Kette aus dem Ausschnitt seines Hemdes. Dann setzte er eine ernste Miene auf und räusperte sich, als bereitete er sich auf eine wichtige Rede vor. »Die hier habe ich mir in Gola verdient, auf Arains Künstlerhügel. Ich habe eine Woche lang Protestlieder gegen König Manor gespielt.«

Ich schüttelte den Kopf. Ein Künstlerhügel, wo jeder spielen und sagen durfte, was er wollte, sogar offene Kritik am König. Undenkbar in Estéllian. Irin würde den ganzen Hügel räumen lassen, an einem einzigen Tag.

Ich beugte mich vor. Es hing kein Anhänger an der Kette, dafür waren kleine Plättchen zwischen die feinen Glieder eingearbeitet, mit fremden Schriftzeichen graviert.

»Was steht da?«

Noah lächelte. »In Gola gibt es Leute, die der Meinung sind, dass in Galmárons Geschichten zu häufig Männer im Mittelpunkt stehen. Fast alle Überlieferungen der alten Erzählungen handeln von Istari und seinen Söhnen. Sie sind die Helden, auf deren Großtaten das Königreich errichtet wurde. Eine Gruppe von Frauen, aber auch ein paar Männer, hat vor ein paar Jahren begonnen, alte Geschichten auszugraben, in denen es Heldinnen sind.«

Er tippte mit einem Finger auf eines der Goldplättchen. »Das sind die Namen dieser Heldinnen. Ishara, Andra, Ilanya und ein paar andere.«

»Das gefällt mir«, flüsterte ich.

Als ich aufsah, war sein Gesicht ganz nah, sein Geruch in meiner Nase. Für einen langen Moment starrten wir uns an. Mein Blick wanderte zu seinem Mund, zu dem sanften Schwung seiner Lippen. Unsere Blicke trafen sich und ich ertrank im strahlenden Blau seiner Augen. Ich erschauderte, aber es fühlte sich warm an.

Götter, wie lange war es her, dass ich jemanden geküsst hatte? Nur im engeren Kreis des *Grauen Segels*, bei den geheimen Treffen, die häufig die ganze Nacht andauerten, hatte ich ab und an jemanden getroffen, zu dem ich mich hingezogen gefühlt hatte.

Doch Irin hatte *Unwürdigen* wie mir auch Liebesbeziehungen verboten, hätte mich und die andere Person bestraft, wenn so etwas jemals ans Licht gekommen wäre. Doch es hatte ohnehin nie jemanden gegeben, für den ich gegen dieses Verbot verstoßen hätte. Für den ich mehr fühlte als die kurzlebige Betörung einer einzigen Nacht.

Plötzlich war mir Noah nah, zu nah. Ich räusperte mich. »Und die andere?«

Er blinzelte, als hätte er vergessen, worüber wir sprachen. Noah ließ die goldene Kette fallen und tastete nach der anderen, ein silbernes Exemplar.

»Die hier habe ich schon sehr lange.«

Er zog den Anhänger nach vorn und zeigte ihn mir. Ein münzgroßes Stück Metall, in das ein filigranes Relief eingraviert war. Es war so blass wie Elrys' Klinge. Wie Mondfeuer.

Ich runzelte die Stirn.

»Ein ... Fisch?«

Ein Fisch mit einem spitzen Horn. Er brach aus den Wellen hervor, darüber funkelte ein einziger weißer Edelstein, wie ein einsamer Stern am Nachthimmel.

»Ein Narwal. Das Wappentier der Weißen Inseln. Und der Stern Cetha, die Königin des wahren Ostens. Sie führt die Seefahrer der Weißen Inseln seit Jahrhunderten sicher nach Hause. Meine gesamte Familie stammt von dort. Es vergeht kein Tag, an dem ich mich nicht dorthin zurücksehne.«

Mein Herz wurde schwer. Auch ich hatte Sehnsucht nach diesem Ort, an dem ich noch nie gewesen war. Wo in Seeland war mein Vater wohl aufgewachsen? Was war seine Heimat gewesen?

»Wann warst du das letzte Mal dort?«

Etwas Dunkles flackerte in Noahs Augen.

»Vor fast sieben Jahren.«

Er senkte den Blick und strich mit seinen Fingern durch den Sand.

»In dem Herbst, als meine Großmutter starb. Meine Mutter hielt es nicht für nötig, auch zu kommen, obwohl die Überfahrt von Vennhaven nach Muir nur einen halben Tag dauert. Kurz danach habe ich Seeland verlassen. Ich war erst sechzehn, aber ich wollte nur weg von ihr. Es ging immer nur um sie, ihre Position als Küstenrätin.«

Also war er ein Jahr älter als ich.

»Und warum hat sie einen Finderlohn auf dich ausgesetzt?«

Noah schnaubte. »Ich nehme an, sie hat mitbekommen, dass ich seit Jahren Spottlieder über sie singe, wo immer ich hingehe. Meine Mutter hat eine Vorliebe dafür, sich als Freundin des einfachen Volkes auszugeben. Gleichzeitig macht sie Gesetze, die die Geldbeutel der reichen Kaufleute weiter füllen, während in Vennhaven die Kinder der Armen in den Straßen betteln.«

Ich hob eine Augenbraue. »Nicht beim *Bunten Raben.*«

Er zuckte mit den Achseln. »Ich hab mich nicht danach gefühlt, sie mit meiner Stimme hierher zu bringen.«

Ich legte den Kopf schief. Tatsächlich, Fenne von Schipgaard war Irin Celestian eine würdige Konkurrentin, was ihre Abscheulichkeit betraf. Die nächsten Worte purzelten aus meinem Mund, bevor ich darüber nachdenken konnte.

»Und dein Vater?«

Noah sah auf den See hinaus, wo Marra in der Abenddämmerung lauerte. Das sanfte Licht der Abenddämmerung weichte die schroffen Ränder der Ruineninsel auf.

»Er starb, als ich zehn war. Er war schon lange krank, schrumpfte in sich zusammen, bis kaum noch etwas von ihm übrig war. Und dann hörte sein Herz einfach auf zu schlagen. Meine Mutter war erleichtert, als er tot war. Sie hat es nicht gesagt, aber ich habe es gefühlt. Noch am gleichen Nachmittag saß sie wieder in einer ihrer Ratssitzungen. Ann, meine ältere Schwester, zog in diesem Jahr nach Berness, weil sie es mit ihr nicht mehr aushielt. Sie hat einen Bauern geheiratet und lebt jetzt auf seinem Hof an der Küste. Das letzte Mal, als ich etwas von ihr gehört habe, hatte sie schon drei Kinder.« Noah zog die Nase kraus. »Wir führen beide nicht das Leben, das meine Mutter für uns vorgesehen hatte.«

Er streckte mir die Unterseite seines rechten Armes entgegen und rollte seinen Ärmel hoch. Eine wulstige Narbe zog sich vom Handgelenk bis zur Armbeuge. Sie war blass auf seiner sonnengebräunten Haut.

Ich sog scharf die Luft ein.

Eine Möwe flog mit einem lauten Schrei dicht über unseren Köpfen vorbei, doch ich konnte meine Augen nicht von der Narbe auf Noahs Arm lösen.

»Was ist passiert?«

Noah grunzte. »Meine Mutter hat mich nach einem Streit mal wieder in mein Zimmer einsperren lassen und Soldaten vor der Tür abgestellt. Das hat sie immer dann getan, wenn ich ihr nicht zielstrebig oder ambitioniert genug war. Sie wollte, dass ich an den Ratssitzungen teilnehme. Ich wollte meine Zeit lieber damit verbringen, in den Hafenkneipen aufzutreten. Egal, wie schäbig. Egal, wie klein die Gage. Meistens hat sie nach ein paar Tagen die Geduld verloren und mich zur Strafe eine Woche lang mit den anderen Arbeitern in Vennhavens Kanalisation geschickt.« Noah grinste schief, aber es erreichte seine Augen nicht.

»Bis sie eines Tages verstanden hat, dass es mir rein gar nichts ausmachte, mit Rob und den anderen dort unten zu schuften. Ich stank erbärmlich, aber ich war frei. Also hat sie mir gedroht. Ich dürfte mein Zimmer nur verlassen, wenn ich mich bereit erklärte, mich für die nächste Wahl als Mitglied des Küstenrates aufstellen zu lassen. Sie hätte Wege gehabt, die notwendigen Stimmen einzukaufen.«

Ich schüttelte den Kopf. Irin hatte in Fenne von Schipgaard *eindeutig* eine würdige Konkurrentin gefunden.

»Und dann?«

Noahs Mund wurde schmal. Er lachte, doch es klang bitter. »Ich habe meine Laute genommen und das Fenster eingeschlagen. Bei meinem Sprung aus dem ersten Stock bin ich am gebrochenen Glas hängengeblieben. Ich habe mir einen Knöchel gebrochen und geblutet wie ein Schwein, doch irgendwie habe ich es aus Vennhaven geschafft. Ich bin nie wieder zurückgekehrt. Mir fällt es immer noch schwer, länger an einem Ort zu bleiben. Ich denke–« Er runzelte die Stirn. »Ich denke, ich habe Angst, dass mich wieder jemand einsperrt, wenn ich nur lange genug irgendwo verweile.«

Ich nickte. *Verständlich.*

Noah seufzte und drehte sich zu mir um.

»Aber eigentlich wollte ich dir ja nicht mehr von mir erzählen, solange ich immer noch kaum etwas über dich weiß.«

Ich biss mir auf die Lippe. Für meinen Geschmack wusste er bereits mehr als genug. Sein Blick fiel auf meinen Mund und sein Geruch veränderte sich. Ich starrte zurück, auf seine weichen Lippen, die leicht geöffnet waren. Mein Herz machte einen Hüpfer. Für einen kurzen Augenblick wünschte ich mir, dass er mir näherkommen würde.

Doch das durfte er nicht. Im Seufzenden Wald hatten weder Noah noch Dora etwas von meiner Vision bemerkt. Doch würde ich beim nächsten Mal genauso viel Glück haben? Dass ich noch hier war, war ohnehin problematisch. Aber ich durfte es nicht riskieren, dass auch noch jemand von meiner Sehergabe erfuhr.

»Seeland«, platzte es aus mir heraus.

Noah blinzelte. Dann lachte er. »Was?«

Meine Wangen brannten, doch er lachte immer noch. »Mein Vater kommt aus Seeland.«

Noahs goldene Brauen schossen in die Höhe, als er sich eine Träne von der Wange wischte. »Wirklich?«

Ich nickte, ein wenig zu heftig. »Ich weiß aber nicht, wo in Seeland er geboren wurde. Sein Name war Willem.«

Noah lächelte. Seine Augen waren wieder hell wie ein Frühlingsmorgen am Meer. »Der Name kommt häufig vor. Kennst du seinen Nachnamen?«

»Nein. Das ist alles, was ich über ihn weiß. Und, dass er blaugraue Augen hatte und Irin Celestian ihn getötet hat. Meine Mutter konnte mir nicht mehr über ihn erzählen.«

Noah schüttelte mit finsterer Miene den Kopf.

»Bastard.«

Für einen langen Moment schwiegen wir. Ich war Noah dankbar, dass er nicht nachbohrte. Als spürte er, dass ich nicht über Néami reden wollte. Nur das sanfte Rauschen der Wellen und die Schreie der Seevögel brachen die Stille.

Wir beobachteten, wie das letzte Licht des Tages über dem See verschwand. Hinter uns schwollen die Geräusche des Dorfes an, das sich vermutlich für die nächste Feier bereit machte. Irgendwann verpasste Noah mir mit seinem Ellenbogen einen leichten Hieb in die Seite. »Wer hätte das gedacht.« Er schmunzelte. »Wir haben mehr gemeinsam, als ich dachte.«

Es stimmte. Wir waren an unterschiedlichen Orten aufgewachsen, hatten unterschiedliche Dinge gelernt. Doch wir beide vermissten den Ort, an dem wir geboren worden waren. An den wir nicht zurückkehren konnten, wenn auch aus unterschiedlichen Gründen.

Nichts verbindet Leute wie geteilter Schmerz, hatte Gelyth einmal gesagt. Er hatte recht, wie immer.

Ich streckte Noah die Zunge heraus.

»Ach ja? Und was heißt das?«

Er biss auf seine Unterlippe und musterte mein Gesicht. So intensiv, dass Hitze durch meinen gesamten Körper schoss. Doch er sagte nichts, sah nur mit einem amüsierten Blick auf den See hinaus.

Dann fiel mir etwas anderes ein.

»Hattest du nicht etwas vor?«

Noah erstarrte.

»Scheiße.« Er fuhr sich durchs Haar und sprang auf die Beine. »Eine Freundin hat heute Geburtstag. Ich habe ihr versprochen, für sie zu spielen.«

Ich schüttelte den Kopf und sah ihm nach, als er über den Strand zum Rabennest sprintete.

Und fragte mich, wer diese *Freundin* wohl war.

12

Lyvi, hauchte der Wind, der durch das offene Fenster schwebte. *Lyvi!*
Ich öffnete die Augen. Und wusste, was ich wollte.

Die Strahlen der Morgensonne fielen hell ins Zimmer. Schlaf lag noch schwer in meinen Gliedern, doch ich kletterte aus meinem Bett, zog mir eine Hose und Tunika über und schlüpfte in den Flur.

In Noahs Zimmer ließ ich mich auf die Kante seiner Matratze sinken und legte eine Hand an seine mit Stoppeln übersäte Wange. Er fuhr hoch, doch ich berührte seine Lippen, herrlich weich unter meinen Fingerspitzen.

»Komm«, wisperte ich. »Ich will dir etwas zeigen.«

Ich führte ihn durch die noch stille Wohnung nach draußen. Der Strand war leer zu dieser frühen Stunde, der See ruhig. Kurz sah ich in den Himmel. Ich blinzelte. Da waren Sterne neben der aufgehenden Sonne, doch sie erloschen, als ich die Augen wieder öffnete.

»Wohin gehen wir?« Noahs Stimme war rau, doch ich lachte nur und zog ihn weiter den Strand entlang zum Bootsanleger.

Ich machte eines der Ruderboote los und Noah stieg nach mir ein. Wie hypnotisiert griff er nach den Riemen und paddelte uns auf den See hinaus.

Lyvi, flüsterte der Wind, der nach Sommerbeeren und Asche zugleich roch. *Lyvi, sieh hin!*

»Weiter«, raunte ich.

Noah ruderte und ruderte. Er hörte erst auf, als unser kleines Boot mit einem dumpfen Geräusch an einen mit Algen bewachsenen Anleger aus Stein stieß. Sein Atem glich einem Keuchen, doch weder ihn noch mich störte das.

Hand in Hand liefen wir durch Marras Ruinen.

Der Wind hauchte weiter meinen Namen, lockte mich tiefer zwischen die verfallenen Gebäude.

Und da, inmitten der verrußten Mauerreste, war ein Podest. Eine Spirale aus schwarzem Fels. Ein Lufthauch strich über meine Wangen wie der Atem einer Bestie.

Lyvi!, zischte der Wind mit tausenden Stimmen.

Die Stimmen wurden lauter.

Lyvi, sieh hin!

Sternengespickte Dunkelheit umfing mich.

Hör uns zu! Sieh, was du sehen musst!

Dann explodierte mein Bewusstsein. Ich krümmte mich, schnappte nach Luft.

Sieh uns an, Lyvi! Sieh, was du sehen musst!

Hatte ich hier, in dieser endlosen Nacht, überhaupt einen Körper? Aber der Schmerz war echt. Ich schrie und schluchzte, doch eine uralte Kraft drängte sich mit ihren anderweltlichen Spindelfingern in mein Bewusstsein.

Ich sank auf die Knie, als die nächste Welle Schmerz mich überrollte. Die Tentakel der fremden Macht waren überall. In meinem Kopf, in meinem Herzen, zwischen meinen Knochen.

Hör zu, Lyvi, hör zu!

Der Wind heulte lauter, riss an mir.

Sieh hin, Lyvi!

Sie rüttelten an einer Tür in mir, die ich verschlossen halten musste. Es war die Tür zu meiner Seele, die mich bei gesundem Verstand halten sollte. Doch sie wackelte und ächzte, als die körperlosen Fangarme an ihr zerrten.

Lyvi! Lyvi! Lyvi!

Wieder.

Ich stemmte mich dagegen, doch vergeblich. Die Tür zu meiner Seele flog auf. Eine uralte Kraft, ungezähmt und merkwürdig vertraut, flutete mich. Sie eroberte das geheime Reich in mir. Das Reich, das nur mein eigenes hätte sein sollen.

Die schwarze Spirale drehte sich, schneller und schneller.

Und dann *sah* ich.

Der Wind trägt mich.

Weit, weit, weiter, in einen dunklen Wald.

Wir streichen durch die Blätter allwissender Bäume, lassen sie wispern.

Weit, weit, weiter, zu einem See, dessen Oberfläche wir nicht berühren können.

Über ein Grab, vergessen und verwildert.

Weit, weit, weiter huschen wir, durch einen anderen Wald. Heller, freundlicher.

Durch ein Fenster, durch silbriges Haar.

Ein falscher König hebt den Kopf.

Ein Schatten schwebt neben ihm, eine Hand auf seiner Schulter, lässt pulsierende Kraft in ihn strömen.

»Da ist er, Eure Majestät«, raunt eine Stimme, die nicht von dieser Welt ist.

Der falsche König sieht ihn. Wir sehen ihn.

Einen Rubin, in dem tausende Stimme flüstern.

Ich zappelte in den Klauen der Magie, wollte nicht mehr hinsehen.

»Das reicht.« Eine Stimme, gütig und herrisch zugleich, hallte in der Zwischenwelt wider. »Nefelda, Königin der Hexen, Göttin der Wildnis, Herrin der Unterwelt, hole zurück, was dein ist!«

Erschöpfung übermannte mich. Meine Seele flehte darum, losgelassen zu werden. Nicht mehr hinsehen zu müssen. Ein Lachen, das einem Gackern glich, schnitt durch die sternengespickte Dunkelheit.

»Du kennst die Regeln, meine Teure.«

Ein Schnauben.

»Tu es, Nefelda.«

Die Sterne in der endlosen Nacht flackerten, ein unheimliches Summen erklang. Die andersweltliche Macht hielt inne. Und endlich, endlich spürte ich, wie sich der Griff um meinen Geist lockerte, und sich die furchtbaren Tentakel zurückzogen.

Die Tür zu meinem Bewusstsein fiel zu.

Dann kamen der Schmerz und die Erkenntnis, dass ich nicht allein war.

Ein Keuchen in der Dunkelheit. Ich blinzelte.

War es nicht eben noch ein strahlender Morgen gewesen?

Der Wind seufzte immer noch, doch die Stimmen schwiegen.

Stille. Vollkommene Stille.

»Lyvi?«

Die Stimme einer Frau, alt und jung zugleich. Eine Fackel flammte auf. Nein, ein kugelförmiges Licht. Es schwebte höher und höher, dehnte sich aus, bis die zerklüfteten Mauern der Ruinen sichtbar wurden.

Marra, richtig.

Ich lag auf meiner rechten Seite. Sie schmerzte, als wäre ich gefallen. Das Pochen in meinem Kopf dröhnte lauter als jede Zwergentrommel.

»Alles in Ordnung?«

Ein Knirschen auf dem Stein. Schritte, dann tauchte ein Gesicht über mir auf. Eine Hand strich über meine Stirn. Eine federleichte Bewegung, die den Schmerz in meinem Kopf augenblicklich linderte.

Ich öffnete den Mund, doch die silberhaarige Frau hatte sich bereits umgedreht. Als wäre es das Normalste der Welt, dass wir uns mitten in der Nacht in Marras Ruinen getroffen hatten. Das kugelförmige Licht folgte ihr, als sie in eine andere Ecke des zerfallenen Saals schlich. Sie beugte sich über eine Gestalt, die zusammengekrümmt auf dem Boden lag.

In diesem Augenblick verstand ich zwei Dinge.

Erstens, dass es Noah war, der leblos auf dem Steinboden lag.

Zweitens, dass die Frau eine Hexe war.

Wusste sie deswegen, wer ich war? Und mit wem hatte sie gesprochen? Ich versuchte mich an den Namen zu erinnern, doch alles in meinem Kopf fühlte sich schwammig an.

Ich richtete mich auf. Zu schnell für meinen Körper. Die Nacht drehte sich vor meinen Augen.

»Götter«, murmelte ich und hielt mich an der nächsten Wand fest.

Ich schwankte, als ich die ersten Schritte auf Noah und die Hexe zumachte. Sie strahlte eine alte Macht aus, die mir Angst machte. Aber Noah war wichtiger.

Ich kniete mich neben ihn und legte eine Hand an seine Wange, mein Herzschlag ein lautes Pochen in meinen Ohren. Er öffnete mit einem leisen Stöhnen die Augen. Das Zauberfeuer der Hexe erhellte sein Gesicht. Alle Farbe war daraus gewichen. Es dauerte einen Moment, bis das Bewusstsein in seine Augen zurückkehrte. Erleichterung flackerte darin auf, als sein Blick auf mich fiel. Dann Verwirrung, als er die fremde Frau bemerkte, die über ihm kniete. Noch mehr Verwirrung, als er unsere Umgebung musterte.

»Wo sind wir?«, krächzte er. Der Geruch von Furcht hüllte ihn ein wie dicker Nebel.

Die Hexe legte eine Hand an seine Stirn, wie sie es eben bei mir getan hatte. Sie trug ein gebogenes Batari-Schwert auf dem Rücken, was noch weitere Fragen aufwarf. Schweiß glänzte auf ihrem Gesicht, obwohl die Nacht kühl war. Sie sah erschöpft aus, als hätte sie sich angestrengt.

Meine Nasenflügel bebten. Sie roch nach nichts. Kein Eigengeruch, keine Gefühle.

»Du bist in den Ruinen des Friedenspalastes auf der Insel Marra im Jadesee, Noah von Schipgaard.«

Er runzelte die Stirn. »Wer bist du?«

»Ihr könnt mich Ylva nennen.«

Der Name klang vertraut, auch wenn ich nicht wusste warum.

Noah öffnete den Mund, um die nächste Frage zu stellen, doch Ylva hatte uns bereits den Rücken zugewandt. Auf leisen Sohlen erklomm sie das steinerne Podest auf der anderen Seite der zerstörten Halle.

Ich bekam eine Gänsehaut. Ohne hinzusehen, wusste ich, was sich dort befand. Die Quelle des geisterhaften Seufzens. Stein konnte nicht atmen, aber dieser tat es. Noch nie in meinem Leben hatte ich mich von etwas zugleich derartig angezogen und abgestoßen gefühlt.

Die Erinnerungen kamen zurück.

Ich war es gewesen, die Noah hierhergebracht hatte. Der Wind hatte mich gelockt – und ich war ihm gefolgt wie ein Hase einer Karotte. Ein eisiger Schauder jagte meinen Rücken hinab.

Irin.

Ich hatte Irin gesehen. Sein Gesicht, seine gierigen Augen. War das, was ich gerade erlebt hatte, eine Vision gewesen? Aber warum hatte sie mir derartige Schmerzen bereitet?

Ylva schüttelte den Kopf, als sie die Treppe herunterkam. »Ihr solltet nicht hier sein.«

Ich biss auf meine Unterlippe. »Ich weiß nicht, was passiert ist. Ich bin aufgewacht und ... wollte unbedingt hierherkommen. Noah habe ich mitgenommen. Ich weiß nicht, warum.« Ich hätte den Mund halten sollen. Noah stöhnte.

»Du hast mich *entführt*?«

Ylva runzelte die Stirn. Jetzt erst realisierte ich, dass ihre Augen lavendelfarben waren. »Weiter.«

Ich schluckte und sah mich in den düsteren Ruinen Marras um. Die steinerne Spirale lauerte in den Schatten zwischen den zerfallenen Mauern. »Ich konnte nicht anders. Dieses ... *Ding* hat mich zu sich gerufen.«

Noah rieb sich das Gesicht. »Ich kann mich an nichts erinnern.«

Ylvas Umhang flatterte im Wind. Dazu trug sie eine Kluft aus dunklen Leinen und Leder. Ihr silbrig glänzendes Haar war in einem lockeren Zopf geflochten, der ihr fast bis zur Taille reichte. Über ihre Schulter ragte der Griff ihres Schwertes empor, nach Batari-Art graviert.

Es war die einzige Waffe, die Ylva ihre Umgebung sehen ließ.

Keine Ketten mit Hasenpfoten und anderen Talismanen, kein Stab aus gewundenem Holz. Nein, Ylva war keine Hexe aus dem Märchenbuch. Keine schrullige alte Frau, die mit Pulvern und Zaubertränken hantierte.

Sie fixierte mich. »Was ist passiert? Was hast du gesehen?«

Ich erstarrte. Woher wusste sie davon?

Ylva seufzte. Ungeduld flackerte in ihren Augen. »Es ist wichtig, Lyvi.«

Ich rieb meine Stirn. Wieder meldete sich das Pochen in meinem Kopf. »Ich war in einer sternenübersäten Nacht gefangen«, wisperte ich. »Etwas ist in meinen Geist eingedrungen. Der Wind hat mich … *mitgenommen.*«

Götter, ich hörte mich an wie eine Irre. Doch Ylva zuckte nicht einmal mit der Wimper. Sie nickte. Mit einer Geste forderte sie mich auf, weiterzusprechen.

Ich räusperte mich.

»Dann habe ich einen dunklen Wald und ein Grab gesehen, am Ufer eines spiegelglatten Sees. Einen Rubin. Und Irin Celestian.« Ich suchte ihren Blick. »Was bedeutet das?«

Ylva nickte. Ihr Gesicht war ausdruckslos. »Später. Erst verschwinden wir von hier.«

13

Ylva brachte uns ans Festland, doch ließ uns nicht ins Rabennest zurückkehren. Stattdessen steuerte sie den Dorfkern Sedinas an, in dem sich auch jetzt noch Feiernde tummelten. Es roch nach Frittiertem, Wein und Ausgelassenheit. Musik schwebte in der Luft, frei und wild wie immer.

Doch meine Gedanken waren immer noch auf Marra.

Warum hatte ich Irin gesehen? Und was hatte es mit dem dunklen Wald, dem Rubin auf sich?

Ich erschauderte.

Mit dem Schatten an Irins Seite. Kaum mehr als ein Phantom in meiner Erinnerung, doch er schien alt zu sein. Und mächtig.

Das Lachen der Leute klang zu laut in meinen Ohren, die bunten Lichter der Gaststätten und Kneipen blendeten mich. Ich wollte nach Hause. Ein Bad nehmen und das Gefühl der fremden Macht von meiner Seele waschen.

Sogar Noah, der meistens selbst um diese Zeit noch unterwegs war, sah so aus, als wollte er sich am liebsten irgendwo verkriechen.

Ylva jedoch führte uns zielstrebig ins Dorf hinein, ohne auf die Leute zu achten, die auf den Straßen sangen und herumalberten. Vor einer Kneipe namens *Jimis Keller*, die sich im Untergeschoss eines anderen Gästehauses befand, blieb die Hexe stehen.

Hier wollte sie dieses Gespräch führen? Noch nie war ich in dieser Kneipe gewesen und wusste auch sofort, warum.

Laute Musik dröhnte aus der Tür, die Gerüche von Schweiß und Bier stachen mir in die Nase.

Ylva nickte.

»Genau richtig.« Sie zog uns ein paar Schritte von der Eingangstür weg, zu einer Tafel mit den Empfehlungen des Tages. Sie sah erst Noah, dann mich an. »Wir werden einige sehr sensible Informationen austauschen. Wenn du möchtest, dass er bleibt, werde ich Vorkehrungen treffen müssen.«

Eine Gruppe grölender junger Männer, die eine Weinflasche unter sich herumreichten, schlenderte an uns vorbei. Ich verzog das Gesicht.

»Vorkehrungen?«

Ylva hielt ihr Gesicht freundlich und ausdruckslos. Für jeden Außenstehenden würde es so aussehen, als empfahl sie uns lediglich etwas von der Speisekarte.

»Es ist nur zu deinem Schutz.«

»Ich werde nichts verraten«, zischte Noah, ein angriffslustiges Funkeln in seinen Augen. »Ich gebe mein Ehrenwort darauf.«

Ylva schnaubte. »Ach ja? Und wirst du dieses Ehrenwort auch halten, nachdem sie dich drei Tage lang gefoltert haben? Wenn du Antworten haben möchtest – und ich meine echte Antworten – und Lyvi dir etwas bedeutet, wirst du mitspielen.«

Mir wurde im flau im Magen. Wer sollte ihn foltern wollen? Irin?

Noahs Lippen waren schmal geworden, doch er nickte. »Was muss ich tun?«

Ylva streckte die Hand aus. Noah, wie in Trance, reichte ihr seine.

»Das wird ein wenig kribbeln.« Sie legte ihm ihre andere Hand auf die Schulter und beugte sich so zu ihm, dass wir vor neugierigen Blicken geschützt waren. Wie eine fürsorgliche Tante, die ihren Neffen tröstete.

»Noah von Schipgaard, schwörst du bei deinem Leben und dem derjenigen, die du liebst, dass du Lyvis Geheimnisse beschützen wirst?«

Noah und ich wechselten einen Blick. Mir gefiel das alles nicht, kein bisschen. Doch er nickte. Und, nur einen kurzen Moment, fragte ich mich, ob es neben seiner Schwester jemanden gab, den er liebte.

»Das schwöre ich«, sagte er heiser.

Ylva wisperte in einer Sprache, ich nicht verstand, dann leuchtete ein lavendelfarbenes Symbol auf Noahs Handballen auf, eine Mondsichel, in der ein Rabe hockte. Er wollte seine Hand zurückziehen, doch Ylva hielt sie fest. Zwei Atemzüge vergingen, dann verblasste das Symbol. Sie klopfte ihm auf die Schulter. »Gut. Dann sind wir soweit.«

Mein Kopf drohte vor lauter Fragen zu explodieren. Doch Ylva drehte sich um und ging die Treppe hinunter, die in den Schankraum führen musste. Noah und ich folgten ihr, zu verblüfft, um zu widersprechen.

Die Luft wurde mit jeder Stufe stickiger.

Noah hatte mir vor ein paar Tagen erklärt, dass er *Jimis Keller* nicht mochte, weil die Musik, die dort gespielt wurde, »gewöhnungsbedürftig« war. Die Formulierung hatte mich irritiert.

Während des *Bunten Raben* hatte ich Noah dabei beobachtet, wie er fasziniert einem Trio schwarz gekleideter Wasserfrauen gelauscht hatte, die im flachen Uferwasser des Jadesees gespielt hatten. Die Nixen hatten ihren Zithern und Flöten etwas entlockt, das Estéllians Bürger schlicht als Höllenmusik bezeichnet hätten.

Noah hatte dem Quietschen und Kreischen bis zum Ende der Vorstellung konzentriert zugehört, als einziger Zuschauer, der nicht dem Wasservolk angehörte. Danach war er sogar durchs Wasser zu den drei Frauen gewatet, um sie zu ihrer Musik zu befragen.

Alyssa, Jilly, Rita und ich hatten währenddessen in sicherer Entfernung am Strand gesessen, bis er durchnässt, aber strahlend zu uns zurückgekehrt war. Er hatte uns informiert, dass wir eine Stunde »ganz großer Kunst« verpasst hätten.

Doch als wir Ylva in den Schankraum folgten, verstand ich, warum es ihm hier nicht gefiel. Die Musik der Kapelle, die auf einer kleinen Bühne im spärlich beleuchteten Raum spielte, war nichts Besonderes. Seichte, fröhliche Melodien, die weder dem Ohr noch dem Geist viel abverlangten.

Aber das, was sich auf der Tanzfläche abspielte, war … *speziell.*

Leichtbekleidete Damen jeden Volkes huschten mit Tabletts durch das Publikum und schäkerten mit den Gästen, während sie Getränke verteilten. Dicke Linien aus Kohle umrandeten ihre Augen. Rote Farbe bedeckte ihre Lippen und Puder verwandelte ihre Gesichter in makellose, hübsche Masken.

Noah schüttelte den Kopf, als wir uns durch die tanzende Menge kämpften. Nicht wegen der Frauen, so gut kannte ich ihn bereits, sondern wegen der lüsternen Blicke, die ihnen folgten.

Die Hexe ging auf einen Alkoven zu, der durch einen schwarzen Samtvorhang vor neugierigen Blicken geschützt wurde. Wie von Zauberhand gab eine andere Gruppe – zwei kichernde Dämoninnen und ein junger Steppenelf – ihn genau in diesem Augenblick frei. Ylva zuckte noch nicht einmal mit der Wimper.

Wie von Zauberhand, in der Tat.

Der schwere, süßliche Geruch von Parfüm schlug uns entgegen, als wir hineinschlüpften, vermischte sich mit jenen von Bier, Schweiß und Begehren.

Und verschwand, sobald sich der schwarze Vorhang hinter uns geschlossen hatte. Einfach so.

Auch die Speisereste, die klebrigen Flecken auf der polierten, aber abgenutzten Tischplatte hatten sich in Luft aufgelöst, ehe wir uns auf den gepolsterten Bänken niedergelassen hatten. Eine einfache Öllampe baumelte an einer Kette über unseren Köpfen und tauchte den winzigen Raum in ein schwaches Licht.

Ylva sah erst mich an, dann Noah. »Das Orakel der Wassersänger ist heute Nacht in euer Bewusstsein eingedrungen und hat euch nach Marra gelockt. So etwas ist in Anthea seit Jahrhunderten nicht mehr passiert.«

Ich erschauderte. »Welches ... Orakel?«

Die Hexe schwieg, als wartete sie auf etwas. Einen Moment später erschien ein Kopf zwischen den Vorhängen; eine der leicht bekleideten Kellnerinnen.

Die Menschenfrau spitzte die Lippen. »Was darf ich euch bringen?«

Ylva bestellte mit freundlicher Miene Getränke und etwas zu essen.

»Die steinerne Spirale ist das Orakel der Wassersänger«, sagte sie, als die Bedienung verschwunden war. »Es hat geschlafen, bevor der Friedenspalast vor zweihundert Jahren zerstört wurde. Das Seufzen, das hier nachts durch den Wald und über das Wasser schwebt, ist das einzige Anzeichen dafür, dass das Orakel überhaupt wieder aktiv ist.«

Noah rutschte näher an mich heran, gerade so nahe, dass unsere Oberschenkel sich berührten. Mein Herz machte einen Satz, gleichzeitig beruhigte mich seine Nähe. »Was sind Wassersänger?«, raunte er.

Ylva nickte mit ernster Miene. »Es gab vor langer Zeit Hexen und Druiden, die mit ihrer Magie über die Elemente verfügen konnten. Manche besaßen auch die Art Magie, die noch in meinen Adern fließt. Die sich nach Belieben formen lässt. In meinem Fall ist die Macht, die ich über die Elemente habe, beschränkt. Ich kann einen Eimer Wasser bewegen oder einen Luftzug herbeizaubern, aber alles Weitere übersteigt meine Fähigkeiten. Ein mächtiger Wassersänger kann es regnen lassen oder ganze Flüsse umleiten, wenn er oder sie geübt genug ist. Ein Windsänger kann Stürme heraufbeschwören, ein Erdsänger Berge zum Einstürzen bringen. Das Orakel auf Marra war einst die Pilgerstätte der Wassersänger. Niemand weiß, wer es errichtet hat. Manche sagen, es sei ein Eingang zur Welt der Götter und Geister.«

Neugier leuchtete in Noahs Augen, trotz des Schreckens, dem wir heute Nacht begegnet waren. »Gibt es auch Feuersänger?«

Die Hexe schüttelte den Kopf.

»Nein. Feuer gehört nicht zu den Urelementen. Es kann nur entstehen, wenn Wasser, Luft und Erde zusammenkommen.«

Sie hielt inne. Dieses Mal wunderte es mich nicht, als die Bedienung einen Augenblick später zurückkam. Die dunkelhaarige Frau stellte drei Bierkrüge und mehrere mit Essen beladene Teller auf unserem Tisch ab. Mein Magen knurrte beim Geruch der gebratenen Kartoffeln und süßen Gebäckstücke.

Auf Ylvas Zeichen griffen Noah und ich nach unseren Gabeln. Die Kartoffeln waren zu fettig, das gepuderte Gebäck zu süß, aber ... Götter, ich war am Verhungern.

Die Hexe nippte an ihrem Bier. Obwohl sie schwieg, füllte ihre Macht den winzigen Raum des Alkovens vollständig aus.

»Das Orakel ist heute Nacht aktiv geworden, weil es wollte, dass du etwas siehst. Aber es macht Sinn, dass es gerade dich ausgesucht hat. Wenn ich richtig liege, bist du die letzte Seherin Antheas. So wie es deine Mutter vor dir war.«

Meine Kehle wurde eng. Ich schielte in Noahs Richtung, der uns aufmerksam zuhörte. Deswegen also hatte die Hexe Vorkehrungen treffen wollen.

»Was?«, platzte Noah heraus. »Lyvi ist eine Seherin?«

Ich schluckte. »Du kanntest meine Mutter?«, brachte ich hervor.

Die Hexe schmunzelte. Sie berührte einen Ring an ihrem Daumen, das einzige Schmuckstück, das sie trug. Es war ein einfacher Silberring, ohne Gravur, auf einer Seite abgeflacht.

»Aber ja. Ich habe sie oft im Elfenwald besucht, bevor es dich gab.«

Noah schüttelte den Kopf und nahm einen großen Schluck von seinem Bier. »Du bist eine Seherin?«, wiederholte er. Schaum glänzte auf seiner Oberlippe.

Der Alkoven war plötzlich zu eng, mein Körper zu klein. Alles war eng, meine Brust, meine Kehle, mein Herz. Ich sah auf meine Hände, die in einem verkrampften Knäuel in meinem Schoss lagen.

»Das ist sie«, sagte die Hexe und musterte mich mit ihrem intensiven lavendelfarbenen Blick. »Ich hoffe, du hältst deine Gabe vor der Welt geheim, Lyvi? Wenn die falschen Leute davon erfahren, werden sie dich jagen und nicht Halt machen, bevor sie dich gefunden haben.«

Ich schluckte. Obwohl mir plötzlich heiß war, zitterte ich. »Das weiß ich. Kannst du mir noch mehr über die Sehergabe erzählen?«

Ylva zuckte mit den Achseln. »Normalerweise sind die Visionen, die Seher und Seherinnen erhalten zufällig. Niemand weiß, was es mit diesen Träumen auf sich hat, woher sie kommen. Bisher schien es so, als träfen die Visionen diejenigen mit der Gabe wie Schneeflocken, die vom Himmel fallen. Willkürlich – es sei denn, jemand nutzte ihre Gabe mithilfe bestimmter Tinkturen. Deine Mutter war eine der wenigen Begabten in den letzten Jahrhunderten, deren Visionen für sie Sinn ergaben.« Sie lächelte, doch eine Spur Trauer lag darin. »Deswegen war es so schwierig für sie. Néami kannte die Leute, die sie in ihren Visionen sah. Sah ihre dunklen Geheimnisse. Die schrecklichen Schicksale, die ihnen bevorstanden.«

Noahs Augen waren groß. Ich konnte es ihm nicht verübeln. Mein eigener Herzschlag war ein wildes Hämmern in meiner Brust.

Ich erinnerte mich an meine Vision im Seufzenden Wald. Irin hatte etwas von meiner Mutter wissen wollen. Und heute Nacht hatte ich ihn schon wieder gesehen. Noch wusste ich nicht, welche Verbindung es zwischen diesen beiden Vision gab. Aber sie war da, das spürte ich.

»Gibt es einen Weg, diese Visionen zu kontrollieren?« Ich krallte die Finger in die Tischplatte. »Sie bewusst heraufzubeschwören oder zu unterdrücken?«

Ylva schüttelte den Kopf. »Allen Sehern, die ich kannte, sind diese Dinge *einfach passiert*. Die einzige Ausnahme sind Visionen, die durch bestimmte Kräutermischungen oder Zaubersprüche eingeleitet werden. Aber auch in diesem Fall hat nicht die Seherin die Kontrolle, sondern derjenige, der ihre Gabe nutzen will, ungefähr wie ein Fernglas.«

Ich rutschte unbehaglich auf der Bank herum. Die Erinnerung an *Sternaug*, an meine Hilflosigkeit überrollte mich wie eine tosende Welle.

»Das heißt, wenn jemand die Methoden kennt, kann er durch meine Gabe alles herausfinden, was er will?«

Der Blick der Hexe war finster. »Ja. Deswegen haben die Mächtigen damals Himmel und Hölle in Bewegung gesetzt, um die Seher und Seherinnen dieses Kontinents zu finden. Manche Herrscher führten sogar Kriege wegen euch. Das ging so weit, dass die Gabe ausstarb und erst mit Néami auf diesen Kontinent zurückkehrte.«

Wegen euch.

Die Worte legten sich um mich wie Fesseln. Da war die nächste Bezeichnung, die ich mir nicht ausgesucht hatte. Als reichten *Menschenbrut, Prinzessin* und *Unwürdige* nicht aus.

»Scheiße«, murmelte Noah und schüttelte wieder den Kopf.

Ylva fuhr über den Rand ihres Bierkrugs. »Du kannst es dir in etwa so vorstellen, als hätte dein Geist eine Öffnung, die Unbegabte nicht haben. Und durch diese Öffnung kann alles Mögliche hereinkommen, ob du es willst oder nicht.«

Ich biss auf meine Unterlippe. Nicht ganz die Antwort, auf die ich gehofft hatte.

Meine Nackenhaare sträubten sich, als Ylva sich vorbeugte. Himmel, ihre Augen. Sie schienen alles zu sehen.

»Hatte der Rubin, den du gesehen hast, etwas Besonderes an sich?«

Ich atmete aus und schloss die Augen. Ich wollte den Schmerz nicht wieder spüren, die Tentakel, die in meinem Geist gewühlt hatten. Doch Ylvas Augen ließen mir keine Wahl. Ich hatte das ungute Gefühl, dass meine nächsten Worte Konsequenzen haben würden. Nicht nur für mich, sondern für ganz Anthea.

Ich legte beide Hände flach auf den Tisch. »Da waren Stimmen in ihm«, raunte ich. »Tausende.«

Ich hielt den Blick gesenkt. Mir war heiß und kalt zugleich. War es das gewesen, was Irin von meiner Mutter hatte wissen wollen? Wo dieser Stein war? Er hatte sie wie mich in einen Rausch versetzt, um diese Information aus ihr herauszupressen wie Saft aus einer verdammten Traube.

In meiner Vision hatte Néami Schmerzen gehabt, aber sie hatte geschwiegen. Oder war ihre Gabe tatsächlich … *zerstört* gewesen, von dem, was sie vor meiner Geburt erlebt hatte?

Ylvas Augen wurden schmal. »Bist du dir sicher?«

»Ja«, hauchte ich. »Und da war ein Schatten an Irins Seite. Ich … ich glaube, er hat ihm gezeigt, wo der Rubin ist.«

Die gedämpften Geräusche aus dem Schankraum schienen aus einer anderen Welt zu kommen. Musik, Lachen, das Poltern vieler Füße auf abgewetzten Holzdielen. Ich starrte in die Flamme der Öllampe.

»Wer auch immer das war, ist mächtig. Aber wie geht das? Ich dachte, in

Anthea gibt es keine Magie mehr«, raunte ich. »Ich dachte, alle Hexen und Druiden sind vor zweihundert Jahren auf Marra verbrannt.«

Ylva schnaubte und rückte das Schwert auf ihrem Rücken zurecht. »Glaub nicht alles, was du hörst, Lyvi. Ich bin schließlich noch hier.«

Richtig. Ein weiteres Rätsel.

Die Hexe erhob sich und legte ein paar Münzen auf den Tisch. Eine Summe, die die Zeche für mehr als drei Abende in *Jimis Keller* bezahlt hätte.

»Ich muss euch jetzt verlassen.«

Noah runzelte die Stirn und rieb sich den Handballen, an dem das lavendelfarbene Symbol aufgeleuchtet war. »Wo gehst du hin?«

Doch Ylva war bereits halb zwischen den samtenen Vorhängen verschwunden. Als sie sich ein letztes Mal umwandte, schimmerte ihr silbriges Haar im Schein der Öllampe. »Habt keine Angst. Das Orakel schläft vorerst wieder, meine … *Herrin* Nefelda hat dafür gesorgt.«

Ein kalter Schauder jagte meinen Rücken hinab.

»Ist sie eine Göttin?«, flüsterte ich.

Ylva atmete schwerfällig aus. »Das und eine riesige Nervensäge.«

Etwas in im Tonfall der Hexe hielt mich davon ab, ihr weitere Fragen zu der Göttin zu stellen, mit der sie auf irgendeine Art verbunden war. Sie fixierte mich, ihre Augen tief wie Feenteiche.

»Deine Gabe muss ein Geheimnis bleiben, Lyvi. Versprichst du mir das?«

Ich nickte stumm.

»Gut«, sagte sie. »Wir sehen uns bald wieder, wenn die Zeichen nicht lügen.« Mit diesen Worten verschwand sie.

Der Lärm des Schankraumes, den die Hexe während der letzten Stunde von uns ferngehalten hatte, schwoll an. Auch die Gerüche kehrten zurück. Ich verzog das Gesicht. Schon wieder war mir übel.

Ohne darüber nachzudenken, griff ich unter dem Tisch nach Noahs Hand. Er hob den Kopf, ein überraschter Ausdruck in seinen Augen. Doch er zog seine Hand nicht weg.

»Was bedeutet das alles?«, fragte er leise.

Eine von vielen Fragen, aber vielleicht die wichtigste.

»Ich weiß es nicht.«

Einen Augenblick schwiegen wir. Noah streichelte mit seinem Daumen über meine Haut, die Berührung mein einziger Trost in dieser verfluchten Nacht.

»Es tut mir leid, dass ich dich entführt habe«, wisperte ich. »Ich weiß nicht, warum ich das getan habe.«

Auf der anderen Seite des Samtvorhangs schwoll die Musik zu einem lauten Crescendo an. Schritte donnerten in einem wilden Rhythmus auf dem Holzboden, die Leute jubelten.

Noah schnaubte. »Das liegt doch auf der Hand. Die Prinzessin hatte keine Lust, selbst zu rudern.«

Ich knuffte ihn in die Seite, doch er wich mir mit einem Glucksen aus.

»Ich hätte das auch allein geschafft«, zischte ich.

Unsere Blicke verschränkten sich. Noahs Mundwinkel zuckten. »Ich habe nichts anderes behauptet.«

Meine Instinkte brüllten mich an, mich von ihm zurückzuziehen. Doch die Erinnerung an die letzten Stunden hallte in mir wider wie ein furchtbares Echo. Seine Wärme lockte mich.

Langsam rutschte ich näher an Noah heran und lehnte meinen Kopf gegen seine Schulter. Sein Atem ging schneller, genau wie mein eigener Herzschlag.

»So übel bist du gar nicht, Barde«, raunte ich.

Seine Brust bebte mit einem stummen Lachen.

»Gleichfalls, Lyvi.«

14

Arain, Galmáron

Wajiyad Zen Zilágosh fragte sich, was zur Hölle mit seinem Hofstaat los war.

Wie immer saß er an der Tafel seines Vaters, auf dem steinernen Podest am Ende des Saals. Wie immer, wenn Manor zur Audienz aufrief, waren alle Tische bis auf den letzten Stuhl besetzt. Wie immer hatte sein Vater alles an Speisen aufgefahren, was seine Dienerschaft hatte zusammenkratzen können. Zum Beispiel die verschrumpelten Datteln, die vermutlich schon Jahre in der hintersten Ecke der königlichen Vorratskammer gelegen hatten. Es gab nur Wasser und Bier, keinen Wein, aber die Leute kamen jedes Mal in Scharen.

Der Anblick des vollen Audienzsaals war Waji so vertraut wie sein eigenes Spiegelbild.

Die riesigen Adlerstatuen neben der Flügeltür, die Feuerkörbe an den Wänden. *Solyóni orsza*, die königliche Falkengarde, die die Türen und das Podest bewachte. Galmárons Wappen, ein weißer Adler auf schwarzem Grund, ein goldener Schlüssel in seinem Schnabel. Istaris Bote, der ihnen die Tür zu dieser Welt geöffnet hatte.

Das hier war sein Zuhause. Hier war immer schon sein Platz gewesen.

Doch der heutige Abend war anders.

Anstatt neben seinem Vater zu sitzen, war er an den Rand des Tisches verbannt worden. Nie, *nie* hätte es das gegeben, als seine Mutter noch gelebt hatte.

Ynesse hatte rechts von Manor gesessen, Waji links.

Er hatte zähneknirschend hingenommen, dass Péthy, der erste Berater seines Vaters, nach ihrem Tod den rechten Platz neben Manor bekommen hatte. Immerhin hatte der König damit einen willigen Gesprächspartner, der dafür bezahlt wurde, sich seine Ausführungen über Bücher und die Geschichte Galmárons anzuhören.

Dieses Mal hatte Waji jedoch auch Varga und Lakatos weichen müssen. Sie sahen ihre Lebensaufgabe darin, seinem Vater den Hintern zu küssen.

Er nahm einen Schluck aus seinem Bierkrug und beobachtete die beiden Berater dabei, wie sie seinem Vater mit ernsten Gesichtern zuhörten. Und sich darum bemühten, wichtig auszusehen.

Waji schnaubte, als er sein Glas auf den Tisch zurückstellte, ein wenig lauter als nötig.

Jämmerliche Würmer.

Vermutlich hatte sie schon der Gedanke erregt, heute an der Seite des Königs zu sitzen. So sehr, dass heute Nacht noch ein paar arme Huren unten in der Stadt die Beine spreizen mussten.

Waji wusste genau, was für ein Spiel sein Vater spielte. Und es machte ihn so wütend, dass er am liebsten sein Fleischmesser in die dunkle, polierte Tischplatte gerammt hätte. Seine eigenen Messer, von denen er heute Abend gleich vier Stück an seinem Gürtel trug, zusätzlich zu den Zwillingsschwertern auf seinem Rücken, hätte er dafür nicht ruiniert.

Die Fleischmesser hingegen waren ohnehin überflüssig. Der zähe Lappen auf seinem Teller war eine lächerliche Entschuldigung für ein vernünftiges Stück Fleisch. Er hatte sein Essen noch nicht einmal angerührt. Die Wut, die in ihm kochte, hatte jeden Anflug von Hunger vernichtet. Sie befahl ihm, Varga und Lakatos bei der Gurgel zu packen und sie aus dem Saal zu werfen.

Doch er musste sich zurückhalten. Zumindest hier, wo sein zukünftiger Hofstaat zusah.

Der Saal platzte aus allen Nähten. Es waren zusätzliche Bänke an die Wände gerückt worden. Doch trotzdem gab es Gäste, die im hinteren Bereich des Saals stehen und ihre Gläser und Teller festhalten mussten.

Auch einige hochrangige Generäle waren hier. Darunter auch Hunyadi, der Wajis Einheit an seiner Stelle ins Dämmertal führen würde. Flory, Reza, Kosztar und seine anderen Männer fehlten heute Abend. Sie waren gestern als Vorhut Richtung Norden aufgebrochen.

Vielleicht war es besser, dass seine besten Freunde ihn so nicht zu sehen bekamen. Verdrängt von den Würmern Varga und Lakatos.

Das Abendessen war fast vorüber und der Geräuschpegel im Saal schaukelte sich mit jeder Minute weiter nach oben. Dummes Geschnatter, selbst von den sonst so ernsten Dorfführern, von denen heute Abend mehr anwesend waren als üblich. Aufregung lag in der Luft, von der aufgekratzten, kopflosen Sorte.

Ein vertrauter perlgrauer Blick traf den seinen.

Nuria.

Sie saß an ihrem üblichen Platz, neben den anderen Heilern, in ihr typisches Schwarz gekleidet.

Wie immer funkelten Ringe und Diamanten an ihren spitzen Ohren.

Ihr Schmuck war wahrscheinlich so viel wert, dass Arains Armenviertel mehrere Monate davon leben könnte.

Auch sie waren ein Geschenk ihres Vaters, der in Budáry das größte Hospital des Königsreiches leitete. Waji wusste, dass Nuria den Preis für jeden einzelnen Diamanten bezahlte hatte, mit denen Andras Tiamaty sein schlechtes Gewissen beruhigte. Ihre Mutter Souza, auch eine bekannte Heilerin, hatte sich schon kurz nach Nurias Geburt von ihm getrennt, nachdem aufgeflogen war, dass Andras zur Hälfte seiner weiblichen Angestellten Liebesbeziehungen unterhielt. Wenn man es denn so nennen konnte.

Waji hatte Nuria kaum gesehen in der letzten Woche. Nach jener Nacht, als er betrunken in ihr Zimmer gestolpert war, hatte er ihr nur kurz davon berichten können, was Manor vorhatte. Dass er mit der Mission Richtung Norden würde reisen müssen.

Sie hatte ihm versprochen, sich am nächsten Tag mehr Zeit für ihn zu nehmen, doch irgendwie hatte es sich nicht ergeben. Wann immer er in den letzten Tagen an ihre Tür geklopft hatte, war sie nicht da gewesen. Tagsüber natürlich.

Doch Waji musste mit ihr sprechen, und zwar heute Abend noch.

Mit einem wachsamen Gesichtsausdruck prostete sie ihm zu. Sie erntete dafür prompt einen finsteren Blick von Amyra, die am Nebentisch saß und sie keine Sekunde aus den Augen ließ.

Die Kaufmannstochter aus Hiva lebte im Königspalast, weil ihre Familie entschieden hatte, dass es Zeit war, sie *gesellschaftsfähig* zu machen. *Gesellschaftsfähig* bedeutete in den wohlhabenden Kreisen Galmárons, dass der Nachwuchs sich am Hof zeigen sollte, um verheiratet zu werden.

Waji hatte nicht vor, Amyra zu heiraten. Auch, wenn sie keine schlechte Partie wäre. Sie war hübsch, mit einem herzförmigen Gesicht und weichen dunklen Locken. Außerdem war Amyra nicht auf den Kopf gefallen und ihre Familie unterhielt wichtige Beziehungen zum Königshaus. Aber da hörte es auch schon auf.

Es war gelaufen wie immer. Etwas an der jungen Dämonin hatte Wajis Interesse geweckt. Sie hatten geschäkert, zusammen gelacht. Sich mehrere Wochen verschwitzt in seinem oder ihrem Bett gewälzt. Dann hatte er plötzlich das Interesse verloren. Etwas in ihm war kalt geworden. Einfach so.

Vielleicht war er für diese Art von Nähe nicht gemacht. Vielleicht war Amyra nicht die richtige Frau für ihn. Er wusste es nicht. Aber in diesen Tagen gab es ohnehin wichtigere Dinge, über die er nachzudenken hatte.

Waji hob sein Glas in Nurias Richtung. Gerade, als er ihr ein Zeichen geben wollte, ihn später zu treffen, erhob sich der König. Die Geräusche im Saal verebbten.

»Mein Volk.« Manor Zen Zilágosh sah zu seinen Gästen hinab. »Es freut mich, dass Ihr alle gekommen seid.«

Applaus, einige begeisterte Rufe. Manor lächelte.

»Istari meint es gut mit uns.« Er ließ seinen Blick langsam durch den Saal wandern. »Die Zeit ist gekommen, unser Schicksal umzukehren. Die Tage des Fluchs sind gezählt.«

Aufgeregtes Gemurmel.

Wajis Vater schritt um den Tisch herum und stellte sich an den Rand des steinernen Podests. »Istari lehrt uns, dass alles Leben in der Dunkelheit beginnt. Und so soll es sein. Schon im nächsten Jahr um diese Zeit wird Galmáron erneut erblühen, prächtiger als je zuvor.«

Waji biss die Zähne zusammen. Sein Vater war verrückt. Vollkommen wahnsinnig. Und er war noch nicht fertig.

»Unser geflügelter Gott hat uns das Wissen geschenkt, das uns aus unserem Unglück führen wird. Er hat mir verraten, wo sich der verschollene Stein der Einheit befindet.«

Das Murmeln im Saal schwoll an. Manche schlugen die Hände vor den Mund, andere nahmen einen tiefen Schluck aus ihren Gläsern.

Dann drehte Manor sich zu ihm um. Er streckte den Arm aus. »Komm, mein Sohn.«

Alle Blicke im Saal richteten sich auf ihn.

Istari, steh uns bei.

Waji erhob sich von seinem Stuhl und schlenderte zu seinem Vater. Manor legte ihm einen Arm um die Schulter. Waji konnte sich nicht daran erinnern, wann sie sich das letzte Mal so nahe gewesen waren.

Die Spannung im Raum wuchs weiter.

»Euer Prinz Wajiyad wird sich auf die Reise machen und den Stein der Einheit nach Galmáron holen. Und dann, mein Volk, werden wir ihn benutzen, um unser Königreich von seinem Fluch zu befreien. Die dunklen Tage sind vorbei.«

Waji lächelte, doch sein Blut hatte Feuer gefangen. Das konnte nicht Manors Ernst sein. Sein Vater wollte ihn tatsächlich seinem eigenen Volk als Schuldigen liefern, sollte diese verdammte Mission scheitern. Die Leute wären enttäuscht, weil *er* den Stein der Einheit nicht nach Galmáron gebracht hatte. Die Leute würden an *ihm* zweifeln, nicht an Manor. Nicht an dem großen Manor Zen Zilágosh, der das Wissen um den magischen Rubin angeblich von Istari persönlich empfangen hatte. Sollte er scheitern, wäre es naheliegend, sein Thronerbe in Frage zu stellen.

Applaus brandete auf, doch das Rauschen in seinen Ohren war lauter. Es gab etliche zweifelnde Gesichter im Saal, darunter auch Nurias und die einiger Adliger.

Sein Vater würde ein Problem bekommen, sollte ihm seine Mission um die Ohren fliegen. Das einfache Volk würde sich damit zufriedengeben müssen, ihn als Schuldigen serviert zu bekommen. Aber der Adel hatte andere Wege. Sie waren diejenigen, die einsprangen, wenn der Hunger in einer Region zu schlimm wurde. Der Adel war es auch, der dafür sorgte, dass überhaupt noch Händler ihren Weg nach Galmáron fanden. Sie waren die Einzigen, die noch den Preis ausländischer Waren bezahlen konnten.

»General Hunyadi wird unsere Streitkräfte in wenigen Tagen ins Dämmertal führen, um Irin Celestian Gwendalyon und seine Kurzohren zu vernichten.«

Wieder erntete er kräftigen Applaus. Offenbar hatte Manor vorhergesehen, dass er auch seinem Adel einen Knochen hinwerfen musste.

Waji musterte die Gesichter unten im Saal. Nicht jeder Zweifler schien überzeugt, aber es waren genug, um einer Rebellion vorzubeugen. Einer *weiteren* Rebellion, besser gesagt. Von Galmárons Westen, von der tiefen Wunde, die der Bürgerkrieg in ihr Königreich geschlagen hatte, sprach niemand.

Obwohl vermutlich genau in diesem Augenblick das nächste Dorf in den Drachenzahnbergen von Rebellen überrannt wurde, in einem Versuch, die Bürgerkriegslinie weiter nach Osten zu verschieben.

Manor hob ebenfalls die Hände und applaudierte in Richtung des älteren Generals, der unten im Saal saß.

Hunyadi lächelte matt und erhob sich. Nach einer einzigen Verbeugung setzte er sich wieder.

Waji hätte schwören können, eine Entschuldigung im Blick des Generals aufflimmern zu sehen.

»Vayk Krobatyn hat sich in den letzten Jahren in den Diensten unseres Königreichs bewiesen. Ich habe ihn auserwählt, die Mission zu begleiten.«

Waji wurde heiß.

Krobatyn.

Schlimmer hätte es nicht kommen können.

Krobatyn, in Galmárons Heer als *Grauer Falkenmeister* bekannt, erhob sich und salutierte. Wo sein Spitzname herkam, war unschwer zu erkennen. *Alles* an dem leicht untersetzten Mann war grau. Seine Kleidung, seine Augen. Sogar sein breiter Schnurrbart, dessen Enden er stets hochzwirbelte.

Vayk Krobatyn war einer der fünf Generäle in Galmárons Heer.

Er hatte Gerüchte in den Soldatenlagern gestreut, als Waji vor drei Jahren zum ersten Mal seine Armee in den Bürgerkrieg geführt hatte. Zum Beispiel, dass der Prinz Galmárons sich nachts vor Angst in den Schlaf weinte. Und sich mit wechselnden Liebhabern aus seinen eigenen Reihen über das Heimweh hinwegtröstete.

Es war ein Versuch gewesen, Wajis Autorität zu untergraben. Zwar hatte es nicht funktioniert, weil die anderen vier Generäle zu Waji gestanden hatten, darunter auch Hunyadi. Doch seitdem glaubte er kein einziges Wort mehr, das Krobatyns Mund verließ.

Waji gab sich entspannt, lächelte sein Volk an. Doch eine verwegene Energie rumorte in ihm. Er wollte toben. Etwas zerstören.

»Schon Morgen wird die Unternehmung Arain verlassen. Zehn weitere verdiente Soldaten aus General Krobatyns Einheit werden die Mission begleiten.«

Waji konnte kaum noch geradeaus sehen, so laut war das Brüllen seiner Wut. Dass sein Vater sich den Grauen Falkenmeister ausgesucht hatte, war kühle Berechnung.

Manor wollte jemanden, der Waji während der Reise in den Norden auf die Finger schauen würde. Der ihm wahrheitsgemäß Bericht darüber erstatten würde, was der Thronfolger Galmárons in seiner Abwesenheit trieb.

Waji fing den grauen Blick des Generals auf, als er sich aus der Umarmung seines Vaters wand, immer noch lächelnd.

Ungerührte Härte lag in Krobatyns Miene. Ein Versprechen, dass das, was sie vor Jahren begonnen hatten, noch nicht vorbei war. Dass er jede seiner Bewegungen beobachten würde.

Soll er doch.

Waji hatte schon einmal gegen Krobatyn gespielt und wenn er musste, würde er es wieder tun. Und wieder als Sieger aus diesem Kampf hervorgehen. Dieses Mal würde er den General nicht davonkommen lassen.

Manor streckte die Arme aus und ballte die Hände zu Fäusten.

»Die Tage des Fluches sind vorbei!«

Die Worte seines Vaters gingen im tosenden Applaus unter.

Waji setzte sich und erduldete eine weitere Stunde mit Vargas und Lakatos' Geplapper im Ohr. Dann entschuldigte er sich mit einem weiteren glatten Lächeln bei Manor. Missbilligung loderte im Gesicht seines Vaters auf, als Waji durch eine Hintertür aus dem Saal schlüpfte. Es kümmerte ihn nicht.

Wenn seine Mutter sehen würde, was Manor Zen Zilágosh aus ihrem Königreich machte, hätten Tränen in ihren goldenen Augen geschimmert. Aber Ynesse war nicht hier. Würde es nie wieder sein.

Es war Zeit, etwas zu zertrümmern.

Waji suchte *nicht* das Studierzimmer seines Vaters auf. Auch wenn er Lust gehabt hätte, seine Wut an Manors Bücherregalen auszulassen.

Nein, dieser Ort war *sein* Tempel. Ein Tempel, in dem er tausende Stunden geschwitzt und Tränen vergossen hatte.

Die ehrlichen Gerüche von Schweiß, Hingabe und Erschöpfung stiegen ihm in die Nase, als er die schlichte Tür aufschloss.

Der Teil von ihm, der aus Instinkten, Muskeln und Knochen gemacht war, fühlte sich augenblicklich zu Hause.

Eine Höhle öffnete sich vor ihm, die Übungsstätte der *solyóni*. Ihre Wände ragten rau und ungeschliffen mehrere Dutzend Armlängen in die Höhe. Waji liebte es, nach einer anstrengenden Übungseinheit an der offenen Nordseite der Höhle zu stehen und den atemberaubenden Blick über die Hauptstadt zu genießen.

Auch nachts erhellten Feuerkörbe die Übungsstätte, für den Fall, dass der Prinz Galmárons oder einer der Falken die Nacht dazu nutzen wollte, Körper und Geist zu stählen. Für Waji hatten diese beiden Dinge immer zusammengehört.

Er hatte Männer getroffen, deren Geist stark war, die jedoch in einem schwachen Körper steckten. Manche, weil die Götter sie zu einem Leben als Krüppel verdammt hatten. Andere wiederum, darunter auch kluge Männer, weil sie am liebsten faul auf ihrem Hintern saßen und sich die Bäuche vollschlugen. Varga und Lakatos gehörten zu dieser Kategorie.

Was er jedoch am häufigsten gesehen hatte, waren dumme Geister in muskulösen Körpern, die kaum rechts von links unterscheiden konnten. Die ihre Kraft nutzten wie einen Rammbock, ohne zu merken, dass sie dabei waren, die falsche Tür zu zertrümmern.

In den untersten Rängen seiner Armee gab es einige dieser Exemplare. Mit ihrem Verhalten bettelten sie regelrecht darum, entlassen zu werden.

Waji wollte keiner dieser Männer sein.

Sein Körper sollte das perfekte Werkzeug für seinen Verstand sein. Je mehr Zeit er damit verbrachte, seinen Körper zu stählen, desto klarer wurde sein Kopf. Und ein klarer Kopf war genau das, was er jetzt brauchte.

Mit großen Schritten ging er auf den Sandsack zu. Er baumelte in einer Ecke der Höhle, unweit der Zielscheiben für die Schießübungen und der Strohmatten, auf denen die Falken ihre Ringkunst trainierten.

Es war kühl in dem halboffenen Saal trotz der heißen Spätsommertage. Waji legte seine Waffen ab und streifte sich das seidene Hemd vom Körper. Er verschwendete keine Zeit damit, schützende Bandagen um seine Hände zu wickeln. Nicht heute Abend.

Eins, zwei, Schlag.

Eins, zwei, Schlag.

Noch einmal. Und noch einmal.

Wajis atmete schneller, während er eins wurde mit seinen Bewegungen und sein Geist allmählich an jenen Ort glitt, an dem Zeit keine Rolle spielte. Er brauchte nicht darüber nachdenken, was seine Füße und Arme zu tun hatten.

Wieder und wieder drosch er auf den Sandsack ein, der vor seinem inneren Auge immer neue Gesichter annahm.

Eins, zwei, Schlag.

Krobatyn.

Eins, zwei, Schlag.

Sein Vater.

Wieder. Wieder. Wieder. Wieder.

Varga. Krobatyn. Lakatos. Manor.

Er wusste nicht, wie lange er schon dabei war, den Sandsack zu verdreschen, als ein weiblicher Geruch seine Nase streifte.

»Varga, Lakatos, Krobatyn oder dein Vater?«

Waji zuckte zusammen, obwohl ihr Duft sie angekündigt hatte.

Sein letzter Schlag verfehlte den Sandsack. Es brauchte seine ganze Beherrschung, innezuhalten. Wenn er derart in seinen Übungen versank, war es schwer, seinen Körper zu stoppen. Wie eine Felslawine, die krachend einen Abhang hinunterrollte.

Waji knurrte. »Alle.«

Er drehte sich zu Nuria um. Sie lehnte an einer nahen Säule. »Sieht dir ähnlich, es mit vier Männern gleichzeitig aufnehmen zu wollen.«

Waji zuckte gleichgültig mit einer Schulter. Er ignorierte die Sterne, die vor seinen Augen tanzten. Leichter Schwindel überkam ihn. Er hatte zu heftig und zu schnell angefangen.

»Was machst du hier?« Er war immer noch außer Atem.

Nuria legte den Kopf schief.

»Da du dich gerade wie ein ängstlicher Hund aus dem Saal geschlichen hast, dachte ich, du hättest vielleicht Redebedarf.«

Sie trug ein hochgeschlossenes, aber kurzes Kleid, das gerade ihre Oberschenkel bedeckte. Blasse Perlen schimmerten auf dem dunklen Stoff wie Sterne am Nachthimmel. Und Götter, er schmiegte sich so eng an ihren Körper, dass sich jede ihrer delikaten Rundungen darunter abzeichnete. Rasch wandte er den Blick ab und knetete seine schmerzenden Finger.

Diesen Weg wollte er wahrlich nicht einschlagen, nicht mit ihr.

Nuria zog die Nase kraus. Doch sie verlor kein Wort darüber, was sie in seinem Geruch wahrgenommen haben musste.

»Du lässt das einfach mit dir machen? Du lässt dich von ihm auf eine wahnwitzige Mission schicken, während Hunyadi *deine* Männer ins Dämmertal führt?«

Wajis Kiefer versteifte sich. »Ich habe keine Wahl.«

Am liebsten hätte er sofort wieder auf den Sandsack eingeprügelt. Nuria runzelte die Stirn.

»Warum nicht?«

Ihr Duft streichelte seine Sinne, so weiblich und kostbar. Doch hier vermischte er sich mit den Gerüchen von männlichem Schweiß, Stolz und Aggression, die seit Jahrhunderten an den Höhlenwänden klebten. Noch nie war ihm etwas mehr fehl am Platz vorgekommen als Nuria. Diese zarte Frau, an so einem rauen, ungeschliffenen Ort, wo sich jeden Tag Scharen von Männern plagten, um jede Schwäche aus ihrem Körper und ihrem Geist zu vertreiben.

Nuria hob die Augenbrauen. »Also?«

Keine Frage, sondern eine Aufforderung.

Waji realisierte, dass er ihr immer noch nicht erzählt hatte, was der Preis für seinen Ungehorsam sein würde. Er ballte eine Hand zur Faust und brachte mit der anderen seine Fingerknöchel zum Knacken.

»Manor wird mich enterben, wenn ich nicht mitspiele.«

Da. Da war sie. Die hässliche Wahrheit, mit der sein Vater ihn an der kurzen Leine hielt. Doch Nuria zuckte noch nicht einmal mit der Wimper.

Sie schnaubte und verschränkte die Arme vor der Brust. »Soll er es doch versuchen.«

Waji bückte sich, um sein Hemd aufzuheben. »Er ist der König.« Er schlüpfte in die Ärmel. »Er kann entscheiden, wie er möchte.«

Doch Nuria schüttelte den Kopf. Ihr Blick war klar und ernst.

»Dein Volk liebt dich, Waji. Darüber kann Manor nicht entscheiden. Seine Herrschaft funktioniert nur, weil du die Dinge erledigst, zu denen er nicht in der Lage ist. Oder auf die er keine Lust hat.«

Waji wischte sich den Schweiß von der Stirn.

Sie hatte recht, doch er steckte fest. Schon morgen musste er sich auf die Reise in diesen götterverdammten Wald machen. Seine Wut war verschwunden. Doch die Finsternis, die sich über ihn herabsenkte, war viel schlimmer.

»Wann war dein Vater das letzte Mal unten in der Stadt? Hat er sich jemals mit eigenen Augen angeschaut, wie es in Zepreny im Süden aussieht? In

Hiva? Er hört seinem Volk kaum noch zu. Und heute Abend ist er zu weit gegangen. Du hättest Zen Boraros und Zen Mezey sehen sollen. Sie hätten fast den Saal verlassen.«

Der Gedanke daran, dass sein Vater ihm das nehmen würde, was ihm am meisten bedeutete, schnürte Waji die Luft ab. Nurias Worte hörten sich *so* gut an. Doch er durfte sich keine falsche Hoffnung erlauben.

Er schüttelte den Kopf, als er sein Hemd zuknöpfte. »Das alles zählt nicht, wenn mein Vater einen neuen Erben in die Welt setzt. Er wird seinem Hofstaat erklären, Istari hätte ihm zugeflüstert, dass dieses Kind der wahre Thronfolger Galmárons ist. Und ich bin raus.«

»Und wohin soll sie gehen, diese ... *Mission*?«, fauchte sie.

Ungeduld blitzte in ihren Augen auf. Waji grinste, auch wenn es ihm noch nie so schwergefallen war. »Du weißt, dass ich dir das nicht sagen darf.«

Er kniff in ihre Schulter, als er an ihr vorbei auf die Brüstung zuging. Darunter fiel die Flanke des Kiraly steil in Tiefe.

»Ich weiß auch, dass du es trotzdem tun wirst.«

Als sie beide gegen das Geländer lehnten und auf die flackernden Lichter der Stadt hinabsahen, schwoll Wajis Herz an. Alles, was ihm etwas bedeutete, lag dort unten. Am Fuß des Kiraly und hinter den Hügeln Arains.

Für diese Stadt, für dieses Königreich würde er sein letztes Hemd geben. Würde er sterben, wenn Istari es von ihm verlangte.

Nuria verpasste ihm einen Stoß mit ihrem Ellenbogen. »*Wohin*, Waji?«

Waji starrte in die sternenübersäte Nacht. Sein Leben hatte sich in einen Albtraum verwandelt. »Der Anderswald«, murmelte er.

Er war da draußen. Dieser düstere Wald, jenseits des Silberflusses, hinter den Mooren Seelands. Viele Meilen lagen zwischen Arain und diesem unheimlichen Ort. Aber Waji spürte ihn in der Dunkelheit lauern.

»Was?« Nuria rüttelte an seinem Arm, zwang ihn, sie anzusehen. Ihr dunkles Haar schimmerte silbern im Licht des Vollmondes.

Waji nickte. »Die alten Geschichten sind wahr.«

Nuria runzelte die Stirn und schlang fröstelnd die Arme um ihren Körper. »Also erwartet dein Vater von dir, dass du dich mit Krobatyn und ein paar Soldaten durch diesen Wald schlägst, den Stein findest und ihn nach Arain bringst? Und dann? Glaubt er, das einst mächtigste Gremium Antheas hätte nicht daran gedacht, den Stein zu versiegeln? Er braucht nicht nur Magie, sondern auch die Losungsworte, um den Bannspruch umzukehren.«

Waji grunzte. Nuria und ihr messerscharfer Verstand.

»Er sagt, er hätte eine *Quelle.*«

Sie schüttelte den Kopf. Zweimal. Dreimal. »Dein Vater ist verrückt geworden.«

Waji schnaubte. »Könnte man so sagen.«

Nurias Geruch hüllte ihn ein, als sie näher rückte. Doch da war nicht nur sie, sondern ein schwacher männlicher Geruch, der an ihr haftete wie Parfüm. Vielleicht ein Patient? Vielleicht klebte der Geruch dieser Höhle bereits an ihr. Wahrscheinlich war Nuria die einzige Frau, die jemals hier gestanden hatte.

Waji gähnte.

Es waren nur noch wenige Stunden bis zum Morgengrauen. Bis die wahnsinnige Mission beginnen würde.

Nuria berührte seinen Arm. »Du musst schlafen.«

Waji rieb sich das Gesicht. »Ich habe schon Schwierigeres mit weniger Schlaf getan«, sagte er.

Nuria verdrehte die Augen.

»Bis morgen, *Prinz aus Stahl.* Ich werde da sein.« Sie verschwand im schummerigen Licht der Höhle.

Waji gefiel es nicht, sie gehen zu sehen. Doch er schob das Gefühl beiseite. Es hatte keinen Sinn, sentimental zu werden. Morgen früh würde er sich seinem Schicksal fügen und in den Norden aufbrechen. Sein treuer Hengst Tamar war der einzige Freund, der ihn begleiten würde.

Er blickte ein letztes Mal in die Nacht hinaus, auf seine Stadt. Immer hatte es ihn beruhigt, auf die Lichter Arains hinunterzusehen. Doch heute erschien ihm seine Heimat leer und verlassen.

Wie sein eigenes Herz.

15

Sedina

Ich rannte, bis meine Lungen brannten.

Gerade erst hatte ich meine Schicht im *Tante Murielle* beendet, doch ich hatte es eilig gehabt, Sedinas Trubel hinter mir zu lassen. Wie so oft in der letzten Woche wollte ich allein sein. Mich bewegen, ohne ein Tablett mit Teetassen und Kuchentellern balancieren zu müssen.

Erst am Ende des Strandes, der hier in einen leichten Pinienwald überging, hielt ich an. Ein Schweißtropfen rollte meine Stirn hinab, als ich die Hände auf meine Oberschenkel stützte. Schweiß lief meine Stirn hinab, ließ mein Haar feucht an meiner Stirn kleben. Mein Atem glich einem Keuchen, doch ich fühlte mich schon besser.

Nur noch eine Stunde, bis Ritas Geburtstagsfeier beginnen würde. Schon seit gestern beaufsichtigte die Zwergin Noah und ein paar andere Leute, die für sie Zelte, eine lange Tafel und eine Bühne am Strand vor dem Rabennest aufbauten.

Wenn Ritas Feier überhaupt stattfinden konnte. Finstere Wolkenberge lauerten über dem See, der heute in einem dunklen Grün schimmerte, das an Schwarz grenzte. Marras düstere Umrisse ragten in der Ferne empor, zerklüftet wie das Maul eines Ungeheuers.

Ich erschauderte. Immer noch hatte ich mich nicht davon erholt, was vor einer Woche dort draußen passiert war.

Was hatte Irin vor? Und wer zur Hölle stand ihm zur Seite?

Wer oder was auch immer es war, war nicht von dieser Welt.

Immerhin war das Orakel in den letzten Tagen still gewesen. Kein Seufzen im Wind, kein geflüstertes *Lyvi*.

Die Hexe war seitdem verschwunden, verschluckt von demselben Nichts, aus dem sie gekommen war.

Die Luft schmeckte nicht mehr nur nach Sommer, auch wenn es noch warm war. Der Wind trug bereits den Geruch des Herbstes mit sich, das Versprechen von fallenden Blättern und kalten Nächten.

Doch ich traute dem Frieden nicht. Ich fühlte etwas kommen, auch wenn ich nicht wusste, was es war.

Ich streckte mich, dann plumpste ich in den Sand, ohne Marra auch nur für eine Sekunde aus den Augen zulassen.

Verfluchtes Orakel.

Vermutlich sollte ich ihm dankbar dafür sein, dass es mich vor Irin hatte warnen wollen. Auch wenn mir immer noch übel wurde, wenn ich an den Schmerz dachte, den seine magischen Tentakel mir bereitet hatten.

Doch diese Nacht hatte die Dinge durcheinandergebracht.

Ich hatte Noahs Blick auf mir gespürt, als ich vor dem Rabennest an ihm vorbeigelaufen war. Mit nicht mehr als einem flüchtigen Gruß.

Es war ein Fehler gewesen, ihm so nahe zu kommen. Meine Nähe war gefährlich. Linneas, Yvos und Faluns totenbleiche Gesichter, die mich immer noch jede Nacht heimsuchten, hatten mich daran erinnert.

Nicht die körperliche Anziehung war das Problem. Das Problem war, dass ich begonnen hatte, ihn zu mögen. Mich selbst in ihm zu sehen. Was würde passieren, wenn Irin herausfand, dass mir jemand etwas bedeutete?

Ich wollte es mir nicht vorstellen.

Seitdem ging ich Noah wieder aus dem Weg. Zwar schmerzten mich seine irritierten Blicke, die Enttäuschung, die ich an ihm roch. Doch alles war besser, als Irin Macht über mich zu geben.

Eine Weile saß ich so da, lauschte den Schreien der Wasservögel. Meinem Atem, der sich allmählich beruhigte.

Einatmen. Eins, zwei, drei, vier.

Halten. Eins, zwei, drei, vier.

Loslassen. Eins, zwei, drei, vier.

Eine der Techniken, die Gelyth mir beigebracht hatte.

Ein ruhiger Atem ist der erste Schritt zu einem kühlen Kopf, hörte ich ihn in meinen Gedanken sagen.

Feine Regentropfen landeten auf meinen Wangen und ich sah auf. Ein leises Grollen in der Ferne. Die dunklen Wolkenberge schoben sich weiter über den Himmel, krochen langsam auf Sedina zu.

Die Möwen und Seeschwalben flogen tief, auf der Suche nach der letzten Mahlzeit vor dem Sturm. Es war Zeit, ins Rabennest zurückzukehren.

Eine zarte Brise zupfte an meinen Haaren.

Ich erstarrte.

Der Duft Estéllians wehte mir entgegen. Moosgesäumte, klare Bäche, taufeuchte Wiesen und meernasser Sand. Ein lautes Fiepen folgte. Mit pochendem Herzen suchte ich den Himmel ab.

Er musste es sein, aber wo … da! Da war er.

Phypsi. Und er roch nach all dem, was ich in den letzten Wochen vermisst hatte.

Der Falter zwitscherte schrill und landete auf meinem ausgestreckten Arm.

»Da bist du ja«, sagte ich leise.

Phypsi blinzelte, dann löste er mit geübten Bewegungen die Lederbänder, die ein Stück zusammengerolltes Pergament an seinem Bauch fixierten.

Mein Herzschlag setzte aus, als der Imago mir die Pergamentrolle entgegenstreckte und ein anderer Geruch meine Nase streichelte.

Frisches Harz und Sommerregen.

Gelyth.

Ich unterdrückte ein Schluchzen. Nichts hatte sich je so sehr wie ein Stück Zuhause angefühlt wie dieser Streifen Papier, der schwach nach dem Elfenwald und Gelyth roch. Sofort erkannte ich seine Handschrift, die eleganten, geschwungenen Buchstaben.

Doch mit jedem Wort, das ich las, wurde der Kloß in meinem Hals dicker.

Der König hat die Abreise der Prinzessin nicht gut aufgenommen. Er hat das Grab ausheben lassen und festgestellt, dass die falschen Toten dort liegen. Eine ganze Woche hat er mit niemandem gesprochen, sich in seinem Studierzimmer eingesperrt. Dann ist er mit dem General und einem Teil des Heeres ins Dämmertal aufgebrochen, um einen Feldzug gegen Manors Dämonen vorzubereiten. Doch meine Vögelchen zwitschern, dass er dort nie angekommen ist.

Es wird Krieg geben.

Auch ich werde ins Dämmertal reisen. Vielleicht kann ich Schlimmeres verhindern.

Pass auf dich auf!

P.S.: Die Mannschaft des Grauen Segels *ruht nun bei den Verrätern.*

Ich presste eine Hand vor den Mund, mein ganzer Körper bebte.

Gelyth hatte seine Nachricht absichtlich vage gehalten, um keine Hinweise über ihn oder mich zu verlieren. Doch der letzte Satz traf mich wie ein Pfeil.

Celyn und Rey sind tot.

Meine Augen brannten, meine Wangen waren nass von Tränen. Ich wusste, dass Irin sie ohnehin als Rebellen hingerichtet hätte, doch etwas an diesem Akt fühlte sich ... *persönlich* an. Celyn und Rey waren meine Freunde gewesen, hatten mich nie mit Missbilligung angesehen. Und jetzt verrotteten ihre Leichname in der Schlucht der Verräter, weit weg von dem Meeresrauschen, das sie beide so geliebt hatten.

Doch es war noch nicht vorbei. Mehr Blut würde vergossen werden. Und wie ich gedacht hatte, würde Gelyth dem Heer folgen. Aber was konnte er allein schon ausrichten? Heimlich mit Manors Dämonen verhandeln? Wenn es meinem Onkel nicht gelang, ein Wunder zu vollbringen, würden Elfen, Dämonen und Menschen sterben. Aber wo im Namen der Götter war der Elfenkönig, wenn nicht im Dämmertal?

Es war möglich, dass ihm etwas zugestoßen war. Das hielt ich jedoch für unwahrscheinlich, denn Rovyn und seine besten Männer waren bei ihm gewesen. Ein kalter Schauder schlitterte meine Wirbelsäule hinab.

Hatte der König sich persönlich auf den Weg gemacht, um mich zu jagen? Trotz des drohenden Krieges?

Heiße Wut rauschte durch meine Adern. Ich ballte die Hände zu Fäusten. Das Pergament knisterte leise zwischen meinen Fingern.

Verdammt, Irin, was hast du vor?

Ich spürte sie. Die unsichtbaren Fäden, die die Ereignisse der letzten Wochen miteinander verknüpften. Ich wusste noch nicht, was es war, aber es passierte. Und ich, Gelyth, meine Freunde, der Rest Antheas waren kurz davor, davon verschluckt zu werden.

Ein Fiepen riss mich aus meinen Gedanken.

Phypsi blinzelte mich an und deutete in den Himmel. Ich zuckte zusammen, als ein heiseres Krächzen durch die sturmschwere Luft schnitt.

Ein weißer Rabe flog dort in Richtung des Dorfes.

Ein weißer Rabe mit lavendelfarbenen Augen, ähnlich denen einer gewissen Hexe.

Phypsi und ich sahen uns an. Der Donner grollte lauter als zuvor, die Wasservögel hatten sich bereits in Schilf und Gestrüpp versteckt.

»Ich glaube, ich muss gehen«, murmelte ich und wischte mit einem Ärmel meine Wangen trocken.

Schon wieder kribbelte mein Körper vor angestauter Energie, als hätte ich nicht eben noch einen Dauerlauf hingelegt.

Der Falter legte den Kopf schief, seine Fühler zitterten. Er zwitscherte leise und stieß sich von meinem Arm ab. Eine Herausforderung glänzte in seinen runden Augen.

Wer zuerst in Sedina ist?

Ich zuckte mit den Achseln und zwang mich zu einem schiefen Lächeln.

»Dann lass mal sehen.«

Zum zweiten Mal an diesem Nachmittag rannte ich.

Ritas Geburtstagsfeier fiel aus.

Kurz nachdem ich im Rabennest angekommen war, ergossen sich Regenfluten über Sedina und den Jadesee.

»Warum kann nicht einmal etwas so laufen, wie ich will? Ich habe diese Leute zwei Tage lang umsonst bezahlt.«

Die Kohlestriche, mit denen Rita ihre Augen umrahmt hatte, waren bis auf ihre Wangen verlaufen. Vor ihr stand ein halb volles Weinglas. Das *zweite* Glas, das Edgar mit einer unauffälligen Bewegung zur Seite rückte. Sie warf ihm einen finsteren Blick zu.

»Lass mich wenigstens trinken«, fauchte sie. Ihre Augen glühten im Zwielicht unserer Gemeinschaftsküche in einem sanften Rot. »Ich weiß, warum wir euch Kobolde in Bentuath bevormundende Besserwisser nennen.«

Sie streckte den Arm aus, an dem ein goldener Reif mit Diamanten in allen Farben des Regenbogens funkelte, und griff nach ihrem Glas.

Noah, der auf ihrer anderen Seite saß, nickte mit ernster Miene und goss ihr nach.

Der helle Perlwein prickelte leise, als er knapp unter den Rand des Kristallkelches schäumte. Unzählige Speisen in Schüsseln und Töpfen häuften sich auf dem Tisch. Direkt vor mir stand ein Schokoladendessert, mit Himbeeren garniert, dessen Geruch mir schon seit einer halben Stunde den Mund wässerig machte.

Edgar hob die Augenbrauen. »Du vergisst, dass bisher die meisten Dinge so gelaufen sind, wie du wolltest, Herzchen. Wer kann schon das Wetter kontrollieren?«

Ein heiseres Krächzen ertönte, dann quietschte die Wohnungstür. Die Härchen an meinen Armen richteten sich auf. Es lag nicht an dem kalten Luftzug, der durch die Küche wehte und die Flammen der unzähligen Kerzen zum Erzittern brachte.

»Ich nicht. Auch wenn ich es öfter versucht habe, wie du weißt.«

Es herrschte Grabesstille, als Ylva auf den Tisch zustapfte und ein Stuhl darunter hervorglitt. Sie hatte ihn noch nicht einmal *ansehen* müssen. Auf ihrer Schulter saß ein weißer Rabe mit violetten Augen.

Edgar schmunzelte.

»Gut zu wissen, dass sich manche Dinge nicht ändern. Wie deine Vorliebe für unangekündigtes Erscheinen.«

Alyssa, die im Schneidersitz auf einem Stuhl hockte, kicherte.

Der Rabe spannte seine weißen Flügel und flatterte auf die Steppenelfe zu. Mit einem kehligen Ruf ließ er sich auf ihrer Armlehne nieder.

»Jaya«, raunte sie und streichelte seinen Schnabel, ein seliges Lächeln auf den Lippen.

Noah warf ihr einen neidischen Blick zu, doch Jilly verzog das Gesicht.

»Hallo, Ylva. Immer schön, dich zu sehen«, sagte sie. »Ich habe dich und deinen Vogelfreund schon vermisst.«

Ihr Tonfall sagte das Gegenteil, aber die Hexe schien sich nicht daran zu stören. Offenbar kannten meine Freunde Ylva bereits.

»Ich habe in Ylvas Haushalt in Vennhaven gelebt«, sagte Edgar, als er die Frage in meinen Augen sah. »Bis sie mir ihren Segen und ein ganzes Jahresgehalt gegeben hat, um mit Rita nach Sedina zu ziehen.«

Der Kobold wies erst in meine, dann in Noahs Richtung. Richtig, Edgar wusste nicht, dass wir einander schon über den Weg gelaufen waren.

»Ylva, das sind Lyvi ... und Noah von Schipgaard.«

Mein Herz hüpfte vor Dankbarkeit, als er meinen Nachnamen wegließ. *Lyvi.* Einfach nur Lyvi.

Ylva ließ sich mit einem Seufzen auf dem Stuhl nieder und zog ein Weinglas und die Karaffe zu sich, dieses Mal mit ihren sichtbaren Händen.

Ich schloss meine Finger um Gelyths Brief in meiner Tasche. Ich würde ihr davon erzählen müssen. Auch wenn ich Angst hatte, was danach kam.

Phypsi saß mit baumelnden Beinen auf der Fensterbank, eine kleine Schüssel

Haferbrei auf dem Schoß. Er hatte ein empörtes Fiepen von sich gegeben, als ich ihm einen Teelöffel angeboten hatte, und sein ganzes Gesicht in der Schüssel vergraben. Der Falter hatte seitdem nur aufgesehen, um Jaya einen nervösen Blick zuzuwerfen. Doch der Rabe interessierte sich nur für Alyssas Finger an seinem Schnabel.

»Danke, Edgar, aber wir hatten bereits das Vergnügen.« Ylva zwinkerte mir zu. »Es war an der Zeit, den miesepetrigen Kobold gehen zu lassen. Auch wenn er fast zehn Jahre hervorragende Arbeit geleistet hat. Aus gutem Grund ist er Sedinas Bürgermeister.«

Dora, die ich heute Abend zum ersten Mal seit meiner Ankunft in Sedina wiedergesehen hatte, schnaubte. Der ganze Tisch stand voll, doch trotzdem hatte sie Platz gefunden, um ihre Waffen wie Besteck vor sich auszubreiten.

»Genug Gerede, Ylva Dornblatt. Warum bist du hier? Du wärst die erste eurer Sorte, die mit guten Nachrichten kommt. Sonst ist nach eurem Erscheinen immer eine Katastrophe passiert.

Wie beim letzten Mal, als Randolph von Elwick unserem vorletzten König Arden prophezeit hat, dass unsere Silberschatzhalle einstürzen würde. Der Bastard Elwick hat ihm gegen eine stattliche Summe angeboten, die Halle persönlich vor dem Einstürzen zu bewahren, aber Arden hat abgelehnt.«

Ich stutzte. Wie alt wurden Zwerge? War Dora selbst da gewesen, als Randolph von Elwick nach Bentuath gekommen war? Oder gehörte die Geschichte zur gemeinsamen Erinnerung ihres Volkes?

Es gibt so vieles, das wir voneinander nicht wissen, dachte ich.

Feurige Glut leuchtete in Doras Augen, als sie Ylva ansah.

Das Gesicht der Hexe blieb ausdruckslos, sie trank einen Schluck von ihrem Perlwein. »Und was ist passiert, Dora Höhlengießer?«

Dora tastete nach ihrem Dolch. Rita schnalzte mit der Zunge, doch ihre Schwester benutzte ihn nur, um ein Stück Käse aufzuspießen.

»Sie ist eingestürzt«, sagte sie mit vollem Mund. »Zwei Monate nach seinem Besuch.«

Ylva nickte. »Das habe ich mir gedacht. Randolph war ein begabter Erdsänger, der seine Taschen gern mit solchen Geschäften vollgemacht hat. In manchen Fällen war es nicht tragisch, dass ganz Marra niedergebrannt ist.«

Kerzenlicht tanzte in Doras Gesicht, als sie eine Braue hob. »Und wieso bist du noch hier? Wenn ganz Marra abgebrannt ist?«

Ylvas Mundwinkel zuckten, doch sie schüttelte den Kopf. »Dazu kommen wir später, Zwergin. Ich habe euch erst eine andere Geschichte zu erzählen.«

Der Wind rüttelte an den Fenstern, Regen prasselte gegen die Scheiben. Die Hexe sah jeden Einzelnen von uns an. Sie schien uns zu *lesen*.

»Die Geschichte von drei Rubinen. Wollt ihr sie hören?«

Stille breitete sich aus, dann nickten Alyssa und Jilly.

»Ja«, hauchte Rita und griff nach Edgars Hand. Der Kobold verdrehte die Augen, aber nickte ebenfalls. »Natürlich.«

Doras Augen wurden schmal. »Was ist dein Preis, Hexe?«, fauchte sie. »Und sag mir nicht, es gibt keinen.«

Ylva lachte leise.

»Schweigen ist mein Preis. Seid ihr bereit, einen Eid zu schwören?«

Dora schnaubte. »Ich wusste es. Und was, wenn ich nicht will?«

Die Hexe zuckte mit den Achseln. »Du weißt, wo die Tür ist, Dora Höhlengießer.«

Die Zwergin brummte.

»Also gut. Beim Barte meiner Großmutter, ich bin neugierig. Aber wehe, du treibst Spielchen mit uns, Dornblatt.«

Ylva schnipste.

»Wunderbar. Eure Hände.« Sie zwinkerte Noah zu. »Du auch, Schipgaard. Ich muss ein paar Ergänzungen machen.«

Wir gehorchten. Ich zuckte zusammen, als meine rechte Handfläche kribbelte. Noah sog scharf die Luft ein, Jilly fluchte. Gleichzeitig drehten wir alle unsere Hände um.

Ich riss die Augen auf, als ich das Symbol unter meinem Daumen sah. Es glühte in einem sanften Lila. Ein Rabe, der in einer schmalen Mondsichel saß. Ylva Dornblatts Siegel.

»Keine Sorge. Es wird in ein paar Sekunden verblasst sein.«

»Das will ich hoffen«, knurrte Jilly. Sie musterte das glühende Zeichen auf ihrem Handballen und verzog das Gesicht. »Lila ist nicht meine Farbe.«

Ylvas Geschichte begann mit dem Bannspruch, der Anthea für immer verändert hatte. Das einst mächtigste Gremium des Kontinents hatte ihn vollführt, um die Magie der sieben Völker in einem Edelstein einzusperren.

Der Rat der Magie hatte einen Rubin gewählt und ihn nicht ohne eine Spur des Spottes den *Stein der Einheit* getauft.

Der Dämon Ganiel Arkany hinterging seine Verschwörungsbrüder und -schwestern und verschwand mit dem Stein. Seit zweihundert Jahren war die Magie unseres Kontinents verschollen.

So weit, so gut.

Jedes Kind Antheas kannte diese Geschichte. Doch sie aus dem Mund einer Person zu hören, die dort gewesen war, die gemeinsam mit anderen über diese Dinge *entschieden* hatte, war … anders.

»Es gibt nicht nur einen Rubin«, sagte die Hexe. »Es gibt drei. Der Rat hatte damit gerechnet, dass jemand auf die Idee kommen würde, den Stein der Einheit zu stehlen. Deshalb fertigten wir Fälschungen an. Zwei Rubine, die wir mit magischen Spielereien versahen und von den Gardisten bewachen ließen wie den echten Stein der Einheit.«

Ylva kramte in ihrem Reisebeutel und zog eine kleine Holzkiste hervor. Sie schloss kurz die Augen, dann klappte der Deckel wie von Geisterhand auf.

Ich blinzelte. In der kleinen Schatulle, auf dunkelgrüne Polster gebettet, lag ein Rubin. Seine ovale Form glänzte in einem tiefen Rot, doch etwas anderes ließ mich schlucken. Im Inneren des Steines flackerte eine kleine Flamme, die einen tanzenden Schein auf unsere Gesichter warf.

Rita schlug eine Hand vor den Mund.

»Wie hübsch!«

Edgar verdrehte die Augen, doch tätschelte ihre Schulter.

Noah verzog das Gesicht und kratzte sich im Nacken. »Ich nehme an, das ist nicht *der* Stein der Einheit?«, fragte er.

Ylva nickte. »Das ist nur eine der Fälschungen. Wo die andere ist, weiß ich nicht. Vielleicht noch auf Marra, vielleicht aus den Ruinen gestohlen. Ganiel jedenfalls wusste, welcher Rubin der echte ist. Warum er davon wusste, weiß ich ebenfalls nicht. Über zweihundert Jahre war der Stein der Einheit verschollen. Über zweihundert Jahre haben zahllose Wesen, gute und böse, danach gesucht. Ohne Erfolg. Bis jetzt.«

Die Hexe sah in die Runde. Ein kalter Schauer jagte meinen Rücken hinab.

»Jetzt gibt es Leute, die wissen, dass die alten Geschichten stimmen. Ganiel Arkany ist mit dem Stein der Einheit im Anderswald verschwunden. Und der Rubin hat diesen Wald nie wieder verlassen. Das Waldvolk muss Ganiel ermordet und begraben haben, samt dem Rubin. Lyvi hat sein Grab … *gesehen.*

Am Ufer des Spiegelsees. Noah, Lyvi, erzählt uns von Marra.«

Ein Befehl. Noah und ich tauschten einen Blick, dann nickte er. Und erzählte von jener Nacht vor einer Woche, stockend und mit rauer Stimme. Die Spannung in der Küche war mit den Händen zu greifen.

Nur Dora gluckste. »Du hast das Menschlein entführt, Spitzohr? Hätte ich dir gar nicht zugetraut.«

Rita seufzte und stützte den Kopf in die Hände. Sie klimperte mit den Wimpern, als ihr Blick von Noah zu mir und wieder zurückwanderte.

»Ich wusste es doch, insgeheim mögt ihr euch. Das ist so eine schöne Geschichte!«

Meine Wangen brannten. Es war mir doch tatsächlich lieber, von der Nacht auf Marra zu berichten, als *darüber* zu sprechen. Noah rutschte neben mir auf seinem Stuhl herum, als wäre ihm das hier mindestens so unangenehm wie mir.

Ich schloss die Augen und beschrieb meine Vision, die unsichtbaren Tentakel, die in meinem Geist gewühlt hatten. Dann holte ich Gelyths Brief aus meinem Umhang und las ihn vor.

Als ich fertig war, schienen alle in der Küche die Luft anzuhalten.

Alle außer Jaya, der mit seinem Schnabel klickte, weil Alyssa die Streicheleinheit beendet hatte. Er flatterte zu Phypsi, der sich schützend über seine halbleere Schüssel beugte und den Raben mit einem schrillen Fiepen auf die andere Seite der Fensterbank verjagte.

Immer noch warfen sich Wind und Regen mit ganzer Macht gegen die Scheiben.

»Du bist eine Seherin?«, fragte Jilly schließlich. »Wie deine Mutter?«

Mein Mund wurde trocken, meine Kehle eng, doch es gab sowieso kein Zurück mehr. Sie alle wussten nun davon. Sie wussten nun, wer ich wirklich war.

»Ja«, hauchte ich. »Ich weiß es erst seit ein paar Wochen.«

»Und was soll uns das jetzt sagen, Ylva?«, fauchte Dora. »Einer der Spitzohrenkönige ist dem Stein auf die Spur gekommen. Soll er ihn sich doch holen und sich damit hinter seiner Mauer verschanzen. Ändert rein gar nichts auf diesem Kontinent.«

Ylva hob die Augenbrauen. »Das sehe ich anders. Diese Magie ist euer Geburtsrecht. Sie sollte nicht ein zweites Mal in die Hände einer Person fallen, die damit offensichtlich nichts Gutes im Sinn hat. Irin scheint ein Wesen rekrutiert zu haben, das nicht nur allwissend ist, sondern das ihn auch noch mit Magie speist. Das macht ihn zu einer Bedrohung für den ganzen Kontinent. Wenn Irin über magische Kräfte verfügt, kann er auch den Bannspruch lösen, der die Magie in dem Rubin gefangen hält.«

Ritas Augen waren schmal, als sie an ihrem Weinglas nippte.

»Was willst du von uns? Dass wir unsere Sachen packen und einfach so in den Anderswald spazieren? Dass wir den Stein der Einheit aus Ganiels Grab holen, bevor Irin ihn finden kann?«

Ich erschauderte. Der Anderswald. Der wohl finsterste Ort dieses Kontinents. Ein Ort, wo uralte Wesen mit giftigen Krallen und scharfen Zähnen lebten. Mit Augen, die in der Dunkelheit sahen, und einer Vorliebe für frisches Blut. Hunderte Geschichten rankten sich um diesen Ort. Sie erzählten von einem wilden Volk, Bäumen mit eigenem Willen und leichtsinnigen Wanderern, die von ihrer Reise nie zurückgekehrt waren.

Ylvas Augen verdunkelten sich. »Ja.«

Edgar räusperte sich. »Meinst du nicht, eine Armee wäre für diese Aufgabe besser geeignet als wir?«

Die Hexe schüttelte den Kopf. »Wessen Armee sollte das sein? Außerdem würden die Vorbereitungen viel zu lange dauern, wären viel zu auffällig. Und eine ganze Armee ist zu schwerfällig, um sich schnell im Wald bewegen zu können. Außer die der Elfen vielleicht, aber … Estéllian können wir offensichtlich nicht um Hilfe bitten.«

Eine der Kerzen erlosch. Es musste schon mitten in der Nacht sein. Dora schnaubte.

»Warum gehst du nicht einfach allein? Du brauchst uns doch eigentlich gar nicht. Zieh in den Anderswald, werde mit Irin fertig und komm mit dem Stein zurück. Deine Magie dürfte damit doch keine Schwierigkeiten haben.«

Ylva rieb sich mit einem Seufzen die Stirn. »Ich war bereits einmal im Anderswald. Lange bevor Ganiel mit dem Stein dorthin verschwunden war, auf der Suche nach einem seltenen Kraut. Ich musste umkehren, weil ich es nicht ausgehalten habe. Es ist für Hexen und Druiden kein Vergnügen, diesen Ort aufzusuchen. Unsere Magie funktioniert dort nicht wie sie soll. Es hat sich angefühlt, als hätte der Wald meine Kraft gedämpft. Sie war schwächer als sonst. Und als ich versucht habe, sie zu benutzen, hat sie merkwürdige Dinge getan. Als hätte sich der Wald meine Magie gegriffen und daraus gemacht, was er wollte.«

Ich erstarrte. Der einzige Hoffnungsschimmer, den ich mir zugestanden hatte, hatte sich in nichts aufgelöst. Ylva war auch ohne ihre Magie nicht wehrlos, das verriet das Schwert auf ihrem Rücken, ein wahres Kunstwerk aus Batari. Aber sie war der einzige Vorteil gewesen, den ich für uns gegenüber Irin gesehen hatte. Was fähige Krieger und tödliche Schwerter anbelangte, gab es niemanden in Anthea, der so gut ausgestattet war wie der König der Waldelfen.

Doras Augen schimmerten wie glühende Kohlen. »Warum sollten gerade wir uns dafür verantwortlich fühlen, was mit dem Stein passiert? Es geht uns nichts an, was ein irrer Elfenkönig damit in seinem eigenen Wald anstellt. Und selbst wenn es ihm gelingt, die Magie aus dem Stein zu befreien und sie gegen König Manor einzusetzen … soll er doch. Was sich die Spitzohren im Süden gegenseitig antun, interessiert mich nicht.«

Ylva lachte, doch es klang bitter. »Darf ich dich daran erinnern, dass auch die Magie deines Volkes in diesem Stein eingeschlossen ist? Die Magie deiner Vorfahren, die die prächtigen Hallen Bentuaths errichtet haben?«

Rita legte ihrer Schwester eine Hand auf den Arm, als Dora leise knurrte.

»Wir kommen auch ohne Magie zurecht. Dass wir sie nicht mehr haben, hat uns auch in den letzten Jahrhunderten nicht davon abgehalten, mehr Reichtümer anzusammeln als alle anderen Völker Antheas zusammen.«

»Diese Magie gehört euch«, gab Ylva zurück. »Es überrascht mich, dass ihr sie so bereitwillig einem Elfenkönig überlassen wollt, der damit offensichtlich nichts Gutes vorhat. Jeder einzelne von euch sollte verhindern wollen, dass die Magie eurer Völker ein zweites Mal in falsche Hände gerät.«

Stille, abgesehen von dem Regen, der mittlerweile ein wenig sanfter gegen die Fensterscheiben klopfte.

»Am ersten Mal warst du selbst beteiligt, wenn ich mich richtig erinnere.«

Doras Worte waren scharf wie eine Klinge. Alle starrten die Hexe an, doch Ylva nickte.

»Es wundert mich, dass du mich erst jetzt danach fragst. Du hast recht, Zwergin. Ich schulde euch eine Erklärung.«

Dora öffnete den Mund und schloss ihn wieder.

»Es gab damals mehrere Mitglieder im Rat der Magie, die sich für einen derartigen Bannspruch stark gemacht haben«, sagte Ylva in die Stille der Nacht hinein, die immer noch nach Gewitter, Kerzen und Veränderung roch. »Ich gehörte nicht dazu.«

Dora brummte. »Natürlich n– Aua! Bei Guldemars Barte, wie alt bist du, Rita?«

»Dasselbe könnte ich dich fragen«, zischte ihre jüngere Schwester, die Dora in den Unterarm gekniffen hatte. »Du bist unerträglich heute Abend. Lass sie ausreden.«

Ylva legte den Kopf schief, ein Lächeln auf den Lippen.

»Sehr freundlich, Rita, aber ich ziehe es vor, mir selbst Gehör zu verschaffen. Außerdem finde ich es erfrischend, dass deine Schwester kein Blatt vor den Mund nimmt. Es wird über die Jahrhunderte langweilig, wenn die meisten Leute die Klappe halten, weil sie Angst haben, dass ich sie in eine Maus verwandle.«

Trotz des schummerigen Lichts sah ich, dass Dora rot anlief, während Rita den Kopf schüttelte und mit spitzen Lippen den nächsten Schluck aus ihrem Weinglas nahm.

Jilly räusperte sich.

»Also hast du nicht zu denjenigen gehört, die sich für den Bannspruch eingesetzt haben.«

Ylva nickte langsam, als hätte sie alle Zeit der Welt. Vielleicht fühlte es sich so an, wenn man Jahrhunderte zu leben hatte? Wenn man Pläne machen konnte, die bis ins nächste, ins übernächste Jahrhundert hineinreichten?

»Ja. Zwei menschliche Hexer, Monaire Balfton und Hedona Hellig, gehörten neben den elfischen Ratsmitgliedern zu denjenigen, die aus der Idee eine riesige Kampagne gemacht haben. Das, was sie dem Rat erzählt haben, war absolut lächerlich – und eine Lüge. Sie haben von magischen Unfällen, von Betrug und Mord berichtet, die in jedem Volk angeblich ein zu großes Ausmaß erreicht hatten.«

Ylva runzelte die Stirn. »Schwachsinn, natürlich«, sagte sie. »Alles war so, wie es immer gewesen war. Manche Leute haben sich gern, andere nicht. Manche benehmen sich, andere nicht. Magie ändert daran gar nichts, verstärkt nichts, schwächt nichts ab. Wenn ihr mich fragt, waren viele Leute damals, als es sie noch gab, glücklicher. Wer glücklich ist, begeht weniger Verbrechen. Auch wenn die Verbrechen, bei denen Magie im Spiel ist, sicherlich … *kreativer* ausfallen können. Alles in allem also ein Nullsummenspiel.« Ihr Blick war offen. »So viele Gedanken habe ich mir damals nicht gemacht, auch wenn ich es hätte tun sollen. Ich habe mich aus den meisten Verhandlungen und Diskussionen rausgehalten. Nicht, weil ich wollte, dass Antheas Völker ihre Magie behielten, sondern weil es mir egal war. Ich war mit meinen eigenen Experimenten beschäftigt, war oft wochenlang nicht auf Marra. Um Heilkräuter zu sammeln, um Hexen und Druiden in den anderen Ecken der Welt zu besuchen, was auch immer. Auch am Tag der Sitzung, in der die Mehrheit der Ratsmitglieder dafür gestimmt hat, dass der Bannspruch vollzogen werden sollte, war ich nicht anwesend. Meine Stimme wurde als Enthaltung gewertet.«

»Also hast du auch nicht mitgemacht, als der Rat den Bann ausgesprochen hat?«, fragte Noah. Neugier tanzte in seinen Augen, wie immer, wenn es um Protest gegen Obrigkeiten ging.

Ylva rollte die dunkelgrauen Ärmel ihrer Tunika hoch und streckte uns ihre nackten Unterarme entgegen.

»Nicht mitzumachen war keine Option.«

Ich riss die Augen auf. Mindestens zwei Dutzend bläulich verfärbte Narben bedeckten ihre blasse Haut. Manche von ihnen waren schmale Striche, andere hatten die Form von Kreuzen, gezackten Runen oder verschnörkelten Kringeln.

Noah sog scharf die Luft ein.

»Was ist das?«

Ylva strich über eine der Narben, eine verblasste Spirale mit ausgefransten Rändern.

»Magische Eide. Eine Form der Vertragsschließung. Die Mitglieder des Rates haben sich damit gegenseitig verpflichtet, die Regeln zu befolgen. Derjenige, der den Eid schwört, muss sich daran halten. Tut er es nicht, gibt es Konsequenzen, vor denen er oder sie nicht fliehen kann. Die meisten dieser Narben erloschen in der Nacht, als der Friedenspalast in die Luft flog.« Ylvas Stimme war so ruhig, als spräche sie davon, was sie heute Mittag gegessen hatte. »Als diejenigen starben, denen ich die Eide geschworen hatte.«

Das war also vor *Jimis Keller* passiert. Noah hatte Ylva einen magischen Eid geschworen, auch wenn er keine Narbe auf seinem Handballen trug.

Ich beugte mich vor und sah genauer hin. Tatsächlich, die blaue Verfärbung war bei den meisten der Eidnarben bereits verblasst, mit zwei Ausnahmen.

Zwei Symbole, die ich noch nie gesehen hatte. Eines von ihnen, ein fliegender Drache von oben, war knapp unter Ylvas Armbeuge in ihre Haut geritzt. Die einzige Narbe, deren Blau immer noch kräftig leuchtete, selbst im Kerzenschein. Und dann war da noch eine andere Narbe, die nicht verblasst war. Sie schimmerte nicht blau, sondern grünlich. Zwei gekreuzte Striche, die in Eichenblättern endeten, versteckt auf der Innenseite ihres Oberarms.

Mein Herz wurde schwer. Noch nie in meinem Leben war mir die Welt so riesig, so unbesiegbar vorgekommen. Dort draußen gab es Wesen, deren Macht ausreichte, um einer Hexe wie Ylva einen magischen Eid abzuringen.

Ich erschauderte. Diejenigen, zu denen diese Narben gehörten, waren noch am Leben. Am Leben und vermutlich immer noch im Besitz ihrer magischen Kräfte. Ich legte den Kopf schief, um ein Runenpaar zu entziffern, das zu den erloschenen Eidmalen gehörte.

»Warum sehen sie alle unterschiedlich aus?«

»Wenn man Jahrhunderte Zeit hat, um andere Leute Hexeneide schwören zu lassen, wird man kreativ«, sagt die Hexe. »Die meisten Ratsmitglieder sahen die Eidnarben als ihre persönliche Unterschrift. Sie wollten sie unverwechselbar machen. Zumindest wenn es nicht wichtig war, dass die Verbindung zwischen ihnen und der anderen Person geheim blieb. Manche Eidnarben waren sogar ein Statussymbol, ein Beweis für Loyalität und Hingabe einem Mächtigen gegenüber. Ich ziehe unsichtbare Narben vor. Man weiß schließlich nie, wie sich die Dinge entwickeln. Die hier«, Ylva tippte auf das Runenpaar, das ich zuvor versucht hatte, zu entschlüsseln, »stammt von Hedona Hellig. Sie erlosch erst ein paar Stunden nach der Explosion auf Marra. Vermutlich, weil sie nicht sofort starb.«

Ich schüttelte den Kopf.

»Warum hast du so viele davon?«

Ylva knöpfte ihre Ärmel wieder zu. »Das war die Abmachung. Alle Ratsmitglieder haben sich gegenseitig einen Eid geschworen. Den Eid, dass alle Entscheidungen, die das Gremium traf, gemeinsam umgesetzt werden.«

Jilly stieß einen leisen Pfiff aus. »Und dem hast du zugestimmt? Anderen so viel Macht über dich gegeben?«

Ylva seufzte, gerade als ein kräftiger Windstoß heulend an den Fensterscheiben rüttelte. Hinter uns zeterte Phypsi, weil Jaya ihm und seiner Haferbreischüssel offenbar wieder zu nahegekommen war.

»Noch einmal, nicht mitzumachen war keine Option. Als sich der Rat formte, natürlich auf Bestreben der menschlichen und elfischen Hexen und Druiden, wäre es gefährlich gewesen, sich zu enthalten. Vor mehr als dreihundert Jahren klopfte Harold Garfinkel aus dem Dämmertal mit Fyonn Aldareth und Eleanor Celestian, zwei Druiden aus Estéllian, an meine Tür. Sie haben mich gebeten, dem Rat beizutreten. Ich wollte nicht, aber sie haben mir gesagt, dass eine Verweigerung nicht gern gesehen würde. Dass man sich überlegen müsste, ob ich meiner Magie noch würdig sei, wenn ich mich weigern sollte. Wahrscheinlich hätten sie mir meine Kräfte genommen, wenn ich dem Rat nicht beigetreten wäre.«

Ich konnte den Atem der anderen hören, so flach wie mein eigener. Jemandem zuzuhören, der dabei gewesen war, als die Geschichte unseres Kontinents geschrieben wurde, war atemberaubend.

Dass Ylva eine Eleanor Celestian gekannt hatte, bereitete mir eine Gänsehaut. Offenbar hatte auch Irins Vorfahrin anderen Leuten gedroht, um sie gefügig zu machen.

»Deswegen musste ich mitmachen, als der Rat den großen Bannspruch vollzog«, fuhr Ylva fort. »Ich hasste es. Nicht, weil ich Mitgefühl mit den Völkern Antheas hatte ... wie gesagt, diese Dinge kümmerten mich nicht. Ich hasste es, weil ich wusste, dass mich ein Zauberspruch dieser Größenordnung für mehrere Tage lahmlegen würde. Und genauso war es. Drei Tage lang habe ich geschlafen, drei weitere war ich erschöpft und ausgelaugt. Aber mir blieb nichts anderes übrig. Wenn ich mich geweigert hätte, hätten die Eide mich umgebracht.«

Mit einer flüchtigen Bewegung strich sie über ihren rechten Unterarm. Über die Stelle unter ihrer Armbeuge, an der sich die Drachennarbe befand.

Mein Kopf schwirrte. Ich starrte das Flämmchen im Inneren des Rubins an, das ungerührt vor sich hin flackerte. Wohin sollte das alles führen? Doch Ylva war noch nicht fertig.

»Ich habe in meinem Leben nur einen einzigen Versuch angestellt, mich einem magischen Eid zu widersetzen. An dem Abend, als Marra in Flammen aufging.«

»Du warst die Einzige, die die Explosion überlebt hat«, hauchte Alyssa.

Die Hexe nickte. »Für diesen Abend war eine Versammlung einberufen worden, an der alle Mitglieder des Rates teilnehmen sollten. Wir hatten zu diesem Zeitpunkt bereits immer weniger Freiheiten, weil sich Garfinkel, Celestian, Aldareth und die anderen hochrangigen Druiden jeden Tag eine neue Regel ausdachten. Vor dem Bannspruch konnten wir uns noch aussuchen, an welchen Sitzungen wir teilnahmen, doch dann kamen immer mehr Verpflichtungen dazu. Hedona Hellig und Monaire Balfton hatten die Versammlung einberufen, schon mehrere Wochen im Voraus. Jeder sollte daran teilnehmen, weil die *Zukunft des Kontinents* besprochen werden sollte. Lächerlich. Es sollte entschieden werden, ob ein Teil der Garde in den Norden nach Astralis geschickt werden sollte.

Hellig und Balfton hatten den Verdacht, dass die menschliche Königsfamilie in Zemliva eine Magiequelle entdeckt hatte. *Angeblich*. Die Gargaryns hatten sich zwar über Jahrhunderte damit gebrüstet, ihr Reich auf der Grundlage von körperlicher Arbeit und Handelsbeziehungen errichtet zu haben, aber Hellig und Balfton waren skeptisch. Sie wollten sichergehen, dass die Gargaryns nicht doch ausländische Magier in ihren Reihen hatten, mit deren Hilfe sie eines Tages über Anthea herfallen würden.«

Richtig, Astralis.

Manchmal vergaß ich, dass Anthea einen Bruderkontinent im Norden hatte. Nur ein verhältnismäßig kurzes Stück Land verband die beiden Kontinente, das mit den Gipfelriesen der Himmelsberge besetzt war.

Auch was Volk und Kultur betraf, hätten sie nicht unterschiedlicher sein können. Mein Geschichtslehrer Gregorys, ein alter Freund Gelyths, hatte mir erklärt, dass Astralis in der Geschichte fast nur von Menschen besiedelt gewesen war.

Im Gegensatz zu Anthea hatte es in Astralis nie Magie gegeben, als hätten die Himmelsberge ihre Ausbreitung nach Norden verhindert. Dennoch florierte Astralis' Wirtschaft seit Jahrhunderten. Auf diese Tatsache war die Königsfamilie Gargaryn, die aus der Hauptstadt Zemliva über den ganzen nördlichen Kontinent herrschte, besonders stolz. Statt sich magischer Kräfte zu bedienen, hatten die Gargaryns auf Muskelkraft und strategisches Geschick gesetzt – und ein Königreich geschaffen, dessen Abläufe so präzise funktionierten wie ein Uhrwerk. Ein Quell des Reichtums waren die vielen Rohstoffe, die vielen Ecken des nördlichen Kontinents in Massen abgebaut und an andere Königreiche verkauft wurden.

Ylvas Stimme riss mich aus meinen Gedanken.

»Ich hatte zu diesem Zeitpunkt allerdings genug von Helligs und Balftons wahnsinnigen Ideen. Also entschloss ich mich, der Versammlung fernzubleiben. So lange, wie ich es aushielt.«

Die Kerzen waren bereits fast alle heruntergebrannt, meine Augenlider schwer. Götter, es war anstrengend, sich über die Zukunft eines ganzen Kontinents Gedanken zu machen.

»Ich begab mich bereits frühmorgens aufs Festland, um Heilkräuter zu suchen. Je näher der Abend kam, desto stärker wurde der Zug des Eides. Mit den schlimmsten Schmerzen, die ich je gefühlt hatte, befahl er mir, nach Marra zurückzukehren. Ich versuchte, mich ihm zu widersetzen. Doch je näher die Sitzung kam, desto unerträglicher wurde es. Ich wusste, dass es mich umbringen würde, gar nicht zu erscheinen. Doch ich wollte Hellig und Balfton zumindest klar machen, was ich von ihren Ideen hielt. Eine lächerliche Maßnahme, zu spät zu einer Ratssitzung zu kommen. Aber es war das Beste, was ich tun konnte. Dass mir diese kleingeistige Rebellion das Leben retten würde, hätte ich nie ahnen können.«

Die Stimme der Hexe war leiser, als sie weitersprach.

»Ich sah vom Ufer aus zu, wie Marra verbrannte, halb taub von der Explosion, die noch das Festland erschüttert hatte. Keinen der Bewohner habe ich jemals wiedergesehen. Das Zwergenfeuer vernichtete alles Leben, was noch geblieben war.«

Ich zuckte zusammen, als Jaya ein lautes Krächzen von sich gab und sich mit zwei Flügelschlägen auf der Lehne von Ylvas Stuhl niederließ. Die Hexe strich dem Raben mit einem Finger sanft über den Kopf, ein schmales Lächeln auf den Lippen.

»So überlebte ich diese Nacht, als einziges Mitglied des Rates. Im Nachhinein habe ich mich gefragt, warum ich es nicht geahnt habe. Alle Zeichen deuteten auf eine gewaltige Veränderung hin, schon lange bevor Marra bis auf die Grundmauern niederbrannte. Die aufgeheizte Stimmung im Rat, die Hassbriefe, die uns aus allen Ecken Antheas erreichten … Ganiels Mitverschwörer waren nicht die ersten, die den Mitgliedern des Rates einen langsamen, schrecklichen Tod wünschten.«

Dora grunzte. »Das macht doch alles keinen Sinn. Wie kann es sein, dass Ganiel seinen Plan überhaupt durchziehen konnte? Ihr als Ratsmitglieder habt euch alle gegenseitig Eide schwören lassen und die Leute in der Garde konnten tun und lassen, was sie wollten?«

Ylva nippte an ihrem Weinglas und … *gluckste.*

»Wir hätten dich als Beraterin gut gebrauchen können, Dora Höhlengießer.

Natürlich mussten auch die Gardemitglieder Hexeneide schwören. Gemeine Eide, eng formuliert, mit brutalen Konsequenzen für die Gardisten und ihre Familien zu Hause. Der Eid allein hätte Ganiel schon davon abhalten müssen, mit seinen Verschwörungsgenossen zu sprechen. Hat er aber nicht.«

Ihre Augen glänzten im Kerzenschein, als sie den einfachen Silberring an ihrem Finger drehte.

»So etwas passiert nur alle paar Jahrhunderte und nur unter einer einzigen Bedingung. Alle paar Jahrhunderte kommt ein Kind mit einem unsichtbaren Schutzschild auf die Welt. Ein Schild, das dieses Kind sein ganzes Leben lang vor bösen Zaubern beschützt. Ganiel Arkany muss einer der wenigen Unberührbaren in Antheas Geschichte gewesen sein. Es gibt keine andere Erklärung.«

Jilly runzelte die Stirn. »Wenn das wilde Volk des Waldes Ganiel ermordet und am Spiegelsee begraben hat ... warum haben sie dann den Stein der Einheit nicht an sich genommen? Und versucht, ihn an die Mächtigen Antheas zu verkaufen?«

Ylva öffnete den Mund, doch zuckte zusammen. Schmerz flackerte in ihren Augen, sie atmete auf einmal schwer. »Diese Dinge kümmern sie nicht«, presste die Hexe hervor. »Sie wollen mit unserer Welt nichts zu tun haben.«

Wir warfen uns verwirrte Blicke zu. Doch Ylva sah nicht aus, als würde sie sich erklären. Ich wich in meinem Stuhl zurück, als die Hexe sich erhob.

»Ihr habt eine Aufgabe«, sagte sie, immer noch außer Atem. »Es ist an euch, eure Magie zurückzuholen – oder sie wird auf immer für euch verloren sein.«

Ich erschauderte und sah eilig auf meine Finger, die sich um das leere Weinglas klammerten. Rita tat es mir gleich, während Dora geschäftig am Heft ihres Dolchs herumfummelte. Jilly und Alyssa wechselten einen Blick, der so aussah, als führten sie ein stummes Gespräch.

Ylva klappte die kleine Holzkiste zu. Noah und ich zuckten gleichzeitig zusammen.

»Eine neue Ära hat begonnen.« Die Hexe ließ die Schatulle in ihrer Tasche verschwinden und zog sich ihre Lederjacke über. Ihr Schmerz schien so plötzlich verschwunden, wie er gekommen war. »Überlegt euch, ob ihr dabei sein wollt, wenn die Magie eurer Völker in diese Welt zurückkehrt. Es wird passieren. Nun, da bekannt ist, wo sich der Stein der Einheit befindet, gibt es kein Zurück mehr. Die Dinge werden nicht stillstehen, bis es irgendjemandem gelingt, ihn zu finden. Wenn nicht Irin, dann wird es jemand anderes sein.«

Sie schwang sich ihr Batari-Schwert über die Schulter und hielt Jaya einen Arm entgegen. Der Rabe ließ sich mit einem kehligen Glucksen darauf nieder. Phypsi verfolgte immer noch misstrauisch jede seiner Bewegungen.

»Übermorgen werde ich im Morgengrauen Richtung Anderswald aufbrechen. Kein zweites Mal werde ich mich vor der Verantwortung drücken, die ich auf mich genommen habe, als ich Mitglied des Rates wurde.«

Langsam ging Ylva zur Wohnungstür und drehte sich noch einmal um, eine Hand auf der Klinke. »Ihr müsst eure eigenen Gründe finden, mit mir zu kommen … oder nichts zu tun. Entscheidet euch, ob ihr diese neue Ära mitgestalten wollt. Oder ob es euch genug ist, zuzusehen, wie die Mächtigen die Fäden spinnen, aus denen diese neue Welt gemacht sein wird.«

Ich blinzelte, dann war Ylva verschwunden. Kein Rauch, kein Glitzern. Aber sie war so plötzlich gegangen, wie sie erschienen war. Benommen starrte ich auf den Fleck, an dem die Hexe gerade noch gestanden hatte.

Der Regen hatte sich in ein sanftes Tröpfeln verwandelt, doch der Wind heulte immer noch mit unveränderter Kraft in der Dunkelheit. Abwesend nahm ich wahr, dass Alyssa und Jilly den Tisch abräumten, dass Rita und Dora sich ein weiteres Wortgefecht unter Schwestern lieferten.

Ich schreckte hoch, als mit einem lauten Knall die Tür aufflog. Ein metallisches Scheppern, Glas splitterte.

Rita kreischte, Dora und Jilly fluchten. Alyssa bückte sich nach dem leeren Topf, den sie fallengelassen hatte, ein zeternder Phypsi auf ihrer Schulter.

»Verdammt«, sagte Noah und schüttelte den Kopf.

Brandy, tropfnass, mit einem breiten Grinsen im Gesicht, stand auf der Schwelle.

»Ich dachte mir schon, dass ihr alle hier seid. Götter, bei Gewitter ist es draußen im See immer ein riesiger Spaß. Habe ich etwas verpasst?«

»Morgen, Brandy«, murmelte Edgar, während er die Splitter von Ritas Glas vom Boden sammelte. »Morgen erzählen wir dir davon.«

16

Das verdammte Hochbett ächzte jedes Mal unerträglich laut, wenn ich mich von einer Seite auf die andere drehte.

Was ich schon seit Stunden tat, von rechts nach links, vom Rücken auf den Bauch.

Das Gewitter hatte sich beruhigt, war nur noch ein leises Grummeln in der Ferne. Selbst der Wind schwieg.

Ich hatte mich nicht beruhigt.

Zu viele Gedanken spukten in meinem Kopf herum, rangen um meine Aufmerksamkeit. Wenn ich die Augen schloss, blickte ich in Irins Gesicht, seine Züge hart mit Gier und Entschlossenheit. Ich musste an Gelyth denken, der vielleicht schon im Dämmertal angekommen war. Der vielleicht schon in diesen Tagen kämpfen würde. Ich sah Blut spritzen. Blitzende Schwerter, die gegeneinander donnerten. Ich sah, wie das Leben aus den Gesichtszügen meines Onkels glitt.

Weil mir davon übel wurde, öffnete ich die Augen und starrte an die Decke. Müdigkeit lag auf mir wie eine schwere Decke, doch Schlaf wollte einfach nicht kommen. Ich rollte mich von einer Seite der Matratze auf die andere, das Ächzen des Holzes laut in der Stille des Zimmers.

Ob die anderen heute Nacht gut schliefen? Ich bezweifelte es. Noah war nach Ylvas Aufbruch noch nach draußen geschlüpft, seine Laute unter den Arm geklemmt, und noch nicht zurückgekehrt. Unter Alyssas und Jillys Zimmertür hatte noch ein schmaler Lichtstreifen geschimmert, als ich das letzte Mal das Badezimmer aufgesucht hatte, was höchstens eine Stunde her war. Nur aus Brandys Zimmer schwebten zischende und fauchende Geräusche, die ich als Schnarchen identifiziert hatte. Selbst hier, am anderen Ende der Wohnung hörte ich sie noch.

Vielleicht würde Noah heute Nacht gar nicht ins Rabennest zurückkommen? Vielleicht übernachtete er bei seiner *Freundin*, wer auch immer sie war. Der

Gedanke schmeckte bitter, doch ich schob das Gefühl weit weg.

Gut so.

Er sollte mich vergessen. Sich jemanden aussuchen, der keine wandelnde Fahrlässigkeit war. Und doch konnte ich nicht anders, als an seine Lippen zu denken. Wie würde es sich anfühlen, sie auf meinem Mund, auf meinem Nacken zu spüren? An … anderen Stellen? Mir wurde heiß und kalt zugleich. Ein feines Ziehen breitete sich in meinem Bauch aus.

Ich verzog das Gesicht.

Schluss damit.

Ich schlug meine Laken zurück und kletterte aus dem Bett. Die dunklen Holzdielen knarzten unter meinem Gewicht, als ich von der schaukelnden Strickleiter sprang.

In diesem Augenblick fiel die Wohnungstür ins Schloss. Ich erstarrte. Mein Herz machte einen Hüpfer. Noah? Ich lauschte. Schritte auf dem Flur, doch sie klangen zögerlicher, je näher sie meinem Zimmer kamen. Dann klopfte es an meiner Tür.

»Lyvi?«

Mein Puls hämmerte laut in meinen Ohren.

Er ist zurück.

Wärme kroch in meine Wangen, auch wenn Noah unmöglich wissen konnte, dass ich gerade an ihn gedacht hatte. Wie ich gerade an ihn gedacht hatte.

»Was ist?«, zischte ich und sah an mir herab.

Da ich nur Unterwäsche trug, zog ich mir eilig eine von Evas weiten Wolljacken über. Dann steckte ich den Kopf in den Flur. Und stutzte. Er war leer.

»Kannst du nicht schlafen?«

Erst dann entdeckte ich ihn. Noah saß auf dem Boden, den Rücken gegen die Wand neben der Tür gelehnt, seine Laute zu seinen Füßen. Mondlicht fiel in den Flur und ließ sein Haar heute Nacht silbern statt golden glänzen.

»Ja«, brummte ich. »Das Bett –«

Er sah zu mir empor. Sein Schmunzeln sandte ein Kribbeln durch meinen ganzen Körper.

»Unerträglich, ich weiß«, raunte er. »Ich kann auch nicht schlafen. Ich frage mich, ob *irgendjemand*, der mit Ylva in dieser Küche saß, heute Nacht schlafen kann.«

Ich nickte nur und schlang die Jacke enger um mich.

»Ich hasse es.«

Seine Stimme war nur ein Flüstern. Ich wusste, was er meinte. Und weil ich ohnehin nicht schlafen konnte, rutschte ich an der Wand auf der anderen Seite der Tür hinunter, bis ich im Schneidersitz auf den kühlen Dielen saß.

»Ich auch«, flüsterte ich.

Wir schwiegen einen langen Augenblick. Die Nacht war still, selbst die Vögel hatten sich noch nicht aus ihren Verstecken getraut. Als hielte die Welt die Luft an in diesem Moment, wo Vergangenheit, Gegenwart und Zukunft kollidierten.

»Ich hasse es, dass ein paar Mächtige immer noch über die Wesen dieses Kontinents entscheiden«, sagte Noah. Seine Stimme klang rau. »Als hätten wir alle nichts daraus gelernt, was vor dreihundert Jahren passiert ist. Ich hasse es, dass die Schwachen schwächer werden, während die Mächtigen tun und lassen können, was sie wollen. Ich hasse es, dass wir schwach sind, weil wir nicht zusammenhalten. Gegen uns alle gemeinsam hätte auch ein Irin Celestian keine Chance.«

Ich erschauderte. *So sicher wäre ich mir da nicht.*

Doch ich verbiss mir den Kommentar. Ich fühlte Noahs Schmerz, denn es war mein eigener.

Als mächtigster Mann in Estéllian hatte Irin mein ganzes Leben über mich bestimmt. Er hatte verfügt, dass ich keine Waffen tragen durfte. Dass ich für meine Arbeit nicht bezahlt wurde. Mit wem ich sprechen, welche Feiern ich besuchen durfte. Schließlich hatte sein Wahnsinn dafür gesorgt, dass ich nie wieder nach Estéllian zurückkehren konnte. In das Königreich, dessen Wind in meinen Adern wisperte, dessen uralte Bäume meine Freunde waren.

Jetzt wollte er mehr.

Noah seufzte und drehte sich zu mir um. Mit einer Hand strich er sanft über die Saiten seiner Laute, die ein leises Klimpern von sich gaben. »Was sollen wir tun?«

Ich zuckte mit den Schultern. »Ich weiß es nicht.«

Es stimmte. Da war eine Stimme in mir, die mir zuflüsterte, *das Richtige* zu tun. Aber was war *das Richtige*?

Noah gähnte und rieb sich die Augen. »Schlafen wäre ein erster guter Schritt.«

Stumm lächelte ich. Wieder schwiegen wir.

»Warum gehst du mir aus dem Weg?«

Noahs Worte hingen schwer zwischen uns. Ich sah auf meine Hände, die ich in meinem Schoß zu einem verkrampften Knoten gefaltet hatte. Ein hohles Lachen drang aus meiner Kehle.

»Es ist nicht so, als wäre wir je gute Freunde gewesen.«

Götter, es gab mindestens einhundert Themen, über die ich lieber gesprochen hätte. Mein Magen schlug Purzelbäume.

Noah schnaubte. »Weißt du überhaupt, was das ist? Ein *guter* Freund?«

Ich schluckte, meine Brust wurde eng. Seine Worte trafen mich hart. Wie machte er das nur? So oft schien er zu wissen, wo meine wunden Punkte vergraben waren.

»Ich brauche das nicht, Noah«, fauchte ich. »Wir haben genug Dinge, über die wir uns Gedanken machen sollten.« Ich funkelte ihn an. »Und tu nicht so, als ob du mich kennst.«

Ohne ihn anzusehen, erhob ich mich und schlüpfte in mein Zimmer. Doch bevor ich die Tür schließen konnte, fuhr er mit seinem Fuß dazwischen.

»Es tut mir leid«, flüsterte Noah. »Ich wollte dir nicht wehtun.«

Meine Augen brannten, Atmen fiel mir schwer. Ich drehte mich um und ging zum Fenster. Ließ ihn, wo er war. Doch er folgte mir, seine Schritte leise auf dem Holzboden.

Noah trat mit einem Seufzen neben mich. Seite an Seite sahen wir nach draußen. Der Jadesee schimmerte im Mondlicht, am Horizont lauerten Marras düstere Schatten.

»Ich mag dich, Lyvi Gwendalyon«, sagte Noah irgendwann. »Das ist alles. Ich weiß zwar nicht, warum –«

Ich stieß ihm mit dem Ellenbogen in die Seite, auch wenn mein Herz einen Satz machte. Noah krümmte sich in gespieltem Schmerz.

»Sag ich doch«, keuchte er.

Ich zuckte nur mit den Schultern. »Jedem das, was er verdient.«

Noah richtete sich augenblicklich auf, keine Spur mehr von seinem angeblichen Schmerz. Er grinste mich an, dann streckte er einen Arm nach oben aus, bis seine Fingerspitzen das Hochbett berührten. Dabei hob sich sein Hemd und gab den Blick auf einen Streifen nackte Haut frei, auf goldene Haare, die unter seinem Hosenbund verschwanden. Hastig wandte ich den Blick ab.

Die verfluchte Holzkonstruktion gab einen ächzenden Laut von sich, als Noah seine Hand dagegen drückte. Ich verzog das Gesicht.

»Was hast du gerade gesagt?« Sein Grinsen wurde breiter. »Jedem das, was er verdient?«

Ich kniff die Augen zusammen. Und mir fiel auf, dass es einige Dinge gab, die ich noch nicht über Noah von Schipgaard wusste. Zum Beispiel, ob er kitzelig war.

»Ganz genau.«

Ich täuschte einen Schritt in die andere Richtung vor, dann stürzte ich mich auf ihn. Doch Noah war schneller. Mit großen Schritten rannte er über den Flur in sein eigenes Zimmer. Ich trieb ihn in eine Ecke, meine Hände abwechselnd an seinem Bauch und unter seinen Achseln. Immer wieder zuckte mit unterdrücktem Lachen, bis er schließlich meine Oberarme packte.

»Aufhören«, japste er leise. »Wenn du weiter machst, lache ich so laut, dass selbst die Wesen auf der anderen Seite des Dorfes aus ihren Betten fallen.«

Mit einem breiten Lächeln hob ich langsam die Hände. Unsere Augen trafen sich, unser Atem glich in der Stille der Wohnung einem lauten Keuchen.

»Großartig«, raunte Noah. »Jetzt werde ich garantiert nicht schlafen können.«

Ich war mir seiner Nähe bewusst, der Druck seiner Hände auf meinen Oberarmen nicht so fest, um unangenehm zu sein. Doch das durfte nicht sein. Ich zwang mich, einen Schritt zurückzumachen. Sofort ließ Noah mich los. Reue glänzte in seinen Augen, vermischt mit einem Anflug von Angst. Nicht vor mir, sondern davor, zu weit gegangen zu sein.

Ein dicker Kloß bildete sich in meiner Kehle. »Mir nahe zu sein gefährlich, Noah«, wisperte ich. »Du hast keine Ahnung, zu was Irin fähig ist.«

Noah reckte das Kinn. Langsam, fast vorsichtig, hob er eine Hand und legte sie an meine Wange. Ich erschauderte unter der sanften Berührung. »Das ist mir egal. Solange du es willst.«

Ich schloss die Augen. Mein Atem ging immer noch eindeutig zu schnell.

»Schlaf heute bei mir«, flüsterte Noah. »Um zu schlafen. Nicht, um irgendetwas zu … *tun*.«

Mein Herz fühlte sich voll und schwer zugleich an. Verdammt, ich hatte keine Lust, heute Nacht auf meinem Höllenhochbett zu schlafen. Ich hatte keine Lust, allein zu sein. Doch eine Frage hatte ich noch. »Was ist mit deiner … Freundin?« Ich suchte seinen Blick.

Noah kratzte sich im Nacken. »Lass uns einfach festhalten, dass das kein

Problem mehr ist.«

Ich hob die Augenbrauen. »Als ob das meine Frage beantworten –«

Er stöhnte und zog eine Grimasse. »Bitte, lass es mich nicht noch einmal durchleben.«

Ich schnaubte. Noahs Blick wurde weich. Die Wärme in seinen Augen ließ meinen Puls flattern wie Schmetterlingsflügel. Ich griff nach seiner Hand und nickte.

»In Ordnung.« Seine Augen leuchteten auf, doch ich schnalzte leise mit der Zunge. »Aber ich will eine klare Grenze. Aus Kissen zum Beispiel. Und du schläfst mit dem Kopf am Fußende.«

Noah schmunzelte und legte eine spöttische Verbeugung hin.

»Dein Wunsch ist mir Befehl, *Prinzessin.*«

Flammen. Der Geruch brennender Körper.

Stahl blitzt, Rüstungen klappern.

Ein König, seine Augen sind rot, ein Rubin in seiner Krone. Rot wie Blut.

»Unwürdig«, zischt der König. Er zeigt auf die, die nicht sind wie er. »Alles Unwürdige soll von dieser Welt verschwinden. Für immer.«

Flammen in einer Stadt auf neun Hügeln.

Flammen in alten Hallen unter den Bergen.

Flammen in einem stolzen Hafen. In Bauernhäusern an der Küste.

Flammen, so weit wie die Steppe reicht.

Und weiter. Und weiter. Und weiter.

Der König lächelt, der Rubin in seiner Krone glüht.

»Ein neues Königreich aus eurer Asche.«

Ein anderes Paar Augen. Blaue Augen, so dunkel wie der Himmel kurz bevor die Sterne aufgehen.

»Nein«, sagen drei Stimmen.

Ich riss die Augen auf. Mein Herz schlug zu schnell, viel zu schnell.

Die Laken und das Nachthemd, das ich mir übergezogen hatte, während Noah die Matratze mithilfe von Kissen in zwei Hälften geteilt hatte, klebten feucht von Schweiß an meiner Haut.

»Irin«, flüsterte ich. Ich hatte ihn gesehen. Ich hatte gesehen, was er vorhatte. Galle sammelte sich in meinem Mund, als ich mich an den Geruch brennenden

Fleisches erinnerte. Er war so echt gewesen. Alles war so echt gewesen.

Kühle Luft streifte meine Wangen, das offene Fenster wackelte sachte im Wind. Ich verschlang sie mit tiefen Atemzügen. Stoff und Federkissen raschelten neben mir, Noahs Geruch stieg in meine Nase. Und beruhigte meinen pochenden Herzschlag ein wenig.

»Lyvi?« Seine Stimme war heiser. »Alles in Ordnung?«

Ich schluckte. Und schüttelte den Kopf.

»Nein.«

Noah stemmte sich auf seine Ellenbogen und reckte den Kopf über die Barriere aus Kissen zwischen uns. Er runzelte die Stirn.

»Hast du ... etwas *gesehen*?«

Ich setzte mich auf und strich eine feuchte Strähne aus meiner Stirn. Ich schluckte. Es tat weh, denn mein Mund war trocken wie Sand.

»Ja«, murmelte ich. »Ich habe gesehen, was Irin plant. Nicht wirklich *gesehen*, aber da waren Symbole. Arain hat gebrannt. Batari hat gebrannt. *Alles* außer Estéllian hat gebrannt.«

Ich sah Noah an, der mich aus geschwollenen Augen anblinzelte. Seine Haare standen in alle Richtungen ab.

»Auch Seeland«, flüsterte ich.

Er räusperte sich. »Was ... was bedeutet das?«

Ich schlang die Arme um meine Knie, mein Herzschlag immer noch zu schnell. *Die Zukunft.* Ich hatte eine mögliche *Zukunft* gesehen. Also würde es wohl doch nicht bei Visionen aus der Vergangenheit bleiben.

»Ich glaube, die Vision war unser Zeichen.«

Noahs Gesicht war leer, als die Erkenntnis ihn traf. Ein Vogel sang in der Ferne.

»Unser Zeichen wofür?«, fragte er trotzdem. Als hoffte er, mich missverstanden zu haben.

Ich hielt seinen Blick. Ich wollte es nicht wahrhaben, verstand immer noch nicht, woher die Bilder kamen, die meine Sehergabe mir schickte. Aber alle Zeichen deuteten in die gleiche Richtung. Irin war am Zug. Nur ein Spielzug eines Planes, den er über Jahrzehnte ausgeheckt haben musste.

Ich hatte nicht gewusst, was *das Richtige* war. Und wer es tun sollte. Jetzt wusste ich es.

Ich zitterte. Das waren meine Augen gewesen. Ein Paar Augen, drei Stimmen.

Meine und Gelyths und die meiner Mutter. Und wir hatten Irin gemeinsam Einhalt geboten.

Doch meine Mutter war tot, Gelyth im Krieg. Ich musste tun, was sie getan hätten.

»Ich muss mit Ylva gehen«, wisperte ich. »In den Anderswald.«

»Auf keinen Fall lassen wir dich allein mit Ylva gehen.«

Jilly lehnte mit verschränkten Armen an der Küchenzeile. Ihre Wangen waren gerötet, hellblonde Haarsträhnen klebten an ihrer Stirn.

Natürlich hatte Jilly ihr morgendliches Programm absolviert. Nur feine Augenränder verrieten, dass auch ihr ein paar Stunden Schlaf fehlten.

»Das habe ich ihr auch schon gesagt.«

Auch Noah, der neben mir auf der Bank saß, hatte die Arme verschränkt.

Alyssa hockte in ihrem schwarzen Morgenmantel neben Jilly auf der Arbeitsplatte und hielt den üblichen dampfenden Teebecher in den Händen. Die Steppenelfe sah aus, wie ich mich fühlte, übermüdet und überfordert. Rita und Edgar saßen am Küchentisch, die Zwergin in einem himmelblauen Morgenmantel, der Kobold in einem feinen Anzug, als hätte er heute bereits an einem offiziellen Termin teilgenommen.

Die Küche war sonnendurchflutet, draußen strahlte ein blauer Himmel. Durchs offene Fenster blies eine warme Brise herein. Doch mein Herz war schwer.

»Warum nicht?«, fragte Dora von der anderen Seite des Tisches, ein dick belegtes Brot in der Hand. »Wenn das Spitzohr gern gehen möchte, ist doch alles gut. Dann ist die Hexe zufrieden und lässt uns in Ruhe.«

Rita, die noch ein wenig blass um die Nase war, rieb sich mit einem Stöhnen das Gesicht. Jilly, Alyssa und Edgar warfen ihrer Schwester einen finsteren Blick zu. Noah schüttelte den Kopf.

»Können wir nicht endlich mal aufhören, Anthea in runde und spitze Ohren aufzuteilen? Es hilft nicht. Wir stecken hier alle zusammen drin.«

Dora zuckte mit den Schultern und biss von ihrem Brot ab. »Ich entscheide, wo ich drinstecke, Menschlein.«

Noah verdrehte die Augen. »Wenn du nicht hier sein willst, warum –« Er brach ab und sah mich an. »Deine Vision, Lyvi. Von letzter Nacht. Du solltest ihnen davon erzählen.«

Ich starrte auf den Tisch, auf dem immer noch Ritas Geburtstagsspeisen standen. Ich wollte mich nicht an die Vision erinnern. Ich wollte nicht schon wieder Irin sehen, der immer noch über mein Leben bestimmte. Ich wollte Antheas dunkler Zukunft nicht wieder ins Auge sehen. Doch ich musste. Würde das als Seherin immer meine Aufgabe sein? Würde ich mich mein ganzes Leben lang an schreckliche Visionen erinnern müssen? Sie zwei Mal oder öfter heraus-beschwören müssen, um anderen die Möglichkeiten der Zukunft zu zeigen?

Ich schluckte. Hier und jetzt gab es keinen anderen Weg. Diese Leute, diese Töchter und Söhne Antheas, hatten ein Recht darauf, Bescheid zu wissen.

»Irin hat Pläne für diesen Kontinent. Grausame Pläne. Er will alle anderen Völker vernichten oder unterwerfen. Ich habe sie brennen sehen. *Alle.*«

Dora hob eine Braue.

»Wenn alle *anderen* Völker brennen sollen, warum bist *du* dann so eifrig, Irin aufzuhalten? Wenn ich mich nicht irre, gehörst du zu dem einzigen Volk, das überleben soll. Vielleicht ist das mit deiner Sehergabe auch eine Täuschung. Vielleicht arbeitest du mit dem irren Elfenkönig zusammen.«

Stille.

Genauso gut hätte Dora mich ohrfeigen können. Alyssa schielte in ihren Tee, Jilly verdrehte die Augen. Jeder andere im Raum schien die Luft anzuhalten. Rita warf ihrer Schwester einen Blick zu, der nichts Gutes versprach. »Dora –«

»Ich gehöre zu keinem Volk«, sagte ich. Meine Stimme klang giftig, aber es war mir egal.

»Ja, meine Mutter war die Königin der Elfen von Estéllian. Doch mein Vater war ein Mensch. Ein Mensch aus Seeland, dessen Nachnamen ich nicht kenne. Er kommt aus einer Stadt, die ich nie besuchen werde, weil ich nicht weiß, wo sie ist. Ich werde ihn auch nie fragen können, ob ich Verwandte dort habe. Ich werde ihn niemals irgendetwas fragen können, weil *Irin ihn umgebracht hat.*«

Ich berührte das Mal an meiner Stirn. Doras Gesicht war ausdruckslos.

»Er hat über mein Leben bestimmt, solange ich denken kann. Ich bin hier, weil er mich aus dem Königreich meiner Vorfahren verbannt hat.«

Rita zuckte zusammen, als ein Windstoß das Fenster zufegte. Jilly und Alyssa wechselten einen besorgten Blick, doch ich war noch nicht fertig. Etwas in mir hatte Feuer gefangen.

»Irin wird alles tun, um seinen Willen zu bekommen. Alles. Und nichts wird ihn aufhalten, jetzt wo er magische Kräfte hat. Ich habe sie gespürt auf Marra, auf der anderen Seite. Seine Magie ist alt und heimtückisch und gefährlich. Wir können froh sein, wenn er nicht schon jetzt in den Anderswald marschiert ist und den Stein der Einheit in seinen Händen hält. Wenn er auch noch die Magie unseres gesamten Kontinents bekommt, ist er unbesiegbar. Ich möchte nicht daran schuld sein, dass ganz Anthea unterworfen ist.«

»Gut gesagt, Lyvi Gwendalyon.«

Ich fuhr herum. Noah fluchte.

Ylva stand im Türrahmen, ein schmales Lächeln auf den Lippen. Brandy stand neben ihr, die Haare der Wasserfrau mal wieder tropfnass. Mit ungerührter Miene kaute sie auf einem mit Lachs belegten Brot herum, als würden wir den Putzdienst und nicht etwa die Zukunft des Kontinents diskutieren.

»Heißt das, du kommst mit?« Ylva trat an den Tisch. Noah rutschte näher zu mir und legte eine Hand auf mein Knie. Ein warmes Prickeln rauschte durch meinen Körper und ich war mir der Stelle, wo sein Oberschenkel meinen berührte, nur zu bewusst.

»Du musst das nicht tun«, murmelte er.

Aber was gab es noch zu diskutieren? Irin war auf dem Weg. Die Welt würde sich ändern. Und es passierte jetzt.

»Ja«, flüsterte ich und sah Ylva in die Augen. »Auch wenn ich nicht weiß, was ich tun kann.«

Die Hexe zwinkerte mir zu. »Genug, vertrau mir.«

Brandy runzelte die Stirn und schluckte ihren letzten Bissen herunter.

»Kann mir mal jemand erklären, worum es geht?«

Dora schenkte Ylva ein säuerliches Lächeln. »Nach dir, Hexe. Nachdem du uns so schön den Mund versiegelt hast, bist du jetzt dran.«

Ylva ignorierte sie und wandte sich an Brandy. Sie reichte der Wasserfrau die Hand. »Darf ich? Ich muss eine Vorsichtsmaßnahme treffen.«

Dora gab ein trockenes Lachen von sich. Brandy kaute weiter, doch hielt der Hexe eine Hand hin, ein wachsamer Ausdruck in den Augen.

»Solange du mich nicht in eine Maus verwandelst –«

In diesem Moment leuchtete jenes lilafarbene Symbol auf ihrem Handballen auf. Brandy legte den Kopf schief und betrachtete den Raben in der Mondsichel.

»Hübsch«, murmelte sie mit einer Gleichgültigkeit, für die ich sie beneidete. »Aber was heißt das jetzt?«

»Ich schlage euch eine Reise vor«, sagte Ylva. »In den Anderswald. Um den Stein der Einheit zu holen, den Ganiel Arkany mit in sein Grab genommen hat. Irin Celestian weiß auch davon. Er möchte die gesamte Magie unserer Völker für sich.«

»Warum?«, fragte Brandy und benutzte einen ihrer langen Fingernägel, um ein Stück Lachs aus ihren Zähnen zu pulen. »Wie kommt sie darauf, dass der Stein in diesem See ist?«

Ylva berichtete mit ruhiger Stimme von Marra und von Gelyths Brief.

Als sie fertig war, zuckte die Wasserfrau nur mit den Achseln und biss ein weiteres Mal von ihrem Brot ab. Schalk und ein bisschen Wahnsinn funkelten in ihren Augen.

»Ich komme mit.« Sie kaute mit offenem Mund. Ich zwang mich, den Blick von ihren Fangzähnen abzuwenden. »Hört sich nach einem Abenteuer an.«

Ylva zwinkerte ihr zu. »Das wird es.«

Dora schnaubte, doch auch Jilly und Alyssa hoben die Hand.

»Wir sind auch dabei«, sagte die Waldelfe. Sie legte den Arm um ihre Gefährtin. »Irin hat uns schon genug genommen. Unsere Magie wird er nicht bekommen.«

Ylva lächelte.

»Hervorragend.«

Rita und Edgar wechselten einen Blick. Dann schüttelte der Kobold den Kopf.

»Wir bleiben hier. Wir sind nicht für so eine Reise gemacht. Rita wird schon hysterisch, wenn ihr ein Fingernagel abbricht oder ihr Kleid Fäden zieht«, sagte er. Seine Gefährtin schnappte nach Luft, doch er griff ihre Hand. »Und Sedina braucht uns.«

Das Lächeln der Hexe war echt. »Ich weiß, Edgar. Dieses Dorf hat Glück, dass es dich hat. Dass es euch hat.«

Rita ließ die Schultern sinken und seufzte. »Er hat recht. Auch wenn ich wirklich gern gesehen hätte, wie Brandy es mit den schaurigen Kreaturen in diesem Wald aufnimmt.«

Die Wasserfrau bleckte zur Antwort die Zähne.

Blieben noch zwei. Noah zog eine Grimasse.

»Ich komme mit, wenn ich darf«, sagte er. »Wenn ich etwas habe, das für diese Mission von Wert ist.«

Die Hexe legte den Kopf schief. »Ein Barde ist immer wertvoll. Musik öffnet manch verschlossene Tür.«

Noah nickte, das Gesicht ein wenig blasser als zuvor.

»Vielleicht musst du mir doch zeigen, wie man einen Dolch hält«, wisperte er in mein Ohr. »Bei diesem Wald bin ich mir nicht sicher, ob meine üblichen Methoden funktionieren.«

Ylva stemmte die Hände in die Hüften und sah Dora an. »Und was ist mit dir? Können wir doch eine Höhlengießer zu dieser Mission zählen?«

Doch der Zwergin hatte es die Sprache verschlagen.

Habt ihr alle den Verstand verloren?, schien ihr Blick zu sagen. Sie ließ ihr belegtes Brot auf den Tisch fallen und schüttelte den Kopf.

»Bei Guldemars Gemächt«, murmelte sie. Sie schüttelte wieder den Kopf, als sie von ihrem Stuhl rutschte, ihre Waffen einsammelte und zur Tür stapfte.

»Mach mit diesen Dummköpfen, was du willst, Ylva Dornblatt. Mich hast du nicht überzeugt. Du bist nicht Randolph von Elwick, aber ich vertraue dir nicht.«

Ein lauter Knall ertönte, als die Tür hinter ihr ins Schloss fiel. Doch Ylva schmunzelte. Schmunzelte. Als hätte Dora ihr gerade einen schönen Abend und ein friedliches Leben gewünscht.

»Wir werden sehen«, sagte sie knapp. Sie fischte ein Kirschtörtchen aus einem der Körbe, dann sah die Hexe jeden Einzelnen von uns an.

»Eine letzte Frage muss ich euch noch stellen. Dora hat ihre Meinung deutlich gemacht, aber was ist mit euch? Vertraut ihr mir?«

»Ja«, raunte ich. Alyssa nickte, aber Jilly schnaubte.

»Es ist nicht so, als hätten wir eine Wahl, Ylva. Aber ja, wenn ich jemandem vertraue, uns sicher in diesen Wald zu begleiten, dann dir.«

Brandys Glucksen war beinahe ein Fauchen. »Hoffentlich bringst du uns auch sicher wieder aus dem Wald heraus, Hexe.«

Ylva lachte auf und ging zur Tür. »Ich gebe mein Bestes. Wir treffen uns morgen bei Sonnenaufgang an der Südgrenze des Dorfes. Wir gehen zu Fuß. Bringt Proviant für mehrere Wochen und all eure Waffen mit. Wir werden sie brauchen.«

17

Arain, Galmáron

Waji wollte immer noch etwas zertrümmern, als er am nächsten Morgen auf Tamar den Kiraly hinabritt. Er war spät dran. Die Sonne hatte sich schon vor einer guten halben Stunde über den östlichen Horizont geschoben.

Es war ihm egal. Sollte sein Vater sich doch ärgern.

Die Jubelrufe der Leute unten auf dem Markplatz wurden mit jedem Schritt seines Hengstes lauter. Istari, was war mit dieser Stadt passiert?

Waji *wollte* seinem Volk dienen. Er war sein treuer Diener, Galmáron war sein Leben. Aber das hier war Wahnsinn.

Die Morgensonne brannte bereits auf seinen Wangen, als er um die letzte Kurve der staubigen Serpentinenstraße bog, die sich vom Palast hinunter in die Stadt schlängelte. Doppelt so viele *solyóni* wie sonst bewachten heute das Tor zum Marktplatz.

Ein weiteres Signal, für das Waji seinen Vater hätte schütteln können.

Ein König, der sich in Zeiten der Krise vor seinem Volk versteckte, hatte es verdient, von seinem Thron geworfen zu werden.

Als das Tor nur noch wenige Meter entfernt war, rollte Waji seine Schultern. Er verfluchte sich dafür, gestern Nacht auf den Sandsack eingedroschen zu haben, ohne sich aufzuwärmen. Kein Wunder, dass sein Rücken steif war und seine Handgelenke schmerzten.

Er hatte nicht geschlafen letzte Nacht.

Nicht, weil er nicht gekonnt hatte. Im Bürgerkriegslager hatte er gelernt, seinem Körper zu befehlen, zu schlafen. Egal, wann und wo.

Er hatte in der letzten Nacht nicht geschlafen, weil er sich entschieden hatte, Krobatyn nicht gewinnen zu lassen. Also hatte er ein schnelles, kaltes Bad genommen und die einzige Abteilung der Bibliothek aufgesucht, die ihn jemals interessiert hatte – die Landkarten.

Waji hatte sich die Karten geschnappt, die Antheas Norden zeigten, jene detaillierten Landkarten, die jeden kleinsten Hügel und Bachlauf verzeichneten. Manche von ihnen waren neu, gerade erst gezeichnet von den Gelehrten, die sein Vater am Hof beschäftigte. Andere waren so alt, dass das Pergament bereits brüchig geworden war. Er hatte sie alle mit in seine Gemächer genommen.

Nachdem Waji die ganze Nacht über diesen Karten gesessen hatte, wusste er alles. Er wusste nun, welche Straßen Richtung Norden führten. Wo mit verschlammten Wegen zu rechnen war und wie viele Herbergen es zwischen Arain und dem Anderswald gab.

Er war vorbereitet. Der General würde ihn nicht wie einen Esel durch Anthea führen.

»Guten Morgen, Prinz!«, rief einer der Falken, die am Tor Wache standen. Waji lächelte, das erste und wahrscheinlich letzte ehrliche Lächeln des Tages.

»Guten Morgen, *solyóni.*«

Die beiden Soldaten öffneten das eiserne Tor, das hoch in den wolkenlosen Morgenhimmel ragte. Als er durch den Torbogen ritt, explodierte der Marktplatz. Applaus und Jubelrufe brandeten auf, sein Name wurde geschrien. Unter anderen Umständen hätte Waji in der Menge gebadet, hätte gelächelt und den Dämonenmädchen zugezwinkert.

Nicht heute. Heute verursachte der Applaus ihm Übelkeit. Wie sein Vater sie alle hinter das Licht geführt hatte. Wie er sie davon überzeugt hatte, dass ein magischer Edelstein ihr Königreich aus seiner jahrhundertelangen Misere führen würde.

Manors Gesicht war ausdruckslos, als Waji das Podest erreichte, auf dem der König und seine Berater Platz genommen hatten. Auch wenn sein Vater die Vorwürfe nicht aussprach, Waji sah sie in seinen Augen.

Du bist spät dran. Wir haben über deinen fragwürdigen Lebenswandel gesprochen. Hast du dich wieder bis zum Morgengrauen mit deiner Mätresse in den Laken gewälzt?

Hatte er nicht. Er hatte Amyra einfach vergessen. Doch auch sie schien es offenbar nicht darauf angelegt zu haben, noch eine letzte Nacht mit ihm zu verbringen. Vielleicht war sie heute Morgen noch nicht einmal zum Marktplatz gekommen. Waji machte ihr keinen Vorwurf, so wenig Beachtung wie er ihr in den letzten Monaten geschenkt hatte.

Krobatyn und seine Leute waren schon da, natürlich. Der General war wie immer ganz in Grau gekleidet und perfekt gestriegelt bis zu den gezwirbelten Spitzen seines Schnurrbartes. Waji unterdrückte ein Stöhnen. Das war der Mann, dessen Gesellschaft er in den nächsten Wochen – nein, *Monaten* – ertragen musste.

Der Graue Falkenmeister hatte zehn seiner besten Soldaten für die Unternehmung rekrutiert, alle gut in Form und bis an die Zähne bewaffnet. Fähige Männer, ohne Zweifel, aber Waji *hasste* Krobatyns Handlanger. Es gingen Gerüchte um, dass einige von ihnen sich gern in den schäbigsten Absteigen der Stadt herumtrieben und bezahlte Mordaufträge entgegennahmen. Dass Krobatyns Schergen nachts betrunken durch die dunklen Gassen Arains zogen und wahllos Dämonen verprügelten, die zur falschen Zeit am falschen Ort waren.

Der General tat alles, damit diese Fehltritte ungestraft blieben. Krobatyn kannte die richtigen Leute in den richtigen Positionen. Er wusste, wann und wie hoch er diese für ihr Nichtstun bezahlen musste.

Seit Jahren versuchte Waji, dem Grauen Falkenmeister und seinen Leuten etwas nachzuweisen, aber Krobatyn war so flink und listig wie eine Wüstenschlange. Wenn Waji eines Tages König war, würde er den gesamten Stadtadel öffentlich untersuchen lassen. So lange, bis er die Würmer, die mit Krobatyn kooperierten, gefunden hatte.

Falls er eines Tages König war.

Mit jedem Tag wurde es klarer, dass dies längst keine Gewissheit mehr war.

Es wurde still, als der König sich erhob. Das erste Mal in sieben Jahren trug Manor eine Uniform.

Lächerlich.

Waji konnte an einer Hand abzählen, wie oft sein Vater im letzten Jahr unten in der Stadt gewesen war, geschweige denn Arain verlassen hatte.

»Und so sind sie vollzählig!«, rief der König der Dämonen. »Galmárons Erlösung ist nah!«

Jubel und Applaus brandeten auf, rasend und wild. Waji knirschte mit den Zähnen und krallte sich an Tamars Zügel.

Dann gefror das Blut in seinen Adern.

Neben dem General saß eine weitere Reiterin im Sattel eines königlichen Pferdes, in der dunkelroten Kluft der Kiraly-Heilerinnen. Das Lärmen und Jubeln der Menge verschwammen zu einem einzigen Rauschen, als er begriff, wer ihm zuzwinkerte.

Nuria.

Waji blinzelte. *Nuria* war hier. Und augenscheinlich Teil der Unternehmung. Sie hatte gesagt, sie würde da sein. Aber heilige Scheiße, *das* hatte er nicht kommen sehen. Wie hatte sie es angestellt, den Platz des Heilers zu bekommen, der diese Mission begleiten würde? In nur ein paar Stunden? Es gab mindestens ein Dutzend Heiler und Heilerinnen im Palast, die bereits auf Schlachtfeldern gedient und Erfahrung mit gefährlichen Situationen hatten. Die sich Soldaten und Generälen gegenüber behaupten konnten.

Auch wenn das vermutlich nicht Nurias Problem sein würde.

Sie saß stolz und aufrecht im Sattel und behandelte Krobatyn und seine Leute wie Luft.

Waji schenkte ihr das wärmste Lächeln, das er aufbringen konnte, bevor Krobatyn und seine Leute Wind davon bekamen, dass er von Nurias Plänen nichts gewusst hatte.

Waji traf eine Entscheidung, für die sie ihn hassen würde. Doch erst mussten sie die Stadt verlassen. Er würde Krobatyn nicht die Genugtuung geben, sich vor den Augen seines Volkes mit seiner ältesten Freundin zu streiten.

Manor breitete die Arme aus.

»Möget ihr ausziehen, um unser Volk von seinem Fluch zu befreien! Möge mein Sohn, Wajiyad Zen Zilágosh, Galmáron in eine bessere Zukunft führen!«

Waji wand sich vor Unbehagen. *Istari behüte mich vor diesem Wahnsinn.*

Der ganze Marktplatz schien zu beben, als er Tamar antrieb und Nuria bedeutete, ihm zu folgen.

»Wir nehmen das westliche Tor und schlagen uns gegen Abend Richtung Norden«, zischte Krobatyn. »Niemand soll uns folgen.«

Waji presste die Zähne zusammen.

»Ich weiß.«

Er wusste nichts davon, aber Krobatyn musste das nicht erfahren. Waji hätte genauso entschieden. Etwaige Verfolger auf die falsche Fährte führen. Erst im Schutz der Nacht die richtige Richtung einschlagen.

Taktik. Das einzige bekannte Pflaster in diesem Augenblick. Darauf konzentrierte er sich, als sie die Hauptstraße hinunterritten, die die *solyóni* für sie von Leuten freihielten. Den Gedanken, dass dies sein letzter Ritt durch die Straßen seiner Heimatstadt sein könnte, schob er weit von sich.

Waji versuchte, die fröhlichen Gesänge der Leute zu ignorieren, die Melodien seiner Kindheit. Er versuchte, nicht die geschnitzten Türreliefs der Häuser im Marktviertel anzustarren, die er so gut kannte wie alte Freunde. Auch die tausend Gerüche seiner Heimatstadt versuchte er auszusperren. Die Mischung aus zahllosen Gewürzen, Pferdemist und Bier, das Arains Dämonen zu jeder Tageszeit tranken, trieben jedem Fremden die Tränen in die Augen.

Waji liebte alles davon.

Doch er hielt seinen Blick starr geradeaus gerichtet, auch wenn er Nurias auf seinem Rücken spürte. Auch, wenn er die triumphierenden Schlachtrufe hörte, die Krobatyns Handlanger alle paar Schritte in die Menge brüllten.

Und er, der es liebte, wenn die Bürger Arains in den Straßen feierten, wagte es nicht, ihnen in die Augen zu sehen. Seinen eigenen Leuten. Waji starrte geradeaus, bis das westliche Stadttor mit einem lauten Krachen hinter ihnen zugefallen war.

»Was hast du dir dabei gedacht?«

Waji stürmte in Nurias Zimmer, ohne zu klopfen. Und bereute es sofort.

Sie saß auf einem wackeligen Hocker, vor einem ebenso wackeligen Frisiertisch und zog goldene Klammern aus ihrem schweren, seidigen Haar. Sie trug nichts weiter als diesen lächerlich kurzen Morgenmantel. Wie an dem Abend, als er betrunken in ihr Zimmer eingefallen war.

Wann hatte sie angefangen, diese Art von Wäsche zu tragen? Vermutlich irgendwann in den letzten Jahren, als er selbst damit beschäftigt gewesen war, allem nachzujagen, was hübsch und aufregend war.

Ihre Blicke trafen sich in dem gesprungenen Spiegel.

In diesem namenlosen Dorf irgendwo im staubigen Niemandsland zwischen Arain und Lisvarna hatte es genau eine Herberge gegeben, die noch genügend freie Betten für ihre Reisegemeinschaft gehabt hatte.

Sie hatten das Dorf weit nach Anbruch der Nacht erreicht, Ansprüche waren fehl am Platz gewesen. Unter anderen Umständen hätte Waji ein Zelt bevorzugt, aufgeschlagen in angemessenem Abstand zur Straße. Doch es hatte nach Sturm gerochen. Und Nuria, die Tochter aus gutem Hause, die in ihrem Leben noch keine einzige Nacht im Freien hatte verbringen müssen, gehörte nun auch zu dieser verdammten Unternehmung.

Nuria, die sich lieber selbst im Spiegel betrachtete, als ihm zu antworten.

Waji verschränkte die Arme vor der Brust. »Ich warte.«

Sie zuckte mit den Achseln. »Mir wäre den ganzen Tag danach gewesen«, sagte Nuria und zog eine ihrer dunklen Strähnen glatt. »Aber du warst damit beschäftigt, dich selbst zu bemitleiden.«

Sie drapierte ihr Haar auf der anderen Schulter und bearbeitete es mit der Bürste. Ihr Duft stieg ihm in die Nase, keine Spur mehr von den Gerüchen der Reise. Aus dem Augenwinkel sah er die gusseiserne Badewanne, die immer noch schwach vor sich hin dampfte.

Bilder, die nicht in dieses Zimmer gehörten, drängten sich in seine Gedanken. Sie gehörten nirgendwo hin, denn sie durften nicht sein. Sein Blick wanderte an ihrem schlanken Hals empor. Zu ihren sinnlich geschwungenen Lippen, hinter denen sich die scharfe Zunge verbarg, für die Waji sie gleichermaßen schätzte und verfluchte.

Nuria beugte sich vor, um ihr ebenmäßiges Gesicht im Spiegel zu betrachten, während sie ihr Haar mit schnellen, geübten Bewegungen zu einem Zopf flocht.

»Du hättest früher kommen sollen. Jetzt bin ich zu müde für dieses Gespräch.«

Waji gab ein leises Knurren von sich. »Was tust du hier, Nuria?«

Sie erwiderte seinen Blick im Spiegel. »Ich wollte dich nicht mit Krobatyn alleinlassen.« Sie erhob sich. »So labil, wie du in diesen Tagen bist.«

Waji seufzte und massierte seine Nasenwurzel. »Ich bin nicht labil.«

Er hatte nicht übel Lust, sie zu schütteln. Was er niemals tun würde, dafür hatte Ynesse gesorgt.

Nuria hob eine Augenbraue, als sie unter die weißen Laken des Doppelbetts schlüpfte. Waji hatte es ihr überlassen, ebenfalls mit der Stimme seiner Mutter im Ohr. Das geschmiedete Kopfteil quietschte, als sie sich dagegen lehnte, die Arme vor der Brust verschränkt.

Das hier war das einzige freie Privatzimmer gewesen, das der Wirt ihnen hatte anbieten können. Vermutlich, weil es für die meisten Reisenden unbezahlbar war. Er selbst würde sich einen Schlafsaal mit Krobatyns Handlangern teilen müssen. Die verdammten Stockbetten waren so alt und klapperig, dass noch nicht einmal Kinder in ihnen schlafen sollten. Vielleicht war ein

Zelt draußen doch keine schlechte Idee, Sturm hin oder her.

»Ich kenne dich besser als du dich selbst. Anderen magst du etwas vorspielen können, mir nicht. *Nepomouk.*«

Sie wusste, welchen Decknamen er außerhalb Galmárons benutzte. Sie wusste es, weil sie das erste Opfer seiner Kartentricks gewesen war.

Waji ballte die Hände zu Fäusten. Er konnte kaum geradeaus denken. Wie selbstverständlich sie in diesem Bett saß. Wie sie ihn ansah.

»Wie hast du deine Ordensmutter dazu gebracht, dich gehen zu lassen?«, fragte er, um sich von seiner Wut abzulenken. »Ich glaube kaum, dass du ihre erste Wahl warst.«

Nuria lächelte kühl. »War ich auch nicht. Sie wollten Geryon schicken, Hunyadis ehemaligen –«

»Ich weiß, wer Geryon ist«, zischte Waji. »Er hat uns mit seiner Einheit in den Bürgerkrieg begleitet. Warum ist *er* dann nicht hier?«

Nurias Augen wurden schmal. »So lasse ich nicht mit mir reden. Selbst dich nicht.«

Einen langen Moment starrten sie sich an, das Funkeln in ihren Augen eine Herausforderung. Das erste Mal, dass er es hatte aufblitzen sehen, war viele Jahre her.

Damals, als sie sich gerade eine Woche lang gekannt hatten, hatten sie gewettet, wie viele Blutegel auf den nackten Beinen eines Ordensvaters platziert werden konnten, bevor dieser aufwachte.

Nuria hatte gewonnen, wie jedes Mal. Es waren sieben Blutegel gewesen. Und sieben Tage, die sie beide damit verbracht hatten, die Bettpfannen in den Krankenzimmern zu reinigen.

Waji seufzte.

Das Geräusch auf den Dachschindeln über ihnen hörte sich an wie feiner Regen, doch es war Sand.

Durch das geöffnete Fenster waren die Stimmen der Dämonen unten auf der Straße zu hören, die in ihre Häuser rannten. Warme Luft, die sich staubig auf seiner Zunge anfühlte, strömte hinein.

»Es tut mir leid.« Er schloss das Fenster. »Du hast recht. Ich habe mich schon mal besser gefühlt.«

Er würde Nuria diese Auseinandersetzung gewinnen lassen. Fürs Erste. Unter keinen Umständen aber würde er zulassen, dass sie weiter Teil dieser dämlichen Unternehmung war.

Waji schlich durch das Zimmer und ließ sich auf dem Hocker vor dem Frisiertisch nieder, die Ellenbogen auf die Knie gestützt. »Also?«, fragte er und hob die Augenbrauen. »Wie hast du Margyt dazu gebracht, dich anstelle von Geryon zu schicken?«

Nuria ließ sich ein Stück tiefer in die Kissen sinken, ein durchtriebenes Lächeln auf den Lippen.

»Ich habe gestern Nacht an ihre Tür geklopft und ihr erklärt, dass ich die Unternehmung gern als Heilerin begleiten würde. Sie hat sich geweigert, Geryon von der Mission abzuziehen, bis ich erwähnt habe, dass mein Vater nicht begeistert wäre, sollte er mitbekommen, dass der Orden der Kiraly-Heilerinnen seiner Tochter verbietet, diese ehrenvolle Aufgabe zu erfüllen.«

Waji blinzelte. »Du hast *was*?«

Nuria verdrehte die Augen. »Das hast du doch gerade gehört. Sie haben mich gehen lassen, weil ihnen die Ausstattung des Ordens wichtiger ist als die Personalfrage dieser Unternehmung.«

In Budáry, Nurias Heimatstadt im Süden Galmárons, hatte Nurias Vater sich ein Imperium errichtet, wie es keinem Heiler zuvor gelungen war. Als junger Mann hatte er die Welt bereist, um die Heilmethoden anderer Länder kennenzulernen und sich die Techniken ihrer Heilerinnen anzueignen. Von seinen Reisen hatte er nicht nur Samen und Setzlinge fremder Kräuter importiert, die er in seinen eigenen Gewächshäusern kultiviert hatte. Er hatte auch Wissen und Instrumente mitgebracht, um hartnäckige Krankheiten zu heilen und komplizierte Operationen durchzuführen.

Nurias ältere Brüder, Egen und Kilian, waren ebenfalls seit Jahren auf einer solchen Forschungsreise im Dienste des Tiamaty-Imperiums.

Wohlhabende aus der ganzen Welt kamen in die Küstenstadt Budáry, um sich von Nurias Vater heilen zu lassen. Seinen eigenen Erklärungen zufolge unterstützte er den Kiraly-Orden mit großen Summen aus seinem persönlichen Vermögen, *um seinem Königreich zu dienen*.

Waji glaubte kein Wort, das aus dem Mund eines Mannes wie Tiamaty kam. Nurias Vater spielte das gleiche Spiel, in dessen Regeln Manor auch ihn bereits als Junge eingeweiht hatte.

Als Gegenleistung für die großzügige Unterstützung, sah Wajis Vater bei den Steuern der Heiler-Familie nicht genau hin. Im Gegenzug hatte Andras

Tiamaty dafür gesorgt, dass sich der königliche Kiraly-Orden in den letzten Jahren vollständig mit neuen Instrumenten und Lehrbüchern hatte ausstatten können.

Geld für Geld, Gefallen für Gefallen. Keine Besonderheit in den wohlhabenden Kreisen Galmárons.

Aber dass *Nuria* diese Karte gespielt hatte, schockierte ihn mehr, als er zugeben wollte.

»Wirst du deinem Vater davon erzählen?«, fragte er leise.

Nuria schürzte die Lippen. Das Funkeln, das gerade noch in ihren Augen zu sehen gewesen war, erlosch von einem Moment auf den anderen. Sie betraten gefährliches Gebiet, aber zur Hölle mit Befindlichkeiten.

»Du weißt, dass ich mir lieber eigenhändig einen Zeh abhacken würde, als zu meinem Vater Kontakt aufzunehmen«, sagte sie, ihre Augen immer noch leer. »Aber ich denke, es ist für uns beide vorteilhaft, wenn ich ihn darüber informiere, dass ich mir keine größere Ehre vorstellen kann, als dieser Mission zu dienen.«

Waji nickte und erhob sich. »Wenn du morgen Abend zurück im Palast bist, schreibst du deinem Vater. Sag ihm, du wolltest mitkommen, aber wegen eines Notfalls hat man dich zurück nach Arain gerufen.«

Nurias Stimme war eisig. »Ich gehe nicht zurück nach Arain. Nicht, wenn du nicht auch umkehrst.«

Waji schüttelte den Kopf. »Es ist zu gefährlich«, sagte er so ruhig wie möglich. »Ich schicke dich morgen gemeinsam mit einem von Krobatyns Soldaten in die Hauptstadt zurück. Ende der Diskussion.«

Nurias Augen glühten, aber nicht auf eine gute Art. Sie schlug die Laken zurück, sprang auf und schritt auf ihn zu. Ein Teil von ihm wollte zurückweichen, dabei überragte er sie um mehr als einen Kopf. Nuria stemmte einen Arm in die Hüfte und pikste mit ihrem Zeigerfinger in seine Brust. »Dein Stolz interessiert mich nicht.« Sie betonte jedes Wort mit einem weiteren Piksen. »Dein Vater gibt einen miserablen König ab. Dein Volk braucht dich als seinen nächsten König.«

Sie trat einen Schritt näher, ließ ihren Finger jedoch an seiner Brust, wie die Spitze eines Dolches. Ihr Geruch strömte aus ihrem Haar, kitzelte seine Nase. Doch seine Instinkte gruben tiefer. Sie wühlten sich in das Geflecht ihres Duftes, bis sie sie gefunden hatten. Die männliche Note, die er schon in der Falkenhöhle wahrgenommen hatte. Sie war immer noch da, dominanter als in jener Nacht im Kiraly-Palast.

Wajis Nackenhaare sträubten sich, er biss die Zähne zusammen. Es kostete ihn viel Kraft, das Raubtier in sich zurückzudrängen. Den Jäger, der einen Konkurrenten witterte und ihn hier und jetzt zur Strecke bringen wollte. Hatte sie jemanden geküsst? Hatte ein Mann ihr Bett geteilt?

Seine eigene Eifersucht traf ihn mit voller Wucht. Der Gedanke, dass ein anderer Mann sie berührt hatte, seine Hände in ihrem Haar vergraben hatte, machte ihn fast blind vor Wut.

Beruhig dich, Wajiyad. Galmáron ist dein, nicht Nuria.

»Es geht hier um mehr als meine Sicherheit oder deinen Stolz.« Sie legte ihre Hand auf seine Brust und krallte ihre Nägel in sein Hemd. Hitze stieg in ihm auf.

»Nichts ist wichtiger als dein Geburtsrecht«, sagte sie. »Also bekomm dich in den Griff und geh strategisch vor. Schritt für Schritt.«

Waji stutzte. Er kannte diesen Tonfall. Er kannte das Funkeln in Nurias Augen. »Was hast du vor?«

Einer ihrer Mundwinkel zuckte. »Ich habe einen Plan. Aber ich erzähle dir nur davon, wenn du mir versprichst, dass ich bleiben darf.«

»Darüber reden wir noch«, knurrte er. Doch Nuria ging zu ihrer Reisetasche. Sie zog mehrere schwarze Samtbeutel daraus hervor.

Waji seufzte. »Nuria –«

Doch sie schnalzte mit der Zunge und überreichte ihm den größten Beutel. Wajis Hand sackte unter dem Gewicht nach unten.

»Hier. Das ist unser Plan.«

Er hob eine Augenbraue. Und erstarrte, als er erkannte, was genau Nuria im Kiraly-Palast in ihre Reisetasche gepackt hatte. Er zog einen Edelstein aus dem Beutel, einen hühnereigroßen Rubin.

Kein normaler Rubin. In seiner Mitte kreiste schwarzer Rauch, wie ein kleiner Wirbelsturm. Ein magischer Wirbelsturm. Waji sah Nuria an, seine Eifersucht wie weggewischt.

»Wo hast du den her?«

Sie zuckte mit den Achseln. »Mein Vater hat ihn mir vor Jahren geschenkt, als er ein besonders schlechtes Gewissen hatte. Wenn ich mich richtig erinnere, hatte er sich gerade zum dritten Mal nach meiner Mutter verlobt.«

Waji nickte. Und starrte wieder auf den Rubin in seiner Hand.

»Er sieht magisch genug aus, findest du nicht?«, fragte Nuria. »Wir tauchen ein paar Wochen unter und präsentieren deinem Vater diesen Rubin. Er wird den Unterschied nicht erkennen.«

Waji rieb sich die Stirn. »Manor hat gesagt, er hätte seine *Quellen.*«

Nuria schnaubte. »Ich bitte dich, Wajiyad. Dein Vater gibt in diesen Tagen viel wirres Zeug von sich. Glaubst du wirklich, er hat die Magie neu erfunden? Es gibt sie nicht mehr auf diesem Kontinent, nicht wie früher.«

Wajis Blick traf ihren.

»Der Thron ist dein.« Sie stemmte die Arme in die Hüften und reckte das Kinn. Ihr Rücken war gerade, als könnte keine Last der Welt sie beugen. »Lass nicht zu, dass dein Vater ihn dir wegnimmt. Weißt du, warum die ganze Welt uns als *Dämonen* kennt? Warum wir heißen wie die Schattenwesen aus einer anderen Welt?«

Waji öffnete den Mund. Und schloss ihn wieder. »Nein«, sagte er und runzelte die Stirn.

Er hasste es, das zuzugeben, aber Nuria hätte ihn ohnehin durchschaut. Ihr Lächeln war boshaft. »Ein Waldelfenkönig taufte uns so, schon vor mehr als zweitausend Jahren. Sie alle hatten Angst vor uns. Vor unseren Heeren, vor der List und Taktik unserer Generäle.«

Waji verzog den Mund und versuchte, sich an die Geschichtsstunde zu erinnern, in der er offensichtlich geschlafen hatte. Vielleicht hatte er sie auch ganz ausfallen lassen.

Nurias Wangen brannten, ihr Haar flatterte, als sie sich ein paar Schritte entfernte und herumwirbelte. So aufgeregt war sie nur, wenn es um etwas ging, das sie in ihren Büchern gelesen hatte.

»Wir hatten Flügel, Waji. Echte, wunderschöne Flügel. Ich habe die Zeichnungen gesehen. Ein Jahrtausend lang hat Galmáron keine einzige Schlacht verloren. Unsere Armeen fielen vom Himmel über unsere Feinde her wie die Kriegsgötter persönlich. Vorher waren wir die Steinelfen. Doch diesen Namen hatten die Leute irgendwann vergessen. Deswegen sind wir die Dämonen von Galmáron.«

Dämonen.

Er hatte nie darüber nachgedacht. Aber es *war* merkwürdig, dass sein Volk einen anderen Namen trug als die Elfenstämme im Norden, die ihnen doch so ähnlich sahen.

Waji schüttelte den Kopf. »Unsere Vorfahren hatten Flügel?«

Flügel wie Istari. Er versuchte, es sich vorzustellen. Die Freiheit. Die Möglichkeiten.

»Ja«, sagte Nuria. »Warum unser Volk sie verlor, steht nirgendwo geschrieben.«

Wajis Nackenhaare sträubten sich. Da war eine Einladung in ihren Augen, die Gefahr und Nervenkitzel zugleich versprach.

»Wer willst du sein?« Ihre Stimme war kalt, aber sie brachte sein Blut zum Kochen. »Ein Steinelf, den die Welt vergessen wird? Oder der nächste Dämonenkönig, dem sie zu Füßen liegt?«

Waji lächelte.

18

Arain, Galmáron

Anhalten.«

Nuria sah in die Ferne. Waji, der neben ihr die schlammige Flanke des Hügels erklommen hatte, folgte ihrem Blick.

Regen, Regen, Regen.

Jeden Tag Regen, seitdem sie den Silberfluss überquert hatten. Was Galmáron zu wenig hatte, hatte Seeland zu viel. Schwere, graue Wolken hingen über dem Landstrich, der am Horizont in Regen und Nebel verschwamm.

»Heilige Scheiße«, wisperte Nuria. »Ist er das?«

Wie Waji erwartet hatte, konnten sie von hier oben bereits Allanders Lichter sehen, einem Dorf am Rande des Schwarzmoors. Und dahinter lag der Anderswald, kaum mehr als eine feine, dunkle Linie in der Ferne.

Nuria hatte Galmáron noch nie verlassen, hatte keine Gelegenheit gehabt, sich an den lauernden Schatten dieses Ortes zu gewöhnen. Jedes Mal, wenn Waji der Straße nach Norden gefolgt war, hatte er seine bösartige Gegenwart gespürt und sich geschworen, nie einen Fuß in diesen Wald zu setzen.

Sollte Nurias Plan gelingen, würde er es auch jetzt nicht tun.

Krobatyn und seine Männer waren nicht mehr als kleine Punkte am Horizont.

In den ersten Tagen ihrer Reise hatten Waji und der General sich einen Wettkampf um die Führung der Gruppe geliefert. Sie hatten um den richtigen Weg gestritten, um Pausenzeiten und den besten Lagerplatz. Bis Nuria eingeschritten war.

»Sag ihm, dass wir ihn und seine Männer in Allander treffen«, hatte sie ihm bei einem kargen Frühstück zugeflüstert. Und ihm einen *Blick* zugeworfen.

Erinnere dich, was wir vorhaben.

Waji hatte ihren Ratschlag befolgt, wenn auch zähneknirschend. Krobatyn selbst war so genervt gewesen, dass er eingewilligt und innerhalb weniger

Stunden mehrere Meilen zwischen sie gebracht hatte.

Waji musste anerkennen, dass Nuria sich nicht ein einziges Mal über ihre feuchten Lagerplätze oder die Kälte beschwert hatte, wenn sie keine Herberge für die Nacht gefunden hatten.

Waji nickte, doch er musterte die Dächer Allanders. Etwas wie Vorfreude kribbelte unter seiner Haut.

»Ja«, sagte er. »Dort endet unsere Mission.«

Allander war ein Drecksloch.

Ein Drecksloch, das nach Scheiße, Verrottetem und ungewaschenen Körpern stank.

Aus gutem Grund hatte Waji das Dorf jedes Mal gemieden, wenn er die Straße nach Norden genommen hatte. Die Leute Allanders, Menschen und wenige Dämonen, hatten in der Vergangenheit im nahen Schwarzmoor mit dem Abbau von Torf viel Geld verdient, bis die seeländische Regierung in Vennhaven ihre Handelsbeziehungen auf die andere Seite des Goldenen Meeres verlegt und die Straße nach Berness verkommen lassen hatte.

Die wohlhabenden Familien hatten das Dorf längst verlassen. Geblieben waren die Armen und ein Tölpel von Bürgermeister. Dazu kam ein Gemisch zwielichtiger Gestalten, die Allander unter sich aufgeteilt hatten. Wer einen Hehler, Schmuggler oder andere unseriöse Dienstleistungen suchte, wurde hier fündig.

Sie hatten das Dorf am späten Nachmittag erreicht und waren noch vor den modernden Schutzwällen von Krobatyn und seinen Wieseln in Empfang genommen worden, die neben der Straße mit gelangweilten Gesichtern auf sie gewartet hatten.

Der Graue Falkenmeister hatte Waji mit knappen Worten mitgeteilt, in welcher Herberge er und seine Männer übernachten würden. Dann, dieses Mal mit gespieltem Zähneknirschen seinerseits, hatten sie den Treffpunkt für morgen früh vereinbart.

So weit, so gut.

Waji hatte Nuria in einer anderen Herberge abgesetzt, dem *Silbernen Bären* nahe der nördlichen Dorfgrenze. Er hatte sein Gepäck abgelegt und war sofort wieder nach draußen gegangen. Nuria hatte protestiert, doch auf diesem Ausflug war er allein besser aufgehoben.

Es war kein Zufall, dass er sich genau diesen Platz ausgesucht hatte, zwischen einem Bordell namens *Silberne Nymphe* und einer Apotheke, die sich *Silberner Drache* nannte. Er hatte sich von der Gegend um den Marktplatz entfernt, der einzigen Ecke Allanders, wo die Türen der Häuser noch nicht aus den Angeln fielen.

Es hatte nicht lange gedauert, bis er den richtigen Ort gefunden hatte.

Ein kleiner Platz, zwischen zwei der schäbigsten Gassen des Dorfes, das Bordell auf der einen, die Apotheke auf der anderen Seite.

Im Gegensatz zu den umliegenden Häusern, deren Fenster zerbrochen waren und deren Mauerwerk löcherig war, befanden sich sowohl die Nymphe als auch der Drache in gutem Zustand. Vor beiden lungerten grimmige Türsteher in dunkler Kleidung; zu ihren Füßen knurrende Wachhunde, die fast so groß waren wie Wölfe.

Sie beobachteten ihn, seitdem er den Fuß auf ihren Platz gesetzt hatte. Hatten beobachtet, wie er drei niedrige Hocker mitgebracht hatte, die er gegen ein viel zu hohes Pfand bei einem Schuster in der anliegenden Gasse ausgeliehen hatte. Auch der Apotheker hinter seiner bunten Glastür und die Huren hinter den dicken Samtvorhängen der Bordellfenster hatten zugeguckt, wie er die Hocker in der Mitte des Platzes aufgestellt und sich auf einem von ihnen niedergelassen hatte.

Dann hatte er sein Kartendeck aus der Tasche gezogen.

Waji hatte keine Angst. Das leichte Kribbeln in seinem Bauch war eine willkommene Abwechslung zu dem feuchtnassen Ritt der letzten Tage, der ihn zu Tode gelangweilt hatte. Immerhin hatte es endlich aufgehört zu regnen, auch wenn dieser Segen vermutlich nicht lange halten würde.

Er trug seinen schwarzen Umhang, der seine Waffen, Kleidung und Ohren versteckte. Leto und Temis hatte er im *Silbernen Bären* gelassen und nur seine Dolche und Messer mitgebracht. Zu sperrig wären die Zwillingsschwerter in den engen Gassen.

Wie in ganz Allander stank es auch hier nach Schweiß, Pisse und Schimmel. Ratten und anderes Getier huschten über den Platz. Ein riesiger Hirschkäfer krabbelte gemächlich an Wajis Fuß vorbei. Es gab zwei Stände auf dem kleinen Platz. Ein Dämon, der selbstgebrannten Fusel aus leckenden Fässern verkaufte, und zwei alte Frauen, die graue Brotfladen in ihrer Auslage anboten. Ein Barde spielte ein heiteres Lied auf einer quietschenden Geige. Er schaffte es, sogar diesen götterverlassenen Ort noch erbärmlicher zu machen.

Es waren nicht viele Leute auf dem Platz, aber es war genug.

Kaum eine Viertelstunde hatte es gedauert, bis erste Kunden sich herangetraut hatten– zwei halbwüchsige Jungen mit rosigen Wangen und krächzenden Stimmen. Drei Kartentricks für eine Kupfermünze. Mehr konnte er von diesen armen Schluckern nicht nehmen. Er war ohnehin nicht hier für eine schnelle Münze.

»Folgt der Dame«, sagte Waji, als er die drei Karten auf dem Hocker bewegte. Die beiden Jungen, die so schmal waren, dass sie sich den dritten Hocker teilen konnten, nickten. Ihre Münder waren leicht geöffnet. Mit einer kindlichen Konzentration, die die meisten Leute irgendwann verloren, folgten sie den flinken Bewegungen seiner Hände.

Waji hoffte, er brachte sie nicht in Gefahr mit seiner Trickserei, aber zur Not würde er sie freikaufen. Von wem auch immer.

Als er den zweiten Trick begann, hatte sich bereits eine kleine Traube hinter den Halbwüchsigen gebildet. Leute warfen weitere Münzen in die kleine Blechbüchse, die Nuria sonst für ihre Verbandsnadeln benutzte. Es landeten auch Haarklammern und verrostete Nägel darin, aber Waji lächelte trotzdem und nickte zum Dank. Bei seinem dritten Trick jubelte sein Publikum, forderte eine Zugabe.

Er gab sie ihnen. Führte ihnen Trick um Trick vor, bis es dunkel wurde und nur noch die Lichter der Öllampen in den Fenstern das alte Pflaster des Platzes erhellten. Ein Zuschauer nach dem anderen verabschiedete sich nach Hause oder an einen anderen zwielichtigen Ort. Nur die beiden Jungen hatten noch nicht genug. Vermutlich vermissten ihre Eltern sie nicht, wenn sie überhaupt ein Zuhause hatten.

Waji schielte unter seiner Kapuze nach rechts und links. Die Türsteher des Bordells und der Apotheke ließen ihn immer noch keine Sekunde aus den Augen, bewegten sich jedoch nicht.

Kommt schon, ihr Bastarde. Es wird spät.

Dann, als er bei seinem letzten Trick angekommen war ... ein Knurren im Halbdunkel.

Endlich.

»Zeit zu gehen, Jungs«, sagte eine Stimme. Wajis letzte Zuschauer sprangen auf und flohen wie Ratten vor einer Katze, die Augen groß vor

Angst.

Waji spürte die Spitze der Klinge, die von hinten in seine Rippen pikste.

Und lächelte.

Fünf Minuten später saß Waji im Hinterzimmer der Apotheke.

Die zwei bulligen Männer hatten ihn in das Geschäft geschleift. Die Türglocke hatte gebimmelt, nachtblaue Samtvorhänge waren zugezogen worden. Ein Gemisch aus hundert und mehr Kräutern hing in der Luft, durchtränkt vom beißenden Geruch irgendeiner Säure.

»Was willst du, Gaukler?« Der Apotheker, ein blasser dunkelhaariger Mann mit feinen Gesichtszügen, saß Waji gegenüber. Zwischen ihnen befand sich ein Arbeitstisch, vollgestellt mit Dutzenden Tiegeln und Fläschchen in verschiedenen Größen. Hinter ihm türmte sich ein gigantischer Schrank mit unzähligen Schubladen und Türchen auf, manche davon geöffnet. Darüber eine Wandvertäfelung mit dem Relief eines schlangenartigen Drachen, der silbernes Feuer spie.

Waji lächelte, auch wenn zwei Klingen an seinem Hals lagen.

»Ich habe gehört, Ihr verkauft mehr als nur Mittel gegen Kopfschmerzen und Heiserkeit«, sagte er in seiner eigenen Sprache.

Die Augen des Mannes wurden schmal. »Wenn Ihr Schmerzen habt, solltet ihr einen Heiler aufsuchen«, antwortete er. In bestem Istava.

Waji schüttelte den Kopf. »Ich suche nicht nach einem Heiler.«

Als einer der Wachhunde bellte, bückte sich der Apotheker, um ihm einen Knochen hinzuwerfen. Sein dunkles Haar glänzte im Schein des Feuers. Seine Ohren waren spitz, aber kleiner als Wajis.

Der Halbdämon hob die Brauen. »So?«

»Ich bin an einer ... permanenteren Lösung interessiert, *Argethy*.«

Der Apotheker verzog keine Miene.

»Das wird dich kosten.« Er schloss einen seiner Manschettenknöpfe, der sich aus dem hellblauen Stoff seines Hemdes gelöst hatte. »Bist du dir sicher, dass du meinen Preis bezahlen kannst?«

Wajis Lächeln wurde breiter. Es war ein Schuss ins Blaue gewesen, doch er hatte recht gehabt.

Argethy bedeutete *Der Silberne* in Istava. Und es hatte in Arain vor Jahren Gerüchte über die Familie Argethy gegeben, deren entfernte Verwandte sich im Norden durch unlautere Geschäfte bereicherten.

Er warf einen Blick auf die Blechbüchse, die einer der bulligen Männer auf den Arbeitstisch gepfeffert hatte.

»Das sollte kein Problem sein.«

Argethy schnaubte, doch Waji hob eine Hand.

»Wenn Ihr Euren Hunden befehlt, meinen Kopf zu lassen, wo er ist, mache ich Euch einen Vorschlag für eine Anzahlung.«

Der Apotheker musterte ihn einen langen Augenblick, als versuchte er, das Rätsel seiner Identität zu lösen. Dann nickte er.

Waji grinste. »Ihr werdet es nicht bereuen. Versprochen.«

Er fischte einen Samtbeutel aus der Tasche seines Umhangs und ließ elf kleine weiße Diamanten in seine offene Hand gleiten. Argethys Gesicht blieb unbewegt, doch er krallte seine Finger in die lederbespannten Armlehnen seines Stuhls.

»Elf Diamanten für elf Kehlen, die ich gerne aufgeschlitzt hätte. Und noch einmal elf mehr, wenn Ihr den Auftrag erfolgreich abgeschlossen habt. Pro Kopf.«

Waji ließ die Diamanten auf den Tisch fallen.

Klick, klick, klick.

Das Feuer knisterte. Die Zähne des Wachhundes schabten über den Knochen.

»Wann?«, fragte der Halbdämon leise.

Waji lehnte sich zurück, die Arme vor der Brust verschränkt. Er hob eine Braue. »Heute Nacht.«

Waji und Nuria verließen Allander noch vor Sonnenaufgang. Hinter der nördlichen Dorfgrenze wartete wie vereinbart einer von Argethys Handlangern auf sie. Er reichte Waji einen blutgetränkten Beutel.

Krobatyns Kopf und die zehn rechten Hände seiner Soldaten.

Auftragsmorde waren ein widerwärtiges Geschäft. Doch Waji schob sein Unbehagen beiseite und überreichte dem Mann das Säckchen mit Argethys Honorar.

Er bereute nichts. Er hatte getan, was nötig war.

Trotzdem konnte er nicht schnell genug ein Loch im Gestrüpp am Straßenrand buddeln, um den Kopf des Generals verschwinden zu lassen. Zum

Glück würde sich der Apotheker um die Reste der Leichen kümmern, auch das gehörte zu ihrer Vereinbarung.

Nuria und er folgten der Straße nach Norden, rechts und links von ihnen das feuchte Heideland Ixakilds, Antheas ältestem Schlachtfeld.

Ihr nächstes Ziel war Faelhem, wo sie ein paar Wochen untertauchen würden. Sie redeten nicht miteinander, waren mit ihren eigenen Gedanken beschäftigt. Erst gegen Nachmittag, als die Straße durch einen kleinen Birkenhain führte, brachte Waji Tamar zum Stehen.

»Ich habe Hunger.« Wie zur Bestätigung knurrte sein Magen. Laut.

Nuria warf einen finsteren Blick in den Himmel, nickte aber.

Regen, schon wieder. Feine Tropfen sprühten ihnen bei jeder Bewegung ins Gesicht. Doch sie suchten sich einen geeigneten Platz für ihre Rast. Auf einer kleinen Lichtung am Wegrand fanden sie die Überreste eines Lagerfeuers und einen Kreis Findlinge zum Sitzen.

Gerade, als Waji sich ein Stück geräucherten Schinken in den Mund schob, zwitscherte ein Vogel hinter ihnen im Dickicht. Er wusste nichts über Vögel, schon gar nicht, welcher Gesang zu welcher Art gehörte. Abgesehen von den mächtigen Adlern, die jedes Jahr auf dem Gipfel des Kiraly nisteten, interessierten sie ihn auch nicht besonders. Aber dieser Vogel klang … *merkwürdig*. Und es gab keinen anderen Vogel in diesem verdammten Hain. Es war still zwischen den Bäumen. Nur die Blätter wisperten leise im Wind.

Seine Nackenhaare sträubten sich. Er wechselte einen Blick mit Nuria. Sie nickte.

Ich habe es auch gehört.

Ein lautes Brummen über ihren Köpfen. Mehrere Hirschkäfer flogen über sie hinweg. Waji zwang sich, weiterzuessen. Doch er schob eine Hand in seinen Nacken, als wollte er sich kratzen.

Der Vogelgesang verstummte.

Waji sprang auf und zog die Zwillingsschwerter.

Beinahe hätte er laut gelacht. Ein verlotterter Elf stand zwischen den Birken. Ein blonder Elf in verschlissener Kleidung, ein Messer und ein Schwert in seinen Händen.

»Was willst du, Elf?«, fragte Waji gedehnt. Leto und Temis ließ er vor sich kreisen, ihre Klingen schnitten zischend durch die Luft.

Der Mund des Fremden verzog sich zu einem ungezähmten Lächeln.

»Ich will wissen, was du kannst, *Prinz aus Stahl.*«

Waji hatte keine Zeit darüber nachzudenken, warum der Elf wusste, wer er war. Lautlos wie eine Wildkatze sprang der verlotterte Mann über das kleine Stück Wiese, das sie noch trennte, mit den tänzelnden Bewegungen eines Gauklers.

Als der Elf angriff, war Waji eine Wand zwischen ihm und Nuria. Die Angst, dass ihr etwas passieren könnte, stoppte jeden Gedanken in seinem Kopf. Sie *musste* sicher sein. Sie, seine älteste Freundin, die ihr ganzes Leben im Kiraly für ihn zurückgelassen hatte.

»Wer bist du?« Waji parierte den ersten Hieb seines Angreifers. Und wusste sofort, dass er es hier mit einem Ebenbürtigen zu tun hatte. Die Bewegungen des Elfen waren mehr ein Tanz als alles andere, doch er hatte Kraft und ein gutes Auge. Sein Gegner lachte verrückt, als er einen Haken schlug und ihre Schwerter erneut gegeneinander donnerten.

»Nenn mich Drosselbart«, sang er, »nenn mich Velmar, nenn mich Amselherr, Prinz. Ich bin sie alle.«

Waji biss die Zähne zusammen, als Leto unter der Deckung des Irren hindurchfuhr. Er stolperte. Velmar – oder Drosselbart oder Amselherr – hatte einen großen Schritt nach hinten gemacht, zog seine Schwerter in verschnörkelten Kreisen durch die Luft.

Ein Irrer. Irre waren gefährlich, weil sie unberechenbar waren.

Er brauchte keine Sekunde, um seinen Stand wiederzufinden. Er beäugte den verlotterten Elf.

Seine Augen leuchteten in mindestens drei unterschiedlichen Grüntönen, sein Kinn war leicht verformt. Auch er trug Ohrschmuck, mehrere hölzerne Ringe und ein Brandmal auf der Stirn. Das Brandmal des Elfenkönigs. Velmar. Er kannte diesen Namen.

»Bin ich ein Rätsel für dich, *Erzasalkosh*?«, säuselte der Elf. »So nennen sie dich doch in deiner eigenen Sprache, Prinz aus Stahl, nicht wahr? Das gefällt mir.«

Waji schnaubte.

»Ich weiß mehr, als du denkst, *Drosselbart.*«

Tat er nicht, aber das musste Velmar nicht wissen.

Etwas Wildes funkelte in den Waldaugen des Elfen, als er lächelte. Er verströmte den Geruch von Bäumen und Gras, Moos und feuchter Erde, von wilden Beeren und giftigen Kräutern. Von allem, was hier draußen war.

»Ich glaube dir kein Wort, Wajiyad Zen Zilágosh.«

Waji grinste, als er Letos und Temis' Hefte in seinen Händen wog. Er war sich Nurias Gegenwart, ihres zu schnell klopfenden Herzens bewusst. Doch er schob den Gedanken beiseite. Ablenkung kostete Leben.

»Gleichfalls«, sagte er.

Velmar lachte. Dann griff er an. Waji duckte sich. Er kreuzte seine Zwillingsschwerter und drängte den Elfen zurück. Es war leicht, seine verspielten Manöver zu parieren, *zu* leicht. Als testete Velmar ihn. Als wollte er wissen, wozu er fähig war.

Waji knurrte, als Drosselbart sich ein weiteres Mal mit einem Sprung zurückzog, der in eine Ballettvorstellung gehörte.

»Wajiyad«, flüsterte Nuria hinter ihm. Als ahnte sie, was in ihm brodelte.

Doch Velmars Grinsen, sein Gehabe kratzten an seiner Fassung.

»Was ist, Prinz aus Stahl?«, sang der Mann mit den lächerlichen Spitznamen. »Hat der Sohn, der seine geliebte Mutter verlor, doch ein weiches Herz?«

»Wajiyad«, wiederholte Nuria lauter.

Doch die Welt wurde eng und weit zugleich. Die Bäume rückten ihm zu nahe. Wajis Herz drohte zu zerspringen, als sich etwas tief in ihm rührte. Etwas, das er vor sieben Jahren sorgsam weggesperrt hatte.

Der Sohn, der seine geliebte Mutter verlor.

Velmar grinste wie ein Schwindler, dem sein Lieblingstrick gelungen war. Woher wusste der Bastard davon? Ein Wilder, der so aussah, als hätte er die letzten zehn Jahre kein Bad genommen?

»Ynesse war eine Schönheit, sagen sie«, säuselte Velmar. »Ihre Augen so golden wie ihr Herz.«

Eine unsichtbare Hand legte sich auf Wajis Rücken. Eine freundliche Hand, die ihn daran erinnern wollte, was wichtig war, was echt und was nicht. Doch Waji sah nichts mehr außer Velmars wildem Grinsen. In ihm tobte ein Sturm aus Wut, Hitze und Stahl.

Waji stieß einen Schrei aus und stürzte sich auf den Elfen.

Dieses Mal ließ er Velmar nicht mit einem seiner Gauklermanöver davonkommen. Er donnerte Leto und Temis gegen die Klingen seines Gegners.

Mit allem, was er hatte. Hieb um Hieb drosch er auf den Stahl des Elfen ein und drängte ihn gegen den Stamm einer Birke zurück. Waji strich mit Letos Klinge über die Haut an Velmars Hals. Gerade so fest, dass Blut tropfte. Mit Temis und zwei Hieben, die er in den letzten Jahren perfektioniert hatte, entwaffnete er den Elfen.

»Nenn mir einen Grund, warum ich dich nicht töten sollte, *Amselherr*«, zischte Waji, obwohl er genau wusste, dass er Drosselbart nicht am Leben lassen konnte.

Velmar war ein Irrer, der ihnen auf allen Vieren durch Antheas Wildnis folgen würde. Um sie dann mit bloßen Händen in ihrem Nachtlager zu erwürgen.

Doch da war keine Angst in seinen Waldaugen. Stattdessen lachte Velmar laut und wild. Lachte, bis Tränen seine Wangen hinabliefen.

»*Wajiyad.*«

Waji erstarrte. Dieses Mal hörte er Nurias Stimme. Dieses Mal hörte er die Angst in ihr.

»Wenn ich du wäre, würde ich mich umdrehen, Prinz«, japste Velmar. Seine Wangen waren gerötet, verfilzte blonde Strähnen hingen in seiner Stirn.

Waji drückte Letos Klinge fester gegen Drosselbarts Hals, sein Knie tief in seinen Unterleib gepresst. Dann wandte er langsam den Kopf.

Was er sah, stürzte ihn fast in den Abgrund.

Nuria.

Nuria, umzingelt von zehn *gehörnten* Kriegern.

19

Zwei Wochen später stand Dora auf der Kuppe eines grasbewachsenen Hügels. Die Zwergin schirmte ihre Augen mit einer Hand vor der Nachmittagssonne ab. Ihr Gesicht war finster. »Ist das wirklich die einzige Möglichkeit, Dornblatt?«

Kaum eine halbe Meile trennte uns noch von der dunkelgrünen Wand, dem Rand des Anderswaldes. Ein einziger schmaler Pfad führte zwischen krummen Bäumen in den Wald hinein, markiert mit zwei verwitterten Holzpfeilern.

Eine Grenze zwischen dem Leben und der Geisterwelt.

»Ja.«

Ylvas silberner Zopf flatterte im Wind, als sie neben die Zwergin trat.

An unserem letzten Abend in Sedina hatte die Hexe Dora auf einen Strandspaziergang mitgeschleift und sie so lange bearbeitet, bis sie versprochen hatte, mitzukommen. Vielleicht hatte Ylva sie auch bestochen. Sie beide hatten kein Wort darüber verloren, was am Strand geschehen war. Doch Dora war am Morgen der Abreise erschienen, wenn auch mürrisch wie immer.

Jaya kreiste über unseren Köpfen. Während der letzten Tage war der Rabe oft ein Stück vorausgeflogen und mit einem heiseren Krächzen wieder zu uns zurückgekehrt. Vermutlich berichtete er Ylva, was er gesehen hatte, auf diese merkwürdige Art, wie die beiden miteinander zu kommunizieren schienen.

Es war später Nachmittag, doch die Sonne war warm auf meinen Wangen. Wir waren den ganzen Tag durch unbewohntes Grasland gewandert, das uns freie Sicht auf den Wald gelassen hatten. Der blaue Himmel hatte mich fast vergessen lassen, dass es morgen früh so weit war. Doch jedes Mal, wenn ein frischer Windstoß meine Nase gestreift hatte, hatte ich tief eingeatmet und mich daran erinnert, dass ich vielleicht nie wieder unter freiem Himmel stehen würde.

Morgen früh würden wir den Anderswald betreten, das hatte Ylva entschieden.

Meine Nackenhaare standen zu Berge, als ich die dunklen Baumreihen betrachtete. Die Sonnenstrahlen schienen vor dem Wald zurückzuweichen, als fürchtete sich selbst das Tageslicht vor seiner Dunkelheit. Vor dem Bösen, das dort lebte.

Ylva sah sich um und runzelte die Stirn. »Wir gehen noch heute Abend hinein.«

»Was?«, fragte Noah, der neben mir am Fuß des Hügels stand.

In den letzten zwei Wochen hatte mich überrascht, wie viel er über das Überleben in der Wildnis wusste. Er hatte auch erduldet, dass ich ihm abends am Lagerfeuer die Grundlagen im Kampf mit Messer und Dolch beigebracht hatte. Jilly, die es offenbar im Gegensatz zu mir gewohnt war, Anweisungen zu geben, hatte die Unterrichtsstunden angeordnet und mit ihren eigenen Hinweisen und Vorschlägen begleitet. Doch jetzt glänzte Panik in seinen Augen.

Ich fühlte mit ihm. Alle meine Instinkte brüllten mich an, umzukehren.

Dora fluchte. »Warum? Wenn du uns schon mit dir auf diese wahnsinnige Reise zerrst, kannst du uns wenigstens noch einen Abend unter freiem Himmel gönnen.«

Die Hexe hob die Brauen. »Ein ungewöhnlicher Wunsch aus dem Mund einer Zwergin«, sagte sie. »Nein, wir gehen heute noch in den Wald. Hier draußen sind wir nicht sicher.«

Dora schnitt eine Grimasse.

Ich wand mich vor Unbehagen, aber es war sinnvoll. Ylva hatte zwar entschieden, dass wir den Anderswald auf seiner Westseite betreten würden, um Irin so weit wie möglich aus dem Weg zu gehen. Aber hier draußen, im offenen Grasland, waren wir zu leicht zu finden.

Ich sah über meine Schulter dorthin, wo Jilly und Alyssa standen. Jilly musterte den Waldrand argwöhnisch wie einen unlesbaren Gegner. Doch ihre Gefährtin sah neugierig aus, fasziniert sogar.

Sie war nicht die Einzige.

Ein Jauchzen ertönte aus einer Kuhle unterhalb des Hügels. Brandy, die seit gestern mit der Trockenheit zu kämpfen gehabt hatte, planschte in einem kleinen Wasserloch.

Ylva hatte recht gehabt. Das unebene, dichtbewachsene Gelände der ersten

Woche unserer Reise wäre eine Tortur für unsere Pferde oder Doras Steinbock gewesen.

Nachdem wir Sedina verlassen hatten, hatte es tagelang geregnet. Wir waren auf dem schlammigen Boden nur langsam vorangekommen. Abseits der Straßen hatten wir einen Bogen um Tuuls Schlucht geschlagen, die eine unpassierbare Grenze zwischen dem Seufzenden Wald und dem Anderswald bildete. Wir hatten einen weiten Umweg nehmen müssen, weil Ylva von bösen Erdgeistern wusste, die in den tiefen Spalten der Schlucht hausten und nachts die Gegend heimsuchten.

»Mir egal, solange ich mehr Schatten bekomme. Und den ein oder anderen Tümpel«, sagte die Wasserfrau mit einem breiten Grinsen. Mit ihren spitzen Zähnen, knochigen Händen und klauenartigen Fingernägeln war Brandy die Einzige unter uns, die im Anderswald etwas zu suchen hatte.

»Macht euch bereit.«

Ylva stapfte mit großen Schritten den Hügel hinab. Dora folgte ihr, immer noch fluchend.

Wir schnürten unsere Stiefel, zurrten Reisebeutel zurecht und kontrollierten unsere Waffen. Und dann, als es nichts anderes mehr zu tun gab, begannen wir den schwierigsten Teil unserer Reise.

Der Wald verschluckte uns wie ein Monster seine Beute.

Die Härchen an meinem ganzen Körper stellten sich auf, als wir die beiden verwitterten Holzpfeiler am Waldrand passierten. Zeit und Wetter hatten die geschnitzten Bilder auf ihnen größtenteils unkenntlich gemacht. Nur die Konturen zweier Gesichter waren geblieben, einer Frau und eines Mannes. Die Details ihrer Gesichtszüge waren verblasst, doch sie trugen eindeutig Hörner wie zwei längst vergessene Waldgottheiten.

Das Unterholz wurde dichter und dichter, je tiefer wir uns in den Wald vorarbeiteten. Er schien zu atmen. Uns zu beobachten, wie eine einzige, gewaltige Kreatur. Der Himmel verschwand zwischen den dichten, knorrigen Ästen der Bäume. Ein unheimliches Zwielicht umgab uns. Schon bald konnte ich nicht mehr sagen, wie viel Zeit vergangen war.

Im Gänsemarsch kletterten wir über moosbewachsene Felsen und umgestürzte Baumstämme. Wir wichen Ästen aus, die plötzlich tiefer über dem schmalen Pfad zu hängen schienen.

»Er beobachtet uns«, flüsterte Noah, als wir einen kurzen, steilen Abhang hochkletterten. »Der Wald.«

Ich nickte und starrte ins Dickicht, das mir jedem Atemzug finsterer vorkam.

Kein Lüftchen wehte. Doch trotzdem hörte ich immer wieder ein leises Knarren, als bewegten sich die Bäume von allein. Keine Vögel sangen. Keine Eichhörnchen hatten bisher unseren Weg gekreuzt, auch wenn ich Leben in unserer Nähe spürte. Es war überall. Was für Wesen waren es, die das Unterholz und die Bäume bewohnten?

Vermutlich war es besser, wenn wir das nicht zu schnell herausfanden.

»Wir müssen bald einen Lagerplatz für die Nacht finden.«

Noah schnaubte. »Das wird sicher gemütlich.« Er sah sich unbehaglich um. »Ich glaube nicht, dass Ylva uns ein Feuer erlaubt.«

Auch ich würde uns kein Feuer erlauben, doch ich verkniff mir den Kommentar. Mit der Stimmung in unserer Gruppe ging es ohnehin mit jeder Stunde mehr bergab.

Wir alle wussten nicht, wie lange es dauern würde, bis wir das Ufer des Spiegelsees erreichten. Ylva hatte gesagt, dass man den Karten keinen Glauben schenken konnte, weil keiner der Zeichner mit verlässlichen Angaben gearbeitet hatte.

Auch wusste niemand, was uns auf unserem Weg erwartete. Nur eine Sache war gewiss. Sollten wir es unbeschadet bis zum See schaffen, mussten wir noch Ganiels Grab finden. Und hoffen, dass wir dabei nicht jenen Wilden in die Arme laufen würden, die ihn begraben hatten.

Am Ende des Abhangs kontrollierte ich meine Waffen und folgte Ylva. Es hatte keinen Zweck, zu weit in die Zukunft zu blicken. Besonders, wenn selbst der nächste Tag ungewiss war.

Noah und Dora gingen hinter mir, dann Alyssa und Brandy, mit Jilly als Schlusslicht. Ein unbeliebter Platz, doch wenn jemand mit einem Angriff aus dem Hinterhalt zurechtkam, dann war es Jilly.

»Hier bleiben wir«, sagte Ylva irgendwann, als ich in der Finsternis des Waldes kaum noch meine eigenen Füße sehen konnte. Doras rot glimmende Augen schwebten in der Dunkelheit wie zwei andersweltliche Glühwürmchen.

Ylva flüsterte ein paar fremde Worte, dann flackerte ein grünliches Licht auf. Keine Lichtkugel, wie die Hexe sie schon mehrfach heraufbeschworen hatte, sondern eine neblige Wolke, die sich um uns legte wie ein Kokon. Hell genug, um uns Orientierung zu geben, aber zu unauffällig, um Feinde auf uns aufmerksam zu machen.

»Heute könnte der letzte Tag sein, an dem meine Magie funktioniert«, sagte Ylva. »Ich spüre schon jetzt, dass sie mit jeder Minute schwächer wird. Sollten wir angegriffen werden, zählt nicht darauf, dass ich euch mit einem Zauber retten kann.«

Doch zumindest heute Abend war Ylvas Licht noch hell genug, um unsere Umgebung in einen schwachen grünen Schimmer zu tauchen. Wir befanden uns auf einer kleinen, moosbewachsenen Wiese, die von allen Seiten mit knorrigen alten Bäumen umrahmt war.

Ich sehnte mich nach dem klaren, sternenübersäten Nachthimmel. Wie lange würde es dauern, bis ich den Mond wiedersehen würde? Würde ich ihn überhaupt wiedersehen?

Ein Geräusch in der Finsternis. Ich erstarrte.

Das leise Plätschern eines Bachlaufs erklang. Brandy fuhr herum. Verwirrung und Sehnsucht lagen in ihren Augen. Wir lauschten angestrengt in die Dunkelheit. Doch da war es. Leise, es konnte kaum mehr als ein Rinnsal sein. Aber eindeutig Wasser, unweit unserer kleinen Lichtung.

Wasser, das ich in diesem Moment zum ersten Mal gehört hatte. Das nach nichts roch. Als wäre es eigentlich gar nicht da. Brandys Nasenflügel bebten.

»Bei Aedir und seinen Nymphen«, zischte sie. »Es riecht himmlisch.«

Ich runzelte die Stirn. Es war ein Trick. Ein Trick, der zu funktionieren schien, wenn er Brandy dazu brachte, den Namen des Meeresgottes in den Mund zu nehmen. Das Verlangen in den Augen der Wasserfrau wurde drängender, doch Ylva schüttelte den Kopf. Sie legte eine Hand auf Brandys blassen Arm.

»Es ist nicht echt«, raunte sie. »Sie wollen uns ins Unterholz locken, weg vom Pfad. Versucht, es zu ignorieren. Und egal, was ihr seht, hört oder riecht, fragt euch zuerst, ob es echt ist. Das ist nur ihr erster Versuch.«

Ich erschauderte. Wer auch immer *sie* waren.

»Ist das die Sonne?« Ich blinzelte. Und konnte nicht glauben, was ich sah.

Noah saß schon auf seiner Matte, die dicht neben meiner lag. Mit leuchtenden Augen betrachtete er den Himmel. Ich richtete mich auf und folgte seinem Blick.

Mein Körper war steif, meine Augenlider schwer von der kurzen Nacht. Ich hatte kaum geschlafen, weil ich noch stundenlang auf jedes Wispern, jedes Rascheln im Unterholz gelauscht hatte. Doch jetzt machte mein Herz einen Freudensprung.

Die Bäume, deren Äste am Abend zuvor noch ein dichtes Dach über unseren Köpfen gewesen waren, hatten sich gelichtet. Sie waren weniger gebeugt, als hätten sie sich aufgerichtet. Waren es überhaupt dieselben Bäume wie gestern Nacht?

Ich reckte den Kopf, nicht ganz sicher, ob ich nicht doch noch träumte. Einzelne Flecken blauer Himmel blitzten zwischen den Ästen auf. Sonnenlicht kämpfte sich durch das immer noch dichte Blätterdach. Für die Dauer eines Herzschlags hatte ich das Gefühl, in Estéllian zu sein, so ähnlich war dieser Ort dem Elfenwald plötzlich.

Noah drehte sich zu mir um und legte seine Hand auf meine.

»Ja.«

Ich erwiderte Noahs Lächeln. Er streichelte mit dem Daumen über meinen Handrücken. Für einen Moment verschränkten sich unsere Blicke und ich vergaß, wo wir uns befanden. Ich wollte in seinen Augen ertrinken, wollte wissen, wie seine Lippen schmeckten.

»Gewöhnt euch nicht dran«, sagte Ylva trocken.

Noah und ich zuckten gleichzeitig zusammen. Die Hexe saß immer noch am Fuße des Baumes, hatte jedoch schon fertig gepackt. Jaya hockte auf einem tiefhängenden Ast neben ihr und war damit beschäftigt, die Reste einer toten Maus zu verschlingen.

»Guten Morgen, Ylva«, brummte Noah. Er warf mir einen Blick zu, der nur eines heißen konnte.

Spielverderberin.

Von unserem Gespräch geweckt, regten sich die anderen. Stumm nahmen wir jeder für sich ein schnelles Frühstück zu uns und begaben uns wieder auf den Pfad. Der Weg wurde zunehmend breiter, die Bäume lichter.

Mit jedem Schritt wurde die Stimmung in unserer Reisegruppe besser, unsere Herzen wurden leichter, je heller es wurde.

Als ich dann auch noch das schwache Lüftchen spürte, das mir um die Nase wehte, konnte ich es fast nicht mehr glauben. Das hier sollte der dunkelste und gefährlichste Ort Antheas sein?

Doch ich erinnerte mich an Sterne an einem blauen Morgenhimmel. Ich hatte schon einmal erlebt, dass jemand meine Wahrnehmung überlistet hatte.

Ist es echt?, sollten wir uns fragen, hatte Ylva gesagt.

Nicht noch einmal. Ich ließ mich zurückfallen und versenkte mich in mich selbst. Ich kontrollierte jeden einzelnen meiner Sinne, untersuchte, ob etwas ungewöhnlich war. Ich lauschte in den Wald hinein, erforschte seine Gerüche.

Doch … nichts. Alles fühlte sich normal an.

»Es dauert nicht mehr lange«, flüsterte Ylva, die plötzlich neben mir war. Jaya war kurz nach unserem Aufbruch verschwunden, vermutlich auf einen Kundschafterdienst.

Ich hielt meinen Blick geradeaus gerichtet, doch mein Herz raste. »Was dauert nicht mehr lange?« Ich bewegte meine rechte Hand zu Elrys' Heft an meinem Gürtel.

Ylvas geschmeidiger Gang und ihr entspanntes Gesicht verrieten nicht, dass sie Gefahr witterte. Ich hatte jedoch bereits gelernt, dass das nichts zu bedeuten hatte. Die Hexe würde trotz ihres Alters keinen Moment länger brauchen als Gelyth oder ich, um ihr Schwert zu ziehen.

»Sie versuchen seit heute Morgen, uns einzulullen.«

Ich schluckte. Doch ich ließ meinen Blick mit einem Lächeln durch das Unterholz schweifen, als würde ich die Sonnenstrahlen genießen. »Wer?«

Immer noch nichts.

Platsch!

Ich zuckte zusammen, doch ein fröhliches Jauchzen erklang.

Platsch!

Brandy saß vollständig durchnässt und überglücklich in einem kleinen Bach, der unseren Weg kreuzte. Ylva fluchte leise. »Das meinte ich«, murmelte sie. Ylva ging mit schnellen Schritten auf Brandy zu, die gerade einen zappelnden Fisch in ihrem Mund versenkte.

Dann schnappte die Falle zu.

Ein ohrenbetäubendes Knarren erfüllte den Wald, als die Bäume sich verbogen.

Die Sonne verschwand.

Die Welt bebte. Ich hörte die Schreie der anderen, als peitschende Ranken aus dem Boden schossen und sich um meine Beine und Arme schlangen. Sie zwangen mich in die Knie, zogen mich nach unten, bis ich feuchte Erde schmeckte.

Ein Fauchen, dicht an meinem Ohr. Heißer, fauliger Atem. Krallen, die sich in meine Haut bohrten.

»Ich bring euch um!«, brüllte Dora.

»Lyvi!«, rief jemand. Noah. Ich versuchte, den Kopf zu heben, aber die Krallenhände drückten mich zu Boden.

Dann wurde alles schwarz.

20

Sterne an einem blauen Morgenhimmel.

Tentakel, die die Tür zu meinem Innersten aufbrachen.

Eine Lichtung. Elrys' blutige Klinge.

Mörderin, Mörderin, Mörderin.

Ich wollte meine Augen öffnen, meine Hände befreien, um Elrys zu ziehen. Doch die Ranken um meine Handgelenke waren unerbittlich.

Unerbittlich wie die Erinnerungen, die über mich herfielen.

Selbst die Schreie meiner Freunde waren nicht laut genug, um gegen die Bilder anzukommen, die in meinen Geist stürmten.

Es ging weiter und weiter.

Irin, der Todesurteile aussprach. Rovyns Hände an meinem Körper.

Nein, nein, nein!

Ich wusste, wie es weiterging. Ich *konnte* nicht noch einmal sehen, was jetzt kam.

Ich würde es nicht aushalten.

Blut, so viel Blut. Ein zartblaues Nachthemd, meine eigenen Kinderfüße auf kaltem Stein. Der Kopf meines Vaters lag auf den blassen Fliesen vor mir. Der Kopf des Vaters, den ich nie kennenlernen würde. Verkrustete blonde Haare, blaugraue Augen, die für immer ins Leere starrten. Er war so jung gewesen.

Irins kühles Lächeln, das blutverschmierte Schwert in seiner Hand.

»*Kenne deinen Platz, Menschenbrut.*«

Heißes Eisen brannte auf meiner Stirn. Wieder. Wieder.

Tränen strömten meine Wangen hinab, während ich kämpfte und kämpfte. Ich bekam keine Luft. Es musste enden, ich wollte diese Dinge nicht mehr sehen. Ich hasste mich selbst dafür, doch ich konnte nicht mehr.

»Aufhören«, schluchzte ich, Krümel von Erde und Moos in meinem Mund. »Aufhören.«

Ich drückte meine Stirn fester in den feuchten Waldboden, um mich daran zu erinnern, was echt war, doch ... vergebens. Die Welt fiel über mir zusammen.

Doch die blaugrauen Augen blieben. Leblos sahen sie mich an, bis ich nichts anderes mehr fühlte als Traurigkeit.

Es ging weiter.

Eine kalte, feuchte Zelle tief unter der Erde.

Ein leeres Bett, die Handschrift meiner Mutter.

Ich gehe freiwillig. Sucht nicht nach mir.

Ich weinte und weinte, bis mein Körper nachgab. Die flehenden Rufe meiner Freunde drangen an meine Ohren. Sie klangen so hilflos und verzweifelt, wie ich mich fühlte. Ich kämpfte nicht mehr, als sich scharfe Zähne in meinen Nacken senkten.

Wenn das mein jämmerliches Leben gewesen war, war es sowieso besser, wenn es hier und jetzt endete. Zusammengekauert auf dem Waldboden, an diesem elenden Ort. Kühle Erde an meiner Stirn, das Salz meiner Tränen auf den Lippen, machte ich mich bereit zu sterben. Die Zähne bohrten sich tiefer in meinen Hals.

Eine tiefe Stimme hallte durch den Wald. »Lasst sie los.«

Die Worte kamen aus weiter Ferne, doch der Biss an meinem Hals lockerte sich. Nur ein kleines bisschen, aber die Schmerzen ließen nach. Auch die schrecklichen Erinnerungen waren so plötzlich verschwunden wie sie gekommen waren.

»Lasst sie los, habe ich gesagt.«

Warmes Blut rann an meinem Hals hinab, als das Wesen zögerte. Als wäre es sich nicht sicher, ob es zu gehorchen hatte. Ich versuchte, die Augen zu öffnen, meine Arme und Beine zu befreien. Doch ein Knurren warnte mich.

Leichte Schritte auf dem Waldboden.

»Gebt sie frei. Sofort.«

Mit einem weiteren Knurren lösten sich die Zähne von meinem Hals. Die Ranken gaben meine Arme und Beine frei. Sofort fühlte ich mich besser. Ich hob den Kopf. Götter, meine Lider waren noch nie so schwer gewesen.

Doch da war Licht, heller als zuvor, und ... Stiefel. Hübsche Stiefel, einwandfrei geschustert.

Ich blinzelte, doch die Stiefel blieben.

»Vieles in diesem Wald ist nicht so, wie es scheint«, sagte der Mann, zu dem sie gehörten.

Eine Hand tauchte in meinem Blickfeld auf. Zögernd ergriff ich sie, doch tastete zeitgleich nach Elrys' Heft.

»Das würde ich an deiner Stelle nicht tun«, sagte er. »Fünfzehn Pfeile zielen auf deine Kehle.«

Er war großgewachsen und muskulös wie die besten Krieger Estéllians und sah doch vollkommen anders aus. Seine Haut war blass, sein Haar, das in sanften Wellen auf seine Schultern fiel, schwarz wie glänzender Obsidian. Alles an ihm war elfenhaft, seine Kleidung, seine Waffen, seine Haltung. Doch seine Ohren waren rund. Außerdem krönten zwei dunkelgrüne, geschwungene Hörner sein Haupt.

Dann erinnerte ich mich.

Die verwitterten Pfeiler an der Waldgrenze.

Unser Retter war weder Mensch noch Elf noch Dämon. Doch zu welchem Volk gehörte er dann? Angesichts seiner teuren Kleidung war er offensichtlich keiner der *Wilden*, die in diesem Wald leben sollten.

Ich wusste nicht, wo ich zuerst hinsehen sollte.

Sollte ich weiter den fremden Krieger anstarren oder sein bewaffnetes Gefolge, das uns umzingelte? Oder die kleinen geflügelten Feenwesen, die auf dem Boden kauerten und uns hasserfüllte Blicke zuwarfen? Oder Noah, der wie Alyssa die Kreaturen mit einer Mischung aus Schrecken und Faszination betrachtete? Ihre Gesichter waren immer noch bleich. Was hatte er wohl gerade durchgemacht? Welche schrecklichen Erinnerungen hatte er sich ansehen müssen?

»Bei Guldemars Gemächt!« Dora rappelte sich auf und funkelte die geflügelten Kreaturen wütend an. »Euch esse ich zum Frühstück, wenn ihr das noch mal macht!«

Einzelne Feenwesen fletschten bei Doras Worten die spitzen Zähne. Andere knurrten und verengten ihre Augen zu boshaften Schlitzen. Ich konnte es nicht glauben. *Das* waren die Monster, die über uns hergefallen waren? Die runzeligen Gestalten waren kaum eine halbe Armlänge groß. Ihre Krallenhände hatten den Durchmesser eines Silberlings.

Ein Knurren, doch es gehörte nicht den Feenwesen.

Der Gehörnte hob die Augenbrauen. Er sah amüsiert aus.

Brandy, ihre eigenen Zähne gefletscht, saß immer noch in dem kleinen

Bachlauf und drückte eine der kleinen Kreaturen kopfüber ins Wasser. Die anderen Feenwesen versuchten, ihren zappelnden Artgenossen zu befreien. Die Wasserfrau verscheuchte sie mit einem Fauchen.

Noah war noch damit beschäftigt, eine runzelige Fee abzuschütteln, die sich in seine Wade verbissen hatte.

Der gehörnte Krieger gab den kleinen Monstern ein Zeichen. »Genug.«

Die Feenwesen zischten und fauchten, aber huschten zurück ins Unterholz.

Brandy ließ ihr Opfer nur widerwillig los. Es befreite sich mit einem Prusten aus dem Bach und flog seinen Artgenossen hinterher.

Unser Retter lachte leise. Seine Augen waren von tiefem Grün wie das Herz des Waldes selbst.

»Ihr habt soeben Bekanntschaft mit unseren Teufelsfeen gemacht.«

Dora schnaubte und klopfte feuchte Erdkrümel von ihrer Hose. »Das ist mal ein passender Name.«

Jilly räusperte sich. Sie war die einzige, der es gelungen war, ein Schwert zu ziehen, das nun jedoch zu ihren Füßen im Matsch lag. Sie versuchte nicht, es aufzuheben. Nicht mit den vielen Pfeilen, die auf uns gerichtet waren.

»Waren sie auch diejenigen, die –«

Alyssa nahm ihre Hand, als ihre Stimme brach. Tränen glitzerten in Jillys Augen, ein so ungewohnter Anblick, dass ich zweimal hinsehen musste. Sie schluckte.

»Die uns diese schrecklichen Erinnerungen geschickt haben?«

Der gehörnte Krieger schüttelte den Kopf.

»Nein, das kann nur der Wald. Aber die Wesen, die unter seinem Dach leben, sind seine treuen Gehilfen. Wenn es darum geht, Wanderern Angst einzujagen, arbeiten sie gern zusammen. Um nicht zu sagen … *Eindringlingen.*«

Er musterte uns einen langen Moment, dann schnaubte er. Es klang, als wäre er enttäuscht darüber, dass die Teufelsfeen uns nicht bei lebendigem Leib das Fleisch von den Knochen genagt hatten.

»Ihr habt eine Wahl.«

Seine kleine Schar, sowohl Frauen als auch Männer, umzingelte uns immer noch mit abschussbereiten Bögen. Auch die Kriegerinnen trugen Hörner, diese waren jedoch kleiner und weniger geschwungen als die der Männer. Alle hatten die gleichen schwarzen Haare wie ihr Anführer.

»Was für eine Wahl?«, sagte eine schneidende Stimme außerhalb des Kreises. Ylva. Die Hexe war wie vom Erdboden verschluckt gewesen, seitdem ich die Augen aufgemacht hatte.

Die Gehörnten fuhren herum und öffneten den Kreis für sie. Mit erhobenem Kopf ging sie auf unseren Retter zu. Ihr Schwert hatte sie nicht gezogen. Taktik, schätzte ich.

»Ylva Dornblatt«, sagte der Anführer und drehte sich langsam zu ihr um. »Eigensinnig wie eh und je.«

Ich stutzte. Woher kannten die beiden sich?

»Paros von den Faunkindern«, sagte sie trocken. »Ihr macht mir auch nicht den Eindruck, als wärt Ihr während der letzten zwei Jahrhunderte über Euch hinausgewachsen. Ich hoffe, Königin Varuna und Euren Kindern geht es gut. Wir danken Euch für Eure Hilfe, aber es ist Zeit für uns weiterzuziehen.«

Richtig, Ylva war schon einmal hier gewesen. Aber das bedeutete, dass Paros wie die Hexe zu den letzten langlebigen – oder unsterblichen – Wesen Antheas gehören musste. Ich hatte noch nie von den Faunkindern gehört, doch ich erinnerte mich an Bilder eines gehörnten Waldgottes mit den Hufen eines Ziegenbocks.

Dann geschah etwas Unglaubliches.

Ylva *verbeugte* sich. Knapp und schluderig, aber eindeutig eine Verbeugung. Wir alle versuchten, nicht zu glotzen. Nur in Doras und Brandys Augen tanzte Vergnügen, während sie zwischen dem gehörnten Krieger und der Hexe hin und hersahen.

Wer *war* dieser Mann, dass Ylva sich vor ihm verneigte?

Paros' Lächeln wurde breiter. Dabei entblößte er eine Reihe zu weißer Zähne. Darunter waren auch ein Paar spitzer Fangzähne, ähnlich wie die Brandys.

»Du müsstest es besser wissen, Ylva. Schon als ihr den ersten Fuß in diesen Wald gesetzt habt, war euer Schicksal nicht mehr nur eure Angelegenheit.«

Ylva verschränkte die Arme vor der Brust, ihr Gesicht versteinert. »Was hat Eure Hoheit denn für uns im Sinn?«, fragte sie scharf. »Varuna muss denken, dass wir nützlich sind, sonst wären wir bereits tot.«

Paros schmunzelte. »So ist es.«

In einer Geschwindigkeit, die selbst Gelyth beeindruckt hätte, hatte er sein Schwert gezogen. Eine mächtige Klinge, die einen blutigen, schmerzvollen

Tod verhieß. Ylva verdrehte die Augen, vollkommen unbeeindruckt von der Schwertspitze, die direkt über ihrem Herz schwebte.

»Die Sache ist ganz einfach«, sagte Paros. »Entweder ihr begleitet uns freiwillig nach Medea oder ihr seid tot, bevor ihr auch nur einen weiteren Schritt in unserem Reich machen könnt. Betrachtet es als gutgemeinte Einladung.«

Die Hexe schnaubte. »Das ist nicht meine Definition von freiwillig, Paros. Aber da Medea auf unserem Weg liegt, werden wir Eure *Einladung* annehmen. Wenn ich mich nicht irre, wisst Ihr bereits, warum wir hier sind.«

Der gehörnte Krieger legte den Kopf schief. Sein schwarzes Haar schien das Sonnenlicht zu verschlucken. Ein schöner Mann, stellte ich fest, trotz seiner sonderbaren Erscheinung. Vielleicht gerade deswegen.

»Es scheint, dass dir doch noch ein wenig Weisheit geblieben ist, Hexe.«

Ylva schnalzte mit der Zunge.

»Beginnt, Paros.«

Paros grinste. Ohne eine Vorwarnung wurde mein rechtes Handgelenk nach vorn gerissen und umgedreht, von einer unsichtbaren Kraft.

»Bevor wir weitergehen, müsst ihr einen Eid schwören«, sagte Paros. »Ihr müsst schwören, das Geheimnis des Waldes zu bewahren. Solltet ihr diesen Ort wieder verlassen, ist es euch nicht erlaubt, über Medea, mein Volk, meine Königin oder etwas anderes, das dieser Wald verbirgt, *wahrheitsgemäß* zu sprechen. Mein Volk und ich sind die Beschützer des Anderswaldes. Nun, da ihr um uns wisst, nun, da ihr unsere Hallen betreten werdet, seid auch ihr Hüter dieses Geheimnisses.«

Brandy fauchte, Noahs Augen weiteten sich, als ihre Handgelenke von der gleichen Kraft gepackt und umgedreht wurden. Ylva war die Einzige, die sie in Ruhe ließ.

Ich schluckte, als Paros einen Schritt nähertrat. Seine schiere Größe, seine Macht schienen geradewegs der Ewigkeit zu entspringen. Er roch nach Moos und Erde und Regen. Sein Geruch war so alt wie die Welt selbst.

»Ylva hatte schon das Vergnügen, Varuna und mir einen Eid zu schwören. Allerdings mussten wir in ihrem Fall eine andere Stelle nehmen, da ihre Handgelenke schon *besetzt* waren.«

Paros blieb vor mir stehen und fixierte mich mit einem Blick, der von wilder Jagd und ausgelassenen Festen erzählten. Grün, richtig. Ich erinnerte mich, dass die Hexe nur zwei Eidnarben auf ihren Armen trug, die noch nicht verblasst waren. Eine blau, die andere grün, versteckt auf der Innenseite ihres Oberarms.

Ich wusste bereits, was kommen würde, als sich eine unsichtbare Klinge in die Haut an meinem Handgelenk drückte. Gerade tief genug, dass Blut hervortrat.

Dora zeterte. »Eine Zwergin von Bentuath schwört Blattfressern keinen Eid –«

»Dora«, sagte Ylva. »Wir haben keine Wahl.«

Die Zwergin brummte, doch hielt still, als sie Paros' Blick auf sich spürte.

Es dauerte nur drei Atemzüge, dann war das Kreuz bereit. Seine Striche endeten in winzigen Eichenblättern, genau wie bei Ylvas Eidnarbe. Dann verschwand das Blut von meiner Haut, wie von Zauberhand weggewischt.

»Wiederholt, was ich sage«, befahl Paros. Die Faunkinder hielten ihre Positionen. Ihre Augen waren wachsam, ihre Bögen auf Anschlag. Jilly trat neben mir nervös von einem Fuß auf den anderen.

»Von diesem Atemzug an schwöre ich, dass ich die Geheimnisse des Anderswaldes beschützen werde wie mein eigenes Leben. Ich schwöre, dass ich jenseits der Waldgrenzen kein Wort über die Kinder des Fauns verlieren werde. Ich schwöre, dass ich von Medea und seinem Volk nicht schreiben, nicht singen, nicht malen werde.«

Noah schnaubte und erntete dafür einen warnenden Blick von Ylva.

Jetzt keine Diskussion über die Freiheit der Kunst, bitte, schien sie zu sagen.

Wort für Wort wiederholten wir, was Paros uns vorsagte. Mit jeder Silbe, die aus meinem Mund kam, brannte mein Handgelenk ein wenig mehr. Satz um Satz, Schwur um Schwur kam dazu, während sich die Wunde allmählich schloss und grün färbte.

»… bei meinem eigenen Leben und des Lebens aller, die ich liebe.«

Deswegen hatte Ylva uns nichts von Paros und seinem Volk erzählen können, selbst wenn sie gewollt hätte. Ein letztes heftiges Brennen durchzuckte die Eidnarbe, dann war es vorbei. Die unsichtbare Kraft, die unsere Hände in der Luft gehalten hatte, verschwand. Mein Arm erschlaffte. Wir waren wieder frei … und gleichzeitig auf ewig gebunden. Mir war schwindelig, als ich auf das grünlich schimmernde Kreuz auf meinem Handgelenk hinabsah.

Ein weiteres Mal, das ich nie wieder loswerden würde.

Alyssa betrachtete ihr Handgelenk von allen Seiten. Ihr Arm war mit Batari-Tätowierungen übersäht, doch das grüne Kreuz passte zu den alten Schriftzügen und Bildern auf ihrer Haut.

»Hübsch«, murmelte sie. Und erntete einen ungläubigen Blick von Jilly.

»Ist das dein Ernst?«, zischte ihre Gefährtin, doch Alyssa zuckte nur mit den Achseln.

Und das war es. Bis auf Weiteres gehörten wir dem Wald und seiner geheimnisvollen Königin.

»Lasst uns gehen«, sagte Paros. »Varuna erwartet uns.«

Er ging voran und pfiff eine fröhliche Melodie. Wie eine Schafherde folgten wir dem großgewachsenen Krieger in das Herz des Waldes, seine gehörnten Untergebenen dicht auf unseren Fersen.

Als wir Medea am frühen Abend erreichten, war ich vollkommen verwirrt. Zwischen den grazilen Bauten dieses verzauberten Ortes glitzerte die Oberfläche eines Sees.

Dieser See war still und glatt wie ein Spiegel.

In den letzten Stunden waren wir einem kleinen Fluss gefolgt, der in einem Wasserfall unter dem Gebäude des Stadttores verschwand. Medea war an einem sanft abfallenden Hang gebaut, unter dem ganz eindeutig der Spiegelsee lag. Wir hatten ihn nach nur einem Tag in diesem Wald erreicht. Eine Reise, die laut Karte mindestes *fünf* Tage hätte dauern sollen.

Kein Wunder. Laut einer Karte, die von jemandem gezeichnet worden war, der noch nie einen Fuß in diesen Wald gesetzt hatte. Mit ihrem Eid gingen Varuna und Paros sicher, dass der Rest Antheas nie etwas von Medea erfahren würde. Eid oder Tod, so einfach war das.

Ich erschauderte. Medea war *bezaubernd*.

Elegante Bauten aus Holz und Stein schmiegten sich zwischen die alten Bäume des Waldes, verbunden durch gewundene Treppen und schmale Brücken. Um die Geländer der Balkone und Veranden schlangen sich weiß blühende Ranken, obwohl die Bäume sich auch hier bereits verfärbten. Die Gerüche von Frühling, Sommer und Herbst vermischten sich. Waren *eins*. Vogelgesang und leise Melodien von Harfen und Flöten schwebten durch die Luft, gespielt von unsichtbaren Händen.

Ich konnte nicht anders, als den Kopf zu schütteln.

Magie. Es musste Magie sein.

An wilden Gärten vorbei folgten wir Paros über offene Flure, mehr Treppen und gebogene Steinbrücken weiter in Varunas Palast hinein. Ich musterte die sanft plätschernden Bäche, die immer noch blühenden Bäume. Ich war neugierig, trotz des Dilemmas, in dem wir steckten.

Varuna, die Königin der Faunkinder.

In keinem meiner Geschichtsbücher war auch nur ein einziges Wort über sie geschrieben. Was für eine Frau war das, die an diesem verwunschenen Ort im Herzen des Anderswaldes herrschte? Und wer lebte in Medea, in dieser entrückten Stadt?

Wenn man diesen Ort überhaupt als Stadt bezeichnen konnte, denn zu einer Stadt gehörten Einwohner. Doch wir begegneten kaum jemanden. Nur ein paar gehörnte Frauen und Männer kreuzten unseren Weg. Sie alle hatten dunkles Haar und waren ebenso prachtvoll gekleidet wie Paros. Ihre Augen funkelten in demselben Waldgrün wie die ihres Anführers. Sie alle mieden unsere Blicke.

Wussten sie, was Paros und Varuna mit uns vorhatten? Was auch immer das war. Und wie oft geschah es, dass Leute aus der Außenwelt durch ihre Hallen schritten? Einmal, zweimal im Jahrhundert?

Medea war so schön, wie es sonderlich war.

Überall waren Spiegel. Große hingen unter den Decken der offenen Gänge, Kleine an Windspielen in den steinernen Arkadenbögen. Sogar in den Bodenmosaiken waren Spiegel als Fliesen verarbeitet, wie Tausende wachsame Augen. Immer wieder blickte ich in mein eigenes Gesicht, sah meine Angst, meine Zweifel.

Wir waren in Medea sicher vor der Feindseligkeit des Waldes, aber wie lange? Paros hatte Ylva zugestimmt. Es gab etwas, das Varuna von uns brauchte, aber was?

Wir passierten eine letzte steinerne Brücke, die über einen gurgelnden Bach auf einen kleinen Platz führte. In seiner Mitte stand eine Statue des halbnackten Fauns, des Waldgottes, den dieses Volk anbetete.

Paros' Pfeifen verstummte. Der Gehörnte baute sich vor uns auf, die Arme hinter seinem breiten Rücken verschränkt.

»Meine Königin erwartet euch in zwei Stunden zum Abendessen. Auf euren Zimmern findet ihr ein heißes Bad und frische Kleidung. Putzt euch heraus, denn ihr seid heute Abend nicht die einzigen Gäste in unseren

Hallen.«

Sein Mundwinkel zuckte. »Man könnte fast sagen, heute Abend wird es eine feierliche Zusammenkunft geben. Ein Festessen für Varunas Gäste aus ganz Anthea.« Er klatschte zweimal in die Hände. »Unsere Diener werden euch zu euren Gemächern führen.«

Dann schritt Paros davon, gefolgt von seiner kleinen Schar, wieder eine fröhliche Melodie auf den Lippen.

Ratlos sahen wir uns an.

Doch Flügelschläge erklangen über unseren Köpfen. Ich wollte Elrys ziehen. Aber die unsichtbare Kraft, die in den Wald gewebt zu sein schien, hielt mich zurück. Sieben Falter, die Phypsi erstaunlich ähnlich sahen, flatterten auf uns zu. Mit großen, dunklen Augen funkelten sie uns an und zerrten mit kleinen Händen an unserer Kleidung.

Dora grunzte, als sich einer der Falter mit einem Fauchen in ihrem Ärmel verbiss.

»Beim Barte meiner Mutter, nicht schon wieder!«

Eine halbe Stunde später stand ich in einem großzügigen Gästezimmer, das es mit den königlichen Gemächern in Estéllians Mondsteinpalast hätte aufnehmen können. Die letzten Strahlen der Abendsonne fielen durch die Zweige der Bäume vor dem Fenster und warfen tanzende Schatten auf den hellen Holzboden.

Ein rundes Himmelbett stand in der Mitte des Raumes, aus dunklem Holz gefertigt, mit weißem Spitzenstoff verhangen. In einer Ecke dampfte Wasser in einer großen Kupferwanne vor sich hin. Daneben befand sich ein Frisiertisch, auf dem Dutzende Fläschchen und Döschen darauf warteten, geöffnet zu werden.

Auch hier waren Spiegel, überall. Über dem Frisiertisch, in eckigen und runden Rahmen an den Wänden.

Ich schnaubte. *Über dem Bett.*

Für einen kurzen Moment fühlte ich mich beobachtet. Doch niemand war hier, auch vor dem Fenster nicht. Ich schüttelte die Empfindung ab.

Fang gar nicht erst an damit, Lyvi.

Ein Kleiderständer aus goldenem Messing fiel mir auf. Ein dunkelblaues Gewand hing dort, knöchellang und mit kupferfarbenen Efeublättern bestickt. Daneben standen Schnürschuhe aus hellbraunem Leder.

Puppen. Wir waren Puppen für Varuna, die sie einkleiden konnte, wie es ihr gefiel.

Doch das heiße Bad lockte mich. Schlammspritzer bedeckten meine Haut, meine Kleidung. Selbst meine Haare starrten vor Dreck und ich konnte mich nicht einmal mehr daran erinnern, wann mir das letzte Mal warm gewesen war.

Auf Zehenspitzen schlich ich auf die dampfende Wanne zu, sank ins heiße Wasser.

Und fluchte wieder, als meine eigene Kleidung sich in Luft auflöste. Genau wie Elrys und meine anderen Waffen. Ich gefror und krallte meine Hände so fest um den warmen Badewannenrand, dass meine Knöchel weiß hervortraten.

»Verdammt, Varuna«, zischte ich.

Ich starrte die Stelle auf dem lindgrünen Teppich an, wo sich vor einer Sekunde noch mein Schwert, Bogen und Umhang befunden hatten. Sie waren einfach … verschwunden. Wir waren erst seit gestern im Anderswald, doch dieser Ort brachte mich jetzt schon um den Verstand.

Jemand wollte nicht, dass wir bewaffnet durch diese Hallen schritten.

Jemand hatte offenbar entschieden, dass meine dreckige Kleidung in diesem prunkvollen Gemach nichts zu suchen hatte. Und dass ich sie erst wiedersehen würde, wenn diejenige es erlaubte.

Varuna, Königin der Faunkinder.

Mit einem Grunzen ließ ich mich tiefer in das Schaumbad sinken, das nach süßem Jasmin duftete. So war es also, sich in einer Welt zu bewegen, in der Magie noch existierte.

Ich war mir noch nicht sicher, ob mir das gefiel.

21

Als ich gebadet und angekleidet war, war es immer noch eine knappe Stunde, bis wir bei Varuna erscheinen sollten.

Ich hasste sie dafür, dass sie mir Elrys und meine anderen Waffen genommen hatte. Wir waren der Königin Medeas ausgeliefert, das hatte sie uns schon jetzt bewiesen.

Paros hatte uns nicht gesagt, wo das Abendessen stattfinden würde, aber Varunas Dienstboten würden sich sicher darum kümmern, dass wir den Weg fanden. Die Königin der Faunkinder hatte nicht vor, uns vom Haken zu lassen, da war ich mir sicher.

Ich öffnete meine Tür. Und sah geradewegs in Noahs Augen. Er hatte eine Hand erhoben, zu einer lockeren Faust geballt. Er ließ sie sinken und betrachtete mich von Kopf bis Fuß.

»Da hat sich aber jemand zurecht gemacht.«

Ich versteifte mich. Ein Hauch von Spott lag in seiner Stimme. Ich zuckte mit den Schultern, auch wenn seine Worte mir einen kleinen Stich versetzten. Noah trug immer noch seine Reisekleidung, hatte nicht gebadet.

»Wir wissen noch nicht, was auf dem Spiel steht«, knurrte ich.

Er zuckte mit den Schultern.

»Nicht mein Geschmack.«

Ich nahm einen tiefen Atemzug, erwartete, dass sein ganz eigener Geruch in meine Nase strömte. Ich erstarrte. Es dauerte länger als sonst, bis ich die Meeresfrische roch, vermischt mit den Gerüchen von Schlamm, Schweiß und Wald. Hatte Medeas Magie meinen Geruchssinn verzaubert?

Noah zupfte an meiner Nase. Ich schlug seine Hand weg, doch er lachte.

»Wie wäre es mit einem Spaziergang?«

Wir liefen die offene Galerie, an der unsere Zimmer lagen, entlang und folgten einer schmalen Steintreppe nach unten. Durch einen mit wilden

Wein bewachsenen Rundbogen gelangten wir in einen versteckten Garten.

Wir setzten uns auf eine verwitterte Bank, die sich zwischen zwei großen Eibensträuchern mit dicken, roten Beeren verbarg.

Noah streckte die Beine von sich und vergrub seine nackten Zehen im feuchten Gras.

»Ich habe Varuna noch nicht kennengelernt, aber ich mag sie schon jetzt nicht.«

Ich schnaubte. »Sag das nicht zu laut. Ich habe das Gefühl, die Königin hat ihre Ohren überall.«

Ich schlang den Umhang aus weicher, rostroter Wolle enger um mich. Auch er war wie aus dem Nichts in meinem Zimmer aufgetaucht. Medea war kein sicherer Ort für uns, auch wenn es schwierig war, mich daran zu erinnern.

Alles hier sah so friedlich aus.

In der Mitte des Gartens plätscherte ein kleiner Springbrunnen, sein alter Stein mit Moos bewachsen. Abgefallene Blätter und kleine Fische schwammen in dem klaren Wasser. Auf seiner Oberfläche spiegelten sich der Abendhimmel und die herbstlich verfärbten Büsche und Bäume.

Die Luft war bereits kühl, doch auch in diesem kleinen Garten schlangen sich weißblühende Ranken um Torbögen und Mauern. Es war, als galten die Regeln der Natur an diesem Ort nicht.

»Ich frage mich, wer sie sind«, sagte Noah leise. »Paros und Varuna. Diese anderen Leute. Dieser Ort. Ich habe noch nie von Medea gehört.«

Ich nickte nur und ließ meinen Blick durch den versteckten Garten schweifen. Im Gegensatz zu dem Gästezimmer, in dem ich heute Nacht schlafen würde, wirkte er verwildert, geradezu vernachlässigt.

Das war kein Zufall, kein unglückliches Versehen. Varuna *gestattete* der Natur, sich dieses Fleckchen Erde zurückzuerobern.

Schweigend lauschten wir dem Abendgesang der Vögel, dem Plätschern des Brunnens. Ein lieblicher Ort, so anders als der Horror, den der Wald heute Mittag auf uns losgelassen hatte. Hässliche Worte drängten sich in meine Gedanken, als ich mich daran erinnerte.

Kenne deinen Platz, Menschenbrut.

Ich gehe freiwillig. Sucht nicht nach mir.

Die Worte, die die Geschichte meines Lebens geschrieben hatten.

»Welche Erinnerung hast du gesehen?«, fragte ich, weil das einfacher war, als über mich selbst nachzudenken. »Als die Teufelsfeen uns angegriffen haben?«

Noah sah mich an. »Ich habe keine Erinnerungen gesehen.« Er schluckte, die Arme auf seine Knie gestützt, seine Augen leer. Die Farbe war aus seinem Gesicht gewichen. Mein Geruchssinn war eingeschränkt, aber ich brauchte ihn nicht, um Noahs Gefühl zu erkennen. Ich kannte es selbst zu gut. Es hatte mich fast mein ganzes Leben begleitet.

Angst. Knochentiefe, luftabschnürende Angst.

»Ich glaube, ich habe die Zukunft gesehen. Oder ... eine Möglichkeit der Zukunft.« Er schüttelte den Kopf. »Wie hältst du das aus? Du bist eine Seherin. Du siehst die Zukunft, die Vergangenheit, ohne dass du Kontrolle darüber hast.« Ehrliche Verzweiflung stand in seinen Augen.

Meine Kehle wurde eng. »Es ist noch nicht so oft passiert.«

Es sollte sich beschwichtigend anhören, doch meine Stimme klang zu hoch, ich hatte zu schnell gesprochen.

Auch wenn es stimmte. Seitdem wir Sedina verlassen hatten, hatte meine Gabe mich in Ruhe gelassen. Vielleicht unterdrückte Varunas Magie sie auch, genau wie Ylvas Kräfte. Ich vermisste sie nicht, kein bisschen.

»Aber es wird wieder passieren«, sagte Noah. Er hatte geradewegs durch meine Täuschung gesehen. »Und wieder. Und wieder–«

Ich erschauderte und hob eine Hand. »Ich weiß. Danke für die Erinnerung.«

Noah lächelte schief. »Tut mir leid. Was ich gesehen habe, war schrecklich.«

»Was war es?«

Er fuhr sich mit einer Hand durch die schlammverkrusteten Haare.

»Ich war zurück in Seeland. In Vennhaven. Im Plenarsaal der Nebelburg, wo der Küstenrat tagt. Die Vertreter aller Bezirke waren da, herausgeputzt wie aufgeplusterte Gockel. Sie waren höchst zufrieden mit einer Entscheidung, die *ich* getroffen hatte.«

Ich runzelte die Stirn. »Die du –«

Noah schnaubte. »*Ich* war der Küstenrat. Ich habe Entscheidungen getroffen, die diese verdammten reichen Arschkriecher aus Elwick und Berness abgenickt haben.« Sein Gesicht verdunkelte sich. »Und ich habe es genossen. Ich habe es genossen, in meinem seidenen Dreiteiler am Kopfende des langen Tisches zu sitzen und Entscheidungen zu treffen, die diesen Scheißkerlen gefallen. Die gut für die Wohlhabenden sind, aber nicht für die Menschen, die Seeland am Laufen halten.«

Er atmete schwer, schüttelte wieder den Kopf. »Ich möchte das nicht sein, niemals«, flüsterte er.

»Das bist du nicht, Noah«, raunte ich. »Du bist kein aufgeplusterter Gockel. Und das wirst du auch nicht sein, wenn du es nicht willst. Diese Feenbiester haben sich nur eine der Ängste ausgesucht, um dich zu quälen.«

Er nickte, doch er sah nicht so aus, als glaubte er mir. Noch nicht jedenfalls, zu nah war der Schrecken von heute Mittag noch.

»Und du?«, fragte er.

Ich starrte auf meine Füße, die in Varunas polierten Schuhen steckten.

»Erinnerungen«, murmelte ich. »Der schlimmsten Sorte.«

Noah sah mich von der Seite an, sein Blick so intensiv, dass mir trotz der kühlen Luft warm wurde. »Was?«, fauchte ich.

Er fuhr sich durchs Haar und schüttelte kaum merklich den Kopf.

»Immer muss ich dir alles aus der Nase ziehen. Das ist anstrengend, weißt du.«

Ich zwang mich zu einem Lächeln. Auch wenn mein Herz hämmerte wie verrückt, griff ich nach seiner Hand und drückte sie. »Es hat nichts mit dir zu tun.« Ich schluckte. »Es ist nur schwierig darüber zu reden.«

Noah sah mich einen langen Augenblick an, dann seufzte er. Die Schwielen an seinen Fingern, die die Saiten seiner Laute dort hinterlassen hatten, fühlten sich rau an meiner Haut an. »In Ordnung. Noch dieses eine Mal lasse ich dich vom Haken.«

Er kennt mich gut, dachte ich.

Die herbstliche Ruhe des Gartens hüllte uns ein, bis das Schlagen einer entfernten Glocke erklang. Eine halbe Stunde noch, bis wir Varuna gegenübertreten mussten. Eine halbe Stunde gnädiger Frieden.

»Er liebt sie«, sagte Noah unvermittelt.

Ich gluckste, auch wenn mein Herz noch schwer war. »Wer liebt wen?«

»Paros.« Noahs Stimme war kaum mehr als ein Raunen. »Er liebt seine Königin. Seine Augen leuchten, wenn er von ihr spricht. Ich glaube, er liegt ihr zu Füßen.«

Ich lachte leise. »Eine Idee für ein neues Lied?«

Er pfiff eine kurze Melodie aus einem dramatischen Klagelied, das Irin seine Musiker immer und immer wieder spielen ließ. Seine Verse handelten von der Eifersucht einer verschmähten Geliebten, die einem stolzen Elfenkrieger verfallen war.

»Hör auf«, sagte ich und verpasste ihm einen Seitenhieb. »Das ist unerträglich.«

Doch er grinste nur, bevor er sein Pfeifen wieder aufnahm. Die Baumwipfel über uns wankten im Wind, sodass Noahs Ketten in den letzten Sonnenstrahlen des Tages schimmerten.

»Danke«, sagte ich, als Noah endlich aufhörte, zu pfeifen.

Doch er gluckste und ... *sang*. Er kannte jedes verdammte Wort der alten elfischen Verse. Ich vergrub das Gesicht in den Händen und schüttelte den Kopf.

»Bitte«, flehte ich. »Aufhören.«

Doch je länger ich zuhörte, desto weniger ernst konnte ich die Melodie nehmen, die mich schon so oft dazu gebracht hatte, die Augen zu verdrehen. Als Noah dann auch noch die Strophen mit dramatischen Gesten untermalte, konnte ich nicht mehr halten. Ich lachte, erst leise, dann immer lauter, bis schließlich eine Träne meine Wange hinabrollte.

»Geht doch«, sagte er, ein breites Grinsen auf den Lippen.

Ich schnappte nach Luft und hielt meinen schmerzenden Bauch.

Dann trafen sich unsere Blicke. Wie schön seine Augen waren. Perfekte, hellere Gegenstücke zu meinen eigenen, wie der Morgen nach meiner Nacht. Noah schenkte mir ein verschmitztes Lächeln, dann spitzte er die Lippen. Und pfiff eine andere Melodie aus Estéllian. Doch ich hatte genug davon gehört. Mit klopfendem Herzen hob ich eine Hand und legte ihm einen Finger auf die Lippen.

Er hielt inne. Ein kühler Herbstwind blies über uns hinweg, als ich meine Hand sinken ließ. Ich sog seinen Geruch ein, bekam nicht genug von ihm. Er roch noch nach unserer Reise, nach der Wildnis, doch es kümmerte mich nicht. Er war er und das war das Wichtigste. Noah rückte näher, bis seine Wärme mich vollkommen einhüllte.

Und dann, als unsere Lippen sich berührten, vergaß ich alles um mich herum. Den Wind in meinem Haar, das Plätschern des Springbrunnens, die herbe Abendluft. Alles verschwand.

Es gab nur noch Noah, seinen Mund, seine Zunge. Ich spürte seinen warmen Körper durch den Stoff seines Hemdes, als er einen Arm um mich legte und mich an sich drückte, sanft und behutsam wie sein Kuss.

Ich hätte eine Ewigkeit mit ihm auf dieser Bank in Varunas verwunschenem Garten verbringen können. Versunken in seine Wärme, seine Lippen, seinen Geruch.

Doch eine federleichte Berührung an meiner Schulter riss mich aus meiner Trance.

Noah und ich fuhren auseinander, ein wenig atemlos. Wir starrten das feenartige Wesen an, das über unseren Köpfen in der Luft schwebte. Schwarze, schräg gestellte Augen erwiderten unseren Blick.

Ich rieb mir mit dem Handrücken über den Mund. »Abendessen?«

Noah sah erst mich an, dann das geflügelte Wesen. Er lachte. »Und wenn wir nicht mitgehen wollen?«, fragte er. »Wir sind beschäftigt.«

Varunas Dienstbote gab ein wütendes Zwitschern von sich und entblößte dabei gleich zwei Reihen spitzer Zähne.

»Lass uns gehen.« Ich sprang auf und ergriff Noahs Hand. »Sonst gibt es noch vor dem Abendessen Tote.«

22

Die Uhr schlug gerade sechs, als Varunas Dienstbote Noah und mich über die Schwelle der großen Flügeltür zerrte.

Unsere Freunde hatten bereits ihre Plätze an der langen Tafel eingenommen, an deren Ende ein grinsender Paros saß.

Ylvas Gesicht war eine steinerne Fassade, Alyssa und Jilly saßen nah beieinander, die Hände verschränkt. Dora, die auf einem zu niedrigen Stuhl saß, starrte Paros hasserfüllt über die Tischkante an. Nur Brandy, die gerade ihr Wasserglas in einem einzigen Zug geleert hatte, schien sich an nichts zu stören. Die Wasserfrau rülpste leise, als sie sich zurücklehnte, ein wildes Funkeln in den Augen.

Die Hexe war die einzige, außer Noah, die sich nicht an Varunas Kleiderordnung gehalten hatte. Ylva hatte sich zwar gewaschen und eine frische Tunika angezogen, doch sie trug immer noch ihre Lederjacke und Reithose, ihre eigenen Stiefel. Vielleicht hatte sie gewusst, dass es besser war, die eigene Kleidung unter Varunas Dach nicht aus den Händen zu geben. Wie viel hatte sie noch gewusst und uns nicht gesagt?

»Lyvi Gwendalyon und Noah von Schipgaard, seid willkommen«, sagte der gehörnte Krieger. Er wies auf zwei Stühle auf der anderen Seite des Tisches. Direkt neben dem leeren weißen Pfauenthron am Kopfende. Ohne Zweifels Varunas Platz.

Mein Herz klopfte wild in meiner Brust, als ich an Noahs Seite durch den prächtigen Raum schritt. Dunkles Parkett knarzte unter unseren Füßen, ein gläserner Kronleuchter mit mindestens hundert Kerzen tauchte den kleinen Saal in ein warmes Licht. Teppiche in allen Grüntönen hingen an den vertäfelten Wänden, nur ein einziger hinter Varunas Thron war aus blutroten Fäden gewebt. Auf ihm wand sich eine weiße Schlange um einen Kirschbaum. Eine *gehörnte* Schlange.

Ich erschauderte. Es war nicht schwer zu erraten, wen die Schlange darstellte.

Die Decke war ein einziger großer Spiegel.

Paros' Nasenflügel bebten, als Noah und ich uns auf unseren Stühlen niederließen.

»Gab es ein Problem mit deinem Gästezimmer, Barde? War das Bad nicht hergerichtet?«

Noah lächelte, doch seine Augen waren kalt. »Nein, das war es, vielen Dank. Ich habe mich nicht nach einem Bad gefühlt.«

Paros' waldgrüne Augen wurden schmal. Der Krieger hatte sich herausgeputzt und trug nun ein Hemd aus glänzender weißer Seide, dazu eine Weste aus dunkelblauem Brokat. Sein Haar fiel in sanften Wellen auf seine breiten Schultern, die obersten zwei Knöpfe seines Hemds waren offen.

»Nach sauberer Kleidung hast du dich auch nicht gefühlt, nehme ich an?«

Noah zuckte mit den Schultern. Er strich sich eine verfilzte Strähne hinter das Ohr.

»Nicht wirklich, nein. Ich ziehe an, was *ich* will. Wann ich es will.«

Ich wand mich vor Unbehagen. Götter, der Barde und seine verdammten Prinzipien.

Stille, nur Brandy gluckste vergnügt. Mein Herzschlag setzte aus, als Paros nach dem Heft seines Schwertes tastete. Wenn ich nur Elrys bei mir hätte. Oder wenigstens meine Messer.

Ein Klopfen an der Tür.

Der Krieger hielt inne und bedachte Noah mit einem tödlichen Blick.

»Noch ein Wort in diesem Ton, Schipgaard, und ich mache das, was ich will. Auf einen oder zwei von euch kommt es nicht an.« Er wandte den Kopf zur Tür, zum Glück. »Eintreten!«

Noah öffnete den Mund, doch ich drückte sein Knie. Fest.

»Spiel einfach mit«, murmelte ich. »Ausnahmsweise.«

Der Barde zischte eine Antwort, doch ich hörte sie nicht mehr. Flügel raschelten, einer der fauchenden Dienstboten kam hereingeflogen.

Ich starrte zur offenen Tür. Starrte und starrte, als ich erkannte, wer auf der Schwelle stand. Ich kannte den Dämon, seine schwarzen, goldgesprenkelten Augen. Die weißen Zähne. Das kurze seidige Haar, dunkel wie der Nachthimmel.

Nepomouk?

Ich blinzelte, doch er war es. Nepomouk, der Gaukler aus Faelhem. Er war nicht allein. Eine hübsche junge Frau, gehüllt in einen dunkelroten Umhang aus feinem Stoff, stand an seiner Seite. Während Nepomouk ein paar Jahre älter war als ich, musste die Dämonin jünger sein. Und doch hatte sie den Mumm, hier, an diesem verderblichen Ort, gelangweilt auszusehen.

Wenn Nepomouk auch mich wiedererkannt hatte, ließ er es sich nicht anmerken. Sein Gesicht, seine Haltung schienen entspannt, doch seine Augen waren wachsam.

Paros lehnte sich in seinem Stuhl zurück und winkte Nepomouk und seine Begleiterin in den Saal.

»Tretet ein, Eure Hoheit.«

Ich erstarrte. Was? *Eure Hoheit?* Ich sah Noah an, doch auch in seinen Augen tanzte Verwirrung.

Der gehörnte Krieger lachte leise. »Lyvi Gwendalyon, Noah von Schipgaard, darf ich vorstellen? Wajiyad Zen Zilágosh, Kronprinz von Galmáron. Es ist mir eine wahre Freude, dass wir Antheas junge Prominenz in unseren Hallen versammeln konnten. Komm doch bitte zu mir, Wajiyad.«

Ein Muskel in Nepomouks – Wajiyads? – Gesicht zuckte. Doch dann bewegte er sich mit einer fließenden Anmut zu dem Platz neben Paros, die nur jemandem gegeben war, der schon sein ganzes Leben in erlesenen Kreisen verkehrte. Der viel Zeit damit verbracht hatte, seinen Körper zu seinem besten Diener zu machen. Er und seine Gefährtin hatten sich an Varunas Kleiderordnung gehalten.

Ich musste mich zwingen, nicht den Kopf zu schütteln.

Wajiyad Zen Zilágosh, Prinz aus Stahl, dem seine Geschichten vorauseilten, war hier, an diesem götterverlassenen Ort. War er freiwillig gekommen oder hatte Varuna ihn verschleppen lassen? Seine Miene verriet rein gar nichts.

»Gern«, sagte der Kronprinz Galmárons mit einem glatten Lächeln, das er vermutlich schon seit seinem vierten Geburtstag eingeübt hatte. Die junge Dämonin ließ sich auf den Stuhl neben ihm gleiten. Ihre Miene war unlesbar. Doch hinter ihren perlgrauen Augen musste ein messerscharfer Verstand lauern, so aufmerksam, wie sie jeden und alles in diesem Saal musterte.

Ich erschauderte.

Galmáron. Estéllian. Batari. Seeland. Bentuath. Brandy von den Wasserwesen.

Sechs von sieben Völkern dieses Kontinents waren an diesem Tisch vertreten, nur die Kobolde fehlten. Doch Edgar war nur deswegen nicht hier, weil er in Sedina die Stellung zu halten hatte. Auch er hatte dieser Mission seinen Segen gegeben. Was bedeutete es, dass die Kinder aller Völker Antheas in einem Raum versammelt waren? Hatte es das überhaupt schon einmal gegeben, in der langen Geschichte unseres Kontinents?

Ich zuckte zusammen, als ich Paros' Blick auf mir spürte.

»Ein historischer Moment, nicht wahr?«, fragte er mit einem verschmitzten Lächeln in das betretene Schweigen hinein. »Meine Schwester braucht noch einen Moment. Sie liebt es, andere warten zu lassen.«

Ich schluckte.

Schwester?

Noah verkrampfte sich neben mir. Brandy verschluckte sich an ihrem Wasser und schlug sich prustend eine blasse Hand vor ihren Mund. Dora stieß einen leisen Fluch aus.

Ich starrte auf den leeren Silberteller vor mir, in dem sich die Kerzen des Kronleuchters spiegelten. Unzählige Speisen waren in den großen Porzellanschüsseln auf dem Tisch angerichtet. Braten, Brot, frisches Obst und Gemüse, doch mir war der Appetit vergangen. In diesem Augenblick konnte ich mir nicht vorstellen, jemals wieder zu essen.

Die Gesichter der Dämonen waren vollkommen ausdruckslos geblieben. Doch ich hatte gesehen, wie die junge Frau flüchtig den Arm des Prinzen berührt hatte. Eine Warnung.

Unser Gastgeber hob eine Augenbraue. »Wie ich sehe, seid ihr nicht vertraut mit unseren Gepflogenheiten«, sagte er freundlich. Zu freundlich.

Mit jeder Sekunde war das Schweigen im Raum schwerer zu ertragen.

Ich schüttelte den Kopf, nur um irgendetwas zu tun.

»Alle Faunkinder sind Varunas und meine Abkömmlinge.« Er verschränkte die Arme vor seiner breiten Brust. Die Muskeln spannten unter dem Seidenhemd. »Wir leben schon sehr, sehr lange. Wir hatten viel Zeit, um unseren eigenen Hofstaat zu erschaffen.«

Es tat weh, ihm zuzuhören.

Es tat weh, mich zu zwingen, nicht die Dienstbotin anzustarren, die stumm in der Ecke des Speisesaals stand. Ich hätte Elrys darauf verwettet, dass sie die gleichen waldgrünen Augen hatte wie Paros. Mir war übel. Was für ein kranker Ort war das hier?

Ich zuckte zusammen, als Musik zu spielen begann.

Die gleichen Flöten- und Hafenklänge wie bei unserer Ankunft, wieder gespielt auf unsichtbaren Instrumenten, von unsichtbaren Händen.

»Da ist sie.« Paros erhob sich. Mit einer knappen Geste forderte er uns auf, es ihm gleich zu tun. Stühle kratzten über den Boden, als wir gehorchten, zu verdattert, um zu widersprechen.

Ich krallte die Finger in den Stoff meines Kleides, als sich die Flügeltür ein drittes Mal öffnete und eine gehörnte Frau erschien.

»Meine lieben Gäste«, sagte sie. Ihre Stimme war tief und weich wie Samt. »Ich freue mich, euch heute Abend in Medeas Hallen begrüßen zu dürfen.«

Mein Mund wurde trocken. Varuna war wunderschön, anders ließ sich die Königin der Faunkinder nicht beschreiben. Paros' Gefährtin – und Schwester und Königin – trat in den Saal. Sofort sah er sie an, voller Verehrung, Zuneigung und Begehren, heiß und brennend. Ich wollte den Blick abwenden, aber Götter, Varunas Schönheit war hypnotisierend.

Ihre Augen waren von demselben dunklen Waldgrün wie die ihres Bruders, ihr Haar ebenso tiefschwarz. Nur ihre Haut war blasser, fast durchscheinend. Und Paros' Hörner waren lang und geschwungen, ihre klein, geformt wie zwei spitze Mondsicheln.

Zwillinge. Dass die Königin ebenfalls ein tiefblaues, silbern besticktes Gewand trug, untermauerte meinen Verdacht. Die weite Robe fiel bis auf den Boden hinab, war jedoch an genau den richtigen Stellen enger gefasst, sodass ihre vollen Brüste und die Rundungen ihrer Hüften zur Geltung kamen. Ihr Haar fiel halboffen bis zu ihrer Taille.

Es war Paros selbst, der Varunas immensen Korbstuhl für sie zurückzog, keine unsichtbare Hand. Erst als sie und ihr Bruder sich gesetzt hatten, wagten wir es, uns ebenfalls auf unsere Stühle sinken zu lassen. Die Königin musterte ihre Abendgesellschaft, sichtlich zufrieden.

Doch sie sah uns nicht an wie eine freundliche Gastgeberin, realisierte ich. Sie begutachtete uns wie eine geübte Jägerin ihre Beute. Sie schien zufrieden mit ihrem Fang.

Ein Prickeln entlang der frischen, grünen Narbe an meinem Handgelenk ließ mich erschaudern. Der magische Eid würde uns auf ewig an diesen Ort, an diese Frau binden, selbst aus der Ferne. Falls wir Medea und den Anderswald jemals wieder lebendig verlassen würden.

Wie hatte Ylva uns nur hierherbringen können? Sie hatte von Varuna und ihrem Volk gewusst. Sie hätte doch ahnen müssen, dass die Königin der Faunkinder keine Gefangenen machte. Sie hatte es gewusst und war das Risiko trotzdem eingegangen, hatte uns Varuna auf dem Silbertablett serviert.

Unser Schicksal lag nicht mehr in unseren Händen, es hing ganz von den Plänen dieser göttergleichen Erscheinungen ab. Insbesondere von Varuna, so verfallen wie Paros seiner Schwester war. Wenn der Dämonenprinz, der gegenüber von mir saß, das Gleiche dachte, ließ er es sich nicht anmerken. Sein braungebranntes Gesicht war nichts mehr als eine ansprechende, leere Maske.

»Also stimmt es, was unsere Späher uns berichtet haben«, sagte die Königin in die angespannte Stille. »Unser Vater Faun hat die Lösung unseres Problems geradewegs an unsere Türschwelle gelockt.«

Ich wusste sofort, dass *wir* ein Problem hatten. Ein großes Problem.

Der Dämonenprinz räusperte sich. »Welches Problem, Eure Hoheit? Wenn ich mir die Frage gestatten darf?«

23

Wajis Maske drohte zu zerspringen. Seine Hände juckten, wollten Temis und Leto greifen. Doch sie waren nicht hier, sondern nur ein Phantomgewicht auf seinem Rücken. Vor dem Abendessen hatte er in seinem Zimmer einen Kampf mit Varunas unsichtbarer Magie ausgefochten, als er seine Zwillingsschwerter hatte anlegen wollen.

Das Miststück von Königin hatte gewonnen. Leto und Temis waren einfach aus seinen Händen verschwunden. Hatten sich in Luft aufgelöst, genau wie seine Dolche und Messer.

An unsere Türschwelle gelockt.

Dieser verlotterte Elf – Velmar oder Drosselbart oder Amselherr oder wie zur Hölle sein Name war – und die gehörnten Soldaten hatten sie überwältigt. Warum hatte er sie nicht gehört? Wie hatte Velmar sich so nah an sie heranschleichen können? Je länger er darüber nachdachte, desto wahnsinniger machte es ihn.

Der Elf und die gehörnten Krieger hatten ihn entwaffnet, sie beide gefesselt und durch Ixakild geschleift, dann in diesen götterverlassenen Wald. *Nachdem* Drosselbart Nuria und ihn ausgeraubt hatte. Er war über ihren ganzen Schmuck und ihr Geld hergefallen wie ein Geier über Aas. Auch den Rubin, der Wajis Erbe sichern sollte, hatte er in seinen Taschen verschwinden lassen.

An der südlichen Waldgrenze hatten sie mehr der gehörnten Soldaten getroffen, die Krobatyns Männer in ihrer Gewalt hatten. Sie waren offenbar die Brut des Faunkriegers und seiner teuflischen Schwester. Warum hatten sie Argethy aufgetragen, Krobatyns Soldaten am Leben zu lassen und mitzunehmen? Wäre es nicht leichter gewesen, sie in Allander umzulegen?

Allander.

So lange er lebte, würde er dieses stinkende Dorf hassen. Alles was hätte schiefgehen können, war in Allander schief gegangen.

Es *war* Krobatyns Kopf gewesen, den Waji aus dem blutgetränkten Beutel gezogen hatte. Aber da hatte Argethys Treue zu ihrer Abmachung auch schon aufgehört. Der Mistkerl hatte sie verraten. Der Halbdämon hatte wahrscheinlich mit Velmar und den gehörnten Soldaten verhandelt, sobald Waji seine Apotheke verlassen hatte.

Und jetzt saßen sie in der Scheiße.

Wenn der Elf und seine Soldaten Argethy nicht versichert hätten, dass der Prinz Galmárons den Anderswald nicht lebendig wieder verlassen würde, hätte der Apotheker nie eingewilligt, ihn zu verraten. Denn *falls* Waji diesen Wald jemals wieder verlassen würde, war Argethy tot. Dafür würde er selbst sorgen. Und sich viel, viel Zeit lassen. Mit Velmar würde er das Gleiche tun, wenn er die Möglichkeit bekam. Der Elf hatte, wie kein anderer, Salz in die Wunde gestreut, die der Tod seiner Mutter in ihm hinterlassen hatte.

Nie wieder. Nie wieder würde er sich diese Blöße geben.

Nachdem sie tagelang durch den geisterhaften Wald geritten waren, waren sie gestern Nacht in Medea angekommen. Sie waren keine Gefangenen, aber Waji hatte keine Sekunde geglaubt, dass sie eine Chance auf Flucht hatten. Die verdammten Bäume würden sie zermalmen, bevor sie auch nur drei Schritte in den Wald gemacht hätten.

Hier waren sie also. In den Händen der nächsten irren Monarchin.

»Der junge Prinz aus Galmáron traut sich zuerst«, sagte Paros mit einem Schmunzeln. »Das überrascht mich nicht. Er scheint in dieser Runde der Einzige zu sein, der weiß, wie man Spaß hat. Ein Jammer, dass sogar eine Ylva Dornblatt so einsilbig ist heute Abend.«

»Spart Euch das Schauspiel und sagt uns, was Ihr wollt, Varuna«, zischte die silberhaarige Frau am Kopfende der Tafel.

Ylva Dornblatt.

Waji kannte diesen Namen, aber woher?

»Ein Hexengeschlecht«, raunte Nuria neben ihm. »Eines der ältesten Antheas.«

Natürlich. Natürlich wusste Nuria, wer sie war.

Die Hexe hatte recht. Er wollte endlich wissen, was die gehörnten Geschwister sich ausgedacht hatten. Was eine unsterbliche, allmächtige Königin von ihnen wollte. Warum Nuria und er an diesem Tisch saßen. Gegenüber der Halbelfe, die in Faelhem seinen Kartentrick durschaut hatte.

Wenn sie nicht in der Klemme gesessen hätten, hätte er laut gelacht. *Pikki-*

ralky war hier. Die Halbelfe, die *nicht* Elysa, sondern Lyvi hieß, und *zufällig* eine verstoßene Prinzessin Estéllians war. Und ein Barde, der zufällig den Nachnamen der seeländischen Küstenrätin trug.

Seine Nackenhaare sträubten sich, als Paros Nuria begutachtete wie ein Pferdehändler eine gutgebaute Stute. Doch der Krieger nickte, echter Respekt in seinen Augen.

»Du hast dir eine kluge Begleiterin ausgesucht, Prinz. Die Tiamatys sind seit Jahrhunderten für ihre Intelligenz und ihr Geschick berühmt, nicht nur als Heiler. Wusstest du, dass ein Tiamaty euren hübschen Kiraly-Palast errichtet hat?«

Waji zwang sich zu einem schmierigen Lächeln. Er hatte das nicht gewusst. Aber das brauchte der Scheißkerl, der mit seiner eigenen Schwester ins Bett ging, nicht zu wissen.

»Natürlich. Aber dass Nuria eine kluge Frau ist, stand nie zur Debatte. Meine Frage war eine andere.«

Nur eine von hundert Fragen, aber die wichtigste.

Die Augen der Hexe wurden schmal, als sie Arme vor der Brust verschränkte. »Sagt uns, was Ihr wollt, Varuna«, sagte sie scharf.

Paros hatte sein Schwert gezogen und die mächtige Klinge an Dornblatts Hals gelegt, bevor sie ihren Satz vollendet hatte. Der Klang der unsichtbaren Harfen und Flöten setzte aus. Die Flammen der Kerzen flackerten in einem andersweltlichen Windstoß.

Totenstille.

Das Gesicht der Königin verzerrte sich zu einer hässlichen Fratze. Varuna und die Hexe würdigten den Krieger keines Blickes, auch wenn sein Schwert kaum einen Fingerbreit von Dornblatts Kehle entfernt war.

»Niemand redet so mit mir«, fauchte die Königin der Faunkinder. »Auch nicht die letzte Hexe Antheas.«

Sie neigte den Kopf zur Seite, als sie weitersprach, ein kühles Lächeln auf den roten, vollen Lippen. Wie eine Schlange kurz vor dem Angriff.

»Wenn ich mich nicht irre, sind deine magischen Fähigkeiten in diesem Wald eingeschränkt, Ylva Dornblatt«, fuhr sie fort, ihre Stimme süß wie Honig. »Ich an deiner Stelle würde mich darum bemühen, in meiner Gunst zu bleiben. Ob ihr Medea wieder lebendig verlasst, liegt in meinen Händen, wenn ich dich daran erinnern darf.«

Wajis Hände verkrampften sich auf seinen Oberschenkeln. Sein Körper schrie danach, sich zu bewegen, zu kämpfen, doch er musste sich zurückhalten. Jeder Fehler in dieser Gesellschaft konnte tödliche Konsequenzen haben.

Varuna gab Paros ein Zeichen. Er trat zurück und ließ sein Schwert sinken.

»Aber weil mich diese Gesellschaft langweilt, lasst uns beginnen.«

Die Glockenuhr, von der Waji immer noch nicht wusste, wo sie sich befand, schlug sieben. Bei Istari, eine ganze elendige Stunde hatten sie hier schon verbracht? Er wollte nicht hier sein. Er wollte im Dämmertal sein, bei Hunyadi, Flory und den anderen. Und mit Stahl und Blut und Muskeln für sein Königreich kämpfen.

Varuna trommelte mit ihren Fingern auf die Tischplatte, als sie ihre Gäste ansah, einen nach dem anderen.

»*Alles* in diesem Wald war mir unterworfen«, sagte sie, als sie sich der Aufmerksamkeit jedes Einzelnen an ihrer Tafel sicher war. »Jeder Baum und Fels, jede Spinne. Jede noch so kleine Kreatur. Alles. Bis Ganiel Arkany vor zweihundert Jahren aufgetaucht ist. Auf dem Rücken eines Drachen, die Magie eurer jämmerlichen Völker in seinen Händen. Ein waghalsiger Bursche, der seinen Plan nicht durchdacht hatte.«

Auf dem Rücken eines Drachen?

Diesen Teil der Geschichte kannte er noch nicht. Er warf einen Seitenblick auf Nuria, doch sie schüttelte den Kopf. Auch die Halbelfe und ihre Freunde sahen Varuna ungläubig an, selbst die Hexe hob die Augenbrauen.

Wie war es Ganiel nur gelungen, sich mit einem *Drachen* anzufreunden? Man konnte diese Ungeheuer nicht dressieren wie Hunde.

Die alten Geschichten besagten, dass allein ihr Feuer in Sekundenschnelle Fleisch und Knochen rösten konnte. Ganz abgesehen davon, dass ihre Zähne in den Gemälden in der Galerie seines Vaters so lang waren wie die Unterarme eines erwachsenen Mannes ... und so spitz wie Dolche.

Varuna lehnte sich in ihrem Pfauenthron zurück, offensichtlich zufrieden, dass sie sie überrascht hatte.

»Es ist wahr«, säuselte sie. »Ganiel hat sich auf Marra mit einem Seedrachen angefreundet und ist mit ihm hierher geflogen. Mit *ihr*, um genau zu sein. Meliki ist ihr Name.«

Waji unterdrückte sein Schnauben. Natürlich wusste die Königin der Faunkinder, wie dieser götterverdammte Drache hieß.

Unter Ungeheuern kennt man sich.

Varuna schenkte der Hexe ein säuerliches Lächeln.

»Ein Geschenk deiner Herrin, Ylva Dornblatt. Seit Jahrhunderten streiten wir uns, wer in diesem Wald das Sagen hat.« Die Königin verdrehte die Augen und machte eine abfällige Geste. »Nefelda, *Göttin der Wildnis*. Dass ich nicht lache. Es hat sie so sehr geärgert, dass dieser Wald und seine Wesen *mir* gehorchen und nicht ihr, dass sie Meliki mit dem Dämon hierhergeschickt hat. Kurz nachdem sie hier landeten, verschwand die Drachin im See, während Arkany am Ufer herumlungerte, vollkommen in seinen Rubin verliebt. Er zeigte kein Interesse an Medea, fraß Wurzeln und Blätter wie ein wildes Tier, verloren in seiner eigenen Welt.«

Verloren in seiner eigenen Welt. Genau wie sein Vater.

»Dann tauchte sein Bruder hier auf, kaum zwei Wochen später. Ich griff immer noch nicht ein, denn ich wollte wissen, was auf Marra passiert war. Ich hatte auf der Insel Späher eingesetzt, aber auch sie waren in jener Nacht verbrannt. Ich ließ Tilly Arkany bis zum Spiegelsee vordringen, doch verhüllte Medea mit einem Zauber. Für ihn war diese Stadt nichts weiter als bröckelnde Ruinen. Ich war neugierig, wollte sehen, was sich die Brüder zu sagen hatten.«

Sie lachte leise, doch es klang hart. Waji hatte noch nie ein so hässliches Lachen aus dem Mund einer Frau gehört.

»Tilly Arkany tötete seinen Bruder, so erschrocken war er von ihm. Ein blutiger Kampf, ein Mann gegen ein wildes Biest. Ganiel jedoch ließ selbst im Tod den Rubin nicht los. Tilly weinte, als er seinen Bruder begrub, mitsamt dem Stein der Einheit. Er wollte ihn nicht mitnehmen, zu verstört war er davon, was der Rubin mit Ganiel gemacht hatte.«

Sie zuckte mit den Schultern, als wäre sie gelangweilt.

»Es war verblüffend. Ganiel war der Magie des Steins vollkommen verfallen. Natürlich hat auch Tilly diesen Wald nicht verlassen.« Zum ersten Mal an diesem Abend sah sie ihren Bruder an, tätschelte seine Hand. Der Hunger kehrte augenblicklich in die Augen des Kriegers zurück. »Darum hat Paros sich gekümmert. Doch das war nicht alles.« Varuna seufzte. Ihr Gesicht wurde finster.

»Ich war nicht erfreut, dass die Magie eurer Völker mein Reich beschmutzt hatte. Ich befahl Paros, den Rubin aus Ganiels Grab zu holen, doch Meliki kam uns zuvor. Dieser elendige Wurm kroch vor unseren Augen aus dem See, wühlte in der Erde, bis sie Ganiels Leiche gefunden hatte. Sie zog ihn und den Rubin ins Wasser. Wieder war ich nicht erfreut.« Sie verzog missbilligend den Mund.

»Doch dann erst begann der wirkliche Ärger. Es fing schleichend an. Manche Wesen dieses Waldes waren wie hypnotisiert, Bäume gehorchten mir nicht mehr. Nefelda wusste genau, was sie tat. Die Magie des Steines, eure Magie, verseucht unser Reich. Ganz abgesehen davon, dass die Drachin mit ihrem schmutzigen Maul bereits den ganzen See leergefressen hat. Ich schütze mein Volk so gut es geht, aber es erschöpft mich.«

Waji hatte nicht gewusst, dass Drachen ein Geschlecht hatten, auch wenn die riesigen, schuppigen Biester auch zu Galmárons Geschichte gehörten. Überhaupt wusste er nicht viel, das war ihm in den letzten Wochen mehr als deutlich geworden. Er erinnerte sich dunkel, dass vor vielen, vielen Jahrhunderten eine Drachenpopulation in dem Gebirge gelebt hatte, das nun die Bürgerkriegslinie war. Doch sie waren ausgerottet worden, wie auch immer ihren Vorfahren dies gelungen war. Wahrscheinlich Magie, es gab keine andere Erklärung.

Varuna legte den Kopf schief, ein kaltes Lächeln auf den Lippen. »Das Drachenweibchen und der Edelstein müssen verschwinden. In diesem Wald bin ich unbesiegbar, doch Meliki ist wie ein blinder Fleck für meine Magie. Sie kann ihr nichts anhaben. Nefeldas Zauber reicht soweit, dass niemand unseres Volkes in unserer eigenen Bibliothek etwas über die Bekämpfung von Drachen finden kann.«

Varuna schürzte ihre vollen Lippen.

»Jahrhundertelang konnte ich dank meiner Sammlung die Antwort auf jede erdenkliche Frage ermitteln. Bis die Drachin hier aufgetaucht ist. Selbst auf unseren Freund Velmar hat sich Nefeldas Magie bereits ausgebreitet.« Sie leckte sich über die Lippen. »Vielleicht, weil er mir so verfallen ist. Er hat Monate zwischen meinen Büchern gewohnt, hat Anthea bereist auf der Suche nach einer Lösung. Auch er hat nichts gefunden. Deswegen brauche ich euch.«

Waji wusste nicht, ob er lachen oder aufspringen und diesen ganzen elendigen Saal zertrümmern sollte. Nuria verpasste ihm einen Tritt gegen das Schienbein. *Weder noch, Wajiyad*, schien sie zu sagen.

»Und was heißt das?«, fragte Dornblatt. »Präziser bitte, *Eure Hoheit*.«

24

Mir war übel, kalt und heiß zugleich.

Das hier war ein Albtraum. Ganiel hatte einen *Seedrachen* gezähmt?

Zwar mithilfe der Göttin Nefelda, doch das machte Meliki nicht weniger echt. Eines der mächtigsten Urwesen, die je in dieser Welt existiert hatten. Und doch … ich dachte an die fremde, andersweltliche Kraft zurück, die Irin auf seiner Seite hatte. Die Königin der Faunkinder war mächtig, der Drache furchteinflößend, doch der Elfenkönig hatte ein Ass im Ärmel. Wenn Irin wollte, würden er und sein Schatten das Ungeheuer an der Gurgel packen und diesen Wald in Splitter und Asche verwandeln.

»Geduld«, säuselte die Königin. Sie hob ihren kristallenen Kelch an die Lippen. Varuna nahm einen Schluck von dem roten Wein, dessen schweres Muskataroma mir bereits in der Nase lag, seitdem wir den Saal betreten hatten. Doch mein Geruchssinn war immer noch eingeschränkt und die Gefühle der Anwesenden blieben mir verborgen.

Großartig. Meine Sinne waren verkrüppelt, meine Waffen nutzlos.

Es war noch nicht so lange her, dass ich mich das letzte Mal so wehrlos, so fremdbestimmt gefühlt hatte.

Varuna lächelte. Ein Tropfen glänzte auf ihrer vollen Unterlippe wie frisches Blut.

»Wir werden Spaß zusammen haben, da bin ich mir sicher«, sagte die Königin. Sie griff nach Paros' Hand und leckte sich den Rotweintropfen von ihrer Lippe. »Es ist ganz einfach. Entweder euch gelingt es, den Drachen zu töten und diesen verdammten Stein aus meinem See zu holen. Oder ihr werdet sterben.«

Alyssa und Jilly rückten näher zusammen. Brandy fauchte und bleckte die Zähne. Dora war rot angelaufen, tödlicher Zorn tanzte in ihren Bernsteinaugen.

»Was erlaubt –«

Ylvas Gesicht war unlesbar wie immer, als sie der Zwergin eine Hand auf den Arm legte, mit dem diese gerade nach dem Speisemesser gegriffen hatte.

»Ist das alles?«, fragte sie. So sachlich, als erkundigte sie sich nach der Uhrzeit. Dora zog ihren Arm weg und starrte erst sie, dann Varuna hasserfüllt an.

Ich schluckte, als die Königin ihren unsterblichen Blick direkt auf mich richtete.

»Nein. Wir wissen, dass ihr nur zusammenarbeiten könnt, bis ihr den Stein vom Grund des Sees geholt habt. Deswegen möchten wir euch helfen und dieses Dilemma lösen.«

Ich wollte wegsehen, doch Varunas tiefgrüner Blick hielt mich gefangen.

Deswegen war der Kronprinz der Dämonen hier. Auch Wajiyad Zen Zilágosh war in den Anderswald gekommen, weil er den Stein der Einheit suchte, für sein verfluchtes Königreich, vielleicht für sich selbst. Ich erschauderte. Was bedeutete das alles? Wie hatte er davon erfahren, dass der Stein hier war?

Varunas Blick wanderte weiter zu dem Prinzen. »Sollte es euch gelingen, den Drachen zu töten und den Stein in eure Hände zu bekommen, treten die letzte Seherin Antheas und der Thronfolger Galmárons in einem Duell gegeneinander an. Ihr seht – egal, was passiert, für uns wird es eine prächtige Unterhaltung sein.«

Die Zeit blieb stehen.

Der Kuss mit Noah, alles, was davor geschehen war, schien zu einem anderen Leben zu gehören. Die Wärme, die Geborgenheit, die ich noch vor kaum zwei Stunden verspürt hatte, waren augenblicklich verschwunden. Wajiyad gluckste, als amüsiere ihn das alles.

»Wer glaubt Ihr, wer Ihr seid«, knurrte Noah, doch die Königin lächelte nur. Varuna würde tun, was sie wollte, niemand würde sie daran hindern können. Und sie wusste es.

»Morgen Abend erwarte ich eine Idee, wie ihr den Drachen zu töten gedenkt. Eine *gute* Idee. Abendessen um sechs Uhr, keine Minute später. Meine geflügelten Diener werden euch gern zu meiner Bibliothek führen, wenn ihr das möchtet. Vielleicht habt ihr mehr Glück und Nefeldas Zauber hat sich noch nicht auf euch ausgebreitet.«

Varuna schürzte die Lippen und spielte mit einer seidigen schwarzen Strähne.

»Ach, und Prinz –«

Wajiyads Blick schnellte zu ihr. Die goldenen Sprenkel in seinen Augen glühten wie Funken.

»Ich erwarte deine Soldaten morgen ebenfalls im Saal. Sie schienen mir nützlich für eure Aufgabe. Deswegen habe ich Argethy angeordnet, sie am Leben zu lassen. Ich nehme doch an, dass sie dir unterstehen, jetzt, wo dieser lästige General tot ist?«

Der Prinz legte einen Arm über die Rückenlehne von Nurias Stuhl. Er lächelte, doch in seinem Blick brannte ein tödliches Feuer.

»Das sehe ich genau so, Eure Hoheit. Sie werden da sein.«

»Wunderbar.« Die Königin des Waldes zwinkerte mir zu und hob ihr Glas ein zweites Mal. »Möge die Bessere gewinnen.«

»Wusstest du davon, Dornblatt?«, fauchte Dora.

Wir allen waren nach dem Abendessen mit Varuna und Paros gemeinsam in mein Zimmer zurückgekehrt. Ohne ein Wort zu sagen, jeder für sich gefangen in seinem eigenen Schrecken. Ich hatte ohne Appetit etwas Brot und Braten in mich hineingezwungen. Jedes Mal, wenn ich Varuna oder Paros angesehen hatte, war mir das Essen wieder hochgekommen.

Die Hexe saß mit überschlagenen Beinen in dem Ohrensessel vor dem brennenden Kamin. Trotz der Wärme trug sie immer noch ihre Lederjacke.

»Wovon?«, fragte sie mit einem Schulterzucken. »Von Varuna – ja. Von dem Drachen – nein.«

Jilly, die neben Dora und Alyssa im Schneidersitz auf dem Teppich vor der Feuerstelle saß, schüttelte den Kopf.

»Warum?«, fragte sie. »Warum hast du uns hierhergebracht? Du hättest doch ahnen müssen, dass wir keine Chance gegen Varuna und Paros haben würden. Dass wir nie eine hatten.«

Dora nickte. »Du wusstest, dass eine irre, blutrünstige Königin in diesem Wald herrscht und trotzdem hast du uns mit dir geschleift? Du hast uns erzählt, *Wilde* leben hier.«

Brandy, die in der vollen Badewanne in der anderen Ecke des Zimmers planschte, die Arme auf den Rand gestützt, schnaubte. »Varuna und ihre

Leute sind nicht wild, sie sind *krank*«, zischte sie. »Kranke, wohlgekleidete Bastarde.«

Ylva lächelte, doch ihre lavendelfarbenen Augen blieben kühl. Sie verschränkte die Arme vor der Brust. »Ihr habt doch den Eid selbst geschworen«, sagte sie, wieder mit diesem sachlichen Ton, der Doras Kehle ein Knurren entlockte. »Ich *konnte* euch nicht sagen, wer wirklich im Anderswald regiert ... und wie. Wusste ich, dass Varuna uns aufgreifen würde? Ja. Wusste ich, dass sie uns in irgendeines ihrer Spiele verwickeln wird? Ja. Auch wenn ich ihre Gemeinheit unterschätzt habe.« Sie seufzte. »Wusste ich, dass Ganiel auf einem *Drachen* in den Anderswald geflogen ist? Nein. Bei meinem letzten Besuch in Medea war Galmárons Volksheld noch nicht einmal geboren. Und in der Nacht, als Marra brannte und Ganiel mit dem Rubin geflohen ist, lag so viel Rauch in der Luft, dass ich kaum meine eigenen Hände gesehen habe.«

»Großartig«, murmelte Noah, der neben mir auf der rostroten Récamiere saß. Genauer gesagt, fläzte er sich darauf, die Hände hinter dem Kopf verschränkt, während ich gerade noch ein bisschen Platz auf der Kante hatte. »Und was jetzt?«

Das Holz im Kamin knackte. Ein Windstoß rüttelte an den Fensterscheiben. Es roch nach rauchiger Glut, nach Herbst, der durch die Ritzen im Fensterrahmen kroch. Es war warm hier, doch ich fröstelte und schlang die Wolldecke, enger um mich. Vielleicht war dies eines der letzten Male, dass der Geruch des nahenden Herbstes meine Nase kitzelte. Mir war nie bewusst gewesen, wie gern ich ihn mochte.

Ylva runzelte die Stirn. »An unserem Plan ändert sich nichts«, sagte sie. »Wir müssen immer noch an den Stein der Einheit kommen. Egal wie, so schnell wie möglich. Irin darf ihn nicht finden. Mit der Magie, die ihn unterstützt, könnte er diesen ganzen Wald dem Erdboden gleichmachen.«

O Götter. Mein Gefühl war richtig gewesen.

Dora schnaubte. »Warum hat er es dann noch nicht getan? Worauf wartet er? Und wozu braucht er dann überhaupt noch den Stein?«

Ylva zog die Nase kraus. »Welche Macht ihn auch immer gerade unterstützt, diese Magie ist nur geliehen. Und sie hat einen Preis. Nicht so der Rubin. Die Magie aller Völker dieses Kontinents würde ihm einfach ... *gehören*. Es wird nicht mehr lange dauern, bis er seinen Zug macht.«

Jilly rieb sich die Stirn und schüttelte wieder den Kopf. »Also was schlägst du vor? Dass wir diesen Drachen töten? Einfach so?«

»Ja.«

Stille, schwer und angespannt, breitete sich im Zimmer aus.

»Wir dürfen sie nicht töten«, sagte Alyssa leise. »Einen Drachen zu töten, ist in Batari eine Todsünde. Wer einen Drachen abschlachtet, verdammt sich selbst. Die Götter verzeihen eine solche Tat nicht.«

Ylva lachte trocken. »Ich fürchte, wir haben keine Wahl. Auch wenn die Götter uns dafür hassen werden. Gibt es irgendetwas anderes, was du über Drachen weißt, Alyssa Burami?«

Wut blitzte in den schmalen Augen der Steppenelfe. Sie krallte ihre Finger in ihre tätowierten Arme, als müsste sie sich beherrschen. »Nicht viel. Erst recht nicht, wie man sie tötet. Es gibt in Batari nur noch wenige von ihnen. Sie leben hoch oben im Talmai-Gebirge, in Höhlen nahe der Gipfel der Himmelsberge. Die Brüder und Schwestern des Adjasaadh-Ordens in Himmelsthür verehren sie. Für sie sind sie göttergleiche Wesen. Es hat nie Probleme zwischen ihnen und den Batari-Elfen gegeben.« Alyssa legte den Kopf schief, ihre Augen wurden noch schmaler. »Was weißt *du* über sie, Hexe? Wenn du eine sterbliche Batari-Elfe um Rat fragen musst?«

Ylva schnaubte. »Kaum mehr als du. Der einzige andere Ort in Anthea, an dem es je Drachen gab, waren die Drachenzahnberge in Galmáron. Doch die Dämonen rotteten sie bereits vor mehr als tausend Jahren aus, als sich ihr Volk weiter und weiter nach Westen ausbreitete. Wahrscheinlich nutzten sie Magie, um die Drachen zu töten. Vielleicht weiß der Prinz etwas darüber.«

»Großartig«, stöhnte Noah. Er bedeckte sein Gesicht mit den Armen. »Was macht der Thronfolger Galmárons überhaupt hier?«

Mein Blick fiel auf den Streifen nackte, braungebrannte Haut, der unter seinem verrutschten Hemd zum Vorschein kam. Auf die hellblonden Haare, die dort wuchsen. Sofort riss ich mich wieder davon los. Götter, wir hatten andere Probleme. Genauer gesagt, *ein* Problem, das groß und geschuppt war und am Boden des Spiegelsees über Antheas Magie wachte.

Ylva atmete angestrengt aus und massierte ihre Nasenwurzel.

Von Jaya hatten wir seit heute Mittag nichts mehr gesehen. Hatte sie ihn weggeschickt, vielleicht um Hilfe zu holen? Wahrscheinlich nicht. Es würde ohnehin nichts bringen. Wir saßen hier fest, im Würgegriff der Schlange von Medea.

»Ich habe es schon viel zu oft heute Abend gesagt, aber ... ich weiß es nicht.« Sie sah Noah an, dann mich. »Es ist ein merkwürdiger Zufall, dass die Kinder der drei mächtigsten Familien Antheas hier sind. Ich fürchte, auch Manor Zen Zilágosh hat irgendwie Wind davon bekommen, dass der Stein der Einheit hier ist. Und er hat seinen Sohn geschickt, um ihn zu holen. Solche Dinge passieren, wenn die Welt dabei ist, sich zu verändern. Wir haben keine Magie, aber vielleicht ist das Schicksal auf unserer Seite.«

Meine Kehle wurde eng. Es war zum Heulen.

»Aber selbst, wenn wir die Drachin töten und den Stein der Einheit in unsere Hände bekommen ... ich muss dann immer noch gegen *Wajiyad Zen Zilágosh* antreten, den ganz Anthea den *Prinzen aus Stahl* nennt. Und gewinnen. Wenn der König der Dämonen in den Besitz des Steins kommt, ist trotzdem alles verloren. So mächtig, wie Irin geworden ist, spaziert er einfach mit seiner Armee durch Manors Verteidigungslinien und holt sich den Rubin.«

Ylva sah mich an, ihr Blick so viel älter, als ich es je sein würde.

»Noch ist nichts verloren, Lyvi. Vielleicht hat auch ein Prinz aus Stahl weiche Stellen.«

Vielleicht. Ich hasste dieses Wort. Und ich gehörte nicht zu einer mächtigen Familie, nicht mehr.

Die Ära der Gwendalyons war vorüber, das Erbe des königlichen Elfengeschlechts längst zertrümmert. Dafür hatte Irin gesorgt. *Lyvi Unwürdig, Lyvi Namenlos*, zischten die gemeinen Stimmen in mir.

Die Hexe lächelte, doch warf einen flüchtigen Blick auf den schlichten Silberring an ihrer Hand, drehte ihn zwischen Mittelfinger und Daumen.

»Wird es Konsequenzen für dich haben, wenn wir Meliki töten?«, fragte ich leise.

Ylva erstarrte. Ich hatte ins Schwarze getroffen. Doch ihre Stimme klang ruhig.

»Nefelda und ich haben kein Verhältnis, das ich als *freundschaftlich* bezeichnen würde. Sie wird sich aufregen und mir mit einem langsamen, qualvollen Tod drohen. Insgeheim wird es sie freuen, dass ich noch tiefer in ihrer Schuld stehe.« Sie zuckte mit den Schultern. »Ich darf mir nicht zu viele Gedanken um Nefelda oder mein eigenes Leben machen, das ohnehin schon viel zu lange andauert. Wir müssen den Stein der Einheit vor Irin bewahren. Und dafür muss Meliki sterben. Punkt.«

Noah und ich wechselten einen Blick. In seinen Augen erkannte ich die gleichen Zweifel, die auch mich plagten. Würden wir Anthea vor Irin schützen, nur um den Zorn einer Göttin auf uns zu ziehen?

»Das ist ein gewagtes Vorhaben und wir alle müssen vorsichtig sein«, fügte Ylva hinzu. »Aber besonders du, Lyvi. Es gibt Geschichten von Sehern und Seherinnern, die sich in der Gegenwart eines Drachen verloren haben. Die nach einer Begegnung mit diesen Urwesen wie hypnotisiert durch die Welt gelaufen sind. Für den Rest ihres Lebens.«

Ein Schauder jagte meinen Rücken hinab. Noah berührte sachte meine Hand, die ich in die Polster unter mir gekrallt hatte. Ich öffnete den Mund, doch Alyssa kam mir zuvor.

»Ich mache das nicht mit«, fauchte sie. Sie sprang auf die Beine. »Ich werde mein Leben nicht beschmutzen. Wir sollten fliehen, alles andere ist Wahnsinn.«

Brandy war in der Badewanne abgetaucht, aber fünf Augenpaare richteten sich auf Ylva, in jedem der gleiche Funken Hoffnung. Doch die Hexe schüttelte den Kopf.

»Eine *Flucht* zu versuchen, ist Wahnsinn. Varuna wird uns finden, bevor wir auch nur einen Fuß in den Wald gesetzt haben. Sie hat ihre Augen und Ohren überall. Wir haben keine Wahl, als auf Stahl zu vertrauen. Brandy –«

Ylva sah sich zur Wanne um … und legte den Kopf schief. Die Wasserfrau war verschwunden.

»Brandy?«

Ein Prusten, ein Blubbern, dann tauchte die Wasserfrau auf.

»Schon verstanden. Ich schaue mir morgen mal an, was diese Drachin da unten im See treibt.« Sie strich sich die nassen schwarzgrünen Strähnen aus der Stirn. Ihr Mund verzog sich zu einem wilden Grinsen. »Ich freue mich darauf.«

Es hatte gerade Mitternacht geschlagen, als die anderen aus meinem Zimmer schlichen. Stumm, mit finsteren Gesichtern und matten Augen. Ich machte ihnen keinen Vorwurf. Ich fühlte mich ebenso erschöpft und leer.

Als letztes schlüpften Alyssa und Jilly hinaus auf den Flur, nur Noah lungerte immer noch in der Nähe der Tür herum. Die Hände in die Hosentaschen vergraben, schlenderte er in Schlangenlinien durch mein Zimmer. Er trug immer noch seine eigene Kleidung, roch immer noch nach Straße und Wald und Schlamm.

Ich lächelte schief und zog meine Knie an. Noah war keine Puppe der Mächtigen, würde es nie sein. Und trotz unserer hoffnungslosen Lage, trotz Varuna, trotz des Drachens, machte mein Herz einen kleinen Hüpfer. Ohne ihn neben mir fühlte ich mich allein.

»Noah?«, flüsterte ich.

Sofort drehte er sich auf dem Absatz um, ein unschuldiges Lächeln auf den Lippen. »Ja?«

Ich klopfte auf das Polster neben mich. »Bleib.«

Mit drei großen Schritten war er wieder bei mir und ließ sich mit einem Seufzen neben mich plumpsen.

Das Feuer im Kamin erstarb bereits und mit ihm seine Wärme. Wind pfiff durch die Ritzen der alten Mauern. Fröstelnd hüllte ich mich wieder in die Wolldecke.

»Glaubst du, wir werden es schaffen?«

Noah rückte ein Stück näher. Nicht die Annäherung eines Verehrers, sondern mit dem guten Willen eines Freundes, der mir seine Wärme schenken wollte.

Ich legte den Kopf auf meine Knie und biss auf meine Unterlippe.

»Ich weiß es nicht. Aber ich habe Angst vor dem, was danach kommt.«

Wajiyad Zen Zilágosh war hier. Und ich würde gegen ihn kämpfen müssen, wenn wir Meliki erlegt hatten.

Noah hob eine Augenbraue. »Ist er *so* gut?«

Ich nickte. »In Estéllian ging vor Jahren einmal das Gerücht um, dass Wajiyad und seine Männer die Küstenstadt Hiva vor einem Angriff einer ganzen feindlichen Armada beschützt haben. Drei Tage lang haben sie die gegnerischen Reihen auf den Piers im Hafen abgeschlachtet, ohne eine Pause zu machen.«

Noah schnaubte und schüttelte den Kopf. »Das kann nur ein Gerücht sein.«

Ich zuckte mit einer Schulter, meinen Blick auf die sterbende Glut gerichtet. »Vielleicht. Aber die meisten Gerüchte haben einen wahren Kern. Auch wenn alte Waschweiber und fahrendes Volk sie sich ausgedacht haben.«

Der Barde spitzte die Lippen und pfiff eine Melodie. Das *Lied des fröhlichen Gauklers*. Ein Kinderreim, der nicht nur in Estéllian gesungen wurde, sondern es über die Grenzen geschafft hatte, wie es nur Musik gelang.

Ich kniff ihm in den Oberarm.

»Aua!«

»Aufhören!«

Er rieb sich den Arm und wir funkelten uns einen Augenblick an. Ich kicherte zuerst, dann gluckste Noah. Und nur für ein paar Atemzüge, für einen einzigen kostbaren Moment wich der Schatten von meinem Herzen. Ein warmes Gefühl kribbelte in meinem Bauch, als ich mich an unseren Kuss heute Nachmittag erinnerte. Nicht der erste Kuss meines Lebens, aber der besonderste. Alle anderen hatten in dunklen Ecken Merielles stattgefunden, mit Elfen, deren Gesichter und Namen ich schnell wieder vergessen hatte. Noah, was auch immer zwischen uns war, würde ich nie vergessen.

Und das wollte ich ihm zeigen.

Ich legte eine Hand auf seine Brust und drückte ihn sanft auf die Polster hinab. Unter meinen Fingern spürte ich sein Herz hämmern, schnell wie das Flattern von Flügeln.

»Bleib«, flüsterte ich. »Bitte.«

Noah zog mich mit sich, sodass mein Kopf an seiner Brust ruhte. Ich kuschelte mich in seine Armbeuge, sog seinen frischen Geruch ein. Der Duft des Meeres schien mir fehl am Platz, so wie wir hier im Herzen des Anderswaldes fehl am Platz waren.

Trotzdem wollte ich in diesem Augenblick nirgendwo anders sein.

25

Waji stand am offenen Fenster des Turmes, in dem ihre Gästezimmer lagen. Seines war das oberste, darunter lag Nurias. Die kleinen Kammern der Soldaten befanden sich in den untersten Ebenen.

Er wusste, warum Varuna diese Zimmer für sie ausgesucht hatte. Er selbst hätte es genauso gemacht. Sein Turmgemach war weit weg von allen wichtigen Dingen, die in Medea passierten. Außerdem konnte die Königin sehen, ob in seinem Zimmer Licht brannte, ob er da war, wo er hingehörte. Wo auch immer in diesem götterverdammten Palast Varuna ihre eigenen Gemächer hatte.

Waji lehnte über dem steinernen Fenstersims und starrte in die Dunkelheit. Nach Süden, wo Galmáron lag, irgendwo in der sternenlosen Nacht.

Er hatte die letzten Stunden mit den Leibesübungen zugebracht, die ihn seit seiner Kindheit begleiteten. Wenigstens für ein paar Momente hatte der körperliche Schmerz das quälende Gefühl der Hilflosigkeit vertrieben, das seit Allander an ihm nagte. Für ein paar Momente hatte er sich zuhause gefühlt, so wie er es immer tat, wenn Schweißperlen seine Stirn hinabrannen und sein Atem sich in ein Keuchen verwandelte.

Wind blies um seine Nase. Kühle, herbe Luft strich über die verschwitzte Haut seines Oberkörpers, so fremd für seine Sinne. Die Bäume ächzten und knarrten, ihre Zweige wisperten in einer Sprache, die er nicht verstand. Tierlaute, von Vögeln und sonderbaren Wesen, die nicht in seine Welt gehörten, hallten in der Ferne wider.

Waji ballte die Fäuste. Bei Istari, wie sehr er diesen Ort hasste.

Dies war das erste Mal, dass er es mit einem Feind zu tun hatte, der vor seinem Stahl nicht zurückweichen würde. Leto und Temis hatten auf seinem Schreibtisch gelegen, als er nach dem Abendessen hierher zurückgekommen war. Eine weitere Machtdemonstration Varunas, ein Häppchen, das sie ihm hingeworfen hatte wie einem angeketteten Hund. Und eine Herausforderung.

Was wirst du tun, Prinz? Was wirst du versuchen, nun, da du deinen Stahl zurückhast?

Er würde ihr Spiel spielen, doch er musste vorsichtig sein.

Varunas Magie war unsichtbar, listig wie eine Schlange, die immer und überall zuschlagen konnte.

Ein Klopfen an der Tür. Waji lächelte, als ein vertrauter weiblicher Geruch seine Nase streifte, schwächer als sonst, aber unverkennbar.

»Komm rein.« Er drehte sich um.

Nuria schlüpfte durch die Tür, leise wie eine Katze.

Ihre Augen schimmerten im Schein des Kaminfeuers wie flüssiges Perlmutt. Es war der einzige Schmuck, den Drosselbart ihr nicht hatte nehmen können. Sie musterte sein schweißfeuchtes Haar, seine nackte Brust unter dem offenen Hemd. Nuria zog die Nase kraus. »Hättest du dich nicht noch waschen können?«

Ein Anflug von Ärger wallte in Waji auf, doch er wies mit dem Kinn auf den Schreibtisch. Neben einem Tintenfass und ein paar leeren Pergamentbögen lagen eine gefaltete Nachricht und eine Schreibfeder.

»Er wird gleich hier sein.«

Erst hatte er Nuria erzählt, dass er die Gwendalyon-Erbin bereits in Faelhem getroffen hatte, aber unter anderem Namen. Und natürlich hatte Nuria darüber gelacht, dass Lyvi *ihn*, den großen Kartenmeister Nepomouk, mit seinen eigenen Tricks geschlagen hatte.

Dann hatte es Stunden gedauert, bis sie sich darauf geeinigt hatten, was zu tun war. Dass sie nicht wussten, wo Varuna in diesem Palast ihre Augen und Ohren hatte, hatte es umso schwieriger gemacht, eine richtige Diskussion zu führen. Der Plan, den sie flüsternd ausgeheckt hatten, war riskant, aber notwendig. Sie mussten testen, wie weit Varunas Macht tatsächlich reichte.

Waji schloss das Fenster.

Nuria lehnte an einem Pfosten des absurd großen Himmelbettes. Es fühlte sich falsch an, sie in diesem Zimmer zu sehen, an diesem Ort. Sie sollte zu Hause in Galmáron sein, wo sie sicher war. Wo sie beide hingehörten.

Waji schluckte. Der verlorene Kampf im Birkenhain, sein Versagen lasteten immer noch schwer auf seinen Schultern.

»Es tut mir leid, Nuria«, sagte er heiser. »Ich hätte darauf bestehen sollen, dass du umkehrst, als wir noch in Galmáron waren. Das hier ist kein Ort für dich.«

Nuria hob eine Augenbraue und verschränkte die Arme vor der Brust. »Ach nein? Aber für dich?«

»Du weißt, was ich meine«, knurrte Waji. Er setzte sich in den Sessel vor dem Kamin und stützte die Ellenbogen auf die Knie. »Ich hätte dich beschützen müssen. Dieser Bastard von Drosselbart wusste ganz genau, was mich aus der Fassung bringt.«

Nuria verdrehte die Augen. »*Ich* habe die Entscheidung getroffen, mit dir zu kommen, niemand anders. Es ist nur fair, wenn auch ich die Konsequenzen trage.« Sie schlenderte durchs Zimmer und ließ sich in den Sessel gegenüber von seinem sinken. »Ehrlich gesagt war ich überrascht. In Galmáron hatte ich immer das Gefühl, dass du über Ynesses Tod hinweg wärst.«

Waji biss die Zähne zusammen und ließ seine Knöchel knacken. »Ich kann es mir nicht leisten, nicht darüber hinweg zu sein.«

Nuria schnaubte. Stoff raschelte, als sie die Beine übereinanderschlug. Eine Welle ihres Dufts hüllte ihn ein, doch immer noch war da dieser männliche Geruch, hartnäckig wie ein Furunkel. Immer noch traute er sich nicht, danach zu fragen, auch wenn er nicht wusste, warum. Was für ein Weichling er geworden war, seitdem sie Galmáron verlassen hatten.

Erwartete sie, dass er fragte, zu wem der Geruch gehörte? Es passte nur zu gut zu Nuria, dass sie ihn auflaufen ließ wie ein verirrtes Schiff auf eine Sandbank. Es war nur so … *verwirrend.* Wann, *wann* hatte Nuria, das zarte Mädchen mit der ungerührten Miene, begonnen, sich für Männer zu interessieren? Und warum hatte er davon nichts mitbekommen?

Vermutlich, weil er selbst zu beschäftigt damit gewesen war, seiner nächsten Eroberung aufzulauern.

»Scheint gut zu funktionieren«, sagte sie trocken.

Waji warf ihr einen finsteren Blick zu, doch sie hielt ihm stand. Sie blinzelte noch nicht einmal. Schließlich stöhnte er und vergrub das Gesicht in den Händen. »Du hast recht.«

Nuria schürzte die Lippen. »Ich weiß.«

Einen langen Augenblick schwiegen sie. Als es Mitternacht schlug, gab Nuria ein trockenes Lachen von sich.

Waji sah auf.

»Mir ist eingefallen, wer dieser Velmar ist«, sagte sie und biss sich auf die Lippe. »Sagt dir der Name Althaire noch etwas?«

Er kratzte sich im Nacken und verzog das Gesicht. Sein Kopf war vollkommen leer.

Nuria grunzte. »Hab ich mir gedacht. Velmar Althaire wurde vor ungefähr sieben Jahren von Irin Celestian aus dem Elfenwald verbannt. Er war dort Baumhüter, hat sein Geld aber auch als Sammler der seltensten Kräuter des Kontinents verdient. Mein Vater hat manchmal mit ihm Geschäfte gemacht, denn Althaire war der beste. Aber er muss dem Elfenkönig auf die Nerven gegangen sein. Vielleicht gefielen Irin seine Beziehungen zu anderen Völkern nicht, ich weiß es nicht. Bis vor ein paar Jahren hat sich meine Mutter jedenfalls in ihren Briefen darüber ausgelassen, dass ein Heiler wie Andras Tiamaty es nötig hat, mit einem ‚verlotterten Gaukler' zusammenzuarbeiten. Dann erzählte sie plötzlich nichts mehr über Velmar, aber ich habe mir nichts dabei gedacht. Es scheint, er hat zu einer anderen Auftraggeberin gewechselt.«

Waji blinzelte. Wie konnte Nuria all diese Dinge wissen? Erst jetzt, als sie ihm die Geschichte zu dem Namen erzählte, erinnerte er sich daran. Vor Jahren war Velmar Althaires Schicksal einmal Gegenstand einer Sitzung mit Manor und seinen Beratern gewesen war, dank der Späher seines Vaters. Wahrscheinlich hatte er durch die halbe Sitzung geschlafen.

Sie zwinkerte ihm zu.

»Macht nichts.«

Waji öffnete den Mund, doch vor der Tür erklangen Schritte, ein leises Klopfen folgte.

»Eure Hoheit?«

Er wechselte einen Blick mit Nuria und stand auf. Waji bedeutete ihr, sitzen zu bleiben, als er zur Tür schlich und sie leise öffnete.

»Ihr wolltet mich sehen?« Ein großgewachsener Soldat trat ins Zimmer. Agan Galgathy, einer von Krobatyns Soldaten. Der Schmierigste unter ihnen und ein Mann, dem Waji noch nie getraut hatte.

In Arain hatte er Galgathy mehrmals verdächtigt, in nächtliche Schlägereien unten in der Stadt verwickelt gewesen zu sein, außerdem war er bekannt dafür, die Zeche zu prellen.

Im *Banyan* am Marktplatz und mehreren anderen Kneipen und Bordellen hatte Galgathy bereits Hausverbot. Er war Krobatyns erster Handlanger im Bürgerkrieg gewesen. Derjenige, der nur zu gern geholfen hatte, die Gerüchte über Waji im Lager zu streuen.

Jetzt würde er dafür bezahlen.

Waji deutete auf den Schreibtisch, wo der gefaltete Pergamentbogen lag. »Lies ihn.« Er hob eine Braue. »Wenn du kannst.«

Nuria presste sich eine Hand vor den Mund.

Galgathys Gesicht war unbewegt unter den grauen Stoppeln seines Bartes, als er auf den Schreibtisch zuging. Als Soldat war der Mann unfehlbar. Er hatte Krobatyn aufs Wort gehorcht und wie kein anderer Schneisen in die gegnerischen Reihen geschlagen. Galgathy war seit Jahren Wajis Feind – und deswegen genau der Richtige für ihren Plan.

Der Soldat trat in den Schein des Kaminfeuers und las. Als er fertig war, sah er auf und strich über seine schwarzgrauen Haarstoppeln. »Wie Ihr wünscht, Prinz.«

Waji fixierte Galgathy wie eine Zielscheibe. »Da Krobatyn nicht hier ist, stehst du unter meinem Kommando. Ich hoffe, das ist dir klar. Hast du meine Anweisungen verstanden?«

Galgathy nickte. Ein Muskel in seinem Kiefer zuckte, als er den Bogen in die Flammen hielt. Der Geruch von verbranntem Pergament füllte das Zimmer.

»Hervorragend«, sagte Waji.

Er nahm eine Kerze vom Kaminsims und stellte sie auf den Schreibtisch. Dann zog er den Stuhl zurück, ein Grinsen auf den Lippen, von dem er selbst wusste, dass es unerträglich war. Galgathy ließ sich steif auf die Sitzfläche sinken und griff nach der Feder.

Waji stützte sich mit beiden Händen auf die Kante des Schreibtischs.

»Dann schreib.«

26

Am nächsten Morgen erinnerte sich Waji, warum er den Norden hasste.

Er hasste es, dass die Tage im Herbst kälter wurden. Er hasste den Regen, der in seinen Kragen lief. Den Wind, der nach schimmelndem Laub und Vergänglichkeit roch.

Es war lächerlich, wie sie hier an diesem götterverdammten Strand standen. Wie eine Herde Schafe, die darauf wartete, zur Schlachtbank geführt zu werden.

Kaum hatten sich die ersten fahlen Lichtstrahlen durch seine Fensterläden gestohlen, hatte Paros sie alle hierher bestellt. Angeblich, weil er ihnen die Möglichkeit geben wollte, einen Überblick über die Lage zu bekommen. Doch so breit wie das Grinsen des gehörnten Kriegers war, standen sie hier auch zu seiner eigenen Belustigung.

Das war nicht das Schlimmste.

Velmar – oder Drosselbart oder Amselherr – war auch gekommen, immer noch in die gleichen dreckigen Lumpen gehüllt, das blonde Haar strähnig.

Von Galgathy hatte er heute immerhin noch nichts gesehen. Wenn sie Glück hatten, war der Soldat schon längst im Wald verschwunden ... und auf dem Weg nach Galmáron, um Hilfe zu holen. Ein verzweifelter Versuch, denn es bestand die Möglichkeit, dass sein Vater ihnen überhaupt nicht helfen wollte. Wenn der König der Dämonen Soldaten schickte, um sie aus dieser Misere zu befreien, dann nur, weil er die Mission nicht scheitern lassen wollte.

»Was wirst du tun, Wajiyad? Wir haben einige beeindruckende Geschichten über dich gehört. *Erzasalkosh.*«

Paros, die Arme vor der Brust verschränkt, hob eine Braue. »Ich hoffe, ich habe deinen Spitznamen richtig ausgesprochen? Istava ging mir noch nie leicht von der Zunge.«

Velmars Kichern kratzte an Wajis Fassung. Er schnaubte. Kein Wunder, dass Drosselbart dem Elfenkönig auf die Nerven gegangen war. Nuria trat einen Schritt näher, wie immer der Hinweis, dass er sich zu beherrschen hatte.

»Wenn die Königin der Faunkinder mir verspricht, dass meine eigenen Klingen mir nicht die Kehle durchschneiden, sobald ich sie berühre, fällt mir vielleicht etwas ein«, knurrte er.

Nebel hing in der Luft und zwischen den Baumwipfeln des Waldes. Er schimmerte über den Dächern Medeas an einigen Stellen grünlich, vermutlich eine weitere Sinnestäuschung Varunas.

Waji blinzelte und warf einen finsteren Blick auf den grauen See, der sich sanft im Regen kräuselte.

Wie hatte der Bastard Ganiel es nur fertiggebracht, sich ein *Drachenweibchen* zur Freundin zu machen? Sein Verrat hatte ihn das Leben gekostet, doch er hatte um ein Geheimnis gewusst, von dem sie keinen blassen Schimmer hatten.

Paros lachte. »Keine Sorge, Prinz. Hier unten am Strand sollt ihr die Waffen haben, die ihr braucht. Pfeilspitzen aus Eisen, Armbrüste, Speere – sagt es uns nur.«

Wie seine Armbrust waren Leto und Temis an ihrem Platz auf seinem Rücken, seine Messer und Dolche an seinem Gürtel. Doch er traute Varuna nicht, wie er nichts und niemandem an diesem Ort traute.

Auch die Gwendalyon-Halbelfe hatte sich bewaffnet, mit einer Klinge, die sie sich unmöglich verdient haben konnte. Mondfeuer, das berüchtigte Schwert der Waldelfen. Und doch, Gelyth Lunyr Gwendalyon war ihr Onkel. Vielleicht hatte er ihr die ein oder andere Sache beigebracht. Waji würde Einiges dafür geben, zu sehen, wie sie das Schwert hielt. Ob ihre Bewegungen dem Ruf der alten Klinge würdig waren. Er war sich sicher, dass er sie besiegen konnte, doch es war weise, keinen Gegner zu unterschätzen.

Weder Lyvi noch ihre Gefährten hatten ein einziges Wort gesagt, seitdem sie sich hier am Strand versammelt hatten. Nur die Zwergin fluchte leise vor sich hin.

»Also?«, fragte Paros.

»Wir wissen heute Morgen auch nicht mehr darüber, einen Drachen zu töten, als gestern Abend«, sagte Dornblatt, ein wütendes Funkeln in den Augen. »Es gibt einen Grund, warum Ganiel Arkany bisher der Einzige war, dem es gelungen ist, ein solches Urwesen zu zähmen.«

Waji ließ seinen Blick am Ufer entlang schweifen. Varunas Palast reichte bis ans Wasser heran, doch die unteren Mauern waren teilweise zerstört, ein ganzer Flügel, der einst ein Festsaal gewesen sein musste, ruiniert.

Paros nickte. »Du siehst richtig, Wajiyad Zen Zilágosh.« Er wies mit dem Kinn auf den See. »Das war sie. Alle paar Jahre zeigt sie sich. Meistens, wenn ihr die Fische im See ausgegangen sind. Das letzte Mal ist schon eine Weile her.«

Wajis Nackenhaare sträubten sich. Die Schneisen, die das Drachenweibchen in die Palastmauern geschlagen hatte, waren gewaltig.

»Ich werde einen Blick auf sie werfen. Wir sollten wissen, mit wem wir es zu tun haben.«

Waji fuhr herum, genau wie Lyvis Gefährten.

»Hört, hört«, kommentierte Paros, sein Grinsen noch breiter. »Eine Freiwillige.«

Die Wasserfrau aus Lyvis Reisegemeinschaft wechselte einen schnellen Blick mit der Hexe. Als Dornblatt nickte, streifte sie ihr Hemd, dann ihre Schuhe und Hose ab.

Irre. Die Wasserfrau musste irre sein, so wie ihre Augen glühten, als sie mit nackten Füßen auf den See zu stapfte. Sie trug nur noch ein schwarzes Brustband, fixiert durch zwei im Nacken verknotete Riemen, und eine knappe Unterhose, die kaum etwas von ihrer blassen Haut und den Muskeln darunter verbargen.

»Sei vorsichtig, Brandy«, sagte Lyvi.

Aber die Halbnixe zwinkerte ihr nur zu und schritt zielstrebig ins Wasser.

»Ist das nicht kalt?«, murmelte Nuria.

Doch Brandy stieß einen leisen Freudenschrei aus, als sie die Arme ausstreckte und mit einer tierischen Leichtigkeit in den See tauchte. Ein Plätschern, ein letztes Aufblitzen der blassen Haut unter der gekräuselten Wasseroberfläche, dann war sie in den Tiefen des Sees verschwunden. Ein Monster für ein Monster.

Sie alle starrten verdattert auf den See.

In Waji braute sich ein wilder Sturm zusammen.

Die Stille, dieses elende Zögern. Er ertrug es nicht mehr. Es war schlimm genug, dass sein Thronerbe, sein Königreich von diesem unfähigen Haufen abhingen. Noch schlimmer war es, dass er in diesem Augenblick keinen Deut besser war.

Genug. Er hatte genug gesehen.

»Zieh dich zurück«, flüsterte er Nuria zu, dann machte er einen großen Schritt nach vorn. »Waffen raus!«, brüllte er.

Sie nickte stumm und folgte seinem Befehl. Das hier war sein Hoheitsbereich.

»Aufstellung am Wasser, alle Unbewaffneten nach hinten!«, rief er. Niemand widersetzte sich seinem Kommando, selbst Lyvi und ihre Leute nicht.

Im Gegenteil, in ihren Augen sah er die gleiche Erleichterung wie in denen seiner eigenen Soldaten, wenn er ihnen vor Beginn der Schlacht die letzten Befehle zubrüllte. Erleichterung darüber, dass jemand die Führung übernahm.

Waji marschierte mit seiner eigenen Armbrust im Anschlag über den Sand, während er gleichzeitig die Bewaffneten mit weiteren lauten Kommandos in eine Formation verteilte. Dabei warf er immer wieder einen flüchtigen Blick in Richtung See. Dass der Schipgaard-Sohn sich nach hinten zu Nuria gesellte, gefiel ihm nicht, doch er ignorierte das Gefühl.

Was würde passieren, wenn Brandy die Drachin fand? Würde überhaupt etwas passieren?

Das Wasser rührte sich nicht. Auch nicht, als sie sich in einem Halbkreis am Ufer aufgestellt hatten– die Waffen bereit, Schwertträger mit Bogenschütze abwechselnd. Die Art, wie Lyvi ihren Bogen hielt, sagte ihm, dass ihr Onkel gute Arbeit geleistet hatte.

Der Wald und seine Bewohner waren verstummt.

Eine Stille, die den letzten Atemzügen vor dem Beginn eines Kampfes glich, senkte sich über sie herab. Waji verlangsamte seinen Atem. Er befahl seine Gedanken zur Ruhe, ohne den See aus den Augen zu lassen. Der Rest der Welt verschwand aus seinem Blickfeld. Nur das Wasser vor ihnen und die Leute, die sich entschlossen hatten, ihm zu folgen, waren nun wichtig.

Einatmen.

Ausatmen.

Einatmen.

Dann explodierte der See.

»Position halten!«

Dort, wo eben noch eine spiegelglatte Oberfläche gewesen war, überschlugen sich dunkle Wellen. Ein weißer Blitz schoss durch das Wasser, dann stolperte die Wasserfrau keuchend an den Strand. Blutüberströmt.

Waji wartete darauf, dass der metallische Geruch seine Nase füllte. Er kam, doch so viel schwächer als sonst.

Verdammt, Varuna.

Er wollte die Königin der Faunkinder dafür schütteln, dass sie seinen Geruchssinn verkrüppelt hatte.

»Sie kommt!«, japste Brandy und hielt sich mit schmerzverzerrtem Gesicht die Seite. »Sie ist riesig! Und nicht gut gelaunt!«

Ein ohrenbetäubendes Brüllen ertönte, als die Seemitte aufbrach. Das erste Mal in seinem Leben musste Waji sich dazu zwingen, vor einer Bedrohung nicht zurückzuweichen. Kalte Luft schlug ihm entgegen, als wäre in Medea plötzlich der Winter eingebrochen. Vögel flohen aus den umliegenden Bäumen und dem Schilf am Seeufer.

Paros gab ein wütendes Fauchen von sich. »Was habt ihr getan? Das ist noch nie passiert.«

Bei Istari, sie *war* gewaltig. Eine Bestie aus einem anderen Zeitalter, schrecklich, atemberaubend ... tödlich.

Wajis Atem stieg in kleinen Wölkchen vor ihm auf, als er den Griff um die Armbrust in seinen Händen verstärkte. Wie konnte es auf einmal so kalt geworden sein?

»Beim Barte meines Vaters«, murmelte die Zwergin, die neben ihm stand. »Mir friert die Nase ab!«

Er musste eine Entscheidung treffen, doch wie die anderen war er vollkommen hypnotisiert von dem Ungeheuer, das reglos in der Mitte des Sees verharrte. Allein ihr dunkelgrau geschuppter Kopf war so groß wie sein Hengst Tamar, den er im Birkenhain hatte zurücklassen müssen. Dampfend stieg ihr Atem in die Luft, während sie sie mit gelben Schlangenaugen anstarrte.

Wajis Herz schlug viel zu schnell.

Jetzt oder nie.

Er rückte seine Armbrust zurecht und zielte. Ein Zucken des Daumens, dann zischte sein Pfeil durch die Luft.

»Nein!«, rief jemand, doch Waji konnte sich nicht von dem Pfeil losreißen. Ein zweiter Urschrei, als sein eisenbesetztes Geschoss an dem Schuppenpanzer der Bestie abprallte wie ein Zahnstocher.

Das Drachenweibchen stieß sich mit ihren gewaltigen, ledrigen Flügeln nach oben. Das Wasser gurgelte und spritzte. Höher und höher schraubte sie sich.

Heilige Scheiße.

»Zurück! Hinter die Bäume!«, rief er den anderen zu, die noch neben ihm verharrten. Sie sprinteten auf das andere Ende des Strandes zu. Weg von dem Ungeheuer, das gerade am anderen Seeufer mit seinem gestachelten Schwanz die Stämme uralter Baumriesen zertrümmerte.

Der Wald ächzte und kreischte. Waji griff Nurias Hand. Neben den anderen duckten sie sich hinter eine niedrige, mit dornigen Ranken bewachsene Mauer. Die blonde Waldelfe und Dornblatt stützten Brandy, die sich noch immer ihre blutende Seite hielt.

Er erwartete, dass Medeas Volk in Panik ausbrach, doch ... nichts. Stattdessen versammelten sich die Faunkinder am Ufer und auf den Balkonen. Wie Zuschauende eines Theaterstücks. Was ging hier vor sich?

»Wir sehen uns zum Abendessen!«, rief Paros.

Gefolgt von Velmar rannte er die steinernen Treppen zum Palast hinauf. Vermutlich, um die Königin in Sicherheit zu bringen. Was würde Varuna wohl mit ihnen machen, wenn Meliki ihre Stadt zerstörte?

»Mistvieh.« Nuria spähte vorsichtig über die Mauer. »Sie will uns ihre Zähne zeigen.«

Waji nickte. »Warum hat Varunas Brut keine Angst, dass sie den Palast angreift?«

»Ein Schutzschild«, zischte die Hexe, die neben Nuria kauerte. Dass sie ihr Schwert bereits wieder auf ihrem Rücken trug, beruhigte Waji ein wenig. »Der grüne Schimmer über dem Palast.«

Deshalb hatten Paros und Velmar es so eilig gehabt, nach oben zu fliehen.

Immer noch zog die Bestie über das gegenüberliegende Ufer und pflügte mit ihrem Schwanz eine Schneise in den Wald. Ihre Stacheln waren so lang wie Wajis Zwillingsschwerter, ihr Brüllen so laut wie ein Erdbeben.

Eine Botschaft.

Das passiert, wenn ihr mich ärgert.

Lyvi kniete neben Waji, der Barde und Alyssa auf ihrer anderen Seite. So ungelenk wie Noah den Dolch und das Messer umklammert hielt, musste der

Schipgaard-Sohn in seiner Kindheit andere Dinge gelernt haben als er.

Lyvi war blass geworden. Immer noch starrte sie wie hypnotisiert das Drachenweibchen an, Elrys' Heft fest umklammert.

»Du hättest nicht auf sie schießen sollen«, fauchte Alyssa in seine Richtung. »Das ist eine Warnung!«

Waji machte ihr keinen Vorwurf. Sie schien recht zu haben. Meliki fauchte ein letztes Mal und tauchte zurück in den See. Eine Kältewelle rollte über sie hinweg. Wasser sprudelte, dann war es still.

»Er ist da unten«, flüsterte Brandy. Schmerz flackerte in ihren dunklen Augen, als sie eine Hand auf die Wunde an ihrer Hüfte presste. »Der Stein der Einheit. Ich habe nur ein rotes Glühen im Seegras gesehen, bevor sie mich erwischt hat, aber –«

Sie schloss die Augen. Und schüttelte sich, als wollte sie eine schreckliche Erinnerung vertreiben.

»Ich habe seine Macht gefühlt. Die Geschichten sind wahr.«

Wajis Blick traf Nurias. Sie nickte.

Sein Vater hatte recht gehabt.

27

»Sind wir da?«

Das endlose Harfengeklimper, das Varuna in jedem Flur ihres Palastes spielen ließ, machte mir das Denken schwer. Wütend funkelte ich das geflügelte Feenwesen an, das uns den Weg zur Bibliothek gewiesen hatte.

Die Königin der Faunkinder spielte mit uns. Ich war mir sicher, dass ihr geflügelter Diener uns im Kreis geführt hatte, denn wir hatten so manches Wandgemälde mehr als einmal passiert.

Das Feenwesen gab ein boshaftes Kichern von sich und flatterte dicht an meinem Gesicht vorbei durch das nächste offene Fenster hinaus.

Ich stolperte einen Schritt zurück gegen Noah, der mich gerade noch davor bewahrte, mit dem Hintern auf dem Boden zu landen.

»Ich hoffe es. Bis zum Abendessen sind es nur noch drei Stunden«, sagte Alyssa.

Nuria stand mit verschränkten Armen neben ihr.

»Worauf wartest du dann?«, zischte sie.

Jilly, Dora und Waji statteten gerade Varunas Waffenkammer einen Besuch ab, auf der Suche nach brauchbareren Waffen als jenen, die wir mitgebracht hatten.

Ylva dagegen hatte um eine Privataudienz bei Varuna gebeten, wahrscheinlich ein letzter Versuch die Bedingungen unseres Besuchs in Medea zu verhandeln. Vergeblich, das wusste ich schon jetzt.

Alyssa legte ihre Hand auf die Türklinke, die den Krallen eines Vogelfußes glich. Doch noch bevor sie sie nach unten drücken konnte, schwang die Tür mit einem leisen Knarren zur Seite. Der Geruch alter Bücher traf mich, noch bevor ich sie sah.

Nuria marschierte voran. Ich hielt den Atem an und folgte den anderen über die Schwelle.

Nichts passierte.

Die Tür schloss sich mit einem leisen Klicken als wir weiter in den Raum traten.

Ich staunte. Dass Varuna Geschmack hatte, war mir bereits aufgefallen, doch in dieser Bibliothek hatte sie sich selbst übertroffen.

Ein weicher tannengrüner Teppich auf dem dunkelbraunen Parkett dämpfte unsere Schritte. Hinter einer Reihe deckenhoher, goldgerahmter Sprossenfenster lag ein kleiner Innenhof. In seiner Mitte stand ein gekrümmter Ahorn, dessen rotverfärbte Blätter im Wind schaukelten. Wilde Gräser und moosbewachsene Steine umgaben einen kleinen Tümpel zu seinen Wurzeln, in dem noch eine einzige weiße Seerose blühte.

Noah betrachtete mit leuchtenden Augen die hohen Bücherregale.

»Wahnsinn«, hauchte er.

Ich nickte stumm. Plötzlich fühlte ich mich danach, mich mit einem Buch im Schoß in einen dunkelroten Ohrensessel vor den großen Fenstern zu setzen. Ich wollte alles vergessen, während ich mein Gesicht in den letzten Sonnenstrahlen des Tages wärmte.

Doch wir hatten zu tun. Dringendes zu tun.

Nuria wandte sich zu uns um, offenbar wenig beeindruckt von Varunas Bibliothek. »Arbeitsteilung?« Sie sah von Alyssa und Noah zu mir. »Ich weiß, dass es sowohl in Batari als auch in Galmáron irgendwann einmal Drachen gab. Ich schlage vor, Alyssa und ich durchforsten die Geschichte unserer beider Völker. Ihr beide versucht, etwas über Drachen selbst zu finden?«

Ich nickte, doch fuhr zusammen, als ich zur Decke empor sah. Ich blickte in meine eigenen Augen, in mein eigenes blasses Gesicht. Auch hier im Eingangsbereich der Bibliothek hing ein Spiegel unter der Decke. Doch damit nicht genug. In der Mitte des Eingangsbereiches thronte auf einem hölzernen Podest eine Art Skulptur.

Unwillkürlich machte ich einen Schritt zurück. Ein Drache. Ein verdammter Drache, gefertigt aus elfenbeinfarbenen Kleinteilen, die Flügelspannweite so groß wie die meiner Arme. Nuria trat näher, Galle füllte meinen Mund. Alyssa stieß einen leisen Fluch aus, Noah zog eine Grimasse.

Knochen.

Das Ding war aus Knochen gefertigt. Eine Pointe ganz nach Varunas Art.

Miststück.

Nuria schnaubte. »Soll das Kunst sein?«

Noah kratzte sich im Nacken. »Ich weiß nicht, ob das hier diesen Namen verdient.«

Nuria zuckte mit den Achseln, offenbar vollkommen unbeeindruckt von dem Monstrum aus Knochen. »Wie auch immer. Also? Arbeitsteilung?«

Ich spürte Alyssas Blick auf mir. Fühlte den Vorwurf, auch wenn sie ihn nicht aussprach.

Die Spannung, die seit gestern Abend zwischen uns hing, war noch nicht verflogen. Und die Tatsache, dass Meliki heute Vormittag Varunas halbe Seeböschung auseinandergenommen hatte, schien Alyssas Meinung nicht geändert zu haben.

Ich schluckte. »Von mir aus«, sagte ich leise, ohne meine Augen von dem knöchernen Drachen zu nehmen.

»In Ordnung«, fauchte Alyssa. »Ich weiß, dass es einen anderen Weg gibt, als Meliki zu töten.«

Ich presste die Lippen zusammen, um die giftigen Worte zurückzuhalten, die mir auf der Zunge lagen. Alyssa warf mir einen Blick zu, der voll Enttäuschung und Trotz gleichermaßen war. Sie schüttelte den Kopf, dann drehte sie sich auf dem Absatz um und verschwand zwischen den Regalen.

Nuria räusperte sich. »Gut, dass es mich nicht interessiert, was das zu bedeuten hat.«

Ohne ein weiteres Wort folgte sie Alyssa. Ich sah ihr hinterher und verstand, warum sie beide diese Richtung gewählt hatten. Mehrere unterschiedlich große und gefärbte Globen standen dort zwischen im Zwielicht den Regalen, neben Tischen mit Modellen unterschiedlicher Landschaften.

Lange Regalreihen erstreckten sich links und rechts bis in die dunkleren Ecken der Bibliothek.

»Nett«, murmelte Noah neben mir.

Ich öffnete den Mund, unsicher wen er meinte. Aber plötzlich bewegte der Drache sich, breitete die bleichen Flügel weiter aus. Bei dem Geräusch von Knochen an Knochen musste ich würgen. Das Monster krümmte den Hals in unsere Richtung.

»Vorsicht!«

Noah griff meinen Arm und zog mich nach hinten.

Gerade noch rechtzeitig.

Eine kalte, blaue Flamme schoss aus dem Maul des Knochendrachen.

»Scheiße!«

»Bloß weg hier«, murmelte ich und zog ihn mit mir.

Wir flüchteten zwischen die Bücherregale. Noch zwei Mal hörte ich den falschen Drachen hinter uns fauchen, spürte die kalte Luft aus seinem knöchernen Maul in meinem Nacken.

»Sie sieht uns zu«, wisperte ich, als wir abgebogen waren. Hier war von Varunas *Kunstwerk* nichts mehr zu sehen und zu hören. »Ich weiß nicht wie, aber sie tut es. Die ganze Zeit.«

»Ich hasse sie«, murmelte Noah. »Medea wäre ein schönerer Ort ohne sie.«

Nervös beäugte ich die Buchreihen über uns. »Pass auf, was du sagst, sonst fällt dir noch einer der dicken Wälzer auf den Kopf.«

Ein unzufriedenes Grunzen war seine Antwort. »Wenn Leute wie Varuna ihre Macht endlich für sinnvolle Dinge einsetzen würden, wäre die Welt ein besserer Ort.«

Ich wollte gerade antworten, dass die Königin der Faunkinder sich für den Rest der Welt nicht besonders zu interessieren schien, als heiße Luft meine Wangen streifte. Feuer knisterte irgendwo, der Geruch von verbranntem Holz lag schwer in der Luft.

»Ich weiß, wonach ihr sucht«, zischte eine Stimme.

Ich zog Elrys, Noah und ich wechselten einen Blick.

»Kommt«, zischte die Stimme.

Ich schluckte. Die eines alten Mannes? Hier, im Herzen des Anderswaldes, war alles möglich.

»Ich möchte euch sehen.«

Wir näherten uns dem Ende der Regalreihe und erreichten eine der Seitenwände der Bibliothek.

Niemand war hier, mit Ausnahme der Bücher.

Götter, Varuna besaß viele Bücher. Beinahe hörte ich die Buchstaben wispern, spürte den Sog der Geschichten. War die Königin der Faunkinder manchmal hier und erfreute sich an diesen Schätzen? Ich konnte es mir kaum vorstellen.

»Kommt, kommt.«

Mein Herz pochte, als ich den Gang absuchte.

Niemand.

Drei Kaminfeuer brannten an der hinteren Wand der Bibliothek, die ersten zwei heiß und lodernd, das letzte kaum mehr als eine Glut.

»Das Feuer«, raunte Noah.

Ich runzelte die Stirn, doch er deutete auf die Flammen des ersten Kamins. Vorsichtig pirschten wir uns heran.

Es *kicherte*. Das merkwürdigste Geräusch, das ich je gehört hatte, eine Mischung aus brechendem Holz und einem schlimmen Husten.

»Susy nebenan sagt, das ist mein Problem«, säuselten die Flammen, während wir langsam näherkamen. Ich ließ Elrys sinken. Gegen ein sprechendes Feuer war auch eine berühmte Elfenklinge nutzlos.

»Sie sagt, ich erschrecke die Leute.«

»Ein Gesicht«, hauchte Noah. »Siehst du es auch?«

Ich legte den Kopf schief. Er hatte recht. Ein verzerrter, zahnloser Mund, darüber die Schemen eines elegant gezwirbelten Schnurrbartes. Dazu gehörten ein paar Schlitze, die entfernt an Augen erinnerten.

»Natürlich habe ich ein Gesicht!«

Funken sprühten und versengten mir die Haut an meinen Händen.

»Aua!« Ich trat einen Schritt zurück, doch Noah blieb, wo er war.

»Warum sollte ich keines haben?«

Zorn glänzte in Noahs Augen. »Weil du ein Kaminfeuer bist? Ich hatte bisher nicht das Vergnügen, sprechenden Flammen zu begegnen, entschuldige bitte. Vielleicht hat Susy recht, wer auch immer sie ist. Vielleicht machst du den Leuten tatsächlich Angst. Ich an deiner Stelle würde darüber mal nachdenken.«

Für einen Augenblick war das Feuer sprachlos. Der Flammenmund stand offen, die brennenden Schlitzaugen blinzelten. Noah verschränkte die Arme vor der Brust und starrte zurück.

Dann hüpfte das Feuer. *Es lachte*, realisierte ich, als der nächste Schwall Funken auf unsere Füße herabregnete.

»Du hast Schneid, Schipgaard«, röchelte das Feuer. Es verzog den Mund zu einer Fratze, die offenbar ein Grinsen sein sollte. »Ich bin übrigens Ralph.«

»Ich bin Noah. Aber das weißt du ja offensichtlich. Alle hier scheinen das zu wissen.«

Mein Blick fiel auf eine Landkarte an der Wand neben Ralphs Kamin, die zwischen einer hübschen Zeichnung eines Rotkehlchens und einem verstaubten Wandteppich hing. Die Karte zeigte den Spiegelsee, seine Uferlinie mit Medea und dem kleinen Strand. Auch die Straßen Medeas waren eingezeichnet, sowie alle Bäche, die aus dem Wald in den See mündeten.

Ich stutzte.

Der breite Fluss, dem wir bis Medea gefolgt waren, fehlte. Nein, da war er. Aber er verschwand kurz nach der Stadtgrenze im Nichts. Die dicke, geschwungene Linie, die mit dem Namen *Atos* versehen war, hörte hinter dem Torhaus einfach auf. Seltsam.

Als der nächste Funkenregen heiß auf meine Hände prasselte, riss ich mich von der Karte los. Unwichtig.

Ich seufzte unwillig und rieb über meine versengte Haut. »Ralph.«

Uns lief die Zeit davon. Wenn der Feuergeist uns helfen konnte, dann sollte das besser früher als später geschehen.

Er hob die feurigen Augenbrauen. »Lyvi Gwendalyon, es ist mir eine Ehre.« Er deutete eine Verbeugung an. Wieder stoben Funken. »Aber lasst das nicht Varuna wissen. Sie ist ein wenig … besitzergreifend.«

»Das ist mir noch nicht aufgefallen«, brummte Noah.

»Kannst du uns helfen?«, fragte ich. »Wir haben es eilig.«

»Ah ja«, säuselte Ralph. »Die Ungeduld. Die lag euch Gwendalyons schon immer im Blut.«

Ich öffnete den Mund, um ihn zu fragen, woher er das wissen wollte, doch besann mich und schüttelte den Kopf. Auch unwichtig.

»Drachen«, sagte ich. »Wir müssen etwas über Drachen erfahren.«

Ralph schürzte die Lippen. »Was genau wollt ihr wissen?«

»Wie sie zu töten sind«, sagte ich, ohne mit der Wimper zu zucken.

Noah zog die Nase kraus. Ich wusste, warum. Als die Drachin heute Morgen aus dem See gekrochen war, hatte ich es in seinem Gesicht gesehen. Ehrfurcht. Knochentiefe Ehrfurcht vor diesem uralten Wesen, vor ihren wilden Schlangenaugen, die Zeugen der Jahrtausende waren. Es fühlte sich auch für mich falsch an, sie zu töten. Und doch blieb uns nichts anderes übrig.

Entweder Meliki oder wir.

»Interessant«, zischte Ralph, ein nervtötender Singsang in seiner Stimme. »Elftes Regal zu eurer Linken. Abteilung Urwesen, nach Alphabet sortiert. Lasst euch nicht von Susy aufhalten, wenn ihr an ihrem Kamin vorbeikommt.« Er erhob die Stimme und schielte nach links. »Sie hat gern Zuhörer und merkt kaum, dass sich die Leute zu Tode langweilen.«

Ein Zischen erklang und ein wütender Funkenregen stob aus dem nächsten Kamin.

»Mit dir habe ich noch ein Hühnchen zu rupfen, Ralph«, fauchte eine weibliche Stimme. »Ich bin eine Nacht nicht im Dienst und gleich lässt du jemanden mit einem Dutzend Büchern nach draußen gehen. Du bist schlimmer als Peter. Und der ist nie da, treibt sich lieber mit den Herdgeistern in der Küche herum.«

»Später, Susy, später!« Ralph verdrehte die Augen und senkte wieder die Stimme. »Sie ist immer so. Vollkommen verrückt.«

Noah gluckste.

Peter musste der dritte Kamingeist im Bunde sein, dessen Feuer kaum mehr als eine Glut war. Ich deutete eine Verbeugung an, die Ralph noch heller glühen ließ.

»Herzlichen Dank.«

»Nehmt die Öllampe!«, rief er, bevor wir uns umdrehen konnten. Mit einem flackernden Finger zeigte er auf den Kaminsims über seinem Kopf.

Ich nickte höflich. »Gute Idee.«

»Das ist doch seine Aufgabe«, flüsterte Noah, als ich ihn hinter mir herzog, die Öllampe in der anderen Hand.

»Wir können an diesem Ort jeden Freund gebrauchen«, zischte ich. Er antwortete etwas Unverständliches, doch folgte mir ohne Widerstand, während ich die Regale zu unserer Linken zählte. »Sechs, sieben –«

»Bis zu mir und dann noch eins weiter!«, kam es aus dem nächsten Kamin.

»Lass sie in Ruhe, Susy! Die Kinder haben es eilig!«

Noah und ich tauschten einen stummen Blick, als wir uns vorsichtig Susys Feuerstelle näherten und dabei absichtlich eng an den Regalreihen entlangpirschten. Ein übereifriger Kamingeist an diesem Nachmittag war mehr als genug.

Aus dem Augenwinkel sah ich, dass der weibliche Feuergeist runde Pausbäckchen und einen spitzen Mund besaß. Flackernde Brauen hoben sich vorwurfsvoll, als wir ohne ein weiteres Wort zwischen den Regalen verschwanden.

»Ich könnte euch helfen, wenn ihr mich lasst«, flötete sie. »Drachen. Zu finden bei D unter Urwesen. Empfehlenswert zum Einstieg ist das Werk *Das drachenlose Zeitalter – Wo sind die Herren des Himmels geblieben?* von Harloff und Balzary, erschienen im Jahre 701 in Budáry, Galmáron. *Drachenzauber – Das magische Erbe der geschuppten Urwesen*, geschrieben von Marla Arjuna, erschienen im Jahre 199, Ort unbekannt, ist leider nicht –«

»Halt endlich den Mund!«, zeterte Ralph, woraufhin Susy in eine schrille Schimpftirade ausbrach.

»Schnell weg hier«, sagte ich mit einem letzten Blick über meine Schulter. Susys Feuer glühte dunkelrot, als sie sich mit Ralph das nächste Streitgespräch lieferte. Noah und ich gingen schneller.

Gedichtbände und Märchenbücher flogen im Lampenschein an uns vorbei, wunderschöne Buchrücken, die ich nur zu gern aus ihren Regalen gezogen hätte. Die goldenen und silbrigen Lettern fütterten meine Fantasie, ließen meine Finger jucken, doch eine ferne Glocke schlug fünf Uhr.

Mein Magen verkrampfte sich. Keine Zeit. Wir hatten keine Zeit zum Staunen. Mein Gefühl sagte mir, dass Varuna keine Gefangenen machte. Entweder der heutige Abend würde zu ihrem Vergnügen verlaufen oder wir hatten die Sonne heute Morgen das letzte Mal aufgehen sehen.

Ich las einen Buchtitel nach dem anderen, bis ich ein hölzernes Schild entdeckte.

Urwesen, sagte es, darunter ein geschwungener Pfeil.

»Hier sind wir richtig.« Ich fuhr mit einem Finger am Regal entlang. »Alp, Basilisk, Chimäre … hier müsste es sein.«

Noah kniete sich hin, um die Buchtitel weiter unten zu lesen. Als ich neben ihm zu Boden sank, flutete sein Geruch meine Nase, vermischt mit dem alten Staub vergessener Buchseiten.

»Hier.« Der einfache Silberring an seinem Daumen schimmerte, als er über den breiten Buchrücken strich. *»Drachen, unsere Feinde: Der unmögliche Krieg.«*

Ich stöhnte leise. »Das hört sich nicht gut an.«

Noah zog das Buch aus dem Regal und balancierte es auf den Knien. Vorsichtig schlug er die Seiten auf. Ich hielt die Öllampe direkt über den alten Band in seinem Schoß.

»Gedruckt im Jahr 255 in Pelentej, Galmáron. Das war vor fast sechshundert Jahren«, sagte er leise und blätterte weiter. Aufregung blitzte in seinen

Augen, als er auf die erste Zeichnung stieß. Ein einziges gelbes Auge, umgeben von einem dunkelblau schimmernden Schuppenpanzer.

»*Das Auge der Bestie – der einzige Weg ... zum Tod*«, entzifferte Noah die Unterschrift der Zeichnung. Dichte, kaum lesbare Buchstaben einer Schrift, die längst niemand mehr benutzte.

»Was heißt das, der *einzige Weg zum Tod*?«, fragte ich nervös. Noah zuckte mit den Achseln, während er mit dem Finger den eng gedruckten Zeilen folgte.

»Ich weiß nicht, ich kann die Schrift kaum lesen.«

Er blätterte weiter. Den Zeichnungen nach stammte das Buch eindeutig aus einer anderen Ära. Riesige Heere, die gleich mehreren Drachen gegenüberstanden. Immense Pfeilanlagen, gefertigt für einen einzigen Zweck. Drachen waren in der Vergangenheit ein großes Problem gewesen, nicht nur in Anthea. Doch offenbar hatten die Völker sich zu helfen gewusst, zumindest wenn man diesem Buch Glauben schenkte.

Ein buntes Flackern fing meine Aufmerksamkeit.

Ich blinzelte. »Eine Leseinsel.« Ich tippte Noah auf die Schulter. »Die war gerade noch nicht da.«

Er folgte meinem Blick den Gang hinunter. Und schnaubte.

»Mich wundert hier überhaupt nichts mehr.«

In der Mitte eines runden, glatt polierten Tischs thronte eine prächtige Öllampe aus buntem Glas. Einfache Holzstühle umgaben die Leseinsel, die nur auf uns zu warten schien.

»Los«, sagte ich trotz der Gänsehaut, die sich auf meinem ganzen Körper ausbreitete. »Wir nehmen alle Bücher mit, die sich interessant anhören.«

Wir stolperten mit vollen Armen auf den Lesetisch zu. Das alte Holz knarrte, als wir unsere Stapel darauf abluden.

Noah ließ sich auf einem der Stühle nieder und begann, unsere Ausbeute zu sortieren. Ich war zu aufgeregt, um mich hinzusetzen.

Wir hatten alle möglichen Titel mitgenommen, obwohl ich jetzt schon wusste, dass die meisten davon uns nicht weiterhelfen würden, wie *Die 99 berühmtesten Gute-Nacht-Geschichten: Die Drachen-Sammlung*.

Noah kehrte zu dem dicken Wälzer mit dem Titel *Drachen, unsere Feinde: Der unmögliche Krieg* zurück. Wieder starrte uns das gelbe Drachenauge entgegen.

»*Keine Zauberformel ist mächtig genug, um einen Drachen zu töten. Magie kann sie ... nicht berühren, auch wenn ... ein starker Schutzzauber einen Drachen abzuhalten vermag*«, las er vor.

Varuna hatte die Wahrheit gesagt. Sie hatte wirklich nichts dagegen unternehmen können, dass eines der Ungeheuer in ihrem See hauste. Der Schutzzauber, der heute Morgen über dem Palast geschimmert hatte, konnte das Ungeheuer nur davon abhalten, die alten Mauern zu zertrümmern.

»Einzig ihre Augen sind verwundbar. Dennoch reicht eine Verletzung hier nicht aus, um die Bestie zu töten. Sie kann allerdings soweit geschwächt werden, dass ein weiterer Angriff erfolgen kann. Das Heer sollte sich bereits in Position befinden.«

Ich schluckte. Ein *Heer*? Wir hatten kaum zwei Dutzend Leute.

»Verdammt«, murmelte ich. »Steht da noch mehr?«

Noah schüttelte den Kopf und überflog die nächsten Zeilen.

»Nur verschiedene militärische Aufstellungen.«

»Und weiter hinten?« Meine Panik wuchs. »Noch etwas?«

»Ich weiß nicht –«

Mein Herz wurde schwer. Wie sollten wir mit so wenigen Leuten etwas bewerkstelligen, wofür in der Vergangenheit ganze Heere notwendig gewesen waren?

»Hier.« Noah legte den Kopf schief und deutete auf eine Überschrift. *»Einen Drachen töten – Waffenfertigung.«*

Mein Mund wurde trocken. »Ja?«

Stumm las Noah den nächsten Absatz.

»Die Autoren vermuten, dass das Metall Iryll in der Lage ist, die Schuppen eines Drachen zu durchdringen«, sagte er schließlich. »Dann nichts mehr, nur noch Schmiedetechniken für Pfeile und Schwerter.«

Iryll. Das berüchtigte Metall, das nur im Norden von Astralis zu finden war. Neben den endlosen Nadelwäldern, die die Königsfamilie geschickt bewirtschaften ließ, gehörte auch Iryll zu Astralis' rohen Reichtümern. Das Elbras Gebirge, im Herzen des nördlichen Kontinents, war der einzige Ort, wo das Metall jemals gefunden worden war.

Egal, ob Waffen, Rüstungen oder Schmuck, Iryll war einst für die Wenigen, die es sich hatten leisten können, die erste Wahl gewesen. Doch mittlerweile konnte kaum ein Königreich noch die notwendigen Summen aufbringen, um ein ganzes Heer mit Rüstungen aus Iryll auszustatten, so teuer war der

Rohstoff geworden.

»Sie *vermuten?*«

Noah rieb sich die Stirn.

»Danach ist nur noch die Rede von Eisen und Stahl.«

Plötzlich juckten meine Finger, etwas kratzte an meiner Erinnerung. Iryll. Ich biss auf meine Unterlippe und suchte die Titel der Bücher ab, die wir aus der Abteilung Urwesen mitgebracht hatten.

»Iryll!«

Aufgeregt zog ich einen dünnen Band aus dem Stapel, kaum mehr als ein Heft. »Hier. *Drachentöter: Iryll und seine Eigenschaften.*«

Meine Knie wurden weich. Jetzt musste ich mich doch setzen. Das Pergament des dünnen Heftes zitterte in meinen Händen, als ich fieberhaft darin blätterte.

»Das Buch hier ist gute zweihundert Jahre nach dem da erschienen«, sagte ich, als ich die Innenseite des Einbands studierte. »Aus dem Jahr 471. In … Zemliva.«

»Astralis«, sagte Noah prompt. »Wahrscheinlich hatte man bis dahin die Iryll-Vorkommen im Norden gefunden.«

Ich überflog die lange Einleitung, die fast ein Drittel des Büchleins einnahm, dann erst wurde es interessant.

»Iryll, wenn richtig geschmiedet, kann die dünneren Schuppen am Hals eines Drachen durchdringen. Oft erleidet die verwendete Klinge danach den Schwerttod, sie wird matt und stumpf. Häufig bricht sie, angegriffen vom giftigen Blut des Drachen. Ein Opfer, das die Natur für das Töten eines Urwesens fordert.«

Gemeinsam lasen wir Seite um Seite. Das Buch war offenbar von einem Freund des Königshauses in Zemliva geschrieben worden, denn der Autor überschlug sich mit Lob für die Gargaryns. Wir erfuhren etwas über die Vergangenheit des nördlichen Kontinents, über die Zeit, in der Iryll erstmals dort gefunden worden war. Die menschlichen Völker Astralis' hatten schnell begriffen, dass das Metall sich dazu eignete, auch uralte Ungeheuer wie Drachen niederzustrecken.

Die Waffenfertigungstechniken, in Zemliva entwickelt, waren so ausgefeilt gewesen, dass andere Königreiche das astralische Heer angefordert hatten, um Drachen auf ihrem eigenen Kontinent zu erlegen. Sie boten Entlohnungen, die so astronomisch waren, dass einige von ihnen bestimmt noch heute abbezahlt werden mussten.

So waren die Gargaryns also reich geworden. Und hatten sich einen über Jahrhunderte währenden Einfluss über ferne Königreiche gesichert.

Es folgte eine ausführliche Schilderung der besonders erfolgreichen Feldzüge, auf Kontinenten, deren Namen ich noch nie gehört hatte. Beschreibungen von Drachen, einer schrecklicher als der andere. Dazu die Namen der Männer und Frauen, die den tödlichen Schuss gefeuert oder den letzten Hieb verübt hatten. So viele, bis ich nicht mehr wusste, warum wir überhaupt darüber lasen. Doch dann stolperte ich über ein paar vertraute Buchstaben.

Estéllian.

Mein Herz schlug schneller.

Noah tippte auf die Seite vor uns. »Das könnte interessant werden«, raunte er.

»Nur die Elfen Estéllians haben jemals versucht, eigene Waffen aus Iryll herzustellen. Die Elfen kauften Astralis kleinere Mengen des Metalls ab, um sich selbst an der Iryll-Schmiedekunst zu versuchen. Da die Schmiedetechnik der Gargaryns bis heute ein Geheimnis ist, ist es zweifelhaft, dass die Elfen sie jemals meistern werden. Die hohe Kunst des Drachentötens wird auf ewig das Geheimnis des astralischen Volkes bleiben.«

Ich zählte eins und eins zusammen. Wenn Estéllians Elfen ebenfalls versucht hatten, Waffen aus Iryll herzustellen, könnte es immer noch Klingen aus dem seltenen Metall im Waldelfenreich geben.

»Es geht noch weiter«, wisperte Noah. *»Wenn ein Krieger auf ein fremdes Schwert stößt, muss er die Klinge bloß ins Feuer tauchen. Eine Iryll-Klinge erstrahlt in mondgleichem Licht, badet man sie in Flammen.«*

Mein Rücken begann zu kribbeln.

Mondfeuer.

Noah und ich sahen uns an. Und starrten gleichzeitig auf die kleine Öllampe, die Ralph uns mitgegeben hatte. Ein staubiger Glaskolben beschützte ihr zartes Flämmchen.

»Versuch es«, flüsterte Noah.

Lautlos erhob ich mich und zog Elrys. Eine kleine Bewegung meines Handgelenkes, Glas splitterte.

Ein empörtes Zetern aus der anderen Ecke der Bibliothek war zu hören, doch Susys Beschwerden kümmerten mich nicht. Ich konnte meine Augen nicht von dem Schwert in meinen Händen lösen, das ich in die Flamme der Lampe hielt.

Noah beugte sich vor.

»Siehst du etwas?«

»Vielleicht dauert es ein bisschen.«

Eine Minute verging. Zwei. Drei.

Mein Magen war ein heißer Klumpen, mein Herz klopfte viel zu schnell.

Fünf Minuten.

Immer noch passierte nichts.

Doch als ich enttäuscht meine Schwerthand sinken ließ, berührte Noah meinen Arm.

»Warte.«

Ich blinzelte. Da. Ein blasser Funken erstrahlte in der Mitte der Flamme, genau an Elrys' Spitze und begann, die Klinge in ein schwaches, weißes Licht zu hüllen.

Noahs Augen waren weit vor Ehrfurcht.

»Mondlicht.«

Der erste Glockenschlag zur sechsten Stunde erklang. Mit jedem Schlag der Uhr breitete sich das Licht weiter entlang der Klinge aus, bis zum Heft.

Ich starrte Elrys an. Starrte und starrte, auch wenn ich wusste, dass wir uns sofort auf den Weg zu Varunas Saal machen mussten.

Noah deutete auf die Klinge, die mit dem sanften Schein eines Vollmonds leuchtete.

»Ich glaube, wir haben etwas.«

Stumm nickte ich. Mondfeuer war ein Drachentöter.

28

So also fühlte sich eine Henkersmahlzeit an.

Die Hände vor der Brust gefaltet, starrte Waji auf den gedeckten Tisch. Der Geruch der Speisen, von Fleisch und frisch gebackenem Brot lag in der Luft, doch er hatte keinen Hunger. Nuria saß neben ihm, steif wie eine Porzellanpuppe. Sie hatten noch keine Gelegenheit gehabt, sich über die Ergebnisse ihrer jeweiligen Nachforschungen auszutauschen. Zwischen Nurias Augenbrauen befand sich eine tiefe Falte, die einfach nicht weichen wollte. Ein sicheres Zeichen, dass sie nichts gefunden hatte.

Auch sein eigener Streifzug durch Varunas Waffenkammer, den Paros beaufsichtigt hatte, war nicht mit Erfolg belohnt worden.

Sie saßen in der Scheiße.

Krobatyns Männer waren auch zum Abendessen gekommen, hockten auf ihren Stühlen wie graue Falken auf der Stange. Nur Galgathy fehlte. Einerseits war das ein gutes Zeichen, denn das bedeutete, dass eine Flucht aus Medea möglich sein könnte. Auf der anderen Seite war Waji sich nicht sicher, dass sie diesen Abend überleben würden.

Wie wehrlose Kinder saßen sie hier, denn die Bediensteten der Königin hatten ihnen die Waffen abgenommen, bevor sie das Speisezimmer betreten hatten.

Die Königin hatte heute bereits auf sie gewartet, Paros und Velmar an ihrer Seite. Varunas türkisfarbenes Seidenkleid umspielte genau die richtigen Stellen ihres üppigen Körpers. Ihr schwarzes Haar trug sie heute Abend locker hochgesteckt, sodass ihr anmutiger weißer Nacken frei lag.

Unter anderen Umständen hätte er Schwierigkeiten gehabt, sie nicht anzustarren. Glücklicherweise führte die Herrin Medeas ihnen auch heute Abend vor, was für ein Miststück sie war.

Die schwere Standuhr in der Ecke – die gestern Abend noch nicht da gewesen war – hatte schon vor Minuten sechs Uhr geschlagen. Das Ticken des goldenen

Sekundenzeigers, der über das bunte Zifferblatt fegte, klang in der Stille des Raumes wie Hammerschläge.

Keine Musik, keine Gespräche.

Neben dem Ticken der Uhr war nur das leise Knistern des Kaminfeuers zu hören, das sich direkt hinter ihnen befand. Die Hitze der Flammen trieb selbst ihm, einem Sohn der Wüste, den Schweiß auf die Stirn.

Weder Varuna noch ihre Handlanger hatten ein Wort gesagt, seitdem sie ihre Plätze eingenommen hatten. Noch nicht einmal einen Blick waren sie der Königin wert gewesen, die mit versteinertem Gesicht ins Leere starrte. Paros hielt ihre Hand und ließ seine Schwester nicht aus den Augen. Velmar, der elende Bastard, grinste sie schadenfroh an, einen nach dem anderen.

Ein Trick. Jemandem mit Schweigen und Blicken seinen Platz zu zeigen, war ein Trick, den Waji selbst beherrschte.

Varuna war angepisst.

Der Königin passte es nicht, dass die zwei Stühle auf der anderen Seite des Tisches immer noch leer waren. Lyvis Trupp, einschließlich der Hexe und der verletzten Wasserfrau, hatte keine Minute nach ihnen den Speisesaal betreten. Die Miene der Steppenelfe war finster wie der Tod. Sie und Jillian hatten gestritten, bevor sie über die Schwelle geschritten waren. Doch ein einziger Blick Varunas hatte ihr gezischtes Gespräch zum Verstummen gebracht.

Lyvi und der Schipgaard-Sohn fehlten.

Ja, es wäre ein Wunder, wenn sie dieses Abendessen überlebten.

Doch dann ... Schritte auf dem Flur.

Varuna warf einen Blick auf die Standuhr.

Zwölf Minuten nach sechs.

Jemand wurde aufgefordert, die Waffen abzulegen.

Ein leises Klopfen folgte, dann schwang eine der großen Flügeltüren beiseite. Lyvi und Noah stolperten in den Saal. Die beiden waren außer Atem, ihre Gesichter gerötet, als hätten sie sich bis eben nackt zwischen den Laken gewälzt. Wäre da nicht der gehetzte Ausdruck in ihren Augen gewesen.

»Entschuldigt«, murmelte Lyvi. Sie legte neben Varunas Pfauenthron eine flüchtige, aber tiefe Verbeugung hin. Der Schipgaard-Sohn tat es ihr gleich, jedoch deutlich widerwilliger. Er trug heute Abend saubere Kleidung und schien endlich die Badewanne gefunden zu haben.

»Eure Hoheit.«

Die Ketten an seinem Hals glänzten im Schein der Flammen, als er sich wieder aufrichtete. Das goldene Exemplar, nach Gola-Art geschmiedet, hatte Waji schon heute Morgen entdeckt. Äußerst amüsant, dass ein Barde aus Seeland, noch dazu der Sohn der Küstenrätin, sich mit den rebellischen Künstlern Arains verbrüdert hatte.

Immer noch schwer atmend schlichen die beiden zu ihren Plätzen und mieden dabei jeden Blick.

Interessant. Sie wussten etwas. Und es musste wichtig sein.

Varuna ließ eine weitere Minute vergehen.

»Nun da wir vollzählig sind, lasst uns beginnen.« Sie bedachte Lyvi und Noah mit einem kühlen Blick. Sie sprach so leise, dass sich alle am Tisch in ihre Richtung lehnen mussten.

Waji unterdrückte ein Knurren.

Ein anderer Trick, um ihre Macht zu demonstrieren.

»Eure Vorstellung heute Morgen war ein Desaster.«

Schweigen.

Varuna sah in die Runde, ihr Gesicht verriet keine Regung.

»Sagt mir, warum sollte ich euch am Leben lassen, so nutzlos, wie ihr euch gezeigt habt? Ich habe mehr erwartet. Von einer Nixe, die im Wasser zu Hause ist. Von einem Prinzen aus Stahl, der mit einer Klinge in der Hand geboren wurde.«

Varuna legte den Kopf schief und sah erst Brandy, dann ihn an.

»Denkst du nicht, Wajiyad Zen Zilágosh, dass auch wir schon versucht haben, Meliki mit Pfeilen zu erlegen? Und dir, Brandy Nerida, ist nichts Besseres eingefallen, als das Biest zu provozieren? Sie hat meine ganze Uferböschung ruiniert. Manche dieser Bäume waren mehrere Hundert Jahre alt.«

Die Wasserfrau fletschte ihre spitzen Zähne, doch Dornblatt warf ihr einen warnenden Blick zu. In Varunas Augen brannte waldgrünes Feuer, als sie in die Runde sah.

»Ist das alles, was euch einfällt?«

Waji rutschte in seinem Stuhl umher. Bei Istari, er wollte brüllen, toben, diesen Speisesaal zertrümmern. Die verwegene Energie, die in den letzten Jahren sein bester Freund geworden war, zerrte an ihm. Doch Nuria zwickte sein Knie.

Wajiyad.

Das Schweigen dehnte sich aus, das Ticken der Uhr kratzte an seinen Nerven.

»Eure Hoheit«, sagte Lyvi leise. »Ruft einen Eurer Dienstboten, um mir mein Schwert zu bringen. Wir haben etwas gefunden.«

Die Steppenelfe erstarrte, ein Anflug von Verzweiflung in ihren Augen. Waji unterdrückte ein Lachen.

Netter Versuch.

Alle Blicke richteten sich auf die Halbelfe. Schipgaard presste die Lippen zusammen. Er wusste, was passieren würde.

Varuna gab ein glockenhelles Lachen von sich. »Oh, ich glaube nicht, du süßes Ding. Ich drücke der Schülerin Gelyth Lunyr Gwendalyons keine Waffe in die Hand, wenn ich in Ruhe speisen möchte.«

Lyvi schüttelte den Kopf.

»Ihr müsst es mir nicht geben. Es reicht, wenn einer Eurer Dienstboten es ins Feuer hält.«

Varuna hob eine Braue, gab ihrem Diener jedoch ein Zeichen. Kurz darauf kehrte er mit Lyvis Schwert zurück.

Paros räusperte sich geräuschvoll. Er erhob sich und nahm es entgegen. Bewunderung erhellte sein Gesicht, als er Elrys zog. Die hübsche Klinge war für seinen mächtigen Körper ein wenig zu kurz, doch da war etwas. Etwas Besonderes in der Art, wie die Klinge im Schein der Flammen glänzte. Der gehörnte Krieger hielt Elrys neben das Feuer. Er warf Lyvi einen fragenden Blick zu.

»Bist du sicher, Elfentochter?«

Schmerz flackerte über Lyvis Gesicht, als sie ihre Klinge in den Händen des gehörnten Kriegers sah. Waji fühlte mit ihr, auch wenn sie vielleicht in ein paar Tagen seine Gegnerin sein würde. Schon bei der Vorstellung von Leto und Temis in den Händen eines Feindes drehte sich ihm der Magen um.

Doch sie nickte.

Paros' Augen funkelten amüsiert.

»Dann soll es so sein. Susy, beweg dich.«

»*Tss!* Das gehört sich nicht!«

Waji fuhr herum. Sein Herz machte einen Satz, als ein Paar schemenhafte Augen mit einem wirbelnden Funkenregen aus dem Feuer verschwand.

Was zur Hölle passierte hier?

Mit einer fließenden Bewegung stieß der Gehörnte die Klinge in die Flammen.

»Es dauert vielleicht ein paar Minuten –«, raunte Lyvi.

Doch da gab Paros bereits einen leisen Pfiff von sich.

»Iryll!«, rief er. »Bei unserem Vater Faun, die kleine Halbelfe trägt ein Schwert aus Iryll!«

Waji blinzelte. Er starrte ins Feuer, wo Elrys' Klinge weiß leuchtete. Klares, schwaches Licht ... wie Mondlicht.

Iryll.

Der teuerste Rohstoff der Welt, einzig hoch im Norden von Astralis zu finden. Klingen aus diesem Metall waren so selten wie weißhaarige Dämonen in Galmáron, wenn nicht seltener.

»Wer hätte das gedacht«, murmelte die Zwergin.

»Es durchdringt auch Drachenschuppen«, sagte Schipgaard. »So steht es in einem Buch in Eurer Bibliothek.«

Die Steppenelfe, die schon den ganzen Abend ihre Finger in die Tischplatte krallte, schüttelte den Kopf.

»Wir dürfen Meliki nicht töten. Es ist *falsch.*«

Varuna schnipste ungeduldig mit den Fingern. »Ja, ja«, zirpte sie. »Gib mir das Schwert, Paros.«

Alyssa ignorierte den warnenden Blick der blonden Waldelfe. »Warum muss sie –«

Die Königin schnalzte mit der Zunge. »Geh mir nicht auf die Nerven, Alyssa Burami. Paros, das Schwert.«

Alyssa reckte trotzig das Kinn, doch Varuna starrte gebannt auf die glühende Klinge. Lyvis Lächeln schien gezwungen, als der gehörnte Krieger seiner Schwester Elrys' Heft entgegenhielt. Die Art und Weise, wie die Königin ihre Hand um seinen Griff legte, sagte Waji, dass dies nicht das erste Mal war. Der Rest des Mondlichtes, das die Klinge umgab, erhellte Varunas Gesicht. Echte Bewunderung leuchtete in ihren Augen, als sie über den weißen Kristall im Heft des Schwerts strich.

»Was für ein Schatz«, raunte sie.

Dora Höhlengießer schnaubte. »Das Ding ist so viel wert wie der Inhalt von drei Schatzkammern in Bentuath.«

»Ich stelle Elrys gern zur Verfügung«, sagte Lyvi leise. »Jedem, der sich an der Drachin versuchen möchte.«

Sie sah erst Paros, dann ihn an. Wajis Finger kribbelten. Er hätte nicht übel Lust, dieses Schwert zu schwingen.

Doch Varuna lachte. »Lyvi Gwendalyon, ich glaube, ich höre nicht ganz recht. Du willst deine Klinge meinem Bruder oder dem Kronprinzen Galmárons überlassen? Und ihnen die Aufgabe übertragen, die ganz offensichtlich deine eigene ist?«

Die Farbe wich aus Lyvis Gesicht.

Varuna legte Elrys vor sich auf den Tisch und fixierte die Halbelfe. Lyvi schluckte und zupfte nervös am Ende ihres Zopfes, der zerzaust über ihre Schulter fiel.

»Es ist *dein* Schwert, Lyvi Gwendalyon«, sagte Varuna, ihre Stimme gefährlich leise. »*Deine* Aufgabe. Niemand, nicht unser Vater Faun, nicht eure Götter haben jemals danach gefragt, ob sich jemand für seine Aufgabe bereit fühlt. Sie suchen aus, wie es ihnen beliebt. Wir haben sie zu erfüllen.«

Noah von Schipgaard legte Lyvi eine Hand auf die Schulter.

»Das hier macht Euch Spaß, nicht wahr?«, fauchte er.

Die Königin lächelte. »Allerdings«, schnurrte sie. »Macht kann viel Vergnügen bereiten. Du solltest dir noch einmal überlegen, ob du nicht doch in die Fußstapfen deiner Mutter trittst. Ich könnte mir vorstellen, dass das Leben als Barde über die Jahre ein wenig … *eintönig* wird. Irgendwann haben sich auch die hübschesten sterblichen Frauen abgenutzt.«

Drosselbart gluckste und presste sich eine Hand vor den Mund. Das Feuer in Waji loderte wieder auf. Götter, er hasste den Bastard.

Schipgaard warf Varuna einen eisigen Blick zu. »Das ist nicht der Grund, warum ich Barde geworden bin.«

»Natürlich nicht.« Varuna zwinkerte ihm zu. »Weigert ihr euch, diese Aufgabe auszufüllen, betrachte ich das als Wunsch nach einem Todesurteil.« Sie wechselte einen Blick mit Paros. »Wenn wir schon über Todesurteile sprechen«, sagte sie mit einem süßlichen Tonfall, bei dem sich Wajis Nackenhaare aufstellten.

Das erste Mal an diesem Abend sah sie Krobatyns Männer an, die sich darauf verständigt zu haben schienen, dass Schweigen die beste Strategie war. »Wunderbar, dass auch ihr heute Abend hier seid, ihr treuen Söhne Galmárons. Velmar, Bruderherz, holt ihn rein.«

»Mit Vergnügen.«

Althaire sprang auf.

Paros erhob sich mit einem Grinsen und verschwand aus der Tür, Drosselbart an seine Fersen geheftet.

Krobatyns Männer erstarrten, manche wurden blass. Lyvi und ihre Leute sahen sich an, eine Frage in ihren Augen. Wajis ganzer Körper verspannte sich. Nicht gut. Das hier war gar nicht gut.

Varuna lehnte sich zurück und nahm einen Schluck Wein aus ihrem Glas. Sie deutete auf die Speisen auf dem Tisch.

»Esst, Kinder. Ihr müsst am Verhungern sein.«

Niemand rührte sich.

Ein leises *Klick!*, ein gedämpfter Fluch, dann waren Paros und Velmar zurück. Sie waren nicht allein.

Waji erstarrte.

Der gefesselte Mann, den sie vor sich her stießen, war Galgathy.

»Istari wird euch bis in eure Träume jagen!«, zischte der großgewachsene Soldat. Blätter und Erdkrümel klebten an seiner Kleidung, rote Striemen leuchteten auf seinen Wangen, entlang seines Halses.

Paros lachte, Velmar gackerte wie ein götterverdammter Vogel. »Ich freue mich schon«, sagte der gehörnte Krieger. »Vielleicht ist wenigstens dein geflügelter Gott mir ebenbürtig.«

Galgathys Blick war tödlich, doch Paros und Velmar wandten sich an Varuna. Die Königin der Faunkinder lächelte wie ein Raubtier.

»Du wirst nicht glauben, was uns dieser Wüstensohn erzählt hat, als wir ihn gestern Nacht im Wald aufgegriffen haben.« Plötzlich sah sie ihn an. »*Wajiyad*. Dein Soldat wollte fliehen.«

Waji ignorierte das Gefühl des Abgrunds, der sich in ihm auftat. Er zauberte ein süßes Lächeln auf seine Lippen.

»Verzeiht, Eure Hoheit. Galgathy untersteht mir erst seit ein paar Tagen, aber unsere Feindschaft hat eine lange Geschichte. Es war zu erwarten, dass seine Loyalität Grenzen hat.«

Galgathy verzog das Gesicht und spuckte auf den Boden. »Ihr gehört in die Hölle, Zilágosh. Ihr selbst habt mir den Auftrag gegeben –«

»Untersteh dich, Lügen über mich zu verbreiten, Falke«, fauchte Waji. Er betete zu Istari, zu allen Göttern dieser Welt, dass sein Schauspieltalent ihn nicht verlassen hatte. Nicht heute Abend.

Varuna verzog das Gesicht. »Interessant. Zufällig weiß ich, was in den Anweisungen stand, die du deinem Soldaten gegeben hast. Er sollte einen Brief in Krobatyns Namen schreiben, einen Monat vordatiert, mit einem Hilferuf an deinen Vater. Für den Fall, dass etwas schief gehen sollte. Ich glaube, du hast deinen eigenen Soldaten als Köder benutzt, um mich zu testen.«

Wajis Herz stolperte. Nuria berührte seinen Oberschenkel, doch das Speisezimmer, sein Körper waren plötzlich zu eng. Die Welt rückte zu nahe.

Es konnte nicht sein. Er hatte das Pergament nicht aus den Augen gelassen. Galgathy selbst hatte es verbrannt.

»Susy, beweg dich.«

Paros hatte mit dem Feuer gesprochen. Herdgeister, anders konnte es nicht sein. Herdgeister, die lesen und Bericht erstatten konnten. Ylva Dornblatts Blick wanderte vom Kamin zu ihm und zurück. Hatte die Hexe den gleichen Schluss gezogen?

Varunas Lächeln war lieblich.

»Ihr könnt nicht von diesem Ort fliehen. Meine Diener in diesem Palast sind überall. Passt besser auf, Prinz.«

Sie hob die rechte Hand und schnipste. Der kühle Luftzug, der über Wajis Wangen strich, roch nach Tod. Die Kerzen flimmerten, das Kaminfeuer erstarb. Das Geräusch, das folgte, hätte er unter Tausenden erkannt.

Ein Kopf, der auf den Boden prallte.

Nein, zehn. *Zehn* Köpfe schlugen auf dem Stein auf.

Ein Fluch, jemand würgte.

Der schwache Geruch von Blut und Erbrochenem füllte Wajis Nase. Galgathys Körper sackte zusammen, die Leichen der anderen Falken rutschten langsam von ihren Stühlen.

Doch Varuna lächelte immer noch.

»Nun, da wir wissen, dass nur das Gwendalyon-Schwert die Drachin töten kann, wären sie nur Ballast gewesen.«

Miststück.

Sie hatte noch nicht einmal hinsehen müssen. Mit ihrer Magie hatte sie zehn erwachsene Krieger geköpft, einfach so.

»Eine Warnung an dich, Sohn Galmárons, und alle anderen an diesem Tisch. Versucht nicht noch einmal mich zu täuschen.«

Blut tropfte auf den Boden. Waji erschauderte. Er, der Prinz aus Stahl, der offene Brüche und eiternde Wunden gesehen hatte, musste den Blick von Galgathys Leichnam abwenden.

Die Stimme der Königin war kalt wie eine Winternacht.

»Ihr habt drei Tage, um euch vorzubereiten. Dann stirbt der Drache.«

29

Aufstehen, Spitzohr!«

Dora. Wenn es eine Stimme gab, die ich nach einer schlaflosen Nacht nicht hören wollte, dann war es Doras.

Ich stöhnte und presste das Kissen fester an meinen Kopf. Doch Schritte näherten sich dem Bett. Stuhlbeine kratzten über den Boden, die Matratze senkte sich leicht unter dem Gewicht eines Körpers.

»Oder möchtest du deine Ruhe haben?«

Noahs Stimme beruhigte mich sofort ein wenig.

Ja, bitte! Bitte, bitte.

Er streichelte sanft meine Schulter, die zwischen den Laken herauslugte. Ich wollte mich für den Rest meines Lebens in diesem Bett verstecken. Also höchstens für die nächsten drei Tage. Bis ich allein gegen ein jahrtausendealtes Ungeheuer kämpfen musste.

»Wir haben keine Zeit für Drama, Prinzessin«, fauchte die Zwergin. »Wir müssen einen Drachen töten!«

»Lass sie in Ruhe. Was machst du überhaupt hier?«

Ein Knurren.

»Falls du es vergessen hast, auch mein Leben steht hier auf dem Spiel.«

»Verzieh dich«, zischte Noah.

Dora grunzte, kurz darauf fiel die Tür ins Schloss. Ich atmete auf. Wir waren allein.

Die warme Schwere der Laken drückte mich in die Matratze. In meinem dunklen Versteck war ich sicher. Hier gab es keine Drachen, keine bösen Königinnen, keine Magie.

Noah räusperte sich und drückte meine Schulter. »Sag Bescheid, wenn du etwas brauchst.«

Ich vergrub meinen Kopf noch tiefer zwischen den Kissen.

Was, wenn ich es dieses Mal einfach sein ließ? Wenn ich Varuna ihren Spaß nahm und einfach hier liegen blieb, bis alles vorbei war?

Wir würden in diesem Wald sterben. Also warum nicht die Königin der Faunkinder die Arbeit erledigen lassen?

Für Wajis Soldaten war der Tod plötzlich gekommen. Den Geruch ihres Blutes hatte ich immer noch in der Nase. Das Geräusch, mit dem ihre Köpfe auf den Boden gefallen waren, hallte seit gestern Abend in meinen Ohren wider. Doch es war schnell vorbei gewesen, brutal, aber schmerzlos. War es feige, einen solchen Tod dem aussichtslosen Kampf mit einem Drachen vorzuziehen?

Vielleicht, doch es war mir egal.

»Du musst das nicht tun. Wir können immer noch fliehen.«

Die Kissen erstickten mein heiseres Lachen. »Wir haben keine Chance«, raunte ich, ohne den Kopf zu heben. »Hast du nicht gehört, was Varuna gesagt hat? *Meine Diener in diesem Palast sind überall.*«

Sie musste die Herdgeister gemeint haben, zu denen Susy und Ralph aus der Bibliothek gehörten. Den Kamin in meinem Zimmer hatte ich gestern Abend nicht mehr entzündet, auch wenn die nächtliche Kälte durch die Ritzen der alten Mauern gekrochen war.

Als Noah gegangen war, fand mich endlich ein gnädiger, traumloser Schlaf. Dankbar fiel ich in seine Arme.

Die Tür flog mit einem lauten Knall auf.

Ich fuhr hoch, schlug die Laken zurück … und stöhnte.

Zu hell. Es war zu hell.

Durch meine zusammengekniffenen Lider sah ich eine große, blonde Elfe durch das Zimmer marschieren, geradewegs auf mein Bett zu.

Jilly. Offenbar hatte sie eine Mission, die nicht warten konnte. Sie riss mir die Laken aus den Händen und legte meine nackten Beine frei. Ich schielte in Richtung der Tür, erwartete, dass Alyssa folgen würde. Doch Jilly war allein gekommen.

»Aufstehen.«

Ich blinzelte. Sie marschierte weiter zu einem der Fenster und riss es auf. Ein Schwall kühle Herbstluft flutete das Zimmer, gefolgt von einem eisigen Windstoß.

Fröstelnd wollte ich mir wieder die Laken über meine Beine ziehen, doch Jilly schnalzte mit der Zunge und griff unerbittlich danach. Sie schüttelte den Kopf.

»Aufstehen, habe ich gesagt.«

Ich reckte das Kinn. »Ich will nicht. Wer auch immer dich geschickt hat … sag ihnen, ich will meine Ruhe haben.«

Jilly hob die Augenbrauen. »Niemand hat mich geschickt. Noah erwähnte, dass du dich in deinem Bett verkrochen hast und nie wieder aufstehen willst. Aber ich bin hier, weil ich hier sein will. Weil ich will, dass du aufstehst. Und tust, was getan werden muss.«

Ich warf einen verstohlenen Blick auf die Bettdecke in ihren Händen. »Nein.«

Flink streckte ich einen Arm nach den Laken aus, doch sie war schneller. Jilly zog genau in dem Moment daran, als ich den noch warmen Stoff zu fassen bekam. Mit einem lauten Fluch stolperte ich aus dem Bett.

»Geht doch«, sagte sie trocken. »Und jetzt zieh dich an. Du musst trainieren.«

Ich verschränkte die Arme und trat von einem Fuß auf den anderen. Der Steinboden war viel zu kalt. Mein dünnes weißes Nachthemd flatterte im nächsten Windstoß um meine zitternden Knie.

»Ich will nicht, Jilly«, fauchte ich. »Es hat doch sowieso keinen Zweck. Hast du das Ungeheuer da draußen im See nicht gesehen? Auch zehn Jahre wären nicht genug, um für einen solchen Kampf zu trainieren.«

Ich sah mich in meinem Zimmer um. Der Stuhl, auf dem ich gestern Abend meine Kleidung abgelegt hatte, war leer.

»Außerdem sind meine Sachen wieder verschwunden.«

Ich wollte nicht schon wieder wie eine Marionette Varunas Kleidung tragen. Es war genug, dass sie Elrys bei sich behalten hatte. *»Für den Fall, dass ihr auf dumme Ideen kommt«*, hatte sie mit einem Blick auf Alyssa gesagt.

Doch Jilly stapfte bereits auf den großen Eichenschrank zu, in dem sich jedes Mal, wenn ich ihn öffnete, andere Kleidungsstücke befanden. Sie zog jede Schublade heraus, durchwühlte mit beiden Händen alle Fächer.

Dann lachte sie.

»Hier. Man muss nur danach suchen.«

Sie drückte mir meinen eigenen Umhang, meine Hose und Tunika in die Arme. Ich öffnete den Mund, doch Jilly schüttelte den Kopf.

»Los jetzt«, forderte sie mich auf. »Die anderen sind schon alle unten. Der Prinz behandelt das Ganze wie einen seiner Feldzüge. Aber er scheint zu wissen, was er tut.«

Ich zweifelte nicht an Wajiyad Zen Zilágoshs Qualitäten als Anführer, aber Götter ... verstand denn niemand, dass unser Gegner eine verdammte Drachin sein würde?

»Wir sind nicht auf den Kopf gefallen, Lyvi«, sagte Jilly scharf. »Aber es ist, wie es ist. Wir haben uns selbst in diese Lage gebracht, weil wir Ylva wie eine Herde Schafe in den Anderswald gefolgt sind, ohne die richtigen Fragen zu stellen. Jetzt können wir nur noch die richtigen Dinge tun und hoffen, dass wir diesen Wald doch noch lebendig verlassen können.«

Meine Kehle wurde eng. »Aber es ist zwecklos.« Ich sank auf den Hocker am Bett. »Ich kann unmöglich allein einen Drachen töten.«

Jilly legte den Kopf schief. Ein kühler Lufthauch wehte ihr feine, hellblonde Strähnen ins Gesicht. Immerhin roch die Luft vertraut nach Wald, Harz und feuchter Erde.

»Hat Gelyth dir schon einmal von seinem Ausbruch aus Zamkhar erzählt?«

Ich zuckte mit den Achseln.

Mein Onkel *hatte* mir diese Geschichte erzählt, doch ich hatte immer das Gefühl gehabt, dass er mir einige Details verschwiegen hatte. Um mich zu schützen oder weil es für ihn selbst zu schmerzvoll gewesen war, darüber zu sprechen. Trotzdem hatte ich den Schatten gespürt, der über diesen Erinnerungen lag.

»Vor sieben Jahren habe ich ihn zufällig in Faelhem getroffen«, sagte Jilly, ihr Blick düster. »Ich war dort, um Werkzeug zu kaufen, weil die wenigen Schmieden in Sedina damals haltlos überfordert waren. Gelyth war gerade aus Lithania gekommen, auf dem Weg zurück in den Königshain.« Sie sank mit einem Seufzen auf das Bett.

»Er sah schrecklich aus«, flüsterte sie. »Wir haben uns auf der Straße getroffen und sind dann zusammen in ein Gasthaus gegangen. Aus einem Bier zum Abendessen wurden zwei, drei, immer mehr Runden, bis ich sie nicht mehr zählen konnte. Gelyth war ein Wrack. Er redete und redete. Über Lithania, wo er drei Monate versteckt in einem Krankenbett gelegen hatte. Über deine Mutter, über dich. Irgendwann hat er mir erzählt, was sie in Zamkhar mit ihm gemacht haben. Dass die Bastarde vom Kuji-Stamm, denen das Gefängnis gehört, ihn gefoltert haben, als Rache für Irins Angriffe auf den

Süden Bataris. Sie forderten die Freilassung der Steppenelfen aus Estéllian und eine große Summe Gold. Monate und Monate vergingen, bis ihnen klar wurde, dass kein Gold kommen würde. Dass Irin die Geiseln niemals gehen lassen würde.«

Ich hielt den Atem an.

Jilly schnaubte. »Irin hätte es gefallen, wenn er Gelyth losgeworden wäre. Dein Onkel wäre nicht zurückgekehrt, wenn du nicht gewesen wärst. Du und seine Loyalität für euer Königreich. Dabei wartete in Estéllian die nächste Hölle auf ihn. Er hatte keine Ahnung, dass sie Néami schon gefunden hatten, tot in einem Straßengraben bei Allander.«

Euer Königreich. Da waren sie wieder. Die Worte, die mir jedes Mal einen Stich versetzten. Sie fühlten sich immer noch nicht wahr an, würden sich nie so anfühlen.

Jillys Augen verdunkelten sich. »Dass Irin dich in den Kerker im Mondsteinpalast geworfen hatte, wusste er auch noch nicht.«

Ich schluckte. Nie wieder hatte ich eine solche Kälte gespürt wie in den langen Monaten in Irins finsterem Kerker.

»Was hat das mit Meliki zu tun?«

Jillys schnalzte mit der Zunge. »Ich wollte gerade dazu kommen. Sie hatten begonnen, ihn zu häuten. Jeden Tag ein kleines Stückchen. Hast du die Narben gesehen?«

Ich erschauderte. »Ja.«

Die schrecklichen Narben an Gelyths Armen und seinem Hals strahlten eine abgrundtiefe Bösartigkeit aus.

»Manchmal haben sie ihn auch auf die Streckbank gespannt. Oder ihm einen Eisenring um den Hals gelegt. Mit nach innen gerichteten Stacheln.«

Jilly seufzte. Ein Vogel flatterte mit einem lauten Zwitschern am offenen Fenster vorbei, doch sie beachtete ihn nicht.

»Gelyth hat mir alles erzählt«, sagte sie. »Zamkhar ist umgeben von einem Graben, der mit spitzen Holzpfählen gespickt ist. Ein einziger Turm, der mehr als einhundert Schritte in die Luft ragt. Keine Fenster. Doppelte Mauern mit Lücken, gerade groß genug, damit die Schreie eines Gefolterten überall zu hören sind. Es gibt keinen Ausweg aus diesem Gefängnis.«

Mein Herz wurde schwer. Diesen Teil der Geschichte kannte ich noch nicht, ich hatte nie danach gefragt. Gelyth hätte mir ohnehin nicht die ganze

Wahrheit erzählt.

»Aber Gelyth hat einen gefunden«, raunte ich.

Jilly lächelte matt. »Ich werde nie vergessen, was er an jenem Abend in Faelhem zu mir gesagt hat. Seine Augen waren immer noch blutunterlaufen, seine Wunden gerade erst verheilt. Zumindest die äußerlichen.«

Ihre Stimme wurde leiser. *»Ich wusste nicht, wie ich fliehen sollte, aber ich musste es versuchen. Für Lyvi, für Estéllian. Ich habe mich geweigert, andere Gedanken zu denken, als dass ich Zamkhar lebendig verlassen würde. Also habe ich es getan.«*

Die Tränen, die in Jillys Augen glitzerten, waren ein Schock für mich. »Versuch es«, wisperte sie. »Du schuldest es *ihm*, wenn schon nicht dir selbst. Gelyth hat es aus Zamkhar herausgeschafft. Vielleicht gelingt dir dein eigenes Wunder.«

Mein Zittern hatte nichts mehr mit der herbstlichen Kühle im Zimmer zu tun.

»Aber *wie*? Hat er dir das auch erzählt?«

Jilly schüttelte den Kopf. »Er hat gesagt, der Zeitpunkt, diese Geschichte zu erzählen, wäre noch nicht gekommen. Aber er hat es geschafft. Das ist es, was zählt. Am Ende erinnern sich die Leute sowieso nur daran. Dass jemand das Unmögliche vollbracht hat.«

Ich räusperte mich und wischte eine einzelne Träne von meiner Wange. »Denkst du, es ist möglich, die Drachin mit einem einzigen Schwert zu töten?«

Jillys blaugraue Augen waren ernst. »Nein. Aber das heißt nicht, dass du es nicht versuchen solltest. Es war auch unmöglich, aus Zamkhar zu fliehen. Bis Gelyth es trotzdem getan hat.«

Sie erhob sich. »Wir warten unten am Strand auf dich.«

Es klopfte leise an der Tür.

»Lyvi?«

Ich zuckte zusammen, doch Jilly gluckste. »Komm rein, Burami.«

Alyssa Kopf erschien, samt ihrer schwarzen Haare, die heute zerzaust aus ihrem Zopf heraushingen. »Störe ich?«

»Nein.« Jilly drückte meine Schulter. »Ich war gerade fertig damit, Lyvi von den Heldentaten ihres Onkels zu erzählen.«

Ich schlang meinen Umhang um mich. Alyssa versteifte sich, als Jilly ihr einen Kuss auf die Wange drückte und aus dem Zimmer schlüpfte.

»Wie geht es dir?«, fragte sie.

»Wird schon«, murmelte ich. »Und dir?«

Alyssa ging langsam zum Fenster und schloss es. Sie seufzte. »Für einen Becher Batari-Tee würde ich einiges tun. Varunas Zeug ist nicht halb so stark.«

Ich schmunzelte, doch Alyssa verschränkte ihre tätowierten Arme vor der Brust. Ihre Augen funkelten in der Mittagssonne wie schwarze Sterne.

»Du darfst Meliki nicht töten, Lyvi.«

Ich blinzelte. Hatte sie Varunas Drohung überhört?

»Ich *muss* sie töten, wenn wir Medea jemals lebendig verlassen wollen.« Ich runzelte die Stirn. »Weiß Jilly, um was du mich bitten wolltest?«

Alyssa schob das Kinn vor. »Wir verwirken unser Leben, wenn wir Varuna gehorchen.«

Also wusste Jilly nichts davon. Ich holte tief Luft. »Wir werden kein Leben mehr haben, wenn wir es nicht tun«, sagte ich. Es klang schärfer, als ich beabsichtigt hatte.

Alyssa machte ein paar große Schritte durchs Zimmer. »Aber es muss einen anderen Weg geben. Stand in den Büchern in der Bibliothek noch etwas anderes?«

Ich griff nach meinen Stiefeln. »Nein«, zischte ich. »Aber danach haben wir auch nicht gesucht.«

Ein Fehler. Doch es war zu spät.

Alyssas Zopf flatterte, als sie zu mir herumwirbelte. »Warum nicht? Manchmal muss das Böse sterben, das weiß ich. Aber diese Drachin ist nicht böse. Sie tut das, wofür sie gemacht ist. Sie bewacht ihren Schatz. Wenn wir irgendwie mit ihr reden könnten –«

Ich schüttelte den Kopf und stand auf, um meine Waffen anzulegen, die gestern Abend plötzlich auf dem Frisiertisch gelegen hatten. Ein lächerlicher Gefallen Varunas. Alyssa trat zu mir und packte meinen Arm.

»Ylva hat doch etwas von Sehern und Seherinnen erzählt, die eine Verbindung zu Drachen herstellen konnten, erinnerst du dich?«

Ich schnaubte und machte mich los. »Hör auf, Alyssa. Selbst wenn an diesen Geschichten etwas dran ist – ich habe nicht vor, den Rest meines Lebens hypnotisiert zu verbringen. Ylva hat mich nicht umsonst davor gewarnt.«

Ich wich Alyssas bohrendem Blick aus. Für einen Augenblick sah ich die leeren Augen meiner Mutter vor mir. Sah ich Néami in ihrer ewigen Trance an ihrem Fenster im Mondsteinpalast sitzen. Panik rauschte durch mein Blut, mein Herz raste.

»Der Einzige, der es geschafft hat, sich mit Meliki anzufreunden, ist schon lange tot.«

Meine Stimme klang abgehackt, seltsam entfernt in meinen eigenen Ohren. Plötzlich hatte ich es eilig. Mit zitternden Fingern befestigte ich meine Messer an meinem Gürtel.

»Ich kann nicht glauben, dass du dich Varuna einfach so unterwirfst«, fauchte Alyssa. Die Tätowierungen an ihrem Hals bebten mit ihrer Wut. »Sie benutzt uns, siehst du das nicht?«

Die Holzdielen knarrten, als ich an die Tür trat. »Doch. Aber Elrys ist unsere einzige Chance. Jilly denkt das übrigens auch, falls du noch jemanden beschuldigen möchtest.«

Wut glühte in Alyssas Augen. »Ich werde es nicht zulassen.«

Ich ging allein zum Strand.

30

Der Sand knirschte unter meinen Füßen, als ich auf die kleine Versammlung zu stapfte. Die Herbstluft war kühl auf meinen Wangen, doch zum ersten Mal seit Tagen flackerte warme Hoffnung in meinem Herzen.

Für Gelyth.

Für ihn musste ich in diesem Spiel mein Bestes geben, auch wenn der Ausgang ungewiss war. Für Gelyth, den Mann der so viel für mich und andere riskiert hatte. Von dem ich alles gelernt hatte, was ich wusste. Der überlebt hatte, allen Widrigkeiten zum Trotz.

Weder Irin noch Manor durften den Stein der Einheit in die Hände bekommen. Und wenn ich einen Drachen töten musste, um das zu verhindern, würde ich es versuchen.

Noah schlich an meine Seite, als ich die anderen erreichte. Er sagte nichts, berührte mich nicht, doch seine Nähe war genug.

Paros gluckste. »Ah, die Prinzessin taucht also doch noch auf.«

Er lehnte an einem Stapel dicker, eingerollter Seile. Daneben lagen Langbögen und Speere steckten im Sand. »Ist Eure Hoheit ausgeschlafen?«

Für den unsterblichen Gehörnten war das alles hier offenbar ein Witz.

Lyvi Namenlos, Lyvi Unwürdig.

Ich ignorierte ihn und die gemeinen Stimmen in meinem Kopf.

Velmar kicherte. Wie immer hörte es sich an wie das Zirpen eines Vogels. Aus irgendeinem Grund passte der ehemalige Baumhüter nur zu gut nach Medea.

Jilly spähte hinter mich. »Wo ist Alyssa?«

Ich blinzelte in die Nachmittagssonne, die Medea in ein goldenes Licht tauchte. Nahe dem Seeufer schimmerte die Luft grünlich. Varuna hatte ihren Schutzschild für uns ausgeweitet. Nicht aus Gastfreundschaft, das war mir klar, sondern weil sie uns noch brauchte.

»Sie ist in ihr Zimmer gegangen«, sagte ich. »Ihr ist nicht gut.«

Ein verwirrter Schatten huschte über Jillys Gesicht, doch sie nickte.

»Können wir weitermachen?«, knurrte Wajiyad, der breitbeinig in der Mitte unserer Gruppe stand, die Arme vor der Brust verschränkt. Nuria legte ihm eine Hand auf den Arm, doch die Augen des Prinzen blitzten vor Wut. »Jetzt sind wir ja endlich vollzählig.«

Dora sah Wajiyad an, als wollte sie das Herz aus seiner Brust herausschneiden.

»Ihr seid nicht unser Anführer, Prinz«, zischte sie. »Wir sind in der Überzahl.«

Sie hatte recht. Auch wenn Ylva nicht hier war.

Brandy watete im flachen Wasser am Seeufer, ihr Blick war abwesend.

Paros schnaubte, als er mich von oben bis unten musterte. »Die letzte Seherin Antheas sieht etwas zerzaust aus.«

Ich trat von einem Fuß auf den anderen.

Wajiyad hob die Augenbrauen, sagte jedoch nichts.

Mir gefiel es nicht, dass der Kronprinz Galmárons von meiner Gabe wusste.

»Sie ist nicht hier, um Euren Ansprüchen zu genügen«, fauchte Noah. Er legte mir eine Hand auf die Schulter. »Hier geht es nicht um hübsche Kleider und gepuderte Wangen. Sie ist hier und das reicht.«

Paros seufzte. »Noah von Schipgaard, ein wahrer Freund der Frauen«, säuselte er. »In jeder Hinsicht.«

Noah öffnete den Mund, doch ich hob die Hand. »Genug.« Ich deutete auf die Seile und Waffen neben Paros. »Was muss ich wissen?«

Waji lachte leise. »Brandy wird sich in Ufernähe versteckt halten.« Er deutete auf eine Stelle, wo die Palastmauern steil ins Wasser abfielen. »Bis es sicher für sie ist, den Stein zu holen. Wir werden dir so gut wie möglich Rückendeckung geben und das Ungeheuer ablenken, aber wenn es Zeit für den Todesstoß ist, bist du auf dich allein gestellt. Du hast die einzige Iryll-Klinge.«

Ich nickte. Wo er hinzeigte, sprudelte Wasser unter einem hohlen Mauerbogen in den See, gerade noch geschützt von Varunas grünlich schimmerndem Zauber. Das musste der Fluss Atos sein, den ich schon auf der Karte neben Ralphs Kamin entdeckt hatte. Er verlief also tatsächlich unterirdisch.

»Wie locken wir das Drachenweibchen aus dem See?«, fragte ich. »Brandy sollte sich kein zweites Mal so nah an sie heranwagen.«

Waji sah zu Velmar. Der Elf spielte mit einem kleinen Gegenstand, der an einer dünnen Eisenkette baumelte.

»Erzähl ihr von deinem Fund, Drosselbart.«

Velmar gluckste und schleuderte den länglichen Gegenstand vor sich in die Luft. Die Kette rasselte, als er in seiner ausgestreckten Handfläche landete.

Ich runzelte die Stirn.

»Ganz recht, eine Pfeife«, sagte er und jonglierte sie von einer Hand in die andere. »Eine stumme Pfeife, um genau zu sein. Die Dämonen benutzten sie damals für die Drachenjagd. Ich habe sie vor Jahren auf einem Streifzug in diesem Wald gefunden und danach in der Tiamaty-Bibliothek in Budáry darüber gelesen. Der Ton dieser Pfeife ist nicht für unsere Ohren bestimmt, aber Drachen hören ihn offenbar. Es ist eine Art Lockruf.«

Paros nickte. Sein Gesicht war ernst, ein ungewöhnlicher Ausdruck für den Halbgott.

»Sie muss Arkany gehört haben. Aber die Pfeife ist nicht genug, um Meliki länger in Schach zu halten. Wir haben es ausprobiert. Das Ungeheuer war zwar friedlich, als sie aus dem Wasser kam, doch nur für ein paar Minuten. Danach –«

Er wies auf den zerstörten Festsaal am gegenüberliegenden Ufer.

»Hat sie die Beherrschung verloren. Offenbar war sie von Arkany anderes gewohnt.«

Ich schluckte. Also blieb mir nur ein Zeitfenster von wenigen Minuten, um ein jahrtausendealtes Urwesen zu überlisten?

Später. Später würde ich mich damit beschäftigen.

»Noch was?«, fragte ich.

Wajis Augen wurden schmal. »Lass dich nicht töten.« Einer seiner Mundwinkel zuckte. »Aber ich gehe davon aus, dass die Schülerin Gelyth Lunyr Gwendalyons sich ihr Schwert verdient hat.«

Für einen Moment hatte ich nicht den Thronfolger der Dämonen vor mir, sondern den Gaukler Nepomouk, der nach meinen Schwachstellen tastete. Er spielte mit mir, genau wie er in Faelhem versucht hatte, mit mir zu spielen.

Doch Gelyths Worte, vor einer Ewigkeit gesprochen, hallten in meinem Geist wider.

»Du hast dir dein Schwert verdient. Lass dir niemals, von niemandem erzählen, dass das nicht wahr ist.«

Ich reckte das Kinn. »Das habe ich.«

Der Prinz legte den Kopf schief. Sein Lächeln war boshaft. »Beweis es, *pikkiralky*.«

Nuria verdrehte die Augen. »*Wajiyad*«, murmelte sie, doch er lächelte.

»Sie muss gar nichts beweisen!«, sagte Noah eisig.

»Ich kann für mich selbst sprechen.« Ich trat einen Schritt nach vorn. »Wie wäre es mit einem Duell? Zur Übung?«

Ich war neugierig ... und wollte wissen, was auf mich zukam, sollte ich die Drachin überleben.

Paros gluckste und verpasste Velmar einen Seitenhieb. »Das könnte interessant werden.«

Noahs Augen waren weit, als er mich ansah. »Lyvi –«

Ich zog mein Messer und streckte die andere Hand aus.

»Hat jemand ein Schwert für mich?«

Waji grinste und zog seine Zwillingsschwerter.

»Ruhig, Prinz, das ist eine *Übung*«, sagte Jilly, als sie mir ihre Klinge reichte. »Lyvi hat übermorgen etwas Wichtiges zu tun.«

Noah schüttelte den Kopf und folgte mir.

»Lyvi –«

»Ich weiß, was ich tue.«

Ich bedeutete ihm, stehen zu bleiben. Waji und ich stellten uns auf, zwanzig Schritt voneinander entfernt.

Dora marschierte in unsere Mitte. »Ich zähle runter!«

Nuria plumpste mit einem Seufzen auf einen toten Baumstamm und schlug die Beine übereinander.

»Vorsichtig, Zilágosh«, sagte sie. »Tu nichts, was du bereuen wirst.«

Brandy, Jilly und Noah hockten sich neben sie. Sein Gesicht sprach Bände, was er über den *Übungskampf* dachte.

Waji zwinkerte mir zu und ließ seine Schwerter vor sich in der Luft kreisen. Ich lächelte, auch wenn mein Herz raste. Ich balancierte mein Messer und Jillys Klinge in meinen Händen. Ihr Gewicht war ungewohnt.

Er ist nicht so groß, wie er aussieht.

Aber ... Götter, diese Arme! Diese Schwerter!

Ich hätte Nein sagen sollen.

Schluss jetzt. Konzentrier dich!

Es wurde still in meinem Kopf, mein Atem wurde ruhiger. Auch um uns rührte sich nichts, außer den wispernden Zweigen der Bäume und dem Brummen eines Insekts.

Dora sah zu mir, dann zu dem Prinzen.

»Drei, zwei –«

Sie kam nicht weiter. Waji und ich waren bereits losgestürmt, Waffen erhoben.

»Aufhören!«

Der Prinz und ich kamen kaum eine Armlänge voneinander entfernt zum Stehen. Gleichzeitig ließen wir unsere Klingen sinken. Vor Paros stand ein keuchender Soldat, sein Gesicht gerötet.

Ich runzelte die Stirn.

»Urgroßvater«, japste er, Panik in seinen Augen. »Varuna will Euch sehen, sofort.«

Urgroßvater, richtig. Alle hier in Medea waren verwandt. Paros' Grinsen verschwand, Velmars Blick war plötzlich wachsam.

»Was ist passiert?«

Der Soldat schluckte und sah sich um. Dann beugte er sich zu Paros vor und flüsterte ihm etwas ins Ohr. Paros' Gesicht wurde mit jedem Wort seines Urenkels ernster. Schließlich wandte er sich uns zu.

»Geht zurück in eure Gemächer! Varuna lässt euch ausrichten, dass sie ihren Plan geändert hat. Wir warten nicht mehr. Die Drachin wird morgen getötet.«

Ich erstarrte.

»Was?«, platzte es gleichzeitig aus Noah, Jilly und Waji.

»Meine Schwester hat entschieden«, sagte Paros. »Findet euch damit ab.«

Brandy fauchte, Nuria und ich wechselten einen stummen Blick. Doch Paros zuckte nur mit den Achseln. »Ihr habt mich gehört. Wir erwarten euch morgen bei Sonnenaufgang am Strand.«

Dora fluchte. »Bei Guldemars dreizehn Söhnen, für wen haltet ihr Euch? Für die Götter höchstpersönlich?«

Paros lachte. »Allerdings, Zwergin. Wir *sind* die Götter dieses Waldes.«

Zwei grüne Blitze flirrten in der Luft.

Ich blinzelte. Paros und sein Neffe waren verschwunden. Einfach so.

Doch ein lautes Brummen erklang und zwei Hirschkäfer flogen davon, einer von ihnen groß wie mein Handteller. Mit dunkelgrünem Geweih.

»Bis morgen«, zischte Velmar und hüpfte mit wehendem Umhang und klimpernder Kette davon. Niemand beachtete ihn.

Ich starrte immer noch in die Richtung, in die die beiden Hirschkäfer verschwunden waren ... und erschauderte. Paros und seine Soldaten waren Gestaltwandler.

»Bis morgen«, sagte Waji, als er hinter Nuria an mir vorbei ging. »Süße Träume, *edeji.*«

Noah warf ihm einen finsteren Blick hinterher, doch ich lächelte matt und hob die Hand zum Abschied. Mein Magen war ein einziger heißer Knoten.

Morgen.

Morgen würde ich einen Drachen töten müssen.

»*Süße Träume, Schatz*«, fauchte Nuria, als sie Waji in sein Zimmer folgte. »War das wirklich nötig?«

Waji zuckte mit den Achseln und schloss die Tür hinter ihnen. »Absolut. Ich hatte Lust drauf.«

Er schlenderte zu dem Sessel vor dem kalten Kamin und plumpste in die dicken Polster.

Die Leichtigkeit in seinen Worten verbarg das schwere Gewicht, das auf seiner Seele lag. Varuna hatte bewiesen, dass ihre Augen und Ohren überall waren. Dass Flucht unmöglich war. Die Zukunft seiner Herrschaft hing an einer Halbelfe, ihrem uralten Schwert und einer verrückten Königin. Ihre aller *Leben* hingen daran, dass morgen alles gut ging.

Gestaltwandler.

Nicht nur war Varuna verrückt, sie hatte auch noch einen Bruder, Soldaten und Untertanen, die *Gestaltwandler* waren. Wie die Hirschkäfer, die sich im Birkenhain als Soldaten entpuppt hatten.

Noch dazu blieb ihnen nun noch ein Tag weniger, um sich vorzubereiten. Großartig. Was für Neuigkeiten hatten Varuna dazu bewegt, ihren Plan zu ändern? Er zweifelte, dass sie vor morgen davon erfahren würden, wenn überhaupt.

Nurias Gesicht war eine steinerne Maske, als sie auf das Sofa gegenüber sank.

»Du kannst nicht durch die Welt gehen und immer einfach tun, worauf du *Lust* hast. Und warum hast du dem Duell zugestimmt? Das war in jeder

Hinsicht eine dämliche Idee.«

Waji schnaubte und fischte einen Apfel aus der Obstschale auf dem niedrigen Tisch. Varunas Dienstboten hatten ihnen schon das Abendessen hergerichtet. Brot, Käse und irgendein geräucherter Fisch, von dem Waji nicht wusste, ob er ihn essen wollte.

»Ich wollte sehen, was sie kann.«

Auch wenn es nicht zum Kampf gekommen war, er hatte eine wichtige Sache über Lyvi Gwendalyon gelernt. Auch sie hatte zu früh angegriffen und sich keinen Deut um die Regeln eines solchen Duells geschert. Die Halbelfe sprach wenig, wirkte fast schüchtern, doch das machte sie nicht weniger gefährlich. Im Gegenteil. Wer die Duellregeln missachtete, war auch zu anderem Betrug bereit. Er würde vorsichtig sein müssen.

»Und ich tue *immer*, worauf ich Lust habe. Funktioniert bisher ganz gut«, fügte er hinzu.

Doch das war nicht alles. Lyvis Täuschungsmanöver hatte mit einem verwegenen Teil seiner Seele gespielt, den Nuria nie ganz verstehen würde.

Schon in Faelhem hatte Lyvis Gegenwart diesen eigentümlichen Nervenkitzel in ihm ausgelöst. Das Bedürfnis, ihrem listigen Feuer mit seinem eigenen zu begegnen.

Das hatte natürlich nichts zu bedeuten. Vermutlich war es einfach schon zu lange her, dass er sich mit einer Frau zwischen den Laken – oder wo auch immer – ausgetobt hatte.

Um sich von seinen Gedanken abzulenken, biss er in den Apfel. Eine frische Süße explodierte in seinem Mund. Istari, er hatte vergessen, wie es sich anfühlte, Obst zu essen, das nicht verschrumpelt war. Er wurde sich seiner Finger bewusst, die sich um die feste Rundung des verbliebenen Apfels schlossen. Für einen kurzen Augenblick fragte er sich, ob sich etwas anderes ähnlich in seiner Hand anfühlen würde. Mit dem Daumen fuhr er über die glatte, tiefrote Haut. Dunkelblaue, vor Begierde vernebelte Augen schienen ihn anzusehen, ihn anzuflehen, bloß weiterzumachen.

Waji blinzelte. Götter, es war wirklich zu lange her, wenn ein Stück Obst ihn derart anmachen konnte.

Nuria verschränkte die Arme vor der Brust. Ihr stechender Blick holte ihn zurück in die Realität. »Tut es das?«

Ihre Nasenflügel bebten. Zweifellos weil sie gerochen hatte, was in ihm vorging. Waji ließ den Apfel sinken und hob eine Braue. Er atmete angestrengt aus. »Worum geht es hier, Nuria?«

Sie schürzte die Lippen. »Du kannst wohl nirgendwo hingehen, ohne einem Weib schöne Augen zu machen.«

Waji beugte sich vor und leckte die fruchtige Süße von seinen Lippen. »Und wo ist das Problem? Die Wahrscheinlichkeit, dass wir hier draufgehen, ist ziemlich groß. Warum sollte ich in den Tagen, die vielleicht meine letzten sind, nicht einfach das tun, was ich will?« Er grinste. »Im Gegensatz zu Schipgaard hat Lyvi sich offenbar nicht daran gestört.«

Es kostete ihn mehr Kraft als je zuvor, seine Worte selbstbewusst klingen zu lassen.

Nuria schnalzte mit der Zunge.

»Ja, genau, Wajiyad. Und natürlich sind die Gründe dafür dein gutes Aussehen und charmantes Auftreten. Und nicht etwa, dass sie gerade andere Dinge im Kopf hat.«

Waji spuckte einen Apfelkern auf den Boden. Sein Herz machte einen Hüpfer, auch wenn er es besser wusste.

»Mein gutes Aussehen und charmantes Auftreten, ja?«

Nuria verdrehte die Augen. »Wenn es das ist, was du aus diesem Gespräch mitnimmst, habe ich nichts mehr zu sagen.«

Sie schwiegen einen langen Augenblick.

Ein Windstoß rüttelte am Fenster, pfiff durch die kleinen Ritzen zwischen Glas und Mauerwerk. Ein Luftzug streifte seine Nase, trug Nurias Duft zu ihm … und diesen elendigen männlichen Geruch. Er wurde jeden Tag schwächer, aber er war immer noch da.

»Du hättest mich fragen können«, sagte Nuria irgendwann. »Nach all deinen Geschichten über Frauen, die ich mir in den letzten Jahren anhören musste. Ich weiß, dass du ihn riechen kannst, trotz Varunas Zauber.«

Wajis Schultern sackten nach unten. Er seufzte. Darum ging es also. Sie war nicht eifersüchtig, sondern beleidigt. Es versetzte ihm einen Stich, doch er schob das Gefühl beiseite. Nicht wichtig.

Einer seiner Mundwinkel zuckte. »Ich habe ihn schon gerochen, als ich in Arain betrunken in dein Zimmer gestolpert bin. Es tut mir leid, dass ich nicht danach gefragt habe. Ich wollte, aber irgendetwas kam immer dazwischen.«

Nicht ganz die Wahrheit, aber was sollte er ihr auch sagen? Dass der Geruch dieses fremden Mannes an ihr ihn störte?

Nuria schürzte die Lippen. »Davo«, sagte sie. »Hunyadis Sohn. Wir treffen uns seit drei Monaten. Seitdem ich mich wochenlang um seine Schulterverletzung gekümmert habe. Er ist bei seiner letzten Grenzpatrouille vom Pferd gefallen.«

Waji gluckste, doch Nuria verzog das Gesicht. »Ich wusste, dass dich das amüsieren würde.«

Er hob die Hände. »Entschuldigung. Davo ist ein guter Mann. Er ist ehrlich und ein tadelloser Soldat. Seiner Patrouille entgeht nichts«, sagte er.

Und meinte es so.

Nuria errötete. In all den Jahren ihrer Freundschaft war dies noch nie vorgekommen.

»Das ist er«, sagte sie, ihre Stimme heiser. »Er weiß, was er will und spielt keine Spielchen.«

In ihren Augen glänzten Tränen.

Waji lächelte schief, auch wenn Nurias Worte ihn trafen wie ein Schlag in die Magengrube. Natürlich wollte sie jemanden wie Davo. Jemanden, der verlässlich war. Loyal. Solide.

»Es tut mir leid«, sagte er leise. »Alles. Danke, dass du hier bist. Ich werde alles dafür tun, um dich zu ihm zurückzubringen.«

Eine Träne lief ihre Wange hinab. Sie nickte. »Sei einfach nur mein Freund, ja? Wie du es immer warst.«

Waji stand mit einem Seufzen auf und setzte sich neben sie auf das Sofa. Er legte einen Arm um sie. »Versprochen.«

Und Nuria, die der ganze Kiraly-Palast für ihre versteinerte Miene kannte, legte ihren Kopf an seine Schulter und weinte.

»Wenn wir an diesem verdammten Ort sterben«, wisperte sie in sein Hemd, »dann sind wir wenigstens zusammen.«

Waji schloss sie in die Arme. »Ich bin hier«, flüsterte er. »Ich bin hier.«

Er ließ sie nicht los, bis die Sonne untergangen war.

31

Ich starrte aus meinem Fenster, die Stirn an das kühle Glas gelehnt. Varunas Dienstboten hatten bereits das Abendessen in unsere Zimmer gebracht. Der Duft von frischem Brot und geräuchertem Fisch hing in der Luft, doch ich hatte keinen Hunger.

Morgen. Morgen. Morgen.

Das Wort war ein Echo in meinem Kopf.

Was für Nachrichten hatten Varuna und Paros von ihrem Enkel bekommen, dass sie es so eilig hatten, das Drachenweibchen loszuwerden?

Ich zuckte zusammen, als etwas gegen die Scheibe krachte. Ein vertrautes Fiepen folgte, doch es klang panisch. Kleine Fäuste schlugen gegen das Glas, kugelrunde Augen blinzelten mich an.

Phypsi.

Wieder fiepte der Falter. Ich öffnete eilig das Fenster, gerade so weit, dass der Imago hindurchpasste und schloss es sofort wieder. Phypsi schoss an mir vorbei ins Zimmer, so dicht, dass sein Flügel meine Wange streifte. Ich runzelte die Stirn.

»Was ist los?«

Kaum einen Herzschlag später füllte das Schlagen vieler Flügel die Luft. Ich wirbelte herum.

Draußen schwebten drei von Varunas geflügelten Dienern, ein wütendes Glänzen ihren schwarzen Augen. Sie gaben scharfe Zischlaute von sich und warfen Phypsi zornige Blicke zu.

»Haut ab!«, fauchte ich und wedelte mit den Händen.

Die drei Feenwesen und ich starrten uns an, während Phypsi sich hinter meiner Schulter versteckte. Mehrere Augenblicke verstrichen. Erst als ich nach einem meiner Messer tastete, flogen Varunas Diener davon, aber spuckten zum Abschied gegen die Scheibe. Ich verzog das Gesicht. Ein gelbliches Sekret rann das Glas hinab.

Phypsi zupfte an meinen Haaren und ich drehte mich um.

Der Imago reichte mir eine schmale Pergamentrolle. Ich musste nicht fragen, wer die Nachricht geschrieben hatte. Sein Geruch von Harz und Sommerregen füllte bereits meine Nase.

Ich hatte Gelyth in Sedina noch einmal geantwortet, ihm jedoch nicht geschrieben, wo ich war und was ich vorhatte. Aus Sicherheitsgründen. Und weil ich nicht wollte, dass mein Onkel sich auch noch Sorgen um mich machte. Zurecht.

Mit bebenden Händen rollte ich das Pergament auseinander.

Er ist auf dem Weg nach Westen. Der General und sein Kader begleiten ihn.

Inklusive einer Waffenlieferung aus Astralis.

Im Dämmertal ist keine Ende in Sicht.

Mein Herz hämmerte in einem wilden Rhythmus.

Gelyth nannte seinen Namen nicht, doch ich wusste, wen er meinte.

Irin war auf dem Weg hierher und Varuna wusste es. Deswegen hatte sie es auf einmal so eilig, Meliki loszuwerden, nachdem sie sie Jahrhunderte ausgehalten hatte. Die Königin der Faunkinder brauchte ihre ganze Kraft, um ihr Reich vor Irin zu schützen.

»Was machst du denn hier, Phypsi?«

Der Falter gab ein zwitscherndes Geräusch von sich.

Noahs Schritte näherten sich leise auf dem Parkett. Er strich mit beiden Händen sanft über meine Schultern. Dann erstarrten seine Bewegungen.

»Heißt das, Irin hat Iryll?«, flüsterte er neben meinem Ohr.

Ich nickte langsam, immer noch unfähig, meinen Blick von Gelyths Schrift loszureißen.

»Ich glaube schon.«

Noah atmete angestrengt aus. »Er weiß also von Meliki.«

Wieder nickte ich.

»Und Varuna weiß, dass er kommt«, wisperte ich und stopfte Gelyths Nachricht unter mein Brustband. »Sie will vorbereitet sein.«

Noah begann, meine Schultern zu massieren. »Was können wir tun?«, raunte er.

Panik wallte in mir auf. Allein Noahs Hände hielten mich in der Gegenwart. Die Berührungen, die schmerzhafte Knoten in meinen Muskeln lösten.

»Ich weiß es nicht«, wisperte ich.

Einen langen Augenblick schwiegen wir. Irgendwann hauchte Noah einen Kuss in meinen Nacken. »Was auch immer morgen passiert … ich bin dankbar, dass ich dich getroffen habe.«

»Ich auch«, raunte ich, ein dicker Kloß in meinem Hals.

Draußen zupfte der Wind an den wilden Kletterrosen und roten Weinranken, die sich an der Mauer gegenüber emporwanden. Aus dem Augenwinkel sah ich, wie Phypsi es sich in einem der Sessel bequem machte und sich unter einem ausgebreiteten Flügel einrollte.

Noah bearbeitete weiter meine Schultern. Er schnaubte. »Die sind hart wie Stein. Wann hast du dich das letzte Mal entspannt?«

Entspannt. Ich wusste nicht, ob es in den letzten Jahren auch nur einen Tag gegeben hatte, an dem ich wirklich entspannt gewesen war. »Ist lange her.«

Ich sog die kühle Abendluft ein, die durch die alten Fensterrahmen ins Zimmer kroch. »Varuna ist nicht die erste wahnsinnige Monarchin, die meinen Weg gekreuzt hat.«

Langsam drehte ich mich um. Ich wollte nicht mehr an Varuna und Irin denken, ihnen nicht auch noch die Stunden schenken, die vielleicht meine letzten waren. Aus Phypsis Richtung kam ein leises pfeifendes Geräusch. Trotz allem musste ich lächeln. Der Imago schlief.

Noah war plötzlich ganz nah, seine hellblauen Augen der einzige Ort, an den ich fliehen konnte. Mein sicherer Hafen in dem Sturm aus Wahnsinn und Schicksal, zu dem mein Leben geworden war.

Er lächelte, als er mein Gesicht in beide Hände nahm. Mir wurde warm und kalt zugleich, als er mit einem Daumen über meine Augenbraue, Wange und Lippen fuhr. Sein Blick war so intensiv, dass ich wegsehen wollte, doch er hielt mein Kinn fest.

»Wenn wir diesen Ort jemals lebendig verlassen, schreibe ich ein Lied über deine Augen«, flüsterte er. »Sie verdienen es. Du verdienst es.«

Ich grunzte, auch wenn mein Bauch kribbelte.

»Wie vielen Frauen hast du das schon versprochen?«

Noah schmunzelte. »Die wichtige Frage ist doch, wie oft ich es ehrlich gemeint habe.«

Ich verdrehte die Augen.

Er wiegte den Kopf hin und her, als müsste er überlegen. »Kein einziges Mal.«

Ich holte aus, um ihn zu boxen, doch er bekam meine Hand zu fassen.

Sein Blick wurde weich. »Bis heute jedenfalls«, sagte er. »Möchtest du tanzen?«

Ich runzelte die Stirn. »Hier? Aber wir haben keine Musik –«

Aber Noah legte den Kopf schief und hob seinen Zeigefinger.

»Warte.« Er lauschte. Und nur ein paar Herzschläge später erklangen die sanften Töne einer unsichtbaren Laute.

Noah gluckste. »Ich wusste es. Besser?«

Ich erschauderte. »Wie man's nimmt«, zischte ich, doch Noah ergriff meine Hand. Er wirbelte mich herum, bis wir in der Mitte des Raumes waren und zog mich an sich, eine Hand an meiner Hüfte, die andere auf meiner Schulter.

Das Parkett knarzte leise, als wir einen langsamen Tanz begannen, im goldenen Licht der Abendsonne, zu den Melodien der geisterhaften Laute.

Noah hielt mich fest, berührte mich, als wäre ich für ihn das Kostbarste auf dieser Welt.

Doch als die ersten Takte des nächsten Lieds erklangen, erstarrte er.

»Das kann nicht sein«, murmelte er. Und schüttelte den Kopf.

Ich zog die Augenbrauen zusammen. »Was ist?«

Noah schüttelte wieder den Kopf. »Hör genau hin.«

Ich lauschte den Tönen der Laute ... und bekam eine Gänsehaut. Das war Noahs eigenes Lied, die Melodie, die er in Sedina beim *Bunten Raben* gespielt hatte.

»Wie kann sie nur davon wissen?«, raunte ich.

Noah kratzte sich das Kinn. »Vielleicht ... hat der Palast seine eigene Magie. Varuna mag unsterblich sein, aber dieser Ort könnte noch älter sein. Weiser. Kein Wesen dieser Welt ist *so* allwissend.«

War Varuna denn von dieser Welt? Ich war nicht überzeugt, aber ließ es geschehen, dass wir unseren Tanz fortsetzten.

Die Melodie trug mich nach Sedina zurück, in das Leben, das ein neues Kapitel hätte sein sollen. Ich schloss die Augen.

Unter meinen Füßen spürte ich den Sand, die Sommerluft auf meinen Wangen, die Hoffnung dieses fernen Moments in meinem Herzen.

Ich sog die Luft ein, die nach süßen Beeren, Pinien und Meer roch.

Ein neues Leben, das vielleicht nie sein würde.

Meine Kehle wurde eng. Eine Träne rollte meine Wange hinab, doch Noah küsste sie weg.

»Wunder passieren«, flüsterte er. »Für die, die an sie glauben.«

Ich öffnete den Mund, doch zögerte. Da war noch etwas.

»Wirst du mich noch mögen, wenn ich Meliki getötet habe? Ein Urwesen, das nur das tut, wozu es gemacht ist? Mit einem Schwert, obwohl du –«

Seine Lippen brachten mich zum Verstummen. Noah küsste mich, zärtlich und voller Ehrfurcht.

»Ich werde dich immer mögen, Lyvi«, raunte er. »Seit ich dich kenne, traue ich mich zu glauben, dass Macht nicht nur Schlechtes vollbringen kann.«

Ich runzelte die Stirn und zog mich ein Stück zurück.

»Macht?«, krächzte ich. »Ich bin nicht mächtig.«

Er lächelte schief.

»Wegen dir und deiner Gabe sind wir hier, oder? Und versuchen, Irin etwas entgegenzusetzen.«

Es fiel mir schwer, meine Sehergabe als *mächtig* anzusehen. Außerdem wollte ich jetzt nicht an Irin denken. Ich schniefte und schmiegte mich an Noah, flüchtete mich in unseren Kuss, der Varuna, Irin und Meliki zurückdrängte. Doch als unser Atem schneller wurde, unsere Hände gieriger, hielt Noah inne. Er löste sich aus unserer Umarmung.

»Nicht hier«, murmelte er. »Das hier wird nicht unsere letzte Nacht sein.«

Mein Herzschlag dröhnte immer noch laut in meinen Ohren. Ich sehnte mich schon jetzt wieder nach seinen Lippen, doch ich nickte. Ich *wollte* ihm glauben. Ich *wollte* glauben, dass es mehr für mich – für uns – geben würde. Mehr als die dunklen Nächte in Merielle, in denen ich in die Arme von Elfen geflüchtet war, die mich behandelt hatten wie eine heimliche Trophäe.

Ich wusste noch nicht, was genau zwischen uns war, doch ich wollte Zeit haben, es herauszufinden.

Noah lächelte. Er griff meine Hand und drückte sie. »Lass uns etwas essen«, sagte er. »Du brauchst morgen deine Kraft.«

Ich schluckte. »Bleibst du bei mir heute Nacht?«

Noah küsste meine Stirn und schloss mich in seine Arme. »Alles, was du willst.«

Noahs Atem hinter mir ging ruhig und regelmäßig. Schon vor mehr als einer Stunde war er eingeschlafen, seine Arme eng um mich geschlungen.

Noahs Umarmung fühlte sich gut, *so* gut an. Und doch konnte ich nicht schlafen.

Phypsis schnarchte leise in dem Sessel, den er zu seinem Schlafplatz auserkoren hatte.

Meine Gedanken wanderten von Meliki zu Irin und wieder zurück. Auch wenn es dunkel im Zimmer war, spürte ich Varunas Blick auf mir. Boshaft. Allwissend. Zerstörerisch.

Konnte es wirklich so einfach sein?

Elrys war ein Schwert, um das sich so manche Geschichte rankte. Geschichten von Siegen trotz unmöglicher Wahrscheinlichkeiten. Und doch ... da war immer noch die Königin der Faunkinder.

Würde sie uns wirklich gehen lassen? Diejenigen von uns, die die nächsten Tage überlebten?

Wir hatten keine Garantie, dass die Königin der Faunkinder sich an ihr Wort halten würde.

Was, wenn sie sich doch entschied, den Stein der Einheit für sich zu nutzen? Dass sie ihn nicht an Irin verkaufen würde, als Preis für die Sicherheit ihres Volkes?

Ich stöhnte und rieb mein Gesicht.

Götter, wir brauchten einen Plan, der nicht auf blindem Vertrauen zu einer irren Königin beruhte.

Aber wir hatten keinen.

Noah regte sich hinter mir. Er gab ein leises Grunzen von sich und ließ mich los.

Ich sah über meine Schulter und musste lächeln, trotz allem. Es tat fast weh, ihn so friedlich zu sehen. Ihn so nahe zu haben. Vielleicht zum letzten Mal.

Er lag auf dem Rücken, einen Unterarm auf seinem Gesicht. Eine einzige Lampe auf dem Nachttisch brannte noch und warf einen tanzenden Schein auf die Wände, auf Noah.

Ich hielt inne. Die Erinnerung an ein anderes tanzendes Licht geisterte durch meine Gedanken.

Eine Idee formte sich in meinem Kopf. Sie machte mir Angst, doch ein waghalsiger Plan war besser als gar keiner.

Augenblicklich schlug ich die Laken zurück, zog mich an und schlüpfte aus dem Zimmer.

Brandys Bett war leer und gemacht, als ich in das Zimmer der Wasserfrau schlich.

Die große Badewanne in der Ecke war bis oben mit dampfendem Wasser und Schaumbergen gefüllt.

Im nächsten Augenblick schlug mein Kopf gegen den Boden.

Ein fauchendes Bündel aus schwarzgrünen Haaren, Fangzähnen und nackter, bleicher Haut wirbelte mich herum. Ich stemmte mich dagegen. Doch wir rollten über den Teppich, bis ich bäuchlings auf dem Boden lag. Brandys Haut war warm und feucht vom Badewasser,

»Brandy«, japste ich und versuchte mich, aus ihrem Griff zu befreien. »Ich bin es!«

Ein weiteres Fauchen, dann Stille. »Was machst du hier?«

Die knochigen Finger um meine Handgelenke gaben nach. Ich ließ meine Stirn gegen den Teppich sinken. Götter, Brandy war stark, ihre Oberschenkel wie eine riesige Zange um meine Hüften. Sie roch nach Lavendel und Orange und Kamille, als hätte sie mehrere Badeöle auf einmal ausprobiert.

»Kannst du mich erst loslassen?«, zischte ich.

Die Wasserfrau löste sich mit einem Fauchen von mir.

Sie hinterließ eine nasse Spur, als sie auf die Wanne zu marschierte. Mit einem Räuspern schälte ich mich vom Boden. Die Wasserfrau war splitternackt. Ihre feuchte Haut glänzte im Licht der Kerzen, dazwischen die dunklen Konturen ihrer Muskeln. Mit einem Seufzen sank sie zurück ins heiße Badewasser, zwischen Berge aus duftendem Schaum.

»Also?«, fragte sie. »Was kann ich für dich tun? Falls es ein größerer Gefallen ist, um den du mich bitten möchtest, würde ich allerdings vorschlagen, dass wir dieses Treffen verschieben. In diesen Tagen kann ich keine sicheren Zusagen geben.«

Sie grinste. Ich erschauderte. Immer noch hatte ich mich nicht an ihre Raubfischzähne gewöhnt.

Ich sank auf einen Hocker neben der Wanne, der zu einem ausladenden

Frisiertisch gehörte. Nicht drei, sondern *vier* Flaschen Badeöl waren geöffnet. Meine Nasenflügel bebten.

Honig war die vierte Note.

Brandy registrierte die Regung in meinem Gesicht und zuckte mit den Achseln. »Wenn ich nervös bin, kann ich nur im Wasser schlafen. Hier fühle ich mich sicher.« Sie beäugte mich von oben bis unten. »Bist du in eine Grube gefallen?«

Ich warf einen Blick über meine Schulter in den Spiegel am Frisiertisch, doch er war beschlagen wie die Fenster. Ich schätzte, der Dreck an meiner Kleidung und meine durchweichten Stiefel sprachen für sich.

»Irin ist am Zug«, wisperte ich. »Und Varuna weiß, dass er kommt. Es muss so sein. Deswegen will sie das Drachenweibchen so schnell wie möglich aus dem Weg haben. Der Zauber, mit dem sie Medea beschützt, bindet ihre Magie. Die braucht sie, um gegen Irin zu bestehen.«

Brandys schwarze Nixenaugen wurden schmal. Sie fauchte leise. »Hattest du eine Vision?«

Ich schüttelte den Kopf.

»Gelyth hat mir geschrieben. Der Stein muss diesen Wald so schnell wie möglich verlassen.«

Die Wasserfrau fuhr mit der Zunge über ihre dunklen Lippen.

»Was tun wir?«, fragte sie so leise, dass selbst ich sie kaum verstand.

Mein Herz schlug schneller. Ich zögerte. Sollte ich sie laut aussprechen? Die Worte, die unseren Tod bedeuten würden, falls Varuna sie hörte?

»Benutze den Spiegel«, zischte die Wasserfrau. »Er ist immer noch beschlagen.«

Ich runzelte die Stirn.

Dann verstand ich. Ich konnte vielleicht nicht *aussprechen*, was ich vorhatte, aber ich konnte es aufschreiben. Und meine Worte danach wegwischen wie Wasserdampf.

Mein Herzschlag war ein lautes Hämmern in meinen Ohren, als ich eine Fingerspitze an den Spiegel legte. Dann schrieb ich. Und schrieb. Und schrieb, mit quietschenden Bewegungen, bis sein Glas bis an den Rahmen mit meinen Worten gefüllt war.

Als ich fertig war, holte ich tief Luft und drehte mich um.

Brandy las stumm, ihr Gesicht ausdruckslos. Ich krallte die Finger in meine

Oberschenkel und wartete auf ihre Antwort.

»Du hast ihn hier?«, fragte die Wasserfrau.

Ich nickte und tippte auf meine Jacke, ungefähr auf der Höhe, auf der sich die Innentasche befand.

Mein gesamter Körper bebte vor Aufregung, doch ich zwang mich, zu warten. Aus schmalen Augen betrachtete Brandy den Spiegel.

»In Ordnung«, sagte die Wasserfrau schließlich.

Ich schluckte. »Ich verstehe, wenn –«

Brandy schüttelte den Kopf. »Ich werde es tun. Für Anthea.«

32

Sie sind hier.«

Noah berührte meine Schulter. Es war erst kurz nach Sonnenaufgang, doch die anderen waren bereits draußen am Strand, um die Waffen zu kontrollieren.

Bitte, bitte lasst alles gut gehen, flehte ich die Götter und das Schicksal an. *Lasst uns diesen Tag überleben.*

Brandy hatte sich schon vor einer halben Stunde mit einem Handschlag in den See verabschiedet.

Gut so.

Je weniger Aufsehen die Wasserfrau erregte, desto besser.

Mein Herzschlag setzte aus, als die Plane des Zeltes zur Seite schwang, das die Königin der Faunkinder für uns am Ufer hatte aufstellen lassen. Als wären wir Teilnehmer eines skurrilen Turniers.

Gleich mehrere von Varunas geflügelten Bediensteten flatterten hinein; sieben Feenwesen, deren Augen besonders boshaft funkelten. Ihre Flügel, die mit langen Stacheln gespickt waren, glänzten wie Ebenholz.

Varunas dunkle Miniaturritter. Ihr Anführer überreichte mir erst Elrys, dann eine zusammengerollte Nachricht. Mit zitternden Händen brach ich das blutrote Siegel. Große, geschwungene Buchstaben füllten das Pergament.

Viel Glück, Prinzessin.

Wie betäubt starrte ich die Worte an. Der Spott einer wahnsinnigen Königin.

Noah sah über meine Schulter. »Was steht da?«

Ich hob das Pergament, doch ein Schmerz schoss durch meine Hand. »Aua!«

Varunas Botschaft hatte sich selbst entzündet. Eine Stichflamme, dann war sie verschwunden. Ich knurrte leise. Ich hatte genug von ihren Spielchen.

»Habt ihr Alyssa gesehen?« Jilly schlüpfte ins Zelt und kam mit großen

Schritten auf uns zu. Panik leuchtete in ihren blaugrauen Augen. »Als ich aufgewacht bin, war sie nicht mehr da.«

Ich schnaubte, auch wenn mein schlechtes Gewissen an mir nagte. Ich hatte wieder neben Noah gelegen, als er aufgewacht war, doch er wusste nichts von meinem nächtlichen Ausflug.

Es ist besser so, erinnerte ich mich.

Je weniger von uns von Brandys und meinem Vorhaben wussten, desto besser. Vielleicht würde Varuna dann wenigstens die anderen gehen lassen, wenn uns unser Plan um die Ohren flog.

»Überrascht es dich?« Meine Worte klangen schärfer als beabsichtigt, doch Jilly schüttelte nur den Kopf.

»Nein«, knurrte sie. »Meine Gefährtin ist stur wie ein Esel.« Ihre Gesichtszüge verhärteten sich. Sie zuckte mit den Schultern. »Nichts zu machen. Lasst uns gehen.«

Mit dem vertrauten Gewicht von Elrys auf meinem Rücken schritt ich zwischen den Feenwesen hindurch, die mit zornigen Schreien auseinanderstoben.

Noah und ich wechselten einen letzten Blick, doch er drückte nur meine Hand. Es war ohnehin alles gesagt.

Varunas geflügelte Ritter schossen dicht an meinem Kopf vorbei, als ich auf die Baumreihe zuging, hinter der der Strand begann.

Mit wildem Kreischen verschwanden sie durch das Blätterdach, vermutlich um Varuna zu berichten, dass die *Prinzessin* bereit war.

Ylva wartete auf mich.

Ihr Batari-Schwert ragte über ihre Schulter, ein halbes Dutzend Messer und Dolche hingen an ihrem Gürtel. Auch ohne ihre Magie hatte sich Ylva auf alles vorbereitet. Sie sah blass aus, das sonst so kräftige Lavendelblau ihrer Augen trüb. Allmählich schien die Magie des Waldes ihr zuzusetzen.

»Beachte sie nicht«, raunte sie mir zu.

Ich runzelte die Stirn. »Was meinst du?«

Doch mein Atem stockte.

Die Tribüne.

Nebel hing über dem See, in den Bäumen am Ufer, und dazwischen ... Zuschauerränge.

»Miststück«, murmelte Noah hinter mir.

Ylva legte mir eine Hand auf die Schulter. Keine Gefühlsregung zeigte sich in ihrem Gesicht, als sie mich weiterzog.

»Geh weiter. Lass sie nicht sehen, dass du verunsichert bist. Das würde ihr nur noch mehr Freude bereiten.«

Ich gehorchte. Doch ich konnte meinen Blick nicht von der Tribüne abwenden, die von Varunas grünlich schimmerndem Schutzzauber umgeben war. Mehrere hundert Faunkinder hatten sich dort eingefunden. Sie alle schwiegen, bis auf die Königin und ihren Bruder, die auf einem überdachten Balkon in ein Gespräch vertieft waren. Über und unter ihnen flatterte das Wappen Medeas, die gehörnte Schlange und der Kirschbaum, weiß auf tiefrotem Grund. Velmar saß nicht bei ihnen. Vielleicht hatte er sich für heute zum Rest der Familie begeben müssen.

Selbst aus der Ferne konnte ich Varunas belustigte Miene erkennen. Götter, war mir übel.

Ich räusperte mich. »Was machen die hier?«

Ylva schnaubte. »Das habe ich mich auch schon gefragt. Ich an Varunas Stelle wäre mir nicht so sicher, dass ihr Schutzschild auch Drachenfeuer standhält.«

Ich verlangsamte meine Schritte. »Drachenfeuer?«

Die Hexe schob mich an. »Denk nicht darüber nach. Die meisten Seedrachen können kein Feuer speien, abgesehen von ihrem Eisatem.«

Mein Magen schlug Purzelbäume.

Sehr beruhigend.

Ich zwang mich zu einem Lächeln, als wir bei Wajiyad, Dora und den anderen ankamen. Sie waren noch mit den Waffen beschäftigt, große stationäre Schussvorrichtungen, deren Gestelle Waji und Jilly bis spät in die Nacht zusammengezimmert hatten. Und davor, direkt am Wasser befand sich das Gatter mit dem Drachenköder, bereit, Meliki als Vorspeise serviert zu werden. Sieben Schafe blökten darin, drängten sich dicht zusammen, Panik in ihren Augen.

Von Brandy war keine Spur zu sehen, so wie es sein sollte.

Alyssa fehlte ebenfalls. *»Ich mache das nicht mit«*, hatte sie gesagt. Und es offenbar so gemeint.

Jilly warf mir ein letztes mattes Lächeln zu, Wajiyad tippte zum Gruß zwei Finger gegen seine Stirn. Nuria war gerade dabei, die Hand einer leisen fluchenden Dora zu verbinden, die sie sich an einem der Speere aufgeschlitzt haben musste.

Mein Herzschlag setzte aus, als unsichtbare Trommeln dröhnten. Ein langsamer Rhythmus, der meine Nackenhaare zu Berge stehen ließ.

Varuna stand auf. Die Königin war ganz in Dunkelrot gekleidet. In den offenen Haaren trug sie ein Diadem aus diamantenen Lilienblüten, das ihre Hörner umschlang wie eine Blumenranke. Ein boshaftes Lächeln umspielte ihre Lippen. »Willkommen zu diesem besonderen Anlass, meine Kinder.«

Ihre Stimme war überall. In meinen Ohren, unter meiner Haut, kroch in jede Faser meines Körpers wie unsichtbare Tentakel.

Ylvas Griff an meiner Schulter verstärkte sich.

»Lyvi Gwendalyon, Wajiyad Zen Zilágosh und ihre Freunde haben sich bereit erklärt, Medea von dem Ungeheuer zu befreien, das vor zweihundert Jahren die Magie der Sterblichen in unser Reich trug.«

Ich hielt den Atem an. Die Faunkinder blieben stumm, doch Varuna sprach weiter.

»Lyvi wird Meliki töten. Ihre Freundin Brandy, die Wasserfrau, ist in diesem Moment bereits im See. Sie soll den Stein der Einheit zurückholen, für den Lyvi und ihre Freunde in unseren Wald gekommen sind. Wenn die Drachin tot ist, werden Prinz Wajiyad Zen Zilágosh und Lyvi Gwendalyon morgen in einem Duell darüber entscheiden, wem die Magie der Sterblichen gehört.«

Ihr Lächeln glich dem einer Schlange, doch ihre Stimme war weich sie Samt. Eine Falle, von den Göttern persönlich erdacht. »Das ist unsere Vereinbarung.«

Ich erschauderte. Ich fühlte es kommen. Etwas Schreckliches.

»Und ich empfehle euch allen –«

Ihre uralten Augen ruhten auf mir. Nur auf mir.

»Euch daran zu halten, im Gegensatz zu eurer Freundin aus Batari. Für ihren Ungehorsam wird sie bezahlen. Velmar und meine Soldaten suchen in diesem Moment schon nach ihr. Denn wollen wir nicht alle dasselbe?«

Ich hörte Jillys leisen Fluch. Varunas Schlangenlächeln wurde breiter. Mein Herz raste. Wusste die Königin, was wir vorhatten?

Ylvas Finger krallten sich noch fester in meine Schulter.

Nein, unmöglich. Ich war vorsichtig gewesen.

Alles wird gut. Alles läuft nach Plan.

Ich nickte. Es gab ohnehin kein Zurück mehr. »Natürlich, Eure Hoheit.«

Ich zuckte zusammen, als meine eigene Stimme laut über den See hallte.

In Varunas Augen blitzte etwas auf, das meine Nackenhaare zu Berge stehen ließ. Sie gab ihrem Bruder ein Zeichen. »Wunderbar. Möge die Vorstellung beginnen.«

Paros grinste und zog die Kette mit Velmars Drachenpfeife aus seiner Jackentasche.

Ich wandte mich um, wollte vor Varunas höhnischem Blick fliehen.

»Warte!«

Bevor ich auch nur einen weiteren Schritt machen konnte, war Noah bei mir. Er schlang die Arme um mich und küsste mich, vor Hunderten von Augen. Seine Lippen plünderten meinen Mund, seine Hände vergruben sich in meinem Haar. Er nahm mich mit an einen Ort, der weit weg von diesem stickigen Zauberwald war. Wo die Wellen rauschten und ein frischer Frühlingswind blies.

Als Noah sich zurückzog, kreuzten sich unsere Blicke. Er strich mit seinem Daumen über meine Wange, starrte mich an wie ein Seemann die schwindenden Umrisse seines Heimathafens.

Für einen letzten Moment stand die Zeit still. Ich erlaubte mir, in seinem Blick zu versinken, las in ihm all die Dinge, die unausgesprochen geblieben waren. Die Möglichkeit einer Zukunft, die es vielleicht niemals geben würde.

»Ich sagte, wir fangen an«, dröhnte Varunas Stimme über den Strand.

Noah hob eine Braue. Und küsste mich wieder, zärtlich und voller Hingabe.

»Auf deinen Platz, Schipgaard«, knurrte Paros tief in meinem Kopf. »Oder ich schleife dich persönlich dorthin.«

Noah verbeugte sich, ein schelmisches Lächeln auf den Lippen. Er küsste mich ein letztes Mal, bevor er davonstapfte. Mein Herz schlug immer noch schnell wie Schmetterlingsflügel. Mein Mund kribbelte von seinem Kuss.

Konzentrier dich, Lyvi. Du hast eine Aufgabe.

Paros' Stimme war ein Grollen. »Bereit, Prinzessin?«

Ich atmete tief ein und aus, dann noch zwei Mal. Und nickte. Ganz Medea hielt den Atem an, als Paros die Lippen an die stumme Pfeife legte.

Ich erstarrte. Mein Körper war gespannt wie eine Bogensehne.

Nichts. Rein gar nichts war zu hören.

Doch Vögel flüchteten mit schrillem Krächzen aus den Baumwipfeln am See. Die Schafe im Gatter zitterten am ganzen Leib, als sie sich in einer Ecke zusammendrängten.

Dann Stille.

Die Härchen an meinen Armen stellten sich auf. Eine Reaktion auf einen Ton, der nicht für sterbliche Ohren gedacht war.

Ich setzte einen Fuß vor den anderen. Atmete und atmete, kam dem See immer näher, bis zum Gatter.

Ich wartete. Sekunden, Minuten.

Für mich eine Ewigkeit, kaum mehr als die Pause zwischen zwei Herzschlägen für eine jahrtausendealte Bestie.

Dann, als das Publikum bereits wisperte und kicherte, kräuselte sich das Wasser. Krebse und kleine Echsen flohen an den Strand, hier und da brachen Fische panisch durch die Oberfläche.

Das Blut in meinen Adern gefror, als ich ihre gelben Augen sah. Den riesigen, geschuppten Kopf, der sich auf das Ufer zuschob. Vor der Schnauze der Drachin stieg Dampf auf, doch eine bittere Kälte kroch mir entgegen.

Die Schafe blökten wieder. Meine Instinkte brüllten mich an, Elrys zu ziehen, aber es war zu früh. Was hatte Meliki bereits alles gesehen? Männer und Frauen mit silbrig glänzenden Schwertern waren vielleicht nichts, was das Ungeheuer in guter Erinnerung hatte.

Im seichten Wasser kurz vor dem Strand hielt sie inne, dann brach ihr Kopf aus den Wellen hervor.

Mir stockte der Atem. Ich wusste, ich war hier, um sie zu töten. Aber, Götter, Meliki war schön. Wassertropfen perlten an ihren dunkelgrauen Schuppen ab, die heute in allen Regenbogenfarben schimmerten.

Ehrfurcht. Es war Ehrfurcht, die mich erfüllte.

Ich verbeugte mich.

Jemand lachte, doch es kümmerte mich nicht. Es schien richtig, mich vor diesem Urwesen, der Zeugin der Jahrtausende zu verneigen. Als ich mich aufrichtete, streifte ein kühler Luftzug meine Wangen.

Das Drachenweibchen hievte sich aus dem Wasser, blieb jedoch direkt vor dem Schafsgatter stehen. Ihr schnaufender Atem glich einem Donnergrollen.

Ich nickte. »Für dich, Meliki.«

Die Drachin reckte den Hals, kroch auf das Gatter zu, in dem die armen Tiere sich noch dichter an den hölzernen Zaun pressten. Die Nasenflügel der Bestie blähten sich, als sie ihre Beute erst von der einen, dann von der anderen Seite beschnupperte.

Sie hatte keine Eile.

Gut. Mehr Zeit für Brandy.

Ich zuckte zusammen, als das Drachenweibchen brüllte, so laut, dass meine Ohren schmerzten. Sie reckte den langen Hals und richtete ihren Blick auf mich.

Nein, nein, nein. Die Schafe. Die sind für dich. Ich bin deine Freundin.

Ich sah zu Boden, um ihrem Blick auszuweichen. Ein weiteres Brüllen, Schreie aus dem Publikum.

Dann verwandelte der Strand sich in eine eisige Hölle.

Überall waberte weißer Nebel. Blaues Feuer flackerte auf, kalt und unbarmherzig. Tödlich.

Ich zuckte zusammen, als eine blaue Flammenzunge meinen Arm streifte. Doch wo Schmerz und Eisbrand kommen sollten, passierte … nichts.

Schneeflocken landeten auf meinem Gesicht, meine Augen tränten vor Kälte. Aber das Eisfeuer berührte mich nicht. Ein Kreis aus blauen, eisigen Flammen umschloss die Drachin, die Schafe und mich.

Ich schluckte. Hieß das, dass ich zu ihr gehörte? Oder dass ich der zweite Gang ihres Menüs war?

Ihr Maul öffnete sich, entblößte mehrere Reihen messerscharfer Zähne. Die Stäbe des Gatters brachen wie Streichhölzer unter ihrem massigen Körper. Ihr Kopf schnellte nach vorn.

Ein Zittern erfasste mich, als Meliki ihr Mahl begann.

Verzweifeltes Blöken erklang. Knochen knackten, Blut spritzte.

Ich verzog das Gesicht, schluckte meinen Ekel herunter, als Meliki das Tier verschlang. Das blaue Feuer loderte und loderte, seine Kälte brutaler als jeder Winter, der jemals über Estéllian hereingebrochen war.

Die anderen Schafe versuchten, über die Überreste des Gatters zu springen, doch es brauchte nur eine mächtige Pranke, nur einen Hieb des gestachelten Schwanzes, um auch sie im Sand zu zerquetschen wie Weintrauben.

Ich wollte rennen. Weg von dem Geräusch brechender Genicke und Muskeln, die vom Knochen gerissen wurden. Weg von dem Geruch des Blutes und der Angst der Tiere.

Doch ich rührte mich nicht. Ich wartete auf den Ruf eines Kranichs. Brandys Zeichen, dass meine Mission geglückt war.

Es kam nicht.

Stattdessen zischten die eisigen Flammen hinter mir, als wichen sie vor etwas zurück. Vor jemandem.

»Ich habe dir gesagt, ich würde es nicht zulassen.«

Ich wollte herumwirbeln, doch *jemand* schlang einen Arm um meine Schulter. Dann presste sich ein Messer gegen meine Kehle.

33

Alyssa?«

Der Druck der Klinge an meinem Hals verstärkte sich. Weiche Haare pressten sich an meine Wange, als das Batari-Messer unter meinem Kinn meinen Kopf nach oben zwang. Aus dem Augenwinkel sah ich ein spitzes Gesicht, von schwarzen Strähnen umrahmt.

»Ich lasse nicht zu, dass du das tust«, zischte die Steppenelfe. »Sieh ihr in die Augen.«

Wie war sie hierhergekommen? War sie einfach durch das eisige Feuer … *gegangen*?

»Nein«, presste ich hervor. »Lass mich los.«

Ich versuchte, meine Hände freizubekommen, Elrys zu ziehen, doch sie drückte mich enger an sich.

Scheiße, scheiße, scheiße.

Was tat Alyssa hier? Sie machte alles schlimmer, schlimmer als es ohnehin schon war. Ich warf der Drachin einen nervösen Blick zu. Sie hielt das letzte Schaf zwischen ihren Pranken, mümmelte daran wie ein Kaninchen an einer Karotte.

Meliki starrte uns an.

»Ich hätte das hier mit dir abgesprochen, aber es war keine Zeit mehr«, zischte Alyssa. »Und jetzt … Sieh. Ihr. In. Die. Augen.«

Mein Herz schlug viel zu schnell. »Was?«

Heilige Götter, mir war so kalt. Das Knistern des Feuers wurde mit jeder Sekunde lauter, verwandelte den Sand unter unseren Füßen in knackendes Eis.

Varunas Stimme schallte über den See. Doch hier, im Herzen der eisigen Drachenhölle, konnte uns selbst die Königin der Faunkinder nicht erreichen.

»Alyssa! Lass sie los!« Jilly und Waji, auf der anderen Seite der lodernden Eiswand.

»Geh weg, Jilly!«, rief Alyssa.

Ihre Gefährtin versuchte, durch den Ring aus blauem Feuer zu treten, zog sich jedoch mit einem Fluch zurück. Und fluchte nochmals, als Sand durch die Luft wirbelte. Dunkle Ranken schossen aus dem Boden und schlangen sich um Wajis und ihre Beine.

»Ich weiß, wie Ganiel Arkany es gemacht hat«, raunte Alyssa. »Ich weiß, wie er mit ihr gesprochen hat.«

Die Härchen an meinem ganzen Körper richteten sich auf. »Wie?«, murmelte ich, ohne das Biest aus den Augen zu lassen.

Meliki schnaufte, richtete sich langsam auf. Die blutigen Überreste der Schafe, Knochen und Fellbüschel, lagen überall im Sand verteilt. Blut tropfte aus dem Maul des Ungeheuers, Hautfetzen hingen von ihren Zähnen.

Alyssa zog ihre Klinge ein Stück meinen Hals entlang. »Er war ein Seher. Wie du. Er hat es mit dem Drachengesicht gemacht. *Calandrum.*«

Ich biss die Zähne zusammen und schüttelte den Kopf. »Wovon redest du? *Cala* –«

»*Calandrum*«, fauchte Alyssa in mein Ohr. »Das Drachengesicht. Ich habe die ganze letzte Nacht in Varunas Bibliothek verbracht. In einem Buch über Seher und Seherinnen habe ich es gefunden. Ylva hatte recht. Du kannst dich mit ihr verbinden. Mithilfe deiner Gabe.«

Ich erschauderte.

Ich hatte es schon gespürt, das mögliche Band. Den Sog der Drachenaugen, an jenem Tag, als wir sie zum ersten Mal aus dem See gelockt hatten. Als hätte Meliki an das Fenster zu meinem Geist geklopft, das meine Sehergabe war.

»*Calandrum* verknüpft die Sehergabe mit der Seele des Urwesens, ermöglicht Austausch, sogar Freundschaft. Wenn es gut geht. Es kann auch schief gehen, wenn der Seher sich in dem Drachen verliert. Das muss Arkany passiert sein, deswegen ist er nicht von dem Stein losgekommen. Er war ihm verfallen wie Meliki.«

Alyssa hatte recht. Es musste so sein.

Der Dämon war nicht nur als *Unberührbarer* auf die Welt gekommen, sondern auch als Seher. Ganiel hatte seinen Geist mit Melikis verschmelzen lassen. Und war nicht mehr herausgekommen.

»Tu es«, sagte Alyssa scharf. »Sieh ihr in die Augen.«

Ich wand mich in ihrem Griff, doch ihre Arme, ihre Messer waren erbarmungslos. Es war, als wäre sie von einer Kraft getrieben, die nicht ihre eigene war.

»Aber –«

Ihre Batari-Klingen schnitten in meine Haut. Ein Tropfen Blut rann an meinem Hals hinab, gefror jedoch auf halber Strecke.

»Tu es.«

»Alyssa –«

Aus dem Augenwinkel sah, ich dass sich mittlerweile Dutzende Soldaten auf der anderen Seite des Feuerkreises eingefunden hatten, neben unseren Reisegefährten. Keinem von ihnen gelang es, die lodernde Kältewand zu durchbrechen.

Verdammt. Und dann war da noch ein Drachenweibchen, nur wenige Schritte entfernt. Eine Drachin, die gerade Blut geschmeckt hatte. Etwas musste passieren, schnell.

Ich hatte Angst. Angst, in Melikis Geist einzutauchen, mich darin zu verlieren. Ich war immer noch kaum mit meiner Gabe vertraut, wie sollte ich einen solch uralten Zauber aushalten können?

Schneeflocken rieselten auf uns herab, landeten wie kühle Nadelstiche auf meiner Haut. Überall war Nebel, die eisblauen Flammen des Drachenfeuers. Doch dazwischen glühten Melikis blassgelbe Augen. Sie *riefen* mich.

»Ganiel war allein«, sagte Alyssa in mein Ohr, ihr Atem warm an meiner Haut. »Du nicht. Ich passe auf, dass du hierbleibst.«

Ich wollte ihr sagen, dass ich nicht konnte. Aber ein leiser Schrei mischte sich unter das Lodern des Feuers, unter die Rufe der Faunkinder und unserer Gefährten. Der Schrei eines Kranichs. Noch einer. Ein dritter, ebenso leise, aber unverkennbar.

Meine Knie zitterten vor Erleichterung.

Brandys Zeichen.

Mein Plan war aufgegangen. Phypsi war unterwegs, mit dem Stein der Einheit. Brandy war durch den unterirdischen Fluss Atos geschwommen und hatte ihm den richtigen Rubin gebracht. Sie würde mit dem Feuerrubin, der Fälschung, zu uns zurückkommen.

Gestern Nacht hatte ich zunächst dem Imago die Stelle am Ufer des Atos gezeigt, außerhalb von Medea, an der er auf Brandy warten sollte. Dann war ich in Ylvas Zimmer geschlichen und hatte den falschen Stein aus der Holzschatulle in ihrer Tasche gestohlen. Die Hexe hatte sich noch nicht einmal im Schlaf gerührt, so sehr hatte der Anderswald schon an ihr gezehrt.

Wenn Phypsi es aus dem Wald schaffte, war der Stein der Einheit sicher vor Irin, vor Manor, vor anderen gierigen Händen, zumindest für den Moment. Jetzt ging es nur noch darum, dass wir diesen Ort lebendig wieder verließen.

Ich ließ meine Schultern sinken, ergab mich in Alyssas Griff.

»Was hast du vor?«, fragte ich heiser.

Das Drachenweibchen beobachtete uns, ihr Blick wachsam und stechend. Der Sog, der von ihren Augen ausging, war nicht von dieser Welt. Er gehörte einer Magie an, die so alt war wie die Sterne selbst.

Ich spürte Alyssas Lächeln an meinem Ohr. »Erst freundest du dich mit Meliki an«, sagte sie. »Und dann lassen wir ganz Medea in eisigem Feuer gefrieren. Bis nur noch wir übrig sind.«

Wahnsinn. Was Alyssa sich ausgedacht hatte, war vollkommen wahnsinnig. Phypsi war schnell genug, um sich bereits ein gutes Stück von Medea entfernt zu haben. Vielleicht war Wahnsinn unsere einzige Chance.

»Einverstanden.«

»Sie werden denken, ich hätte dich gezwungen«, wisperte Alyssa. »Falls es schief geht, werden sie nur mich bestrafen. Bereit?«

Ich atmete tief ein. Und nickte. Auch wenn ich nicht glaubte, dass Varuna ihren Zorn würde kontrollieren können, sollte Alyssas Plan scheitern.

Alyssa ließ eines ihrer Messer fallen.

»Ich bin bei dir. Ich lasse dich nicht los. Sieh ihr einfach in die Augen.«

Sie griff in mein Haar und drehte meinen Kopf, ganz langsam. Die Kälte pikste wie tausend Stacheln in meiner Lunge.

Die Bestie zischte leise, die schwarzen Schlitze ihrer Pupillen weiteten sich, luden mich ein.

Calandrum.

Unsere Hände verschränkten sich gerade rechtzeitig, bevor ein Strudel aus eisigem Feuer und goldenem Gelb mich mitriss. Er zog mich an einen Ort zwischen den Welten, wo alles, was ich kannte verschwand. Nur die Berührung meiner Freundin blieb. Meine letzte Verbindung zu der Welt, in die ich gehörte.

»Du bist wie er.« Eine Stimme, die älter war als Anthea. Rau und schrecklich und wunderschön.

Ich blinzelte.

Ganiel. Sie sprach von Ganiel.

»Ja«, hauchte ich.

Die Welt war verändert. Alles schien hier kleiner, doch unsere Umgebung pulsierte. Ich sah den Strom des Lebens in jedem Baum, jedem Lebewesen. Roch und sah ihr Blut fließen, ihre Herzen schlagen. Spürte das Wasser, die Luft atmen.

Jemand hielt meine Hand, folgte mir, als ich auf die Drachin zuging.

»Komm, Seherin«, zischte Meliki. »Komm näher. Du bist mit Ylva Dornblatt gekommen. Sie ist eine alte Freundin meiner Herrin. Interessant.«

Der Name klang vertraut, doch ich konnte mich nicht erinnern, zu wem er gehörte. War sie es, die mich festhielt? Mich an meine eigene Welt band? Ich wusste es nicht, aber es spielte hier keine Rolle. Das Eisfeuer prasselte immer noch, doch nun klang es freundlich.

»Es ist ... *anders* hier.«

Was sagte man zu einer Drachin? *Schön, dich kennenzulernen?*

»Natürlich ist es *anders*, Sterbliche«, zischte sie. Auf ihren Vorderbeinen streckte sie sich mir entgegen, witterte mich. Eine Jägerin, die noch entscheiden musste, ob ich Freundin oder Beute war. Ihre Lefzen zuckten. Ein Lächeln?

»Aber täusche dich nicht, Seherin, ich höre alles. Was willst du?«

Der Griff um meine Hand verstärkte sich.

»Medea soll brennen«, sagte ich. Einfach so. »Deswegen bin ich gekommen.«

Schritt für Schritt kam ich näher.

Meliki legte den Kopf schief. Ihre Augen wurden schmal.

»Warum? Ist die Königin der Faunkinder nicht deine Freundin? Magst du diesen ... *hübschen* Ort nicht?«

Ich lächelte grimmig.

»Nein.«

Sie fletschte die Zähne. »Warum sollte ich dir helfen? Mich stört Varuna nicht. Sie kann mir nichts anhaben, keiner ihrer Zauber. Auch wenn sie es oft versucht hat. Euer Stein hat mich stark gemacht. Die Magie eurer Völker hat mich mit Feuer gefüttert. Ich bin mächtiger, als die Königin des Waldes es je sein wird.«

Ein weiteres, zahniges Lächeln.

»Sie will den Stein der Einheit«, sagte ich, ohne nachzudenken.

Mein Herz flatterte. Konnten Drachen Lügen spüren? Auch wenn es keine war, nicht wirklich.

Die gelben Augen funkelten amüsiert. Mit einer einzigen Bewegung ihres Schwanzes räumte sie die Überreste der Schafe und des Gatters beiseite.

»Ist das so?«, zischte sie. »Und warum sollte mich das beunruhigen? Seit Jahrhunderten versucht Varuna, mich loszuwerden. Warum sollte sie es jetzt fertigbringen?«

»Drachentöter«, sagte ich, ein wenig zu schnell. »Sie hat Iryll. Viel davon. Das war ihr Plan. Sie hat uns gezwungen, ihr zu helfen, dich aus dem See zu locken –«

»Drachentöter!«

Das Ungeheuer richtete sich auf. Eine Welle aus Eisfeuer rollte über den Strand, lautlos und tödlich. Kleine Figuren sprangen davon, andere fielen in den Flammen auf die Knie. Ich hörte nichts, aber ich sah das Leben in ihnen erlöschen.

»Drachentöter!«, brüllte Meliki. »Stimmt das, Sterbliche?«

Ich nickte. »Ja. Ich habe es mit eigenen Augen gesehen.«

Nicht an Elrys denken. Funktionierte die Verbindung zwischen uns in beide Richtungen?

»Ich tue dir den Gefallen, Seherin. Medea soll brennen. Aber du kommst mit!«, fauchte die Drachin.

Ich stolperte zurück, als das Ungeheuer in meine Richtung kroch.

»M-meine Freundin –«, stotterte ich.

»Sie auch! Sie, die nicht in meinem Feuer verbrennt!«

Sie kam immer näher. Und versengte dabei jeden mit ihren eisigen Flammen, der es wagte, zu nahe zu kommen. Ich wich zurück.

»W-warum nicht? Warum tut ihr dein Feuer nicht weh?«

Das Drachenweibchen war fast bei uns. Sie breitete ihre ledrigen Flügel aus, fuhr mit einer gespaltenen Zunge über ihre scharfen Zähne.

»Warum, warum, warum«, säuselte sie. »Immer wollt ihr Sterblichen wissen, warum. Warum dies, warum das. Es ist nicht wichtig.«

Meliki reckte den Hals und schlug mit den Flügeln. »Wichtig ist nur, dass Medea brennen wird!«

Ich erinnerte mich, dass da draußen Freunde waren. Dort, wo *Calandrum* aufhörte. Ich konnte mir ihre Gesichter nicht mehr vorstellen, hatte ihre Namen vergessen, aber sie waren da.

»Nicht meine Freunde!«, rief ich. »Sie sind unschuldig!«

»Jaja«, zischte sie. »Nur entspannt, Seherin. Ich rieche, wer zu euch gehört.«

Im nächsten Augenblick wurde ich an den Füßen mitgerissen. Ich schrie, als Meliki ihren stacheligen Schwanz um mich schlang und mich in die Höhe trug. Die Hand, die sich an meine klammerte, ließ nicht los.

Festhalten. Halt sie bloß fest.

Die Bestie schlug mit ihren mächtigen Flügeln, dann hoben wir ab. Wasser und Sand waren unter uns, Wind wehte um meine Nase. Doch dann donnerte ich gegen einen steinharten Schuppenpanzer, mit dem Gesicht zuerst. Ich spürte meine Nase brechen, schmeckte Blut.

Ich japste, bekam gerade so eine ihrer Kammschuppen zu fassen. Die scharfe Kante schnitt in meine Haut. Wieder tropfte Blut.

Immer weiter entfernten wir uns vom Boden. Der See, der Strand, alles wurde kleiner und kleiner.

Meine Nase tat weh und mir war schwindelig, doch ich durfte nicht loslassen. Als ich mich am Rücken der Drachin hochzog, protestierte mein Arm, doch ich musste die freundliche Hand weiter festhalten.

»Ich bin bei dir, Lyvi«, flüsterte jemand in mein Ohr, als wir endlich saßen.

Lyvi. Richtig, das war mein Name.

Jemand schlang einen Arm um mich und ich war dankbar für diese einzige Verbindung zu meiner eigenen Welt.

Als wir eine lange Kurve über den See flogen, setzte mein Herz aus. Da waren kleine Gestalten am Strand. Sie kämpften gegen dornige Arme, die aus der Erde sprossen wie verzaubertes Unkraut. Ein Schluchzen blieb in meiner Kehle stecken. Ich kannte diese kleinen Gestalten. Sie gehörten zu mir. Ich wollte nicht, dass ihnen wehgetan wurde.

»Ich hab dir doch gesagt, dass ich mich darum kümmere, Sterbliche.« Melikis Zischen schlitterte meine Knochen entlang. »Entspann dich.«

Blaues Feuer leuchtete, als wir den Strand erreichten und schoss direkt auf die kleinen Gestalten zu, die meine Freunde waren.

Nein, nein, nein, nein!

Doch das Feuer traf meine Freunde nicht. Es kroch auf die dornigen Schlingen zu, die sofort in tausend weiße Splitter zerbarsten. Dann schloss es sich in einem Ring um sie, ein Schutzwall aus Eisfeuer.

Ein donnerndes Glucksen. »Ich halte mich an meine Versprechen.«

Eisiger Regen peitschte in mein Gesicht, als wir höher und höher flogen, so weit, bis ich glaubte, die Wolken berühren zu können.

Dann hörte es auf. Ein triumphierendes Brüllen grollte durch den grauen Morgen. Ein Schwall blaues Feuer glühte auf, fegte über den Anderswald hinweg wie ein Schneesturm.

»Du hast dir Flammen gewünscht, Seherin«, zischte Meliki. »Hier hast du sie!«

Sturzflug. Ich schmeckte Schnee, Eis und Blut.

Ich klammerte mich an den Arm um meinen Bauch, an die Schuppen vor mir.

Lass nicht los. Lass ja nicht los.

Wir stürzten tiefer und tiefer. Die Palastdächer kamen bereits in Sicht. Ein Turm rauschte an uns vorbei.

Verdammt, verdammt, verdammt!

Doch wir krachten nicht durch die Dächer von Varunas Palast. Die Bestie riss ihren mächtigen Körper gerade rechtzeitig nach oben und wir flogen dicht über sie hinweg.

Schreie erklangen. Schneeflocken wirbelten durch die Luft.

Mit einem Brüllen, das die Götter in die Knie gezwungen hätte, reckte die Drachin den Hals.

Wieder explodierten Eis und blaues Feuer.

Ganz Medea brannte.

34

Wir flogen und flogen.

Medea brannte und brannte.

Varunas Stadt versank in einem eisigen Inferno, das Steine splittern ließ und Bäume in schimmernden Staub verwandelte. Mit meinen Drachenaugen sah ich Lebensfunken erlöschen, doch nicht viele.

Die meisten Faunkinder schafften es, sich in den Wald zu retten, der sie in seine Finsternis aufnahm wie ein gnädiger Vater.

Ein Blitz aus grünem Licht traf uns, geschleudert mit der Wut einer Mutter, die ihre Kinder verteidigt.

Meliki lachte nur.

»Du kannst mir nichts anhaben, Varuna«, zischte sie, als wir über den Strand hinwegflogen.

Ein triumphierendes Brüllen, dann rollte blaues Feuer über den Sand, auf die Quelle der grünen Blitze zu und hüllte sie in eine flackernde Zelle aus eisigen Flammen.

Ich presste mich eng an den Rücken der Drachin.

Der Arm meiner Freundin war immer noch um mich geschlungen, als das Ungeheuer ein weiteres Mal senkrecht in die Höhe schoss, durch Schneegestöber und beißenden Wind. Wieder füllte Blut meinen Mund und Schmerz pochte in meiner Nase, aber unser Ritt durch die eisige Hölle war noch nicht vorbei.

Mitten über dem See verlangsamte das Drachenweibchen ihren Flug. Sie zog eine gemächliche Runde über das Wasser, das in Ufernähe bereits gefroren war.

»War es das, was du dir vorgestellt hast, Seherin?«

Ich spuckte Blut. Der Schmerz in meiner Nase trieb mir Tränen in die Augen, während ich Melikis Werk betrachtete. Was vorher der Palast gewesen war, war nur noch ein riesiger Haufen eisiger Splitter und glitzernden Staubs.

Der Strand darunter glich immer noch einer Eishölle. Aber hier verschwanden die blauen Flammen bereits, verwandelten sich in Nebel und verloschen dann endgültig. Nur noch wenige Bäume brannten, einzelne Säulen eisigen Feuers hinter den Überresten Medeas.

Ich schluckte. »Ja«, sagte ich heiser. Ein Funken Traurigkeit flackerte in mir auf. Ein versteckter Teil von mir erinnerte sich daran, dass der Palast der Faunkinder nicht nur ein böser Ort gewesen war.

Ich ließ den Blick über den Horizont schweifen.

Und blinzelte. Der Wald brannte immer noch, aber … er brannte *rot*. Die Flammen, die von der anderen Seite, von Osten über den Wald herfielen, waren rot, heiß und gierig. Und sie waren nicht unsere Freunde.

Mir war bereits kalt gewesen bis in die letzte Zelle meines Körpers, aber nun gefror das Blut in meinen Adern.

Das rote Feuer raste auf Medeas Überreste zu, verschluckte Bäume in einer Geschwindigkeit, die mich schwindelig machte.

Ich hörte den Wald und seine Bewohner weinen, hörte sie um Gnade flehen, als sie zu Asche zerfielen.

Vögel flohen aus den Bäumen, doch Stichflammen grillten sie in der Luft, bevor sie in verkohlten Klumpen zu Boden fielen.

Zorn, der nicht mein eigener war, brannte in meiner Seele.

Die Drachin reckte den Hals. »Welches Feuer wagt es, tödlicher zu brennen als Melikis Flammen?«

Mein Herz schlug wild in meiner Brust. Weg, wir sollten weg von diesem Feuer! Doch Meliki steuerte auf das Seeufer zu, in langsamen, großen Schleifen.

»Ich teile meine Beute nicht«, grollte sie. »Wer wagt es, mich zu stören?«

Das rote Feuer teilte sich vor den Ruinen Medeas, umschloss sie mit seinen lodernden Flammen. Die letzten Herde Drachenfeuer erloschen wie Kerzen im Wind. Meine Stimme war nicht mehr als ein Krächzen.

»Wir sollten weg von hier!«

Wir waren fast am Seeufer. Hitze versengte meine Wangen, doch die Drachin zischte. »Nein! Wir sind noch nicht fertig.«

Eis, Schnee und Wind explodierten, als sie eine Welle blaues Feuer in Richtung der fremden Flammen schickte, doch wo sich die beiden Höllenfeuer trafen, stieg nur Dampf auf.

Das Drachenfeuer war verschluckt. Verschwunden im Rachen der anderen, körperlosen Bestie.

Sollten wir springen? Uns in den See retten?

Doch wo eben noch die gefrorenen Überreste Medeas gewesen waren, ergoss sich nun eine Lawine schlammigen Wassers in den See. Ein Malstrom, der uns schlucken und bis zum Grund tragen würde.

Das Brüllen, das folgte, erschütterte die Welt. »Ich bin eine Seedrachin! Ich bin die Zeugin der Jahrtausende! Ein Wesen gemacht von den Göttern selbst! Ich werde mich keinem namenlosen Feuer beugen!«

Weiß glühende Lanzen schossen auf uns zu, aus allen Richtungen.

Iryll.

Derjenige, der das rote Höllenfeuer entzündet hatte, hatte auch Iryll mitgebracht. Unten am Strand lieferten sich das rote Fegefeuer und Varunas grüne Blitze eine Schlacht, wie Anthea sie noch nie gesehen hatte. Doch dichte Rauchschwaden verbargen, wer noch dort unten war.

Wer noch lebte.

Jede Sekunde sahen meine Drachenaugen, wie weitere Lebensfunken erloschen, verschlungen von den tödlichen Flammen.

»Seherin«, zischte Meliki, als sie kehrtmachte. »Wusstest du davon?«

Ich schüttelte den Kopf. »Nein, ich schwöre dir, ich –«

»Unsere Verbindung ist aufgehoben«, fauchte sie. »Ich hoffe, ihr könnt schwimmen!«

Sinkflug. Das Wasser kam näher und näher, glühende Lanzen flogen an uns vorbei. Eine traf ihr Ziel. Sie durchbohrte den rechten Flügel der Drachin. Schmerz fuhr durch meine eigene Schulter.

Ich stöhnte, doch Melikis Schmerzensschrei übertönte mich. Die nächste Lanze streifte ihre linke Flanke, unzerbrechliche Schuppen splitterten.

Der Schmerz machte mich blind, meine Arme erschlafften. Dann fielen wir durch Luft und Welten, bis kaltes Wasser uns verschluckte.

»Lyvi!«

Ich öffnete meine Augen.

Wasser. Überall Wasser.

»Schwimm!«

Ich würgte und hustete. Meine Nase, meine Schulter taten weh. *Alles* tat weh. Doch ich trat ins Leere, suchte umsonst nach Halt.

»*Schwimm*, hab ich gesagt!«

Alyssa hielt mich immer noch mit einem Arm umschlungen. Sie zitterte. Meine Welt hatte mich zurück. *Calandrum* war vorbei.

»Alyssa! Was ist passiert?«, krächzte ich.

»Später. Jetzt schwimm!«

Ich zwang meine Beine und Arme, mir zu gehorchen, und folgte ihr auf den Strand zu.

An der Uferseite, wo Varunas Palast gestanden hatte, ergossen sich immer noch schlammige Wassermassen in den See. Auf der anderen Seite verschlang das rote Zauberfeuer alles in seinem Weg. Dicke Rauchschwaden schwebten über dem Wasser, brannten in meinen Augen. Keine Spur mehr von den blauen Flammen des Drachenfeuers. Es gab nur noch gleißendes Höllenfeuer, Rauch, Schlamm und Asche.

»Was ist passiert?«, wiederholte ich.

»Jemand hat auf uns geschossen. Mit Iryll.«

Mein Herzschlag setzte aus. »Was?«

Dann erinnerte ich mich.

Irin. Irin musste hier sein. Und hatte Waffen mitgebracht, für die er mehr als seine Seele verkauft hatte. Ich betete, dass Phypsi es mit dem Stein der Einheit aus dem Wald geschafft hatte, ohne ihm in die Arme zu fliegen.

»Sollten wir wirklich zum Strand schwimmen?« Ich holte Alyssa mit zwei schnellen Zügen ein, die mich fast meine ganze Kraft kosteten. »Wenn Irin hier ist, ist er wahrscheinlich auch dort.«

»Feuer«, japste Alyssa. »Es ist überall. Ich lasse Jilly nicht im Stich.«

Sie hatte recht. Das ganze Ufer brannte, ein lodernder Kreis rund um den See … außer dem Strand, an dem alles angefangen hatte. Und wenn unsere Freunde noch lebten, mussten sie auch dort sein.

Wie viele Mitglieder seiner Armee und königlichen Garde hatte Irin mitgebracht?

Viele, angesichts der Anzahl Irylllanzen, die sie auf uns abgefeuert hatten. Doch zu fliehen, ohne zu wissen, was mit den anderen geschehen war, kam nicht Frage.

Also schwammen wir.

Der Sand unter unseren Füßen war rot.

Blut, viel Blut. Zu unseren Füßen, mit aufgeschlitzten Kehlen und leeren Augen, lagen Varunas Faunkinder.

Meine Kehle wurde eng. Ich zog Elrys, auch wenn niemand zu sehen war.

Bitte, bitte, nicht unsere Freunde. Nicht Noah.

Ich folgte Alyssa durch die dichten Rauchschwaden. So dicht, dass ich kaum mehr als zwei Armlängen vorausschauen konnte. Oder war es Nebel? Geschickt, um uns die Sicht zu nehmen?

Überall lagen Leichen, keine Opfer des Drachenfeuers. Zu Eisstaub zu zerfallen, erschien gnädig im Gegensatz zu diesem Anblick.

Hinter uns gurgelte der See. Unsere Stiefel machten schmatzende Geräusche im nassen Sand, die mich erschaudern ließen. Um uns herrschte Totenstille.

Da, schemenhafte Gestalten zwischen den Nebelschwaden. Dann wich der Schleier zur Seite.

Unsere Freunde standen Rücken an Rücken im Kreis. Iryll blitzte auf, ein silbriges Schimmern wie ein aufgehender Mond.

Götter, es war schlimmer, als ich erwartet hatte. Viel schlimmer.

»Noah«, hauchte ich.

»Jilly!«, rief Alyssa.

Sie alle waren da. Ohne Waffen, aber am Leben.

Brandy fehlte, wie ich gehofft hatte. Und Ylva?

Dort. Auf dem Boden, bewusstlos, ein blutiges Rinnsal auf ihrer Stirn. In dicke, eiserne Ketten gelegt.

Irins Soldaten umzingelten unsere Freunde.

Selbst wenn Ylvas Magie mit Varunas Tod zurückgekehrt war, bewusstlos und mit Eisen gefesselt war die Hexe ungefährlich für den Elfenkönig. Vielleicht war sie das ohnehin. Wenn Irin ein so tödliches Feuer heraufbeschwören konnte, was konnte er noch?

»Lyvi!«, rief Noah.

Ich machte einen Satz, doch ich kam nicht weit. Zwei Soldaten packten meine Arme und hielten ihre Klingen an meinen Hals.

Alyssa und ich hoben unsere Schwerter, gaben uns gegenseitig Deckung, auch wenn es nur einen Hieb der Soldaten brauchen würde, um mich zu entwaffnen. Das Band mit Meliki hatte mich vollkommen leergesaugt.

»Die letzte Seherin Antheas gibt sich also doch die Ehre, uns zu besuchen.«

Diese Stimme. Ich hasste diese Stimme.

Ein Schatten trat aus dem Nebel. Da war er, Irin Celestian Gwendalyon. Der Mann, der das Königreich meiner Großeltern ruiniert und mir meinen Namen genommen hatte. Der kurz davor war, noch viel schlimmere Dinge zu tun.

Irin trug eine schlichte Rüstung, die silbern glänzte wie der Mond. Auch Iryll. Das seltenste Metall der Welt und doch hatte Irin genug davon, sich nicht nur eine Rüstung daraus schmieden zu lassen, sondern auch seine Armee und Garde damit auszustatten. Trys Rovyn stand breitbeinig neben ihm, ein blutgetränkter Sack aus grobem Stoff in seiner Hand.

Ein schreckliches Gefühl kam über mich, doch ich richtete meinen Blick auf Irin.

»Einen Drachen reiten und ihn dazu bringen, einen ganzen Palast abzufackeln – mehr, als ich einem Menschenbastard zugetraut hätte«, sagte der Elfenkönig mit einem kalten Lächeln. Blut klebte an dem Schwert in seinen Händen und in seinem glatten grauen Haar.

Er wog den Kopf hin und her. »Ich wusste, dass es sich gelohnt hätte, dich in meine Dienste zu nehmen.«

Meine Kehle wurde eng. Doch ich hob trotzig das Kinn.

»Niemals werde ich Euch dienen.«

Irins Lächeln wurde breiter. »Das ist auch nicht mehr nötig, wie du siehst. Ich habe einen anderen Weg gefunden. Einen besseren. Ich war euch Gwendalyon-Frauen ohnehin leid.«

Ein Schauder jagte meinen Rücken hinab. Er sprach von jener Macht, die ihm zur Seite stand. Die ihm geholfen hatte, diesen gesamten Wald niederzubrennen. Die wohlmöglich in der Lage war, den Bannspruch zu lösen, die Antheas Magie im Stein der Einheit gefangen hielt.

Aus dem Augenwinkel suchte ich den blutgetränkten Strand ab. Da. Da waren sie. Varunas und Paros' Leichen. Ihre blassen Köpfe mit sauberen Schnitten vom Körper abgetrennt. Halbgötter, eine unsterbliche Herrscherin und doch wehrlos gegen die Macht des Königs.

Ja, Varuna war ein Miststück gewesen, Paros ein selbstgefälliger Bastard, aber sie hatten ihr Zuhause, ihre Familie beschützen wollen.

Die Königin der Faunkinder hatte gewusst, dass Irin auf dem Weg hierher war. Und dass sie ihre ganze Kraft brauchen würde, um Medea vor ihm zu verteidigen.

Ich schluckte. Ich brauchte nicht auf mein Handgelenk zu sehen, um zu wissen, dass Varunas Eidnarbe verblasst war.

Auch Velmars Leiche lag im Sand, sein Kopf wenige Schritte daneben. Sein Mund stand offen, in einem stummen letzten Schrei, Blut und Schlamm klebten in den verfilzten Haarsträhnen. Ein Anflug von Mitleid füllte mein Herz. Er hatte versucht, in diesem magischen Wald ein neues Zuhause zu finden.

Irin lachte trocken. »Du siehst ganz recht. Das war die Königin der Faunkinder. Nur eine weitere kleine Figur in diesem Spiel.«

Er zwinkerte Wajiyad zu. Das Gold in den schwarzen Augen des Prinzen flackerte tödlich.

Er knurrte. »Wenn mein Vater erfährt, dass Ihr Nuria und mich hier umgebracht habt, wird er sein gesamtes Heer in Euren verdammten Wald schicken!«

»Wajiyad«, zischte Nuria.

Irin verdrehte die Augen. »Ich hätte dich knebeln lassen sollen, Prinz. Die Hitzköpfigkeit musst du von deiner Mutter haben. Die Dinge zwischen Manor und mir waren schon immer kompliziert. Doch an seiner Art, Entscheidungen zu treffen, habe ich nichts auszusetzen. Du scheinst … *anders* gestrickt zu sein.«

»Bastard!«, fauchte Wajiyad. »Ich werde Euch zeigen, wie ich gestrickt bin!«

»Noch ein Wort, Zilágosh«, schnappte der König. »Dann sende ich dich hier und jetzt in die Arme deines geflügelten Gottes.«

Das Lächeln auf Irins Lippen, als er sich mir zuwandte, ließ mich erschaudern. Ohne den General anzusehen, gab er ihm einen Wink.

»Nehmt ihr das Schwert ab«, befahl er. »Es war schon zu lange im Besitz dieser *Unwürdigen.*«

Ein Soldat marschierte mit ausdrucksloser Miene auf mich zu. Ich wusste schon jetzt, dass ich verloren hatte. Mit einem einzigen Hieb gegen mein Handgelenk entwaffnete er mich und Elrys landete im Sand.

»Zeig ihr, was du mitgebracht hast, Trystan«, sagte Irin.

Der General zwinkerte mir zu. Der Sack in seinen Händen war so nass, dass er tropfte. Wasser und *Blut.*

»Sehr gern, Eure Hoheit.«

Er machte sich an dem Band zu schaffen, das den Sack verschloss.

Meine Knie zitterten, als er lange, schwarzgrüne Strähnen daraus hervorzog.

Nein. Nein. Nein. Nein.

Das konnte nicht sein.

Mir wurde übel, als der ganze Kopf zum Vorschein kam.

Brandys Kopf baumelte in seiner Hand, ihr Mund zu einem letzten, stummen Fauchen verzogen.

Alyssa sog scharf die Luft ein und murmelte etwas in der Sprache Bataris.

Der Kopf der Wasserfrau rollte mir vor die Füße. Ich zwang mich, stehen zu bleiben, auch wenn meine Knie einzuknicken drohten. Alles in mir drehte sich. In meiner Nase pochte nur ein dumpfer Schmerz. Aber meine Schulter brannte, als hätten Irins Soldaten auch mich mit einer Irylllanze abgeschossen. *Calandrums* Nachwirkungen.

»Ein Kranich ruft mit vielen Stimmen, Menschenkind, sehr leicht nachzuahmen. Auch wenn die Idee nicht übel war, deine Nixen-Freundin mit dem echten Stein der Einheit den unterirdischen Fluss hochschwimmen zu lassen. Varuna hätte dir wahrscheinlich sogar geglaubt, wenn du ihr die Fälschung untergejubelt hättest. Mit der Magie unserer Welt kannte sie sich nicht aus.«

Ich schmeckte Galle.

Wenn Brandy ... *tot* war, wo war dann Phypsi?

»Was?!« Wajiyads wütender Blick traf mich wie ein brennender Pfeil.

Jeder einzelne Atemzug schmerzte.

Irin sah erst den Prinzen, dann mich an. »Oh? Habe ich da gerade einen Betrug aufgedeckt?«

Er schüttelte den Kopf und bedachte Wajiyad mit einem mitleidigen Blick, auf den der Prinz mit einem Knurren antwortete.

»Das hätte ich dir vorher sagen können, Zilágosh. Gwendalyon-Frauen ist nicht zu trauen.«

Dora keuchte, ihr Gesicht rot vor Wut. »Ich hoffe, das ist ein schlechter Witz, Spitzohr!«

»Stimmt das, Lyvi?«, fragte Jilly. »Warum hast du uns nicht –«

»Ruhe, Jillian!«, sagte der Elfenkönig. »Rovyn hat mir gesagt, dass du eine Deserteurin bist. Sei froh, dass ich meinen Soldaten noch nicht befohlen habe, dir die Kehle aufzuschlitzen.«

Ich starrte zu Boden, um Wajiyads vorwurfsvollem Blick, den erschrockenen Gesichtern der anderen auszuweichen.

Irin lachte. Es war das hässlichste Geräusch, das ich in meinem Leben je gehört hatte. »Habt ihr euch nie gefragt, wie Varuna *alles* mitbekommen konnte, was in Medea vor sich ging?«

Er wog Elrys' Heft in seiner Schwerthand. Der Anblick machte mich rasend.

»Die Spiegel. Sie waren ihre Fenster in jedes Zimmer ihres Palastes. Selbst der See gehörte dazu. Ein magisches Netzwerk, in das ich mich unbemerkt eingeschlichen habe, dank der Kräfte, die mir unsere vergangenen Könige und Königinnen aus den Hallen des Sternenlichts geschenkt haben. Es war so groß, dass es noch nicht einmal schwierig war, mich zu verstecken. Elvyrie und Myriandor haben mir zurecht vertraut.«

Wenn mir nicht zum Heulen zumute gewesen wäre, hätte ich gelacht. Glaubte Irin wirklich, dass die verstorbene Elvyrie Gwendalyon ihm magische Kräfte verliehen hatte? Was ich auf Marra gesehen hatte, war ein unförmiger Schatten gewesen, keine göttergleiche Königin, die in Sternenlicht badete.

Irin gluckste. »Ich muss mich bei dir bedanken, Lyvi. Du hast es mir wirklich einfach gemacht, als du deinen gesamten Plan auf diesen Spiegel geschrieben hast.«

Immer noch starrten die anderen mich an. Enttäuschung lag in ihren Augen. Als konnten sie nicht glauben, dass Brandy und ich ihnen unseren Plan verschwiegen hatten.

Ich sah wieder auf meine Füße. Meine Wangen brannten.

Die Spiegel. Wie hatte uns das entgehen können? Sie waren überall gewesen. Ich kam mir plötzlich schrecklich naiv vor. Wie hatte ich einen solchen Plan aushecken können, ohne das Wissen und die Fähigkeiten meiner Freunde miteinzubeziehen? Wie Ylvas unerschöpfliches Wissen, Jillys strategisches Geschick oder Doras eisernen Willen.

»Exzellent«, säuselte Irin. »Gebt sie mir.«

Schritte knirschten im nassen Sand, ein Schloss klickte. Ich hob langsam den Kopf.

Mein Atem stockte.

Eine Soldatin stand neben Irin, in ihren Händen eine kleine Kiste aus Ebenholz. Drei Rubine ruhten auf dem weißen Samtpolster, wie Blutstropfen auf totenbleicher Haut.

Der Feuerrubin.

Ein weiterer Rubin, der ebenfalls verzaubert schien. Schwarzer Rauch kreiste in seiner Mitte, wie ein kleiner magischer Wirbelsturm. Die zweite Fälschung?

Ich schluckte.

Und da war er. Der echte Stein der Einheit. Antheas Magie.

Meine Knie zitterten, so heftig, dass ich mich kaum auf den Beinen halten konnte.

»Scheiße«, fluchte Wajiyad.

Ylva hatte die Wahrheit gesprochen. Jeder, der diesen Stein auch nur ein einziges Mal erblickt hatte, würde ihn unter Tausenden wiedererkennen.

Der Rubin hatte fast zwei Jahrhunderte auf dem Grund des Spiegelsees verbracht, doch sein dunkles Rot war makellos. Ein Strudel unsichtbarer Macht umgab ihn, wisperte in einer Sprache, die nicht in diese Welt gehörte.

Dora spuckte in den Sand, direkt vor Irins Füße. Sie starrte den Elfenkönig an, blanker Hass in ihren Augen.

»Warum bringt Ihr uns nicht gleich um, Spitzohrenkönig? Ihr habt doch alles, was ihr wolltet.«

Mir wurde übel.

Brandy. Brandy war tot.

Irin lachte.

»Nicht so eilig, Zwergin. Nicht alles. Lasst uns diesen miserablen Ort verlassen, bevor der Drache merkt, dass wir seinen Schatz gestohlen haben.«

35

Asche. Überall Asche.

Wo heute Morgen noch die Bäume dieses elenden Waldes gestanden hatten, waren nur noch riesige Haufen Asche und Staub übrig.

Die Seile um Wajis Hand- und Fußgelenke und seinen Hals schnitten in seine Haut, doch er hatte in seinem Leben schon schlimmere Schmerzen gespürt. Auch dass seine Lungen mit jedem Atemzug brannten, kümmerte ihn nicht.

Die Luft war immer noch heiß, getrübt von Asche und Rauch.

Zu beiden Seiten des ausgebrannten Pfades flackerten die Reste des Höllenfeuers, das der Elfenkönig auf Varunas Wald losgelassen hatte.

Vor drei Jahren, nach seiner ersten Schlacht im Westen Galmárons, hatte er beinahe einen Arm verloren. Eine tiefe Wunde, die er über Tage ignoriert hatte, hatte sich entzündet und ihn mehrere Wochen mit Fieber an sein Feldbett gefesselt.

Ein Jahr später war er in Zaláty von Rebellen gefangengenommen worden und hatte drei Nächte im feindlichen Lager verbringen müssen, bevor seine eigenen Soldaten ihn befreit hatten. Die Rebellen hatten ihm Haare ausgerissen, mit glühendem Eisen die Haut versengt. Sie wollten ihn dazu bringen, ihnen die Standorte der Waffenlager und Schmieden seines Vaters zu verraten. Nichts davon hatte er preisgegeben, war lieber vor Schmerz ohnmächtig geworden.

Nein, körperlicher Schmerz war nichts gegen die Angst, die seine Gedanken lähmte. Die Angst um seine Soldaten, seine Freunde im Dämmertal. Um sein Volk. Um Nuria, die Irin am anderen Ende ihres Trosses gehen ließ.

Wenn dieser Bastard von Elfenkönig ein solches Feuer heraufbeschwören konnte, was vermochte er noch zu tun?

Irin Celestian würde keinen halben Tag brauchen, um das ganze Heer im Dämmertal auszuschalten.

Alles war schief gegangen, von dem Moment an, als sie Arain verlassen hatten.

Hinter ihm stolperte die Hexe, die der General mit einem Schwall schlammigen Seewassers zurück zu Bewusstsein gebracht hatte. Ihre Flüche und ihr benommener Blick sagten ihm, dass es Ylva Dornblatt in ihren eisernen Ketten nicht gut ging. Eisen schluckte Magie, das wusste selbst er.

Vor ihm ging Lyvi.

Ihre Haare fielen in dreckigen Strähnen auf ihren Rücken. Sie ließ den Kopf hängen und ging langsam, als wäre jeder Schritt eine Tortur.

Er fixierte ihren Hinterkopf.

Seine Instinkte hatten ihn nicht getäuscht. Sie hatte Nuria und ihn verraten. Nicht, dass er ihre Gründe nicht verstand. Doch ihr Verrat hatte ihn enttäuscht, auch wenn er nicht wusste, warum. Lyvi schuldete ihm nichts. Vielleicht hätte er an ihrer Stelle genauso gehandelt.

Vielleicht ärgerte ihn am meisten, dass er nicht selbst auf eine solche Idee gekommen war.

»Schneller!« Der Elfengeneral verpasste ihr einen Stoß, der sie stolpern ließ.

Trys Rovyn.

Seine Späher hatten immer wieder von dem Elf berichtet, dem das ganze Heer Estéllians unterstand. Sein Ruf als Biest, Irins gefühlloser rechter Hand, die keine Fragen stellte, eilte ihm voraus. Auch dass Rovyn persönlich Drosselbart enthauptet hatte, machte ihn nicht sympathischer.

»Lasst sie in Ruhe«, fauchte Schipgaard.

Der General lachte und tätschelte Lyvis Wange.

»Die Freude über unser Wiedersehen ist ganz meinerseits, Cousine.« Rovyn zwinkerte dem Barden zu. »Immer schön, wenn die Familie zusammenkommt, nicht wahr?«

Waji blinzelte. *Familie?*

Tatsächlich. Rovyns Augen waren von dem gleichen dunklen Blau wie Lyvis, ihr Haar nur ein wenig dunkler als das des Generals. Etwas Widerwärtiges blitzte in ihnen auf, als er in ihre Wange kniff und ihr dann einen Tritt verpasste. Lyvi strauchelte, ein Wimmern drang aus ihrer Kehle.

Obwohl Waji der Halbelfe ihren Verrat nur zu gern heimgezahlt hätte, riss etwas Wildes in ihm an seiner Leine. Er wollte Rovyn an der Gurgel packen und ihm mit dem Kopf zuerst in einen der Aschehaufen stecken, die den Pfad säumten.

Er roch Lyvis Wut, zwischen den Gerüchen verbrannten Holzes und seines eigenen Schweißes. Varunas Magie, die seine Sinne vernebelt hatte, war erloschen. Es fühlte sich nicht an wie eine Erlösung.

Er blickte über seine Schulter, suchte Nurias Blick, doch sie starrte auf ihre Füße. Sein Herz wurde schwer.

Nuria hatte alles für ihn riskiert. Sie hatte ihr Leben im Kiraly zurückgelassen, einen Mann, der sie liebte. Und er hatte versagt. Nicht nur sein Königreich hatte er im Stich gelassen, sondern auch Nuria.

Waji knurrte leise. *Das hier ist noch nicht vorbei.*

Jemand würde bluten. Und wenn er selbst es sein würde.

Einen ganzen Tag lang stolperten sie zwischen Bergen aus Asche entlang, an verkohlten Baumstämmen vorbei.

In den dicken Rauchschwaden entdeckte Waji immer wieder die blanken Skelette der Waldbewohner, die nicht rechtzeitig vor dem Inferno hatten fliehen können.

Immer weiter Richtung Osten gingen sie. Solange, bis endlich Grasland in Sicht kam. Zwar tauchte eine blutrote Sonne die Landschaft in ihr gespenstisches Licht, aber endlich war da ein Himmel.

Ein offener, klarer Abendhimmel. Gierig atmete Waji die kühle Luft ein. Doch dann kamen die harten Umrisse einer heruntergekommenen Festung in Sicht, ihre Schatten scharf wie Reißzähne auf dem Grasteppich. Zwei zerfallene Türme thronten über der Ruine, jeder an einer Seite.

Die Schlangenpforte.

Nie hatte er verstanden, warum dieser Steinhaufen diesen Namen trug. Niemand hatte ihm je sagen können, wer die Festung einst erbaut hatte, doch jetzt machte alles Sinn.

Sie hatte Varuna gehört, der gehörnten Schlange von Medea. Vermutlich war sie ein verlassener Außenposten ihres Waldkönigreiches.

Gerade als die blutige Abendsonne hinter ihnen in der Asche des Anderswaldes versunken war, erreichten sie die Türme. Irin Celestian brachte den Tross mit einer Handbewegung zum Stehen. Er schritt auf die schwere Eisentür der alten Eingangspforte zu.

Magie lag in der Luft, vibrierte in jedem Stein, in jeder Spalte der uralten Mauern.

Wajis Herzschlag setzte aus, als der Elfenkönig seine Hand auf das verrostete Eisen legte. Es gab keine Klinke, kein Schloss, nur das verrostete Relief einer gehörnten Schlange, die sich um einen blühenden Kirschbaum wand.

Eine magiegesicherte Tür. Unmöglich, sie mit Gewalt aufzubrechen. Doch Irin hob nur die Hand.

»Bleibt zurück«, befahl er.

Wajis Nackenhaare sträubten sich, als ein Funken in der Hand des Königs aufleuchtete. Höllenfeuer explodierte, in einem einzigen kontrollierten Strahl.

Er zeichnete die Umrisse der Tür nach. Sie begann zu glühen und fiel in sich zusammen, das Feuer in Irins Hand erlosch.

Wajis Wangen brannten in der Hitze, die es zurückgelassen hatte.

Der Beweis.

Er hatte es noch nicht glauben können. Er hatte es nicht wahrhaben wollen, dass es tatsächlich Irin gewesen war, der das Höllenfeuer heraufbeschworen hatte. Wenn Irin Celestian Magie besaß, die uralte Wälder und verzauberte Türen in nur Minuten in Asche verwandelte, dann war Galmárons Schicksal besiegelt. Ihre Tage waren gezählt.

Doch der falsche Elfenkönig war noch nicht fertig. Mit einem Finger malte Irin unsichtbare Zeichen in die Luft.

Und wartete.

Ein, zwei, drei Atemzüge vergingen. Dann verstummte die Magie, die in den Mauern der Festung vibriert hatte. Varunas Schutzzauber, die Magie einer Halbgöttin. Ausgeschaltet, einfach so. Waji fiel es schwer zu glauben, dass eine ehemalige Königin der Kurzohren aus dem Reich der Toten zu Irin gesprochen und ihm ihre Magie überreicht hatte wie ein hübsch verpacktes Geschenk. Doch was wusste er schon? Nichts, so viel hatten ihm die letzten Tage bewiesen.

Und sein Vater war der Nächste. Der nächste irre Monarch, der meinte, mit Magie spielen zu müssen, die ihm nicht gehörte. Er ballte die Hände zu Fäusten. Nie würde er verstehen, wie irgendjemand sich auf obskure Kräfte aus fremden Welten und nicht auf Stahl, Strategie und die eigenen fünf Sinne verlassen konnte.

Ein dunkles Loch gähnte und der Geruch jahrhundertealten Moders schlug ihnen entgegen.

Irin pfiff mehrere seiner Soldaten zu sich. »Verbarrikadiert den Eingang. Wir werden eine Weile hier sein.«

Ein Stoß traf Waji im Rücken.

»Bewegung!«, bellte Rovyn.

Die Finsternis der Schlangenpforte verschluckte sie.

36

Mit jedem Schritt, den Irins Soldaten uns in die Festung schleiften, wurde mein Herz schwerer. Die Luft hier war alt, so alt wie die Königin der Faunkinder selbst gewesen war.

Feuchtigkeit und Moder streckten die Finger nach uns aus, als wir uns tiefer und tiefer in die Dunkelheit bewegten. Meine Kehle wurde eng. Mein Herz raste.

Doch wir gingen weiter. Immer weiter, bis der Gang in einer großen Halle mündete.

Flammen schossen in die Höhe, brannten in schwebenden Kugeln über unseren Köpfen.

Irins Magie umgab ihn wie eine pulsierende Aura. Der Stein der Einheit ruhte in der Holzkiste, die gleich fünf Soldaten bewachten, doch die in dem Rubin eingeschlossene Macht füllte den riesigen Raum. Die Decke wölbte sich zu einer Kuppel. Wind, der nach Asche schmeckte, pfiff durch die zerbrochenen mannshohen Fenster, gegossen aus waldgrünem und blutrotem Glas.

»Genau wie ich es mir vorgestellt habe«, sagte der König leise. Er zog ein verknittertes Pergament hervor. »Die alte Karte stimmt also.«

In der Mitte des Saals stand die riesige Statue eines Fauns. Er trug eine Krone aus Zweigen. Eine Hand war zum Gruß erhoben, während die andere eine Flöte an seine Lippen hielt.

Vater Faun, der Gott des Waldes.

Hinter mir fluchte Dora abermals. Ein modriger Lufthauch kitzelte meine Nase. Ich drehte meinen Kopf … und erschauderte. Ein Schlund lauerte am anderen Ende der Halle. Eine Treppe, die noch tiefer in das Innere der Erde führte, vermutlich der Abstieg zu den Kerkern.

Meine Nase blutete wieder und obwohl *Calandrum* schon lange vorbei war, pochte noch immer ein dumpfer Schmerz in meiner Schulter.

»Lyvi.«

Ich zuckte zusammen, als Ylva plötzlich dicht vor mir stand.

»Meine linke Jackentasche, schnell«, zischte die Hexe, ohne den Kopf zu drehen.

Ich warf einen flüchtigen Blick auf Irin und den General, doch sie waren gerade über den Plan der Festung gebeugt.

Ein paar Soldaten prüften die Eingänge der Halle und die verschiedenen Türen und Treppen, die von ihr abgingen.

Ich streckte meine gefesselten Arme aus und machte mich an dem Knopf an Ylvas Jackentasche zu schaffen.

Die Fesseln schnitten tiefer in meine Haut, als ich meine Hand hineinschob, doch ich ignorierte den Schmerz. Meine Fingerspitzen berührten kühles Metall.

Ein Ring.

»Nefelda«, wisperte die Hexe. »Die Königin der Hexen, Göttin der Wildnis, Herrin der Unterwelt. Ruf sie und bitte sie um Hilfe. Sie ist unsere einzige Hoffnung, hier lebendig herauszukommen.«

In einer umständlichen Bewegung ließ ich den Ring in meinen Stiefel gleiten.

Einer der Soldaten beobachtete mich. Ich erwiderte seinen Blick, bis er sich wieder seinen Kameraden zuwandte.

»Wie?«, hauchte ich.

»Heute Nacht. Warte, bis der Neumond vollständig ist. Streife den Ring über deinen linken Daumen und falte deine Hände. Mit dem anderen Daumen streichst du über die glatte Seite –«

»Mund halten!«, rief der Soldat.

Rovyn hob den Kopf. »Gibt es ein Problem?« Seine harsche Stimme hallte durch den ganzen Saal.

Mein Herz schlug schneller, als der Soldat den Mund öffnete, doch Ylvas Augen rollten sich nach innen, bis ich das Weiß ihrer Augäpfel sah. Sie schwankte.

Ich machte einen Schritt auf die Hexe zu, um sie zu stützen.

Der Soldat schüttelte den Kopf. »Nein, Herr. Das Eisen macht Dornblatt zu schaffen.«

Rovyns Augen wurden schmal, doch er wandte sich wieder der Karte zu.

Ylva schnaubte leise an meiner Schulter. »Wer sagt, dass man für jeden

Trick Magie braucht?«, wisperte sie. »*Nefelda, Königin der Hexen, Göttin der Wildnis, Herrin der Unterwelt, erhöre mich als deine Dienerin.* Sprich diese Worte und sie wird sich dir zeigen. Nefelda gehört zur neugierigen Sorte. Aber sei vorsichtig, was du ihr versprichst. Sie –«

»Ich sagte, Mund halten!«

Schritte knirschten auf dem Steinboden. Ylva sank unter Rovyns Hieb zusammen. Der Schlag gegen meinen Hinterkopf ließ mich Sterne sehen. Ich keuchte und sank neben der bewusstlosen Hexe auf die Knie.

Irin grunzte. »Ihr könnt es wohl kaum erwarten, in den Kerker geworfen zu werden.« Er gab Rovyn ein Zeichen.

Jemand zerrte mich auf die Beine und schubste mich auf den finsteren Schlund zu. Mein Herz raste.

Nein, bitte nicht. Bitte kein Kerker.

Irin, eine Kugel seines eigenen Feuers über dem Kopf, schritt voran.

Wir gingen hinab, über enge Treppen, durch verwinkelte Gänge, bis ein letzter Korridor vor uns auftauchte.

Mehrere massive Eisentüren warteten in der Dunkelheit. Kalter Schweiß stand auf meiner Stirn. Mein Sichtfeld wurde enger.

»Lyvi!«

»Rein da!«, bellte Rovyn.

Noah. Ich suchte seinen Blick, doch ich sah nur noch die verschmutzten Strähnen seines goldenen Haares, als Irins Soldaten ihn in einen der Kerkerzellen stießen.

Rovyn schleifte mich persönlich zur letzten Tür und schubste mich in die Zelle. Moder und der Geruch alter Angst empfingen mich. Todesangst.

Mit einem hässlichen Lachen schloss er die schwere Eisentür hinter mir. Stumm fiel ich auf die Knie.

Ich war allein, wieder einmal.

Dicht neben der Tür kauerte ich auf dem Boden, meine gefesselten Arme zwischen meinen Knien. Ich versuchte, normal zu atmen, doch hier unten war die Luft knapp.

Die Dunkelheit des Kerkers sickerte in meine Seele, wie die Feuchtigkeit der Zellenmauer durch meine Kleidung.

Ich *fühlte* sie. Die Toten.

Das Echo ihrer längst verklungenen Schreie hallte in der Stille wider. Ich spürte leere Augenhöhlen auf mir ruhen. Ihre knöchernen Blicke waren für immer gefangen in der Finsternis tief unter der Erde.

Vermutlich die Angehörigen verschiedenster Völker. Doch hier unten, eingesperrt und ausgeliefert, waren sie alle gleich. Waren wir alle gleich. Warum hatte Varuna hier unten Gefangene gehalten? Und wen?

Diese Festung musste älter sein als alle anderen Zivilisationen Antheas. Hatten die Faunkinder sie aufgegeben, weil ihre Königin mit dem Rest der Welt nichts mehr zu tun haben wollte?

Vielleicht verdiente ich es, hier unten zu verrotten.

Brandy war tot. Nichts und niemand würde sie ins Leben zurückholen können. Die Wasserfrau war gestorben, weil ich versagt hatte. Weil ich zu arrogant gewesen war, um meine tapferen, brillanten Freunde in meinen Plan einzuweihen. Brandy hatte mir vertraut, als ich beteuert hatte, dass es besser war, wenn die anderen nichts von unserem Vorhaben erfuhren. Noch nie in meinem Leben hatte ich so falsch gelegen. Sicher, ich hatte sie vor Varunas Magie schützen wollen, aber sie hatten meinen Schutz nicht gewollt. Welche Einwände, welche Ideen hätten Noah, Jilly und Dora gehabt? Wovor hätte Ylva uns warnen können? Hätte Alyssa mir früher von *Calandrum* erzählt, sodass ich besser vorbereitet gewesen wäre?

Eine einzige Chance blieb uns noch, diesen vergessenen Ort wieder zu verlassen. In nur ein paar Stunden würde ich Nefelda um Hilfe bitten. Auch wenn schon die Vorstellung, mit der Göttin zu reden, meine Nackenhaare zu Berge stehen ließ. Wann immer Ylva von ihrer Herrin sprach, trieften ihre Worte vor Verachtung.

Warum dachte die Hexe, dass gerade ich in der Lage war, zu Nefelda zu sprechen?

Sie selbst konnte es nicht, weil ihre Magie gebunden war. Und ich war eine Seherin. Ich erinnerte mich, was Ylva in jener Nacht in *Jimis Keller* gesagt hatte.

Die Götter lieben es, zu deinesgleichen zu sprechen.

Nefelda war eine Göttin und die Worte, die Ylva mir genannt hatte, waren die Beschwörungsformel. Mit steifen Gliedern stemmte ich mich nach oben, um in meinen Stiefel zu greifen.

Ich verzog das Gesicht. Ein wenig tiefer … *da*. Da war er, Nefeldas Ring. Er fühlte sich kühl und glatt zwischen meinen Fingern an, trotz meiner Körperwärme. Den Ring fest umklammert, ließ ich mich wieder gegen die Wand sinken.

Mit dem Kopf auf meinen Knien wartete ich auf den Neumond. Wann auch immer das war. Wie sollte ich hier unten, in den Tiefen der Erde, wissen, wann der Neumond exakt war?

Nefelda, Königin der Hexen, Göttin der Wildnis, Herrin der Unterwelt, erhöre mich als deine Dienerin.

Wieder und wieder rezitierte ich in Gedanken Ylvas Worte, so lange, bis sie in mein Gedächtnis eingebrannt waren wie mein eigener Name, während ich gleichzeitig die gleichgültigen Götter anflehte, mir ein Zeichen zu senden, wenn es so weit war.

Noch einmal würde ich nicht versagen.

Ein Klirren weckte mich. Metall auf Stein.

Mein Kopf schnellte nach oben.

Nein, nein, nein, nein!

Der Ring. Meine Hände waren leer.

»Verdammt«, wisperte ich.

Panisch suchte ich den Boden neben meinen Füßen ab. Ich erschauderte, als meine Finger auf Knochen trafen, doch ich dachte nur an Nefelda.

Ich biss auf meine Unterlippe und griff ungelenk unter meine Knie. Kühles Metall berührte meine Haut. Ich unterdrückte ein Schluchzen. Mit zitternder Hand fischte ich den Ring vom Boden und lehnte meinen Kopf gegen die Wand.

Ich schnappte nach Luft. Die Augen geschlossen, atmete und atmete ich, bis ich wieder klar denken konnte.

Mein Zeichen.

Der Neumond war hier.

Immer noch zitterte ich, als ich den Ring über meinen linken Daumen streifte und meine Hände faltete.

Dann lass uns mal sehen, Nefelda.

Ich strich mit meinem rechten Daumen über den Ring.

»Nefelda, Königin der Hexen, Göttin der Wildnis, Herrin der Unterwelt, erhöre mich als deine Dienerin«, flüsterte ich in die Dunkelheit.

Ich hielt den Atem an und bereitete mich darauf vor, zu warten. Aber schon erschien ein Symbol auf der glatten Seite des Rings, ein regelmäßiges Muster aus feinen, glühenden Kreisen. Eine … Blume?

Nefelda gehört zur neugierigen Sorte.

Ylva hatte recht. Ich fühlte Nefeldas Geist in der Schwärze meiner Zelle, neben mir, über mir. Ich spürte sie kichernd über meine Haut huschen und in meinen Ohren kitzeln.

»Lyvi Gwendalyon«, sagte eine Stimme in meinem Kopf, schelmisch und weise zugleich. »Was verschafft mir die Ehre?«

Meine Augen fielen zu, gezwungen von einer unsichtbaren Hand. Als ich wieder sehen konnte, erschrak ich. Ich sah mit anderen Augen. Sah in mein eigenes Gesicht. Meine eigenen *Gesichter.*

Drei davon.

37

Ich war jung und alt.

Mädchen, Kriegerin, Greisin.

Drei Paar blaue Augen blickten mich an, abwartend.

Drei Lyvis standen vor mir an diesem Ort, fern von allem, was ich kannte. Zeit gab es hier nicht, auch wenn es Nacht war. Ewige Nacht. Doch ein Muster aus Licht umgab uns, dieselbe Blume, die schon an Ylvas Ring geleuchtet hatte. Sternschnuppen schwirrten an mir vorbei und ein warmer Wind streifte meine Wangen.

Die linke Lyvi war jung, ein wenig jünger als ich jetzt war. Meine Kehle wurde eng, als ich ihre traurigen Augen sah. Ihr viel zu schmales Gesicht. Irins Brandmal auf ihrer Stirn, das noch frisch und entzündet war.

Die rechte Lyvi war sehr alt, ihr Haar silbrig grau. Doch ihr Rücken war kaum gebeugt. Schalk blitzte in ihren Augen, als sie mir zunickte.

Doch es war der Anblick der mittleren Lyvi, der mir den Atem raubte, selbst an diesem Ort außerhalb von Raum und Zeit.

Sie war stark, ihre Haltung aufrecht. Eine Kriegerin. Sie sah aus wie eine Frau, die die Herrin ihrer eigenen Welt war. Die wusste, wo sie hingehörte, weil sie selbst darüber entschieden hatte. Das Mal auf ihrer Stirn war verschwunden. Ein schmaler Reif aus dunklen Symbolen schlang sich um ihre Stirn wie eine Krone, dicht unter dem Haaransatz. Eine Art … Tätowierung? Wo auf meiner Haut noch Irins Brandmal prangte, trug die mittlere Lyvi ein kunstvoll gezeichnetes Muster aus geschwungenen Linien und Symbolen, die ich noch nie gesehen hatte. Ich schluckte. *Stolz.* Sie trug ihre gemalte Krone mit Stolz.

»Ich bin neugierig, Seherin«, zischte Nefeldas Stimme. Aus meinen eigenen drei Mündern. »Was führt die Tochter Néami Gwendalyons zu mir? Deine Mutter hat auch manchmal zu mir gesprochen, bevor sie … *verrückt* geworden ist.«

Ich blinzelte. Mehr Sternschnuppen und Blumen aus Licht wirbelten an uns vorbei.

»Ich –« Meine Stimme brach. Zu viele Fragen auf einmal drängten sich in meinem Kopf. Die drei Lyvis legten den Kopf schief.

»Trau dich«, säuselte Nefelda.

»Ist das die Zukunft?« Hoffnung füllte mein Herz.

Doch die drei Lyvis schüttelten den Kopf.

»Nein, Liebes. Es ist nur das, was vielleicht kommen mag.«

Der Funken Hoffnung erlosch, so schnell wie er entzündet worden war. Ich senkte den Blick und versuchte, meine Enttäuschung zu verbergen. Aber da war noch eine andere Frage.

»Kannst du mir etwas über meine Mutter erzählen?«

Die Göttin grinste mit meinen eigenen drei Mündern. Ich spürte mein weit entferntes Herz rasen.

»Oh, Néami? Sie war eine wahre Kämpferin. Sie hat immer daran geglaubt, dass sich eure jämmerliche Welt besser machen lässt. Deswegen lief sie jeder Vision hinterher, hinterfragte alles, was sie gesehen hatte. Schade, dass sie tot ist. Es war mir immer eine Freude, mit ihr zu sprechen.«

Ich nickte, plötzlich sprachlos. Wie sehr ich mir wünschte, ich hätte Néami kennengelernt. So, wie sie wirklich gewesen war.

Drei Paar blaue Augen wurden schmal.

»Aber da ist etwas anderes, nicht wahr?«, wisperte Nefelda. »Ylva Dornblatt schickt dich. Du hast ihren Ring. Ihr braucht meine Hilfe.«

Ich presste die Lippen zusammen. Mit einem leisen Klimpern rauschte eine Sternschnuppe dicht an meinem Ohr vorbei.

»Ja.«

Nefelda lachte. »Ich soll dir helfen, euch aus der Schlangenpforte zu befreien.«

»Ja.«

Die Hexenkönigin lächelte. »Was weißt du über mich?«

Ich schluckte. »Ich weiß, dass du die Königin der Hexen bist. Die Göttin der Wildnis, die Herrin der Unterwelt.«

Stolz glühte in Nefeldas Augen. »All das bin ich. Noch etwas?«

Mein Mund wurde trocken. »Ich weiß nicht.«

Nefelda kicherte. »Ylva hat dich also nicht gewarnt. Dabei kennt sie mich gut. Einst führte sie meinen irdischen Zirkel an. Ein Jammer, dass er nicht mehr existiert. Ich hatte ihn eigens dafür ins Leben gerufen, die Seherinnen eures Kontinents zu beschützen. Leider hat Ylva versagt, als die Sehergabe zum ersten Mal ausstarb. Und zum zweiten Mal, als sie Néami nicht vor ihrem Verderben retten konnte.«

Mein Herzschlag setzte aus. Ylva? Anführerin eines Hexenzirkels, der die Seherinnen Antheas beschützen sollte? Hatte sie mich deswegen gefunden, kurz nachdem meine Gabe aufgewacht war? Um mich zu beschützen, wie meine Mutter vor mir?

»Alles hat seinen Preis, Seherin.«

Meine Nackenhaare sträubten sich. Davor hatte Ylva mich gewarnt. Meine Kehle wurde eng. »Was verlangst du?«

Ein katzenhaftes Lächeln. »Etwas, das du liebst, soll mir gehören. Oder sollte ich sagen – *jemand?* Ein gutes Geschäft, das musst du zugeben. Opfere einen deiner Lieben, rette alle anderen. Ich bin sogar gewillt, noch ein paar Monate auf meinen Lohn zu verzichten.« Sie zwinkerte mir mit meinen eigenen Augen zu. »Vielleicht sogar ein paar Jahre, wenn ich mich besonders großzügig fühle.«

Ich gefror. Ich hatte geahnt, dass Nefeldas Preis hoch sein würde. Doch die Vorstellung, sie könnte mir Noah, Gelyth, Alyssa oder einen meiner anderen Freunde nehmen, schnürte mir die Luft ab. Selbst Dora wollte ich nicht in den Händen der Göttin sehen.

Eine unmögliche Entscheidung.

Die Erinnerung an eine Blutlache auf weißem Marmorboden huschte durch meine Gedanken. An leere Augen, die an die hohe Decke des Thronsaals im Mondsteinpalast starrten.

Es durfte nicht schon wieder jemand wegen mir sterben.

»Nimm mich stattdessen«, wisperte ich. »Bitte.«

Die drei Lyvis waren mir plötzlich so nahe, dass ich sie hätte berühren können. Die Göttin schnalzte mit der Zunge.

»Aber, aber«, schnurrte sie. »Du gehörst zu den Meinen, Liebes. Ich brauche dich noch.«

Meine Schultern sackten nach unten. Mein Herz wurde schwer. Natürlich ließ Nefelda nicht mit sich handeln, denn sie war eine Göttin.

Sie sah mich aus meinen eigenen Augen an. Und wartete.

»Ich muss darüber nachdenken«, brachte ich hervor.

Helle Glockentöne füllten die sternengespickte Dunkelheit. Ich wankte, als ein kichernder Sturm aus Lichtblumen an meinen Beinen riss.

»Du weißt, wo du mich findest, Seherin.«

Die drei Lyvis verschmolzen zu einem Strudel aus schimmerndem Staub. Ein letztes neckisches Lachen erklang, dann schoss er in die unendliche Nacht empor.

Nefelda war verschwunden.

Die Schwärze des Kerkers empfing mich.

Immer noch fühlte ich einen pochenden Schmerz in meiner Schulter, der nicht mein eigener war. Wut, die nicht meine eigene war. *Calandrums* Nachhall.

Der Phantomschmerz verblasste gegen den Tumult in meinem Herzen.

Tränen strömten meine Wangen hinab. Ich drehte und drehte Nefeldas Ring an meinem Finger, solange, bis sich meine Haut darunter wund anfühlte.

Ich hatte der Hexenkönigin gesagt, dass ich nachdenken musste. Doch einhundert Jahre reichten nicht aus, um eine solche Entscheidung zu treffen. Ich wog Für und Wider ab, weinte und kratzte an den Kerkerwänden, bis meine Nägel bluteten.

Aber ich rief die Göttin nicht. Ich würde keinen meiner Freunde opfern. Konnte es nicht.

Mein Atem ging abgehackt, ein Schluchzen schüttelte meinen Körper. Ich schlang meine Arme um mich und presste meine Stirn gegen den kühlen Steinboden. Lauschte in die Finsternis hinein, flehte sie an, mir eine Antwort zu geben.

Doch die Dunkelheit schwieg.

Irgendwann hörte ich Schritte. Jemand brüllte Befehle, Eisentüren quietschten.

»Lyvi!«

Noah?

Ein Schmerzensschrei hallte durch den Kerker. Ich zuckte zusammen und krallte die Finger in meine Oberschenkel. Ich hatte versagt. Sie alle im Stich gelassen. Wir würden hier sterben, in diesem verlassenen, modrigen Loch. Brandys Opfer würde umsonst gewesen sein.

Die Wahrheit sickerte in mein Herz wie ein tödliches Gift.

Wenig später kehrten Rovyns Hunde zurück. Zwei Soldaten schleiften mich aus meiner Zelle die zahllosen Treppen hinauf.

»Was habt ihr mit ihnen gemacht?«, herrschte ich sie an.

Schweigen war die einzige Antwort.

Natürlich. Natürlich hatten Irin und der General ihnen verboten, zu reden. In der großen Halle zerrten sie mich an der Statue des Faun vorbei in eine Nebenkammer. Ein Stuhl stand in ihrer Mitte, Seile lagen als Fesseln bereit.

Mein Herzschlag setzte aus.

Das konnte nicht gut sein.

Und da waren die anderen. Gefesselt und geknebelt standen sie aufgereiht an der Wand. Nur Ylva fehlte. Ein paar von Irins Feuerbällen tanzten unter der hohen Decke und tauchten den Raum in rötliches Licht.

Noahs Blick traf meinen. Tränen standen in seinen Augen. Alyssa und Jilly standen eng beieinander, hinter ihnen die Zwergin.

Ich erschrak. Doras Augen waren stumpf und dunkel, als hätte dieser Ort die Nachtsicht der Zwergin verschluckt.

Und da, Waji und Nuria, ein paar Schritte entfernt. Im Gesicht des Prinzen glühte heißer Zorn, die Miene der Heilerin war versteinert wie immer.

Irin stand an die Tischkante gelehnt, Estéllians Krone in seinem silbrig grauen Haar. Mit einem Daumen strich er über den Ring an seiner linken Hand. Néami. Immer noch hatte er sie nicht losgelassen.

Hinter ihm glänzte etwas in der Dunkelheit. Ein Schimmern so vertraut wie der Mond.

Elrys.

Das Schwert meiner Vorfahren würde wieder Zeugin eines Augenblicks werden, der über das Schicksal unserer Welt entschied.

»In den Stuhl«, sagte er leise, ein kühles Lächeln auf seinen Lippen. Rovyn saß mit verschränkten Beinen auf einer Armlehne. Er grinste und pfiff seine Soldaten heran, die mich mit sich zerrten.

»Wirklich schön, wie oft ich dich in diesen Tagen zu Gesicht bekomme, Cousine.« Er drückte mich in den Stuhl und wickelte die Seile um mich.

Irin zog eine milchige Phiole aus seiner Manteltasche und entkorkte sie mit einem leisen Ploppen.

Das Blut in meinen Adern gefror. Schweiß lief meine Schläfen hinab. Nicht schon wieder. Ich hatte *Sternaug* nie wieder schmecken wollen. Nie wieder spüren wollen, wie es meinen Willen fortspülte und meine Seele wehrlos zurückließ.

»Lasst uns anfangen«, raunte er.

Rovyn riss meinen Kopf an den Haaren nach hinten. Ich verzog das Gesicht, versuchte mich aus seinem Griff zu winden, doch seine Hand und die Fesseln waren unbarmherzig.

»Trink, Seherin.« Irin presste das warme Glas gegen meine Lippen. »Du und *Sternaug* kennt euch ja bereits. Ich habe die Zeit seit unserer letzten Begegnung genutzt, um die Rezeptur zu verfeinern.«

Ich schüttelte den Kopf und presste die Lippen zusammen.

»Trink!«, fauchte der König. Er drückte die Phiole fester gegen meinen Mund. »Es ist Zeit, Antheas Magie aus ihrem Gefängnis zu befreien. Du wirst mir die Losungsworte für den Bannspruch verraten.«

Nein, nein, nein, nein.

Ich presste die Lippen fester zusammen. Irin lächelte boshaft. Mein Gesicht prickelte, dann wurde mein Mund taub. Er gehorchte mir nicht mehr, als wäre er nicht mehr mein eigener.

»Geht doch«, murmelte Irin.

Er zog meine Lippen auseinander. »Und nun trink, Menschenkind.«

Sternaug füllte mein Blut wie ein rauschender Strom.

»Die Losungsworte«, dröhnte Irins Stimme. »Verrate sie mir.«

Der Griff meines eigenen Geistes löste sich, zog sich zurück. Ein wilder Strudel fremder Energie schoss durch meinen Kopf wie Wind durch eine offene Tür. Er riss meinen Geist mit sich und hinterließ nur eine leere Hülle.

Irins Stimme wurde drängender.

»Nenne sie mir.«

Ich hörte mich selbst sprechen. Worte, die ich noch nie gehört hatte, in einer fremden Sprache. Doch eine Macht, die von einem anderen Ort kam, sprach durch mich. Ein Zauberwort nach dem anderen kam über meine Lippen.

Ich war ein Stück Treibholz in dem goldenen Strom, den Irin in meinen Geist geschickt hatte. Willenlos und ausgeliefert. Da war nichts außer meiner eigenen Stimme, die nicht mehr mir gehörte. Hier, in diesem endlosen Strudel aus *Sternaug*, war ich nicht mehr Lyvi.

Lyvi.

Wer war sie überhaupt gewesen?

Namenlose. Unwürdige. Elfentochter. Menschenkind. Bastardprinzessin. Seherin.

Nur Worte. Das waren nur Worte, die hier nicht zählten.

Ich konnte Nefeldas Preis nicht bezahlen. Konnte nicht zulassen, dass sie mir einen weiteren Freund nahm. Mit leerem Herzen ergab ich mich in den goldenen Strom, verschmolz mit ihm.

Doch ein Schmerz pochte, irgendwo. Ein Schmerz, den selbst Irins Magie nicht ausschalten konnte. Ich … *erinnerte* mich an ihn. Es war der Schmerz in meiner Schulter. *Calandrums* Überbleibsel. Er war wieder heftiger geworden, als hätte *Sternaug* auch ihn gestärkt.

Ich stutzte.

Was, wenn es doch einen anderen Weg gibt?

Vielleicht brauchte ich Nefelda nicht. Meliki hatte einen ganzen Flügel von Varunas Palast zerstört. Warum nicht auch diese Festung? Wenn ich ihr einen Anreiz gab, der groß genug war, sie hierherzulocken? Der ausreichte, ihren Drachenzorn anzufachen?

Ich musste es versuchen.

Mit dem letzten Rest meiner Willenskraft klammerte ich mich an den Schmerz.

Sternaugs Fluten rissen an mir, Irins Befehle dröhnten aus dem Nirgendwo. Doch ich hielt mich an dem Schmerz fest wie eine Ertrinkende an einem rettenden Seil. Ich zog mich daran hoch, nur ein bisschen. Und noch ein bisschen. Ich kämpfte gegen den Strom, der mich mit sich zerren wollte, folgte dem Ruf des Schmerzes.

Noch ein Stück.

Für Brandy. Für Gelyth und Estéllian. Für meine Freunde.

Für mich selbst.

Sternaug bäumte sich auf. Es wollte mich nicht hergeben, doch ich stemmte mich dagegen, zog mich weiter und weiter aus seinem Sog. Irins Stimme war ein unverständliches Brüllen.

Genug.

Er hatte meinen Körper bekommen, meinen Mund, meine Stimme. Meine Seele würde er nicht haben.

Ebenso wie Nefelda keinen meiner Freunde haben würde.

Ein letztes Mal zog ich an dem Schmerz, den Meliki und ich teilten.

Calandrum.

Blind stolperte ich aus *Sternaugs* Fluten.

Leichen in einer fahlen Morgendämmerung. Rauch und Asche. Nebel über den verbrannten Resten Medeas.

Der Spiegelsee.

Ich sah an mir herab. Mein Körper fehlte. Ich war hier und war es doch nicht.

»Meliki.«

Meine Seele zitterte, doch meine Stimme war fest.

Nichts. Nur das Krächzen der Krähen, die von den Gesichtern der Toten schmausten.

»Meliki«, wiederholte ich lauter. »Ich weiß, wer deinen Schatz gestohlen hat.«

Zorn loderte in mir auf. Drachenzorn. Die Wasseroberfläche teilte sich über einem massigen Körper, der wie ein Pfeil in den Himmel schoss. Ein Brüllen hallte über den See.

»*Wer*? Wer hat es genommen?«

Wasser spritzte, als sie die Flügel spannte und sich höher in die Luft schraubte. Ich trat näher.

»Irin Celestian Gwendalyon, der König der Elfen von Estéllian.«

»Wo bist du, Seherin?«, zischte Meliki. »Warum sollte ich dir ein zweites Mal trauen?«

Auf unsichtbaren Füßen trat ich näher.

»Ich bin nicht hier, nicht wirklich. Ich wusste nicht, dass Irin da sein würde. Es tut mir leid, dass er dir wehgetan hat.«

»Du tust seltsame Dinge, Lyvi Gwendalyon«, säuselte die Drachin. Sie drehte eine langsame Runde über dem See, ihre goldenen Reptilienaugen auf der Suche nach mir.

»Er hat deinen Schatz«, wiederholte ich. »Irin hat den Stein der Einheit in die Schlangenpforte gebracht, vor der östlichen Waldgrenze. Willst du ihn zurück?«

Wäre ich ganz hier gewesen, Melikis Schrei hätte meine Trommelfelle zerfetzt. Die Erde bebte. Krähen flohen.

»Ja«, fauchte sie. »Ja, ich will ihn zurück! Er ist mein!«

Eisfeuer flirrte und Schneeflocken wirbelten auf, als Meliki losflog. Höher und höher und höher. Der Schmerz in meiner unsichtbaren Schulter flammte auf.

Dieses Mal ließ ich ihn los.

Ich war zurück in meinem Körper.

Mein Kopf dröhnte, meine Zunge klebte an meinem Gaumen. *Sternaugs* Reste pochten in meinen Adern, machten das Denken schwer. Sein süßer Geruch füllte meine Nase, schnürte mir die Luft ab.

Mit einem leisen Stöhnen hob ich den Kopf. Ich hing gebeugt in den Fesseln, die mich an den Folterstuhl banden.

Ich hatte Meliki hierhergerufen, doch wie lange würde es dauern, bis sie hier war?

Ein blutrotes Glühen füllte die Halle.

Irin wisperte die fremden Worte.

Ich japste. Aufhören, es musste aufhören. Diese Worte durften nicht gesprochen werden, nicht hier, nicht von Irin.

Ich blinzelte. Noch einmal.

Wo war Irin? Wo eben noch der König gewesen war, stand nun ein Junge. Ein silberhaariger Elfenjunge mit eisblauen Augen, gefangen in einem blutroten Wirbelsturm. Ich roch seine Angst, doch nicht vor dem Sturm, der ihn einhüllte.

Er hatte Angst vor der Welt. Vor dem Tod. Unterzugehen, ohne Bedeutung, ohne Erbe.

Auch Schmerz roch ich. Schmerz, der die Linien seines kindlichen Gesichts bereits hart gemacht hatte. Den er wiedererkennen würde, wenn die Frau, die er liebte, ihn verließ. Und ihn endgültig auf die dunkle Seite stoßen würde, wenn sie es wieder tat. Und starb.

Unsere Blicke trafen sich. Der junge Irin nickte mir zu.

Wir haben mehr gemeinsam, als du denkst.

Ich öffnete den Mund, um ihm Fragen stellen, doch heraus kam nur ein Krächzen. Und dann, als ob ein Vorhang fiel, verschwand der Elfenjunge in dem roten Strudel uralter Magie. Magie, die ihn retten sollte.

Als ich die Augen öffnete, war der erwachsene Irin zurück. Der Stein der Einheit lag in seinen Händen, umgeben von einem glühenden Wind.

Das Blut in meinen Adern gefror. *Der Bannspruch.*

Er löste sich auf, es musste so sein. Noch war er nicht ganz gebrochen, aber vielleicht brauchte es nur noch ein paar Wiederholungen der Zauberformel, die *ich* Irin verraten hatte.

Jemand murmelte erstickt meinen Namen. Noah? Ich versuchte, über meine Schulter zu sehen, doch da war nur Holz.

»Lyvi Namenlos«, säuselte Irin, ohne die Augen von dem Rubin zu nehmen. »Ich muss mich bei dir bedanken ... oder eher bei deiner Gabe, die so großzügig war und mir alles verraten hat, was ich wissen musste. Dieses Wissen wird die Welt verändern. Diese Welt wird ein Ort sein, in der es nur ein Volk gibt. Das einzige Volk, das ihre Schönheit, ihre Fülle verdient hat. Die Hohen Waldelfen von Estéllian.«

Ich lauschte in die Dunkelheit. Außer dem Wispern des magischen Sturmes war es still.

Mein Herz raste. *Zeit.* Wir brauchten Zeit, bis Meliki die Schlangenpforte erreichte.

»Du bist ein Tyrann, Irin Celestian«, sagte ich, meine Stimme rau. »Willst du, dass die Welt sich so an dich erinnert, wenn du gegangen bist?«

Ich bewegte meine Arme, doch Rovyns Fesseln gaben nicht nach. Irin sah auf.

»Vielleicht. Aber sie *wird* sich an mich erinnern, Lyvi. Die Bücher werden von mir erzählen, nicht von dir.«

Ich spuckte auf den Boden, direkt vor seine Füße.

»Besser vergessen als gehasst.«

Er lachte. »Das ist Geschmackssache, Seherin. Findest du es nicht ironisch, dass Elvyrie Gwendalyon *mir* erschienen ist? Dass *deine* Ahnin mir ihre magischen Kräfte vermacht hat, nicht dir? Ich habe sie heraufbeschworen und sie, die goldene Königin der Vergangenheit, hat meinen Ruf erhört. Ich bin der *Auserwählte*, der das Waldelfenvolk zu seiner einstigen Größe zurückführen soll.«

Das andersweltliche Licht des Rubins machte seine Gesichtszüge hohl. Leer. Als wären auch die letzten Gefühle aus Irin Celestian verschwunden.

Als mein Blick zu dem Tisch hinter ihm wanderte, stutzte ich. Elrys fehlte. Wo eben noch der weiße Kristall in seinem Knauf geschimmert hatte, war nur noch Finsternis.

Ein leises Grollen erklang, wie das Mahlen von Stein auf Stein. Die Festung bebte. Ganz sachte, aber sie tat es.

Mein Atem ging schneller. Ich legte den Kopf in den Nacken.

Staub rieselte von der Decke hinab, ließ meine Augen tränen.

Scheiße.

Was passierte hier?

Rovyn stand immer noch an seinem Platz neben mir, beäugte den ruckelnden Boden. Langsam trat er von einem Fuß auf den anderen. »Majestät, wir sollten uns beeilen. Die Festung wird einstürzen.«

Doch Irin lächelte nur, seinen Blick wieder auf den Stein in seinen Händen gerichtet. Dann spürte ich es. Von dem Rubin gingen magische Stoßwellen aus, die die Welt beben ließen. Sie rollten über mich hinweg, wieder und wieder, regelmäßig wie der Puls einer gigantischen, körperlösen Kreatur. »Beruhig dich, Trystan. Ich bin fast fertig.«

Irin bewegte seine Lippen. Der magische Wirbelsturm bäumte sich auf, verschluckte seine Stimme. Die Worte, die Anthea für immer verändern würden, gingen in einem Heulen unter, das geradewegs aus dem Reich der Geister zu kommen schien.

Mein Herz raste. Ich riss an den Seilen, die mich an den Stuhl fesselten. Doch etwas stupste in meine Seite. Ich erstarrte. Die Erde bebte und ein weiterer Staubregen rieselte von der Decke, auf die Helme Rovyns und seiner Soldaten.

Verdammt, wo blieb Meliki?

Wieder ein Stupsen in meine Seite, doch Irin hatte nur Augen für den Stein in seinen Händen.

Der General fluchte leise und sah nach oben. »Hoheit, wir sollten –«

Der König schnaubte. »Geh mir nicht auf die Nerven, Trystan!«

Plötzlich ließ der Druck um meine Handgelenke und meinen Bauch nach.

Meine Fesseln fielen im gleichen Augenblick zu Boden, als die Erde rumorte und ein Grollen aus der Tiefe dröhnte. Rovyn knurrte.

»Wir müssen gehen, Eure Hoheit!«

Doch Irin starrte und starrte auf den Stein, gefangen in den Magiefluten, die er selbst heraufbeschworen hatte.

»*Lyvi*, bei Guldemars Gemächt!«, rief jemand hinter mir. »Dein Schwert, nimm es!«

Ich schnappte nach Luft. *Dora*? Die Zwergin war frei? Etwas Silbernes funkelte in meinem Schoß.

Elrys. Dora hatte mir Elrys gebracht.

Keine Zeit für Fragen. Ich sprang auf und griff danach.

Rovyn wirbelte herum, sein eigenes Schwert und Messer bereits gezogen. Sein Lächeln war das eines Raubtieres.

»Unpassender Moment für einen Tanz, meinst du nicht, Cousine?«

Das Rumoren unter uns wurde lauter, drängender. Minuten, mehr hatten wir nicht, bis die Schlangenpforte unter und über uns zusammenfallen würde.

Ein Tumult brach los, als Irins Soldaten realisierten, dass auch Dora und die anderen nicht mehr gefesselt waren.

Die Zwergin war mit einem Messer bewaffnet, Jilly schwang eine rostige Eisenstange.

Waji verpasste einem Soldaten einen Kinnhaken. Alyssa fischte sein Schwert des Soldaten vom Boden. Sie stürzte sich auf seinen Kameraden, bevor er Noah und Nuria zu nahekommen konnte.

Ich rannte auf den General zu. »Genug!«

Ich konnte es nicht mehr ertragen. Rovyns hochmütiges Gerede, dieses dämliche Grinsen.

»Immerhin hältst du es richtig herum«, fauchte er.

Mein Arm zitterte, als seine mächtige Klinge gegen Mondfeuer donnerte. »Denkst du wirklich, du kannst ein Schwert wie Elrys führen?«

Ich biss die Zähne zusammen, als ich seinen zweiten Streich parierte.

Rovyn wusste nichts von den Übungsstunden mit Gelyth. Nichts von den vielen Jahren voller Schweiß und Schmerz draußen im Wald. Die Stimme meines Onkels in meinen Gedanken war leise, aber deutlich.

Lass ihn glauben, du seist schwach.

Ich stolperte zwei Schritte nach hinten und verzog ängstlich das Gesicht.

Rovyns Grinsen wurde breiter, als er auf mich zukam. Er sah zu mir herab.

»Das hättest du dir vorher überlegen sollen«, säuselte er.

Ich wimmerte, als er mir einen Tritt verpasste, der mich stolpern ließ.

Er zog sein Schwert. Seine Stimme wurde noch leiser. »Irin will dich eigentlich lebendig, aber vielleicht rutscht mir *Steinspalter* ja einfach aus?«

Steinspalter, das Schwert des Generals war breiter und länger als Elrys. Wie er selbst größer und stärker war als ich. Doch Rovyn war auch arrogant. Und ich war schneller.

»Lyvi!«, rief jemand. »Pass auf!«

Steinspalters Klinge sauste herab, aber ich war bereit. Mit einem heiseren

Schrei machte ich einen Satz nach hinten.

Rovyn schwankte und ich schwang Elrys.

Doch der General rollte sich ab und landete auf beiden Füßen, Steinspalter über seinem Kopf erhoben. Etwas Wildes glänzte in seinen Augen, als er den Helm von seinem Kopf streifte. Braunes Haar quoll heraus, fast so dunkel wie mein eigenes.

»Hätte mich auch gewundert, wenn jemand wie Gelyth dir gar nichts beigebracht hätte.«

Mit einem Klappern landete der Helm auf dem Boden. »Lunyr ist ein elender Perfektionist. Er –«

Ein krachendes Geräusch verschluckte seine letzten Worte.

»Gwendalyon«, fauchte ich. »Sein Name ist Gwendalyon. Genau wie meiner.«

Die Erde erzitterte unter meinen Füßen. Ich warf einen verzweifelten Blick in Richtung des Königs. Irins Stimme wurde lauter und lauter, das Wirbeln der Magie schneller. Wie lange noch, bis der Bannspruch vollständig gebrochen war? Wie lange noch, bis Meliki hier war?

Ich *musste* ihn aufhalten, doch Rovyn blockierte den Weg. Die Lippen zusammengepresst, hob ich Elrys. Der General ging in Position.

»Waffen fallen lassen, General«, zischte eine männliche Stimme neben mir.

Waji und Dora waren gekommen, mit den Elfenklingen der königlichen Soldaten bewaffnet.

Aus dem Augenwinkel sah ich Alyssa, Jilly, Noah und Nuria, die die Tür nach draußen vor Rovyns übrigen Hunden verteidigten.

»Arrogantes Pack, ihr Spitzohren«, polterte die Zwergin. Jetzt glühten ihre Augen wieder hell wie heiße Kohlen. »Ich mag klein und unbedeutend für euch sein, aber für finstere Höhlen wurde ich gemacht.«

Glas zersprang, als der Tisch umkippte. Der Boden, die Wände, alles wackelte.

Rovyn fluchte, warf einen nervösen Blick auf Irin. Der magische Sturm riss an seinem Umhang. Er füllte die gesamte Kammer, in ihm das Wispern tausender Stimmen.

Mit einem schnellen Blick auf Irin gab Waji mir einen Schubs. »Bring es zu Ende, *pikkiralky*!«

Dann stürzten sich der Prinz und die Zwergin auf den General, heisere Schlachtrufe auf den Lippen.

Irin wisperte immer noch in Trance vor sich hin. Kleine Felsbrocken regneten auf uns herab.

Stahl klirrte, die steinernen Mauern knirschten. Die ganze Welt bebte. Doch mein Blick war nur auf Irin gerichtet, auf den Edelstein in seinen Händen.

Ich griff Elrys' Heft fester.

Eine Chance, mehr würde ich nicht bekommen. Eine Chance, die Zukunft Antheas zum Guten zu wenden.

Und ich hatte keine Zeit mehr, darauf zu warten, dass irgendjemand zu unserer Rettung kam.

Eine weitere Welle erschütterte den Raum, doch ich ließ mich von ihr tragen. Ließ sie mich in den Strom des Schicksals stoßen, der mich zu Irin führte. In den Kampf, auf den ich Jahre gewartet hatte.

Meine Schritte waren leicht, als ich zu Irin rannte. Leicht, trotz des gigantischen Gewichtes auf meinem Herzen.

Die Magie um den König war eine massive Wand, aber ich musste darauf vertrauen, dass ich da war, wo ich sein sollte.

Die Erde grollte und rumorte, Rufe schallten hinter mir.

Zehn Schritte bis zu Irin.

Elrys funkelte in der Dunkelheit, eine Fackel Mondfeuer, die mir den Weg wies. Ich griff es mit beiden Händen.

Vier Schritte. Zwei Schritte.

Ich sprang.

Kopfüber schoss ich in Irins Malstrom, Elrys' Klinge voraus. Das pulsierende rote Glühen empfing mich, erfasste jede Zelle meines Körpers. Flüsternde Stimmen füllten mein Blut, mein Herz. Doch ich hatte nur Augen für Irin, den König mit der gestohlenen Krone. Seine Magie kroch in meinem Geist, versuchte, mich zu betören.

»*Komm mit mir, Lyvi!*«, echote seine Stimme in mir. »*Lass uns gemeinsam Geschichte schreiben!*«

»*Niemals wieder*«, fauchte ich. »*Niemals wieder werde ich mich dir beugen.*«

Unsichtbare Spindelfinger tasteten nach mir und Elrys. Ich wollte sie beiseite fegen, doch dann packten sie zu. Sie schlossen sich um meine Kehle, rissen mich zu Boden.

Elrys landete mit einem Klirren auf dem Stein. Mein Kopf schlug hart auf. Ich griff an meine Kehle, versuchte, die eiserne Umklammerung der unsichtbaren Hände zu lösen.

Sie bewegten sich nicht.

Ich rang verzweifelt nach Luft, doch ich konnte nicht atmen. Ich wand mich, strampelte mit den Beinen, die Hände an meinem Hals. Mein eigenes Röcheln klang dumpf in meinen Ohren, weit weg.

Irin wisperte immer noch, das Pulsieren des Rubins wurde schneller. Und schneller.

Nicht mehr lange.

Nicht mehr lange, dann würde ihm die Magie Antheas gehören. Ganze Städte würden brennen. Hunderttausende Wesen würden sterben.

Mein Blickfeld verschwamm. Sterne tanzten vor meinen Augen.

Ich sah meine Freunde vor mir. Jilly. Alyssa. Dora. Rita. Edgar. Noah. Ihre Enttäuschung darüber, dass ich schon wieder für sie entschieden hatte.

Keiner von uns möchte leben, wenn es den Untergang unserer Völker bedeutet.

Auch Brandy sah ich, ein Flehen in ihren Augen. So lebendig, wie sie es nie wieder sein würden.

Lass meinen Tod nicht umsonst gewesen sein, Lyvi.

Meine Lider zitterten. Ich ließ sie zufallen.

Dann tastete ich nach dem Ring an meinem Finger. Mein eigenes Flüstern vermischte sich mit dem Irins.

»*Nefelda, Göttin der Wildnis, Herrin der Unterwelt, Königin der Hexen*, bitte zeige dich.«

Ewige Nacht umarmte mich. Ein Gackern schlitterte meine Knochen entlang.

»So, so, da bist du also wieder.«

Ich hob den Kopf und erwartete, wieder drei Lyvis zu sehen.

Stattdessen erblickte ich einen Thron, der aus purem Sternenlicht zu bestehen schien. Auf seiner Rückenlehne saß eine Frau in einem fließenden weißen Kleid, die Beine überschlagen.

Ihr langes silbriges Haar flatterte in einem Phantomwind. Auf ihrer Stirn ruhte ein Diadem. Drei große Edelsteine glänzten in der silbernen Fassung, ein Rubin, ein Saphir und ein weißer Mondstein.

Nefelda lächelte und breitete die Arme aus. Ihre Augen glänzten in einem tiefen Schwarz. »Hast du dich entschieden, Liebes?«

Ich stützte mich auf einen Ellenbogen. Ein dumpfer Schmerz pochte in meinem Kopf. »Entweder schicke ich einen meiner Freunde oder sechs Völker Antheas zur Hinrichtung«, krächzte ich. »Das ist eine beschissene Entscheidung.«

Nefelda kicherte und wickelte sich eine schimmernde Haarsträhne um den Finger.

»Aber, aber, was ist das für ein Tonfall?« Sie gab ein tadelndes Geräusch von sich. »Alles hat seinen Preis. Das ist ein Naturgesetz. Besonders, wenn du mich um einen so großen Gefallen bittest.«

Mein Magen krampfte. Wut rauschte heiß durch mein Blut.

»Kannst du Irin aufhalten?«, fauchte ich und kämpfte mich auf die Beine. »Oder wenigstens seine Magie ausschalten?«

Nefelda legte den Kopf in den Nacken und lachte. »Du hast Glück, Süße. Derjenige, der sie ihm geliehen hat, frisst mir zufälligerweise aus der Hand.«

Mit der Anmut einer Wildkatze kletterte sie von ihrem Thron. Ihr weißes Kleid schmiegte sich eng um ihre perfekten Rundungen. Der Wind, der nach nachtblühenden Blumen roch, zupfte an den weißen, spitzenbesetzten Säumen ihres Kleides. Sie löste sich in einen klimpernden Strudel aus Sternschnuppen auf, doch stand im nächsten Augenblick direkt vor mir.

Ich runzelte die Stirn. »Und wer soll das sein?«

Nicht, dass ich mir nicht vorstellen konnte, dass ihr die Geister und Kreaturen dieser Zwischenwelt zu Füßen lagen, so wie sie aussah.

Die Göttin gluckste. »Willst du das wirklich wissen? Auch das würde dich etwas kosten.«

Ich ballte die Hände zu Fäusten. »Tu es einfach«, knurrte ich. »Schalte Irins Magie aus.«

Nefelda seufzte. »Das hatten wir doch schon geklärt, Liebes.« Sie tätschelte meine Wange.

Ich wich zurück. Ihre Berührung fühlte sich kühl und erstaunlich echt an. »Ich muss es von dir hören.«

Ein grauenhaftes Gefühl füllte mein Herz. Atmen fiel mir schwer.

»Du hast mein Wort, Nefelda«, zischte ich. »Ein Leben deiner Wahl im Gegenzug für deine Hilfe.«

Nefeldas volle Lippen verzogen sich zu einem Lächeln. »Das wollte ich hören.«

Sie klatschte in die Hände. »So soll es sein!«

Sternschnuppen und schimmernde Blumen wirbelten um mich herum. Dann fühlte ich die Magie der Göttin in meinem Blut, in jeder Faser meines Körpers einrasten. Unsere Vereinbarung war besiegelt.

Mir war übel, doch es war noch nicht vorbei.

Die ewige Nacht löste sich auf.

Ich öffnete die Augen. Elrys lag in meiner Hand.

Irins gespenstisches Flüstern füllte die Halle. Innerhalb eines Wimpernschlags sprang ich auf die Füße.

Meine Knie drohten nachzugeben, doch ich fixierte den König. Das Glühen, das eben noch so hell wie die aufgehende Sonne gewesen war, flackerte. Und verblasste. Das Pulsieren ließ nach, genau wie das Beben der Erde.

Irin runzelte die Stirn, krallte die Hände so fest um den Rubin, dass seine Knöchel weiß hervortraten. Ich blinzelte, meinte Sternschnuppen zu sehen, die die Schatten hinter Irin umschmeichelten. Ein leises Klimpern schwebte in der Luft..

Jetzt.

Ich rannte.

Irin schrie, als Mondfeuer sein Ziel traf. Blut spritzte in mein Gesicht, auf meine Hände.

Ich umklammerte Elrys, als ich herumgewirbelt wurde, immer schneller und schneller.

Irin wehrte sich gegen die Schatten, gegen die Sternschnuppen, die ihm seine Magie nehmen wollten.

Er zog in die eine, Nefelda und die Magie in die andere Richtung.

Und ich steckte mittendrin.

Lass los, Lyvi!, wisperte eine leise Stimme in mir. *Lass los!*

Wie sollte ich Elrys loslassen? Das Schwert, das zu mir gehörte wie die Augen meiner Mutter? Das mein Anker in diesem Sturm war?

Was dein ist, bleibt dein, flüsterte die Stimme.

Alles schien weit weg. Mein Leben, meine Welt waren kaum mehr als Sterne an einem entfernten Nachthimmel. Wieder hatte Irin mich herausgerissen. Wieder hatte er mich von denjenigen getrennt, die mich liebten.

Lass los, Lyvi! Lass los!

Nie wieder. Nie wieder würde ich Irins Opfer sein.

Ich ließ los.

Der Steinboden war hart und kalt, als ich aufschlug.

Ich schnappte nach Luft. Götter, mir war so schwindelig. Ich drehte den Kopf und blinzelte ins Halbdunkel. Wo war Irin?

Mein Herzschlag war ein wildes Hämmern in meiner Brust. Doch dann sah ich ihn. Irin Celestian, der falsche Elfenkönig, lag auf dem Boden, nur wenige Schritte neben mir. Ein Wirbel aus Sternschnuppen kämpfte unter der Kuppeldecke der Halle gegen einen Rest des roten Glühens an, in ihrer Mitte der Stein der Einheit.

Nefelda.

Elrys ragte wie ein Stachel aus Irins Brust. Er war blass und röchelte. Sein Kopf hing schlaff zur Seite.

Jillys Gesicht erschien über mir. »Heilige Scheiße!« Sie half mir auf. »Alles in Ordnung?«

Ich hustete und stemmte die Arme in die Hüften. Ich schmeckte Blut und Staub. Die Erde hatte aufgehört zu beben, doch die ohnehin marode Halle drohte einzustürzen. Lange Risse zogen sich über die Decke und Wände.

»Ja.«

Weitere Erklärungen mussten warten. Jilly hatte bereits meinen Arm gepackt und zog mich mit sich. »Wir müssen raus hier!«

Ich suchte den Saal ab. Das Flüstern tausender Stimmen füllte die Luft. Die Sternschnuppen schienen zu straucheln, als das rote Licht, das den Rubin einhüllte, erneut aufflammte. Wie ein wildes Biest, das sich ein letztes Mal aufbäumte.

Überall Trümmer, Rovyns Leiche. Himmelblaue Augen.

»Noah!«

Ich schluchzte, als er an meine Seite kam. Sein Gesicht war blass im roten Zwielicht.

»Lyvi, wie hast du –«

»Los, los, los, lauft!«, rief Waji. Der Prinz hatte einen Arm um Nurias Schulter geschlungen, bereit, sie mit seinem eigenen Körper zu schützen.

Hinter ihnen rannte Dora, die Lippen zu einem grimmigen Lächeln verzogen.

Ich presste die Lippen zusammen und zog Elrys aus Irins Brust. Dann ließen wir den sterbenden Elfenkönig einfach, wo er war. Doch mein Herz brach, wenigstens ein kleines bisschen, für den kleinen, ängstlichen Elfenjungen, der er gewesen war. Der erneut verlassen wurde, zum allerletzten Mal.

Ich schickte einen stummen Abschiedsgruß in seine Richtung. *Es tut mir leid, was dir passiert ist.*

Wir rannten durch die große Halle, dann durch den dunklen Gang. Der Ausgang war wieder frei. Rovyns Hunde waren längst geflohen.

»Ylva!«, rief ich. »Sie muss noch in den Kerkern sein!«

Noah fluchte.

»Wir können sie nicht einfach hierlassen!«

Waji verzog das Gesicht. »Zu spät«, presste er hervor. »Vielleicht hat sie noch eines ihrer neun Leben gut.«

Große und kleine Felsbrocken regneten von der Decke.

Mein Herz wurde schwer, als wir auf die offene Tür zu sprinteten. Das Blau des Himmels leuchtete dahinter, kühle Luft strömte uns entgegen.

Auf Wiedersehen, Ylva.

Wir hatten keine Gelegenheit, uns über den offenen Morgenhimmel zu freuen.

Das Grasland brannte in eisigem Drachenfeuer. Keine Spur von Rovyns Soldaten ... außer kleine Häufchen glitzernden Staubs.

Meliki. Sie war also doch hier gewesen und hatte gewütet. Doch wo war sie?

Mein Atem stockte.

Dahinten zwischen den blauen Flammen ragte ein schuppiger Berg empor. Ein toter, mit brennenden Lanzen gespickter Drachenkörper.

»Nein«, flüsterte Alyssa. »Nein, das kann nicht sein! Wie –«

Noah griff meine Hand. Mit der anderen schob er Alyssa vor sich her, die stocksteif stehen geblieben war. »Nicht jetzt!«, rief er. »Das können wir später diskutieren.«

»Ich stimme dir zu, Barde«, knurrte Waji. »Dieses eine Mal.«

Er starrte finster dorthin, wo die Pforte bedrohlich krachte und knirschte.

Wir schwankten, als die Erde erneut bebte und die alten Mauern der Festung erzitterten.

»Wir müssen weg von hier«, sagte ich. Doch es war zu spät.

Die Pforte explodierte.

Steine und Erde schossen durch die Luft. Pulsierende Magie sprudelte aus den Tiefen der Welt empor und rollte in einer mächtigen, glühendroten Welle auf uns zu, begleitet von dem Wispern tausender Stimmen.

Wir rannten zu Melikis totem Körper, Fels prasselte auf uns herab.

»Duckt euch!« Ich bekam Alyssas Hand zu fassen. Jilly war hinter ihr. Wir warfen uns ins verbrannte Gras und pressten uns gegen den kalten Schuppenpanzer. Doch Noah stolperte.

Seine Hand wurde aus meiner gerissen, gerade als die Welle kam.

Ein Schrei, dann sackte er zusammen. Auch ich schrie, aber mein Laut ging unter in den grollenden Fluten der Magie.

Blaues Licht flackerte vor meinen Augen, ein weißer Blitz folgte. Dann erlosch das Rot, wurde zurück in die Erde gesogen wie ein Insekt von einer Froschzunge. Nefelda hatte ihr Wort gehalten.

Meine Augenlider wurden zu schwer.

Dunkelheit.

Ein Meer aus Sternen funkelte über mir.

Die Welt war still, ein kühler Lufthauch streifte meine Stirn. War das die Nachwelt? War ich nun in den Hallen des Sternenlichts?

Meine Zunge klebte an meinem Gaumen, Schmerz schoss durch meinen Körper.

Nein, war ich nicht.

Es kostete mich jedes verbliebene Körnchen Kraft, meinen Kopf zu heben.

Alles drehte sich. Die Ruinen der Schlangenpforte, Aschehaufen, eine schmale Mondsichel. Stöhnend hielt ich mich an der aschebedeckten Erde unter mir fest, bis es aufgehört hatte.

Mein Herzschlag setzte aus. Ich war am Leben, doch die anderen?

Da. Schmutziges, goldenes Haar.

»Noah«, keuchte ich. »Noah.«

Auf Ellenbogen und Knien kroch ich zu ihm. Tränen strömten über meine Wangen, als ich mich über ihn beugte. Er lag auf dem Rücken, seine Augen waren geschlossen. Seine Brust lag frei unter dem zerfetzten Hemd. Sein Schmuck war verschwunden. Vielleicht geschmolzen? Eine große Brandwunde bedeckte seine Brust, Blut rann aus einem langen Kratzer, der sich von seinen Rippen bis zur Kehle zog.

Doch er atmete.

»Noah«, murmelte ich wieder und wieder, strich über sein Gesicht, das schon feucht von meinen Tränen war.

Ich hob den Kopf und lächelte Alyssa und Jilly zu, die mit schmutzigen Gesichtern und zerzausten Haaren über Schutt und verbranntes Gras auf uns zu robbten.

»Lebt er?«

Tränen bedeckten auch Alyssas Gesicht. Blut rann an Jillys Schläfe hinab, doch in ihren Augen leuchtete Erleichterung.

Ich presste meine rissigen Lippen aufeinander und nickte. »Ja.«

Ich entdeckte Waji und Nuria, die sich bereits in die Morgendämmerung davonstahlen. Sie zerrte ihn hinter sich her. Die beiden schienen zu streiten, doch das dumpfe Dröhnen in meinen Ohren übertönte ihre entfernten Stimmen. Waji drehte sich noch einmal zu uns um. Sein Blick traf meinen und er nickte knapp. Ein Lebwohl, aber auch ein Versprechen.

Eine leise Stimme flüsterte mir zu, dass er nicht vergessen würde, was passiert war.

Was ich getan hatte.

Ich erschauderte. Ein Problem für einen anderen Tag.

»Bei Guldemars Gemächt!«, hallte es aus der anderen Richtung, hinter dem Berg aus glitzerndem Staub, der Meliki gewesen war. *»Sei klug und verlasse deine Höhle nicht, Dora.* Ich hätte auf dich hören sollen, Mutter!«

Ein dumpfes Geräusch; kleine Füße, die auf verbranntem Gras landeten.

»Autsch!«

Weitere Zwergenflüche folgten.

Alyssa, Jilly und ich wechselten einen Blick, voller Erleichterung, Trauer und Verwirrung. Alles auf einmal. Doch es war Morgen. Wir hatten überlebt.

Und Irin Celestian war tot.

38

Arain, Galmáron

Als Wajiyad Zen Zilágosh einen Monat später vor der Tür seines Vaters stand, konnte er es immer noch nicht glauben. Immer noch hatte er den Geschmack von Metall und Asche im Mund.

Doch sie hatten überlebt. Alles.

Den Anderswald, Varuna, die Drachin, das Erdbeben in der alten Festung, die magische Explosion, die grausame Welle, die ihn zu Boden gedrückt hatte. Den Bastard von Elfenkönig, der sich an seinem eigenen Feuer verbrannt hatte. Irin Celestian verdiente es, in einem Schlangengrab zu verrotten.

Tränen hatten in Wajis Augen gebrannt, als sie an diesem sonnigen Nachmittag durch das nördliche Tor Arains geritten waren. Als die Leute seiner Stadt ihn wiedererkannt hatten, ihn empfangen hatten wie einen verlorenen Sohn. Und die tausend Gerüche der Stadt seine Nase gekitzelt hatten.

Er war zurückgekehrt, doch er hatte versagt. Und schon morgen würde sein ganzes Königreich davon erfahren. Wenn er sich Manor widersetzt hätte, wenn er sich gewehrt hätte, wäre all das nie geschehen.

Genug.

Er hatte keine Wahl gehabt. Und hatte auch jetzt keine.

Waji hob die Faust und polterte gegen die eisenbeschlagene Tür.

»Vater!«, rief er. »Ich bin zurück.«

Später fand Waji Nuria in ihren Gemächern.

Sie war nicht allein.

Nuria war nie allein in ihrem Zimmer, denn ihre Bücher waren hier. Staub tanzte im Licht der Sonnenstrahlen, die die goldenen Lettern auf den Einbänden zum Schimmern brachten. Hier roch es wie immer, nach altem Pergament und Heilkräutern, vermischt mit ihrem ganz eigenen Geruch. Zuhause.

Doch noch jemand war hier, ein weiterer Geruch war dazu gekommen.

General Hunyadis Sohn, Davo, saß neben Nuria auf der Bettkante. Sie hatten die Köpfe zusammengesteckt, er hielt ihre Hand. Das Leuchten in ihren Augen war so hell wie die Herbstsonne, die auf Arains Dächer brannte.

Waji räusperte sich. Und bereute augenblicklich, dass er nicht geklopft hatte. Nuria und Davo ließen voneinander ab, doch ihre Hände blieben verschränkt. Ihr Lächeln erstarb, als sie sein Gesicht musterte.

»Alles in Ordnung?«

Davo neigte den Kopf. »Willkommen zurück, Prinz.«

Waji nickte dem Falken zu. Der Anblick von Nurias Hand in Davos weckte Gefühle, die hier nichts zu suchen hatten. Es wurde Zeit, dass er verschwand. Doch vielleicht sollte er Amyra vorher noch einen kurzen Besuch abstatten. Wenn sie überhaupt noch mit ihm reden wollte.

»Ich bin gekommen, um mich zu verabschieden«, sagte er.

Nuria runzelte die Stirn. »Wir sind gerade erst angekommen.«

Waji zuckte mit den Achseln.

»Ich werde Arain heute noch verlassen, um ins Drachenzahngebirge zu ziehen. Mit Krobatyns Einheit. Die Rebellen machen wieder Ärger, seitdem der Krieg im Dämmertal ausgesetzt ist. Befehl meines Vaters.«

Ihre Armee hatte sich im Dämmertal eine blutige Schlacht mit den Elfen geliefert, bis die Nachricht von Irin Celestians Tod Silberstein erreicht hatte.

Lyvis Onkel, Gelyth Lunyr Gwendalyon, ein brillanter Redner und Stratege, hatte einen Waffenstillstand errungen.

Da die Elfen kurz davor gewesen waren, den Krieg zu gewinnen, hatten sein Vater und General Hunyadi eingewilligt. Es herrschte Waffenruhe, bis die Elfen die Frage der Nachfolge auf dem Thron geklärt hatten – und Galmárons Armee sich erholt hatte.

»Er kann dich nicht einfach wegschicken.« Nurias Stimme war scharf wie eine Klinge. »Mit Krobatyns Soldaten!«

Waji grunzte. »Er kann und er hat es bereits getan. Die Situation im Drachenzahngebirge unter Kontrolle zu bekommen –«

Ist meine letzte Chance, Thronfolger zu bleiben.

Er wollte den Satz nicht beenden, nicht mit Hunyadis Sohn im Raum.

»Entschuldige uns für einen Moment, *solyón*.«

Der Falke nickte.

»Natürlich, Prinz.«

Davo verbeugte sich und verließ mit einem letzten Blick auf Nuria das Zimmer.

Waji wusste genau, dass sie sein majestätisches Gehabe nur deswegen tolerierte, weil er heute noch abreisen würde.

»Ein weiteres Ultimatum?«, fragte sie leise.

Waji trat neben sie ans offene Fenster. Unter ihnen lag der Kräutergarten der Kiraly-Heilerinnen, um diese Uhrzeit verlassen.

Früher war der Garten ein grünes Juwel gewesen, doch heute mussten sie um jeden Tropfen Wasser kämpfen, um die mickerigen Stauden und Sträucher am Leben zu halten.

Trotz allem lächelte Waji. Wie oft hatten sie die Gärtner unten mit Nüssen und anderen kleinen Gegenständen beworfen und sich dann kichernd unter das Fenster geduckt. Eine andere Zeit, ein anderes Leben.

»Ja.« Sein Lächeln gefror. »Meine letzte Chance, Thronfolger zu bleiben. Mein Vater ist nicht glücklich darüber, was im Norden passiert ist.«

Er hatte Manor verschwiegen, dass er selbst Krobatyns Tod veranlasst hatte. Vielleicht hätte es noch nicht einmal einen Unterschied gemacht, so wütend wie sein Vater geworden war.

Nuria schüttelte den Kopf. »Und jetzt bestraft er *dich* dafür, dass seine wahnsinnige Mission nicht erfolgreich war?«

Waji schnaubte. »Sieht so aus. Meine eigenen Männer bleiben vorerst bei Hunyadi.«

Wieder schüttelte Nuria den Kopf. »Ich frage mich immer noch, wie dein Vater von all dem wissen konnte. Der Stein war seit zweihundert Jahren verschollen.«

Dieselbe Frage stellte er sich auch jeden Tag.

»Wenn ich denjenigen treffe, der ihm all das verraten hat, treffe, rede ich ein ernstes Wort mit ihm«, knurrte er. »Und frage ihn, ob er nicht nützlicheres Wissen an den König Galmárons weitergeben kann.«

Nuria presste die Lippen zusammen. »Was meinst du, ist mit Antheas Magie passiert? Hat Irin den Zauberspruch vollendet und die Magie wird wieder den Völkern gehören?«

Waji zog die Augenbrauen zusammen. »Wir werden sehen. Aber vorerst spielt das keine Rolle. Nur die Zukunft unseres Volkes zählt jetzt.«

Nuria seufzte. »Ich wünschte, Ynesse wäre hier. Sie würde das alles nicht zulassen.«

Wajis Herz drohte zu zerspringen. Sein Herz, dass er all die Jahre mit größter Sorgfalt weggesperrt hatte.

»Ich auch«, murmelte er. »Aber immerhin muss ich mich jetzt nicht mehr um magische Edelsteine sorgen. Und kann das tun, was ich am besten kann.«

Waji hatte nicht protestiert, als sein Vater den Befehl ausgesprochen hatte. Ein Teil von ihm war erleichtert, dass er dieses Mal eine Aufgabe bekommen hatte, die er lösen konnte.

Er würde wieder einmal in den Krieg ziehen, auch wenn er ohne seine Zwillingsschwerter gehen musste. Leto und Temis waren in den Tiefen der Schlangenpforte begraben worden, als sich die Erde dieses götterverdammten Ortes nach außen gestülpt hatte. Immer noch fragte er sich, was an jenem Morgen passiert war. Wie Lyvi den Elfenkönig hatte besiegen können, trotz der unheimlichen Mächte, die ihm zur Seite gestanden hatten.

Lyvi.

Lyvi, die ihn fast um die gesamte Magie des Kontinents betrogen hätte. Die ihr eigenes Spiel gespielt und sie hintergangen hätte, ohne auch nur mit der Wimper zu zucken.

Er verstand ihre Gründe. Bewunderte sie gar für ihren Mut und die vollkommene Rücksichtslosigkeit ihres Plans.

Doch diese Rechnung war noch lange nicht beglichen.

Vermutlich würde viel Zeit vergehen, bevor er Gelegenheit hatte, sich zu rächen. Und das würde er, sollte das Schicksal ihren und seinen Lebensfaden erneut verknüpfen.

»Wir werden das richtigstellen«, sagte Nuria. »Auch wenn ich noch nicht weiß, wie.«

Noch nie hatte Waji ein Lächeln so viel Kraft gekostet. Seine Arme und Beine waren plötzlich schwer, als fiele die Erschöpfung der ganzen letzten Jahre über ihn her.

»Danke«, sagte er, seine Stimme rau. »Danke für alles.«

In Nurias Augen glänzten Tränen, als sie sich zum ihm drehte. »Immer«, wisperte sie.

Die stählerne Wand um Wajis Herz bekam einen Riss. Seine Schultern sackten zusammen.

Und im nächsten Moment lagen sie sich in den Armen. Sie, die Heilerin mit dem steinernen Gesicht, und er, der Prinz aus Stahl, lagen sich in den Armen. Und weinten.

Wajis Wange lag an ihrem seidigen Haar. Er atmete und atmete, konnte nicht genug von ihrem Geruch bekommen. Nurias Tränen durchnässten sein Hemd, doch es kümmerte ihn nicht. Er wollte für immer hierbleiben, ihre Arme um seine Brust, ihr Haar an seiner Haut.

Doch er konnte nicht, aus so vielen Gründen.

Der Ruf eines Adlers ließ sie beide zusammenzucken. Istaris Boten, die seit Jahrhunderten auf dem Gipfel des Kiraly nisteten. Das Zeichen ihres geflügelten Gottes, dass es Zeit zum Aufbruch war.

Widerwillig löste sich Waji von Nuria.

Ein warmer Windstoß blies eine schwarze Strähne in ihr gerötetes Gesicht. Mit einem Lächeln strich er sie hinter ihr Ohr und drückte ihr einen Kuss auf die Stirn. Er erlaubte sich einen letzten Blick in ihre Augen, wo sich die goldenen Strahlen der Abendsonne fingen. Wo er immer ein Zuhause finden würde.

»Ich muss gehen.«

Mit größter Mühe zog er die Wand aus Stahl wieder um sein Herz und drängte die Erschöpfung aus seinem Körper, seiner Seele. Wo er hinging, konnte er sie nicht gebrauchen.

Nuria nickte, doch Besorgnis flackerte in ihren Augen. »Pass auf dich auf. Und lass was von dir hören.«

Wajis übliches Grinsen war zurück, als er sich vor seiner ältesten Freundin verbeugte. »Zu deinen Diensten, Tiamaty.«

39

Sedina

Trommeln ließen die Erde beben.

Die Musik, die durch die kühle Herbstnacht hallte, war wild und fröhlich. Zwerge, Kobolde, Elfen und Menschen tanzten gemeinsam um das riesige Lagerfeuer vor dem Rabennest.

Rita hatte die *Brüllenden Berge* nach Sedina bestellt, sobald sie von unserer Rückkehr erfahren hatte. Eine Woche *vor* unserer eigentlichen Ankunft. Von einem gewissen weißen Raben mit violetten Augen, der heute Abend auf der Veranda des Strandhauses hockte und mit seinem Krächzen nichtsahnende Gäste erschreckte. Hoffte Jaya immer noch, dass Ylva zurückkommen würde?

Meine Seele schmerzte an einer Stelle, die seit Wochen wund war und noch lange nicht heilen würde.

Ich hatte mich bei meinen Freunden dafür entschuldigt, dass ich ihnen meinen Plan verschwiegen hatte. Hatte ihnen erklärt, dass es zu ihrem Schutz gewesen war, weil ich sie nicht in Gefahr bringen wollte.

Was nur die halbe Wahrheit war. Ich war es gewohnt, Dinge allein zu tun, mich nur auf mich selbst zu verlassen.

Noah und die anderen hatten meine Entschuldigung akzeptiert, wohl weil sie wussten, dass mich noch etwas anderes quälte.

Brandy. Brandy war *gestorben*, weil sie meinem Plan gefolgt war. Jedes Mal, wenn ich in unserer Wohnung im Rabennest an ihrer offenen Tür vorbeiging, an dem leeren Zimmer mit der großen Badewanne, spürte ich einen Stich in meinem Herzen. Es würde noch lange dauern, bis die Schuldgefühle verschwanden. Falls sie überhaupt irgendwann verschwinden würden.

Denn von meiner Vereinbarung mit Nefelda hatte ich noch niemandem erzählt. Zwar wussten Alyssa, Noah und die anderen, dass sie uns geholfen hatte. Dass sie Irins Magie ausgeschaltet hatte. Doch da Ylva fehlte, hatte niemand nach dem Preis der Göttin gefragt. Dem Preis, den einer von ihnen zahlen würde.

Mir wurde jedes Mal übel, wenn ich darüber nachdachte. Deswegen schob ich auch heute Abend diese Gedanken weit von mir. Irgendwann würde ich meinen Freunden davon erzählen müssen, aber noch nicht jetzt. Jetzt verdienten sie ein wenig Frieden.

Und immer noch hatte ich so viele Fragen. Irin war tot, doch was war mit Antheas Magie passiert? War sie in den Rubin zurückgekehrt und war nun bis in alle Ewigkeit verschollen? Oder hatte Irin sie aus Versehen befreit, weil Nefelda ihm seine Magie genommen hatte, bevor er seinen Zauber hatte beenden können? Und wer hatte ihm diese Magie überhaupt geliehen?

Doch das war nicht alles.

Nachrichten von einem Waffenstillstand im Dämmertal hatten Sedina erreicht, doch sie hatten mich nur kurzzeitig beruhigt.

Und … Alyssa. Wie hatte sie einfach durch das Drachenfeuer gehen können?

»Rita hat sich selbst übertroffen«, murmelte die Steppenelfe, die heute Abend neben mir am Tisch saß, wie ich in eine dicke Wolldecke gehüllt. »Sogar Dora hat vergessen, dass sie niemanden mag.«

Sie deutete auf die rothaarige Zwergin, die am Lagerfeuer ausgelassen mit einem Kobold tanzte. Neben ihnen wirbelte Edgar Rita herum, vollführte mit ihr eine komplizierte Drehung und Schrittfolge nach der anderen.

Ich schmunzelte, auch wenn mein Herz noch schmerzte.

Alyssa hatte recht. Rita *hatte* sich selbst übertroffen. Die Bühne war auf ein großes Floß verlegt worden, damit auch die Wasserwesen teilhaben konnten, die in den Wellen des Jadesees johlten und sangen.

Am Strand standen lange Banketttische unter unzähligen Pavillons, auf ihnen Windlichter und Herbstgestecke. Lampions leuchteten über unseren Köpfen, machten die Nacht ein wenig wärmer.

Wir zelebrierten Doras Geburtstagsfeier, die jedoch ebenso Ritas war, die ihre eigene Feier unbedingt nachholen wollte. Doch die Tischtücher waren schwarz. Schwarz für Brandy und Ylva, die heute Abend nicht hier waren.

»Wie hast du es getan?«, fragte ich leise. »Warum hat dich das Drachenfeuer nicht verbrannt?«

In Alyssas schwarzen Augen spiegelten sich die Lichter der Kerzen und Lampions, als sie mich ansah. »Ich wusste, ich kann es. Also habe ich es getan. Es war nur ein Gefühl, das über mich gekommen ist, als ich in Varunas Bibliothek über Drachen gelesen habe. Dass sie mir nicht wehtun würde.«

Ich schüttelte den Kopf. »Und wenn du dich geirrt hättest?«

»Dann wäre ich gern in Melikis Eisfeuer verbrannt. Es gibt schlimmere Arten zu sterben.«

Da waren keine Zweifel und keine Angst in ihrem Gesicht. Alyssa meinte es todernst.

Sie schob den Ärmel ihrer Jacke hoch und strich über eine neue Tätowierung an ihrem Unterarm, die ich noch nie an ihr gesehen hatte. Ein fliegender Drache von oben, der blaues Feuer spuckte, über Varunas erloschener Eidnarbe.

»Ich werde nach Batari zurückgehen. Ich möchte die Himmelsberge sehen.«

Ich nickte. Aus irgendeinem Grund überraschte es mich nicht.

Die Himmelsberge waren der einzige Ort in Anthea, wo noch Drachen lebten.

Gleichzeitig suchten wir nach Jilly, die gerade mit Noah um das Lagerfeuer tobte, ihre Augen voller Lebensfreude. Ich war nicht die Einzige, der Irins Tod eine Last von den Schultern genommen hatte.

»Weiß sie es schon?«

Alyssa seufzte. »Nein. Ich schiebe dieses Gespräch seit Wochen auf. Ich hoffe, sie kommt mit mir. Aber wir müssen ohnehin bis zum Frühling warten. Im Winter sind die Straßen in Batari ein Albtraum.«

Ich schluckte. Alyssa hatte schon Pläne für ihre nächste Reise gemacht. Doch ich war zufrieden, einfach hier zu sein. Den Wind in meinem Haar, die Gerüche des Herbstes in meiner Nase. Sogar den wilden Trommelrhythmen der *Brüllenden Berge* lauschte ich gern, solange ich nur hier sein durfte.

»Wollt ihr nicht tanzen?«

Ich lächelte.

Außerdem war ich nun nicht mehr allein. Auch wenn das nicht so bleiben konnte. Wenn mir die Begegnung mit Nefelda eines bewiesen hatte, dann dass es immer noch gefährlich war, mir zu nahe zu kommen. Und das würde so bleiben, solange es Mächtige gab, die etwas von mir wollten.

Doch mein Herz wurde weich, als Noah auf uns zukam. Barfuß, mit einem neuen Hut auf dem Kopf. Jilly folgte ihm, ihrer beider Wangen gerötet.

»Vielleicht später.« Ich tauschte einen Blick mit Alyssa. »Es macht viel mehr Spaß, euch zu beobachten.«

Die Steppenelfe kicherte.

Noah leerte sein Glas in einem Zug und lehnte sich in seinem Stuhl zurück, ein breites Grinsen auf den Lippen. »Beeil dich besser. Ich habe gehört, die *Dunklen Schwestern* treten später noch auf.«

Ich streckte ihm Zunge heraus. »Für jemanden, auf den noch ein Finderlohn ausgesetzt ist, bist du ganz schön vorlaut.«

Noah gluckste, doch Jilly hob eine Braue. »Und was ist mit dir?« Sie verpasste ihm einen Stoß in die Seite. »Wird Noah von Schipgaard uns auch noch mit seiner Stimme beehren?«

Er zuckte mit den Achseln, doch ein Schatten huschte über sein Gesicht.

»Mir ist nicht danach. Außerdem will ich den anderen nicht die Schau stehlen. Heute Abend gehört den Zwergen und den Wasserwesen.«

Ich musterte sein Gesicht. Da war etwas, das er uns nicht erzählte, doch jetzt war nicht die Zeit nachzuhaken. Später.

Später.

Mir wurde heiß und kalt zugleich. Später, wenn wir in unser gemeinsames Zimmer im Rabennest zurückkehren würden.

Noah und ich hatten nicht eine Nacht getrennt verbracht, seitdem wir in Sedina angekommen waren. Manchmal redeten wir bis zum Morgengrauen, manchmal weinten wir gemeinsam. Und dazwischen trösteten wir uns mit unseren Lippen, unseren ganzen Körpern, die so herrlich warm und lebendig waren.

Lebendig. Nach Irin, nach Varuna und ihrem Wald, nach Nefelda schien dieses Wort wie ein Geschenk.

Als Noahs Blick meinen fand, machte mein Herz einen Satz. In ihm stand die Antwort zu dem kribbelnden Gefühl in meinem Bauch. Das Versprechen, dass wir uns auch heute Nacht wieder ausgiebig daran erinnern würden, dass wir am Leben waren. Mein Blut pulsierte in meinen Adern, im feurigen Rhythmus der Trommeln.

Alyssas Nasenflügel bebten. Jilly schnalzte mit der Zunge.

»Götter, verzieht euch bitte endlich. Das ist ja kaum auszuhalten.«

Noah sprang auf die Füße und streckte mir eine Hand entgegen.

»Komm, Lyvi«, sagte er mit einem Augenzwinkern. »Lass uns den beiden den Gefallen tun.«

Alyssa und Jilly glucksten, als wir Hand in Hand in die kühle Nacht davonstapften, ein weiter Sternenhimmel über uns.

Erst als die Trommeln nur noch ein fernes Echo waren, die Lichter der Feier kaum so groß wie Glühwürmchen, hielten wir an.

Das Orakel draußen auf Marra war glücklicherweise so still wie meine Gabe, seitdem wir wieder in Sedina waren. Zufall oder ein Willkommensgeschenk der Götter, es kümmerte mich nicht. Stille war alles, was ich wollte.

Naja, vielleicht nicht *alles*.

Noahs Lächeln war einem Gesichtsausdruck gewichen, der feierlich und ernst zugleich war.

Ich kicherte, mein Herz leicht wie lange nicht mehr. »Was ist?« Meine Stimme war kaum lauter als das Gurgeln des Sees.

Einer seiner Mundwinkel zuckte, dann legte er seine Stirn an meine und schloss mich in die Arme. Einen langen Augenblick standen wir einfach so da, atmeten die gleiche Luft.

»Ich bin glücklich, dass ich dich getroffen habe«, sagte Noah irgendwann. »Trotz der Umstände.«

Ich lächelte. »Ich auch. Trotz der Umstände.«

Er hob den Kopf, doch ohne seinen Blick von mir zu nehmen. Ich versank in dem Versprechen, das darin lag. Unsere Lippen berührten sich fast, als ein Krächzen ertönte.

Jemand hinter uns räusperte sich. »Es stimmt wohl doch, was die Leute sagen«, sagte eine Stimme, die weder jung noch alt war. »Es ist immer ein schlechter Zeitpunkt, wenn wir Hexen auftauchen.«

Noah und ich wirbelten herum, ich verfluchte mich dafür, keine Waffen zu tragen. Mein Herzschlag setzte aus.

Ylva Dornblatt stand vor uns. Lebendig und unversehrt, Jaya auf ihrer Schulter.

»Ylva!«, rief Noah, sein Arm immer noch um meine Hüfte. »Du lebst?!«

Die Hexe schmunzelte. Sie trug ihre übliche Lederkluft und ein neues Batari-Schwert auf ihrem Rücken.

»Als die Schlangenpforte explodiert ist, sind auch meine Ketten zerfallen. Meine Magie kam genau im richtigen Moment zurück, stärker als sonst, weil ich sie wochenlang nicht benutzt habe. Es war gerade genug. Der Zauber hat mich fast umgebracht.«

Ich starrte und starrte.

Ein Wunder. Es war ein Wunder, dass Ylva heute Nacht vor uns stand. Lebendig und bei bester Hexengesundheit. Sie sah aus wie immer, nur dass die Falten in ihrem Gesicht ein wenig tiefer geworden waren. *Neun Leben*, hatte Waji gesagt. Vielleicht war da doch etwas dran. Oder hatte sich Nefelda an ihre einstige Zirkelanführerin erinnert und ihr aus der Klemme geholfen?

Ylva zwinkerte mir zu und zog ein in Leinen geschlagenes Päckchen aus ihrer Umhängetasche.

Sie schob den Stoff zur Seite. Ein schmaler Reif lag in ihren Händen. Mein Mund wurde trocken. Estéllians Krone, unversehrt. Weder die Zeit noch Irins Magie hatten ihr etwas anhaben können. Ylva hielt sie mir entgegen. »Nimm sie. Sie gehört deiner Familie.«

Meine Knie zitterten. Ich spürte Noahs wachsamen Blick auf mir ruhen.

»Ich kann nicht«, raunte ich.

Doch Ylva schnalzte mit der Zunge. »Natürlich kannst du. Auch wenn du sie nur solange behältst, bis du sie an deinen Onkel weitergibst. Es ist dein Recht.«

Als ich mich immer noch nicht rührte, nahm Ylva eine meiner Hände und schloss meine Finger um den schmalen Reif. Er war kühl an meiner Haut. Doch etwas Warmes stupste gegen mein Herz, als ich ihn berührte.

Ich sah die Hexe an. »Was ist das?«

Sie zwinkerte mir zu. »Vermutlich ein Schutzzauber. Deswegen ist sie nicht geschmolzen.«

Ich nickte, den Blick immer noch auf die Krone in meinen Händen geheftet. Die Krone, die zuletzt auf Irins Haupt geruht hatte.

Noahs Umarmung wurde fester, doch ich hatte nur Augen für Estéllians Krone. Sehnsucht nach Gelyth, nach rauschenden Bächen und Bäumen, die meine Freunde waren, überfiel mich.

»Danke«, murmelte ich und strich mit meinem Daumen über das Metall. Aber da war noch etwas anderes. Ich hob den Kopf. »Hast du … ihn gesehen?«

Irin. War er wirklich fort?

»Es war nur noch Staub und Asche von ihm übrig. Seine Überreste werden wohl für immer in den Tiefen der Erde gefangen sein. Genau wie der Stein der Einheit und Antheas Magie«, sagte Ylva in ihrem üblichen sachlichen

Tonfall. »Irin hatte sie fast befreit, doch sie muss sich nach der Explosion wieder in den Rubin zurückgezogen haben, dank Nefelda.«

Eine letzte Last fiel von mir ab, doch zugleich versetzen ihre Worte mir einen Stich. Antheas Magie war nun für immer verschollen. Konnte das wirklich sein?

Falls die Hexe mehr darüber wusste, ließ sie es sich nicht anmerken.

»Er ... Irin –«, begann ich, doch meine Stimme brach.

Ylvas Augen wurden schmal. »Ja?«

Ich räusperte mich. »Irin hat behauptet, dass er seine Magie von Elvyrie Gwendalyon empfangen hat. Dass sie ihm erschienen ist und ihn den *Auserwählten* genannt hat.«

Ylva schnaubte. »Kein Wunder, dass jemand wie Irin so etwas glaubt.«

Ich biss mir auf die Lippe. »Ist das möglich? Nefelda hat gesagt, dass sie denjenigen kennt, der Irin Magie geschenkt hat. Sie konnte ihn dazu bringen, sie auch wieder zurückzunehmen.«

Die Hexe seufzte. Ihr gefiel meine Frage nicht, aus welchem Grund auch immer. Doch ich dankte ihr ihm Stillen, dass sie nicht danach fragte, was ich Nefelda im Gegenzug für ihre Hilfe versprochen hatte. »Noch mal, ich weiß nicht alles, Lyvi. Es würde mich nicht wundern, wenn Irin sich schon länger an Geisterbeschwörungen versucht hat. Die Celestians waren eine mächtige Familie, in seinem Blut floss sicher noch das Echo dieser Magie. Es ist möglich, dass auf Irins Ruf irgendein niederes Wesen aus der Unterwelt gekrochen ist und sich als Elvyrie Gwendalyon ausgegeben hat. Manche dieser Kreaturen warten seit Jahrtausenden auf eine Gelegenheit, in unserer Welt Chaos zu stiften. Das würde auch erklären, wieso er über das Höllenfeuer verfügen konnte.«

Sie zuckte mit den Schultern.

»Das sind nur Vermutungen. Dein Onkel wird mir sicher dabei helfen, Irins Vermächtnis auf Hinweise zu durchsuchen.«

Mein Herz wurde schwer mit Sehnsucht. »Wirst du nach Estéllian reisen?«

Ylva lachte trocken. »Ich bin die letzte Hexe Antheas. Diese Dinge aufzuklären, ist meine Aufgabe.«

Richtig. Ylva war die letzte Hexe Antheas, ich die letzte Seherin. Was würde in Zukunft meine Aufgabe sein? Ich wollte nicht darüber nachdenken.

Ein Windstoß streifte meine Nase. Ich erstarrte. Er roch nach Moos und Herbstblättern und einem wilden Ozean. Ich ließ die Krone sinken und suchte den Himmel ab.

»Phypsi!«

Noahs Hand fiel von meiner Hüfte. »Ich fasse es nicht!«, rief er.

Ein Fiepen. Zwei dunkle runde Augen blinzelten am Himmel. Meine Kehle wurde eng. Der Falter hatte überlebt, wie auch immer er es angestellt hatte.

Ich starrte den Falter an, als er mit einem schrillen Zwitschern auf meinem Arm landete. Einer seiner Flügel war zartlila und schimmerte wie Seide.

»Rovyn muss ihn verstümmelt haben, als er Brandy und ihn überwältigt hat. Das arme Ding hat mich Tage nach der Explosion gefunden und mir Wasser gebracht«, sagte Ylva. »Ich musste mich revanchieren. Wir sollten jedoch noch einmal über eine andere Farbe nachdenken. Lila ist auf Dauer zu auffällig.«

Das Klackern von Jayas Schnabel klang ein wenig eifersüchtig.

»Oh, bitte«, zischte die Hexe. Sie zupfte an dem Schnabel des Raben. »Sei froh, dass ich noch hier bin.«

Ich lächelte, als Phypsi sich um die eigene Achse drehte und seinen neuen Flügel vorführte.

»Er ist schön«, flüsterte ich.

Der Falter antwortete mit einem leisen Fiepen. Dann machte er sich an den Bändern zu schaffen, die ein Pergament auf seinem Rücken fixierten. Es war das Pergament, das nach endlosen Wäldern, nassem Sand und rauem Meer roch. Nach Estéllian.

Ohne mit der Wimper zu zucken, beschwor Ylva einen kleinen Lichtball herauf, der über unseren Köpfen schwebte.

Ich brach das Siegel der Nachricht, mein Magen ein einziger nervöser Klumpen. Noch bevor ich die elegante Handschrift gesehen hatte, wusste ich, wessen Nachricht Phypsi mitgebracht hatte.

»Ich statte den anderen einen Besuch ab. Ich bin neugierig, was Rita auf die Beine gestellt hat«, sagte Ylva. Sie deutete auf die Lichtkugel. »Die lasse ich euch hier.«

Ich nickte, als die Hexe davonging, doch sie drehte sich noch einmal um.

»Eine Frage habe ich noch, Lyvi.«

Ihr Tonfall bereitete mir Gänsehaut.

»Ja?«

»Vermute ich richtig, dass du dich in der Schlangenpforte lange genug gegen Irins Zauber und *Sternaug* gewehrt hast, um *Calandrum* ein zweites Mal heraufzubeschwören?«

Ich fühlte wie Noah sich neben mir verspannte, doch ich zuckte nur mit den Schultern.

»Ich denke schon.«

Ylva nickte und warf einen flüchtigen Blick auf den See, wo weit draußen Marra und das Orakel in der Dunkelheit lauerten.

»Interessant«, sagte sie mit einem Lächeln, das ihre Augen nicht ganz erreichte. »Ich glaube, du bist die erste Seherin, der so etwas gelungen ist.«

Was auch immer das heißt.

Sie musterte mich mit einem unergründlichen Blick.

»Du weißt, dass du mich bis auf Weiteres nicht loswirst?«

Ich zog die Nase kraus.

Ylva lebte. Und so ihre Pflicht, mich zu beschützen.

»Ja.«

»Gut«, sagte sie. Als wäre die Angelegenheit damit erledigt.

Weitere Fragen brannten auf meiner Zunge, doch die Hexe schritt bereits davon. Phypsi und Jaya sausten hinter ihr her, in Schlangenlinien, die verdächtig nach einem Wettrennen aussahen.

Bevor die Hexe Sedina verließ, musste ich sie fragen, ob sie mir helfen konnte, mich aus der Vereinbarung mit Nefelda herauszuwinden. Ich ahnte, wie die Antwort ausfallen würde, doch ich musste es zumindest versuchen.

Aber nicht mehr heute Nacht.

Noah gluckste. »Die anderen werden sich zu Tode erschrecken.«

Er hatte recht, doch ich konnte kaum geradeaus denken, mit Gelyths Nachricht in meiner Hand.

Noah nahm mir Estéllians Krone ab. Er ließ den uralten Reif einfach an seinem Ellenbogen baumeln, als wäre er nichts weiter als ein Stück Metall. Es störte mich nicht.

Noah kniff in meine Nase, sein Gesicht erhellt vom goldenen Licht der Zauberkugel. »Los, komm schon.«

Ich atmete tief ein. Und las:

Meine liebste Nichte,

in was für besonderen Zeiten wir leben! Der Imago hat mich im Dämmertal gefunden und berichtet, was passiert ist. Ich habe nicht jede seiner Gesten verstanden, aber eine einzige Sache war deutlich:

Irin Celestian ist tot.

Wir haben einen Waffenstillstand mit Manors Dämonen errungen.

In Estéllian werden ein Jahr alle Gesetze eingefroren, erst dann kann ein neuer König oder eine neue Königin gekrönt werden. Doch ich habe schon jetzt gute Nachrichten für dich: Wir haben unseren Namen zurück, denn dieser Akt Irins war nie rechtskräftig.

Wir sind wieder Gwendalyons.

Bitte melde dich bei mir. Treffen wir uns bald, vielleicht in Allander?

Pass auf dich auf.

– Gelyth

»Was schreibt er?«, fragte Noah über meine Schulter.

Ich drehte mich zu ihm um. »Du hast doch mitgelesen.«

Noah zuckte mit den Achseln, ein unschuldiges Lächeln auf den Lippen.

»Und jetzt, Fräulein Gwendalyon?«, fragte er über das leise Rauschen des Wassers. »Wirst du jetzt Königin?«

Ich biss in meine Unterlippe. »Nein.« Unwillkürlich rieb ich über das Mal an meiner Stirn. »Ich bin von der Thronfolge ausgenommen, weil ich nur eine Halbelfe bin, zum Glück. Mehr als eine Prinzessin werde ich nie sein. Gelyth ist der Nächste.«

Auch wenn ich bezweifelte, dass das für meinen Onkel selbstverständlich war. Gelyth war niemand, der einfach davon ausging, dass ein ganzes Volk ihn zum König haben wollte.

Ein Funken Erleichterung blitzte in Noahs Augen auf, doch war augenblicklich wieder verschwunden.

Er legte den Kopf schief. »Und wo willst du leben?«

So viele Fragen. Das war eine, auf die ich keine endgültige Antwort hatte, noch nicht. Nun da Irins Herrschaft vorbei war, konnte ich nach Estéllian zurückkehren, zumindest für eine Weile. Doch auch wenn ich das Waldkönigreich vermisste, lauerten dort so viele dunkle Erinnerungen.

Ich wünschte mir einen ruhigen Winter, mit viel Schlaf, ohne Visionen.

Mit Schneewanderungen, faulen Tagen im Bett, Tee und viel Schokolade. Mit Noah.

Auch wenn ich wusste, dass diese Zeit nur geliehen war. Dass schon bald der Tag kommen würde, an dem ich mich verabschieden musste. Bevor das, was zwischen uns war, zu mehr heranwachsen konnte. Mein Versprechen an Nefelda schwebte wie eine dunkle Wolke über uns, die nur ich sehen konnte.

Ich räusperte mich. »Ich glaube, ich will hierbleiben. Fürs Erste.«

Nur ein paar Wochen. Dann würde ich mich auf den Weg machen. Aber noch brachte ich es nicht über mich, diesen Ort zu verlassen. Noah zu verlassen.

Sein Lächeln war so hell wie ein Sommermorgen am Meer.

»Dann bleibe ich auch hier. Fürs Erste.« Er zwinkerte mir zu. »Vielleicht auch länger. Mit dir werde ich mich nie eingesperrt fühlen.«

Mein Herz schmerzte, doch ich legte meine Hand in seinen Nacken. Sein Geruch kitzelte meine Nase, als ich ihn zu mir zog.

Meine Gabe, die Welt und alle Magie in ihr waren plötzlich weit, weit weg.

»Lass uns nicht darüber nachdenken, was morgen ist«, wisperte ich. »Lass uns einfach hier sein.«

Noahs weiches Lachen ließ mich erschaudern.

Die Krone der Waldelfen landete mit einem leisen Knirschen im Sand, sein neuer Hut folgte. Er nahm mein Gesicht in beide Hände und lehnte seine Stirn an meine.

»Nichts lieber als das.«

Danksagung

In fast jeder Danksagung steht es so geschrieben – ein Buch zu schreiben ist kein einsamer Prozess. Warum? Weil es stimmt. Ohne die vielen Menschen, die mir mit ihren Worten, Taten und Gedanken zur Seite gestanden haben, hätte es dieses Buch nie bis zur Veröffentlichung geschafft. Tausend Dank an:

das Wreaders-Team. Danke, dass ihr eure Türen und Herzen für dieses Buch geöffnet habt. Danke für eure tolle Arbeit, eure Begeisterung und einfach für alles, was ihr tut. Ihr seid spitze.

Bettina, meine allererste Lektorin. Danke für deine Genauigkeit und die ermutigende Kritik. Außerdem hast du mir erklärt, was Vampirverben und wandernde Körperteile sind und dass mit olfaktorischen Beschreibungen sparsam umzugehen ist. Danke, danke, danke.

Sarah, meine zweite Lektorin und „Plot-Doktorin" erster Klasse. Dank dir ist dieses Buch zu dem geworden, das es immer sein sollte.

Svenja. Danke, dass du jede einzelne Fassung von Lyvis Geschichte gelesen hast – ich weiß nicht mehr, ob es dreizehn oder siebenundzwanzig waren? Ohne deine immer konstruktiven, lobenden und kritischen Anmerkungen wäre dieses Buch nicht das, was es heute ist.

Caro, meine Leserin der ersten Stunde. Danke für die High Vibes, die Pep Talks und deinen unerschütterlichen Optimismus. Auf die nächsten zwanzig Jahre?

Karo, Lieblingshenne. Danke für die regelmäßigen Erinnerungen, dass Kunst cool ist und Kreativität eine Lebenseinstellung.

Tati, Nicole, Nele und Alina – für eure Freundschaft und euer immerwährendes Interesse an meinem kreativen Prozess. Wie macht ihr das nur?

Nicky und Murielle, für eure Begeisterung und die Leseempfehlungen. Grand Bisous.

Marc. Wo fange ich an? Danke, dass du mir immer wieder aus meinen selbstgeschaufelten Löchern hilfst. Danke für die Tritte in den Hintern und dafür, dass du nun ein Waji-Küchenmesser besitzt. Ich liebe dich.

Meine Eltern. Danke für eure Geduld und eure Liebe. Ihr seid die Besten.

Inhaltshinweise

Dieses Buch enthält folgende Themen:

- sexualisierte, seelische und körperliche Gewalt
- (gewaltsamer) Tod einer nahestehenden Person
- Alkoholkonsum
- (unfreiwilliger) Drogenkonsum
- einvernehmliche sexuelle Handlungen
- Krieg
- Tierquälerei
- Diskriminierung in Form von Rassismus, Lookismus und Ableismus